Du même auteur :

Aux Éditions Trajectoire

Encyclopédie des Plantes et des Pierres Magiques et Thérapeutiques.
Janvier 2010.

Les Quatre Éléments de la Magie Naturelle.
Février 2012.

Aux Éditions Valentina

Trilogie Draconia
1. Sous le Sceau du Dragon.
Janvier 2014
2. Le Glaive de la Liberté
(à paraître)
3. Entre Ombre & Ténèbres
(à paraître)

Nouvelles mises en ligne

Marque-Vie
Juin 2013.
Analepse.

DRACONIA

1. Sous le Sceau du Dragon

LES ÉDITIONS VALENTINA
NUMÉRO ÉDITEUR : 978-2-36639
www.valentina-editions.fr

Illustration de couverture : Meridian
pour le compte des Éditions Valentina
Suivi éditorial : Westley Diguet
Correction : Ophélie Pemmarty

ISBN : 978-2-36639-076-6

LISE-MARIE LECOMPTE

DRACONIA

1. Sous le Sceau du Dragon

LES EDITIONS VALENTINA

Pour Liliane, ma mère, douce lumière du Soleil qui veille sur moi depuis toujours.

PROLOGUE

La nuit offrait au scintillement des étoiles l'un de ses plus beaux écrins veloutés, camouflant l'espace de quelques heures le paysage environnant du village voisin. D'une maison éloignée, nichée au bord de la forêt, une porte s'ouvrit le plus discrètement possible et une ombre solitaire s'y faufila pour rejoindre l'obscurité sécurisante offerte par les arbres. En temps normal, une escapade de ce genre aurait réveillé aussitôt moult peurs ataviques enfouies au plus profond de l'humanité, mais pas chez la jeune fille qui venait de refermer la porte derrière elle, sans le moindre bruit. D'un pas aussi souple et léger qu'un chat, elle s'enfonça dans la fraîcheur nocturne, ravie d'avoir réussi à échapper à la curiosité malsaine du voisinage, et tout aussi impatiente à la seule pensée de ce qui l'attendait au plus profond de la forêt en cette nuit d'automne.

Mélisende Villecroix, âgée tout juste de dix-sept ans, avait l'habitude de s'échapper ainsi au cœur de la nuit. Pour les avoir arpentés depuis bien des années, elle connaissait ces bois sans doute mieux que personne aux alentours. L'adolescente rejeta une mèche rebelle brune qui s'était prise dans le col de sa cape de velours vert émeraude. Elle se hâta, soulevant quelques feuilles dansant dans son sillage, tandis qu'une fine brume blanche s'enroulait autour de ses jambes à chacun de ses pas. Pour une fin octobre, la nuit était fraîche sans non plus être glaciale. De temps à autres, des feuilles automnales s'éparpillaient aux alentours. Ombre de la mort prochaine de la forêt, précédant au grand silence hivernal.

Autour d'elle, tout n'était que tranquillité. Le silence n'était rompu que par la marche discrète de la promeneuse, ainsi que par quelques animaux nocturnes environnants, comme une chouette effraie dont le hululement se faisait entendre non loin de là. La jeune fille supposa que l'oiseau de sagesse devait chasser près de là. Peut-être pourrait-elle apercevoir cette dame de l'ombre *voler entre les branches basses, auréolée du mystère de la spiritualité libre et fidèle.*

Au-dessus de sa tête, une perle blanche céleste éclairait les environs d'une douce lueur lunaire bleutée qui guidait les pas de Mélisende à travers les sentiers discrets, dissimulés par les hautes herbes environnantes et les fougères. La jeune fille avait eu une pensée amusée quand des femmes de son clan lui avaient soutenu qu'il fallait suivre une rituélique précise lors de la cueillette de plantes magiques dans les bois, à savoir : une nuit de pleine lune, vêtue uniquement du ciel et des étoiles. Chaste formule pour évoquer la nudité, avait alors songé Mélisende avec un sourire en coin. Très peu pour elle, merci bien.

Le village était loin derrière elle à présent, et Mélisende posa la main sur un large tronc à moitié recouvert de lierre. À ce contact, elle fut prise d'un frisson et vit ce qui avait provoqué cette vive réaction ; un symbole argenté qui luisait de façon imperceptible sous ses doigts avant de s'estomper :

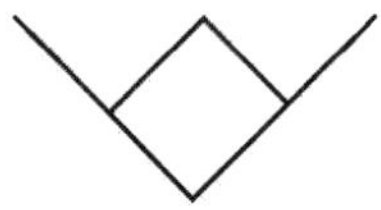

– Liwaen, murmura Mélisende avec soulagement.

Elle avait reconnu ce glyphe utilisé par les seuls membres de son clan. Un glyphe de protection et de dissimulation. Elle regarda tout autour d'elle, à l'affût. Dès lors, elle fut en mesure de percevoir d'autres pulsations magiques environnantes. Sans doute des sorts de même nature, juste au cas où des gêneurs viendraient dans les environs. L'heure était à la grande prudence, et ces dispositifs avaient fait leurs preuves depuis bien longtemps pour garantir la plus grande discrétion. Quoi qu'il en soit, c'était là une preuve qu'elle n'était pas la première à passer par ici cette nuit et qu'elle devait reprendre sa marche pour ne pas arriver en retard.

Chacun devait apporter quelque chose pour l'occasion ; chandelles de cire d'abeille, sel consacré, les ustensiles traditionnels de leur culte, ainsi que des bougeoirs, une nappe d'autel… etc.

De son coté, Mélisende avait été chargée de concocter un mélange très spécial de plantes, qui serait brûlé en guise d'encens lors de la cérémonie. Elle avait passé beaucoup de temps à réunir les ingrédients nécessaires et à les préparer avec soin. Un sac de ce mélange reposait à présent dans la poche intérieure de la cape dont Mélisende resserra le col subrepticement alors qu'elle percevait de nouvelles présences autour d'elle. D'autres personnes arrivaient elles aussi, des femmes et des hommes vêtus d'une cape similaire. Un groupe aussi nombreux n'aurait pas manqué d'attirer l'attention sur eux. Il fut donc décrété que, pour plus de sécurité, les déplacements ne se feraient plus que seul ou par deux, grand maximum.

Mélisende approchait du but. Elle pouvait le ressentir aux sorts défenseurs dont le pouvoir s'amplifia au fur et à mesure, à l'inverse de la lueur de la lune qui diminuait. Une ombre semblait avaler l'astre lunaire dont il ne resterait plus *qu'un croissant. Très vite, la lune aurait disparu dans cette ombre, lui faisant prendre une teinte violette irréelle.*

C'est alors que les promeneurs débouchèrent dans une vaste clairière au plus profond des bois. Elle était d'une forme circulaire presque parfaite et offrait un abri discret. Au cœur de la forêt, un groupe d'une trentaine de personnes de tous âges, vêtues de capes vert émeraude, s'étaient retrouvées en ce lieu, à ce moment précis de la nuit. Le clan auquel Mélisende appartenait était réuni au grand complet.

Un cercle avait déjà été esquissé au sol à l'aide d'une corde blanche tressée, à l'intérieur duquel des magiciens se tenaient les mains. Ils entonnaient un chant léger, comme une douce mélopée qui s'élevait vers les cieux. Les paroles dont les consonances, inconnues pour les profanes, se transmettaient de génération en génération depuis des siècles. Un chant d'une grande sérénité.

Seules neuf autres personnes se tenaient en un second cercle, plus proche du centre, là où ronflait déjà un feu de bois. À l'inverse des autres qui n'avaient aucun bijou rituel, quatre parmi eux disposaient d'un pendentif avec un dragon encerclant une pierre précieuse ronde et polie reflétant les flammes dansantes. Chacun d'entre eux était tourné vers le feu, au point correspondant à son Élément respectif, avec entre les mains un des quatre items les plus précieux détenus par le clan : l'Air à l'est avec une dague jaune, le Feu au sud avec une baguette rouge, l'Eau à l'Ouest avec une coupe bleue et la Terre au nord avec un disque plat vert. Ces objets détenaient une aura magique d'une puissance séculaire inouïe.

Entre ces quatre praticiens, se tenaient quatre autres personnes, d'autres jeunes filles du même âge que Mélisende qui venait de rejoindre leur rang, complétant ce second cercle.

Parmi tout ce groupe, la doyenne du clan était chargée de psalmodier les incantations rituelles. Elle se tourna vers Mélisende. Elle vit le regard parme et or de la jeune fille s'animer d'inquiétude et d'espoir à la fois. La vieille lui adressa un doux sourire en lui prenant des mains le sachet qu'elle lui tendait. Il ne manquait plus que l'encens pour que la cérémonie puisse débuter. L'autel, drapé d'une étoffe brodée, était déjà prêt ; les chandelles brillaient comme autant d'étoiles et le grimoire recelant tous les rites du clan reposait au centre.

Avant que Mélisende n'arrive dans la clairière, les quatre praticiens à l'intérieur du cercle avaient effectué une cérémonie préalable de protection avant que la doyenne du clan n'invoque la puissance des Dragons, créatures mystiques protectrices de leur clan. La dame âgée psalmodia d'une voix étouffée des incantations en direction de l'astre lunaire qui achevait d'être obscurci par l'ombre de la Terre. Entonnant le même chant léger que ceux du premier cercle, elle semblait faire appel à la Force magique des Sages et Anciens Dragons.

« Win dain a lottica
En vai tu ri
Si lo ta
Fin dein a loluca
En dragu a sei lain
Vi fa-ru les shutai am
En ringa lint[1] »

En cette heure, l'éclipse lunaire était dorénavant complète. La cérémonie en cours, qui n'était que rarement pratiquée, avait pour but de désigner dans l'assistance celle qui serait amenée à devenir la nouvelle Prêtresse de leur clan, autrement appelée Porteuse de Lumière. *Puis, la doyenne jeta des herbes sacrées dans le brasier. Les flammes furent alors parcourues d'étincelles bleutées. Tandis que les praticiens du premier cercle reprenaient le chant sacré, les quatre personnes maîtrisant les forces élémentaires furent entourées par l'aura de la force respective de leur Élément ; jaune pour l'Air, rouge pour le Feu, bleu pour l'Eau et vert pour la Terre.*

Contre toute attente, les flammes diminuèrent d'intensité, allant presque jusqu'à s'éteindre. Des effluves de fumées odorantes s'élevaient à leur place en de sinueuses et gracieuses arabesques évanescentes. Pour avoir conçu ce mélange végétal, Mélisende parvint à en reconnaître les fragrances subtiles et délicates. La verveine officinale, ou herbe aux sorciers, *qui conférait à l'encens harmonie et équilibre, tout en recentrant les gens présents en ces lieux. Dégageant une odeur balsamique et chaude comme le miel, la propolis était une résine visqueuse et dure facilitant l'harmonisation avec les énergies de la Nature. D'autres herbes, comme la menthe et la sauge, parachevaient le mélange. Sous l'action combinée de la magie déployée par le clan, des invocations chantées et de l'encens, la fumée mouvante se regroupa alors devant les yeux émerveillés des gens présents en une silhouette prodigieuse évoquant l'apparence d'un gigantesque dragon. Au niveau du sol, des méandres de fumée s'éparpillèrent à travers le cercle intérieur, enveloppant ses occupants d'un voile ouaté, tel une brume épaisse.*

C'est alors qu'une des jeunes filles présentes entra en harmonie avec les vibrations émises par les énergies spirituelles exaltées ; Mélisende étendit les mains

---

[1] Extrait de la chanson *Sora*, issue de la B.O. du film d'animation *Escaflowne*.

vers la créature éthérée, et fut gagnée par une aura d'un mauve léger et lumineux. Un symbole d'un cercle doté de huit rayons de la même couleur apparu également sur son front.

La Porteuse de Lumière *venait d'être désignée par la puissance draconique présente en la personne de Mélisende Villecroix lors de l'éclipse lunaire. Puis, l'aura de la jeune fille disparut, tout comme l'extraordinaire dragon de fumée qui avait de nouveau laissé la place aux flammes du brasier ardent.*

La doyenne du clan, dirigeante de la cérémonie qui s'achevait, prit quelque chose posé sur un disque de bois avec deux dragons entrelacés, le Pentacle Draconique, au centre de l'autel. Elle fit signe à l'adolescente de venir la rejoindre. Mélisende acquiesça et se présenta à ses côtés avant de se faire remettre un pendentif en argent représentant un dragon et dont la pierre centrale était un jade poli d'un blanc laiteux. L'adolescente brandit le bijou vers la lune violette dont la lumière était encore voilée dans l'ombre de la Terre. C'était un grand moment empreint de magie et tout le monde en avait conscience.

Soudain, le silence s'abattit sur la clairière, total, tel un couperet implacable. Comme si tous les animaux avaient fui les environs. Même les bruits du vent et des flammes n'étaient plus perceptibles. Tous distinguèrent le malaise ambiant, les sens en alerte. Chacun le ressentait au plus profond d'eux. Un grand danger les guettait.

Des dizaines d'hommes armés avaient encerclé les lieux et surgirent de leur cachette. Ils pointaient tous leurs armes sur les gens devant eux, gardant ainsi tout le monde en joue, leur coupant toute retraite. L'appréhension avait saisi tous les participants à cette cérémonie magique, comme si un violent souffle glacé avait éteint toute allégresse en ces lieux. Ce n'était un secret pour personne que la présence de ces gens ne pouvait que signaler la présence de quelqu'un de bien plus dangereux.

Une silhouette menaçante qui était restée dans l'ombre, camouflée sous une cape noire dont la capuche dissimulait les traits. Quand il s'avança hors de l'ombre, la lumière des bougies contribua à révéler au grand jour le visage de celui qui allait sceller leur destin. Chacun des membres du clan l'avait reconnu. Dès lors, leur effroi ne fit que croître.

L'homme souffla ses directives au chef de ses gardes. Tous savaient ce qu'ils avaient à faire. Aussitôt, les hommes présents utilisèrent leurs armes et ouvrirent le feu sur les autres magiciens constituant le cercle extérieur. Alors que leurs compagnons tombaient sous les coups, d'autres hommes s'étaient dirigés vers les cinq seules personnes que leur chef avait ordonné de ne pas abattre.

Les trois premiers magiciens élémentaires du clan furent capturés malgré une lutte âpre. Le dernier tentait de protéger la doyenne et Mélisende avec un grand bouclier rond, orné d'une étoile à cinq branches sur un motif d'arbre celtique. Ses efforts furent vains, et lui aussi fut mis hors d'état de nuire après que la vieille femme ait été égorgée sous les yeux terrifiés de Mélisende qui avait été capturée par l'homme en noir.

Depuis la cime des arbres environnants, ce n'était plus un brasier, mais six qui enflammaient la forêt. L'épouvantable puanteur des chairs brûlées avait supplanté les envoûtantes fragrances de l'encens que la nouvelle Porteuse de Lumière *avait mis tant de soin à confectionner. Au lieu des chants, ce n'était plus que la cacophonie des hurlements d'agonie.*

En cette nuit tragique, sous la lueur pâle et irréelle de l'éclipse lunaire finissante, le clan auquel appartenaient tout ces gens, le Cercle du Dragon Céleste, venait d'être anéanti pour toujours.

Il n'y eut aucun survivant. Tous avaient péri sous la voûte étoilée, alors que la constellation du Dragon brillait plus faiblement que jamais dans les cieux. Sa lumière pourrait-elle jamais renaître ?

Première Partie

Des Ténèbres, surgit la Lumière

CHAPITRE PREMIER

Lundi 31 mai 2010,
Paris, bibliothèque Sainte-Geneviève.

Comme d'habitude, la bibliothèque était presque comble en cette fin d'après-midi quand Sylvia Laffargue arriva après ses cours. L'employé à l'accueil valida sa carte de membre et lui remit un petit papier portant le numéro de la place qui était attribuée : 666. La jeune fille regarda tour à tour le papier et le jeune homme qui le lui avait donné, se demandant si ce n'était pas une farce. Il fallait croire que non.

Elle se dirigea vers les grandes tables déjà presque toutes occupées. Par chance, elle avait pu se mettre à une place où elle pouvait brancher son ordinateur portable. Elle sortit son appareil ainsi que ses notes et commença à musarder quelques instants dans les rayons. L'étudiante avait un devoir important à rédiger, et voulait passer le plus de temps possible en ces lieux pour consulter les ouvrages disponibles, mettant à profit les quelques heures de libre qu'elle avait devant elle. Elle attrapa le premier livre à sa portée et commença à le parcourir avec attention avant de poursuivre ses pérégrinations entre les étagères concernant l'histoire, la théologie et la philosophie. Quand elle revint à sa place, qui n'avait pas été squattée entre-temps, elle put reprendre là où elle s'était arrêtée et fut bientôt, elle aussi, plongée profondément dans son travail, parvenant même à oublier ses voisins de table.

De temps à autre, elle relevait la tête, jetant un regard furtif aux personnes qui l'entouraient, aussi bien des étudiants que d'autres chercheurs installés dans la salle de lecture principale. Beaucoup étaient plongés dans leurs livres, leurs recherches, ou encore pianotaient avec frénésie sur le clavier de leur ordinateur, les yeux rivés à l'ouvrage ouvert devant eux. Certains chuchotaient à voix basse en s'échangeant leurs notes alors que d'autres arpentaient les étagères en feuilletant les ouvrages qu'ils tenaient à la main.

Sylvia aimait beaucoup passer de longues heures à étudier ici. Non seulement à cause de l'ambiance si particulière des bibliothèques, mais aussi de la grande richesse des documents appartenant à cet endroit. Sans compter la magnificence de la grande salle principale, haute de plafond, et lumineuse grâce à toutes les fenêtres qui en faisaient le tour et qui lui donnait un charme tout à fait unique. Le mobilier, aussi bien les grandes tables et les chaises que les étagères, était en bois patiné par le passage du temps. Les livres faisaient tout le tour de la pièce et le dessous des tables présentait une collection tout aussi impressionnante de chewing-gums défraîchis qui n'aurait pas manqué d'entrer dans le *Livre Guinness des Records*. Sylvia affectionnait surtout les voûtes ornées de fer forgé aux arabesques ouvragées au plafond et dont les arcs reprenaient la forme des fenêtres. Ce qui donnait à l'ensemble architectural un faux air de cathédrale. De là où elle était assise, elle pouvait même apercevoir le dôme du Panthéon. Ce n'était certainement pas la Grande Bibliothèque François Mitterrand qui aurait pu tenir la comparaison avec son modernisme trop impersonnel.

En poussant un petit soupir, elle se replongea dans ses livres de références. Plus les heures avançaient et plus les notes manuscrites s'amoncelaient autour de l'ordinateur qui tournait à plein régime. Il y avait aussi des livres sur l'histoire de la sorcellerie, le paganisme, et d'autres écrits par des inquisiteurs dont le tristement célèbre *Malleus Maleficarum* des dominicains Kramer et Sprenger.

Le plus surprenant fut de trouver des livres traitant de Magie et de sorcellerie dans la section réservée à la philosophie. Ce n'était pas tout à fait le genre d'ouvrages qu'elle se serait attendue à trouver là. Après tout, cette bibliothèque comptant beaucoup d'ouvrages de sciences humaines, c'était sans doute normal. Certains titres s'avéraient même très prometteurs pour compléter son document, comme par exemple les dictionnaires historiques sur l'ésotérisme qui renfermaient à eux seuls bon nombre d'informations pertinentes. Elle mit aussitôt de coté d'autres livres écrits par des américains, sachant d'emblée que ni leur fiabilité, ni leur impartialité, ne seraient assurées.

L'histoire de l'Inquisition et l'hégémonie exercée par l'Église catholique, tel était le sujet d'étude du moment de Sylvia. Elle commençait à s'immerger au cœur de cette période où l'espérance de vie d'une accusée se réduisait à peau de chagrin dès la moindre accusation. Au fur et à mesure qu'elle lisait, elle était en mesure de voir les atrocités commises à cette époque aussi troublée que sanglante que la Sainte Inquisition avait laissée dans les mémoires sous le nom de *Chasse aux sorcières.*

L'étudiante passa en revue les questions habituellement posées aux accusées, presque toujours des femmes, ainsi que les tortures innommables qui leur étaient alors infligées pour les faire *avouer* tout ce que les inquisiteurs voulaient entendre afin de justifier leur sordide traque envers les gens qui avaient eu le très mauvais goût de clamer des vérités autres que les dogmes imposés par les dirigeants du Vatican.

La belle affaire ! songea-t-elle en se tenant la tête entre les mains. *L'âme des suppliciés des bûchers a ainsi été libre de retourner à Dieu qui, de toute manière, y reconnaissait les siens. Ces mécréants impies n'ont jamais compris. L'ingratitude chez ces gens-là, c'est ahurissant ! Depuis Constantin en 417, la torture était appliquée par* amour et miséricorde. *Un mal nécessaire, une* persécution juste *pour ramener ces brebis égarées d'infidèles et de païens dans le droit chemin de Dieu en leur assurant le bonheur éternel. C'est même Thomas d'Aquin qui a confirmé que les hérétiques méritaient d'être retranchés du monde par la mort… Quoi ? Qu'est-ce qui me prend de penser à des horreurs pareilles ?*

La tête appuyée dans sa main, l'étudiante tourna de façon machinale les pages du livre ouvert devant elle, mais sans parvenir pour autant à renouer avec la concentration. Une migraine insidieuse s'était emparée de son esprit. La fatigue allait finir par abattre les dernières barrières mentales qui tenaient encore faiblement. Elle pouvait voir ce qu'elle lisait, comme si elle voyait un film projeté sur la toile de l'Histoire, ou encore comme si elle avait été elle-même témoin de la scène. Tout devint un peu trop réel à son goût. Éperdue, elle ne savait plus trop si ce qu'elle voyait tenait plus du domaine du rêve éveillé ou de la réalité.

Pourquoi, soudain, tout avait pris une telle netteté dans son esprit jusqu'ici embrumé, et ce jusque dans les moindres détails perceptibles ? Le parfum de l'humus, le chant du vent dans les feuillages, ainsi que le crépitement d'un feu. Un feu dont l'intensité des flammes allait *crescendo*. D'où venait cette sensation de malaise et de danger qui la saisissait jusqu'à la moelle de ses os ? Pourquoi savait-elle tout à coup que les gens qu'elle voyait dans leurs capes vertes maculées de sang avaient été massacrés sans la moindre pitié ? Quelle était cette douloureuse certitude que les cinq personnes en proie aux flammes lui étaient familières ? Sylvia éprouva au plus profond d'elle-même cette poignante détresse que l'on ressent à la perte d'êtres chers. Le plus paradoxal était qu'elle avait la certitude de connaître ces personnes depuis toujours, alors que c'était bien la première fois de sa vie qu'elle les voyait. Ce qui la troubla encore davantage.

Le danger se fit soudain plus présent.

Elle vit une jeune fille ligotée à un pieu, et elle réalisa que cette dernière partageait le triste sort de ses compagnons d'infortune. Prise de panique, Sylvia tentait de se débattre, de s'échapper de ce cauchemar, mais en vain. Elle pouvait sentir la chaleur des flammes lui lécher les mains. L'épaisse fumée noire empestant la chair brûlée qui se dégageait lui piquait les yeux. Elle eut une violente quinte de toux.

À travers le rideau de flammes du brasier, une silhouette massive se profila devant elle. Un homme encapuchonné dont les traits n'étaient éclairés que par l'intensité du feu. Esquissant un sourire sardonique, il prenait un plaisir indicible de voir sa proie souffrir à l'agonie.

– C'est ainsi que j'ai mis un terme à votre clan, dit-il. Puissiez-vous croupir en Enfer, à tout jamais. Dieu ne saurait avoir la moindre pitié pour votre âme.

– Non ! trouva-t-elle la force de répliquer malgré la fumée qui l'asphyxiait. Cela ne finira ni ainsi, ni avec moi, car une autre Porteuse de Lumière *verra le jour. Vous n'aurez jamais les Trésors Sacrés que vous avez tenté de voler, et la vérité finira par éclater au grand jour.*

– Quelle naïveté touchante de votre part. Ce n'est pas vous désormais qui m'empêcherez de mener mes projets à bien, reprit la voix lourde de menaces. Cela prendra le temps qu'il faudra, mais je finirai bien par arriver à mes fins. D'une façon ou d'une autre.

– Quelles fins ?

– Pour commencer, je me contenterai de la vôtre…

Un rideau de flammes obstrua alors la vue de Sylvia, et la chaleur était devenue tellement intense qu'elle-même se sentit brûler. Elle se mit à hurler sans plus pouvoir contenir son effroi, ressentant une atroce douleur aux mains à ce moment-là, comme si elle avait agrippé du métal rougi par le feu.

Quelqu'un la secouait par l'épaule pour la réveiller. En rouvrant les yeux, Sylvia réalisa qu'elle était encore à la bibliothèque. Le souffle court comme si elle avait couru à perdre haleine, elle passa une main tremblante sur son front. Des gouttes de sueur froides perlaient sur sa peau, tandis que son cœur battait à tout rompre. Le regard fixé au loin, elle cligna enfin des paupières et regarda la personne qui l'avait tirée *in extremis* de cette illusion atroce. Un jeune homme châtain clair la fixait d'un regard aimable et soucieux. Ses yeux d'un bleu azur avaient un éclat très singulier.

Cela contribua à la faire revenir à la réalité ; elle était toujours à la bibliothèque, mais la nuit était tombée. Il était près de dix heures du soir. Les étudiants et autres habitués des lieux étaient déjà tous repartis, et les employés étaient sur le point de fermer les portes.

– Vous allez bien, Mademoiselle ? Vous avez crié, j'ai eu peur que vous n'ayez eu un malaise.

– Non, non. Je… Je vais bien, balbutia Sylvia, je ne savais pas qu'il était si tard.

Elle tenta de se convaincre elle-même de ses propos, mais sans grand succès.

L'étudiante, encore secouée par ce qui venait de se passer, rangea fébrilement ses affaires, bousculant au passage la pile des livres rassemblés sur la table. Elle fut exaspérée par la gaucherie de ses gestes.

– Non mais quelle conne ! Ne vous en faites pas, je vais les ramasser et les ranger avant de partir.

– Ce n'est pas grave. Il est déjà tard, les portes de la bibliothèque ne vont pas tarder à fermer et vous vous retrouveriez bloquée ici toute la nuit. Ce n'est pas une perspective très réjouissante, vous ne trouvez pas ? ajouta-t-il avec un sourire apaisant. Pour les livres, je vais m'en occuper, ne vous tracassez pas. Après tout, c'est mon boulot.

Sylvia esquissa un sourire, se trouvant un peu ridicule de ressentir un tel sentiment en la présence d'une personne aussi prévenante à son égard.

– Non, en effet, ça ne me dit rien. J'aimerais mieux rentrer. Merci encore.

Le jeune homme, qui était celui qui lui avait attribué sa place en arrivant, prit Sylvia doucement par le bras pour l'aider à se relever – elle fut saisie d'un brusque frisson glacé qui lui parcourut le dos des reins à la nuque – et il regarda la jeune fille sortir d'un pas incertain du bâtiment déserté. Il se tourna vers les livres éparpillés au sol.

– Alors comme ça, on s'intéresse à la *Chasse aux sorcières*, murmura-t-il d'une voix sourde.

Puis il reprit les livres et les rangea à leur place d'origine dans les étagères. Le regard et le sourire de cet homme reflétaient sa brusque préoccupation. Il avait l'intuition que ce qu'il redoutait le plus, et qu'il espérait ne jamais voir arriver, était peut-être sur le point de se produire.

Par contre, Sylvia était trop chamboulée pour avoir remarqué les traces de brûlures qu'elle avait aux mains.

Des cicatrices encore inexistantes jusqu'à présent.

CHAPITRE 2

Sylvia dévala presque les escaliers de pierre et se rua sur la porte de sortie, constatant à quel point l'employé présent était pressé de fermer. Une fois dehors et sans même s'en rendre compte, elle percuta de plein fouet une jeune femme rousse d'environ une trentaine d'années qui passait devant l'édifice. Sylvia, confuse, marmonna quelques vagues excuses quand une impression subite et étrange la fit réagir.

En vérité, toutes les deux s'étaient figées comme sous l'effet d'une impulsion électrique, ressentant le même écho en elles. Seule Sylvia ne comprit pas d'où lui venait la certitude qu'elle et cette inconnue appartenaient au même monde.

L'étudiante tourna les talons sans y attacher plus d'importance et hâta le pas, tandis que la jeune femme rousse regardait la jeune fille qui l'avait bousculée disparaître le long de la rue Soufflot. Elle avait peine à croire ce qu'elle venait de voir, et surtout de ressentir, mais l'évidence était là : cette fille aux longs cheveux noirs et aux yeux d'un mauve pailleté d'or semblait recéler une énergie incroyable. Elle l'avait perçue rien qu'en la regardant. Ce qui n'était jamais encore arrivé en dehors de sa famille, surtout avec Coralie, sa sœur cadette. Puis, elle se ravisa, préférant revenir très vite à ce qu'elle était venue faire là, au plein cœur de la capitale. Elle avait reçu un message étrange sur Internet, via un forum dont elle était membre. Un message qui lui demandait de se rendre à un point très précis de la ville. Depuis son départ de la boutique de ses parents, elle n'avait cessé de peser le pour et le contre de son initiative.

La nuit était d'une obscurité particulièrement dense. Un mystérieux brouillard d'une rare opacité donnait un aspect lugubre, étrange, et sombre. Chose assez paradoxale quand cela a lieu dans les rues de Paris, surnommée la *Ville Lumière.*

C'était pourtant en marchant à travers ces étranges ténèbres que Karine se dirigea vers l'église Saint-Étienne-du-Mont. Puis elle s'engagea dans la rue de la Montagne Sainte-Geneviève. L'ambiance nocturne pour le moins étrange mit cette femme mal à l'aise.

Sortant de sa poche un petit papier, elle regarda à nouveau le lieu convenu pour un rendez-vous avec un certain *Haliphas Rowanon* qui fréquentait le même site ésotérique qu'elle et qui semblait être en mesure de lui transmettre des renseignements sur des recherches qu'elle menait de son côté.

Elle arriva bien vite sur les lieux, dans l'impasse Bouvart. Bien qu'elle soit à l'heure, on ne pouvait pas en dire autant de son interlocuteur. Elle en fut tout d'abord agacée. La ponctualité était la moindre des politesses et elle n'appréciait pas que l'on arrive en retard à un rendez-vous.

Cependant, il y avait quelque chose dans l'air, quelque chose d'oppressant. De malsain. La jeune femme sentit un filet de sueur froide couler le long de son dos. Elle réalisa qu'elle n'était pas seule.

Quelqu'un l'observait…

Elle ouvrit un peu sa veste et un pendentif en argent brilla d'un bref éclat. Il représentait un dragon stylisé, avec de grandes ailes repliées sur son dos. Il évoquait un peu le mythique Ouroboros, le serpent qui se mord la queue, symbolisant ainsi l'Univers infini. La silhouette de la créature entourait une demi-sphère de sardoine, une pierre orange-rouge. Elle effleura d'un geste doux ce talisman et prit une profonde respiration. Le simple contact de la pierre avait toujours eu pour effet d'apaiser la jeune femme. Pas cette fois.

L'appréhension venait de céder la place à la frayeur. Elle en était sûre, il n'y avait plus le moindre doute à présent : quelqu'un se tenait derrière elle. Elle se retourna et sentit un choc brutal ainsi qu'une douleur atroce et aigüe la traverser de part en part. Son cri fut étouffé par la souffrance.

Un homme se tenait dans l'obscurité de la ruelle, le regard fixe braqué sur la jeune femme tandis qu'il venait de lui plonger son épée en plein cœur. Le sourire démoniaque qu'il arborait rajoutait à la terreur de la jeune femme qui sentait sa vie la quitter inexorablement. D'un geste sec et maîtrisé, il retira l'épée du corps de sa victime qui s'écroula, désormais morte, sur la chaussée humide.

Haliphas Rowanon se pencha sur elle et lui arracha le pendentif qu'elle portait. Son sourire s'accentua lorsqu'il reconnut ce symbole qu'il n'avait pas eu l'occasion de contempler depuis longtemps.

Voilà qui est parfait, se dit Rowanon en nettoyant lame de son glaive. *Alors comme ça, le clan pensait pouvoir m'arrêter… Très intéressant. Mais ces imbéciles ne savent même pas que c'est moi qui ai lancé la traque en premier, et que mon piège va se refermer sur eux.*

Tout à ses pensées, Haliphas Rowanon rengaina son épée et emporta le corps de la jeune femme dans le coffre de sa voiture, garée non loin de là. Lui aussi avait remarqué la direction suivie par Sylvia Laffargue après qu'elle eut quitté la bibliothèque. Il savait très bien que la jeune fille aurait bientôt un rôle important à jouer dans les évènements à venir. Peut-être était-ce *elle*. Celle qu'il attendait de retrouver un jour depuis des années. Il monta dans sa voiture, et disparut dans les tréfonds de l'obscurité.

Quelqu'un d'autre n'avait rien manqué de la scène. Ce témoin anonyme n'aurait rien pu faire pour la malheureuse.

Une sensation étrange s'était emparée de cet homme mystérieux. Il ferma les yeux, et revit une parcelle du songe qui l'obsédait toutes les nuits depuis les trois derniers mois ; du feu partout autour de lui, et la silhouette d'une femme qu'il ne connaissait ni ne pouvait atteindre. Il chassa le souvenir de cette vision nocturne à laquelle il ne comprenait rien et se mit en route avant de s'éclipser à son tour à la faveur de la nuit.

*

Au même moment, quelque part en ville, une adolescente blonde aux yeux bleus se réveilla en sursaut et fixa le plafond d'un regard apeuré, cherchant à comprendre ce qui l'avait tirée de sa somnolence.

Un homme châtain aux yeux verts manqua de tomber de sa chaise qui était en équilibre sur deux pieds.

Sylvia sursauta à la suite d'une étrange sensation et manqua de rater une marche de l'escalier menant à la station de RER de Châtelet-les-Halles.

Un homme brun s'arrêta d'écrire au clavier de son ordinateur et fronça les sourcils, les sens aux aguets.

Une jeune fille rousse interrompit le film vidéo qu'elle regardait à la télévision et porta les mains à ses tempes en murmurant : « Karine, ma sœur… Oh non..! ».

Sans même se connaître les uns les autres, et malgré les distances très différentes qui les séparaient, chacun d'entre eux avait la certitude que quelque chose de tragique venait d'avoir lieu à l'instant même.

Comme s'ils avaient pu percevoir l'agonie de cette jeune femme.

Comme s'il était arrivé malheur à l'un des leurs.

CHAPITRE 3

Mardi 1er juin 2010,
Rue des Innocents.

Déjà le matin, et la douce lumière du soleil, filtrée par les persiennes, pénétra dans la pièce avant de se poser sur le visage de Sylvia encore endormie. Après son retour de la bibliothèque, elle était allée se coucher sans attendre et s'était assoupie aussitôt. Soudain ses traits se raidirent, en proie à un cauchemar.

– Non… Ne te retourne pas… C'est un piège ! SAUVE-TOI !! s'écria-t-elle, au bord de la panique.

Elle porta les mains à sa poitrine, comme si elle avait été atteinte d'une douleur intense. Ce qui eut pour effet de la réveiller pour de bon en la faisant tomber du lit. Le contact avec le parquet froid n'eut rien de bien accueillant. Se relevant tant bien que mal, elle eut la pénible impression qu'un bus lui était passé dessus. Elle pesta intérieurement, elle qui n'aimait guère ce genre de réveil brutal. La douleur ressentie durant son cauchemar s'estompait à présent, lui confirmant que ce n'était somme toute qu'un mauvais rêve. Celle de la chute, quant à elle, déjà moins. Elle se dirigea vers la fenêtre de sa chambre dans un état encore second.

Dans son for intérieur, elle se souvenait avoir rêvé d'une jeune femme rousse se faisant transpercer d'une épée. Ce qui la troublait le plus était qu'elle avait le vague souvenir d'avoir déjà croisé cette femme… Mais oui, à son retour de la bibliothèque ! Pourtant, quelque chose la rendait perplexe.

Ce rêve… Ce n'est pas possible… se dit-elle. *Ça ne peut être qu'une coïncidence ou quelque chose dans ce genre.*

Sylvia s'efforça de chasser ces pensées qui lui semblaient absurdes. En ouvrant la fenêtre, elle inspira l'air frais du matin. En quelques heures à peine, sa vie semblait avoir basculé dans l'étrange sans même qu'elle ne s'en rende compte. C'est alors qu'elle remarqua les marques de brûlure de ses mains. Elle contempla ses paumes meurtries avec stupeur. Tout d'abord, elle s'inquiéta de leur origine, puis elle se remémora ce que s'était produit à la bibliothèque. Ce qu'elle pensait avoir vu à ce moment-là. Les feux dans la forêt.

Depuis quand les rêves laissent-ils des traces réelles ?

Ceci était curieux, et aussi anormal que le fait que ces cicatrices semblaient anciennes et ne causaient aucun mal, alors qu'elles n'y étaient pas hier encore. Elle les toucha d'un geste machinal. D'où venaient-elles ? Qu'est-ce qui avait pu les provoquer ? L'espace d'un bref instant, elle eut une petite idée sur la question, mais elle repoussa cette éventualité car elle se serait rappelée des soins qui lui auraient été prodigués par la suite. Or, elle n'avait aucun souvenir de ce genre.

Vraiment étrange…

Sylvia avait quitté sa province natale près de trois ans auparavant afin de suivre ses études universitaires à l'université Sorbonne Nouvelle, appelée aussi *Paris 3*. Elle avait la chance de résider dans le centre même de la ville, et elle aimait la vie telle qu'elle la menait à l'heure actuelle. Sa famille, décédée en 2005, lui avait légué de quoi s'offrir l'acquisition d'un petit appartement tout près du quartier des Halles, avec vue sur la fontaine des Innocents. Même si son logement était rikiki, elle avait toujours eu un faible pour cet endroit très animé, et prendre son thé à la vanille en contemplant la ville lui apportait toujours une joie sereine.

Pas aujourd'hui, cependant. C'était d'un regard perdu dans le vague que Sylvia contemplait la vie citadine se dérouler deux étages en-dessous d'elle. Son thé matinal était bien devenu le dernier de ses soucis.

Perdue dans ses pensées, elle finit par apercevoir un nuage avec une forme particulière. Elle se détendit. Comme à l'époque de son enfance, elle s'amusait à imaginer que les nuages avaient la forme d'animaux. Toutefois, le nuage cotonneux qu'elle voyait à présent lui évoquait plus la majestueuse silhouette d'un dragon blanc fendant les airs de ses puissantes ailes qu'un sympathique petit lapin rondouillard. Jusqu'au moment où elle crut voir le dragon bouger la tête, dirigeant son regard vers elle.

Quoi ?!

Une décharge lui parcourut le dos, des reins à la nuque, comme si tous ses sens venaient d'être sortis d'un long sommeil. Au même moment, une quantité impressionnante d'images envahit l'esprit de Sylvia à une vitesse beaucoup trop rapide pour qu'elle puisse les distinguer les unes des autres. Elle porta les mains à ses tempes tandis qu'une voix grave empreinte d'un écho infini retentit dans son esprit au même instant :

Je t'ai enfin retrouvée. Le moment est enfin arrivé de te révéler à toi-même. La Porteuse de Lumière *doit réunir les siens pour retrouver les Trésors Sacrés qui furent jadis perdus. Constitue ton clan et rétablis le véritable pouvoir du Cercle du Dragon Céleste. Accomplis le destin qui est le tien. Éveille toi ! … ÉVEILLE-TOI !!*

Sylvia sursauta et cligna des yeux. La voix s'était éteinte dans sa tête. Elle se redressa, s'étonnant de ce qui venait de se produire. C'était bien la première fois qu'elle rêvait debout. Elle s'interrogeait surtout de savoir d'où avait pu venir cette voix qui avait résonné au fond d'elle-même. Encore une fois, il était question de la *Porteuse de Lumière* et de ces non moins mystérieux Trésors Sacrés.

À quoi ça rime, tout ça ? J'y comprends que dalle !

Son regard glissa vers sa montre, la ramenant à une réalité beaucoup plus terre à terre et immédiate ; il était déjà huit heures et quart et son premier cours avait lieu dans moins d'une demi-heure. Réprimant un juron en gaélique ancien, chose assez difficile, elle se précipita pour finir de se préparer. Il ne manquerait plus de tout cela qu'elle arrive en retard à la fac.

*

Au même instant, une jeune fille n'en menait pas large dans un autre quartier de la ville, au début de la rue du Faubourg du Temple.

Coralie Tarany était inquiète. Depuis son départ hier au soir, elle n'avait plus vu Karine, sa sœur aînée, et craignait qu'il ne lui soit arrivé malheur.

Quelle entêtée celle-là ! maugréa Coralie. *Pourquoi ne m'a-t-elle toujours pas rappelée, comme elle avait promis de le faire ?* Elle regarda un instant au loin, perdue dans ses pensées. *Pourvu qu'il ne lui soit rien arrivé de grave.*

Malgré sa contrariété, elle était très inquiète et son mauvais pressentiment ne fit que croître. Elle repensa à ce qu'elle avait ressenti la nuit dernière, à la violente douleur qu'elle avait éprouvée au niveau du cœur. La contrariété de Coralie ne parvenait pas à masquer la peur qui s'était emparée d'elle.

Il s'est passé quelque chose hier soir, j'en ai la certitude.

La jeune fille était une étudiante rousse aux yeux bruns, à la frimousse espiègle. Férues d'ésotérisme depuis l'enfance, elle et sa sœur se passionnaient pour la Magie. En revanche, l'heure n'était plus à ces pensées angoissantes, elle devait se rendre en cours, même si elle aurait de loin préféré partir à la recherche de sa Karine. Quitte à fouiller la ville de long en large.

C'est bientôt l'heure.

L'espace d'un instant, elle se demanda d'où lui venait le sentiment que le moment était arrivé. Mais quoi, et pourquoi maintenant ?

Quoi qu'il en soit, Coralie ne devait pas oublier pour autant ses obligations universitaires. Elle attrapa son sac à dos et passa par la porte arrière de la boutique pour rejoindre son arrêt de bus. Elle donnerait un coup de main à ses parents dès son retour. La boutique ésotérique n'était ouverte que depuis peu de temps, alors les parents de Coralie avaient encore besoin d'elle après les cours.

Le magasin était situé au tout début de la rue, à l'angle même de la place de la République, sur une terrasse à laquelle on pouvait accéder en montant un petit escalier jouxtant le trottoir. L'étudiante aimait beaucoup l'agencement de cet endroit et se félicitait qu'elle et sa sœur aient pu avoir leur mot à dire concernant la décoration. Ce qui avait donné lieu à des discussions à bâtons rompus mémorables avec toute la famille.

La vitrine était composée de plusieurs carrés de verre maintenus par un assemblage en bois repeint en blanc vieilli. Une calligraphie médiévale composait l'enseigne et figurait aussi sur la porte, avec les horaires d'ouverture ainsi qu'un pentagramme et un croissant de lune. Le tout peint en blanc sur la vitre de la porte d'entrée. Pour l'heure, une femme d'une cinquantaine d'années aux cheveux châtains striés de mèches blanches s'activait à un réagencement soigné. La jeune fille la salua d'un geste de la main.

– À tout à l'heure, maman ! Promis, je t'aiderai à déballer les derniers arrivages dès mon retour.

– Ok, ma chérie, répondit la brave femme. Je compte sur toi car nous venons de recevoir des articles très intéressants, et j'aurais besoin de ton aide pour répertorier tout ça avant la mise en rayons.

– Pas de problème, tu peux compter sur moi.

– Une dernière chose, dit la mère de Coralie d'un ton malicieux, ce n'est pas ton bus qui arrive ?

Le véhicule était en effet sur le point d'arriver à l'arrêt le plus proche.

– Oh ce n'est pas vrai ! Je file !

Coralie piqua alors un sprint, en rajustant son sac à dos pour atteindre l'autobus, parvenant pendant quelques instants à ne plus songer à son inquiétude sur la disparition de sa sœur.

*

À peine plus tard dans la matinée, le corps d'une femme décédée fut découvert sur le quai François Mitterrand, non loin du Musée du Louvre. La dépouille enveloppée d'une étoffe noire, les mains croisées sur la poitrine, une plaie béante au cœur.

Un périmètre visant à préserver la scène de crime fut bouclé par les autorités qui commencèrent à mener leur enquête ou du moins essayèrent. Bien que le corps fut signalé sur la promenade piétonne le longs du fleuve, les véhicules de la Police et de l'équipe scientifique n'avaient pas manqué de bloquer la circulation voisine, ce qui ne fut pas chose facile en heure de pointe. Les automobilistes, déjà peu enclins à la bonne humeur le matin, avaient trouvé là une autre occasion de râler, comme d'ordinaire à Paris.

En plus de cela, un battage médiatique massif s'était abattu sur cette découverte macabre à proximité d'un lieu prisé par les touristes du monde entier. Ce qui ne facilitait guère la tâche des agents déjà bien occupés avec la scène de crime. Les reporters affluaient de tous les côtés et il n'était pas aisé de les tenir à distance. Sans compter les attroupements de badauds et de touristes qui mitraillaient les lieux du flash de leurs appareils photo. N'importe qui passant à proximité aurait eu l'impression d'assister à une conférence de presse d'une célébrité internationale et non à une enquête pour homicide.

Le lieutenant Frédéric Laforrest fut parmi les premiers à arriver sur les lieux. Âgé de vingt-huit ans, cet homme châtain aux yeux d'un vert profond avait réussi à gagner l'estime de ses supérieurs par son travail rigoureux et son tempérament obstiné, posé et taciturne. C'était à lui qu'avait été confiée la tâche d'élucider les mystérieux assassinats qui avaient lieu en ville. Persévérant et consciencieux, il mettait tout en œuvre pour parvenir à retrouver et mettre ce fou furieux sous les verrous.

S'approchant du corps, il enfila des gants, souleva un peu le tissu noir et esquissa une grimace de dégoût en voyant la blessure qu'il n'eut aucun mal à reconnaître, envoyant à la poubelle par la même occasion toute hypothèse de suicide.

Le médecin légiste vint près de lui pour déterminer l'heure du décès à l'aide d'un thermomètre hépatique. Depuis qu'il travaillait à la résolution d'homicides, Laforrest avait toujours un léger haut-le-cœur face à cette pratique pourtant courante.

– On dirait que le maniaque à l'épée a encore frappé, dit le légiste au lieutenant. En tout cas, c'est le même topo que pour les deux autres. La pauvre fille est morte sur le coup, sans la moindre chance d'y survivre. Bien sûr, ce ne sont que des observations à chaud. On en saura plus après un examen approfondi en salle d'autopsie.

Frédéric n'avait pas bronché.

– Dire que c'est déjà la troisième victime, fit-il remarquer. Est-ce qu'on pourrait espérer avoir un témoin oculaire ?

Il ne se faisait jamais beaucoup d'illusions quant aux informations qui pourraient être récoltées, préférant la tangibilité de preuves matérielles.

Alors qu'il observa le légiste se faire aider pour emporter la dépouille de la victime sur un brancard, un jeune homme brun aux yeux noisette se fit entendre derrière lui :

– Lieutenant, un homme rentrant d'une soirée de l'autre côté de la berge a déclaré avoir vu quelqu'un s'arrêter en voiture cette nuit. Il a aperçu vaguement le type décharger quelque chose du coffre, puis déposer son chargement à cet endroit précis. C'est tout ce qu'on a pour le moment, il faut attendre les résultats du labo pour en savoir plus. Il a agi en très peu de temps, de façon très organisée. On peut dire qu'il a prémédité son coup, celui-là !

– Et le véhicule… Le témoin est-il en mesure de faire une description ?

– Notre témoin a parlé d'une Mercedes, un modèle 4x4 noir, mais il a déclaré ne pas avoir vu grand-chose à cause de l'obscurité, on n'a aucune image exploitable sur les vidéos de surveillance du périphérique. Avec le flot de la circulation qu'il y a eue durant les heures qui ont suivi, on peut d'ores et déjà oublier tout prélèvement des traces de roues pour retrouver cette maudite bagnole. Ça ne donnera rien de probant.

Ces propos ne firent rien pour calmer la contrariété qui gagnait Frédéric. Ce n'était pas la première fois qu'il s'entendait dire cela, quand le cadavre d'une femme avait été retrouvé dans des conditions similaires depuis le début du mois. Déjà deux meurtres non-élucidés, et la confirmation avec celui-ci qu'il y avait bel et bien un tueur en série en ville.

Il s'approcha de la civière sur lequel reposait la jeune femme, à demi enveloppée d'un sac mortuaire. Frédéric réprima un frisson. D'un geste doux, il releva une mèche des longs cheveux roux de la victime, désolé de ne pas avoir été en mesure d'empêcher cette tragédie d'arriver.

On peut supposer que si son corps a été déplacé, le fait qu'il soit à cet emplacement précis doit avoir un sens. Et puis de quel signe bizarre voulait parler le témoin ? À moins bien sûr que ce soit le même que pour les deux autres. Alors dans ce cas…

Le lieutenant se figea et regarda ses doigts gantés couverts d'une substance rougeâtre. Il fit quelques pas en arrière afin d'avoir une meilleure vue d'ensemble. C'est alors qu'il vit quelque chose qui le sidéra : le corps de la femme décédée avait été placé au centre d'une étoile à cinq branches à moitié effacée, peinte en rouge sombre, et le corps avait les pieds orientés vers la pointe qui était dirigée vers le bas. Des agents de la police scientifique effectuaient déjà un prélèvement en vue d'analyses.

Il observa les lieux un bref instant, l'esprit bousculé par plusieurs questions. Pourquoi le tueur s'amusait-il à déplacer le corps après chaque meurtre ? Dans quels lieux ces femmes avaient-elles rencontré celui qui avait signé leur arrêt de mort ? Surtout, comment l'arrêter avant qu'il ne fasse d'autres victimes ?

En regardant la couleur rouge sombre qui maculait ses doigts, Frédéric se disait qu'il y avait quelque chose d'étrange dans cette affaire. Dans l'immédiat, il devait retourner à son enquête, sans se perdre à poursuivre différentes hypothèses qui, au pire, ne mèneraient nulle part. Il préférait d'autant plus avancer avec les faits dont il pouvait être sûr à cent pour cent, à commencer par…

– Connaît-on l'identité de la victime ?

– Oui, répondit le deuxième agent. Il s'agit de Karine Tarany, vingt-huit ans. On a retrouvé ses papiers sur elle. Rien n'a été volé.

Du coup, on sait que ce n'est pas à son fric qu'on en voulait. Elle travaillait dans une boutique tenue par ses parents dans la rue du Faubourg du Temple, non loin de la Place de la République.

– Une boutique ? interrompit Frédéric. Laquelle ?

Le second policier consulta un carnet dans lequel il avait pris note des informations déjà rassemblées.

– Ça s'appelle *La Voie Initiatique*, spécialisée en ésotérisme, sciences occultes, et autres conneries du même genre. On a déjà envoyé des agents prévenir les parents. Vous pensez bien que ça va leur faire un choc épouvantable. Sa famille compte aussi une sœur cadette, Coralie. Elle a vingt-deux ans et doit être à la fac à l'heure qu'il est. Ah voilà, c'est à Paris 3, la Sorbonne Nouvelle. L'avantage, c'est qu'on n'est pas loin.

Le lieutenant se releva, après avoir jeté un dernier coup d'œil à celle qu'on appelait Karine Tarany. Il était plongé dans un abîme de perplexité.

Une si jolie femme se prenait donc pour une sorcière *ou je ne sais quoi ? On aura vraiment tout vu.*

– Faites prévenir les parents, dit-il d'un ton sans réplique. Si cette Coralie peut nous aider à lever le voile sur la mort de Karine, je vais aller moi-même lui parler… *et aussi lui annoncer la triste nouvelle,* pensa-t-il dans son for intérieur. *Bordel, voilà bien un des aspects de mon boulot que je déteste !*

Car ce n'est certainement pas à l'école de la police que l'on apprend aux jeunes recrues à assumer la terrible épreuve d'annoncer le décès d'une personne à ses proches. Quelqu'un qui ne rentrera plus jamais à la maison.

*

– Tu es sûr de ce que tu avances ? demanda une voix féminine.

– C'est comme je te l'ai dit hier soir. Cette fille s'était comme assoupie en lisant, mais on aurait dit qu'elle faisait un cauchemar un peu trop réaliste. Encore heureux qu'il n'y avait plus personne dans la salle quand elle a crié. J'ai regardé ses mains de plus près, et il y avait des traces de brûlure, alors que je parierais ma bible de Gutenberg qu'elle n'en avait pas auparavant. C'étaient des marques assez grandes et fichtrement impressionnantes, tu sais. Mais elle était si secouée qu'à mon avis, elle n'a pas dû s'en rendre compte tout de suite.

– Alors là… Ça pourrait être ça, mais il faudrait s'assurer que ce ne soit pas un énième faux espoir. Je sens qu'une énergie incroyable se concentre du plus en plus en ville. Quelque chose ne va pas tarder à s'enclencher. Quelque chose d'énorme.

– Je le sens aussi. De puissants pouvoirs sont en train de s'accumuler autour de nous.

– Tu sais bien que les ténèbres se rassemblent là où il y a une forte concentration de lumière. J'ai de moins en moins de doutes à présent. C'est sûrement ça !

L'interlocuteur sursauta à cause du ton enthousiaste de celle à qui il téléphonait. Un peu sceptique, il se demanda en quoi cela pouvait être une aussi bonne nouvelle. Selon lui, c'était même plutôt le contraire.

– Je suis persuadée que tout se met en place. Un peu comme un jeu d'échecs, les pièces se montreront au fur et à mesure, et attirées de façon inéluctable vers la plus forte source de puissance magique quelle qu'elle soit, et qui qu'elle soit. En tout cas, il est encore trop tôt pour me montrer. Pour l'instant, je préfère attendre que les autres se soient rassemblés avant de me manifester. Si tu veux, on peut se retrouver ce soir à la maison pour en discuter plus en détails.

– Ok. Je suis tout à fait d'accord, mais ça ne nous dit pas… s'interrompit-il. Merde, quelqu'un vient ! murmura-t-il avant de fourrer son téléphone dans sa poche de chemise.

– 'Scusez, demanda un garçon derrière lui, mais je cherche des traductions françaises d'œuvres scandinaves et finnoises.

– Ce n'est pas ici, il faut aller dans la bibliothèque Nordique. L'accès ne se fait pas d'ici. L'entrée se situe au 6 de la rue Valette. Juste à côté.

– Merci bien, fit l'étudiant avant de repartir d'où il était venu.

L'homme attendit que le gêneur soit hors de sa vue pour reprendre en main son téléphone. Quand il le porta à son oreille, il n'entendit que la tonalité ; sa correspondante avait raccroché dans l'intervalle. Il maugréa et éteignit son téléphone avant de le ranger à nouveau. Un peu contrarié par la tournure des évènements, il se dirigea vers le casier roulant des livres qu'il avait à ranger dans les étagères de la bibliothèque Sainte-Geneviève.

*

Il faisait encore nuit sur la ville quand Philippe Helm se réveilla en sursaut. Étendu sur le dos, il se passa une main sur le visage et réalisa que tout son corps était en nage. Il rabattit d'un geste ample du pied les draps blancs humides. La fraîcheur de l'air picota aussitôt la peau nue de son torse et de ses bras. Puis, il s'assit sur son lit. Au bout de quelques instants, il parvint à retrouver, non sans difficulté, un souffle plus régulier. Il fut troublé d'avoir l'impression de ne plus pouvoir respirer. Comme s'il s'était sauvé en courant à perdre haleine.

De quelque chose.

D'un prédateur très dangereux.

Quand il recouvra enfin ses esprits, le jeune homme se leva, vêtu d'un simple pantalon de pyjama. Puis, il se dirigea vers la salle de bain pour prendre une douche fraîche.

En passant devant le miroir sur la porte de la penderie, Philippe crut entrapercevoir une ombre furtive dans le fond de la pièce. Chose pour le moins étonnante puisqu'il vivait seul dans son appartement. Quand il se rapprocha un peu plus du miroir, il put voir quelque chose qui le sidéra au plus haut point : la silhouette d'une femme qui se tenait debout derrière lui. Tétanisé, Philippe n'osait esquisser le moindre geste, de peur qu'il n'y ait plus personne au moment où il se retournerait. Il se contenta donc de la regarder à travers le miroir.

Elle lui était inconnue, lui qui ne connaissait aucune femme rousse dans son entourage. Elle était très belle. La couleur vive de sa chevelure était accentuée par le teint pâle de sa peau, mais ce qui frappa le plus le jeune homme fut l'incommensurable détresse de son regard sombre et voilé.

Tandis qu'une larme rouge sang coulait le long de sa joue, la mystérieuse apparition sembla vouloir dire quelque chose, mais aucun son ne parvint à se faire entendre. Soudain, elle poussa un hurlement silencieux qui se perdit dans le néant avant de disparaître tout aussitôt, emportée par une flamme tourbillonnante. Vision fantasmagorique qui fit sursauter d'horreur le jeune homme.

N'importe qui aurait eu une frayeur de tous les diables après avoir vu une chose pareille, mais Philippe encaissa le choc assez bien. Depuis les quinze dernières années, il avait déjà eu l'occasion de voir bon nombre de choses que les gens auraient considérées comme étant surnaturelles, mais qui faisaient bel et bien partie du quotidien pour lui. Par conséquent, il avait déjà une petite idée sur ce qui venait de se produire. Inutile pour lui d'attacher la moindre importance quant à l'absence de brûlure sur la moquette, là où s'était tenue l'apparition. Il y avait de moins en moins de doute, cette entité éthérique était un revenant, l'esprit de quelqu'un passé récemment de vie à trépas. Une âme qui avait un ultime message à transmettre.

Bien qu'il n'ait pas pu entendre ce que l'esprit de cette femme avait tenté de lui dire, il avait néanmoins pu lire sur ses lèvres. Elle avait murmuré : « À l'aide… Viens à Paris… Le clan est en danger… »

Incroyable !

Après avoir pris une douche revigorante, il s'habilla à la hâte et s'enferma dans son bureau. S'il y avait des évènements étranges à Paris, il espérait que la presse en ferait l'écho d'une façon ou d'une autre. Il s'intéressa plus volontiers aux éditions régionales en effectuant ses recherches via Internet. Grâce à Internet, il était maintenant facile d'avoir accès à ce genre de document. Malgré l'heure tardive, même si Philippe habitait à Montréal, au Québec.

Il ne lui fallut pas longtemps pour être informé des meurtres inexpliqués qui avaient eu lieu dans la capitale française. Cela le préoccupa au plus haut point. Il trouva un article qui venait tout juste d'être publié dans *Le Parisien* sur le décès d'une jeune femme rousse. Sur la photo accompagnant la coupure de presse qui avait été scannée, le jeune homme reconnut sans peine l'apparition qui venait de lui rendre visite. Surtout, il fit le lien entre cet homicide et la sensation de douleur qu'il avait perçue la veille. Comme si une partie de lui était morte au moment même où cette femme avait rendu son dernier souffle.

Pendant un instant, Philippe se remémora qu'il avait prévu un petit voyage à Paris. Il passa encore quelques heures dans son bureau à collecter des informations sur les meurtres en question jusqu'au lever du jour. Puis, quand il estima que l'heure n'était plus trop matinale pour contacter son éditeur, il décrocha le téléphone, histoire de le prévenir de ses intentions. Bien que ce séjour ait été organisé depuis quelques mois, les récents évènements survenus l'avaient définitivement convaincu de l'urgence qu'avait désormais prise cette affaire.

Après trois sonneries, la voix aimable d'une standardiste se fit entendre :

– Allô oui, Éditions Canada Spiritualité.

– C'est Philippe Helm. Je voudrais parler à Benjamin Drouais, s'il vous plaît. Il est arrivé ?

– Bien sûr, ne quittez pas. Je vous le passe.

Philippe patienta. Du reste, il n'eut pas à attendre bien longtemps.

– Tiens, salut Philippe ! fit Benjamin d'un ton réjoui. Tu sais qu'on se demande tous quand tu te décideras à nous faire parvenir ton prochain manuscrit ?

– Tu ne l'auras pas de sitôt, figure-toi. N'oublie pas que c'est la semaine prochaine que je pars en France. J'en profiterai pour rencontrer mon lectorat parisien. Des librairies ésotériques m'ont invité.

– Ah tabouère ! Ça m'était sorti de la tête. Tu auras le temps d'écrire pour t'avancer un peu sur ton nouveau livre ?

– Très franchement, je n'en sais rien. Au pire, j'emporterai une copie de ce que j'ai déjà fait… en espérant avoir un peu de temps pour écrire, mais je ne te garantis rien à ce propos. Tu ne l'auras pas tout de suite, si tu veux mon avis.

– Tu n'appelais que pour me dire ça ou y a-t-il autre chose ?

– C'est vrai, je voulais te préciser que je n'ai aucune idée du temps que je passerai en France. Tu ferais mieux de ne pas trop m'attendre sur ce coup-là.

– Tu n'envisages tout de même pas de t'installer là-bas, j'espère ! s'esclaffa Benjamin qui savait que l'écrivain avait depuis toujours un coup de cœur pour l'Europe.

Philippe eu un petit sourire et, par pur sadisme amusé, laissa passer quelques secondes de silence. Au téléphone, il aurait pu entendre une mouche voler.

– Pourquoi pas ? dit Philippe d'un ton égal. Je peux écrire n'importe où.

Son interlocuteur manqua de s'étrangler à ces mots.

– Mais quel maudit têteux ! T'as pas fini d'être aussi épais ?

Philippe fut pris d'un joyeux éclat de rire. Il adorait faire ce genre de petite frayeur à son éditeur qui craignait un peu que l'un de ses plus prolifiques auteurs ne décide de faire publier ses livres ailleurs.

– Quoi qu'il en soit, je te tiendrai au courant. Allez, bonjour.

Sur ces mots, Philippe raccrocha avec un demi-sourire, mais il se rembrunit presque aussitôt. Pendant un bref instant, il fut saisi d'un brusque frisson. Car pour la première fois depuis les tous premiers temps de son initiation aux arts magiques, Philippe ressentit de la peur. Il avait déjà compris que son parcours serait semé de dangers, d'épreuves, et qu'il pourrait ne pas en revenir.

CHAPITRE 4

Université Sorbonne Nouvelle.

Cette matinée de juin était magnifique, à tel point que Sylvia trouvait dommage d'aller s'enfermer une grande partie de la journée dans les salles de l'université au lieu de profiter du soleil dans les parcs de la ville.

Vêtue d'un jean, d'un chemisier de flanelle blanche et d'un léger tricot de coton noir, la jeune fille sortit de chez elle. Elle chaussa ses rollers dont elle attacha les fixations avant de se lancer à l'assaut des trottoirs déjà encombrés de passants. Elle se déplaçait avec aisance. Si seulement elle pouvait ralentir le temps, elle n'aurait pas à se dépêcher ainsi pour éviter d'arriver en retard.

Slalomant entre les badauds, elle se dirigea vers le boulevard Sébastopol pour rejoindre l'université de la Sorbonne. Par chance, elle arriva à destination sans trop de retard pour son premier cours du matin.

Le soleil était déjà haut dans le ciel, et ses rayons venaient se perdre à travers les hautes fenêtres d'un des amphithéâtres de la Sorbonne. Le professeur acheva d'écrire les grandes lignes de son cours au tableau avant de se tourner vers ses élèves.

– Alors la question principale reste la suivante : qui est la sorcière ? Pour l'imagerie populaire élaborée au cours des siècles par l'obscurantisme, c'est une vieille femme horrible, effrayante et perverse, méchante, édentée, volontiers juchée sur un manche à balai, jetant la stérilité, le marasme et les pires calamités. Par les inepties qu'a colportées l'Église, le mot *sorcière* a changé de sens pour désigner celle qui nuit et fait peur. Trêve de balivernes ! Histoire de remettre les pendules à l'heure, il faut qu'elles remontent le temps pour narrer cette dramatique époque qui n'est pas si lointaine que ça, en fin de compte. Par rapport à l'histoire de l'Humanité dans son entier, on pourrait dire que c'est arrivé avant-hier.

Thomas Carello avait déjà commencé son cours quand Sylvia arriva.

Âgé d'une quarantaine d'années, les cheveux déjà poivre-et-sel, vêtu d'une tenue décontractée, il avait l'élégance désinvolte de l'éternel étudiant. Il devait avoir un certain succès avec les femmes. C'était avant tout l'un des professeurs les plus populaires de l'université. Il arpentait de long en large l'estrade où trônait son bureau tout en faisant de grands gestes afin de souligner ses propos, mais en restant sérieux et concentré. Une vague de rires saisit une bonne partie des étudiants présents dans l'amphithéâtre, toujours comble quand Thomas y donnait un cours.

Sylvia se faufila entre les bancs occupés vers une place libre, et commença à sortir ses affaires pour prendre des notes. Elle n'avait que quelques minutes de retard. Heureusement pour elle, le professeur ne semblait pas l'avoir remarquée. Si elle avait été une étudiante de première année tremblant devant son professeur, peut-être qu'il n'aurait pas hésité un quart de seconde avant de la tancer en s'exclamant que les juges de la Sainte Inquisition ne lui auraient jamais laissé l'opportunité d'arriver en retard à son procès. Pourtant, l'enseignant fit mine de ne pas la voir, toujours plongé dans son cours, même si Sylvia n'était pas dupe pour autant. Elle lui fut reconnaissante de l'avoir laissée tranquille.

– La sorcellerie a toujours existé, continua Carello. Par contre, la *Chasse aux sorcières* est un phénomène historique moderne, un peu comparable au nazisme ou au stalinisme, par lequel d'innombrables êtres humains furent soumis à d'atroces tortures. Ils furent condamnés à une mort cruelle pour des crimes, qu'à la fin du XXe siècle, les historiens, les gens lettrés et ma tante Madeleine auraient considérés comme étant imaginaires et absurdes.

Cette dernière remarque fut également accueillie par un franc éclat de rire. Par son attitude, à la fois intelligente et décontractée, Thomas avait cette capacité pour le moins déconcertante de rendre attrayants les cours jugés comme étant les plus rébarbatifs auprès des étudiants, d'où aussi une grande partie de sa notoriété. Aujourd'hui encore, il en donnait la preuve avec un aisance confondante.

– Elles ne furent pas persécutées par la populace, mais bien par les hommes les plus cultivés, religieux et érudits de leur temps, surtout par les catholiques et les protestants. La persécution systématique pour fait de sorcellerie est un phénomène qui s'étale sur une époque bien définie de l'histoire, du XIIe au XVIIIe siècle, quand le pouvoir de l'Église et de l'État fit cause commune pour exterminer les soi-disant sorcières. Durant cette période, ce serait près d'un million de personnes environ, davantage selon certains chroniqueurs depuis l'ouverture des archives de l'Inquisition, qui furent exécutées pour sorcellerie. D'ailleurs, il convient de mentionner…

Le professeur Carello s'arrêta en fixant la porte d'entrée de l'amphithéâtre. Quelques étudiants se tournèrent dans la même direction pour savoir ce qui avait incité leur enseignant à s'interrompre. Il y avait une personne en laquelle Sylvia reconnut sans peine le recteur de la fac, accompagné par deux hommes, dont un châtain aux yeux d'un vert émeraude. Le lieutenant Laforrest.

– Allons bon, s'exclama Thomas, le recteur de l'université qui débarque à mon cours ! Qu'est-ce que j'ai encore fait ?

Sa remarque arracha quelques rires étouffés, mais sans parvenir à détendre l'atmosphère pour autant. Un murmure d'inquiétude s'empara des jeunes qui suivaient de la tête les nouveaux arrivants tandis qu'ils descendaient les escaliers pour aller à la rencontre de Carello. Le recteur lui souffla quelques mots avant de laisser la parole à Frédéric qui montra des documents au professeur, visiblement aussi contrarié que le Recteur. Sylvia se douta de la gravité de l'instant, parce que Carello était d'un caractère léger, et il en fallait beaucoup pour le départir de sa bonhommie.

Le lieutenant Laforrest se tourna ensuite vers les étudiants et balaya l'assistance du regard. Il croisa pendant une fraction de seconde le regard de Sylvia qui sentit un frisson lui remonter dans le dos jusqu'à la nuque. Gagnée par la perplexité, elle regarda à la hâte dans les rangs en dessous d'elle, mais personne d'autre ne semblait avoir réagi de cette façon. Certains de ses camarades étaient silencieux, tandis que d'autres chuchotaient entre eux à voix basse.

Frédéric, quant à lui, avait perçu la même chose que Sylvia. Cependant, après avoir regardé à la dérobée l'étudiante qu'il avait en face de lui, il ne chercha ni à savoir d'où lui venait cette vague impression de déjà-vu, ni pourquoi il avait la certitude de connaître cette jeune fille. Ce n'était pas son genre d'attacher la moindre importance à ce genre de détail étrange.

Thomas Carello prononça encore quelques mots au lieutenant qui se dirigea ensuite vers les gradins et commença à grimper les escaliers, se rapprochant ainsi de Sylvia qui se demandait ce qu'un flic pouvait bien avoir à faire par ici. Il s'arrêta deux rangs derrière Sylvia et demanda à une des étudiantes de venir avec lui pour parler. Des murmures s'élevèrent dans l'assistance tandis qu'une jeune fille rousse aux cheveux courts et vêtue d'un pull rouge se levait.

Leurs regards se croisèrent et le même frémissement les parcourut toutes les deux. Sous le coup, elles se figèrent de stupeur. Coralie regarda avec surprise Sylvia et Frédéric tour à tour, puis elle se dirigea vers l'estrade pour rejoindre les deux policiers.

Incroyable, pensa Sylvia. *J'ai comme l'impression de l'avoir déjà vue quelque part. On a quelques UE*[2] *libres en commun, alors cela pourrait sembler normal de l'avoir croisée en ces lieux, mais je suis persuadée que ça remonterait à pas très longtemps. Je ne sais pas pourquoi, mais je dirais même plutôt hier… Hier au soir…*

Frédéric posa la main en douceur sur l'épaule de la jeune fille qui l'avait rejoint.

– J'ai quelque chose à vous dire, Mademoiselle Tarany, mais il nous faudrait un lieu tranquille pour parler.

Coralie acquiesça d'un air absent. Elle n'aimait pas ce mauvais pressentiment qui n'avait pas été aussi fort de la journée. Sans compter que l'attitude pleine de condescendance de cet homme ne lui disait rien qui vaille. Si cela n'avait tenu qu'à elle, elle aurait pris la fuite sans demander son reste. Cependant, elle ne ressentait aucune menace émanant de lui, mais une vague impression de déjà-vu. Pourtant, c'était la première fois de cette vie qu'elle le voyait. Une idée qui la surprit au plus au point.

– La salle de projection de cette section est libre pour toute la matinée, ajouta le recteur. Je peux très bien vous conduire là-bas et la mettre à votre disposition.

– Ce serait l'idéal en effet, approuva Frédéric.

Laforrest, l'autre agent, et le Recteur accompagnant Coralie, sortirent de l'amphithéâtre sous les yeux des autres étudiants.

---

[2] Unités d'Enseignement

Il se passa quelques secondes d'un silence tendu après leur départ. Thomas toussa un peu pour s'éclaircir la voix avant de reprendre son cours là où il l'avait interrompu. Cependant, cela allait être difficile de capter à nouveau l'attention des étudiants qui ne cessaient de commenter ce qui venait de se produire.

Sylvia était soucieuse et ne comprenait pas pourquoi elle avait réagi de la sorte en apercevant ce policier et cette fille rousse.

Exactement comme avec cette jeune femme que j'avais croisée en rentrant de la bibliothèque. Non, cette impression n'avait pas été aussi forte que celle ressentie aujourd'hui. C'était alors quelque chose de plus diffus, de moins intense.

C'est là qu'elle comprit pourquoi elle avait eu le sentiment d'avoir croisé Coralie la nuit dernière ; elle ressemblait beaucoup à la femme bousculée au moment de sortir de la bibliothèque. La même nuance de chevelure, l'éclat du regard, les mêmes pommettes.

Au bout de quelques instants, elle eut beaucoup de mal à se concentrer sur ce que disait son professeur. Les autres semblaient avoir déjà tourné la page, et étaient retournés à la leçon du jour, même si beaucoup parlaient encore de l'incident. Quoi qu'il en soit, cela n'avait pas empêché un ou deux étudiants de dormir, avec un journal ouvert sur le visage. Encore des mecs qui avaient eu une soirée trop arrosée la veille.

Thomas Carello avait la certitude que ses étudiants ne parviendraient pas à se replonger dans l'histoire de l'Inquisition. Il décida donc d'ajourner le cours et de le reporter à plus tard, pour le bonheur de la plupart des élèves qui furent plus qu'enthousiastes à l'idée de quitter un cours près d'une demi-heure avant la fin.

Ils se levèrent et commencèrent à quitter les gradins. Sylvia eut encore un regard vers la place où était auparavant assise cette fille emmenée par la police. Elle soupira, puis sortit à son tour de l'amphithéâtre avec quelques condisciples qui commentaient à grand bruit l'incident survenu durant le cours. Un évènement de ce genre était d'autant plus rare qu'il rompait avec la monotonie quotidienne.

Tout au fond à gauche de l'amphithéâtre, un des dormeurs se réveilla en sursaut, réalisant que la salle était vide. Il remballa ses affaires en vrac dans son sac avant de partir à son tour. Il laissa tomber le quotidien du jour. Sur la une du journal, encore à moitié plié, le titre annonçait : « **Une femme assassinée au Cimetière du Père Lachaise. Des adeptes du satanisme dans la ligne de mire des enquêteurs ?** »

CHAPITRE 5

Accoudée devant une des fenêtres ouvertes, dans un coin retiré de l'université, Sylvia contemplait l'horizon citadin qui s'offrait à elle, la tête entre les mains, en attendant de récupérer le livre qu'elle avait prêté à une de ses condisciples avant d'enchaîner avec son prochain cours, moins d'une heure après celui de Thomas. L'occasion de souffler un peu.

C'était de très loin un des endroits, avec le jardin derrière l'université, où elle aimait se rendre pour réfléchir en paix lorsque quelque chose la tracassait. Ses pensées se bousculaient sans la moindre suite logique dans sa tête depuis ce matin, et elle avait du mal à y voir clair, surtout en ce qui concernait ce qu'elle avait ressenti vis-à-vis de pas moins trois personnes en une seule journée. Beau score, par rapport à la veille qui n'en avait compté que deux : le jeune homme de la bibliothèque et la femme rousse ensuite.

Enfin, si le dragon que j'ai cru apercevoir dans les nuages pouvait être considéré comme une personne *lui aussi*, se dit-elle entre amusement, scepticisme, et une pointe d'exaspération face à ce qu'elle ne parvenait toujours pas à s'expliquer. Ce n'était pourtant pas faute d'essayer, mais ayant été élevée par des parents athées et tournés vers le rationalisme, aucune place n'avait été laissée pour l'occulte et le mystérieux dans son mode de pensée.

Elle revit alors en pensée le visage de cet homme et de cette fille rousse, se rappelant que la jeune fille en question s'appelait Coralie Tarany. Elle ne lui avait jusque-là prêté aucune attention particulière. Elle semblait être une étudiante tout à fait ordinaire et sans histoire. Le plus curieux, c'était qu'elle n'avait jamais vu ces deux personnes auparavant dans sa vie, à part peut-être Coralie. Alors pourquoi avait-elle cette impression de les connaître depuis très longtemps, comme s'ils s'étaient déjà côtoyés à une époque tellement lointaine de sa vie qu'elle avait du mal à savoir à quand cela pouvait remonter ? Elle tenta de se souvenir de quelques-unes des images qui lui étaient apparues dans la vision du matin, mais elle n'avait pas eu le temps de bien les voir. Ce fut peine perdue et elle en récolta un mal de tête carabiné.

Elle s'appuya un peu plus à la fenêtre qui surplombait de six étages la cour arrière déserte. Toute cette incompréhension la mettait dans un état de tension singulier. Depuis le matin, elle avait l'impression que tous ses sens étaient en alerte, comme si quelque chose de grave était sur le point de se produire.

Comme si le moment était enfin arrivé.

Elle était de plus en plus troublée, sur les nerfs, et il fallait qu'elle soit plus calme. Un peu moins sur la défensive.

– Excuse-moi, fit une voix masculine derrière Sylvia tandis qu'une main se posant sur son épaule la faisait sursauter.

C'est alors que la jeune fille bascula dans le vide avant de tomber sous les yeux tétanisés d'horreur d'un autre étudiant qui ne put la rattraper à temps.

Sylvia n'eut même pas l'occasion de se demander si elle allait, au pire, mourir écrasée sur les pavés de la cour ou, au mieux, finir tétraplégique dans un fauteuil roulant, le corps disloqué et brisé à vie.

Le temps se figea tout à coup. Tout ce qu'elle percevait lui parvenait au ralenti. Elle n'avait même pas conscience de sa chute, mais plutôt l'impression de descendre en flottant, comme portée par le souffle du vent. Une nouvelle succession d'images s'était à nouveau emparée de son esprit et elle pouvait les voir un peu plus distinctement en se concentrant dessus : une étoile à cinq branches dessinée sur une carte topographique, le symbole du Yin et du Yang, un dragon d'apparence cristalline enroulé autour d'une épée d'argent, six silhouettes dans les flammes des bûchers, une magnifique épée ouvragée provoquant une giclée de sang, une patte noire dotée de griffes acérées lâchant une sphère blanche à la surface de l'eau tandis qu'une autre patte blanche récupérait la boule devenue noire de l'autre côté, un genre de miroir passant de la nuit au jour, et un étrange bijou de main doté de pierreries dont une noire au centre. C'est alors que les images se firent plus précises : Sylvia vit la jeune fille rousse du cours précédent dans une salle sombre. Elle reconnut Coralie. Elle était en danger ! Elle allait peut-être mourir si personne n'arrêtait le type qui se profilait dans l'ombre, une grande épée à la main.

Encore absorbée par ce qu'elle voyait dans son esprit, Sylvia ne réalisa pas tout de suite qu'elle avait fini sa chute dans les épais buissons qui se trouvaient juste en-dessous d'elle. L'atterrissage ne s'était pas fait en douceur, loin de là. Les douleurs provoquées par les égratignures qu'elle s'était faite et quelques ecchymoses lui apprirent qu'elle était en piteux état, mais bel et bien vivante.

Clignant des yeux, elle revint à elle sans pour autant parvenir à réaliser l'incroyable de la situation ; elle aurait très bien pu se tuer rien qu'en tombant de cette hauteur et elle s'en était sortie presque indemne. Ça n'avait pas le moindre sens.

Le moins qu'on puisse dire, c'est que je n'ai pas flotté dans les airs, maugréa-t-elle, *parce que sinon, je n'aurais pas fait une chute aussi spectaculaire ! Inutile de tergiverser de midi à quatorze heures. Je dois à tout prix me souvenir de ce que j'ai vu !*

Un effroyable sentiment d'urgence s'était emparé d'elle... Son instinct lui martelait que le temps était désormais compté. Tic, tac, tic, tac... Sylvia, terrifiée, revint à sa vision. Pas le temps de rationaliser. Coralie ! Quelqu'un allait tenter de l'assassiner ! Mais alors, où ? Dans quel endroit de la fac la scène de cette vision pouvait-elle avoir eu lieu ?

Elle porta une main à sa tempe, réfléchissant à toute vitesse.

Oui... Une salle assez sombre, grande, avec un projecteur. C'est alors qu'elle se rappela qu'elle avait entendu que Coralie devait sûrement se trouver dans la salle de projection, de l'autre côté du bâtiment où se situait l'amphithéâtre dans lequel elle venait d'avoir cours. Le Recteur avait même dit qu'il les accompagnerait là-bas.

Encore sous le choc, Sylvia se releva en tentant d'ignorer les protestations douloureuses de son corps meurtri et se mit à courir à perdre haleine.

Elle ne savait pas si ces visions étaient une illusion ou non, et s'en fichait, car elle courait pour tenter de sauver une vie autre que la sienne.

CHAPITRE 6

Sylvia courut dans les couloirs. Elle essayait de calmer le sentiment d'angoisse qui l'avait saisie en voyant Coralie en péril, mais aussi les douleurs lancinantes provoquées par sa chute. Ses blessures lui faisaient mal, mais ce n'était pas le moment idéal pour s'en préoccuper. Non, l'urgence était ailleurs.

Elle filait comme le vent. Certains étudiants se retournèrent sur son sillage en la regardant avec surprise. Elle ne ralentit pas sa course pour autant et bouscula quelques personnes qui avaient eu la mauvaise idée de rester plantées au milieu de sa trajectoire. Ne prêtant aucune attention, ni aux professeurs vociférant l'ordre de s'arrêter, ni même aux gens qu'elle avait bousculés sans le moindre ménagement, elle déboula dans l'allée menant à la salle de projection. C'est alors qu'elle s'arrêta, préférant opter pour la prudence. Désormais silencieuse, elle avança à pas feutrés. Une chance que les râleurs ne n'aient pas eu l'idée idiote de la courser.

En se rapprochant de la porte de la salle de projection, elle fut très vite en mesure de mieux entendre ce qui y était dit à ce moment même. Elle pouvait percevoir les bribes d'une conversation et ça semblait se passer très mal pour Coralie.

– Allons, allons, allons, fit la voix d'un homme. Si tu n'avais pas fait ta tête de mule, ce flic serait encore en vie.

Coralie pleurait et, au ton de sa voix, Sylvia comprit que la jeune fille devait être terrifiée au-delà du possible.

– Pourquoi l'avoir tué ? Il n'avait rien à voir dans cette histoire. Ma sœur ne m'avait rien dit, je le jure ! Tout ce que je sais, c'est qu'elle devait rencontrer un internaute la nuit dernière et qu'elle n'est jamais rentrée ! Vous avez assassiné ces gens ! Et vous avez tué ma sœur, espèce de salaud !

– Bon… Ce n'est pas tout à fait ce que j'espérais, mais il semblerait que tu dises la vérité. Dans ce cas, tu ne me sers plus à rien. Avant d'en finir avec toi, je vais mettre un terme aux jours de cet autre flic que tu aurais pu sauver lui aussi. Il aurait peut-être été en mesure de me mettre le grappin dessus, mais on ne le saura jamais. C'est ainsi.

– NON !! hurla Sylvia en se précipitant dans la pièce.

Elle avait réagi de façon spontanée, sans même avoir réfléchi à ce qu'elle ferait une fois à l'intérieur.

Dans la pénombre de la salle de projection, Sylvia avait reconnu Frédéric étendu à plat ventre sur le sol, non loin de la porte. Assis sur une des chaises, les bras ballants, gisait le corps de l'officier qui accompagnait le policier. Le haut dissimulé dans l'obscurité. Elle fit un autre pas en avant et son pied buta sur quelque chose qui roula jusqu'à la lumière provenant de l'entrée : la tête de l'officier qui tournait vers Sylvia un regard désormais vide, une traînée de sang derrière elle.

Se retenant tant bien que mal de hurler à pleins poumons, Sylvia vit une silhouette dissimulée dans l'ombre, ainsi qu'une autre personne qui était retenue par les poignets à un des éclairages du plafond. Coralie.

L'homme tenait dans sa main une épée massive. Il utilisa la garde de son épée pour frapper Coralie d'un coup sec dans le ventre. Puis il se tourna vers Sylvia qui commençait seulement à mesurer toute l'inconscience de son geste.

En voyant la scène surréaliste qui se déroulait devant elle, deux hypothèses se manifestèrent à peu près au même moment dans son esprit en proie à la peur. La première : elle crut avoir débarqué par erreur sur le plateau de tournage d'un film d'horreur. La deuxième : elle se demanda où est-ce que les super-héros des bandes dessinées de son enfance avaient bien pu passer. La preuve venait d'être faite que Superman n'était jamais là quand on avait besoin de lui. Il avait bien choisi son moment pour prendre des vacances, car elle était seule face à un tueur armé et dangereux : Haliphas Rowanon.

Bien qu'il ne s'y attendait pas, l'arrivée de cette jeune fille sembla amuser le tueur à l'épée.

– Alors comme ça, j'ai une invitée surprise. Je ne sais pas comment tu m'as trouvé, mais je vais t'apprendre à t'occuper de tes affaires. De toute façon, une de plus ou de moins, quelle importance ? Je ne suis plus à ça près.

Il avança vers la nouvelle arrivante, son épée à la main, et elle comprit qu'il comptait mettre sa menace à exécution.

Sylvia était éperdue. Que faire ? Elle n'était qu'une simple étudiante, sûrement pas une guerrière, et encore moins dans la police. Soudain, une idée lui vint : sans même hésiter, elle se pencha sur Frédéric et lui prit son arme de service. Elle mit l'inconnu en joue, les mains tremblantes. Malgré sa peur, elle n'hésiterait pas à s'en servir. Un oncle lui avait appris à se servir d'un fusil. Dans une fête foraine.

Haliphas Rowanon eut un rire à la fois cruel et bon enfant.

– Tu crois qu'une gamine comme toi me fait peur parce que tu as ce jouet dérisoire ? Tu fais preuve de beaucoup de courage et d'une naïveté touchante, mais ça ne prend pas contre moi.

– Pourquoi pas ? Si vous vous montrez raisonnable, il y aurait moyen de s'en sortir sans trop de casse. Voilà ce que je veux : ne touchez ni à Coralie ni à ce flic, et je vous laisserai *peut-être* la vie sauve. Encore que… rien n'est moins sûr. Je suis plutôt à cran, et le coup pourrait partir tout seul.

Sur ces propos, elle ôta la sécurité, arma le revolver et garda son opposant dans la ligne de mire, prête à tirer, et ce dernier vit bien qu'elle était sérieuse. Il ne s'était pas attendu à ça, et eut un petit rire amusé. Il abaissa son épée sans geste brusque et la rangea dans son fourreau. Sylvia se détendit un peu.

Erreur grave.

Il fondit sur la jeune femme qui tenta de l'arrêter en tirant à deux reprises, mais son rival était beaucoup trop agile et rapide. Il esquiva les balles avec une aisance quasi surhumaine. Puis, il la désarma aisément de la main, tandis que le pistolet tombait au sol, non loin de Frédéric qui rouvrit les yeux de façon imperceptible.

Le tueur saisit Sylvia par le cou et la cloua contre le mur. Son agresseur était grand et très fort. Les pieds de la jeune fille ne touchaient plus le sol et elle commençait à suffoquer. Elle ne pouvait pas voir les détails de son visage, car il restait toujours à moitié caché par la pénombre. Elle pouvait sentir son souffle rauque contre son propre visage.

Sylvia voulait ardemment détenir la force de venir en aide aux autres et de se protéger aussi. Non, il était impossible qu'elle meure à cet instant précis, alors qu'elle avait conscience qu'elle avait encore tant de choses à accomplir. Son agresseur resserrait inexorablement la pression sur la gorge de Sylvia qui ne pouvait plus respirer. Elle étouffait, cherchant en vain à reprendre sa respiration.

Une voix impérieuse résonna du plus profond de son cœur : *Puise en toi la force de protéger ces gens et de vaincre ceux qui veulent te nuire. Laisse jaillir en toi le pouvoir… LAISSE JAILLIR EN TOI LE POUVOIR !!*

Au lieu de ça, un dernier souffle s'échappa de ses lèvres, et elle sombra alors dans l'inconscience.

*

Manquant d'oxygène et submergée par la douleur, Sylvia perdit connaissance, son inconscient déclenchant les appareils de secours dont il disposait. Cette apnée de la conscience lui fit changer de dimension. Plus rien à présent n'aurait pu être en mesure d'empêcher la suite des évènements.

Le *point de rupture* venait d'être atteint.

Alors qu'il était sur le point de lui briser la nuque, Haliphas Rowanon ressentit une puissante onde d'énergie émanant de sa proie.

C'était à peine croyable. Alors que tout semblait perdu, elle puisait dans une force échappant à toute imagination le pouvoir de continuer la lutte. Malgré la mort imminente, le visage de Sylvia reflétait une impassibilité hors du commun. Elle rouvrit les yeux et braqua un regard intense sur son assaillant qui put entrapercevoir l'étendue du pouvoir de la volonté de cette fille. Ce qu'il lisait dans ses yeux le sidéra au plus haut point, parce que jamais encore il n'avait vu un tel regard, aussi pénétrant, acéré et glacé d'obscurité. Puis il poussa un cri de douleur autant que de surprise : une force incommensurable semblant venir de nulle part s'était exercée sur son poignet qui lui fit relâcher la jeune fille. Serrant contre lui sa main meurtrie, il s'écroula au sol et regarda Sylvia, tétanisé par la stupeur. Car il n'y avait pas le moindre doute que c'était elle qui lui avait fait lâcher prise alors qu'elle n'avait pas esquissé le moindre geste depuis l'instant où elle avait perdu conscience.

Elle était comme en suspension quelques centimètres au-dessus du sol. Ses cheveux flottaient autour de son visage, comme agités par une brise imperceptible. Une aura d'un violet intense entourait son corps, tandis qu'un symbole de la même couleur était apparu sur son front :

Rowanon pouvait voir l'énergie se déployer autour d'elle sous forme d'ondes au niveau de ses pieds, comme la surface de l'eau quand on y jetait un caillou.

Tout à coup, une détonation retentit, et les alarmes de l'établissement se déclenchèrent aussitôt. Médusé, le tueur chercha qui pouvait être à l'origine de ce coup de feu.

Frédéric Laforrest.

Ayant repris ses esprits à l'arrivée de Sylvia, il avait récupéré son arme qui, par chance, était retombée non loin de lui. Il avait rassemblé ses forces pour ne pas manquer sa cible. Puisqu'il ne pouvait tirer sur Rowanon sans risquer de tuer son otage, il ne lui restait plus que l'option de déclencher le système d'alarme. Un tir parfait.

– Il ne faudrait quand même pas m'oublier. Ce n'est pas le moment de m'enterrer trop vite. Alors maintenant, je vous ordonne de vous rendre sans résistance !

Tout en gardant sa cible en joue, Frédéric tenta de se redresser.

– Soyez tous maudits !

Haliphas scruta les trois personnes dans son champ de vision avec une haine compacte qui s'accentua d'un sourire cruel.

– Je n'en ai pas fini avec vous. Ce n'est là qu'un début en ce qui nous concerne… La seule chose de sûre, c'est qu'on sera appelés à tous se revoir. Très bientôt, même.

D'un mouvement rapide, il se remit debout et s'enfuit pour disparaître dans les couloirs. Frédéric n'avait pas réussi à le retenir en lui tirant dans les jambes.

Décidément, ce type est d'une rapidité fulgurante, se dit-il.

Il se releva péniblement et porta la main à sa nuque, là où le tueur l'avait frappé. On pouvait dire qu'il n'y était pas allé de main morte. Surtout, il n'avait pas été vigilant et son collègue en avait fait les frais. Puis, il se dirigea vers Coralie qui était toujours attachée, mais elle s'était réveillée et elle n'avait rien manqué de ce qui venait de se passer. Après avoir défait les liens, il l'aida à reposer les pieds au sol. Elle semblait sidérée, pas seulement à cause de son agression, mais plus encore par la terrifiante démonstration du pouvoir détenu par Sylvia.

Frédéric s'approcha de cette dernière. En la regardant, il eut de la peine à croire ce qu'il avait vu. Bien qu'il eût beaucoup de mal à l'admettre, une force invisible avait fait lâcher prise à ce type alors même qu'il allait tuer cette fille. C'était si incroyable, beaucoup trop pour que ce soit vrai. Pourtant… c'était là, devant lui. Tout ça s'était réellement produit, non ?

Sylvia, encore dans un état second, tourna un regard tranquille vers lui et sourit. L'aura l'entourant s'amenuisa avant de disparaître. Les yeux de la jeune fille se refermèrent, elle replongea dans l'inconscience et au même instant elle tomba au sol. Frédéric et Coralie se précipitèrent vers elle. Le policier se pencha et prit son poignet afin de vérifier son pouls.

Tout va bien. Elle est saine et sauve…

Il adressa un sourire rassurant à Coralie.

L'étudiante rousse était perplexe quant au pouvoir détenu par cette fille. D'où avait pu lui venir une telle puissance ? Qu'est-ce que tout ça voulait dire ?

Les secours arrivèrent sur les lieux et l'université fut promptement évacuée. Coralie, Sylvia et Frédéric furent emmenés aux urgences sous bonne escorte et le corps de l'officier assassiné fut emporté à la morgue où le médecin légiste pratiquerait l'autopsie dès l'arrivée du cadavre, livré en deux éléments séparés.

Dissimulé dans le feuillage d'un arbre voisin, un jeune homme n'avait rien raté de la scène. Ce dont il avait été le témoin privilégié était sidérant au plus haut point.

Un large sourire illuminait son visage. Il eut ainsi la confirmation de ce dont il se doutait déjà. Le moment était enfin arrivé où Sylvia devrait apprendre à maîtriser cet incroyable pouvoir qui venait d'éclore en elle.

L'heure était venue pour lui d'entrer en scène.

CHAPITRE 7

La nuit était déjà tombée lorsque Sylvia se réveilla. Elle se trouvait dans une chambre d'hôpital dans laquelle seul le bruit régulier de l'électrocardiogramme auquel son index était connecté venait rompre le troublant silence.

La jeune fille souffrait d'une névralgie sévère qui lui vrillait les tempes. Sans pour autant être migraineuse, elle n'avait jamais eu une telle crise auparavant. Elle avait la douloureuse impression que les pulsations de son cerveau contre la boîte crânienne allaient la rendre folle. Ses blessures n'étaient que superficielles et avaient été soignées, mais son corps endolori par sa chute depuis la fenêtre de la fac lui faisait encore mal.

Super, je vais me retrouver avec des bleus et des contusions dignes d'intérêt.

Réalisant enfin où elle se trouvait, elle se redressa un peu sur le lit et tenta de se remémorer les évènements d'avant qu'elle ne perde connaissance. Pour couronner le tout, elle n'avait pas le moindre souvenir de ce qui s'était passé après que son agresseur l'eût saisie à la gorge. Alors qu'elle suffoquait, elle avait ressenti en elle la présence d'une entité plus forte qui exigeait d'être libérée. Ce qui n'avait aucun sens pour elle.

Elle comprit qu'à ce moment précis, c'était comme si quelqu'un d'autre avait pris les commandes dans sa tête et avait agi à sa place. Elle frissonna à cette idée, effrayée rien que d'y penser. Avec tout ce qui venait de se produire depuis les dernières vingt-quatre heures, Sylvia décida qu'elle serait bonne pour de longues séances chez un psy avant la fin de la semaine, au minimum.

D'innombrables questions se bousculaient dans son esprit encore embrumé, et elle ne parvenait pas à y voir plus clair. Qu'était-il advenu de Frédéric Laforrest et Coralie Tarany ? S'en étaient-ils sortis ou avaient-ils été tués eux aussi ? Elle eut un frisson d'horreur, surtout après avoir vu ce qui était arrivé au second policier, décapité. Leur agresseur qui se déplaçait dans les ombres, tirant parti de l'obscurité environnante. Elle en perçut un sentiment diffus de malaise, et qu'elle était observée. C'est alors qu'elle réalisa qu'il y avait quelqu'un d'autre dans la pièce.

Elle parcourut les lieux du regard et eut un brusque sursaut d'effroi quand elle discerna la silhouette d'un homme qui la regardait, tranquillement installé sur une chaise non loin de la fenêtre entrouverte.

Il était là !

Comment avait-il réussi à la retrouver ?

Allait-il la tuer ici, en plein hôpital ?

Semblant percevoir le trouble de la jeune femme, l'inconnu se leva pour s'approcher. Elle se ramassa sur elle-même, pétrifiée, incapable de fuir. En passant devant la fenêtre dont le store était resté ouvert, les lueurs de la ville éclairèrent alors les traits de ce visiteur. Sylvia se calma un bref instant ; l'homme qui avait tenté de la tuer ne se serait pas risqué ainsi à dévoiler son visage. Ce n'était donc pas lui. Cela ne suffisait pourtant pas à la convaincre complètement de se détendre. Elle ne savait toujours pas qui il était, ni comment il était entré et surtout, ce qu'il pouvait bien vouloir d'elle pour venir lui rendre visite en pleine nuit.

L'étrange visiteur était brun aux yeux sombres, mais pas noirs, peut-être bruns aussi. C'était difficile à deviner dans la pénombre.

Malgré son trouble, Sylvia retrouva néanmoins l'usage de la parole.

– Qui êtes-vous ? Comment êtes-vous entré ?

Le mystérieux visiteur posa son doigt sur ses lèvres, l'encourageant au silence par ce geste complice.

– Un ton en dessous, chuchota-t-il. Tels que je connais les flics du genre de celui qui t'accompagnait, il a plus que sûrement dû mettre quelqu'un dans les parages pour monter la garde et je n'ai pas trop envie qu'on ne me surprenne ici. J'ai déjà eu toutes les peines à entrer sans me faire voir pour tout faire foirer avant même d'avoir réussi à te parler.

Il semblait avoir le même âge qu'elle, les cheveux coiffés en bataille, et était même assez mignon. Sylvia ne l'avait jamais vu, mais elle ressentait une vague impression de déjà-vu, du même genre que celle qu'elle avait eue en présence des autres personnes auprès de qui cet étrange phénomène s'était produit, sans parvenir sur le coup à se rappeler de qui il s'agissait.

S'il avait dit vrai, l'étage devait sans doute compter quelques policiers et Sylvia renonça à son désir de faire flanquer dehors son visiteur. Ce qui ne l'empêchait pas pour autant de fulminer contre lui. Du reste, elle était trop contrariée pour y accorder plus d'attention. Sans qu'elle puisse s'expliquer pourquoi, et alors qu'elle ne le connaissait même pas, ce type avait déjà trouvé le moyen de lui taper sur les nerfs. Pour l'instant, elle préféra lui laisser l'opportunité de la renseigner sur la situation actuelle, se promettant de lui faire la peau un peu plus tard. L'espace d'une seconde, elle se dit avec un brin de sadisme que le chapitre consacré aux méthodes de torture exercées par l'Inquisition pourrait faire une bonne base de départ. D'autant plus que les recherches pour son devoir lui en avaient appris quelques-unes plutôt perverses.

– Autant que je commence par me présenter, dit-il, je m'appelle Stéphane Flergafau. J'ai dû attendre le départ de toute la clique de toubibs et de flicailles qui avait élu domicile dans ta chambre. Ils l'avaient confondue avec un salon bar. L'équipe soignante s'est arrangée pour qu'ils sortent tous, terme poli pour dire qu'ils se sont fait foutre dehors. Par chance, j'ai réussi à me faufiler sans attirer l'attention. Je voulais te parler en privé avant que les autres ne se ramènent pour t'interroger. Car j'en sais beaucoup sur ce qui t'est arrivé à la fac. Je n'en ai pas loupé une miette.

Sylvia eut un coup d'œil surpris. S'il avait été présent sur les lieux, il aurait pu intervenir pour la sauver, au lieu de la laisser ainsi face à un dingue pareil ! Son visiteur poursuivit sans prêter attention au regard meurtrier que la jeune fille lui jetait. Il devait sans doute s'attendre à cette réaction et ça ne l'émut pas davantage.

– Sois d'ores et déjà rassurée, car ceux que tu as sauvés sont sains et saufs. C'est le flic qui a déclenché les alarmes. En tout cas, lui et l'autre fille sont bien vivants, et ça grâce à toi, rajouta-t-il en souriant avec une certaine fierté.

Sylvia ne put réprimer un soupir de soulagement. Ils avaient survécu au fou furieux qui avait tenté de les tuer. La curiosité fut alors plus forte et prit le contrôle de ses questions. Il fallait qu'elle sache.

– Tu as vu ce qu'il s'est passé quand j'ai perdu connaissance ? Qu'est-ce que j'ai bien pu faire pour me débarrasser de ce psychopathe qui était en train de m'étrangler ? J'ai bien cru que j'allais y rester, moi !

Dans l'emportement que trahissait la voix de Sylvia, Stéphane comprit à quel point elle avait eu peur. Rien de bien inhabituel dans ce genre de circonstance. Il soupira et attendit quelques instants avant de reprendre la parole. Sylvia s'en agaça, mais elle comprit que son interlocuteur prenait en fait le temps de réfléchir à sa réponse.

– Il faut croire que ta volonté de survivre et de protéger les autres a été exacerbée et poussée dans ses ultimes retranchements. Qu'elle a en quelque sorte pris le relais par rapport à ta conscience. Pour parler *grosso modo*. Quoi qu'il en soit, tu ferais mieux d'apprendre à maîtriser ce pouvoir au plus tôt car les conséquences pourraient être terribles si tu en perdais le contrôle, aussi bien pour toi-même que pour les autres.

Il se mordit la lèvre inférieure, avec l'impression d'en avoir trop dit.

Sylvia en fut dubitative, comme si Stéphane venait de dire la plus grosse énormité qu'elle ait jamais entendue de sa vie.

– Maîtriser mon… *pouvoir* ? Mais bien sûr ! Et moi qui m'imaginais être bonne pour au moins vingt ans de psychothérapie avec tout ce qui vient de me tomber dessus ! Ben non, puisque à toi, c'est carrément là où l'on te fournit une jolie-chemise-dont-les-manches-s'attachent-dans-le-dos, comme à Sainte-Anne, qu'il faudrait t'offrir un long séjour. En solo de préférence. Non mais où est-ce que t'es allé pêcher une connerie pareille ? Sinon, je te suggère de changer de dealer. Comme quoi, la drogue, ça pourrit le cerveau.

– Tu possèdes bel et bien un pouvoir très particulier ! la coupa-t-il sèchement. Au risque de me répéter, plus vite tu sauras t'en servir, et mieux ça vaudra. Après avoir vu comment tes forces se sont déployées, je n'ai plus aucun doute à ce sujet. Tu auras un rôle très important, pour ne pas dire fondamental, dans ce qui pourrait arriver à l'avenir.

La jeune fille ouvrit la bouche pour rajouter une autre virgule à la liste de ses protestations, mais d'un geste sec, Stéphane coupa court.

– Laisse-moi continuer. Je n'ai pas beaucoup de temps à consacrer aux vaines palabres et toi non plus, d'ailleurs. Ouvre bien grand tes cages à miel, et écoute bien ce que je vais te dire. Apprends au plus vite à canaliser cette force qui sommeillait en toi. Je sais que ceci devrait t'y aider. Prêtes-y attention dès qu'ils te laisseront sortir d'ici. Ce n'est pas parce que tu ignorais tout de ce pouvoir qu'il n'existe pas pour autant.

Malgré tout le scepticisme affiché par la jeune femme, Stéphane sortit un objet rectangulaire et plat de la poche intérieure de sa veste, et le lança à Sylvia. Puis, il hésita un peu et prit aussi une pochette de velours noir avant de s'approcher un peu plus du lit de Sylvia pour le lui donner.

Au moment où leurs mains s'effleurèrent, il dit presque dans un murmure, en la regardant droit dans les yeux :

– Ne perds jamais ceci. Cet objet t'aidera à canaliser au mieux tes forces avant de savoir les maîtriser par toi-même. Sinon, pour autant que j'aie pu voir, il faudrait que tu revoies cette fille, Coralie Tarany. Mieux, attends qu'elle vienne à ta rencontre. Elle pourrait sans doute t'apprendre deux ou trois choses utiles sur la Magie. Les bases de départ, par exemple, et quelque chose me dit que ça ne serait pas du luxe, compte tenu de ton niveau en la matière. Toute une éducation à refaire.

Malgré son irritation, Sylvia ne tenta pas pour autant de se soustraire au contact de cette main douce et chaude sur la sienne. Cela faisait si longtemps que personne n'avait eu un geste tendre pour elle qu'elle voulut en savourer l'instant, même s'il lui était offert par un type qu'elle ne connaissait pas et qui était déjà estampillé du label des têtes à claques.

Puis, il caressa du doigt la joue de Sylvia qui piqua un fard aussi sec. La laissant seule avec ses interrogations, Stéphane se dirigea vers la porte. Il l'entrouvrit et, après s'être assuré que la voie était libre, se faufila dans le couloir. Apparemment, le flic en faction avait dû partir se chercher un café juste à ce moment-là et pas à un autre. Le temps d'une fraction de seconde, Sylvia se surprit à craindre que son visiteur ne se fasse surprendre, avant de se raviser.

Avec la chance qu'il a, cet espèce d'emmerdeur, il va s'en tirer sans même se faire voir. Dommage… J'aurais dû utiliser l'appel d'urgence.

Après un bref instant durant lequel son pauvre petit cerveau semblait avoir affiché « Hors service », Sylvia s'assit dans son lit. Elle arracha le papier kraft recouvrant le paquet, qui s'avéra être un livre. D'un geste machinal, elle caressa du bout du doigt la couverture bleutée et lut le titre écrit en surimpression argentée : *Les Mystères de la Draconia* de Philippe Helm, aux Éditions Canada Spiritualité.

Qu'est-ce que c'est encore que cette nullité ? Ça me rappelle le genre de livres publiés par cette petite maison d'édition dans laquelle j'avais fait un stage l'an dernier en Angleterre. Je n'ai jamais réussi à accrocher avec tout ça… sauf peut-être deux ou trois titres qui sortaient de l'ordinaire sur le Tarot. Mais lire un livre de Magie, très peu pour moi.

Pourtant, à y regarder de plus près, l'illustration de la couverture n'était pas laide ; le même genre que l'une des illustrations faites par Peter Pracownik sur le *Tarot des dragons* dont elle avait un exemplaire. Le dragon entourant une épée argentée était magnifique. Elle se demanda en quoi ce bouquin pourrait l'aider dans l'immédiat. Sans y attacher plus d'importance, elle le rangea dans sa table de chevet. C'est alors qu'elle ouvrit la pochette noire et en sortit un pendentif en argent. Il représentait un dragon enroulé sur lui-même autour d'un jade blanc laiteux semi-sphérique. La pierre avait un éclat irréel, comme si elle concentrait en elle de la lumière à l'état pur, et le dragon avait un fragment d'obsidienne noire serti dans l'œil. C'était un magnifique bijou et Sylvia nota que depuis la veille, sa vie s'était rigoureusement placée sous le signe du dragon et cela commençait à l'irriter. D'autant plus qu'elle avait la certitude que ce n'était là que le début. Malgré tout, aussi joli qu'il puisse être, l'artefact rejoignit aussi sec son compagnon d'infortune livresque dans le tiroir.

Songeuse depuis la visite qu'elle avait reçue, elle se recoucha. Le lendemain, elle savait qu'il lui faudrait affronter la police et répondre à ses interrogations. Elle eut un petit rire amer. Ces gens allaient lui poser une foule de questions auxquelles elle n'avait pas la moindre réponse. Si elle leur racontait tous les évènements tels qu'elle les avait vécus, c'est elle que l'on cataloguerait comme folle, bonne à envoyer à l'asile. Par conséquent, elle se contenterait d'une partie de la vérité, la seule qui tienne un tant soit peu du rationnel. Autant dire qu'elle n'était pas énorme.

Sylvia ne parvint à s'endormir qu'un peu avant l'aube.

CHAPITRE 8

Le commissaire Dominique Berger, supérieur du lieutenant Laforrest, avait pris la déposition des deux jeunes femmes durant dans la matinée du lendemain, en présence de ce dernier. Sylvia Laffargue avait raconté exactement ce qu'elle s'était promis de révéler, hormis bien sûr ce qu'elle avait cru voir durant sa chute, et les autres visions qui avaient précédé. Elle se doutait que ni le policier ni Coralie n'avaient dû parler de son état et encore moins de la façon dont elle s'était défaite de l'emprise de leur agresseur. Pour le moment, même elle sentait que si son interlocuteur ne la croyait qu'à moitié, elle ne passait pas pour une illuminée cherchant à attirer l'attention.

Le commissaire était frustré et il y avait de quoi. *Primo*, l'assassin avait fait une nouvelle victime, un des leurs de surcroît. Or, les flics n'aiment pas que leurs collègues se fassent butter. Cela a tendance à les énerver un brin. *Secundo*, il était toujours en liberté dans les rues de Paris. Comme si cela ne suffisait pas, aucun des témoins de ce qui était arrivé à la Sorbonne n'avait été en mesure de faire la description de ce type. Après trois victimes à son actif, il n'y avait toujours pas d'identification rétinienne possible. Sylvia soupçonnait bien que Frédéric ne lâcherait pas prise aussi facilement et qu'il fallait s'attendre à réentendre parler de lui tôt ou tard. Elle décida que le plus tard serait le mieux.

*

Sylvia et Coralie ne furent autorisées à quitter l'hôpital que dans l'après-midi. Leur identité n'était pas parvenue aux médias et elles en furent soulagées, pouvant ainsi retourner à l'université sans être importunées par des curieux en mal de sensationnel dont regorgent les journaux et les équipes de télévision.

Bien sûr, les quotidiens de la ville avaient déjà fait leurs gros titres de cette agression à l'université parisienne, et les journalistes continuaient à faire le pied de grue à l'entrée de l'établissement, dans lequel ils n'avaient pas reçu l'autorisation d'entrer. Ils se contentèrent donc d'interroger les étudiants au hasard, dans l'espoir de tomber sur quelqu'un qui aurait été témoin des évènements, sans grand succès jusqu'à présent. Du reste, ils se lasseraient vite de rester bredouilles et d'autres sujets appâteraient leur voracité insatiable de scoop.

Comme Stéphane le lui avait prédit, Coralie Tarany vint retrouver Sylvia pour l'inviter à venir discuter à la boutique de ses parents, après la fermeture pour ne pas prendre le risque d'être interrompues par la curiosité des clients. D'autant plus que le magasin était resté fermé toute la journée depuis l'annonce du meurtre de Karine. À l'heure dite, les deux jeunes filles se retrouvèrent devant *La Voie Initiatique*. Une pancarte avait été hâtivement affichée sur le rideau métallique : **« Fermeture exceptionnelle pour cause de décès »**. La réalité de la situation frappa Sylvia dans toute son horreur. Cette famille venait de perdre l'un des leurs, et elle songea avec effroi qu'il s'agissait sans nul doute de la femme rousse croisée deux nuits auparavant en quittant la bibliothèque Sainte-Geneviève.

Coralie savait que ses parents étaient présents dans l'appartement situé à l'étage du dessus, mais elle estima que le moment était mal venu de leur raconter ce qui s'était passé. Ils étaient déjà bien assez bouleversés avec la mort de leur fille aînée pour apprendre qu'ils avaient failli perdre leur deuxième enfant à vingt-quatre heures d'intervalle. Cela aurait été trop pour eux. Néanmoins, Coralie n'avait aucun secret pour sa famille. Elle tenterait donc de leur en parler le plus tôt possible, mais pas maintenant.

Bouleversée par la mort de sa sœur, la jeune fille regrettait que les évènements récents la privent de temps pour accepter l'idée du décès de Karine. Durant la nuit passée à l'hôpital, elle aurait voulu pleurer pour tenter d'évacuer sa tristesse, mais elle savait aussi que le moment n'était pas encore venu de se laisser aller à un chagrin salutaire dont elle avait pourtant besoin. En soupirant, Coralie se promit que quand l'assassin serait sous les verrous, elle prendrait enfin le temps de laisser libre cours à sa douleur, d'évacuer toutes les larmes de son corps s'il le fallait.

Ravalant sa peine, elle songea à la discussion qu'elle devait avoir avec celle qu'elle avait reconnue comme étant dotée d'un potentiel magique hors du commun et à laquelle elle était dorénavant rattachée, ne serait-ce que parce qu'elle lui avait sauvé la vie. Elle savait qu'elle aurait à prendre soin d'éveiller Sylvia à une nouvelle vie magique, et elle espérait que l'ambiance de la boutique pourrait aider à faire passer une pilule qui, en de telles circonstances, aurait bien du mal à passer auprès de n'importe qui. Sans savoir d'où cette idée lui était venue, elle avait néanmoins compris qu'il s'agissait d'une certitude inébranlable. Du reste, cela l'aiderait peut-être à ne pas sombrer dans la tristesse.

Pour l'heure, elle conduisit son invitée jusqu'à la porte de derrière qui servait à la réception des livraisons. Les deux filles passèrent par l'arrière-boutique, une pièce d'environ dix mètres carré, encombrée par endroits de cartons, et dotée d'une grande table avec des chaises pliantes, un petit coin cuisine, et des commodes dans lesquelles un stock supplémentaire était agencé. Coralie actionna quelques boutons sur un tableau électrique afin d'activer l'éclairage avant de pénétrer dans la boutique.

– Tu peux visiter et regarder autant que tu veux, dit Coralie. Pendant ce temps-là, je vais nous préparer une petite collation. Je crois qu'on va en avoir bien besoin après ce qui nous est arrivé.

Sylvia acquiesça et regarda sa camarade de fac retourner dans l'arrière-boutique dont elle laissa la porte entrouverte. L'instant d'après, la jeune fille fredonnait une de ses chansons préférées tout en s'affairant.

Pendant ce temps-là, Sylvia Laffargue resta prudemment sur le seuil, en proie aux sentiments contradictoires qui venaient de s'emparer d'elle ; entre une attirance folle et une inquiétude tacite. Un peu comme si elle avait compris qu'elle ne ferait pas qu'entrer dans un simple commerce, mais qu'elle commencerait aussi à arpenter une voie dont elle avait jusqu'ici ignoré l'existence ; une route longue et semée d'embûches, dont elle ne percevrait sans doute jamais la fin. Un monde qui lui était jusqu'alors inconnu s'offrait à sa conscience.

L'espace d'un instant, elle se sentit comme Alice sur le point de poursuivre le lapin blanc au plus profond du terrier, ou comme Dorothy au moment d'être aspirée par la tornade qui l'arracherait à son Kansas natal. Après avoir pris une inspiration, elle finit par céder à la curiosité et s'avança plus avant.

Sans non plus être très branchée avec l'ésotérisme, il fallait reconnaître que *La Voie Initiatique* avait été agencée et décorée avec un goût certain qu'elle apprécia. Même les suaves parfums résiduels environnants d'herbes, d'huile et d'encens n'étaient pas désagréables. Contre l'un des murs, se trouvait le comptoir principal avec à l'arrière des étagères profondes chargées de grands bocaux de différentes plantes séchées. Il y avait même quelques petits bouquets attachés par la tige qui pendaient çà et là. Une enseigne de la même calligraphie soignée portait la mention *Herbes & Plantes*. Une étagère latérale exposait plusieurs rangées de plantes en sachets plastifiés sur deux niveaux différents ; les plantes et résines simples, mais aussi des mélanges divers. Il y avait même à coté un meuble incroyable, dont la partie supérieure atteignait presque le plafond, et servait de présentoir vertical pour des baguettes artistiquement décorées, peut-être réalisées par un artisan. Des ornementations végétales, combinées harmonieusement avec des symboles magiques, étaient sculptées dans le bois et de multiples tiroirs fins étiquetés permettaient le rangement des articles en réserve. De grandes bibliothèques en bois patiné étaient installées contre le mur du fond, séparées à intervalles réguliers par les briques en plâtre, le tout décoré ça et là d'un faux lierre verdoyant plus vrai que nature. Les livres étaient classés par genres : Arts Divinatoires, Astrologie, Runologie, Magie (avec des sous-catégories telles que *Initiation & Développement Personnel*, *Haute Magie*, *Sorcellerie*, et *Magie Naturelle* en passant par la *Wicca* et la *Magie Celtique*), mais aussi des ouvrages sur les bougies, les influences lunaires, des catalogues de rituels variés, ainsi que des traités religieux néo-païens, beaucoup de titres sur les plantes, les encens et autres minéraux magiques. Sylvia n'avait parcouru à la volée que quelques titres, mais sa curiosité façon *rat de bibliothèque*, comme elle l'appelait elle-même, avait fini par faire taire son petit monologue rationnel, et un peu crispant, qui n'avait jusqu'alors pas cessé.

Un autre pan de mur était attribué presqu'entièrement aux différentes formes de bougies, de chandeliers, ainsi qu'aux flacons d'encens et de différents modèles de brûle-parfums, et ce jusqu'à l'espace réservé à la caisse. Dans de multiples casiers le long de la cloison, les chandelles exposées offraient à la vue une explosion de couleurs chatoyantes et nuancées. Les mêmes couleurs étaient reprises sous formes plus petites et fines. Il y avait aussi différentes formes de bougies ; certaines dotés de sept boules empilées, d'autres représentant le soleil, la lune, le yin et le yang. Il y avait tout un choix de modèles en cire d'abeille dont le parfum se mêlait aux autres senteurs déjà présentes, ainsi que des formes plus insolites ; une tête de mort, des feuilles d'automne et des flocons de neige scintillants, certaines représentant un homme et une femme enlacés de façon lascive, et même des cierges de forme phallique. Sylvia ne pu réprimer un petit rire amusé en s'imaginant la tête que devait faire les clients au moment de tomber dessus. Scandale assuré chez les bien-pensants.

Au centre de la boutique, différents présentoirs en fer forgé constituaient des rayons thématiques en fonction des articles : mortiers et pilons, plaques murales et statuettes décoratives, magnifiques ouvrages artisanaux reliés en cuir aux pages vierges, et d'autres merveilles encore. Quelques chandelles étaient disposées çà et là dans de jolis chandeliers de style celtique en pierre reconstituée, ce qui devait renforcer l'aspect déjà chaleureux de l'endroit quand elles étaient allumées. Sylvia parvint à résister à l'envie de trouver des allumettes pour en embraser la mèche.

Sans même s'en rendre compte, l'ambiance des lieux avait contribué à son apaisement. Sylvia ressentait à présent une attirance pour tout cet univers si mystérieux. Elle se surprit même à vouloir revenir ici afin de prendre plus de temps pour tout regarder, voire même commencer à acheter quelques livres intéressants sur la spiritualité issue de la Nature. Le temps s'était comme suspendu.

Parmi toutes les publications de Magie proposées en rayons, Sylvia reconnut le livre que le mystérieux Stéphane lui avait offert la veille. Elle repensa à son propre exemplaire, le sortit du sac de cours dans lequel elle l'avait fourré sans ménagement et commença à le feuilleter, parcourant la Table des Matières.

Dans la pièce d'à coté, une bouilloire se mit à siffler. Quand Coralie revint dans la boutique avec deux tasses thé et une assiette de spéculoos, elle fut amusée de voir Sylvia plongée dans la lecture du livre sur la magie draconique qu'elle avait beaucoup apprécié elle aussi. Après avoir posé son plateau sur le comptoir réservé aux herbes, elle prit deux chaises pliantes et proposa à Sylvia de venir l'y rejoindre, ne sachant trop comment entamer la discussion.

Elle commença par crever l'abcès en expliquant à son invitée que le corps découvert près du musée du Louvre était celui de Karine, sa sœur aînée. Sylvia fut désolée de l'apprendre et présenta ses plus sincères condoléances à la jeune fille qui en fut touchée. Sylvia réalisa alors que si la police judiciaire était venue en plein cours pour voir Coralie, c'était sans doute pour lui annoncer le décès de sa sœur. Ayant elle-même été l'unique survivante de l'incendie qui avait détruit la maison familiale, elle pouvait très bien comprendre la peine ressentie à la perte d'êtres chers. Même si elle n'en laissait rien paraître aux yeux de sa camarade, Sylvia percevait très bien cette douleur tout comme celle qui avait été la sienne.

Ne voulant pas non plus se laisser submerger par l'émotion qui lui étreignait le cœur, Coralie poursuivit en racontant ce qui s'était passé dans la salle de projection. Comment le tueur semblait avoir surgi de nulle part, l'assassinat du premier agent d'un seul coup d'épée et la rapide neutralisation de Frédéric Laforrest. Elle rajouta que si le tueur n'avait pas tué le lieutenant tout de suite, c'était afin de la faire chanter pour qu'elle lui avoue tout ce que sa sœur avait bien pu lui dire sur son compte.

Sylvia but une petite gorgée de thé, les mains tremblantes.

C'est à ce moment-là que je suis intervenue. Dire que j'ai bien failli y rester moi, aussi. Ça m'apprendra à jouer les Zorro de Prisunic.

Ensuite, ce fut au tour de Sylvia de raconter ce qui lui était arrivé depuis les quarante-huit dernières heures, à commencer par son rêve étrange à la bibliothèque en lui montrant les marques qu'elle avait sur les mains, les visions qu'elle avait eues, et sa chute depuis la fenêtre de la fac.

Coralie, abasourdie, écouta avec attention, oubliant même de boire le breuvage qui achevait de refroidir dans la tasse.

– C'est tout de même incroyable… En tout cas, ce n'est pas le genre de choses qui arrivent tous les jours !

– Bon, je l'espère bien car je m'en serais bien passée, figure-toi. C'est à croire qu'on veut à tout prix m'embarquer dans des trucs de dingues auxquels je ne comprends rien ! En tout cas, je me demande en quoi tout ça me concerne, en fin de compte.

Coralie resta d'un calme olympien.

– Je crois que tu ne réalises pas très bien que c'est grâce à ce que tu as vu – ou cru voir, rajouta-t-elle, que tu as pu intervenir à temps. Sylvia, je te rappelle juste au cas où ça t'aurait échappé que tu nous as sauvé la vie, à moi et à ce flic. Ce n'est pas rien, ça. À ce propos, quand je t'ai vue au cours de Carello, juste avant que la police veuille me parler, j'ai ressenti moi aussi quelque chose de bizarre. C'est exactement ce que tu m'as raconté et la même chose s'est reproduite en présence de ce policier. Comme si on se connaissait depuis toujours. Je parie que tu n'arrives pas plus que moi à t'expliquer d'où ça peut te venir, pas vrai ?

Sylvia se leva et regarda Coralie, les bras croisés sur sa poitrine.

– Essaye de comprendre tout ce que ça peut avoir de bizarre pour moi. Je n'avais jamais vécu ça avant ces derniers jours. Ce dragon aperçu dans les nuages, toi et cet homme. Au début, ça m'a pas mal chamboulée, mais maintenant, on dirait que je m'y suis presque habituée. D'autant plus que ça ne le fait plus quand je te vois à présent. On dirait que c'est fini, et je me demande bien pourquoi.

– Alors là, tu me poses une colle. Je n'en sais pas plus que toi. Pourtant, ça me ferait presque penser à une espèce de… signal de reconnaissance. Mais bon, soit je dis des conneries, soit je devrais arrêter les romans fantastiques et les séries télé.

Voyant que la dernière remarque avait fait rire Coralie, Sylvia croisa les bras sur la poitrine et poussa un bref soupir. La discussion prenait une drôle de tournure. Cela l'agaçait. Elle voulait aussi en apprendre plus sur la Magie, les dragons. En espérant que cette dernière parvienne à retrouver un tant soit peu son sérieux.

– Je voulais aussi te demander comment tu t'étais retrouvée embarquée dans cette histoire de dragons, de Magie et tout ça.

– Quand j'étais petite, mes parents, très branchés *new age* et astrologie, m'ont emmenée chez une voyante qui a dressé mon thème astral. Elle a vu mon avenir, et c'est là qu'il aurait été question d'un clan d'occultisme, de rêves qui me révèleraient la vérité, d'un pouvoir disparu amené à ressurgir. Enfin… des idées aberrantes du même genre auxquelles je n'ai pas compris grand-chose. D'un autre côté, je n'avais alors que six ou sept ans. Puis, vers quinze ans, j'ai acquis une maîtrise pour le moins étonnante du feu. Je pouvais sortir les gratins du four sans utiliser de gants isolants ou encore déplacer une bûche dans la cheminée à mains nues sans me brûler. C'est alors que j'ai commencé à m'intéresser aux sciences occultes et à la Magie. Il faut croire que c'était inscrit depuis toujours dans ma destinée. Surtout maintenant que mes parents ont enfin pu réaliser leur rêve d'ouvrir une boutique spécialisée. Pour ce qui est des dragons, ça se limite au livre et à un médaillon. Je n'ai pas pu en apprendre plus à l'heure actuelle. Au moins à ce sujet, j'en suis à peu près au même niveau que toi. D'ailleurs, il faut que je te montre ce bijou.

Sur ces mots, Coralie mit la main sous son pull et en ressortit un pendentif en argent, le même que Sylvia avait reçu la nuit dernière, mais avec une somptueuse opale de feu d'un rouge éclatant en son centre, une émeraude sertie dans l'œil du dragon. En le regardant de plus près, Sylvia eut l'impression de voir des flammes rougeoyantes dans la pierre.

– Ce pendentif est assez représentatif du pouvoir de l'Élément du Feu. C'est celui que j'apprends à contrôler. J'ai ce bijou depuis très longtemps. En fait, je ne sais même plus depuis quand je l'ai. À croire que c'est depuis toujours. Je me souviens que quand j'étais enfant, ma sœur avait réussi à me le chiper. Sans même avoir cherché à le reprendre, il était revenu dans mon coffret à bijou quelques heures après, et Karine m'a jurée qu'elle n'y était pour rien. Comme je n'ai jamais pu m'en séparer, alors je le garde sur moi.

Sylvia était subjuguée et elle songea au pendentif qu'elle avait aussi. Elle rouvrit alors son sac pour y retrouver la pochette de velours contenant le bijou, avant de le montrer à Coralie qui ne put contenir son enthousiasme.

– Incroyable ! Je n'aurais jamais imaginé qu'il puisse en exister un autre pareil au mien ! J'ai toujours cru que c'était un modèle unique. D'ailleurs, ma sœur Karine en avait un aussi, mais avec une sardoine au centre. On l'avait fait faire par un bijoutier. Et toi, tu as sans doute ton pendentif depuis longtemps aussi. Ça veut donc dire que tu es destinée à maîtriser la Magie, comme moi.

Sylvia avala une gorgée de thé de travers. Elle eut une brusque quinte de toux en faisant des gestes de modération avec sa main libre.

– Eh oh… Mollo ! Calme un peu ton enthousiasme, tu veux bien. Je m'intéresse un peu au Tarot, mais c'est tout ! La Magie, je ne connais pas ! Je n'y crois même pas ! Comment je pourrais être ce que tu prétends que je puisse être, dans ces conditions ? Ma pauvre, t'as une sacrée fissure dans ta toiture, ou bien t'es aussi barge que ce mec que j'ai vu l'autre soir ! C'est lui qui m'a refilé ce truc. J'suis même prête à parier qu'il l'a volé.

À la grande surprise de Sylvia, Coralie éclata de rire. Décidément, cette fille devait être plus dérangée qu'elle ne le pensait pour réagir de la sorte.

– On ne t'a jamais dit que les têtes fêlées laissent passer la lumière ? Je le sais parce que c'est en toi et tu n'y peux rien. C'est peut-être inscrit dans ta destinée depuis ta naissance. Le hasard n'existe pas. Sache d'ailleurs que ce mot est le nom que le Divin se donne quand il veut passer inaperçu, rajouta-t-elle en adressant à sa visiteuse un clin d'œil espiègle.

Sylvia poussa un soupir las et se tourna vers la fenêtre.

– Tout ça est bien joli, mais ça ne me dit pas ce que je dois faire dans l'immédiat. Là, tout de suite, j'aurais plutôt envie de prendre la tangente et reprendre ma vie là où je l'ai laissée. Tu sais, à la case *Vie normale*. J'me demande même pourquoi je suis encore ici à écouter tes élucubrations.

Coralie regarda Sylvia droit dans les yeux.

– En un mot : la curiosité. Je suis prête à parier que tu veux savoir jusqu'où tout ça te conduira. Je suis convaincue que si ces deux bijoux existent, et en partant du principe qu'ils sont basés sur les cinq Éléments, nous sommes en présence de deux d'entre eux : le Feu et l'Esprit. Ce qui signifie qu'il en existe sans doute encore trois dans la nature et qui sont en référence aux Éléments de l'Air, de la Terre et de l'Eau. On formerait ainsi une espèce de groupe. Un clan.

Un clan ? Pourquoi est-ce que ça sonne si familier ? songea Sylvia.

– En y réfléchissant bien, poursuivit Coralie, il y en a peut-être deux qui devraient être plus faciles à trouver que les autres.

– Comment pourrais-tu savoir desquels il s'agit ?

– Du fait de leurs éventuels pouvoirs, je pense aux propriétaires des pendentifs liés à l'Air et à l'Eau. Il se pourrait même qu'ils soient sans doute déjà à notre recherche. Par contre, ce n'est qu'une supposition, et je peux être à côté de la plaque. Ça vaut quand même la peine de tenter le coup.

Sur ces mots, Coralie reposa le plateau du thé sur la table basse. Elle était plongée dans une intense réflexion.

– Comme on ne sait pas trop comment ni où chercher, je crois que le plus judicieux serait de commencer par te faire découvrir la Magie par les bases de départ. Ça sera toujours un début, rajouta Coralie en prenant le livre sur les dragons.

Sylvia ne parvint pas à réprimer un soupir résigné.

Allons bon, il ne manquait plus que ça ! Il faut croire que je n'arriverai pas à y couper en fin de compte.

Soudain, un doute émergea dans son esprit.

– Au fait, je trouve ça curieux que l'auteur de ce livre puisse en savoir autant sur la magie draconique. Je trouve ça assez bizarre comme style de Magie, même si je n'y connais rien. À ton avis, d'où a-t-il pu tirer toutes ses informations ? Sont-elles fiables ou fantaisistes ?

Coralie était tout aussi perplexe que Sylvia.

– Tu n'es pas la seule à te poser ces questions. Figure-toi que je n'arrête pas d'y penser depuis que j'ai ouvert ce livre pour la première fois.

Elle prit une autre gorgée de thé, et grimaça en repoussant la tasse du breuvage refroidi.

– Après avoir lu ce livre, j'ai tenté quelques recherches sur la magie draconique. On l'appelle comme ça à cause de l'implication des dragons au cours des rituels. Malheureusement, je n'ai pas trouvé grand-chose d'intéressant sur ce sujet. Il faut croire que c'est l'auteur qui a forgé ce système magique à partir de différentes sources. Du coup, j'ai un peu laissé tomber pour me remettre à plancher sur le devoir que Carello nous a donné sur l'Inquisition.

– Tu l'as déjà fini le tien ?

Sylvia était soulagée que l'axe de la conversation soit revenu à quelque chose de plus normal pour elle.

– Pas tout à fait. Là, j'étais en train de plancher sur le cas d'un inquisiteur en particulier : Benedict Carpzov, surnommé *le législateur de la Saxe*. Si je me souviens bien, Carpzov admettait que la torture était employée trop fréquemment, mais qu'elle était nécessaire. Ses préférences allaient vers la lente brûlure des corps à la bougie ou l'insertion sous les ongles de lamelles de bois auxquelles on mettait le feu. Charmant, non ? Il se vantait d'avoir lu la bible en entier cent cinquante-trois fois et d'avoir envoyé au bûcher pas moins de vingt mille personnes. C'était l'un des plus terribles persécuteurs de *sorcières* de l'époque et, soit dit en passant, un fou furieux sanguinaire et un fanatique de la pire espèce. En comparaison, Torquemada passerait *presque* pour un enfant de chœur.

Sylvia regarda à nouveau par la fenêtre. Un orage se profilait à l'horizon. De lourds nuages noirs de pluie étaient déjà en vue, mais ce n'était pas ça qu'elle redoutait le plus. Elle ne pouvait pas s'empêcher de penser à toute cette histoire étrange.

L'Inquisition a eu lieu il y a tellement longtemps maintenant, se dit-elle. *Pourtant, c'est bien à notre époque qu'un tueur semble prêt à tout pour relancer la chasse aux sorcières en plein Paris… C'est dingue de voir ça au tout début du XXIe siècle. Et que viennent faire des dragons dans tout ça ? Quel rôle ont-ils à jouer ? Là, c'est clair, j'vais être bonne à flanquer dans un asile de dingues pour le restant de mes jours, si ça continue.*

La jeune fille se tourna un bref instant pour regarder Coralie qui était plongée dans la lecture d'un livre de sortilèges en anglais plus épais qu'un paquet de lessive format familial. Sylvia ne pouvait pas s'empêcher de penser que si ce tueur n'en était pas à son coup d'essai, il fallait s'attendre à ce qu'il puisse frapper de nouveau… mais qui pouvait savoir quand il tenterait à nouveau d'attaquer ?

CHAPITRE 9

L'orage venait à peine de se déclencher, et la pluie n'allait plus tarder à tomber. De spectaculaires éclairs fendaient le ciel chargé de nuages gris et lourds, saturés d'humidité. La force du vent allait *crescendo*, et une lourde averse vint s'abattre contre les fenêtres de la ville, promettant un spectacle tout à fait grandiose.

Devant la grande verrière du loft qui donnait une vue magnifique sur la ville, un homme observait le tableau qui s'offrait à son regard. Cependant, il n'y prenait aucun plaisir. Sa douleur au poignet droit était encore vive, mais pas autant que son amour-propre qui avait été mis à mal la veille.

Il avait passé les dernières vingt-quatre heures à apaiser la blessure occasionnée par le pouvoir de cette fille. Fulminant, il ne pensait plus qu'au moment où il pourrait se venger. Cependant, il avait d'autres plans pour elle. Il ne pouvait pas prendre le risque de voir des années de préparatifs et de travail contrariées parce qu'il avait été blessé dans son orgueil. Ravalant sa rage, il préféra se focaliser sur autre chose.

Haliphas Rowanon retourna vers le bureau élégant en acajou laqué au centre de la pièce. Il prit place derrière son ordinateur et se connecta à Internet. Après avoir fait quelques recherches sur des sites divers, il se rendit sur celui que la boutique *La Voie Initiatique* avait mis en ligne pour internationaliser sa clientèle. Quelque chose semblait avoir attiré son attention.

Un demi-sourire s'esquissa sur son visage.

– Quelle attrayante nouvelle. En voilà un sur lequel il ne sera pas difficile de mettre la main s'il vient jusqu'ici de lui-même.

De la même façon qu'un papillon est attiré par la lumière, cet homme ne pourra pas faire autrement que de venir auprès de la plus puissante émanation magique qui soit. Alors, je serai là pour m'assurer qu'il s'y brûle les ailes.

Il imprima un document, y rajouta quelques annotations à la main et épingla la feuille au mur. Puis, il releva la tête, donnant l'impression qu'il se passait quelque chose de fascinant au plafond. Il réfléchissait, se demandant encore comment cette fille qui l'avait mis en échec avait pu savoir avec une telle exactitude ce qui se passait et d'où avait bien pu lui venir un tel pouvoir.

Tout cela le tracassait à juste titre. Jusqu'ici, il avait fait un travail d'orfèvre. Il avait su choisir ses victimes avec un soin particulier. Les surprendre avait été un véritable jeu d'enfant et les tuer d'une facilité déconcertante, compte tenu du fait qu'il n'y avait jamais de témoignage majeur. Il s'arrangeait toujours pour agir après le passage des forces de l'ordre. De sorte qu'il avait toute la tranquillité nécessaire pour agir sans jamais être dérangé dans ses activités criminelles. Sauf que là, il en avait été autrement et Sylvia avait surgi de nulle part, mettant à mal ses projets. Malgré cela, il était méticuleux et doté d'une patience à toute épreuve, sachant qu'il finirait par obtenir gain de cause d'une façon ou d'une autre.

Il se releva et contempla de plus près les documents qui étaient affichés : un plan de Paris sur lequel était dessinée une figure dont trois points étaient déjà entourés de rouge, des coupures de presse avec les photos des deux jeunes femmes qu'il avait tuées en premier, une photo de Karine Tarany qui avait été prise devant la boutique de ses parents, ainsi qu'un cliché du jeune lieutenant Laforrest. Sur le même panneau de liège étaient accrochés la couverture d'un magazine scientifique sur l'astronomie et le document annonçant la prochaine venue en France de l'auteur québécois du livre intitulé *Les Mystères de la Draconia* pour une série de dédicaces et de conférences la semaine suivante dans Paris.

Haliphas ouvrit un tiroir de son bureau et en sortit un dossier pour en examiner avec attention le contenu. Sur le dossier figurait le blason de l'université de la Sorbonne. C'était une copie des fiches d'inscription des deux étudiantes qui lui avaient échappé la veille. Il s'attarda un instant sur la photo d'une jeune fille aux cheveux bruns dont le regard mauve pailleté d'or lui semblait très différent de celui de celle qui avait déployé son pouvoir. Il découpa le cliché et l'emporta avec lui d'un pas décidé vers une des pièces voisines.

Il ouvrit une double porte menant dans une pièce qui était en fait un temple pour les cérémonies magiques dans laquelle lui seul pouvait entrer.

Les murs étaient peints en violet, le parquet de chêne sombre ciré avec grand soin, et l'unique fenêtre avait les volets constamment clos. Haliphas craqua une allumette pour allumer de larges bougies à chaque coin de la pièce, de sorte que cette dernière n'avait pas besoin d'être éclairée par la lumière électrique.

Il se dévêtit et passa une tunique de soie noire avec une étoile à cinq branches, pointe renversée, brodée en rouge sur la poitrine, une ceinture de cordelette rouge, ainsi que des chausses de la même soie noire.

Au centre de la pièce et orienté vers l'ouest, direction d'où provenaient les pouvoirs maléfiques, se dressait un autel couvert d'une étole de velours violet foncé sur lequel avaient été disposés quelques instruments utilisés en Magie, un candélabre avec trois chandelles dont deux noires et une pourpre au centre, ainsi qu'un élégant encensoir argenté.

L'autel était situé au centre même d'une étoile à cinq branches, plus connue chez les occultistes sous le nom de *pentagramme*, à la pointe renversée, peinte à même le sol et cintré dans un cercle. Sur chaque pointe, Haliphas plaça un large cierge noir qu'il alluma dans le sens inverse des aiguilles d'une montre.

Puis il prit dans un tiroir un set de cartes du Tarot créé par Aleister Crowley, un célèbre magicien noir du XXe siècle, et choisit une fiole parmi un vaste étalage de flacons contenant une composition spéciale en poudre. Pour achever les préparatifs, il alluma les trois chandelles sur l'autel ainsi qu'une pastille de charbon dans l'encensoir. Il y versa une pincée d'une poudre composée d'un subtil mélange d'encens en résines et de plantes séchées. Une épaisse fumée s'éleva alors tandis qu'une fragrance douceâtre envahissait rapidement la pièce.

Le magicien noir franchit le cercle avec son épée à la main. Il s'assit en tailleur devant son autel en tenant son épée, la pointe tournée vers le sol. En prenant une profonde inspiration, il prononça une incantation d'une voix profonde :

– Caput mortuum, imperet tibi Dominus per vivum et devotum Serpentem. Cherub, imperet tibi Dominus per alas Tauri. Serpens, imperet fibi Dominus tetragrammaton per angelum et leonem !

Il reposa l'arme devant lui, prit la photo, et l'embrasa à la flamme d'une des bougies d'autel avant de la déposer sur le charbon ardent en y rajoutant un peu d'encens. La fumée s'éleva de plus belle dans la pièce.

Après avoir médité quelques instants au milieu des volutes odorantes, il battit les cartes du Tarot en se concentrant sur sa volonté d'en savoir le plus possible sur les pouvoirs de Sylvia. Il étala les cartes par six devant lui et les retourna une à une. Les cartes lui enseignèrent que Sylvia semblait détenir en elle une force magique hors du commun.

Mouais… Je m'en suis rendu compte tout seul. Jamais je ne me serais attendu à ce qu'elle puisse déchaîner une telle puissance alors qu'elle était sans défense.

Il vit aussi dans le message symbolique des cartes que la jeune fille devrait être la lumière d'espoir menant à un secret occulte enfoui. La carte numéro XII du Pendu indiqua aussi que la découverte de ce secret renfermerait un sacrifice lourd de conséquences. Se pourrait-il que ce secret soit la fameuse Épée sacrée qu'il recherchait depuis tellement d'années ? Il y vit là une confirmation inespérée. C'était donc bien prévu pour cette année. Curieusement, la carte suivante, la numéro XVIII de la Lune, était collée devant celle numéro XIX du Soleil. Haliphas y vit un signe plus qu'évident en rapport avec ses préparatifs. Il devenait évident qu'il fallait hâter ses projets s'il voulait qu'ils soient menés à bien. Il retourna une septième carte pour tenter d'en découvrir un peu plus sur la vraie nature des pouvoirs de Sylvia, même s'il avait de moins en moins de doute à ce sujet. Le magicien noir fut stupéfait de la carte qu'il venait de retourner car c'était celle numéro I du Mage, mais dans sa version négative, parce que cette carte existait en deux versions dans ce jeu. Cela n'avait rien de logique avec ce que Rowanon savait ; si cette fille était censée être toute désignée pour devenir une nouvelle *Porteuse de Lumière*, comment expliquer que la carte qui la symbolisait soit celle du Magicien des arts noirs et non celle du Magicien maître de la magie blanche ?

Avec un air grave, il se remémora l'expression du regard de Sylvia et se dit que ce pouvoir semblait davantage émaner des Ténèbres que de la Lumière. Voilà bien quelque chose qui était incohérent. D'un autre côté, son irruption dans la pièce n'avait rien de prévu, et il mit cette réaction magique à la situation de danger mortel qui la menaçait. Ce détail n'entrait sans doute pas en ligne de compte dans ses projets à venir.

Après avoir remis en ordre son temple et purifié ses cartes dans la fumée de l'encens, Haliphas Rowanon se changea à nouveau et retourna dans la pièce principale. Derrière son ordinateur, il regarda le nombre de personnes qui avaient répondu à l'annonce qu'il avait placée sur *Mysterum.org*, un très important site francophone concernant l'ésotérisme. Grâce à quelques manipulations savantes, il était parvenu à obtenir les coordonnées complètes de quelques-uns des membres du forum. Comme quoi, c'était bien pratique de connaître des techniques de piratage informatique. Surtout sur ce genre de site dont le niveau de sécurité ne dépassait pas celui d'un grille-pain. Il porta une vive attention à l'adresse ainsi qu'à la date de naissance de la fille qu'il venait juste de sélectionner parmi la dizaine de candidats qui s'étaient manifestés.

– Hello you… Dragony, marmonna-t-il entre ses dents. Ou devrais-je dire Amanda Moreau. Alors comme ça, on est native du signe de la Balance. Cela ne vous dirait pas de prendre un peu l'air avec moi ? ajouta-t-il avec un sourire à glacer le sang.

Au-dehors, l'orage atteingnait son point culminant.

CHAPITRE 10

Jeudi 3 juin 2010,
Rue des Innocents.

C'était le même orage que Sylvia regardait depuis son lit. Assise en tailleur sur la couette, le livre de Philippe Helm et les cartes de son set de Tarot éparpillées à côté d'elle. Evelyne, une amie rencontrée à la fac, l'avait convaincue d'assister à une *WitchFest*[3] à Croydon, en Angleterre voilà près de deux ans de cela. Sans avoir même eu le temps de comprendre ce qu'il lui arrivait, elle avait acheté un jeu de cartes divinatoires, ainsi qu'une pochette de velours pour les ranger. Même si elle ne l'utilisait pas très souvent, l'illustration de chaque carte était jolie et cela aurait été dommage de s'en débarrasser. Avec les récents évènements, elle s'interrogea sur le fait qu'elle avait alors choisi un Tarot représentant des dragons. Sur l'instant, elle n'y avait accordé aucune importance. Maintenant, avec tout ce qui lui était arrivé, elle n'était plus sûre de rien.

Elle avait passé de longues heures à lire l'ouvrage que Stéphane lui avait donné, mais elle ne parvenait toujours pas à s'endormir. Le vacarme provoqué par le tonnerre n'arrangeait rien à cette insomnie. Non pas que l'orage lui fît peur, mais il était tonitruant. Que n'aurait-elle pas donné pour pouvoir dormir ne serait-ce qu'un tout petit peu. Son réveil indiquait qu'il était déjà trois heures du matin.

Elle avait tenté de se tirer les cartes. Pourtant, les lames du Tarot ne lui avaient rien révélé sur la teneur exacte de son destin. Cela n'était encore jamais arrivé. La jeune fille avait fini par mettre cette réaction sur le fait qu'elle était elle-même dans un état de

[3] Un festival de sorcellerie et de néo paganisme.

désorientation tel que le résultat en était troublé. Elle se sentait un peu comme une girouette en plein vent, sans point fixe, ou comme si elle était arrivée à un carrefour de sa vie, ignorant quelle route il lui faudrait suivre désormais.

Le Tarot, les visions étranges, cette boutique ésotérique aussi curieuse que fascinante, la Magie… Étrange de voir à quel point tout cela lui tombait dessus, ces derniers temps. Sylvia songea à un autre objet occulte qui lui était passé entre les mains à l'âge de onze ans : une planche oui-jà. Des copines de collège en avaient improvisé une durant une soirée-pyjama organisée chez les parents de l'adolescente. Après avoir passé la soirée à jouer à différents jeux, les filles s'étaient amusées à vouloir invoquer les esprits. Juste pour rigoler. Parce qu'elles n'y croyaient pas. D'ailleurs, la plupart du temps, elles poussaient d'elles-mêmes la flèche au fil des lettres pour faire les questions et les réponses en gloussant. L'ambiance avait changé du tout au tout quand était venu le tour de Sylvia. Les filles avaient été stupéfiées car, à peine leur amie avait posé l'index sur la flèche que celle-ci s'était mise à vibrer avant de bouger toute seule, pointant au fur et à mesure les lettres formant un mot dont elle avait aujourd'hui du mal à se souvenir. Sa mère avait débarqué dans la chambre au même instant, entrant dans une colère noire dès qu'elle avait vu que sa fille utilisait un tel ustensile. Les autres filles avaient été envoyées se coucher sans autre forme de procès, et Sylvia dû jurer de ne plus jamais toucher à quoi que ce soit relevant de l'occultisme. Terrifiée, l'enfant avait promis.

Pourtant, âgée à présent de vingt ans, Sylvia venait de retomber en plein dans tout ce qu'elle avait promis d'éviter. Ses parents étant morts depuis cinq ans, elle se dit qu'il y avait maintenant prescription sur sa promesse.

Le regard perdu dans le lointain, elle était en train de se remémorer un autre souvenir d'enfance, ressurgi des limbes d'un passé enfoui. Elle n'avait alors que sept ans. Il y avait eu un terrible orage cette nuit-là, comme ce soir. Les plombs avaient sauté et sa mère lui avait laissé une chandelle près de sa table de chevet. Comme la fenêtre s'était ouverte sous la violence du vent, la flamme s'était éteinte. Après avoir réussi à refermer la fenêtre, Sylvia avait voulu aller chercher sa mère, mais elle avait trop peur. Elle avait pris la bougie éteinte entre ses mains tremblantes et avait poussé un profond soupir en souhaitant de toutes ses forces la voir se rallumer.

Quelle n'avait pas été sa surprise de voir quelques étincelles crépiter sur la mèche. Elle s'était mise à souffler le plus doucement possible sur les étincelles, et une flamme avait surgi. Cela l'avait émerveillée, mais elle avait gardé ça pour elle pendant des années. Elle était persuadée qu'on l'aurait prise pour une folle si elle avait raconté une chose pareille.

À vrai dire, elle était même étonnée de voir ce souvenir remonter à la surface en cette nuit. Elle qui avait du mal à se remémorer son enfance…

La Sylvia qu'elle était à présent eut un sourire plein de nostalgie amusée pour ce qu'elle avait longtemps considéré comme une hallucination.

Elle finit par se lever afin de se préparer une tisane relaxante. Alors qu'elle achevait de préparer le mélange de plantes pour les infuser, les plombs lâchèrent dans tout le quartier.

Allons bon, il ne manquait plus que ça ! pesta-t-elle.

Se guidant à travers les lieux grâce à l'éclat des éclairs, elle prit une chandelle dont elle avait toujours une boîte dans la cuisine. Une bougie blanche. Du même genre que celle de son souvenir. Après tout, pourquoi pas ?

Elle ferma les yeux, prit une profonde inspiration, et se mit à souffler en douceur sur la mèche de la bougie en souhaitant qu'elle s'allume. Avec un petit rire, elle se moqua de son enfantillage et rouvrit les yeux. Sa stupeur fut telle qu'elle faillit lâcher la bougie en sursautant.

Avec des yeux arrondis, elle fixa la flamme qui vacillait devant elle.

*

Le lendemain, Sylvia profita d'un rare après-midi de tranquillité pour retrouver Coralie dans l'appartement où elle vivait avec ses parents.

Sylvia fit ainsi la connaissance de Robert et Liliane Tarany. Ces derniers la remercièrent chaleureusement d'avoir sauvé la vie de leur deuxième fille alors qu'ils venaient tout juste de perdre leur premier enfant à cause du psychopathe qui sévissait en ville. La jeune fille se sentit assez gênée de faire l'objet d'une considération dont elle se jugeait indigne. Néanmoins, elle était un peu réconfortée de réaliser que cette femme et cet homme auraient très bien pu perdre leurs deux enfants tant aimées, et elle était heureuse d'avoir pu leur apporter son aide.

Malgré leur douleur à la suite de la mort de Karine, ses parents trouvaient du réconfort avec la présence de Coralie. Puis ils parlèrent longuement de Karine. Même s'ils étaient encore en peine, les propriétaires de *La Voie Initiatique* avaient décidé de rouvrir la boutique le jour même. La mère de Coralie lui expliqua que Karine n'aurait pas aimé voir sa famille se laisser ainsi aller au chagrin et au désespoir. Même si c'était difficile à surmonter, il fallait que la vie continue malgré tout.

Sylvia trouvait que ces gens faisaient preuve de beaucoup de courage pour faire face à tout ça. Après la mort des siens, il lui avait fallu une année entière pour se remettre, du moins physiquement. Jamais elle n'oublierait les mots prononcés par un père, celui de Coralie, qui avait malgré tout eu du mal à contenir son émotion : « Aucun parent ne devrait avoir à enterrer ses propres enfants… Merci d'avoir sauvé la notre. »

À la demande expresse de Robert Tarany, Sylvia avait accepté d'occuper un poste à mi-temps dans la boutique, après ses cours, comme le faisait déjà Coralie. Les deux jeunes filles en furent ravies. Sylvia s'était dit qu'elle allait se plaire à travailler dans un endroit aussi convivial et chaleureux. Elle qui souhaitait prendre le temps d'examiner la boutique plus en détail, elle venait de recevoir une offre intéressante, d'autant plus qu'elle n'empièterait pas sur son cursus universitaire. Elle s'était même dit que si elle devait vraiment entamer son apprentissage, ce lieu et les gens qui l'occupaient pourraient être d'un précieux secours à l'avenir.

*

Les deux jeunes filles se retirèrent alors dans la chambre de Coralie pour discuter. Une fois la porte refermée, Coralie eut soudain une mine préoccupée, semblant un peu deviner la véritable raison de la visite de Sylvia.

– J'imagine que tu n'es pas venue jusqu'ici pour me parler du temps qu'il a fait la nuit dernière. De toute manière, je suppose que tu as eu du temps pour réfléchir à ce dont nous avons parlé lors de ta dernière visite. Tu n'as pas dû beaucoup dormir, n'ai-je pas raison ?

Sylvia regarda Coralie droit dans les yeux et acquiesça. Elle ne prit la parole que pour raconter ce qui était arrivé la veille, en particulier son souvenir avec la bougie. Elle trouvait que c'était le plus parlant par rapport à la Magie, qui lui était étrangère.

– Normalement, c'est toi qui es censée manipuler des énergies du Feu, non ? C'est bien ce que tu m'as dit l'autre jour. Alors pourquoi je suis en mesure d'allumer une chandelle sans allumette ni briquet ?

– D'après ce que tu m'en as dit, et compte tenu de ton pendentif, ton pouvoir semble lié à l'Esprit, le cinquième Élément Cosmique, plus couramment appelé *Akâsha* par les occultistes…

– À tes souhaits, dit Sylvia en s'asseyant dans un fauteuil.

Coralie pouffa de rire et Sylvia la regarda, un peu déconcertée.

– Mais non. A-kâ-sha, articula Coralie en souriant. Je n'ai pas éternué.

– Ah bon ? Pourtant, on aurait cru. Ça veut dire quoi ?

– Que c'est l'Élément qui contrôle les quatre autres. Il n'y a donc rien d'étonnant que tu sois en mesure d'utiliser le Feu toi aussi. Avec un peu plus d'entraînement, je suis prête à parier que tu pourrais très bien manipuler les énergies des trois autres sans aucun problème. Réalise un peu que les pouvoirs de l'Eau, de l'Air, du Feu et de la Terre n'auront peut-être plus aucun secret pour toi un jour.

Laissant Sylvia à sa perplexité, Coralie s'installa devant son ordinateur, le mit en route et se connecta à Internet.

– Tu sais, depuis que tu es partie hier, j'ai beaucoup réfléchi au moyen pour essayer de trouver les trois autres personnes que nous recherchons. J'ai pensé qu'Internet pourrait être notre meilleur allié dans nos investigations. Il faut vivre avec son temps, et je n'allais pas non plus faire appel à des hiboux messagers. On n'est pas dans un roman d'*Harry Potter*. En plus, je connais le site idéal pour commencer les recherches.

Une ridicule sorcière volant sur un balai s'afficha en haut de l'écran. Sylvia se rapprocha pour lire par-dessus l'épaule de Coralie.

– *Mysterum.org* ? C'est quoi ce site ? Un forum ? Tu en es membre ?

– Ouep. C'est *grosso modo* un forum francophone sur les sciences occultes. Il y a aussi bien des Français, des Québécois, que des Belges, des Suisses ainsi que plein d'autres nationalités et il y a pas mal de gens qui s'intéressent à la Magie. Alors ceux qu'on cherche seront peut-être membres du site eux aussi, non ? Au pire, quelqu'un pourrait connaître l'un de ceux que l'on recherche et nous mettre en contact. Après tout, ils sont plusieurs milliers. Tu sais, c'est comme tout dans la vie : il y a du bon et du moins bon.

– Voire même du grand n'importe quoi, si tu veux mon avis.

Sylvia écoutait avec attention en hochant la tête en signe d'approbation. Vue sous cet angle, l'idée de Coralie semblait loin d'être absurde. Elle examina l'agencement des différentes catégories du site, et l'une d'elles attira son attention.

– Comment vas-tu faire pour contacter ceux que nous voulons trouver ? Ça ne serait pas très judicieux de passer par le forum principal. Imagine un peu que le tueur connaisse lui aussi ce site. Il risque de leur tomber dessus. Il faudrait tenter une approche plus discrète, tu ne crois pas ?

Coralie constata que son amie avait oublié d'être idiote. Un bon point en sa faveur.

– Voilà qui est loin d'être faux. Il faudrait rédiger un message particulier pour attirer l'attention de ceux qu'on cherche sans pour autant trop en dire. On ne peut pas envoyer un message privé à tous, ils sont trop nombreux et ça serait une épouvantable perte de temps. Attends… je crois que j'ai une idée. Sylvia, sors un instant ton pendentif et pose-le à côté du mien sur le bureau. Ça devrait suffire à susciter la curiosité des personnes ayant aussi ce même médaillon. S'ils s'imaginaient détenir un exemplaire unique, voir qu'il en existe d'autres devrait attirer leur attention, et les faire entrer en contact avec nous.

Sylvia ôta la chaînette autour de son cou et déposa son médaillon à la gauche de celui de son amie. Coralie s'empara d'un appareil numérique et prit une photo. Elle écrivit ensuite un message à l'attention des membres du site via le forum qui traitait de la magie draconique. Elle y téléchargea le cliché des pendentifs afin de savoir s'il n'en existerait pas d'autres identiques à ceux-ci, en demandant aux gens de répondre par le biais de sa messagerie privée pour plus de discrétion. Après tout, prudence a toujours été mère de sûreté. Coralie cliqua sur le bouton *Envoyer*, à l'écran.

– Et voilà ! Maintenant, il ne nous restera plus qu'à attendre les éventuelles réponses. Je serai prévenue par mail.

Elle se tourna vers Sylvia qui était en train d'attacher son pendentif à son cou. Jusqu'alors, elle l'avait gardé au fond de son sac. Finalement, elle trouvait que c'était malgré tout un joli bijou et qu'il serait dommage de ne pas le porter. Une interrogation lui trotta au même instant dans la tête.

– J'étais en train de me demander… Comment fait-on si ceux que l'on cherche ne fréquentent pas ce forum. On fait quoi ? On emprunte la boule de cristal de Madame Irma ?

Coralie éclata d'un rire franc, appréciant que cette fille ne manque pas d'humour.

– Non, pas la peine. Si une telle alternative devait se présenter, je pense que la divination serait une bonne méthode paliative. Je crois savoir que tu utilises déjà le Tarot, non ?

– Oui, c'est ma grand-mère qui m'avait appris quand j'étais toute gamine. Mais mes parents n'ont jamais voulu que je tire les cartes à la maison. Ce n'est qu'après leur mort, lors d'une année d'études à Londres avec le programme Erasmus, que je me suis acheté un nouveau jeu.

– Et bien ça pourra nous être très utile. Tu te rappelles de la sensation que tu as eue à quelques reprises ? Ce doit être très spécifique quand on rencontre un des nôtres pour la première fois. Alors ce sera un peu comme une confirmation. Du coup, impossible de se planter.

Malgré ses interrogations et son scepticisme, Sylvia ne put s'empêcher de trouver que cette Coralie avait un optimisme particulièrement contagieux.

Par la suite, Coralie expliqua avec intérêt que la semaine suivante, le magasin recevrait pour la toute première fois en France l'auteur québécois Philippe Helm. Les deux filles étaient à la fois très curieuses d'avoir l'opportunité de discuter avec l'homme qui leur avait fait découvrir la magie draconique, et aussi impatientes de lui demander toutes sortes de choses concernant les dragons. Elles redescendirent en bavardant dans la boutique pour faire découvrir son nouveau lieu de travail à Sylvia. Tandis qu'elles sortaient de la chambre, l'écran de l'ordinateur afficha un nouveau message privé.

CHAPITRE 11

36 Quai des Orfèvres.

Dans les célèbres locaux de la brigade criminelle, Frédéric Laforrest avait repris l'enquête de plus belle après les évènements survenus à la Sorbonne. Naturellement, il s'était bien gardé de raconter à ses collègues comment Sylvia Laffargue avait réussi à se défaire de son agresseur. On l'aurait pris pour un dingue avec une histoire pareille. Même si Coralie avait vu la même chose que lui, ce qui s'était produit devant ses yeux était encore très difficile à avaler pour lui. Il en serait donc de même pour ses collègues, et il ne pourrait pas le leur reprocher.

Le lieutenant était assis dans son bureau en jouant distraitement avec un stylo entre ses dents, la chaise en équilibre sur deux pieds, coincée contre le mur derrière lui. Il regardait au mur un plan de la capitale sur lequel avait été indiqué l'endroit où les trois corps avaient été retrouvés. La première victime avait été découverte sur le parvis même de la basilique du Sacré-Cœur, sur la Butte Montmartre, voilà près de quinze jours. La seconde, qui gisait dans le cimetière du Père Lachaise, avait été retrouvée la semaine dernière. Quant à la troisième, elle était sur le quai François Mitterrand, près du musée du Louvre.

C'étaient tous des sites touristiques, se dit-il. Pour l'instant, c'était le seul lien entre les lieux de chaque crime. Les victimes n'avaient aucun point commun, si ce n'était celui d'avoir croisé le chemin d'un tueur en série très astucieux et retors.

Allez, il a bien fallu que ce type sélectionne ses victimes d'une façon ou d'une autre. Il ne peut pas être tombé sur elles comme ça, par hasard, au milieu de la rue pour leur demander l'heure !

Un jeune homme brun aux yeux noisette déboula dans le bureau du lieutenant avec les bras chargés d'un paquet de paperasses et de flacons. Malgré le bouc qu'il arborait au menton et qui le vieillissait un peu, personne n'était dupe quant à la jeunesse de cette nouvelle recrue au sein de la Criminelle. Son admission au début de la vingtaine avait même stupéfié en haut lieu, place Beauvau. Le lieutenant Laforrest devait pourtant reconnaître que son collègue faisait de l'excellent travail et que, s'il poursuivait dans cette veine, une promotion pourrait arriver plus vite qu'il ne l'aurait escomptée. Dans l'immédiat, le lieutenant Stéphane Flergafau tentait de déposer tout son fatras sur son bureau en équilibre instable sans que tout ne finisse par s'effondrer, et il y parvint sous les yeux ébahis de son lieutenant. Depuis un an qu'ils faisaient équipe, le jeune homme ne cesserait donc jamais de le surprendre. Le nouvel arrivant tendit à Frédéric un flacon d'un fluide rougeâtre.

– Frédéric, la scientifique a fini d'analyser la substance prélevée la veille sur la dernière scène de crime.

Frédéric laissa les pieds de sa chaise retomber au sol, à l'écoute de son jeune collègue.

– Alors Stéphane, laisse-moi deviner, cette substance ne nous est pas inconnue, n'est-ce pas ? Je serais étonné que tu viennes m'annoncer le contraire.

– Non, en effet, c'est la même chose que pour les deux précédentes victimes, à savoir un mélange de plantes en poudre : euphorbium, cyprès, absinthe, racines de mandragore, de dragonnier, le tout mélangé avec du sang. Humain. Pour un peu, je serai prêt à parier que c'est celui de la victime. L'ADN nous le confirmera. Eûrk… grimaça-t-il dégoûté. Tu parles d'un mélange pour de la vinaigrette !

– En effet, mais ça ne nous dit pas pourquoi ce malade s'amuse à peinturlurer une étoile par terre à chaque meurtre. Une simple mise en scène macabre ?

– Un pentagramme.

Stéphane venait de parvenir à s'assoir sur son bureau en évitant de provoquer un éboulement de ce qui s'y trouvait, mais Frédéric fut plus intrigué par les propos de son collègue.

– Un pentaquoi ?

– Tu as très bien entendu. C'est d'ailleurs à ce propos que je suis venu te voir. Je crois qu'on a du nouveau concernant d'éventuels points communs entre les victimes. Jusqu'ici on n'avait rien, que dalle, nada. Puis, après avoir trouvé le troisième corps, j'ai pensé à une hypothèse. Elle est un peu tirée par les cheveux, je l'admets, mais...

– Raconte toujours. Avec ce que j'ai vu depuis que je bosse sur cette affaire, je pense être prêt à tout entendre, crois-moi.

Stéphane leva un regard interrogateur vers Frédéric qui lui fit signe de continuer. Haussant les épaules, le jeune homme lui remit divers documents.

– Ok. Après que tu aies fait la remarque que Karine Tarany aurait pu être une sorcière, j'ai envoyé des collègues au domicile des autres victimes. Ils ont fait quelques petites découvertes intéressantes, comme le montrent ces photos. Elles s'intéressaient toutes de près ou de loin à la Magie. Voilà notre premier fil conducteur, Sherlock. En fait, c'étaient toutes les trois de véritables sorcières. Sans balai volant, verrue sur le pif, et bouillabaisse de crapauds dans le frigo.

Les clichés faisaient voir différents objets ; des couteaux à double lame à manche noir, des baguettes en bois décorées, des coupes d'argent ou de cristal, d'étranges disques plats avec la même étoile que celle peinte sur les lieux des crimes, mais aussi des bougies colorées, des flacons d'huiles, quelques cristaux et toute une variété d'herbes séchées dans des bocaux.

Sceptique par nature, pragmatique par déformation professionnelle, et terre-à-terre par habitude, Frédéric eut quelques difficultés à imaginer que des gens puissent s'intéresser à ce genre de pratiques de nos jours. Il aurait préféré tomber sur quelque chose de moins grotesque. D'autant plus qu'il s'imaginait mal expliquant cela à sa hiérarchie. Dominique lui rirait plus que sûrement au nez s'il lui balançait de but en blanc une théorie aussi fumeuse. Il aurait bien raison, d'ailleurs.

– C'est la seule piste qui ait abouti à quelque chose ?

Stéphane approuva, ce qui ne contribua pas à réjouir le lieutenant qui soupira.

– Je sais que les trucs occultes et toi, ça fait au moins douze… voire treize, si tu n'es pas superstitieux. Mais que ça te plaise ou non, on a bien affaire à un tueur qui semble s'y connaître là-dedans et pas qu'un peu. En fouinant dans des librairies spécialisées, j'ai pu découvrir que depuis des temps immémoriaux, les mages se servent d'une épée pour concentrer et manipuler les énergies durant leurs rituels.

Frédéric s'impatienta.

– Pourtant, ces femmes me semblent n'avoir rien concentré ni même manipulé puisqu'elles ont été embrochées comme des papillons dans la collection d'un entomologiste ! Pour un peu, on croirait que ce type a plus de cinq cents ans. Un habitant de Salem nostalgique de son activité favorite et qui aurait décidé de ne plus tuer que le temps !

Stéphane leva les yeux au plafond. Il commençait à bien connaître son supérieur. Lui ouvrir les yeux sur son hypothèse serait assez ardu.

– Dis-moi, Fred. Est-ce que tu es un fana des extraterrestres ?

– Sûrement pas !

– Moi non plus, même si ça me fait bien marrer à l'occasion. Pourtant, on peut comprendre qu'il y ait des gens prêts à gober ce genre de plan.

– Pas vraiment. Je les trouve un brin cinglés.

– Dans la même optique, il y a sûrement parmi nous des personnes qui croient bec et ongles au surnaturel, à la Magie, la voyance…

– … et autres arnaques ou conneries du même genre.

– Mais là, on ne cherche pas quelqu'un qui se prendrait pour un personnage de *World of Warcraft* ou *Harry Potter*. Notre tueur est plus méthodique et malin que ça. On peut même en déduire qu'il poursuit froidement un but.

– À nous de lui montrer qu'on peut être plus retors que lui.

Sur ces mots, Frédéric s'intéressa ensuite aux autres documents apportés par son collègue, qui reprit son exposé sur les indices récoltés au domicile des victimes.

– On a aussi examiné le disque dur de leur ordinateur. S'il y a bien autre chose que ces filles avaient en commun, c'est qu'elles se rendaient toutes les trois sur le même site : *Mysterum.org*. En tout cas, c'est l'URL qui revient le plus dans les trois cas. Trop troublant pour n'être qu'une simple coïncidence, pas vrai ?

Frédéric se fichait des coïncidences. Il se releva soudain les deux poings sur son bureau.

– Comme sur un catalogue… Pas con comme raisonnement. Le tueur peut avoir utilisé ce site pour sélectionner ses victimes.

– J'y ai pensé aussi, alors j'ai déjà laissé un message à la webmistress du site pour qu'elle nous transmette des informations sur les trois filles qui ont été tuées. Comme le site est hébergé aux États-Unis, il faut lui demander l'accord de la gérante pour trouver sous quels pseudonymes les victimes ont pu laisser des messages. À partir de là, on trouvera peut-être des indices dans tout ça. En tout cas, j'attends sa réponse dans les plus brefs délais. Elle a accepté de coopérer sans faire d'histoire.

Frédéric était debout à présent, et faisait les cent pas dans son bureau comme un lion en cage. Avec le regard obstinément fixé au sol, il réfléchissait à plein régime.

– Bon… Je crois qu'on peut déjà reconstituer le début des évènements. Supposons que notre tueur en série ait choisi ses victimes parmi les membres de ce site. Dans ce cas, il a pu leur tendre un piège avec un prétexte fallacieux, tu ne crois pas ?

– En effet, c'est une bonne piste. C'est si facile de mentir sur Internet, et puis les gens ont tendance à tout gober sans faire de vérification. Ce qui est le plus préoccupant c'est qu'on ne sait pas combien il y a de ces personnes s'intéressant à l'ésotérisme dans Paris. Sans doute beaucoup plus qu'on ne l'imagine. D'autant qu'elles ne doivent pas toutes faire partie de ce site. Ce qui est rageant, c'est qu'il n'y a aucune donnée fiable à ce propos. J'ai comme la désagréable impression que la botte de foin n'est pas prête de nous cracher sa putain d'aiguille.

Frédéric estima que les arguments de son collègue n'étaient pas dénués de bon sens, et cela le contrariait au plus haut point. À peine ils avaient la certitude du profil des victimes de ce meurtrier que Frédéric devait se rendre à l'évidence qu'il ne pouvait pas mettre un flic derrière chaque fille s'intéressant à l'occultisme. Quoi qu'il en soit, Laforrest n'était pas du genre à mettre le feu à la botte de foin et à passer les cendres avec un aimant pour retrouver une aiguille. Non, il faudrait trouver une autre approche. Plus subtile.

– Sans compter que ça ne résout pas non plus le mystère du choix des lieux où les corps ont été retrouvés poursuivit-il. On sait que ce n'est pas là que ces filles ont été tuées.

Pour cerner le tueur à l'épée, il fallait surtout découvrir le pourquoi de ses actes. Parce que ces meurtres avaient sans nul doute un but précis. Une finalité qu'il lui fallait à tout prix comprendre avant qu'il n'y ait d'autres victimes.

– Peut-être que notre meurtrier veut combiner une nouvelle édition de la *chasse aux sorcières* avec le tourisme. Si ça se trouve, c'est peut-être un touriste étranger en visite dans la Capitale.

– Non, je pense qu'il y a plus que ça, répliqua Frédéric en observant le plan de Paris et les points qui y étaient inscrits. Il se balade beaucoup, si on en croit les lieux où les victimes sont retrouvées, et ça ne sera pas facile de deviner où il frappera la prochaine fois, ni quand. Il y a beaucoup trop d'inconnues pour le cerner d'une manière conventionnelle.

Frédéric se dit que la seule chose qu'il pouvait faire pour avancer au mieux dans son enquête était d'aller à la rencontre des seules personnes qu'il avait déjà côtoyées et qui s'y connaissaient. Dans la main, il tenait les coordonnées de *La Voie Initiatique*. Que cela lui plaise ou non, il était grand temps pour lui de s'intéresser d'un peu plus près aux sciences occultes en interrogeant des gens qui pourraient s'y connaître assez pour le renseigner. Il espérait ne pas tomber sur des imposteurs qui lui feraient plus perdre du temps qu'autre chose.

Dans l'immédiat, il préférait encore vérifier quelques pistes concernant les proches des trois victimes. Un lien devrait bien finir par se profiler. Il rangea donc la carte de visite dans la poche de sa veste, se jurant qu'il n'y ferait appel qu'en tout dernier recours.

CHAPITRE 12

Samedi 12 juin 2010,
Rue du Faubourg du Temple.

Durant toute la semaine qui venait de s'écouler, ni Sylvia ni Coralie n'avaient eu le temps de s'ennuyer, entre les devoirs qu'elles avaient à faire en vue des prochains partiels à l'université, leur travail dans la boutique, ainsi que la formation qu'elles suivaient pour améliorer leurs aptitudes magiques.

En dehors des heures d'ouverture de *La Voie Initiatique*, Coralie tentait d'inculquer à Sylvia quelques-unes des bases fondamentales pour toute personne aspirant à l'apprentissage de la magie pratique. Aussi, elle lui enseignait des exercices respiratoires afin de focaliser son attention. Le vide mental fut déjà plus compliqué à appréhender pour Sylvia qui ne comprenait pas trop l'intérêt que cela pouvait apporter.

– Il ne faut surtout pas sauter cette étape, c'est la plus essentielle pour bien des pratiques occultes. C'est la base même de la méditation, la divination, la voyance et de quasiment toutes les pratiques magiques qui existent à l'heure actuelle !

Sylvia se désola de ne pas y parvenir.

– Moi qui croyais que ne penser à rien serait facile. Au final, c'est plus compliqué qu'il n'y paraît.

Coralie expira pour dissiper le moment d'exaspération qui venait de s'emparer d'elle. Ce faisant, elle s'assit sur son lit.

– Ouais, je sais. La plupart du temps, on ne pense à rien… sans même y penser, j'oserais dire. Par contre, y arriver de façon intentionnelle est une autre histoire.

Toute la difficulté de l'exercice résidait à faire taire l'incessant flux de ses pensées. La plupart du temps, les auteurs de livres de Magie adressés aux débutants ne faisaient qu'enseigner à les masquer derrière un écran noir, mais cela ne correspondait pas au but recherché à l'origine. Après une semaine d'entraînement, les résultats n'étaient pas à la hauteur des espérances de Sylvia qui s'en était frustré. En revanche, les exercices de visualisation se passaient à merveille. En seulement quelques jours, elle pouvait déjà esquisser des formes géométriques en trois dimensions dans son esprit, là où la plupart des gens ne parvenaient qu'à dessiner un carré ou un triangle, comme avec une craie sur un tableau noir. Elle se dit qu'à ce rythme, elle pourrait sans peine visualiser quelque chose dans son esprit en ayant les yeux ouverts. Ainsi, par exemple, elle pourrait visualiser un papillon en détails se poser sur un bouquet de fleurs en longeant la devanture d'un fleuriste.

Sylvia profitait de ses rares moments de libres pour consulter des livres que Coralie lui prêtait afin d'enrichir au mieux ses connaissances sur les différents domaines de la Magie. Toute débutante qu'elle était, elle avait beaucoup de choses à apprendre en très peu de temps. Ce qui n'était pas une mince affaire. Tout ceci faisait qu'elle était constamment occupée. Les instants d'insouciance qui étaient les siens jusqu'à présent appartenaient déjà à un lointain passé.

*

Coralie avait reçu en réponse à sa question sur *Mysterum.org* une avalanche de messages privés, le plus souvent hors-sujet, issus d'internautes qui avaient trouvé les médaillons *trop cools*, et qui réclamaient une liste des magasins où ils pourraient acheter les mêmes. Une perte de temps.

Après en avoir effacé la plupart, Coralie allait supprimer le dernier tiers des messages reçus, sans même prendre le temps de les lire, quand l'un d'eux finit par attirer son attention : le seul doté d'une pièce-jointe. Poussée par la curiosité, elle l'ouvrit. Il était écrit par un dénommé Franz.B, originaire d'Eure-et-Loir et pratiquant la haute Magie cérémonielle. Il lui avait envoyé la photo de son propre pendentif : un médaillon en argent, dont la forme n'était plus inconnue aux deux filles, mais avec une fluorine d'un jaune vif en son centre et une améthyste insérée dans l'œil du dragon. Coralie fit remarquer à son amie que ces couleurs correspondaient aux puissances élémentales de l'Air. Le message avait le mérite d'être bref et d'aller à l'essentiel :

Pour répondre à votre question sur le forum, oui il existe bien d'autres versions du bijou que vous semblez déjà avoir réunis. Voici en photo celui qui m'appartient. Tout comme pour vous, c'est une pièce unique, et je suis certain que nous parviendront à réunir les deux qui manquent encore.

Comme je viens à Paris pour quelques jours de congé, autant en profiter pour se rencontrer. L'occasion qui me semble la meilleure reste encore lors de la rencontre-dédicace organisée samedi prochain, à la boutique nouvel âge La Voie Initiatique, *durant l'après-midi. Au plaisir de vous y voir.*

~*Franz.B*

Le mystérieux Franz.B avait proposé de venir à leur rencontre lors de la séance de dédicace de Philippe Helm, faisant ainsi d'une pierre deux coups pour les deux amies qui en furent réjouies. Voilà qui allait leur faire gagner un temps précieux.

Avec sa bonne humeur coutumière, Coralie n'avait pas pu s'empêcher de laisser libre cours à une exclamation enthousiaste. Elle s'était amusée à dessiner un pentagramme en écrivant le nom de Sylvia sur la pointe supérieure, tandis que le sien était inscrit sur la pointe en bas à droite et le pseudonyme de *Franz B.* était à la pointe du haut à gauche. Le tout suivant l'emplacement traditionnel des cinq Éléments.

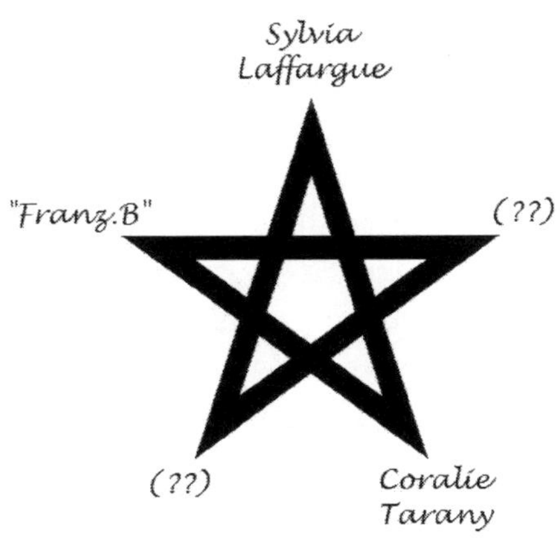

Ne pouvant plus contenir son impatience à l'idée de la rencontre, elle s'était levée en s'écriant joyeusement : « Ça va être géant !!! » Plusieurs personnes présentes sursautèrent, même Sylvia qui revenait de l'arrière-boutique et manqua de faire tomber une pile de livres qu'elle tenait en équilibre dans ses bras.

Coralie baissa le nez, penaude, et tout le monde éclata de rire au même instant. La jeune fille, d'abord rouge d'embarras, finit par se laisser gagner par l'hilarité elle aussi.

Alors que les deux amies étaient occupées à faire de la place pour les dernières nouveautés dans les étagères, Coralie discutait de l'opportunité qui leur serait très bientôt offerte de discuter avec l'auteur du livre et de rencontrer aussi vite une autre des personnes qu'elles cherchaient à rassembler. C'étaient deux très bonnes nouvelles et Sylvia espérait que les deux autres seraient tout aussi faciles à trouver.

*

Après un travail acharné pour aménager un espace réservé aux dédicaces, tout était prêt pour l'évènement qui devait avoir lieu durant tout l'après-midi de ce samedi ensoleillé. Une table, couverte d'une étoffe violette ornée d'une croix celtique en guise de nappe, avait été disposée près de la caisse, avec un siège confortable. Plusieurs exemplaires du livre de Philippe Helm étaient disposés avec style, attendant d'être signés.

Coralie et Sylvia furent chargées de veiller sur le magasin en attendant que l'écrivain arrive à l'heure prévue pour le début de la séance de dédicaces. Elles étaient dans une attente assez fébrile. Une heure avant, de nombreuses personnes s'étaient déjà rassemblées. Certaines d'entre elles discutaient en petits groupes, et d'autres faisaient le tour de la boutique pour passer le temps.

Alors que Coralie renseignait un client pour un jeu de Tarot, Sylvia continua à observer les gens autour d'elle avant de reconnaître quelqu'un parmi eux. En voyant la jeune fille au comptoir, l'homme ne put dissimuler sa surprise et se dirigea vers elle, heurtant au passage une adolescente blonde aux yeux bleus. Après s'être excusé, il adressa un franc sourire à l'étudiante qui était en caisse qui reconnu son professeur.

– Monsieur Carello, mais quelle surprise de vous voir ici ! J'ignorais que vous vous intéressiez aux sciences occultes.

– Aux sciences humaines avant tout, mademoiselle Laffargue. Et apprenez que mon intérêt n'est que purement académique. Comme je dois reprendre mon cours sur la *chasse aux sorcières* qui avait été reporté l'autre jour, je voudrais profiter du laps de temps qui m'est offert pour l'étoffer. Alors je suis venu ici chercher un livre sur l'histoire de la sorcellerie. Certains peuvent être très intéressants, et d'autres tout simplement à jeter.

Sur ces mots, le professeur sortit d'un sac du magasin l'ouvrage qu'il venait d'acheter et que Sylvia reconnut sans trop de mal, pour l'avoir déjà acquis l'hiver dernier, dans une librairie d'occasion près de la place Saint-Michel.

– Un très bon livre, c'est vrai. Sans doute l'une de mes références préférées.

La jeune fille remarqua que son professeur n'était pas trop à son aise dans cet endroit. Elle craignait qu'il ne commence à lui poser des questions sur son propre intérêt pour l'occultisme. Ce dont elle ne tenait pas vraiment à parler avec lui.

Tandis qu'ils discutaient, le nombre de clients augmenta petit à petit, certains formaient même un début de file d'attente.

– Que se passe-t-il ici, au juste ? Il y a toujours autant de monde le samedi ou bien faites-vous des rabais sur les livres de magie les plus douteux ?

Sur ces mots, il désigna un groupe d'adolescentes qui gloussaient en s'extasiant à grands bruits à propos d'un livre de sorcellerie amoureuse tout à fait insipide.

– Ni l'un ni l'autre. La boutique accueille aujourd'hui un auteur québécois qui a écrit un livre de Magie, et ses lecteurs semblent avoir répondu en masse à l'appel.

– Dans ce cas-là, ça a l'air de plutôt marcher car ça ne fait même pas deux minutes qu'il s'est installé et les gens se pressent déjà autour de lui.

– Ah oui ? Mais c'est pourtant vrai ! Dire que je ne l'ai même pas vu arriver.

– Sur ce, je vous laisse à votre travail. À très bientôt Sylvia, et bon courage pour votre boulot à vous et Coralie.

Il serra chaleureusement la main de l'étudiante avant de partir. La jeune fille regarda un instant son enseignant quitter la boutique avant de reporter son attention sur le magicien qui avait pris place pour la séance de dédicace. Elle profita de son poste qui rendait plus discrète l'observation du nouveau venu.

L'homme qui faisait face aux clients enthousiastes semblait assez grand. Environ un mètre quatre-vingt-cinq. Les cheveux presque aussi noirs que les ailes d'un corbeau. Il donnait l'air d'être très jeune. Pas encore la trentaine. Ses yeux avaient une couleur très particulière, sans doute résultant du mélange de plusieurs nuances.

Bien qu'elle n'ait posé les yeux sur lui que depuis quelques instants, Sylvia ressentit un élan de sympathie aussi irraisonné que spontané pour lui. Sans doute était-ce dû au fait qu'elle avait depuis toujours un faible assez prononcé pour le Québec, la *Belle Province*, et qu'elle trouvait à l'accent québécois un charme fou. À moins que cela ne soit dû aussi au fait que Philippe ne semblait pas désagréable à regarder.

Il avait un accent assez prononcé, mais sa voix exprimait une décontraction communicative. Au final, il n'avait rien de bien différent de son lectorat, donnant l'impression d'être quelqu'un de simple, et de chaleureux. En tout cas, il était heureux de pouvoir rencontrer ses lecteurs français.

Durant les trois heures qui suivirent, la séance de dédicace se déroula sans anicroche, pour le plus grand bonheur de Robert, de sa femme Liliane, ainsi que de leurs deux jeunes employées. Un assortiment de boissons et de biscuits fut proposé aux clients qui s'empressèrent de faire honneur à ce petit goûter improvisé. Plusieurs exemplaires du livre *Les Mystères de la Draconia* furent vendus en peu de temps. Des amis de Philippe, de passage en ville, profitèrent de l'occasion pour venir bavarder quelques instants avec leur compatriote.

Cependant, Sylvia ne put réprimer une pointe d'irritation devant des clientes qui se croyaient obligées de faire dans la flatterie excessive pour essayer d'attirer, bien maladroitement, l'attention du jeune homme. D'ailleurs, elle avait l'impression que tant de salamalèques lui tapaient sur les nerfs à lui aussi. Pour la première fois, leurs yeux se croisèrent durant quelques secondes et un éclair de compréhension mutuelle passa entre eux de façon très spontanée.

En revanche même si l'évènement de la journée se passait bien, Sylvia et Coralie notèrent que le mystérieux Franz.B n'avait toujours pas daigné se montrer. Elles espéraient qu'il viendrait quand même avant la fermeture.

*

Vers dix-neuf heures trente, la séance de signatures prit fin. Pendant que Liliane et Robert s'occupaient de la fermeture, Philippe Helm avait élu domicile dans l'arrière-boutique en compagnie de Coralie et Sylvia.

L'écrivain était soulagé du bon déroulement de la manifestation, mais il n'était pas mécontent de pouvoir se reposer un peu.

Les deux filles notèrent surtout que le mystérieux Franz.B n'avait même pas pointé le bout de son nez, leur posant tout bonnement un lapin.

– C'est dommage que notre invité surprise nous ait fait faux bond aujourd'hui, dit Coralie en servant du thé à tout le monde. Quel lâcheur, celui-là !

– Sans doute un empêchement qui a dû le retenir.

Devant le coup d'œil interrogateur de Philippe, Sylvia lui expliqua qu'elles avaient attendu en vain un type surnommé Franz.B, contacté sur le Net par le biais du forum *Mysterum.org*.

– En plus, ça vous concerne un peu aussi, vu qu'il est question de la magie draconique. À ce propos, dit Sylvia en s'asseyant en face de Philippe, je voudrais vous demander quelque chose qui me préoccupe assez par rapport à votre livre, même si je n'ai pas pu le lire en détails.

Philippe leva aussitôt la main pour interrompre la jeune fille.

– Avant, je voudrais que tu arrêtes une bonne fois pour toutes de me vouvoyer. Je déteste ça, d'autant plus qu'on a pratiquement le même âge. Alors qu'est-ce que tu veux savoir ?

– Bon… puisque tu y tiens. Coralie et moi voudrions surtout savoir comment tu as eu l'idée d'écrire un livre sur la magie draconique. Nous n'avons rien trouvé de concret à ce sujet.

– Pour beaucoup, par le biais de séances de méditations et de rencontres dans le plan astral. C'est là que les dragons sont venus à ma rencontre, dit Philippe en portant la main à la chaîne d'argent qu'il portait autour du cou.

Devant les yeux écarquillés des deux filles, il fit sortir de dessous son pull un médaillon représentant un dragon enroulé sur lui-même autour d'une fluorine jaune semi-sphérique. Le dragon sur le bijou avait un fragment d'améthyste serti dans l'œil. Identique à la photo qui avait été envoyée via Internet.

Les filles en restèrent comme deux ronds de flan.

– Ça alors ! firent-elles en chœur.

– C'est vrai que sur Internet, je suis plus connu sous le pseudo de *Franz.B*. Un petit clin d'œil à celui que je considère à ce jour comme mon maître et mentor : Franz Bardon. Désolé de ne pas vous l'avoir dit plus tôt, mais je tiens à conserver un certain anonymat sur les sites et autres forums de discussion que je fréquente, sinon je suis harcelé de questions.

Philippe était visiblement ravi de l'effet de surprise qu'il venait de provoquer. Sylvia fut la première à comprendre.

– Mais oui ! Comment ne l'a-t-on pas vu venir ! Pourtant, c'était évident quand on y réfléchit un peu ! Comme ton Élément est l'Air, c'est tout à fait logique que ce soit toi qui sois un peu chargé de transmettre les informations. Sans compter que ton nom, *Helm*, est un vent soufflant dans l'English Lake District. Est-ce que je me trompe ? J'avais fait un bref séjour là-bas durant mon année d'étude en Angleterre.

– Non, non, tu ne te trompes pas.

Coralie, qui avait réussi jusque là à rester silencieuse, fit sursauter Philippe et Sylvia en s'écriant d'une voix enthousiaste :

– C'est… C'EST FANTASTIQUE !!

– Modère un peu ton allégresse, s'il te plaît, répliqua aimablement Philippe.

– Par contre, il y a quelque chose qui me turlupine, reprit Sylvia. Quand j'ai rencontré Coralie pour la première fois, j'ai éprouvé une curieuse sensation qu'elle a ressentie elle aussi. Tu te rappelles ? Tu m'avais dit que c'était un peu comme un signal entre nous. Pour nous reconnaître les uns les autres. Alors pourquoi n'avons-nous rien perçu en voyant Philippe ?

Coralie acquiesça, cette idée semblait tenir la route.

Philippe eut un petit rire amusé et les regarda tour à tour.

– Je me suis protégé en bloquant mentalement ce signal de reconnaissance grâce à une barrière mentale. C'est aussi simple que ça, rajouta-t-il avant de boire son thé.

Sylvia fut pour le moins étonnée que l'on puisse faire ça, et Philippe l'avait dit comme si c'était la chose la plus spontanée qui soit, un peu comme enfiler son manteau avant de partir chaque matin. Peut-être qu'en travaillant dur, elle pourrait espérer parvenir aussi à un tel niveau d'aisance.

– Pourquoi avoir fait une chose pareille ? demanda Coralie.

Sylvia tenta de se reconnecter à la conversation en cours.

– De mon côté, j'ai ressenti cette sensation curieuse dont vous parliez en vous voyant toutes les deux, mais comme je vous avais vues au même moment, je n'ai perçu ça qu'une seule fois. Je voulais vous observer un peu avant de vous révéler la vérité. Maintenant, ne me dites rien et laissez-moi deviner qui vous êtes. Toi, Coralie, je crois que c'est toi qui manipules les énergies élémentales du Feu. Si je dis ça, c'est à cause des reflets flamboyants de tes cheveux, mais aussi parce que ton nom évoque Taranis, le dieu gaulois de la foudre. Le feu du ciel.

Cette dernière acquiesça et déposa son pendentif sur la table pour que Philippe puisse l'examiner de plus près. Il fit de même avec le sien et Sylvia le prit pour l'observer. En scrutant les irisations de la fluorine jaune, elle crut y voir le mouvement des nuages dans le vent. Elle montra aussi son pendentif, et ce fut au tour de Philippe d'être abasourdi en regardant les pendentifs réunis devant lui.

– Quant à toi, Sylvia, tu ne peux être que la *Porteuse de Lumière*. Wow ! Ça veut dire que nous sommes déjà trois. Savez-vous comment retrouver les deux autres pendentifs ? On constituerait un clan du tonnerre avec eux.

Sylvia ne put s'empêcher de frémir à cette appellation à laquelle elle ne parviendrait sans doute jamais à s'habituer. Coralie ne remarqua rien et continua de discuter avec Philippe.

– On avait mis l'annonce sur le site *Mysterum.org*, mais ils n'ont pas dû la voir. Alors on avait envisagé de faire appel à la divination, comme Sylvia pratique le Tarot.

– C'est une bonne idée, en effet. De mon côté, je vais aussi pratiquer la méditation pour essayer de demander conseil aux êtres draconiques. On ne sait jamais.

Les deux filles estimèrent que c'était la meilleure chose à tenter compte tenu des circonstances.

– Coralie pense même que les deux autres pourraient déjà être à notre recherche de leur côté, rajouta Sylvia.

– Sans doute, mais ça vaut quand même le coup d'essayer. On verra bien par la suite.

Ils discutèrent encore de choses et d'autres, comme sur le succès de la rencontre avec le public, ou sur les gens qui étaient venus voir l'auteur québécois. Tous les trois riaient en évoquant un client qui avait confondu la magie draconique avec les jeux vidéo et autres jeux de rôles fantastiques ! Ses questions, dont la plupart avaient été à côté de la plaque, avaient provoqué une belle hilarité générale dans l'assistance. Plus tard, Liliane et Robert vinrent pour fermer la boutique et proposer à Philippe de rester avec eux toute la soirée. Invitation qu'il accepta volontiers.

CHAPITRE 13

Quartier de la Butte Montmartre.

On était encore au cœur de la nuit, et Frédéric Laforrest dormait à poings fermés. Il semblait en proie à un songe agité.

Son rêve se déroulait dans une clairière, au cœur d'une forêt. C'était la nuit, et une éclipse lunaire était en train de s'achever dans le ciel étoilé. Il portait une cape de velours d'un vert émeraude, bordée de motifs artistiques de feuillages, ainsi qu'un collier avec un reflet vert. Il brandissait un large bouclier rond, vert, avec un arbre de style celtique et une étoile à cinq branches gravé au-dessus. Il s'était vu tentant de protéger d'autres personnes vêtues des mêmes capes, mais des hommes armés faisaient feu sur ses compagnons. C'était une véritable tuerie et, rien que d'y repenser, Frédéric en frémit d'horreur devant tant de cruauté. Pour un peu, il pouvait même sentir la pestilence du sang, mêlée aux émanations putrides du soufre, comme si les enfers s'étaient déchaînés en ces lieux.

Dans son rêve, qui s'apparentait plus à un cauchemar, il avait entendu une fille hurler derrière lui. Se retournant, il avait vu un homme vêtu de noir arrachant une jeune fille terrorisée des bras d'une dame âgée avant d'égorger cette dernière avec son épée. Puis, l'inconnu se tourna vers Frédéric en maintenant sa captive sous le bras. La fille pleurait à chaudes larmes, les bras tendus vers lui en hurlant d'effroi.

– Tiens, voilà la personne que nous cherchions, dit l'inconnu. Nous avons déjà capturé tes autres amis, mais il ne manquait plus que toi.

Puis, ce fut le noir total, comme si quelqu'un lui avait fait perdre connaissance.

Une sonorité entêtante se chargea de le ramener pour de bon à la réalité.

Ce n'était que le téléphone.

Frédéric pesta contre ce Graham Bell qui avait dû faire preuve d'un sadisme refoulé pour avoir inventé un engin infernal qui réveille les gens la nuit. Il chercha à tâtons le combiné posé sur la table de chevet et décrocha, encore endormi et à moitié empêtré dans la couette. Frédéric bâilla à s'en disloquer la mâchoire.

C'était son jeune collègue, le lieutenant Stéphane Flergafau.

– Stéphane… dit-il d'une voix pâteuse. Tu réalises qu'il est quatre heures et demie du matin ? Il va falloir penser à t'offrir une vie privée, tu sais ! Trouve-toi une fille !

– Lieutenant, c'est urgent : le tueur à l'épée a remis ça cette nuit !

– Quoi ? s'exclama Frédéric qui fut réveillé pour de bon.

– On a retrouvé une quatrième victime dans le dix-neuvième arrondissement, au carrefour de l'avenue Jean Jaurès et de la rue de l'Ourcq. C'est ok, tu as tout noté ?

– Rue de l'Ourcq, marmonna Frédéric en prenant des notes. Ok, j'arrive le plus vite possible ! Euh, une dernière chose… La victime n'a pas été découverte à proximité d'un lieu touristique cette fois-ci ?

– Même pas. Tout ce qu'il y a là-bas, ce sont quelques bureaux, des immeubles d'habitation, et des commerces. Rien de bien folichon.

– Ok ok… Continue à fouiner là-bas, des fois que tu relèverais des indices sur les lieux. Ne te laisse pas marcher sur les pieds par le légiste, c'est un emmerdeur, et il est encore moins du matin que moi.

Frédéric raccrocha, s'assit sur le bord du lit et se prit la tête entre les mains.

Peu de temps avant que le téléphone ne le réveille, il avait fait un rêve des plus troublants et tentait de s'en souvenir, mais en vain. Ce ne devait pas être si important, en fin de compte.

Revenu à la réalité, il se leva pour s'habiller à la hâte avec les vêtements qu'il avait jetés au pied du lit la veille. Il se raserait plus tard, mais il ne pouvait pas faire l'impasse sur un café bien fort afin de se remettre les idées en place. Il y avait quand même des façons plus agréables de commencer la journée que de se lever à une heure aussi matinale pour se rendre sur les lieux d'un homicide.

Pendant toute la durée du trajet, son esprit fut envahi aussi bien par les données récoltées dans les cas précédents que des flashs de son rêve. Comme si son cerveau tentait malgré lui de trouver des liens entre deux choses qui, à bien y réfléchir, n'avaient rien à voir l'une avec l'autre.

Frédéric fulminait.

Si ça continue, j'vais devoir me trouver un psy balèze. Sinon j'aurai du mal à boucler cette affaire sans finir en vrac !

*

Frédéric arriva sur les lieux. Stéphane Flergafau lui avait précisé par SMS qu'il l'attendrait sur le toit du bâtiment. L'ascenseur étant en panne, le lieutenant grimpa les escaliers quatre à quatre. Il se retrouva alors face à une scène qu'il avait déjà vue trois fois et dont il se serait bien passé aujourd'hui encore.

Des projecteurs, installés à la va-vite, étaient tous braqués sur un seul point. Ils donnaient à l'endroit une atmosphère étrange, à la limite malsaine.

Le corps d'une jeune fille brune, drapé d'une étoffe noire, gisait les mains croisées sur la poitrine et avec la même plaie en plein cœur. Frédéric et Stéphane s'en approchèrent et virent une mise en scène déjà trop familière à leur goût.

– Toujours et encore le même *modus operandi*, on dirait.

– Oui, répondit son jeune collègue. Tuée à l'épée, tout comme les trois autres filles, il y a peut-être un peu plus de huit heures.

Frédéric pestait ; encore une innocente qu'il n'avait pas été en mesure de protéger. Cela commençait à faire beaucoup si on comptait ceux de son cauchemar.

– Tu as son identité ?

Stéphane acquiesça.

– Amanda Moreau, vingt ans. Elle travaillait comme serveuse dans un café du coin. Je pense que ça ne te surprendra pas si je te dis que cette fille correspond au profil dont on avait parlé car elle s'intéressait à la sorcellerie, elle aussi. On vient de m'en informer, rajouta Stéphane en chuchotant pour ne pas être entendu par ses collègues.

– C'est vrai ? Est-ce qu'elle fréquentait le même site que les trois autres ?

Stéphane répondit d'un hochement de tête affirmatif.

– Ce qui corrobore le profil des victimes, mais pour ce qui est des lieux, on peut dire qu'on a fait chou blanc avec cette idée des lieux touristiques parisiens. Alors là, je ne pige pas où ce type veut en venir. Comment le corps a-t-il été découvert ?

– Quelqu'un a appelé directement le bureau.

– Appel anonyme, je parie ?

– Pas du tout. Je crois même que tu connais les gens qui ont téléphoné. Car eux, en tout cas, semblaient te connaître.

– Sans blague ! s'exclama le lieutenant d'un ton pince-sans-rire.

Frédéric se tourna dans la direction qu'indiquait son collègue. Trois personnes étaient interrogées par les agents qui étaient arrivés les premiers sur les lieux. Étonné, il reconnut deux personnes parmi eux : Coralie Tarany et Sylvia Laffargue. Elles étaient accompagnées par un homme grand et brun qu'il ne connaissait pas. En le voyant, Frédéric ressentit encore une fois cette sensation étrange qu'il avait ressentie en croisant les deux filles à la Sorbonne.

Il n'y prêta aucune attention et se dirigea vers le petit groupe.

Frédéric s'avançait, accompagné de Stéphane qui avait un peu de mal à dissimuler un sentiment de contrariété.

– Mesdemoiselles Laffargue et Tarany ! Quelle surprise de vous revoir ici ! Vous faites du tourisme sur une scène de crime, à présent ?

Sylvia baissa les yeux, un peu mal à l'aise. Quand elle vit qui était à côté du lieutenant, elle fut si étonnée qu'elle faillit demander à Stéphane ce qu'il pouvait bien faire ici lui aussi.

Une expression étrange passa alors sur le visage de ce dernier. Il leva les yeux vers Sylvia et lui adressa un regard à peine perceptible pour lui faire comprendre qu'elle ne devait surtout rien dire. Puis, il fit demi-tour et retourna vers d'autres policiers.

La jeune fille en resta comme deux ronds de flan.

– En fait, dit Coralie, il n'était pas du tout prévu que nous sortions de chez mes parents ce soir. Est-ce que nous pourrions discuter un peu seuls à seul ? J'avoue que tout ce tapage me met assez mal à l'aise.

– Ok, si vous voulez. Venez par ici, on sera un peu plus tranquilles, dit Frédéric en entraînant le petit groupe à l'écart des autres agents de police. Peut-on savoir qui vous êtes ? fit-il en désignant Philippe.

– Je m'appelle Philippe Helm, je viens de Montréal et je suis un ami de ces deux jeunes filles. Je suis en visite à Paris pour quelques jours.

Philippe lui tendit la main et Frédéric trouva qu'il avait un accent assez prononcé pour y accrocher son manteau. Il serra néanmoins la main qui lui était tendue.

– Ah… mais ça ne me dit toujours pas comment vous avez fait pour retrouver une femme morte ici.

Sylvia jeta un bref regard indécis à ses deux compagnons, et Philippe l'encouragea d'un signe de tête. Elle se tourna alors vers le lieutenant Laforrest.

– D'accord, je vais vous le dire. Je l'ai vu… en rêve.

– *En rêve ?* répéta Frédéric un peu interloqué. Attendez… C'est une blague ?

– Non, je dirai même que c'est très sérieux, et ce n'est pas la première fois que je vois des trucs bizarres ces derniers temps.

– Comment ça ? Il va falloir me l'expliquer comme si j'avais six ans.

– Cela va vous sembler dingue… Même moi j'ai eu du mal à accepter et à comprendre. Quand je suis intervenue dans la salle de projection à la Sorbonne l'autre jour, je n'étais pas arrivée là par hasard. Je me doutais un peu de ce qui se passait… tout simplement parce que je l'avais déjà vu dans ma tête, rajouta-t-elle en pointant son index sur sa tempe.

Sylvia lui raconta alors la chute qu'elle avait faite de la fenêtre ainsi que les visions qu'elle avait eues. Même si avouer soulageait sa conscience, elle comprit en son for intérieur que ce policier ne devait pas trop accrocher à ce qu'elle pouvait bien raconter. Vu comment il la regardait, il devait la prendre pour une dingue, ce qu'elle avait redouté dès le départ.

Coralie enchaîna avec le récit de la soirée, racontant comment Sylvia s'était assoupie et comment elle avait vu la scène du meurtre en rêve. Cette dernière rajouta qu'ensuite, elle avait pu voir le meurtrier, vêtu de la même cape noire à capuchon qu'il avait à l'université, déposer le corps ici même et tracer le pentagramme avant de disparaître sans laisser de trace.

Malgré cela, Frédéric restait sceptique sur ses propos.

– Si vous dites avoir vu tout ça en rêve, vous pourriez peut-être nous esquisser un portrait robot de notre coupable ?

– Croyez bien que c'est ce que j'aurais fait si j'avais été en mesure de bien le voir. L'ennui c'est qu'il parvient toujours à tirer parti de l'obscurité pour qu'on ne puisse jamais être en mesure de l'identifier. Vous l'avez compris vous-même, non ?

Cette remarque tapa dans le mille. Le lieutenant en avait fait aussi l'expérience lui-même à l'université. Par conséquent, il aurait été pour le moins très surpris que Sylvia soit en mesure de faire une description du suspect, puisqu'il se débrouillait toujours pour ne pas être vu. Sans compter qu'il aurait du mal à expliquer à sa hiérarchie comment cette fille aurait pu voir le suspect sans avoir été présente sur les lieux.

Préoccupé, il se gratta machinalement la nuque.

– De toute façon, cette enquête prend une tournure de plus en plus abracadabrante. C'est déjà la quatrième victime et on n'a toujours pas le moindre indice, hormis le fait qu'elles s'intéressaient toutes à la Magie et autres foutaises de ce genre. Alors autant vous prévenir tout de suite que je ne crois pas en ces âneries. Mais si vous pouvez m'aider à y voir plus clair, croyez bien que vous allez vous retrouver à contribution, que vous le vouliez ou non.

– Nous, on est d'accord pour vous aider, dit Coralie, mais le plus simple serait que vous veniez à la boutique de mes parents. On serait plus tranquilles pour parler de tout ça.

– D'accord. Je vous donne ma carte qui comporte mes coordonnées tant professionnelles que mon numéro personnel. N'hésitez jamais à me joindre si quelque chose devait vous revenir, même le plus infime détail. De toute façon, je passerai à la boutique de vos parents dès demain matin pour tenter de tirer tout ça au clair. Parce que plus ça va, et moins je m'y retrouve.

*

Pendant que le petit groupe quittait les lieux, Stéphane attrapa Sylvia par le bras et l'entraîna avec lui dans une ruelle annexe. La jeune fille ne comprenait pas l'attitude de Stéphane à son égard s'il était aussi un flic.

– Pourquoi m'as-tu empêchée de te parler tout à l'heure ? Je ne comprends plus rien à ton comportement. Tu vas devoir t'expliquer une bonne fois pour toutes.

– Pour la simple et bonne raison que je ne tiens pas à ce que mon collègue sache que j'étais déjà entré en contact avec toi. D'ailleurs, je suis prêt à parier que tu n'as même pas parlé de moi à tes deux amis.

– Détrompe-toi car Coralie est au courant et Philippe le sera sous peu également. Alors dis-moi pourquoi tu fais tout ce mystère ?

Le jeune homme croisa les bras en soupirant.

– Disons que j'ai un rôle à jouer dans toute cette histoire, mais j'ignore encore lequel. De toute façon, je préfère garder un peu mes distances et observer tout ce qui peut se passer en continuant à faire mon boulot au sein de la police.

– Même si ça implique que tu doives mentir ? Parce que je serais assez étonnée que tu aies raconté ta petite visite à l'hosto.

Stéphane ne parvint pas à masquer sa contrariété.

– Bon, c'est vrai, tu marques un point ! Dans l'immédiat, je te demande de garder le silence. Je préfère faire cavalier seul tant qu'il y aura des questions à résoudre. L'ennui, c'est que personne ne va pouvoir m'y aider.

Stéphane s'interrompit un instant pour réfléchir.

– Avez-vous trouvé les deux dernières personnes ayant votre pendentif ?

Ça alors, se dit Sylvia, *il est au courant pour ça aussi ! Mais comment… ?*

– Non, je pense qu'il va falloir en venir à la divination pour les chercher.

En plus, je lui réponds ? J'vais vraiment pas bien !

À cette pensée, Sylvia aurait voulu se gifler mentalement.

Stéphane eut un petit rire bon enfant.

– Quand on pense que les gens cherchent de midi à quatorze heures ce qu'ils ont sous les yeux ! Ça me fera toujours autant marrer, tiens !

Les railleries de Stéphane à son égard commençaient à l'irriter au plus haut point, quand elle entendit les voix de Coralie et de Philippe qui l'appelaient. Elle se retourna pour les rejoindre puis, en faisant volte-face, elle vit qu'il n'y avait plus personne en face d'elle. Après une brève hésitation, Sylvia se remit en route pour retrouver ses amis.

CHAPITRE 14

Une de plus ! s'était dit Haliphas Rowanon en entourant de rouge un nouveau point sur le plan qu'il avait épinglé au mur.

Il aurait préféré tuer ce Philippe Helm, mais il était constamment près de deux autres membres du clan, surtout de la *Porteuse de Lumière*. Cela n'aurait pas été d'une grande prudence de s'attaquer à lui dans ces conditions. D'autre part, il avait d'autres projets concernant les compagnons de la Prêtresse.

En sélectionnant Amanda Moreau, il n'avait fait que suivre le plan qu'il avait mis au point avec beaucoup de soin. Il avait déjà trouvé le moyen infaillible d'entraîner ses proies dans les ténèbres. En regardant mieux le plan, Haliphas Rowanon constata qu'il lui restait encore deux meurtres à commettre et que le prochain point serait celui régi par les puissances de l'Eau.

L'Eau ? Il savait très bien qui allait y passer cette fois-ci.

Derrière son bureau, il regarda à nouveau la fiche de la personne qu'il avait sélectionnée, et prêta plus d'attention à sa date de naissance. Voilà qui était parfait ! Non seulement cette personne correspondait au prochain point de la ville, mais une telle mort ne pourrait que contribuer à faire avancer son projet.

Là, il lui faudrait élaborer un plan bien ficelé et encore plus machiavélique. L'idée qui l'amusait le plus était de parachever son œuvre en manipulant les émotions de la *Porteuse de Lumière* pour aboutir à ses fins. Il n'aurait pas pu rêver mieux, et cette idée le réjouissait au plus haut point. Quoi que ses compagnons puissent tenter, ils seraient vaincus. Jusqu'ici, son plan se déroulait comme il l'avait espéré.

Cependant, il ne s'était pas attendu à ce que Sylvia parvienne sur les lieux du dernier assassinat, et il s'en était fallu de peu pour qu'il se fasse surprendre. Elle avait été plus précise dans la salle de projection, mais il n'empêche qu'elle était en travers de sa route. Un souci qui serait bien vite résolu avec le prochain meurtre qui scellerait la première partie de son plan.

– Es-tu là ?

Dans le coin de la pièce constamment dans l'ombre, une silhouette obscure se dessina. Rowanon la vit s'incliner, en attente des ordres à accomplir.

– Bien. Il y a quelqu'un que je veux que tu me retrouves avant de le ramener ici. C'est la pièce manquante à mon plan. Va et n'échoue pas.

Haliphas Rowanon n'avait pas eu besoin d'énoncer à voix haute l'identité de son futur invité d'honneur, car son serviteur était parfaitement capable de partager ses pensées afin de remplir les tâches qui lui étaient confiées. Pensif, Rowanon marcha sans y penser vers la fenêtre et regarda l'aube se lever à l'horizon. Il regarda les photos disposées au mur, surtout celle de Sylvia, Coralie et de Philippe discutant avec Frédéric qu'il avait pu prendre avant de quitter les lieux.

Comme tout ce petit monde ne semblait être qu'à ses débuts dans la pratique de la Magie, il se dit qu'il y aurait bien un moyen pour les piéger à tout jamais. Même s'il fallait pour ça les entraîner dans un monde où même leurs plus épouvantables cauchemars seraient très doux en comparaison de ce qui les attendrait dans les plus basses sphères du plan astral. Cette seule idée le réjouissait. Oh oui, il allait beaucoup s'amuser !

En se dirigeant vers le panneau affiché au mur, Haliphas Rowanon sélectionna la photo de Frédéric Laforrest.

Ce serait lui le plus facile à prendre au piège. Rowanon en profiterait pour faire d'une pierre deux coups en parvenant à neutraliser le responsable de l'enquête. Ce qui lui laisserait les coudées franches pour la suite de ses projets.

CHAPITRE 15

Rue du Faubourg du Temple.

Le lendemain après-midi, une réunion fut organisée à *La Voie Initiatique.* Sylvia et Coralie avaient convié Philippe et Frédéric à y assister. Comme la boutique resterait fermée, le petit groupe pourrait discuter sans craindre d'être interrompu ni dérangé par la curiosité des clients qui pourraient chercher à s'immiscer dans des discussions qui ne les concernaient en rien.

Le lieutenant, arriva sur les lieux, un peu surpris de découvrir qu'un tel endroit pouvait exister au sein même de la Capitale. Un peu mal à l'aise, il fit le tour des rayons de la boutique, accompagné de Coralie qui lui expliquait l'usage de certains articles. Comme avec Sylvia avant lui, Coralie espérait que l'ambiance calme et sereine de ces lieux aiderait le policier à mieux accepter l'existence de la Magie, et Sylvia s'en rendit compte. C'était évident que le monde de l'occultisme ne lui était pas familier. Pourtant, il devrait bien mettre de côté ses idées toutes faites s'il voulait voir un peu plus clair dans les méandres de son enquête.

Bien qu'il ne comprenne rien à tout ça, il avait au fond de lui la certitude d'avoir déjà vu Sylvia et ses amis quelque part. Seulement, il ne parvenait jamais à se souvenir dans quelles circonstances. Entouré par la jeune fille et ses deux compagnons, le policier avait de plus en plus le sentiment de se sentir à l'aise, comme chez lui. Il ne s'expliquait toujours pas d'où il tenait une telle certitude.

Une fois que tout le monde fut installé dans l'arrière-boutique, il commença son exposé en dépliant un plan de Paris sur la table. Ce dernier comportait les points où les victimes avaient été découvertes.

– Voici les endroits de la ville où on a retrouvé les filles qui ont été tuées. Seulement, nous avons pu établir qu'à chaque fois les corps avaient été déplacés *post-mortem* et que l'endroit où chaque victime reposait n'était pas celui où elles avaient été assassinées. Voilà bien un des points de l'enquête qui nous est le plus inconnu. Cela n'a été mentionné ni dans la presse ni dans les médias. J'espère donc que chacun prenne acte de cela.

Frédéric observa l'assemblée de façon éloquente. Tout le monde suivait les propos du lieutenant avec beaucoup d'attention. Il eut alors la certitude que chacun d'entre eux saurait tenir sa langue, et qu'aucune info ne fuiterait hors d'ici.

Sylvia se dit qu'il n'était pas difficile de comprendre la réflexion de Frédéric et poursuivit son raisonnement.

– Alors vous vous êtes demandé pourquoi le tueur prenait la peine de déplacer les corps, comme si les lieux où ils étaient retrouvés avaient une importance particulière.

– C'est tout à fait ça. Bon, maintenant regardez bien sur le plan. La première victime, Claudia Cheno, a été retrouvée en premier voilà près de quinze jours sur le parvis de la basilique du Sacré Cœur. La seconde, Amélie Girard, gisait dans le cimetière du Père Lachaise. Quant à la troisième, elle a été retrouvée sur le quai François Mitterrand, tout près du musée du Louvre et il s'agissait de… Enfin, vous le savez très bien…

Frédéric eut un coup d'œil navré pour Coralie qui tentait de dissimuler au mieux son désarroi à la simple évocation de sa sœur défunte. Ce dernier poursuivit néanmoins son énumération funeste, un peu gêné.

– Enfin, la dernière victime, Amanda Moreau, a été retrouvée la nuit dernière par vos bons soins. Ce qui nous fait déjà quatre personnes assassinées par ce forcené. Les seules certitudes que je puisse avoir à l'heure actuelle, c'est qu'il ne s'arrêtera pas en si bon chemin, et qu'il tuera encore. Tenez, regardez ça.

Laforrest sortit quelques photos qu'il fit circuler à tout le monde. C'étaient des clichés montrant deux des victimes telles qu'elles avaient été retrouvées, sur les lieux évoqués auparavant. Tout le monde les regarda en tentant de dissimuler l'horreur qu'elles leur inspiraient. Frédéric avait eu le tact de ne pas leur montrer les clichés concernant la sœur de Coralie. Cette dernière le comprit et lui en fut reconnaissante.

– À chaque fois, le tueur procède de la même façon. La mise en scène est strictement identique : il tue ces filles d'un coup d'épée dans le cœur avant de les déposer ensuite sur chaque lieu en peignant sur le sol une espèce d'étoile à cinq branches, là... un pentamachin...

– Un pentagramme, corrigea Coralie.

– Enfin bref. Cette forme était peinte par terre avec une substance assez spéciale, composée de différentes plantes en poudre mélangées au sang de la victime.

– Des plantes ? Lesquelles ? demanda Philippe.

Frédéric lui tendit le rapport de la scientifique qui avait procédé aux analyses de la substance prélevées sur les lieux des différents crimes.

Philippe lut la liste à haute voix :

– Voyons ça. Euphorbium, cyprès, absinthe, racine de mandragore et sang-de-dragon ? Formidable, dit-il d'un ton maussade. C'est le mélange idéal pour une malédiction. Pour jeter un mauvais sort à quelqu'un ou sur un lieu, rajouta Philippe en voyant l'expression perplexe de Frédéric.

– Du *sang de dragon* ? Vous n'allez quand même pas me faire gober ça ! À croire qu'on puisse s'en procurer dans la première droguerie du coin !

Coralie lança au lieutenant un flacon contenant une fine poudre rougeâtre qu'elle était allée chercher dans un meuble à tiroirs pas loin d'elle.

– En fait, c'est une résine rouge sombre à l'odeur balsamique, qui vient des écailles du rotang d'Indonésie. Un arbuste qui fournit le colorant dont se servent les luthiers pour teindre le bois des violons. En Magie, c'est un encens très puissant pour décupler la puissance des préparations végétales. Toutes les boutiques ésotériques en ont. Philippe, tu es sûr de ce que tu avances pour ce mélange ?

Il regarda à nouveau la liste et approuva d'un hochement de la tête.

– Ouep. D'ailleurs, la présence d'euphorbium ne laisse aucun doute puisque cette résine entre dans la composition d'encens maléfiques et démoniaques. Lieutenant, je crois que votre enquête relève plus du domaine occulte qu'autre chose.

Frédéric poussa un soupir résigné.

– Pour tout vous avouer, je m'en doutais un peu. Toutes ces filles s'intéressaient à la sorcellerie. On a même retrouvé leur matériel chez elles. Par ailleurs, comme les trois premiers lieux concernaient des places touristiques, on avait pensé que c'était un fil conducteur qui nous aurait aidés. Mais la victime d'hier nous a prouvé le contraire, vu qu'il n'y a rien de bien transcendant dans cet arrondissement. Du coup, c'est retour à la case départ. Quelle perte de temps !

– Peut-être pas, dit Sylvia. Comme vous l'avez supposé, ces lieux ont une signification très spéciale pour le meurtrier. Sinon, je ne pense pas qu'il se serait amusé à déplacer les corps de ces malheureuses d'un point à l'autre de la ville. Mais il nous reste encore à trouver ce qu'elle pourrait être.

Frédéric regarda un instant la jeune fille avant de tourner la tête vers Coralie qui le fixait, les coudes sur la table et le menton posé sur les mains. Il eut soudain l'intuition que le sujet de la conversation allait prendre une tout autre tournure.

– Maintenant, c'est à vous d'écouter ce que nous avons à vous raconter, dit Coralie d'un ton très sérieux. Car si vous avez besoin de notre aide pour coincer l'auteur de ces meurtres, ce que nous sommes tout à fait disposés à faire, nous avons également besoin de toi… de toi et de ton pouvoir sur la Terre. Parce que vous n'êtes pas le seul à avoir fait des recherches. Parce que nous sommes nous aussi en quête de ceux qui partagent avec nous une connexion à part avec la Magie draconique. Comme moi, Philippe, Sylvia, et même… toi, lieutenant Frédéric Laforrest. Tu es des nôtres.

Frédéric regarda la jeune fille et en resta complètement coi.

Durant la demi-heure qui suivit, Coralie raconta la découverte des deux premiers pendentifs ainsi que ce qui était arrivé à Sylvia. Ensuite, chacun se présenta à Frédéric en montrant son pendentif, et en précisant leur pouvoir respectif sur un des Éléments Cosmiques que sont l'Air, le Feu, l'Eau et la Terre.

Frédéric semblait tétanisé par la stupeur, donnant l'impression d'avoir reçu un violent coup de poing dans l'estomac. Inutile de compter jusqu'à dix, il était K.O. direct. Quand Sylvia lui montra son pendentif, il eut un haut-le-cœur en revoyant brièvement les images de son cauchemar, et surtout cette jeune fille qui l'appelait à l'aide comme si les deux visions s'étaient superposées de façon alternée, presque stroboscopique.

Non, ce n'est pas possible qu'ils puissent avoir raison ! s'entêta-t-il. *Et pourtant… S'ils ne faisaient que de dire la vérité ? Non ! Je refuse !*

Puis, ce fut au tour de Philippe de raconter comment, à la suite d'un rêve où il avait assisté à une cérémonie magique dans une clairière à la lumière d'un brasier, l'idée avait germé de retranscrire par écrit les bases de la magie des dragons. Puis, il poursuivit son récit avec l'apparition chez lui de l'esprit de Karine Tarany qui l'avait conduit à venir en France.

– Frédéric, dit Coralie, nous sommes à la recherche des deux dernières personnes qui possèdent les mêmes médaillons que nous. Nous avons la certitude que leurs propriétaires doivent se réunir ici et que tu en fais partie. La veille, nous avons tenté une divination par le Tarot, et les cartes nous ont conduits à toi.

Cette fois, les pensées réprimées de Frédéric parvinrent à prendre les commandes de ses cordes vocales.

– Non ! Tout ça est… C'est aberrant ! balbutia-t-il. C'est tout simplement impossible !

Philippe regarda le lieutenant droit dans les yeux et celui-ci vit que son interlocuteur ne lui racontait pas d'histoires, mais il avait tant de mal à y croire… Tant de mal, ne serait-ce qu'à accepter cette éventualité à laquelle il n'avait jamais songé. Une réalité qu'il ne voulait surtout pas admettre.

– Frédéric, si tu n'étais pas celui que nous croyons que tu es, tu n'aurais pas ressenti d'étranges vagues d'énergie quand tu as rencontré chacun de nous pour la première fois. Faisons aussi abstraction de cet usage exacerbé de ton intuition qui ne t'a jamais fait défaut au cours de tes enquêtes. Mettons aussi de côté les rêves très perturbants que tu as dû faire, ainsi que ton désir de protection des autres qui sont indubitablement liés à ton pouvoir sur la terre.

Frédéric s'était relevé, en état de choc. Ces révélations l'avaient ébranlé au plus profond de son être. Bien plus qu'il n'aurait voulu se l'avouer.

– Non ! Tout ça est impossible. Je refuse de croire à vos salades ! Vous vous êtes trompés de personne. Ça ne peut pas être vrai !

Sur ces mots, il sortit de l'arrière-boutique en claquant la porte, et regagna la sortie avant de disparaître au coin de la rue.

Coralie avait tenté de le retenir, mais Sylvia avait empêché son geste. Quelque part, elle était la mieux placée pour comprendre la réaction de Frédéric, puisqu'elle avait ressenti aussi cette même angoisse mêlée d'incrédulité. Elle savait à présent ce qu'il en coûtait de voir sa réalité basculer en *terra incognita*. Elle eut de la peine pour le lieutenant. Pour elle comme pour lui, plus aucun retour en arrière n'était possible.

– Pourquoi a-t-il réagi comme ça ? demanda Coralie.

Philippe lui mit doucement la main sur l'épaule.

– J'imagine que j'ai vu juste en lui parlant de ce qu'il a sûrement dû ressentir à notre contact ainsi que du rêve qu'il a fait. Ne cherchons ni à le rattraper ni à le convaincre, cela ne ferait que l'éloigner de nous. Il n'y a rien d'autre à faire que d'attendre et, surtout, de rechercher la dernière personne qui manque encore. Pour ce qui est de Frédéric, il a peur mais je suis sûr qu'il reviendra vers nous de lui-même. Laissons-lui un peu de temps pour se faire à l'idée et accepter ce qu'il est en vérité.

Le jeune homme se passa la main dans les cheveux en soupirant.

– Est-ce que je peux me servir de ta connexion à Internet, Coralie ? J'ai fait la connaissance d'un contact qui vit à Paris et qui pourrait peut-être nous aider.

CHAPITRE 16

Rue des Innocents.

Après le départ de Frédéric, Sylvia ne s'était pas éternisée non plus et rentra chez elle. En vérité, elle n'aurait pas su dire comment. Tant de pensées se bousculaient dans sa tête qu'elle avait fait le trajet sans même y penser.

Elle se fit couler un bain chaud et apaisant afin de se libérer de ses tourments. Puis, vêtue d'un épais peignoir blanc et les cheveux enroulés dans une serviette éponge, elle posa sa main sur son exemplaire du livre de Philippe Helm.

C'était tellement incroyable qu'il fasse lui aussi partie du clan qui était en train de se constituer autour d'elle... Pourtant, en son for intérieur, elle avait eu l'impression de le connaître depuis très longtemps. Un sentiment qu'elle avait également éprouvé en la présence de Coralie, mais aussi de Frédéric et... de Stéphane.

Se pouvait-il que Stéphane soit la dernière personne qu'ils recherchaient ?

Non, je le saurais...

Profitant de la tranquillité de l'après-midi, la jeune fille décida qu'il était temps qu'elle aille rendre une petite visite aux dragons, dans la zone draconique, située au cœur du plan astral, l'un des différents niveaux énergétiques existant dans le monde.

Certes, elle n'était qu'une magicienne débutante, mais elle ferait de son mieux. Les quelques exercices mis en pratique avec Coralie pourraient sans doute l'y aider.

Depuis qu'elle était entrée en possession du livre *Les Mystères de la Draconia*, elle était parvenue à acquérir les outils nécessaires à la pratique des rituels expliqués dans le livre à la boutique ésotérique où elle travaillait. Les autres n'en savaient rien, mais elle avait passé pas moins de deux nuits blanches pour personnaliser au mieux ces objets magiques.

Quand elle avait des questions, elle n'hésitait jamais à demander conseil à Coralie ou ses parents. Pour la toute débutante qu'elle était, bénéficier d'un tel soutien était d'un grand secours. C'est ainsi qu'elle avait commencé à se familiariser petit à petit avec l'univers de la sorcellerie et de la Magie. Ce fut surtout la consécration de chacun de ses outils qui lui permit de comprendre et de maîtriser les rites préparatoires à chacune des cérémonies. Ne disposant pas de pièce réservée à cet usage, elle se servait de l'espace disponible dans le salon. Un genre d'*occultum* provisoire qu'elle purifiait avant et après chaque rituel pratiqué.

Elle déplaça la table basse au milieu de la pièce. Ce meuble rustique pouvant faire office de coffre, elle souleva la tablette supérieure afin de sortir un tissu noir marqué d'un pentagramme brodé accompagné d'ornementations celtiques. Ses outils de magie étaient enveloppés dans les plis de la nappe. Elle orienta l'autel vers l'est à l'aide d'une boussole, y étala l'étoffe avant de disposer avec soin les outils à leur place respective, comme expliqué dans son livre. Elle installa deux chandeliers ; l'un avec un cierge noir sur le côté gauche et l'autre, doté d'un cierge blanc, au côté droit, ainsi qu'un récipient semi-sphérique qui servait d'encensoir. Elle referma ensuite les volets. Ne voulant négliger aucun détail dans ses préparatifs, elle sortit aussi un flacon contenant un mélange d'encens de résine d'oliban et de sang-de-dragon, ainsi qu'une boîte d'allumettes et un cendrier posés à côté de son autel improvisé.

Retournant dans sa chambre, Sylvia se débarrassa de la serviette et se sécha les cheveux. Elle enleva aussi son peignoir pour revêtir une longue robe de coton blanc. Elle retourna dans le salon où elle éteignit les lumières électriques, laissant la pièce dans une pénombre presque totale à laquelle elle s'habitua.

De retour derrière l'autel, la jeune fille commença à pratiquer les deux rituels préalables à toute expérimentation occulte qu'elle avait appris dans le livre de Philippe. Elle alluma ensuite les chandelles ainsi que l'encens avant d'invoquer d'une voix sourde les dragons et leur demander de lui transmettre leur force.

Pour finir, elle s'assit en tailleur derrière l'autel, ferma les yeux, en se concentrant sur son souhait qu'un être draconique daigne venir l'aider à voir plus clair dans les questions qui la hantaient. Elle resta ainsi durant plusieurs minutes, plongée dans un profond état méditatif.

Quelque chose d'incroyable finit par arriver.

Sylvia réalisa qu'elle n'était plus dans son appartement.

*

Non, Sylvia n'était pas chez elle. L'air ne lui apportait plus les suaves fragrances de l'encens, mais une douce brise lui semblait venir du bruissement des feuillages d'une forêt avoisinante. La nuit était claire et douce. Il n'y avait que quelques nuages à l'horizon et les étoiles scintillaient tels des diamants célestes. Une lueur blanche indiquait que la lune allait surgir de derrière les nuages.

Sylvia regarda autour d'elle et s'aperçut qu'elle se tenait debout sur un sentier de terre battue au plus profond d'une forêt luxuriante. Sur les bords du chemin, de petits cailloux lisses et ronds émettaient un faible éclat qui éclairait ses pas.

En regardant à l'horizon, son attention fut attirée par une lueur dorée qui semblait venir de la montagne à l'horizon. Sans plus d'hésitation, elle se mit en marche dans la direction de cette lueur qui semblait l'appeler.

Plus elle cheminait en silence, et plus elle se laissait imprégner par la beauté sereine de ces lieux. Elle se sentait en paix avec tout ce qui l'entourait, ainsi qu'avec elle-même. Inspirant la fraîcheur nocturne printanière, elle percevait le chant mélodieux des oiseaux. Émerveillée, la jeune fille ressentait un tel élan d'amour pour ce moment de quiétude qu'elle ne réalisa pas tout de suite que la forêt n'en était que plus belle.

Soudain, elle s'arrêta. Il lui avait semblé entendre quelqu'un prononcer son nom dans le murmure du vent. Elle quitta alors le sentier pour avancer à travers les buissons, guidée par cette douce voix qui semblait chanter une mélodie dont elle ne comprenait pas les paroles, mais qui résonnait en elle de façon très familière.

Guidée par ce chant, elle arriva près des rives d'un lac. L'eau était lisse et reflétait le ciel, lui donnant même un éclat irréel. Quelques lucioles voletaient çà et là, accentuant la beauté de l'endroit. De gros rochers plats et lisses formaient une espèce de margelle qui s'avançait dans l'eau. Fascinée, Sylvia s'approcha, baignée dans cette atmosphère de tranquillité tandis qu'une grande et douce lueur blanche la guidait jusqu'au rivage. Elle s'assit au bord de l'eau, les pieds à quelques centimètres de la surface et regarda tout autour d'elle avant de réprimer un sursaut.

Un grand dragon blanc dormait paisiblement sur sa droite. Il émettait une si douce lumière blanche aux alentours, empreinte de sérénité. Sylvia se remit de la frayeur qu'elle venait d'avoir, trouvant au final que sa présence était plutôt apaisante. Elle veilla quelques instants sur son énigmatique compagnon avant de contempler le reflet miroitant. Là encore, ce fut la stupeur : car au lieu d'y voir le ciel nocturne au-dessus d'elle, elle voyait le ciel comme si c'était le jour. Relevant le visage vers le ciel, elle vit que la lune était en train de réapparaître de derrière un nuage, mais dans l'eau, c'était l'astre solaire qui se montrait.

Elle comprit alors que l'eau exerçait un pouvoir d'inversion, reflétant le contraire de ce qu'elle voyait ; la nuit et le jour, la lune et le soleil, de même qu'un dragon blanc et un autre noir.

De plus en plus éberluée, elle vit dans le reflet du lac qu'un dragon noir la regardait, d'un air amusé, de ses beaux yeux couleur d'ambre. Elle releva la tête pour mieux le voir ; il faisait face à son compagnon draconique blanc qui avait un regard mauve empreint de sagesse et pétillant de malice.

Le dragon s'adressa à la jeune fille par la pensée, en utilisant la télépathie. C'était selon ce procédé qu'ils semblaient préférer communiquer.

– Ta surprise est très touchante, petite Prêtresse, lui dit-il d'un ton amusé.

– C'est que… Je n'avais jamais vu une telle chose se produire auparavant. Pour tout dire, c'est même la première fois que je suis face à face avec un dragon. Je craignais que personne ne veuille répondre à mon appel.

– N'oublie jamais que notre protection est sur toi depuis toujours. Et c'est une bonne chose que tu aies réussi à t'ouvrir à la Magie. Sans quoi, nos chemins ne se seraient jamais croisés. Nous espérions donc que tu viennes nous voir très bientôt et nous serons toujours là chaque fois que tu en auras besoin.

Sur ces mots, le dragon blanc tendit la patte et lâcha une sphère noire d'environ quelques centimètres de diamètre dans l'eau.

Au contact de la surface, la boule devint blanche.

Encore une inversion à travers le miroir de cette eau magique, songea Sylvia avec un émerveillement évident.

En un battement de cils, Sylvia réalisa qu'elle était toujours au même endroit, comme si le simple geste du dragon avait suffi pour la faire basculer elle aussi de l'autre coté de la surface de l'eau miroitante.

Elle sentait la chaleur du soleil sur sa peau. À sa droite, le dragon noir qui avait rattrapé la boule blanche observa la jeune fille tandis qu'elle regardait aux alentours, éberluée. Elle se pencha sur les eaux du lac pour se rendre compte qu'à présent, c'était le ciel nocturne qui était en dessous et que le compagnon à ses côtés dans ce reflet était le grand dragon blanc. Est-ce qu'il s'agissait de la même créature ?

– Ça alors… C'est incroyable de se dire que je peux être dans ces deux univers en même temps. Je ne me suis même pas rendu compte du déplacement. Comment est-ce possible ?

– Parce que tu as vraiment l'impression d'être dans deux endroits si différents ? lui dit-il, un peu surpris. Penche-toi à nouveau sur l'eau, et regarde mieux.

Elle s'exécuta tandis que le grand dragon noir libéra la boule blanche qui redevint noire en touchant la surface du lac. En un clin d'œil, Sylvia était revenue dans le paysage de nuit et regarda un instant le grand dragon blanc qui tenait la boule noire entre ses puissantes griffes. Une fois encore, elle n'avait pas perçu quoi que ce soit qui aurait pu marquer le changement et cela la désorientait au plus haut point.

– Ce n'est pas à moi de t'apporter les réponses que tu souhaites, ma chère, lui dit l'être draconique. Pour les découvrir, tu devras d'abord chercher en toi-même. C'est alors que le passé et le présent se rejoindront enfin pour révéler la véritable puissance de ton clan, le Cercle du Dragon Céleste. La quête des quatre Trésors Sacrés va bientôt commencer avec les compagnons qui sont en train de se réunir autour de toi.

– C'est quoi cette histoire de clan ? Comment dois-je faire ? Je n'arrive même pas à convaincre Frédéric de nous écouter. Je ne pense pas que je sois cette *Porteuse de Lumière* dont on me parle. Je ne…

– Tu n'as pas à convaincre qui que ce soit. Tout ce que je sais, c'est que Frédéric viendra vous rejoindre de lui-même quand le moment sera venu, et pas avant. Pour ce qui est de ton rôle à travers cette histoire, on peut faire l'analogie avec le pendentif que tu portes. Car ce que tu cherches est déjà en ta possession et semble très bien ne pas être réel pour autant.

Sylvia prit son médaillon entre ses mains, et le scruta un instant dans l'espoir de comprendre un petit peu mieux ces propos énigmatiques.

– L'heure est venue de nous quitter, chère petite Prêtresse. Tu dois retourner dans le monde qui est le tien. Nous serons amenés à nous revoir dans très peu de temps. Aussi, veillez bien les uns sur les autres car je sens les ténèbres resserrer leur étau autour de vous. Si vous n'unissez pas vos cœurs et vos âmes, vous risquez fort d'être engloutis par votre propre obscurité. Vos adversaires sont très dangereux, ne les sous-estimez pas.

La jeune fille frissonna. Son compagnon draconique avait réussi à la faire paniquer et il pouvait lire la crainte tapie dans son cœur. Le dragon blanc leva alors la patte vers elle et posa délicatement la pointe d'une de ses griffes sur le front de Sylvia. Elle ferma les yeux, gagnée par une onde de chaleur bienfaisante.

*

Quand elle finit par rouvrir les yeux, elle comprit qu'elle s'était réveillée et qu'elle était toujours installée derrière son autel. Elle fut très surprise de voir qu'à peine une quinzaine de minutes s'était écoulée depuis qu'elle avait fermé les yeux. Cependant, elle avait eu l'impression de passer l'équivalent d'une heure terrestre dans la zone draconique. Ce qui lui occasionna une bien étrange perplexité.

Une partie de ses pensées était encore restée aux côtés du grand dragon blanc (ou noir ?) qui lui avait parlé. Pendant un instant, elle se demanda si elle n'avait pas plus de questions sans réponses qu'au moment où elle avait envisagé de pratiquer cette méditation. En tout cas, comme Philippe l'avait dit, elle ne devait pas s'inquiéter car Frédéric finirait bien par les rejoindre, de même que la dernière personne manquante. Ce qui était plutôt encourageant, s'il fallait partir à la recherche de ces Trésors Sacrés. Cette histoire de clan la préoccupait également, et elle n'arrêtait pas de penser à cette phrase qui résonnait encore en écho dans son esprit.

Car ce que tu cherches est déjà en ta possession et semble très bien ne pas être réel pour autant.

Qu'est-ce que cela pouvait bien signifier ?

Toutefois, elle ne parvenait pas à se défaire non plus de cette sensation de malaise oppressant qui s'était emparée d'elle en apprenant que les ténèbres étaient en train de se resserrer autour d'elle et de ses compagnons. Sans savoir d'où la menace pourrait venir, elle finit par comprendre qu'il faudrait être très prudent à l'avenir. Leur vie pourrait très bien en dépendre.

CHAPITRE 17

Place Saint-Michel.

Cette même après-midi, grâce à l'ordinateur de Coralie, Philippe parvint à établir le contact avec la personne qui pourrait peut-être leur venir en aide. Comme l'avait fait remarquer avec humour l'écrivain québécois, il n'y avait plus à se soucier des six heures de décalage horaire avec le Québec, ce qui était plutôt une bonne chose. Un rendez-vous fut alors convenu dans une brasserie tout près des quais.

Vu que Philippe devait rendre visite à des cousins dans le même quartier, il fut convenu que ce serait Coralie qui irait au point de rendez-vous tout de suite après avoir donné un coup de main à ses parents à la boutique, pour finir de cataloguer de nouveau articles.

Elle arriva bien en avance et choisit de s'installer sur une banquette dans un coin, le plus près possible des hordes de touristes qui parlaient haut et fort. Il leur serait alors possible de discuter en toute tranquillité, sans crainte d'être écoutés par des oreilles indiscrètes. Pour patienter, elle sirota un cocktail de fruits orange-banane, se laissant bercer par les discussions des gens autour d'elle.

Après quelques instants, elle aperçut Philippe qui arrivait, accompagné d'un autre garçon qu'elle ne pouvait voir de l'endroit où elle était assise. Tous deux semblaient la chercher du regard, alors elle fit un geste de la main pour attirer leur attention. Philippe finit par l'apercevoir, et lui rendit son salut. Quand Coralie vit de qui son ami était accompagné, son geste se figea net sous l'effet de la surprise. C'était Stéphane, le type dont Sylvia lui avait parlé, celui croisé sur la scène de crime. Un flic.

Qu'est-ce que ce qu'il fichait ici, celui-là ?! Ce n'était tout de même pas lui, le contact dont Philippe avait parlé ?

– Ce n'est pas vrai, je rêve ! Qu'est-ce que ça veut dire ?

Le lieutenant Stéphane Flergafau se figea, reconnaissant la jeune femme, et Philippe eut un regard surpris vers cette dernière. Les deux hommes prirent place malgré tout à la même table que la jeune fille.

– Euh... Vous vous connaissez, tous les deux ?

– On va dire que oui. C'est lui qui accompagnait le lieutenant Laforrest sur les lieux du dernier crime, expliqua Coralie pendant que Stéphane approuvait d'un mouvement de tête. Sans compter qu'il a rendu une petite visite à Sylvia dans sa chambre d'hôpital, juste après son agression à la fac.

Cette fois, elle ne put maîtriser le ton de colère dans sa voix et Philippe manqua d'avaler de travers le café que Coralie lui avait commandé.

– Tu m'avais caché ça ! Pourquoi as-tu fait une chose pareille ? Ce tueur aurait très bien pu en finir avec elle, sans compter qu'il était sur le point de t'assassiner aussi, Coralie.

– Comme c'est gentil de me le rappeler, railla la jeune fille d'un ton acerbe qui aurait réfrigéré la lave d'un volcan.

Stéphane détourna un instant son regard, penaud, avant de reprendre la parole.

– J'en suis tout à fait conscient, sachez-le. Laisser Sylvia seule face au danger était un énorme risque. Rien de ce qui s'est passé ce jour-là n'aurait pu être évité... par qui que ce soit. La rencontre de Sylvia avec le tueur semblait inéluctable, voilà tout.

Coralie n'en croyait pas un mot et Stéphane put le percevoir.

– Tu l'as vu toi-même : le pouvoir que détient Sylvia s'est manifesté à ce moment-là. Vous ne comprenez donc pas ? Lorsque l'on ne la maîtrise pas, cette force ne se déclenche pas sur commande, mais quand on n'en a même pas conscience. Or, c'est dans ces conditions, où la survie prédomine tout le reste, que l'inconscient prend le relais. C'est en étant face à la mort que Sylvia a résisté en laissant libre cours à sa puissance.

Philippe et Coralie se regardèrent un instant. Pour eux, il était évident que les propos de Stéphane tenaient la route. Néanmoins, la jeune fille continuait à éprouver une profonde aversion pour le jeune homme. Cela n'échappait à personne. Elle se tourna à nouveau vers Philippe.

– Dis-moi, comment se fait-il que tu sois entré en contact avec lui ?

– Il m'avait envoyé un courriel voilà quelques mois, quand mon livre est sorti en Europe. Nous avons souvent discuté au sujet de la magie et des dragons. *Grosso modo*, on a débattu de nombreux sujets à propos de la spiritualité. De fil en aiguille, on a fini par sympathiser.

À ces mots, Stéphane ne put réprimer l'esquisse d'un sourire.

– Attendez… Tu essayes de me dire que c'est la toute première fois que vous vous voyez, tous les deux ? demanda Coralie avec surprise.

– C'est ça, rajouta Stéphane. Coralie, reprit-il d'un ton apaisant, il faut que tu saches que je ne suis pas votre ennemi.

– Pourtant, on serait tout à fait en droit d'en douter, vu ton comportement !

Stéphane estima préférable de ne pas rajouter d'huile sur le feu, et Philippe ne put qu'approuver cette sage initiative.

– J'en conviens. Mais si j'ai accepté de répondre au message de mon ami *Franz.B*, c'est parce qu'aussi impensable que ça puisse paraître, j'ai moi aussi un rôle à jouer dans cette histoire. Pour des raisons que j'ignore encore, on dirait que mon destin est intimement lié à chacun de vous.

Les deux autres le regardèrent, bien impatients de savoir de quoi il retournait.

– Pour l'instant, je n'en sais pas plus, tout est encore très confus. Tant que je n'aurai pas découvert la vérité, je poursuivrai seul mes investigations.

Le ton décidé de sa voix coupait court à toute tentative de réplique.

– Ça peut se comprendre, rajouta Coralie. Pourtant, ça ne nous dit ni pourquoi tu sembles vouloir nous venir en aide d'un côté, ni si tu es réellement digne de confiance, car en ce qui me concerne j'ai tendance à me méfier de toi.

Philippe, un peu perplexe, regarda Coralie et Stéphane tour à tour, et comprit qu'il valait mieux intervenir sans tarder.

– Si je lui ai demandé de venir nous rejoindre aujourd'hui, c'est parce que Stéphane pourrait nous aider à y voir plus clair. Je ne sais toujours pas ce qui semble nous motiver à nous réunir ainsi, mais j'ai le sentiment que nous devons protéger Sylvia. On dirait qu'elle détient un immense pouvoir.

– Alors là, vous n'êtes pas sortis de l'auberge ! fit alors remarquer Stéphane, non sans espièglerie, en remuant les glaçons dans son verre. Parce qu'il lui arrive d'être fichtrement buttée quand ça lui prend.

Même si Coralie admettait qu'il avait raison, elle lui décocha malgré tout un regard noir, et il n'en démordit pas pour autant. Ils se fusillèrent des yeux jusqu'à ce que Philipe réagisse, agacé.

– Bon, ça suffit les chicanes, vous deux !

Stéphane finit par baisser la garde en premier.

– Ok… Soyons un peu sérieux et passons à la véritable raison de cette petite réunion. Je crois savoir comment vous aider à accéder aux Trésors Sacrés. Philippe a fini par m'en parler.

Le jeune homme s'interrompit, tout étonné de l'attention que ses compagnons lui avaient soudain accordée. Après s'être éclairci la voix, il reprit ses explications.

– D'après ce que j'ai appris par mes sources, les Trésors Sacrés que vous cherchez sont enfouis depuis des siècles dans l'Antre de l'Initiation, au cœur de la zone draconique. Bref dans le plan astral.

– Non… murmura Coralie. Ils ne sont pas sur ce plan d'existence, mais dans une dimension parallèle à la nôtre ? C'est bien ce que tu essaies de nous dire ?

Un bruit soudain fit sauter Coralie et Stéphane au plafond. Philippe venait de frapper la table du plat de ses mains, manquant de peu d'envoyer leurs consommations par terre.

– Je le savais ! En fait, c'est comme si on devait passer une des étapes de l'initiation draconique dont il est fait mention dans mon livre. J'en étais sûr !

Stéphane releva la main pour tempérer l'enthousiasme de Philippe. Il n'avait pas fini de transmettre son message.

– Ne vous emballez pas. Car celui que je pourrais considérer comme étant mon guide spirituel m'a aussi confié un message pour vous. Une espèce d'incantation que vous devrez prononcer afin de révéler la noblesse de votre quête.

– Une incantation ? ironisa Coralie. On aura tout vu ! Ce n'est pourtant pas une boîte de nuit où seuls les habitués connaissant le mot de passe ont le droit d'entrer !

– Pas faux. J'ai eu l'occasion de le voir à travers une vision méditative.

Sur ces mots, Stéphane sortit son portefeuille de la poche du blouson en cuir posé à côté de lui et s'empara d'une feuille de papier pliée qu'il tendit à Philippe. Après l'avoir ouverte, ce dernier eut un mouvement de surprise devant un script ésotérique qu'il avait déjà eu l'occasion de voir en étudiant les sciences occultes, mais dont la traduction lui semblait incompréhensible à première vue.

– Devant la complexité évidente de ce texte, je me suis dit que vous n'auriez sûrement rien compris si je vous l'avais dit à haute voix. Et maintenant que je vous regarde, quelque chose me dit que vous n'êtes pas plus avancés avec la version écrite.

Sur le papier que Philippe tenait en main, figuraient des caractères énigmatiques. Voilà qui allait leur compliquer la tâche.

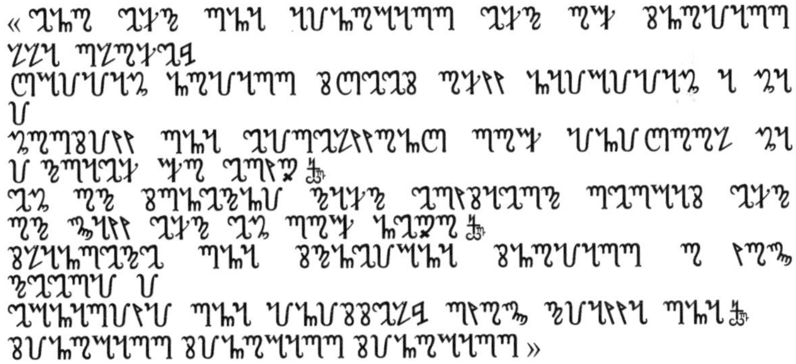

CHAPITRE 18

Lundi 14 juin 2010,
Quartier de la Butte Montmartre.

Durant toute la soirée et la journée, Frédéric s'était enfermé dans son appartement. Il avait prévenu ses supérieurs qu'il travaillerait chez lui. Ce qui n'était qu'un demi-mensonge car, en vérité, il avait été bien plus touché qu'il ne voulait l'avouer par la discussion qui avait eu lieu la veille, dans cette étrange boutique ésotérique, et il avait besoin d'y voir plus clair.

Il avait beaucoup de mal à accepter l'idée qu'il puisse être l'un des membres de leur groupe. Pourtant, cette idée ne lui semblait pas aussi ridicule que ce dont elle avait l'air. Sans compter que ce Québécois était loin d'être tombé à côté de la question quand il avait mentionné les sensations qu'il avait ressenties au contact de Sylvia et ses amis, et le rêve perturbant qu'il avait fait la veille.

Bon, d'accord, tout ceci concordait ! Alors, comment expliquer cette impression au plus profond de lui que ces gens lui étaient familiers, et qu'ils avaient quelque chose à accomplir tous ensemble ? Tout cela lui semblait tellement ahurissant qu'il ne parvenait encore pas à le comprendre ni à l'admettre.

Après avoir passé toute la journée à tourner en rond en ressassant ses idées, il décida de revoir toutes les pièces dont la police disposait à l'heure actuelle. S'occuper d'une affaire avait toujours été pour lui le moyen de ne pas perdre pied face aux horreurs avec lesquelles il avait appris à vivre. De s'ancrer à un fondement stable auquel il pourrait s'en remettre.

Installé à la table de la salle à manger, Frédéric réétudiait les dossiers sur ces affaires que Stéphane lui avait rapportés du bureau vers le milieu de l'après-midi. Il examina les moindres détails de chacune des pièces qui y figuraient. Après des années passées dans la police, Frédéric avait déjà eu maintes fois l'occasion de voir jusqu'où la cruauté humaine pouvait aller, mais force était de constater qu'une nouvelle barrière venait d'être franchie dans ce domaine.

Il passa même plusieurs heures sur Internet à faire des recherches sur les sectes sataniques, la sorcellerie et les meurtres rituels. Il imprima de nombreuses pages sur les sites qui lui avaient semblé les plus intéressants, et il commença à lire les fruits de ses découvertes, jusqu'à ce qu'il finisse par céder à la fatigue et s'endormir, étendu sur le canapé, ses documents disséminés partout autour de lui.

*

En rouvrant des yeux lourds de fatigue, le lieutenant eut l'impression d'avoir débarqué dans un rêve fantasmagorique. Il se revoyait sur le toit du bâtiment où la quatrième victime avait été découverte. Quant à la fille, elle était toujours là, reposant au centre du pentagramme peint à même le sol. Comment se faisait-il qu'elle soit toujours au même endroit ?

Il y avait quelque chose de très étrange derrière tout cela. Même la couleur noire du ciel et l'air ambiant semblaient lourds d'angoisse et de menaces. Sans même savoir pourquoi, Frédéric ressentait une onde glacée le saisir au plus profond de son être. Il en avait même du mal à respirer, l'air ambiant était empreint de négativité.

D'un côté, son instinct le poussait à quitter les lieux au plus vite. D'un autre côté, il ne pouvait se résigner à abandonner cette fille dans ce monde de ténèbres.

Il se pencha sur elle. Celle que l'on appelait Amanda rouvrit ses yeux vides et fixa le jeune homme pétrifié d'horreur. Poussant un cri, il trébucha et tomba en arrière. Relevant la tête, il vit qu'Amanda s'était redressée. Son teint pâle et son regard inexpressif rendaient encore plus terrifiante la blessure qu'elle avait au niveau du cœur. Elle avançait en titubant, cherchant à agripper Frédéric. Quand elle ouvrit la bouche pour parler, sa voix monocorde et lancinante était effroyable.

– Pourquoi… Pourquoi vous nous avez laissées mourir ?

Une seconde voix féminine, tout aussi effrayante, résonna juste derrière le policier :

– Oui… C'est vrai… Pourquoi ne pas avoir su empêcher tout cela d'arriver ?

Ce qu'il vit était d'une horreur sans nom. Derrière lui, les trois premières victimes semblaient elles aussi revenues du monde des morts. À ce moment-là, il eut la certitude d'avoir sans nul doute sombré dans la folie.

Il se boucha les oreilles afin de ne plus entendre ces voix, mais en vain puisqu'elles résonnaient jusqu'aux tréfonds de son esprit. Tout était de plus en plus embrouillé, mais il avait la certitude qu'il n'était pas responsable de la mort de ces jeunes femmes. Pourtant, les quatre créatures d'outre-tombe n'avaient pas pour autant renoncé à le torturer. Elles semblaient même être capables de lire dans ses pensées.

– Bien sûr que si, dit Amélie Girard sur un ton lourd de reproches. Si vous aviez tout de suite arrêté le meurtrier de Claudia Cheno, il n'y aurait jamais eu trois autres agressions. C'est à cause de votre incompétence que nous sommes mortes !

– C'est de votre faute… C'est de votre faute, se mirent à scander les quatre mortes en faisant un cercle autour de Frédéric qui était prostré à genoux, la tête entre ses mains.

La mélopée qu'elles entonnèrent lui vrilla l'esprit. La douleur dans sa tête était de plus en plus lancinante et intense, lui donnant l'impression qu'il ne pourrait en supporter davantage.

– Non ! Ce ne sont que des mensonges ! Rien de tout ceci n'est vrai ! Il faut me croire, je ne voulais pas que tout ça se produise ! Ce n'est qu'un épouvantable cauchemar dont je dois me réveiller à tout prix…

Tandis que les autres maintinrent leur complainte, Karine Tarany s'avança vers le policier dont la peur ne fit que croître quand elle s'agenouilla, et qu'elle braqua son regard vide devant son visage. Il ne pouvait pas lui faire face, et à sa culpabilité.

– Alors, si tu ne veux plus souffrir comme nous avons souffert, il n'y a qu'un seul moyen. Rejoins-nous. Rejoins-nous dans les Ténèbres.

Les filles scandèrent cette dernière phrase inlassablement. Frédéric eut beau se boucher les oreilles, il ne pouvait pas s'empêcher d'entendre ces voix terribles. Il leur cria d'arrêter, mais la douleur se fit de plus en plus insupportable.

Stop ! Arrêtez, je ne peux plus en entendre davantage ! Je vous en supplie, que quelqu'un me vienne en aide. Aidez-moi… AIDEZ-MOI !!! cria-t-il de toute sa force d'âme.

Y aurait-il seulement quelqu'un qui puisse entendre cet appel désespéré, et y répondre ?

*

Quelque part dans le ciel azur, au milieu de gros nuages blancs ouateux, une jeune femme aux cheveux bruns et aux yeux d'un mauve pailleté d'or chevauchait un grand et magnifique dragon blanc. Elle savourait l'intensité de cette expérience hors du commun qu'elle avait toujours souhaité vivre depuis qu'elle avait vu le film *L'Histoire Sans Fin* étant petite.

Par curiosité, Sylvia avait pratiqué l'un des rituels du livre de Philippe Helm. Elle avait dessiné au sol un cercle avec un pentagramme dont la pointe principale était orientée à l'est. Puis, elle avait rajouté une chandelle blanche sur les cinq pointes avant de s'allonger au centre du cercle. Un être draconique s'était alors approché et elle l'avait rejoint.

Chose amusante, la jeune femme avait retrouvé à nouveau celui qu'elle avait vu près de ce lac extraordinaire et volait avec lui dans le ciel, durant cette sortie hors corps, plus couramment appelé *voyage astral.* L'être draconique lui avait proposé de faire une balade dans un ciel nuageux. Il savait très bien que c'était un rêve d'enfance et il voulait avant tout lui faire plaisir.

La jeune fille sentait le vent fouetter son visage et s'engouffrer sans sa longue chevelure. Ils survolaient la surface azur et miroitante d'un océan infini.

Emportant sa protégée dans les cieux, le dragon s'amusa même à envoyer la jeune femme en l'air avant de la rattraper par les bras. Sylvia se retrouva alors les pieds dans le vide, à une hauteur phénoménale du sol, mais elle n'en éprouvait aucune peur. Le dragon blanc la chatouilla du bout d'une griffe, et elle se tortilla de rire sans craindre de tomber pour autant.

– Alors, la balade te plaît jusqu'à présent ?

– OUI !!

Sans crier gare, le dragon blanc plongea en un incroyable piqué vertigineux, et Sylvia ne s'en amusa que d'avantage. Y compris quand il la déposa sur la surface d'un fleuve en contrebas, la poussant dans le dos du bout de son museau. C'est à peine si elle se rendit compte qu'ils arrivaient à une vitesse folle à la bordure d'une chute d'eau, et encore moins qu'elle s'était jetée dans le vide, les bras écartés, comme si elle allait s'envoler. Elle éprouvait alors une entière confiance envers le dragon qui l'accompagnait, d'autant plus qu'il la récupéra aussitôt sur son dos. C'était la plus fantastique balade de sa vie.

Tout à coup, un déclic se fit entendre en elle.

Elle tendit l'oreille afin de mieux écouter. Il lui semblait qu'une voix désespérée l'avait appelée non pas de l'extérieur, mais de l'intérieur d'elle-même.

– Tu as entendu ça ?

– Oui. J'ai comme l'impression que les ténèbres ont décidé de passer à l'action, et qu'elles y sont allées très fort.

– Cette voix ne m'est pas inconnue… Mais qui… ?

Sylvia écoutait, les sens en éveil, cherchant à percevoir d'où provenait cet appel au secours. Elle connaissait cette voix, c'était une certitude, mais elle n'entendait rien d'autre que le vent.

Soudain, une onde noire et oppressante surgit de derrière eux et traversa l'espace avant de les dépasser. Au moment où cette onde les percuta, le dragon blanc et Sylvia purent à nouveau entendre l'appel à l'aide déchirant. Cette fois-ci, elle n'eut aucun doute quant à l'identité de la personne en détresse.

– Oh non ! C'est Frédéric !

– On dirait bien qu'il appelle à l'aide. Que décides-tu, *Porteuse de Lumière* ? L'un des tiens est en péril.

Sans même prendre le temps de s'offusquer de cette appellation qui l'agaçait, la jeune fille fit face à une évidence.

– Sacré nom d'un chien, on y va, bien sûr !

– Alors cramponne-toi bien !

Sylvia se plaqua contre le cou du grand dragon blanc tandis que ce dernier déployait ses immenses ailes de toute leur ampleur afin de rattraper cette onde. Il semblait que c'était une sorte de porte d'accès pour rejoindre leur ami en danger.

Pourvu qu'on arrive à temps, et qu'il ne soit pas trop tard…

*

Les quatre silhouettes spectrales continuaient à tourner en cercle autour de Frédéric en se tenant par les mains. Il avait cessé de crier. La douleur qu'il ressentait dans sa tête était devenue beaucoup trop insupportable.

Sous lui, le sol était devenu sombre, visqueux et boueux. Soudain, le niveau de cette boue noirâtre avait commencé à augmenter autour de lui et avait déjà englué ses pieds. Elle continua sa progression inexorable. Ce qu'il éprouvait au contact de cette matière immonde était répugnant, d'un froid pénétrant. Il en fut très vite enveloppé jusqu'aux épaules.

Les mélopées scandées par les filles fournissaient sa force à la matière fangeuse, qui n'était qu'une pure matérialisation des ténèbres, amplifiée par les sentiments épouvantés du lieutenant qui fut ainsi piégé. Il avait cessé de lutter et ne faisait plus que se tenir les poings serrés au niveau des tempes en marmonnant de façon presque inaudible, le souffle court :

– Jamais je ne rejoindrai les ténèbres… Jamais… Il y a encore des gens que je dois protéger… Je ne suis pas revenu pour que tout s'achève avant que je ne puisse rien accomplir… Une mission, ma mission… protéger les autres.

– Tsss… Quand te décideras-tu à t'abandonner aux ténèbres ? Tu finiras bien par comprendre que toute résistance est inutile. Pourquoi t'acharner ainsi alors qu'il n'y a plus d'espoir ? Personne ne viendra à ton secours. Dommage, mais pas de *deus ex machina* pour toi. Ça n'existe que dans les films.

La voix d'une femme se fit entendre depuis la pénombre du ciel, faisant mentir l'être malfaisant par la même occasion.

– Alors là, c'est ce qu'on va voir ! Tiens bon Frédéric, on arrive ! Tu n'es plus tout seul, maintenant.

Les spectres semblèrent décontenancés par cette manifestation à laquelle elles ne s'étaient pas attendues et l'intensité de leurs incantations maléfiques diminua quelque peu. Elles levèrent la tête, et virent une parcelle de noirceur du ciel s'étioler, comme déchirée par de puissantes griffes blanches, tandis que des rais de lumière jaillissaient de l'obscurité.

Frédéric tenta aussi de regarder dans la même direction, malgré le fait qu'il était encore bloqué sous cette matière écœurante qui durcissait à vue d'œil.

Une gerbe de flammes rougeoyantes acheva de déchirer ce ciel de ténèbres, et un splendide dragon blanc surgit du feu. Il décrivit un large cercle au-dessus des spectres qui retenaient leur proie captive. Sylvia finit par localiser le policier.

– Regarde, il est là ! s'écria Sylvia en le désignant du doigt. Mais… Qu'est-ce que c'est cette espèce de chose noire qui l'a englué ? Et puis c'est quoi ces quatre horreurs ?

Elle faisait allusion, non sans dégoût, aux créatures encapuchonnées sous de grandes capes noires qui encerclaient Frédéric, car elles apparaissaient à Sylvia sous leur véritable apparence. Des êtres difformes et d'une atrocité repoussante.

– Ce sont des âmes en perdition venant des plus basses strates du plan astral dans lequel nous sommes. Elles peuvent changer d'apparence pour leurrer leur proie. Je suis même prêt à parier ce que tu voudras que c'est ce qu'elles ont dû faire pour tirer avantage d'une faiblesse, et elles sont en train de piéger ton ami avec la matérialisation des ténèbres de son cœur.

– Quoi ? Mais il faut empêcher ça !

– Oui. Tout d'abord, il faudrait le protéger de ces chants maléfiques. Tant qu'il sera sous leur emprise, il ne sera pas en mesure de déployer son pouvoir. Le seul moyen d'y parvenir, c'est de tenir ces êtres à distance. Allez, petite Prêtresse, c'est à toi de jouer.

– Quoi ? Comment faire ? Je n'ai jamais fait ça auparavant, je ne sais même pas comment m'y prendre !

– On peut dire que ce sera une première. N'aie pas peur. J'ai confiance en toi. Tu sais déjà ce que tu as à faire pour aider ton ami. Fais appel à ton intuition. Elle sera toujours le meilleur guide que tu puisses avoir.

La jeune femme avala sa salive et tenta de se concentrer.

– D'accord… mais rapproche-toi. Je risque de ne pas pouvoir les atteindre d'ici.

Le majestueux dragon décrivit un grand cercle pour se rapprocher des quatre entités, qui s'étaient désintéressées de Sylvia pour reprendre leurs attaques psychiques sur Frédéric qui semblait sur le point de lâcher prise et de basculer pour de bon dans les ténèbres.

L'étudiante n'était pas très rassurée, mais déterminée à venir en aide à ce compagnon réticent. En le voyant ainsi, la première idée qui lui vint était qu'une attaque de front risquerait de lui porter préjudice. Elle imagina dans son esprit une sphère de pure lumière blanche se former autour de Frédéric pour le protéger de l'influence maléfique. Elle pointa d'un geste sec la main gauche dans la direction de ces êtres malfaisants en criant : « FICHEZ-LUI LA PAIX !! »

Aussitôt, les entités qui le harcelaient poussèrent un cri de répulsion, qui ressemblait plus à un sifflement suraigu, avant de s'éloigner de quelques pas en se cachant les yeux, comme aveuglées par un puissant éclat lumineux. Elle avait réussi : les spectres reculaient !

– Regarde, ton bouclier a fait effet ! dit le dragon blanc.

– Oui, on dirait bien, mais… Ils s'en prennent à nous, à présent !

Les spectres s'étaient retournés contre eux et avaient commencé à envoyer dans leur direction des jets de la même bourbe noirâtre qui engluait Frédéric. L'être draconique tentait d'esquiver au mieux ces attaques, mais lui et Sylvia ne furent plus en mesure de venir en aide à leur ami. Elle voulut utiliser à nouveau ses pouvoirs, mais un brusque mouvement du dragon pour éviter une autre projection faillit la déséquilibrer et chuter dans le vide. Elle était perdue. Que faire à présent ?

De là où il était, Frédéric entrapercevait ce qui se passait au-dessus de lui. Il avait compris que Sylvia était arrivée pour lui venir en aide. Écarquillant les yeux, il réalisa que celles qu'il avait vues sous les traits des quatre filles assassinées étaient en réalité des êtres monstrueux sous des capes noires, et qu'elles avaient pris la jeune fille pour cible. Si seulement il était en mesure d'intervenir ! Il s'en voulait d'être une fois encore dans l'incapacité d'agir. Il en fut à la fois désolé et résigné.

Je ne peux rien faire, c'est impossible.

Une voix empreinte de sagesse se fit alors entendre en lui.

Si, tu peux agir. Tu détiens en toi la force de protéger les autres. Calme-toi. Laisse ce pouvoir t'envahir. Ressens en ton corps et en ton cœur les énergies. La puissance sereine de la Terre-Mère.

Frédéric ferma les yeux, et la sensation oppressante perdit un peu de son emprise sur lui, assez en tout cas pour lui permettre de se concentrer. Il revit en esprit les images de forêts profondes de l'Alsace où il avait grandi, les arbres, les falaises escarpées ainsi que les grandes étendues sauvages. C'était comme s'il était en mesure de les ressentir au plus profond de son être, comme si son cœur battait à l'unisson avec la Nature tout entière.

Il rassembla alors toutes ses forces pour se défaire de la prison de noirceur qui le retenait prisonnier. Dans un effort prodigieux, il se concentra pour se visualise en train se libérer.

– Regarde ça, c'est incroyable ! dit Sylvia. Elle n'est pas passée loin celle-là. À ce rythme, on ne va plus tenir bien longtemps.

Les deux amis étaient toujours en train d'échapper aux attaques des entités malveillantes qui n'avaient pas renoncé pour autant à les traquer. Ils observaient surtout ce qui était en train de se dérouler sous eux. Les yeux fermés, Frédéric semblait plongé dans une intense concentration. Une aura verte venait d'apparaître autour de son corps, tandis qu'un signe de la même nuance brillait à son front : le symbole de l'Élément de la Terre.

🜃

Dans un violent effort de volonté, Frédéric parvint à faire voler en éclat la matière ténébreuse qui le retenait prisonnier. Il fixa alors les êtres démoniaques et prononça : « Disparaissez ! Retournez dans les ténèbres d'où vous venez ! » d'une voix forte et autoritaire en faisant un geste ample de la main droite dans leur direction, en imaginant qu'il les projetait dans les airs. Les créatures crièrent de plus belle en effectuant un spectaculaire vol plané, avant de disparaître très vite dans le néant.

L'aura verte s'amenuisa avant de se dissiper aussi vite qu'elle était venue. Incrédule devant ce qui venait de se passer, Frédéric regarda un instant sa main puis en l'air, et vit Sylvia qui lui faisait de grands signes en souriant, juchée sur un dragon blanc.

Un dragon blanc ? Non mais dites-moi que je rêve !

Il eut beau se frotter les yeux, sa vue ne lui faisait pas défaut. Il se remit debout tandis que le curieux équipage se posa au sol. Sylvia descendit, se précipita vers Frédéric, et se jeta dans ses bras. D'abord surpris, il la serra doucement contre lui, encore dubitatif par rapport à tout ce qui venait de se produire. Cela ne pouvait pas être réel. Pourtant, le corps de la jeune femme contre lui était concret, de même que sa chaleur, et sa respiration. Complètement désorienté, Frédéric était sur le point de perdre pied avec ce qu'il croyait savoir de la réalité.

Dans le même temps, il ne pouvait s'empêcher de regarder aux alentours ; il venait de sentir le regard de quelqu'un. D'ailleurs cela semblait durer depuis un petit moment déjà. Non… Il avait dû se tromper. Il ne ressentait plus rien d'étrange. La présence avait disparu.

Sylvia relâcha son étreinte la première. Elle se tourna vers Sha'oren alors que le lieutenant persistait à dévisager la créature mystique dont la voix se fit entendre dans sa tête.

– Bravo Frédéric. Pour un premier essai, c'était un coup de maître. N'est-ce pas ce que vous autre humains appelez la fameuse chance du débutant ?

Sylvia approuva vivement, un sourire franc aux lèvres.

Encore sous le choc, il sortit de sa poche de chemise une pochette de velours sombre. À l'intérieur, il y avait un pendentif devenu familier à Sylvia, sauf que ce dernier avait une agate mousse d'un vert vif en son centre et un fragment de jaspe brun serti dans l'œil du dragon. Le bijou avait encore quelques traces de la même aura verte qui avait saisi Frédéric auparavant.

Sylvia ne put réprimer sa surprise. En fin de compte, sa petite prédiction avec le Tarot s'était avérée exacte.

– Maintenant, je crois qu'il n'y a plus de place au doute. Tu es bel et bien l'un des nôtres, dit-elle en lui adressant un clin d'œil complice.

– Il est grand temps pour vous de réintégrer la réalité physique qui est la vôtre, poursuivit l'être draconique. Je vous rappelle qu'il y a encore une personne à retrouver, et que votre adversaire semble vous avoir clairement pris pour cible. Le mieux que vous puissiez faire, c'est de passer à l'étape suivante de votre quête : l'Antre de l'Initiation et les Trésors Sacrés.

CHAPITRE 19

Avenue Foch.

Dans la pénombre d'une pièce dont les fenêtres avaient été obscurcies, quelques chandelles brillaient dans les coins. Une silhouette était penchée au-dessus d'un récipient en argent finement ouvragé. Ce dernier avait l'intérieur peint d'un noir d'encre et contenait de l'eau pure qui reflétait le plan astral et surtout le combat qui y avait été mené.

Cette personne, une fille en l'occurrence, avait l'étonnante faculté de voir tout ce qu'elle voulait dans les dimensions éthérées des réalités alternatives et qui ne pouvait être perçues par les gens qui n'attachent aucune importance à la spiritualité. Tandis qu'elle observait le petit groupe, elle se rendit compte avec stupeur que l'homme avait un instant braqué son regard d'un vert intense droit dans sa direction.

Comment est-ce possible ? On dirait bien qu'il m'a vue… A-t-il a réussi à remarquer ma présence ?

La porte s'ouvrit alors et la jeune fille sursauta devant cette intrusion. Dès qu'elle vit qui en était l'auteur, elle se renfrogna.

– Bravo ! C'est malin, grand frère. Je t'avais pourtant dit que je ne voulais surtout pas être dérangée pendant ce genre de séance. Aussi, j'ose espérer que tu ne viens pas pour rien.

– Non rassure-toi petite sœur. En fait, ton intuition avait vu juste : les flics ont bien découvert une autre fille tuée avant-hier dans le nord-est de la ville. Les journaux en ont parlé, et la presse n'a encore que peu d'éléments, mais la victime correspond au profil des trois autres. Reste à savoir pourquoi le tueur s'en prend à elles.

Le jeune homme soupira et regarda sa sœur cadette qui relevait la capuche de sa cape de velours bleu. Une mèche de longs cheveux blonds lui retomba sur l'épaule.

– Allons Thessa… Ils sont déjà presque tous rassemblés à présent. Il ne manque plus que toi. Je ne comprends pas très bien pourquoi tu ne fais rien pour les rejoindre. Le moment est venu pour toi de faire ton apparition. Ils vont avoir besoin de ton aide. Tu es des leurs, ne l'oublie pas.

Thessa lui tourna le dos pour suspendre son vêtement à un cintre. Il était évident qu'elle était rongée par une grande timidité. Elle hésitait.

– Je ne sais pas… Par rapport à eux, je suis plus jeune, bien plus jeune. Sans compter que les risques à affronter seront tels qu'ils ne voudront sans doute pas mettre ma vie en danger. Et puis… Eux-mêmes ignorent sans doute pourquoi ils se sentent à ce point attirés les uns vers les autres. Ça ne m'étonnerait pas que je sois la seule à le savoir. Pour le clan décimé et les dragons.

– Thessa, te rends-tu compte que ce que tu dis est…

– Absurde, je sais. Cependant, j'appréhende vraiment d'aller les voir. En voyant ce que je suis, ils ne vont sûrement pas me prendre au sérieux, dans le meilleur des cas, et je ne supporterai jamais d'être mise à l'écart.

– Arrête un peu de te dénigrer, de croire que tu ne seras pas à la hauteur ! Ils te reconnaîtront comme étant des leurs, et ce quel que soit ton âge. Alors fais-moi le plaisir d'aller les voir maintenant sinon, je vais finir par me fâcher pour de bon !

Thessa releva les yeux vers son frère et put voir son regard déterminé. Elle soupira. Décidément, son grand frère allait une fois de plus remporter la partie. Il était un adversaire hors catégorie pour elle.

– Tu as raison, Alex. Je suis idiote de penser que mes compagnons pourraient rire de moi ou ne pas me trouver digne d'eux. L'heure est venue d'aller les retrouver… Même si je suis morte de trac rien qu'à cette idée.

Alexandre ne put s'empêcher de sourire en approuvant cette décision. C'était bien la seule chose raisonnable à faire.

Thessa enfila son blouson et sortit de sa chambre sous les yeux de son frère aîné, un jeune homme de vingt-cinq ans châtain clair aux yeux bleus qui travaillait comme assistant à la bibliothèque Sainte-

Geneviève. Elle referma la glissière sur un éclat bleuté qui brillait à son cou. Elle adressa ensuite un petit sourire à Alexandre qui lui passa affectueusement la main dans les cheveux pour la taquiner, puis elle sortit de chez elle.

*

Tout en déambulant dans les rues, la toute jeune fille était déjà anxieuse à l'idée de se montrer à ses compagnons. Alors que ces derniers devaient être maintenant adultes, ce qui lui faisait le plus peur était de leur montrer qu'elle n'était encore qu'une enfant. Elle craignait aussi qu'ils ne la jugent trop jeune pour se joindre à eux. L'adolescente aurait très mal accepté de n'être considérée que comme une gamine et laissée de côté à cause de cela. Elle aussi pouvait leur être d'un grand secours, elle en était persuadée.

Elle ressassait ces pensées moroses quand elle longea le jardin du Luxembourg, le long de la rue Vaugirard. Une fois encore, son miroir aquatique lui avait révélé l'endroit où elle pourrait les retrouver à coup sûr, et ses visions ne l'avaient encore jamais trompée. C'est à ce moment-là qu'elle les aperçut à travers la grille. Ils étaient là tous les quatre : Frédéric Laforrest, Coralie Tarany, Philippe Helm et Sylvia Laffargue. Ils s'étaient installés dans l'ombre des arbres et semblaient tenir une conversation animée.

Saisie d'un brusque accès de timidité, Thessa s'arrêta et se demanda comment elle allait s'y prendre pour les aborder, se contentant de les observer en silence. Elle fut tout à coup étonnée de voir ces quatre visages se tourner vers elle. De même, elle comprit que l'homme châtain aux yeux verts l'avait reconnue. Elle réalisa qu'il savait que c'était elle qui l'avait surveillé dans le plan astral.

Tous avaient les yeux rivés sur elle à présent, et ces quatre personnes qui lui faisaient face avaient une curieuse expression sur le visage. Comme s'ils attendaient qu'elle vienne à eux.

CHAPITRE 20

Jardin du Luxembourg.

Ils étaient là tous les quatre : Frédéric Laforrest, Coralie Tarany, Philippe Helm et Sylvia Laffargue. Ils s'étaient installés dans l'ombre des arbres et semblaient tenir une conversation animée. Ils s'y étaient tous retrouvés à l'heure convenue auparavant. Sylvia arriva peu de temps après Coralie et Philippe qui étaient déjà là. Frédéric, quant à lui, arriva en dernier, ayant eu toutes les peines du monde à quitter son bureau avec les enquêtes en cours.

Après que tout le monde ait pris place, Sylvia commença à révéler aux autres ce qui s'était produit : le combat astral auquel elle avait pris part avec Frédéric et ce dragon blanc qui avait été leur guide et conseiller.

Si Coralie était impressionnée, de son côté, Philippe arborait un sourire radieux. Le même genre d'expression qu'aurait eu un enseignant très fier de ses élèves. Décidément, ces magiciens français apprenaient vite et ils s'en étaient bien tirés pour des débutants. Voilà qui serait sans doute prometteur pour l'avenir.

Puis, tous sortirent leur médaillon respectif. C'était la première fois qu'ils semblaient presque tous réunis. L'intuition de Coralie sur l'existence de cinq bijoux liés aux Éléments venait ainsi de se confirmer.

– C'est dommage qu'il en manque encore un, fit remarquer Sylvia.

– Oui, d'autant plus que les messages laissés sur Internet n'ont rien donné. Du nouveau de ton côté, Philippe ?

– Non, rien pour moi non plus. Je suis entré en contact avec un dragon de l'Eau qui m'a dit que celle que nous cherchions ne tarderait plus à nous rejoindre et qu'il faudrait se montrer encore un peu patient.

Pendant un instant, tous observèrent les bijoux dans un silence pensif que seul Frédéric finit pourtant par rompre.

– Philippe, c'est bien toi qui m'avais parlé du rêve que j'avais pu faire, mais comment tu as su que ça m'était effectivement arrivé ? Il va falloir m'expliquer ça comme si j'avais six ans.

– Je te l'ai dit, j'ai eu le même genre de rêve. Comme chacun de nous en fait, rajouta-t-il avec un regard pour ses compagnons et les deux filles approuvèrent.

Ce faisant, Sylvia montra les brûlures qu'elle portait sur la paume de ses mains.

– C'est le moins qu'on puisse dire, le mien a même été très *marquant*. Je me suis demandé si ces cicatrices n'avaient pas été dues à l'incendie auquel j'ai échappé il y a cinq ans, mais je m'en serais souvenue. Surtout, je les aurais eues depuis bien plus longtemps que cela. Mais non. Là, c'est comme si elles étaient apparues du jour au lendemain.

– Nous n'avons pas de telles cicatrices, rétorqua le lieutenant. Tant mieux, d'un autre coté. Je ne suis pas maso non plus.

Philippe finit d'avaler un des muffins que Coralie avait préparés sans s'étouffer afin de répondre à cette question.

– Nous avons tous rêvé de la même chose, c'est vrai, répondit Philippe. Mais chacun d'entre nous n'a dû voir qu'une partie du rêve, d'une expérience que nous aurions vécue tous ensemble. Je pense qu'en les mettant tous bout à bout, on finirait par savoir ce qui s'est réellement passé durant cette nuit tragique du 31 octobre 1666. Nous saurons alors pourquoi nous sommes tous revenus à cette époque, et ce que nous avons à accomplir dans cette nouvelle vie qui nous a été offerte.

Sylvia et Coralie se regardèrent, non sans surprise. Même Frédéric ne comprenait pas trop ce qui se passait non plus. Le pauvre était dépassé par les évènements, et savoir qu'il n'était pas le seul dans cette situation le soulageait un peu.

– Attends, ça veut dire que ces visions ne seraient pas les fragments d'un rêve prémonitoire, mais plutôt des… souvenirs ? demanda Coralie.

Philippe fut très surpris de la réaction des deux filles.

– Ça alors… Vous venez seulement de l'apprendre ? Moi, ça fait longtemps que je l'ai découvert. C'est que… Je comprends. Comme vous ne vous êtes pas entièrement éveillées à votre vie passée, la mémoire de vos pouvoirs n'est pas encore revenue.

– Donc, continua Sylvia, si je te suis bien, ce n'est pas quelque chose à empêcher de se produire dans l'avenir ? Et nos rêves ne nous montraient pas quelque chose à venir, mais carrément nos vies antérieures ? Nous serions la réincarnation de ces gens que nous avons vus dans nos songes respectifs ?

– Tu as tout compris.

– Pourquoi nous sommes-nous réincarnés ? Je voudrais bien le savoir.

– Alors là, je n'ai pas la réponse. Seule la Divine Providence, bref l'Un, le sait. Même pour moi, ça reste encore très mystérieux. La seule chose dont je sois sûr, c'est que nous avons quelque chose à accomplir afin de rétablir notre karma qui a été bouleversé par de tragiques évènements survenus dans un lointain passé.

Un peu largué par une conversation à laquelle il ne comprenait pas grand-chose, Frédéric tourna un instant la tête vers les grilles du parc. C'est à ce moment-là que son regard s'arrêta sur une toute jeune fille blonde aux yeux bleus qui les observait. Coralie suivit le regard du policier dans la même direction. Elle fut imitée par Philippe, qui avait interrompu ses explications, et Sylvia. Sans savoir pourquoi, il y avait quelque chose en cette enfant qui les avait tous interpellés.

Ce fut Coralie qui se leva et fit quelques pas vers Thessa pour l'inviter à les rejoindre. D'abord réticente, elle accepta d'un signe de tête et entra dans le parc pour aller s'asseoir près d'eux.

– Comment tu t'appelles, petite ? demanda gentiment Philippe.

Aucun d'eux ne perçut l'onde d'irritation qui venait de parcourir l'adolescente au terme « petite » employé de façon condescendante. Elle répondit néanmoins avec patience : « Thessa. Je m'appelle Thessa Drac. »

Frédéric semblait perplexe.

Tiens, si mes souvenirs sont bons, c'est le nom donné à un cours d'eau qui coule vers Grenoble. Rivière… Eau… En plus, avec un nom dont la consonance évoque les dragons. Est-ce là une coïncidence ? Non. Je n'ai jamais cru aux coïncidences.

– Sinon, qu'est-ce qui t'amène ici ? Tu te promènes ? demanda-t-il.

L'adolescente tortillait une mèche de ses cheveux autour de ses doigts fins.

– Non. Je suis venue retrouver de *vieux amis*. Des amis perdus de vue depuis si longtemps que j'aurais bien du mal à les reconnaître à présent.

– À mon avis, dit Coralie, ce ne serait pas une bonne idée de te laisser attendre comme ça, toute seule. C'est peut-être un jardin public, mais on ne sait jamais sur qui tu pourrais tomber. Si tu veux, tu peux rester avec nous. Du moins le temps que tes amis puissent venir te retrouver, rajouta-t-elle devant la mine ahurie de ceux qui l'entouraient.

Frédéric se tâta le menton, tiraillé entre deux sentiments contradictoires. Si d'un côté, il approuvait l'initiative de ne pas laisser cette enfant livrée à elle-même, les gens réunis ici n'en étaient pas moins en train de parler d'un sujet complètement étranger pour la plupart des gens, y compris pour lui. Aussi, il craignait que l'adolescente ne fasse que retarder la réunion à plus tard, du moins jusqu'au moment où la petite serait enfin repartie jouer avec ceux de son âge.

C'est Thessa qui comprit la situation et se proposa d'y remédier d'elle-même.

– C'est vrai, tu as raison de le faire remarquer, mais vous étiez en train de discuter et je ne voudrais pas que vous vous arrêtiez à cause de moi. Et puis je vais rester dans mon coin, sans vous déranger. C'est promis.

Sylvia regarda Thessa enlever son blouson léger pour l'étaler au sol avant de s'y asseoir, entre Philippe Helm et Sylvia Laffargue.

Tous se tournèrent vers la nouvelle arrivante et l'observèrent un instant avec prudence, mais sans la moindre arrière-pensée, puis ils se présentèrent à tour de rôle. Thessa les salua poliment et leur rendit leur regard avec un aplomb qui ne manqua pas de les déconcerter.

Sylvia s'amusa du comique de la situation tout en détaillant la nouvelle arrivante. Avec ses yeux bleus comme des saphirs, sa chevelure blonde attachée en une queue de cheval haute dont seules deux longues mèches retombaient au niveau de ses oreilles, Thessa semblait n'être qu'aux portes de l'adolescence.

Sans même trop savoir pourquoi, ils trouvèrent tous les quatre que la présence de Thessa parmi eux avait quelque chose de très naturel. Ils l'avaient tous acceptée avec spontanéité. Du reste, le temps que ses amis finissent par arriver, elle pouvait bien rester un peu avec eux. Ainsi, ils joueraient un peu le rôle de frères et sœurs veillant sur la benjamine.

Coralie sortit une grande bouteille de thé glacé et une autre d'eau minérale de son sac à dos et chacun se servit dans des gobelets. Pendant que Thessa sirotait sa boisson, les autres reprirent leur conversation là où elle en était restée. La présence de Thessa ne semblait pas poser de problème, en fin de compte.

– Alors, on parlait de la réincarnation, dit Frédéric. Il va falloir m'expliquer ça comme si j'avais quatre ans car je n'y comprends rien !

La moyenne d'âge baisse, on dirait, songea Sylvia en souriant.

– Ok, continua Philippe. D'après ce que je sais, on pourrait presque dire que ce qui nous arrive est directement lié à notre karma. Il sert d'indicateur de l'évolution de chaque individu sur notre bonne vieille planète. *Grosso modo*, les expériences que nous vivons à l'heure actuelle sont dues à notre karma qui nous apporte des épreuves et des mises en situation où nous risquons d'être une fois de plus confrontés aux mêmes choix qu'autrefois, dans nos précédentes existences. Ce sera alors pour nous l'occasion de surmonter nos échecs, de faire table rase, et de passer à une nouvelle étape de notre évolution spirituelle.

Sylvia se décida à poser la question qui la tenaillait le plus.

– Concernant nos rêves, d'où nous sors-tu une date aussi précise que le 31 octobre 1666 ? J'ai assez de mal à croire qu'il y avait déjà un calendrier des postes épinglé au mur de chaque famille à l'époque.

Coralie ne put s'empêcher de pouffer de rire, mais elle trouvait que son amie avait posé une question très pertinente malgré tout. Philippe ne se laissa pas déconcentrer pour autant.

– La réponse est on ne peut plus simple, c'est mon guide spirituel draconique qui me l'a dit. C'est donc cette nuit-là que nous sommes tous morts.

Sur ces mots, Philippe s'interrompit pour regarder Sylvia. Malgré la gravité de cette information, elle ne pouvait pas s'empêcher de l'observer avec une expression assez cocasse d'étonnement mêlée d'admiration.

– Wow… Ce n'est pas croyable. Tu n'es pas écrivain pour des nèfles car tu parles comme un vrai dictionnaire.

Tout le monde fut pris d'un éclat de rire, excepté Thessa qui les regardait avec un petit sourire indulgent.

– N'empêche que moi, j'ai appris quelque chose, rajouta Coralie. Jusqu'ici, j'avais toujours pensé que d'une vie à l'autre on pouvait être tantôt un animal, tantôt un insecte ou encore un être humain. Quelque chose dans le genre : si tu fais le mal dans cette vie, tu seras réincarné en cafard tuberculeux dans la suivante. C'est pourtant ça l'idée générale la réincarnation, non ?

– Excuse-moi, mais ne serais-tu pas en train de confondre la *réincarnation* avec la *métempsychose* ? demanda Thessa.

Cette intervention eut le même effet que si tout le monde venait d'être aspergé d'eau glacée. Philippe fut le premier à s'en étonner. Comment cette enfant pouvait-elle savoir une chose d'un niveau ésotérique pareil ? D'autant plus que ce n'était pas l'un des intérêts de prédilection des adolescentes de son âge.

Satisfaite d'avoir réussi à capter l'attention de son entourage, Thessa but quelques gorgées d'eau fraîche avant de poursuivre sur sa lancée.

– La métempsychose est une variante de l'idée originelle de la réincarnation. Vus par certains non-initiés, plusieurs textes ésotériques ont fini par semer la confusion pour finalement aboutir à ce genre d'erreur. Par exemple, un texte aussi complexe à comprendre que le *Livre des Morts Tibétains* est tout à fait propice à la propagation de cette divergence. Il n'en reste pas moins que, dans la véritable réincarnation, l'homme va d'un corps humain à un autre, et ce à travers les âges. Quant à la métempsychose, selon la valeur de ses actes, l'homme peut aller de son corps à celui d'un animal, d'un insecte ou même d'un végétal. Or, ces règnes sont bien distincts, et ne peuvent en aucun cas se confondre afin de ne pas troubler le fragile équilibre écologique. Il ne peut donc y avoir d'échange d'un règne à l'autre. Comme vous pouvez le deviner, le corps physique n'est ni plus ni moins qu'une enveloppe d'emprunt qu'il faut considérer comme tel et que l'on restitue à sa mort. Est-ce que cela vous semble moins abscond maintenant, ou bien faut-il vous refaire un cours sur les vies antérieures ?

Les autres semblaient avoir subi un électrochoc collectif car ils fixaient Thessa avec un ahurissement plus qu'évident. Pour l'instant, ils en avaient perdu la voix, comme si quelqu'un extérieur à la scène avait coupé le son à l'aide d'une télécommande.

Thessa se tapa légèrement le front, comme si elle avait oublié de leur dire quelque chose de très important.

– Oh, excusez-moi ! J'avais oublié de finir de me présenter. Je m'appelle Thessa Drac, j'ai douze ans, et je suis la praticienne de votre clan qui maîtrise l'Élément de l'Eau. En fait, c'est vous les amis que j'attendais et que je n'avais plus revu depuis si longtemps. On pourrait même dire… depuis une autre vie.

Cette révélation eut l'effet d'une bombe au sein du groupe. Personne ne se serait attendu d'avoir affaire à une préadolescente parmi eux.

– QUOI ?

– Hey ! Inutile de crier comme ça ! Aux dernières nouvelles, je ne suis pas sourde ! s'exclama Thessa en portant les mains à ses oreilles.

– Alors celle-là, on ne l'avait pas vue venir, rajouta Philippe qui était sidéré.

Sylvia avait été abasourdie par la nouvelle.

Quant à Frédéric, il n'en croyait toujours ni ses yeux ni ses oreilles.

– Hey ! Minute ! D'ordinaire, j'ai une bonne capacité d'adaptation, mais là, il y a quelque chose qui ne colle pas avec le reste. On a tous entre la vingtaine et la trentaine. Alors comment se pourrait-il que tu sois la seule gamine du groupe ?

Sans s'offusquer pour autant, ni se laisser impressionner, Thessa regarda le lieutenant droit dans les yeux et répondit calmement : « Si je ne suis encore qu'une enfant, c'est parce qu'il s'agit déjà de ma seconde réincarnation depuis 1666. Durant ma précédente vie terrestre, je suis morte très jeune à la suite d'une intervention chirurgicale qui a foiré. Mon âme a été renvoyée ici presque aussitôt afin de vous retrouver à cette époque, car il fallait que nous soyons à nouveau réunis ici, en même temps. »

Sur ces mots, Thessa montra à ses interlocuteurs le médaillon qui ornait son cou, en le sortant de sous son T-shirt. Le bijou était de la même forme que celui des quatre autres, à la différence que la pierre centrale était une aigue-marine d'un bleu limpide et qu'un éclat de calcite orange faisait étinceler l'œil du dragon d'argent.

– J'ai quand même beaucoup de mal à croire que cette gamine soit des nôtres, rajouta Frédéric. C'est presque trop facile que tu t'amènes, comme par magie, au beau milieu de notre conversation.

Thessa ne s'émut pas davantage de la réaction virulente du policier assis en face d'elle. Elle prit la bouteille d'eau dans une main, sans l'avoir débouchée, et son gobelet vide dans l'autre.

– Heureusement qu'on peut toujours compter sur le sceptique du groupe, rajouta-t-elle en fixant Frédéric. D'un autre coté, ce n'est pas plus mal comme ça. On évite de s'embarquer dans bien des délires grâce au légendaire pragmatisme lié à la Terre. Ça ne me laisse plus le choix, et je ne vais pas y aller par quatre chemins pour vous convaincre.

Sur ces mots, elle ferma les yeux, et chacun perçut une subtile aura bleue entourer la silhouette de Thessa tandis qu'elle accumulait son pouvoir. Au même moment, Philippe remarqua que le niveau de l'eau dans la bouteille descendait de façon inexpliquée, puisque cette dernière était tenue droite, le goulot en l'air, le bouchon fermé. Plus étonnant encore, c'était qu'au même moment, dans son autre main, le niveau du gobelet augmentait tout autant. Les autres en restèrent comme deux ronds de flan. Thessa venait tout simplement de faire une démonstration flagrante de ses pouvoirs magiques sur l'Eau. Elle était bel et bien des leurs.

Sylvia se tourna vers Thessa et leurs yeux se rencontrèrent. La Prêtresse crut presque entendre le bruit qui signalait qu'une pièce d'un système aux fonctions improbables venait de se mettre en place. Elle sentit un drôle de frisson lui parcourir le dos à cette seule pensée :

Nous voilà tous réunis maintenant.

Cette idée en elle-même détenait une telle force et une telle justesse que, pendant un instant, Sylvia ne sut plus très bien si elle l'avait exprimée ou non à voix haute. Il n'était plus besoin de parler désormais car elle pouvait lire la même chose dans les yeux de chacune des personnes qui l'entouraient, même Philippe.

Nous voici tous réunis, pensa ce dernier. *Que la Divine Providence nous vienne en aide. Maintenant, tout va pouvoir commencer vraiment. Ô Divine Providence, puissiez-vous veiller sur chacun d'entre nous.*

Deuxième Partie

De la Lumière, naquirent les Ténèbres

CHAPITRE 21

Thessa invita les autres membres du clan à venir chez elle. Elle avait une petite idée pour faire rejaillir le rêve de chacun à travers son miroir aquatique. Philippe était épaté que Thessa puisse avoir la faculté d'hydromancie à un si jeune âge.

L'adolescente leur expliqua durant le trajet que ses parents, des diplomates en vue à l'ambassade du Canada, en étaient venus à s'absenter très souvent lors de longues missions qui pouvaient parfois durer des mois entiers. Donc, elle se retrouvait avec la seule compagnie d'Alexandre, son frère aîné. Ils profitaient du temps dont ils disposaient à l'étude des sciences occultes. Thessa avait même démontré des aptitudes hors du commun dans la maîtrise de l'élément aqueux. À six ans, elle parvenait à faire tourner l'eau dans l'évier à l'aide de son esprit. Depuis qu'il l'avait vue faire sa petite démonstration dans le parc, Philippe n'eut pas de mal à la croire.

Thessa et Alexandre Drac vivaient dans un quartier chic du huitième arrondissement. Philippe ne put réprimer un petit sifflement admiratif tout en consultant un plan de la ville.

On n'est pas loin des Champs-Élysées, songea-t-il.

En calculant de tête, il se disait qu'il lui faudrait vendre beaucoup plus de livres ajoutés à près de mille ans de salaire s'il pouvait espérer acheter ne serait-ce que l'équivalent de son petit appartement montréalais dans ce quartier.

Après avoir franchi la grille d'entrée gardée par un vigile, aussi aimable qu'un congélateur ukrainien chez qui la politesse semblait avoir été une option inutile, le petit groupe guidé par la toute jeune fille prit un luxueux ascenseur somptueusement moquetté. Quant à l'appartement, il devait occuper une bonne partie de l'étage à lui seul.

Tous pénétrèrent dans la pièce de travail de Thessa. La salle était vaste. Tout le mur ouest était une grande bibliothèque qui allait jusqu'au plafond et dont les travées étaient pleines de livres. Une collection qui attisa aussitôt la curiosité de Philippe et de Coralie, qui auraient bien aimé pouvoir les consulter tous. Les ramener au pourquoi de leur présence ne fut pas chose aisée. Frédéric finit par y parvenir en émettant un sifflement strident qui stria bien des tympans.

Ils se dirigèrent vers le centre de la pièce, vers la colonne sur laquelle était disposé son miroir aquatique. L'autel était monté sur roulettes et Thessa avait préféré le laisser contre un mur car elle n'en aurait pas l'utilité pour la session de voyance à laquelle elle était sur le point de se livrer.

Pendant que cette dernière remplissait le récipient d'argent avec de l'eau pure, tous les autres se concentrèrent pour se remémorer ce qu'ils avaient pu revoir en rêve l'ultime fragment de leur vie antérieure.

Sylvia était pensive et soucieuse. Elle regarda les cicatrices de ses mains et se rappela très bien dans quelles circonstances elle avait rêvé. Le moins que l'on puisse dire est qu'elle n'était pas très enthousiaste à l'idée de le faire revenir en surface. Les autres avaient-ils fait des rêves aussi effroyables que le sien ? Cela semblait être le cas pour Frédéric qui semblait mal à l'aise. Sans compter qu'elle ne parvenait toujours pas à accepter que ce rêve puisse être une réminiscence d'une incarnation issue du passé.

Thessa alluma les bougies aux quatre coins de la pièce et tira les rideaux. L'obscurité se fit dans la pièce. Elle embrasa une pastille de charbon dans l'encensoir, et un parfum suave et doux se répandit dans l'atmosphère. Philippe, plus habitué que ses amis aux différents parfums des encens, reconnut les fragrances de la myrrhe, du camphre et de l'iris.

– Ok… À présent, vous allez tous vous réunir autour du miroir en vous tenant par la main, et faire le vide dans votre esprit afin de ne vous concentrer que sur ce que vous avez vu dans vos songes. Je vais faire en sorte qu'ils s'enchaînent de façon chronologique. Ainsi, on pourra tous suivre les évènements qui se sont passés cette nuit du 31 octobre 1666. Maintenant qu'on a un repère précis dans le temps, ça sera plus facile d'y remonter.

Les autres obtempérèrent sans rien dire et firent face au miroir. Ils regardèrent les reflets obscurs de l'eau. La fumée de l'encens provoquait un voile fin au-dessus du miroir. Puis ils fermèrent tous les yeux en se concentrant sur leur rêve. Après quelques instants dans ce profond état méditatif, petit à petit, une image parvint à se former à travers les voiles de fumées ondoyantes.

Grâce à la combinaison des pouvoirs de chacun, l'image d'une vallée nichée au fond d'une forêt apparut de plus en plus clairement, bien que plongée dans la profonde obscurité nocturne. Une plate-forme constituée de trois blocs de grès n'était éclairée que par le scintillement des étoiles alors que la pleine lune disparaissait, engloutie par l'ombre de la Terre. Autour d'un grand feu, tout un groupe formait un cercle.

Sylvia reconnut la mélodie entonnée par cette étrange assemblée et qu'elle avait déjà entendue quand elle avait fait la connaissance des deux grands dragons près du lac, dans la forêt de la zone draconique. Ce chant était d'une grande douceur à ses oreilles, même si elle n'en comprenait pas les paroles.

« Win dain a lottica
En vai tu ri
Si lo ta
Fin dein a loluca
En dragu a sei lain
Vi fa-ru les shutai am
En ringa lint »

Toujours debout devant le miroir magique, Philippe, Coralie, Thessa et Frédéric se reconnurent parmi les personnes à l'intérieur d'un premier cercle constitué par des gens. Cela leur faisait drôle de pouvoir se regarder à travers les siècles de cette façon. Un peu comme s'ils assistaient à la projection d'un film historique. Frédéric avait reconnu la clairière qu'il pouvait voir devant lui, et d'en avoir visité une à peu près semblable durant son enfance.

Dans la vallée, les quatre praticiens, dotés des mêmes bijoux que leurs homologues du présent, avaient effectué une cérémonie préalable de protection avant qu'une dame âgée n'invoque la puissance des dragons à travers le rituel d'ouverture habituel aux praticiens de la magie draconique. Elle était derrière l'autel sur lequel étaient disposés les outils rituels ainsi qu'un candélabre et un encensoir en argent.

Sylvia ne put s'empêcher de noter que ces objets détenaient une aura magique d'une puissance incroyable qu'elle parvenait à percevoir par-delà le temps. De son côté, Philippe avait ressenti la même chose. Pour lui, il ne pouvait s'agir que des fameux Trésors Sacrés. Cela ne faisait pas l'ombre d'un doute.

Dans le cercle intérieur, ils virent ainsi une toute jeune fille entrer en résonance avec les énergies magiques environnantes, peu après qu'un dragon se soit matérialisé dans la fumée du brasier au centre du cercle.

Pourtant, Sylvia était perplexe. Coralie lui avait dit que l'aura qui l'avait entourée durant les évènements survenus à la Sorbonne était davantage violet sombre que la douce couleur mauve lilas qu'elle voyait devant elle. Pourquoi une telle différence ? Elle revint très vite à ce qui se passait, et fut assez surprise de voir que la fille qui venait d'être ainsi choisie lui ressemblait d'une façon troublante.

La vieille dame mit par la suite entre les mains de l'adolescente un pendentif en argent dont la pierre centrale était un en jade blanc. Sylvia y reconnut là son médaillon.

Au même moment, des dizaines d'hommes armés surgirent de leurs cachettes.

Ils gardaient tout le monde en joue. La peur s'était emparée de tous les participants à cette cérémonie magique. Benedict Carpzov venait de faire son apparition.

Le plus incroyable se produisit alors. Chacun des quatre magiciens posa la main droite sur son pendentif et ferma les yeux, imités au même instant par la *Porteuse de Lumière*. Sous la combinaison de leurs pouvoirs entremêlés, les Trésors Sacrés qui étaient sur l'autel s'estompèrent et finirent par se dématérialiser en quelques instants. L'inquisiteur rugit ses directives. Il ne semblait pas avoir renoncé pour autant. La voix sardonique de cet homme n'était pas inconnue à Sylvia qui ne parvint pas à se rappeler à qui elle pouvait appartenir.

Sous les yeux horrifiés des membres du clan actuel, les gardes ouvrirent le feu sur les autres personnes présentes. Tandis que leurs compagnons tombaient sous les coups, d'autres hommes s'étaient dirigés vers les cinq personnes que les gardes n'avaient pas le droit d'abattre. Les trois premiers magiciens draconiques furent très vite capturés malgré une lutte âpre. Le dernier tentait de protéger la doyenne et la jeune Prêtresse avec un grand bouclier rond, orné d'une étoile à cinq branches sur un motif d'arbre celtique.

Frédéric avait reconnu la portion de son rêve. Carpzov s'était emparé de la Prêtresse après avoir égorgé la vielle femme avec son épée, sous les yeux terrifiés de la *Porteuse de Lumière.* L'inquisiteur n'avait pas l'intention de la relâcher et la tenait ferme contre lui.

Tout de suite après que le dernier membre du clan fut mis hors d'état de nuire par un soldat qui l'avait assommé par-derrière, les cinq amis qui regardaient la scène à travers les limbes du temps en arrivèrent au rêve qu'avait fait Sylvia dans la bibliothèque universitaire.

Les cinq personnes qui avaient survécu étaient à présent attachées à des bûchers embrasés. Tout comme lorsqu'elle avait vu cette scène pour la première fois, Sylvia pouvait à nouveau ressentir la chaleur des flammes et avait de plus en plus de mal à maintenir son niveau de concentration.

À présent, elle comprenait pourquoi elle avait eu le cœur serré en se disant que ces personnes avaient dû être ses amis depuis si longtemps déjà. Elle réalisa qu'elle avait vu la scène comme une spectatrice. C'était à ce moment-là qu'elle s'était réveillée, mais maintenant, Sylvia voulait voir plus loin dans son rêve. Il fallait qu'elle sache, même si elle avait peur. Elle sentait que Coralie et Philippe la tenaient par la main et cela la réconforta un peu. Néanmoins, tout lui semblait aussi vivace que la première fois. Elle se força donc à revoir cette scène atroce jusqu'au bout.

À travers le rideau de flammes du brasier, une silhouette massive se profila devant elle. Un homme encapuchonné dont les traits n'étaient éclairés que par l'intensité du feu. Esquissant un sourire sardonique, il prenait un plaisir indicible de voir sa proie souffrir à l'agonie.

– C'est ainsi que j'ai mis un terme à votre clan, dit-il. Puissiez-vous croupir en Enfer, à tout jamais. Dieu ne saurait avoir la moindre pitié pour votre âme.

– Non ! trouva-t-elle la force de répliquer malgré la fumée qui l'asphyxiait. Cela ne finira ni ainsi, ni avec moi, car une autre Porteuse de Lumière *verra le jour. Vous n'aurez jamais les Trésors Sacrés que vous avez tenté de voler, et la vérité finira par éclater au grand jour.*

– Quelle naïveté touchante de votre part. Ce n'est pas vous désormais qui m'empêcherez de mener mes projets à bien, reprit la voix lourde de menaces. Cela prendra le temps qu'il faudra, mais je finirai bien par arriver à mes fins. D'une façon ou d'une autre.

– Quelles fins ?

– Pour commencer, je me contenterai de la vôtre… Mais ce n'est pas grave. Je réussirai à m'emparer non seulement des Trésors Sacrés, mais aussi de l'Épée Mystique de la Draconia. J'en fais le serment.

En relevant les yeux vers celui qui leur faisait face en riant, elle fut enfin en mesure de voir le visage de Carpzov.

Le cri que Sylvia Laffargue poussa mit aussitôt un terme à la séance. Les autres, très surpris et désorientés, mirent un peu de temps avant de pouvoir revenir au moment présent. Après avoir repris leurs esprits, tous regardèrent leur amie qui était blanche comme un linge, se demandant ce qui lui était arrivé.

Tremblante sous l'effet du choc, elle en avait perdu l'usage de la parole et son regard était toujours fixé dans les reflets du miroir magique.

Car elle connaissait l'identité de l'homme qui avait jadis tué ses compagnons. Elle le connaissait. Bien qu'étant plus âgé dans cette lointaine vision du passé, Sylvia avait très bien reconnu les traits de cet homme. Non seulement dans un des livres étudiés pour ses cours à l'université, mais aussi pour l'avoir déjà croisé à deux reprises.

Carpzov avait une ressemblance plus que terrifiante avec Stéphane Flergafau.

CHAPITRE 22

Au moment précis où Sylvia avait cru voir Stéphane dans le miroir aquatique de Thessa, un homme se tenait dans un appartement d'un des quartiers les plus huppés de Paris. Les mains dans les poches de son jean, il faisait face à une des grandes fenêtres et regardait sans y prêter d'attention le paysage environnant. Intérieurement, il fulminait, préférant sans nul doute être ailleurs.

Une double porte s'ouvrit, et Haliphas Rowanon fit son entrée dans la pièce principale. Le lieutenant Stéphane Flergafau se tourna vers le nouvel arrivant qui semblait contrarié. Quand son interlocuteur avait cet air vache des mauvais jours, le jeune homme savait d'instinct qu'il ne fallait pas s'attendre à des éloges, et cette fois-ci n'allait pas faire exception à la règle.

– Tu as fait du bon travail avec ton supérieur dans les plus basses sphères du plan astral. L'idée de lui apporter le dossier de l'affaire était d'une très grande subtilité, et ça a bien fonctionné. Cependant, nous avons joué de malchance, et il s'en est fallu de peu pour que ce flic ne rejoigne les Ténèbres. Bien évidemment, c'était sans compter sur l'intervention imprévue de cette maudite Sylvia ! Les quatre spectres m'ont dit qu'il y avait aussi un dragon blanc les accompagnant. Comble de malchance ; le pouvoir de la Terre a été réactivé, alors que c'était bien le seul dont le dépositaire était le plus récalcitrant à rejoindre le groupe. Tout semble s'être ligué contre moi, sur ce coup-là !

– On ne peut pas toujours savoir qui est présent dans l'astral, ajouta Stéphane sans avoir l'air d'y toucher, surtout si ces entités ont un taux énergétique plus élevé que vos serviteurs démoniaques.

– Ça, je l'avais compris, figure-toi ! Inutile de te chercher des excuses à ton inutilité plus que flagrante.

Stéphane leva les yeux au plafond en signe d'indifférence. Il n'avait pas envie de provoquer une dispute pour si peu. D'autant plus qu'il n'y était pour rien si Sylvia avait fait une entrée fracassante dans les projets de Rowanon. Ce n'était pas son boulot de surveiller le plan astral. Pourtant, dans son for intérieur, il ne put réprimer un élan de fierté pour Sylvia.

La voix de Rowanon eut vite fait de le ramener au moment présent.

– Sinon, tu as fait ce que je t'ai demandé ?

Stéphane acquiesça et sortit de sa poche une épaisse enveloppe. Il la tendit à Rowanon qui l'ouvrit et commença à regarder les photos qu'elle contenait. Sur les clichés figurait un groupe de cinq personnes discutant dans un parc de la ville.

– Alors ça y est, les membres du clan se sont enfin retrouvés. Le Cercle du Dragon Céleste est au grand complet. Dire que la dernière n'est encore qu'une enfant. On croit rêver !

– De plus, ils savent déjà qu'ils se sont réincarnés, et que dans leur précédente existence terrestre, ils avaient été des magiciens draconiques brûlés vifs au XVIIe siècle.

Rowanon soupira, avant d'exhiber la confiance qu'il portait dans ses plans. Ce qui lui donnait, selon Stéphane, une impression d'autocongratulation pour le moins déplacée.

– Certes, mon plan précédent n'a pas eu le succès escompté, mais ce n'est pas si grave au final. Ce que nos amis ignorent avec *maestria*, c'est que leur pire ennemi est aussi de retour et ils doivent encore moins se douter que j'ai laissé entrer le loup dans la bergerie.

Haliphas braqua alors son regard ardent droit dans les yeux de Stéphane qui s'en détourna sous le poids de sa consternation. Sur ces mots, il se leva et s'approcha du jeune homme qui lutta pour rester immobile.

– Car je sais que tu me serviras fidèlement tant que mes projets n'auront pas été menés à bien. Hein, Stéphane ? Je n'ai aucun doute à ce sujet.

– Je peux savoir ce qui vous donne une telle certitude ?

Haliphas fit le tour du jeune homme en parlant d'un ton calme et résolu.

– Oh… Parce que nous avons passé un accord, toi et moi. De mon côté, j'ai le pouvoir de te rendre les fragments de ton passé qui te font défaut. Ça, tu le sais très bien. Surtout, j'ai une garantie que tu ne peux oublier. Quelque chose que tu chéris plus que tout, et je suis persuadé que tu ferais n'importe quoi pour le récupérer. D'où la certitude.

Stéphane fulmina tant l'arrogance de ce type était ahurissante ! À entendre ce ton marqué de supériorité, tant il eut du mal à dissimuler la colère qui grondait au plus profond de lui. S'il en avait eu l'occasion, il n'aurait pas hésité une seule seconde à trancher la gorge d'Haliphas Rowanon. Toutefois, il se rappelait que sans lui, il perdrait l'occasion qu'il espérait tant de recouvrer la mémoire qu'il avait perdue. Sans compter que la garantie qu'il avait mentionnée n'était pas anodine. Tant qu'il ne l'aurait pas récupérée, il serait contraint d'obéir à son commanditaire qui le tenait bel et bien en son pouvoir. Cette seule pensée ne fit qu'accroître encore plus la colère du jeune homme.

Le mage noir savait qu'il tenait son homme de main à sa merci, et cela semblait le réjouir au plus haut point.

– N'oublie jamais, rajouta-t-il, qu'il n'y a rien de plus fiable en ce monde que la loyauté d'un homme dont on détient le trésor le plus cher à son cœur.

Ç'en était trop ! La rancœur de Stéphane envers ce type abject venait de grimper encore d'un cran. Il serra les poings dans ses poches de toutes ses forces jusqu'à ce qu'il puisse sentir un mince filet de sang couler sur ses doigts crispés.

– Stéphane, reprit Haliphas d'un ton tranquille, à présent que le clan est au complet, je vais pouvoir poursuivre mes plans tels que je les ai décidés à l'origine.

Sur ce, il rejoignit le tableau de liège sur lequel étaient toujours affichés les mêmes documents qu'auparavant. Il s'empara d'une des photos que Stéphane avait prises durant la rencontre au jardin du Luxembourg pour l'épingler aussi. D'un geste, il désigna un calendrier. Une des cases était cochée d'une croix rouge.

– Le temps file, tu sais, et nous ne pouvons plus nous permettre le luxe de jouer au chat et à la souris avec la *Porteuse de Lumière* et ses acolytes. Néanmoins, je veux que cette jeune fille reste sous une étroite surveillance, tout en gardant tes collègues de la police le plus possible à distance de mes occupations. Est-ce que c'est bien compris ?

– Oui, dit Stéphane d'un ton féroce.

– Il ne me reste plus que deux personnes à sacrifier et il faut bien avouer que ce serait dommage de s'arrêter si près du but, tu ne crois pas ?

Sur ces mots, Stéphane comprit que la réunion était enfin terminée et qu'il pouvait partir. Une fois la porte refermée, Rowanon se tourna vers l'un des coins de son bureau qui étaient restés dans la pénombre.

– Avez-vous donc réellement confiance en lui ? demanda une voix surgie des ténèbres.

– Pas la moindre, si ça peut te rassurer, mais il va m'être très utile pour la suite des évènements. Tout comme toi, d'ailleurs. Poursuis donc comme c'était prévu et continue à garder un œil sur Stéphane, je ne voudrais pas qu'il me file entre les doigts après tant d'années de bons et loyaux services.

La silhouette sombre disparut à son tour.

CHAPITRE 23

Avenue Foch.

– Tu es sûre de ce que tu dis ? demanda Coralie, encore surprise.

Sylvia acquiesça d'un air navré. Cela ne faisait pas le moindre doute. Tous s'étaient assis par terre après cette expérience mouvementée. En révélant ce qu'elle avait vu à la fin de son rêve aux autres, Sylvia avait provoqué la surprise générale. Stéphane serait-il en réalité la réincarnation de l'impitoyable inquisiteur Benedict Carpzov ? Certains commençaient à le croire. C'était surtout Laforrest qui reçut le coup de grâce, étant donné que Stéphane était surtout son collègue de travail depuis près de deux ans et qu'il lui avait accordé sa confiance. Pour lui, cette révélation inattendue sonnait comme une traîtrise annoncée.

– Je savais bien qu'il fallait se méfier de ce type, dit sèchement Coralie. Vous pouvez dire tout ce que vous voudrez, mais j'ai toujours eu du mal à lui accorder la plus petite once de confiance.

– Moi non plus, rajouta Thessa. À mon avis, c'est un manipulateur qui risque fort de tous nous mener en bateau, pour ne pas dire à la mort. Je ne veux pas voir le passé se reproduire à nouveau, et encore moins de voir mes amis mourir.

Philippe, quant à lui, était plongé dans un abîme de perplexité. Certes, il n'avait vu Stéphane Flergafau qu'une seule fois. Cependant il ne pouvait pas envisager que son contact français puisse être quelqu'un de néfaste dont il faille se méfier à tout prix. Son intuition lui aurait dit de faire attention depuis longtemps.

– Je ne sais pas pour vous, mais je ne pense pas que nous puissions nous réincarner dans des corps qui puissent ressembler trait pour trait à notre dernière existence terrestre. Si ça se trouve, si

Carpzov s'est lui aussi réincarné à notre époque, il peut tout bien aussi se retrouver dans un autre pays à l'autre bout du monde. Dans ces conditions, comment savoir s'il fait ou non partie de notre entourage ? Regardez mon cas : je suis bien né au Québec alors que je suis malgré tout des vôtres.

Les autres s'étaient tus. Incontestablement, Philippe venait de marquer un point.

Thessa était assise au sol, le dos contre le mur, et elle avait la tête posée sur ses genoux, les jambes repliées contre sa poitrine, et son regard fixé dans le vague rendait impressionnante la nuance azur de ses yeux. Depuis quelques instants, l'adolescente semblait plongée dans une profonde réflexion.

– Ce que tu dis est loin d'être faux, concéda-t-elle, mais il y aurait une telle ressemblance entre Benedict Carpzov et Stéphane qu'il y a de quoi s'interroger, c'est vrai. Cependant, je pense qu'on a un problème plus important à régler pour l'instant que cette histoire de ressemblance physique d'une incarnation à l'autre. Alors peut-être que nous devrions mettre ce problème de côté, du moins pour le moment, rajouta-t-elle en illustrant d'un geste son propos.

– Ah bon, et pourquoi ça ? demanda Frédéric. Il faudra bien que Stéphane finisse par s'expliquer une bonne fois pour toutes sur ses agissements. Comment voulez-vous que je puisse encore lui faire confiance en tant que partenaire de travail s'il s'amuse à jouer un double-jeu avec nous ? Si c'est Carpzov réincarné, il représente une menace pour chacun de nous, et Sylvia en premier !

Le lieutenant s'interrompit ; Thessa avait une expression tellement sérieuse et préoccupée qu'il en fut frappé. Après une profonde respiration, elle reprit la parole.

– De toute façon, nous n'avons aucune preuve. Ce ne sont que des hypothèses, et puis on a un problème plus important à résoudre. N'avez-vous pas remarqué qu'une séquence dans le rêve était manquante ?

À ce moment-là, les autres se regardèrent sans trop comprendre. Coralie tentait de revoir le film des évènements passés pour appréhender ce qui pouvait avoir été absent, sans grand résultat. Philippe non plus n'avait rien constaté d'inhabituel.

– Qu'est-ce qui peux te laisser croire que le rêve ne soit pas complet, Thessa ? demanda-t-il. Nous sommes pourtant tous là.

– Parce que chaque fois que l'un d'entre vous faisait voir le fragment de son rêve, je pouvais très bien sentir un enchaînement quasi naturel dans les fluides énergétiques qui circulaient entre nous. À un moment, il y a eu comme un flottement et on est passé sans attendre à la séquence suivante.

– Un peu comme mon lecteur CD, quand il passe d'une piste à l'autre sans crier gare ? ajouta Coralie.

– C'est un peu basique comme comparaison, mais c'est l'idée.

– Selon toi, où se situerait la séquence fantôme ? demanda Frédéric.

– Entre ton rêve et celui de Sylvia. Vous n'avez pas remarqué ? On est passé de la capture du dernier magicien draconique au moment où on les retrouve sur les bûchers. Je sais que ça peut sembler absurde, mais je sens qu'il manque quelque chose, et rien ni personne ne parviendra à me convaincre du contraire.

Comment se faisait-il qu'ils soient passés d'une étape à l'autre du rêve sans l'avoir réalisé ? Un silence lourd d'incompréhension planait dans l'air. Pour beaucoup, cette histoire semblait ne pas tenir debout.

Sylvia eut beau retourner le problème dans tous les sens, une seule idée lui vint à l'esprit, même si elle lui semblait invraisemblable au premier abord.

– Moi, je ne vois qu'une éventualité, se risqua-t-elle. S'il y a une séquence fantôme dans le rêve, c'est peut-être parce qu'il nous manque encore quelqu'un.

– Mais tu sais bien que ce n'est pas possible, rétorqua Coralie. Il y a cinq Éléments : Eau, Terre, Air, Feu et Esprit. Or, on est tous là. Comment veux-tu qu'une sixième personne puisse être des nôtres ? D'ailleurs, on ne peut même pas savoir ce qui aurait pu se passer durant le rêve manquant dont Thessa a parlé.

– Bon, c'est vrai… J'avais dit que ce n'était qu'une éventualité.

Pour le coup, la jeune femme regretta un peu d'avoir pu émettre une théorie aussi *capillotractée*. Après un bref instant de réflexion, une idée s'imposa à son esprit.

– Oh mais attendez ! Sans pour autant entrer dans les détails, on peut supposer que ce qu'on aurait dû voir dans cette séquence, c'est ce qui a précédé l'exécution. Bref, on aurait dû assister aux séances de tortures qui nous ont été plus que sûrement infligées dans le passé. Coralie, tu connais mieux que moi la sinistre réputation de cet inquisiteur. Tu m'as déjà dit de quoi ce type infâme avait été capable.

Cette dernière acquiesça avant d'émettre un petit rire.

– Pendant un instant, on pourrait presque croire que tu es en train de reprendre le cours que Carello avait fait l'autre jour sur la *Chasse aux sorcières*, s'esclaffa Coralie. Tu sais, notre prof serait fier de toi.

Si Coralie riait, Sylvia n'eut qu'un faible sourire, et les autres se regardèrent à nouveau. Apparemment, ce n'était pas le meilleur moment pour s'amuser.

En effet, il y avait beaucoup à faire. Ils devaient retrouver les Trésors Sacrés qui avaient été mis à l'abri dans l'Antre de l'Initiation durant leur précédente existence, ils avaient également pour mission de mettre un terme aux agissements du tueur qui semait la panique dans la capitale. Pour couronner le tout, voilà que l'identité et les intentions de Stéphane étaient à résoudre. Ceci sans compter la fameuse séquence fantôme qui gardait encore tout son mystère.

Est-ce que c'est moi, songea Sylvia, *ou bien cette histoire ne serait-elle pas en train de se compliquer à vitesse grand V ?*

CHAPITRE 24

Mardi 15 juin 2010.

Le lendemain en fin d'après-midi, les cinq membres composant le Cercle du Dragon Céleste se réunirent de nouveau chez Thessa. Ils s'installèrent au salon pour prendre un café ou un thé avec des biscuits, et en profitèrent pour faire plus ample connaissance. L'expérience d'avoir partagé leurs rêves avec tout le monde avait eu pour effet de tisser des liens avec chacun d'entre eux. Même le lieutenant Frédéric Laforrest et Sylvia Laffargue avaient fini par être convaincus de devoir continuer sur une voie qu'ils n'avaient pas choisi d'arpenter à l'origine.

La petite dernière, Thessa, en profita pour sidérer ses invités en leur révélant qu'elle était déjà en classe de Seconde dans un lycée privé. Sur le moment, personne ne la crut. Elle sortit donc sa carte d'étudiante prouvant qu'elle disait vrai.

– Regardez par vous-mêmes si vous ne me croyez pas, ça m'arrive tout le temps.

Tous furent pour le moins stupéfaits de découvrir que leur petit groupe comptait désormais un petit génie. Décidément, cette adolescente était pleine de surprises.

Ensuite, Coralie et Philippe mirent les autres au courant concernant le mot de passe codé. Bien sûr, ces deux derniers avaient décidé d'un commun accord de ne pas révéler qui leur avait fait connaître ce code. Surtout maintenant qu'ils commençaient à avoir de lourds soupçons vis-à-vis d'elle.

Ils étaient perplexes, même si Coralie, Philippe et Thessa avaient tout de suite reconnu les caractères propres au script Theban, plus couramment connus de nos jours comme étant *l'alphabet des sorcières.*

Frédéric, quant à lui, reçut un appel de son supérieur qui le rappelait avec tout le reste de son équipe pour un débriefing urgent. Il devait reprendre son enquête afin de mettre au plus vite le criminel sous les verrous. Avant de partir, Thessa lui prêta son exemplaire du livre sur la magie draconique.

*

Sylvia aurait bien voulu offrir son aide pour déchiffrer le message codé, mais le Québécois lui répondit qu'avec l'aide des deux filles, il serait sûrement capable d'en venir à bout très vite. Il lui proposa de la raccompagner en bas de l'immeuble. En allant avec elle jusqu'à la porte principale du bâtiment, Philippe voulait surtout lui parler un peu seul à seule.

– Pour être franc, ce que j'ai à te dire ne concerne que toi. Il faut que tu saches que depuis toujours les magiciens draconiques sont liés aux quatre Éléments et semblent protégés depuis leur naissance par le roi draconique qui leur est respectif.

– Rien que ça ? s'exclama Sylvia, dubitative. Ce qui veut dire ?

– Ce qui veut dire que Coralie a pour guide Fafnyr, le roi des dragons de Feu. Pour Thessa, c'est Naëlyan, le roi des dragons de l'Eau. Frédéric est sous la protection de Graël, celui qui règne sur les dragons de la Terre, et moi, il s'agit de…

– Saïrys, le souverain des dragons de l'Air, acheva Sylvia.

Philippe ne put dissimuler sa surprise.

– C'est tout à fait ça, dit-il en souriant. J'oublie parfois que tu as lu mon livre.

– Et pour moi ? Coralie m'avait dit qu'étant la *Porteuse de Lumière*, j'aurais un protecteur assez particulier. C'est vrai ?

Philippe remarqua l'expression arborée par son amie et décida d'y remédier pour ne plus la laisser dans l'expectative.

– Oui et non. Tu sais qu'en plus des quatre rois draconiques, il y a d'autres catégories de dragons dans toute la Draconia.

Sylvia acquiesça, attendant la suite des explications de son interlocuteur.

– Il faut aussi composer avec les êtres draconiques suivants : les grands dragons noirs (que l'on appelle aussi ceux du chaos), leurs homologues, les grands dragons blancs (ceux de l'ordre), ainsi que les dragons gardiens.

– Alors lequel est censé me guider ? Parce que là, j'avoue être un peu perdue...

– Ça ne dépend pas de moi, mais de l'Un, la Source Divine Unique, la perfection même. Tu peux lui donner le nom que tu voudras, car ces appellations ne font que définir un même pouvoir divin polyvalent. C'est à l'Un, dont la force draconique est issue, que tu devras demander humblement qu'un dragon te soit assigné comme guide et gardien au moyen du rituel spécifique qui est dans mon livre.

– Dans ce cas, je risque de tomber sur n'importe lequel. Ça ne m'avance guère...

– Pas du tout, car le dragon qui répondra à ton appel sera celui tout désigné pour t'aider tout au long de ton sentier personnel, magique et spirituel. Il deviendra ainsi ton plus fidèle gardien et aussi ami de tous les instants. Je pense que tu devrais faire ce rituel aujourd'hui même. Crois-moi, le plus tôt sera le mieux. Lui seul sera en mesure de te protéger en permanence si nous autres, membres du clan, ne pouvons le faire.

Ils se séparèrent alors, et Sylvia se dirigea sans plus attendre vers l'arrêt de bus le plus proche pour retourner chez elle. Tandis qu'elle marchait, les derniers mots de Philippe résonnaient dans son esprit, mais cela n'avait en rien dissipé l'appréhension qui s'était emparée d'elle en apprenant qu'elle devrait demander l'assistance d'un dragon.

La vérité était qu'elle n'osait pas s'avouer à elle-même combien elle était rongée par le doute et la crainte de ne pas se montrer à la hauteur des espérances qui avaient été placées en elle, de ne pas être assez digne pour que la Source Divine daigne répondre à sa requête. Elle redoutait surtout qu'aucun dragon ne veuille devenir son guide dans l'apprentissage de leur magie. Or, elle devait se ressaisir au plus tôt. Comme l'avait dit très sagement un de ses amis : douter ne pouvait mener qu'à l'échec. Or, le moment était très mal choisi pour flancher.

*

Tout de suite après avoir raccompagné Sylvia à l'entrée de l'immeuble, Philippe était remonté chez Thessa. En pénétrant dans le salon, il vit que cette dernière et Coralie avaient déjà commencé à rassembler quelques livres pour effectuer le décryptage du code laissé par Stéphane.

Dans des livres de sorcellerie anglo-saxonne, Coralie avait trouvé le script Theban ainsi que les correspondances avec les lettres de l'alphabet latin. Il ne lui fallut pas longtemps pour retranscrire le message qui restait toujours incompréhensible :

« Eno eht dna ainocard eht of snogard lla dloheb
Kcigam nogard skees ohw naicigam a ma i
Modsiw dna egdelwonk rof gnikool ma i traeh fo erup.
Em ot sdnetni taht erusaert dercas eht ot yaw eht em rof nepo.
slanrete dna stneicna snogard o uoy teerg i
Ecnadiug dna gnisselb ruoy tiawa dna.
Sinocard sinocard sinocard »

– Mais, ça ne veut strictement rien dire ! s'exclama Philippe. Vous êtes sûres de bien avoir traduit le texte ?

– Bien sûr que oui ! répondit Thessa qui fut un peu vexée par cette question. On a même vérifié pendant que tu étais en bas.

– Deux fois, renchérit son amie rousse dont seule une main tenant un stylo dépassait d'un amas de livres en tous genres.

Philippe regarda le texte dans le même état de perplexité qui avait saisi les deux filles. Cela ne ressemblait à rien de ce qu'il avait déjà pu voir en matière de langage magique. Tout cela semblait inintelligible.

Pendant un instant, Coralie et lui s'étaient demandé si Stéphane ne cherchait pas à brouiller les pistes pour les retarder, mais Philippe avait mis cette hypothèse de côté. Pour lui, que son ami puisse être la réincarnation de Benedict Carpzov était inenvisageable. Il savait aussi qu'il aurait du mal à convaincre Thessa, mais surtout Frédéric et Coralie de sa certitude. D'autant plus qu'il ne s'expliquait pas très bien lui-même d'où pouvait venir cette impression ni ce qui pouvait la justifier.

Pendant l'heure qui suivit, ils fouillèrent tous les trois dans les livres que renfermait la bibliothèque ésotérique de Thessa. Malgré le grand nombre d'ouvrages d'occultisme qui étaient à leur disposition, ils ne trouvèrent rien qui se rapprochait de près ou de loin à l'échantillon qu'ils avaient devant eux.

Pendant que Philippe et Coralie reprenaient leurs recherches pour trouver un quelconque indice, Thessa était allée préparer du thé. À son retour, l'écrivain était plongé dans la lecture fébrile d'un livre, mais il n'y avait rien trouvé de concret.

– Le plus curieux, c'est que j'ai l'impression de connaître cette langue. Comme si elle m'était familière depuis très longtemps. Pourtant, je ne m'en souviens pas…

– C'est peut-être un fragment résiduel de ta vie antérieure, se risqua Thessa après avoir bu une gorgée de thé.

– Peut-être que oui, et peut-être que non. En tout cas, cela ne correspond en rien aux systèmes magiques que j'ai déjà étudiés. On est tout près de la solution, je le sais. On ne cherche pas là où il faut, j'en suis sûr. Ça m'agace !

Philippe soupira, appuyé contre le dossier de sa chaise, les mains plaquées sur son visage rejeté vers le plafond.

– Je me suis même rappelé qu'Isedon Goldwin, un poète neo-païen américain, avait eu connaissance de certains secrets de la Draconia qu'il aurait pu avoir mis sous la forme de runes qu'il a nommées les *runes dragon*. Autant que je me souvienne, il aurait utilisé la langue de Druatch pour leur attribuer un nom et une signification spécifique.

– La langue de Druatch ? demanda Thessa. Je n'ai jamais entendu parler de ça.

– Ça ne me surprend pas, dit Coralie qui ne perdait rien de la conversation. Tout ce qui concerne de près ou de loin la magie draconique est entouré d'un épais voile de mystère depuis très longtemps. D'autant plus que notre clan avait quand même la fonction principale de protéger les secrets de la Draconia aux yeux des profanes.

– De toute manière, reprit Philippe, nous n'avons que peu de données concrètes concernant la langue de Druatch. Elle n'a aucun créateur connu. On pense que ce serait une vieille langue qui aurait, par le passé, été connue par les dragons qui ont initialement fondé notre clan. Cette forme de langue serait la base ou la racine de diverses autres langues de Dragon. Enfin bref, un langage qui utiliserait un alphabet phonétique, et qui a été traduit dans un anglais équivalent. Il aurait été employé par de rares mages qui la considéraient comme étant la langue universelle de la Magie, mais elle a été perdue depuis si longtemps maintenant… Dire qu'à l'époque de nos vies antérieures, il existait un ouvrage manuscrit, relié de cuir, qui renfermait l'ensemble des pratiques magiques issues de l'enseignement des dragons, comprenant les runes dont je vous ai parlées. Seulement, il a dû être perdu quand on a été massacrés, et j'ai toutes les peines du monde à essayer de le reconstituer avec mes seules connaissances. Dommage, ça nous aurait sans doute aidés.

Le magicien québécois lâcha un soupir qui lui venait du cœur. Ce n'était qu'une fausse piste qui leur avait fait perdre un temps précieux, sans compter que cela les avait éloignés encore un peu plus du but à atteindre.

Coralie s'installa dans un canapé proche de la table de travail. Elle avait pris machinalement un livre et commençait à le feuilleter tout en songeant à ce qui venait d'être dit, sans trop savoir qu'en penser.

La langue de Druatch n'avait aucun créateur connu… Le langage des dragons utilisait un alphabet phonétique, qui a été traduit dans un anglais équivalent… Si cette langue a disparu depuis des centaines d'années, voire plus, pourquoi est-ce que j'attache autant d'importance à ces mots ? Ça ne rime à rien. Tu délires grave, ma pauvre fille !

Elle avait la certitude que si quelqu'un avec autant d'expérience que Philippe, ou un quotient intellectuel comme celui de Thessa, ne parvenait pas à percer les secrets de ce code, ce ne serait pas elle qui serait en mesure de trouver la solution. Un peu déçue face à l'ampleur de son inutilité, elle lut les pages du livre qu'elle avait ouvert devant elle, puis elle s'intéressa au titre dudit ouvrage qui n'était qu'un guide de sorcellerie pour débutants. Coralie eut un mouvement de surprise. La sorcellerie ? Cela n'avait aucun rapport avec la magie draconique. Cependant, elle consultait avec un intérêt croissant le livre qu'elle avait ouvert sans le savoir à la bonne page. Plus elle lisait, et plus les pièces de ce puzzle s'imbriquaient les unes aux autres… comme par magie. La jeune fille jubilait ; tout concordait à présent, et elle ne pouvait pas réprimer son allégresse plus longtemps.

– Ne vous cassez plus la tête, les intellos, je crois que j'ai trouvé !

Les deux autres tournèrent aussitôt la tête dans sa direction, curieux d'apprendre la suite.

– Quoi ? répliqua Thessa un peu incrédule. Tu sais ce que veut dire ce texte ?

Coralie acquiesça à s'en décrocher la tête, toute heureuse de sa découverte. Philippe était curieux de savoir comment elle avait bien pu trouver la clef du mystère alors qu'ils planchaient sans succès sur cette énigme.

– Allez, ne nous fais pas languir ! Raconte-nous !

– Ok. Philippe, est-ce que ça te rappelle quelque chose ? *Xueic xua se iuq erep erton. Eifitcnas tios mon not euq. Enneiv enger not euq.*

– Elle a grillé un fusible, non ? dit Thessa qui n'avait pas saisis un traître mot.

Philippe ouvrit des yeux ronds comme des soucoupes, car non seulement il avait reconnu ces mots qu'il avait prononcés en s'initiant à la sorcellerie, mais il comprit aussitôt où son amie voulait en venir. Pourquoi n'y avait-il pas pensé avant ?

– *Leic ua emmoc erret al rus etiaf tois etnolov at euq.*

Le sourire de Coralie s'élargi à cette réponse. Par contre, Thessa était complètement dépassée.

– Euh… Vous avez disjoncté tous les deux.

– Mais non ! s'exclama Philippe qui était aussi emporté que Coralie. Tu ne comprends donc pas ? Il s'agit tout simplement du *Notre-Père* prononcé à l'envers !

– Comment ça ? demanda Thessa, un peu sceptique.

– Mais oui ! Ce qui veut dire que le texte que nous cherchons à traduire depuis des heures est tout simplement écrit en sens inverse. Il nous suffit d'intervertir les lettres pour avoir la version *en clair et sans décodeur*, comme vous dites en France.

– C'est ça ! approuva Coralie. C'était tellement évident que ça nous crevait les yeux. De plus, si ce que nous avons tout d'abord pris pour une langue ésotérique semblait si familier à Philippe, c'est tout simplement parce que c'était écrit en anglais. Regardez un peu mieux le texte.

Philippe regarda à nouveau le texte, stupéfait.

– C'est vrai, tu as raison ! C'était d'une simplicité et d'une telle évidence qu'on est passé à côté !

Thessa reprit son bloc-notes sur lequel était écrit le texte, et entreprit de remettre les lettres dans le bon ordre, en rajoutant une ponctuation adaptée. Effectivement, c'était enfantin, encore fallait-il y penser. Une fois ce travail effectué, elle tourna le papier vers ses deux amis qui lui faisaient face.

– Mes amis, voici ce que ça donne :

« Behold, all dragons of the draconia and the one,

I am a magician who seeks dragon magick.

Pure of heart, I am looking for knowledge and wisdom.

Open for me the way to the Sacred Treasure that intends to me.
I greet you, o dragons ancients and eternals,
And await your blessing and guidance.
Draconis ! Draconis ! Draconis ! »

Une fois traduit, le texte donnait ceci :

« Oyez, tous les dragons de la Draconia et de l'Un,
Je suis une magicienne à la recherche de la magie des dragons.
Pure de cœur, je suis en quête de connaissance et de sagesse.
Ouvrez-moi le chemin vers le Trésor Sacré qui me revient.
Je vous salue, ô dragons anciens et éternels,
Et attends votre bénédiction et vos conseils.
Draconis ! Draconis ! Draconis ! »

CHAPITRE 25

Rue des Innocents.

Le soleil s'était déjà couché depuis quelques heures quand Sylvia Laffargue entreprit de pratiquer le rituel pour appeler celui qui deviendrait son dragon protecteur.

Après avoir effectué les préparatifs coutumiers avant toute pratique de la Magie, Sylvia se retira un instant pour prendre un bain purificateur avec des huiles essentielles de basilic et de lavande afin de se débarrasser de toute négativité. En laissant l'eau couler sur sa peau, elle utilisa sa force de visualisation afin d'imaginer son corps purifié par l'élément aquatique. Puis, elle revêtit sa longue robe blanche et revint dans le salon pour s'installer derrière l'autel qu'elle avait disposé en plein centre de la pièce, orienté vers l'est.

L'encens diffusait un parfum ambré dans l'atmosphère. Sylvia s'était installée derrière son autel, et elle avait commencé à prononcer dans un murmure les incantations complexes qu'elle avait apprises dans *Les Mystères de la Draconia.* Les yeux fermés, elle se concentrait intensément sur sa demande avant de se laisser aller à la méditation.

C'est ainsi qu'elle visualisa qu'elle était seule dans un lieu complètement obscur, attendant qu'un dragon finisse par se manifester. La respiration calme, la jeune magicienne patientait, baignée dans cette atmosphère apaisante et les émanations de résines parfumées.

Elle ignorait maintenant depuis combien de temps elle était là, mais le niveau de concentration de Sylvia n'avait pas diminué pour autant. Elle continuait de scruter autour d'elle dans l'attente d'une manifestation astrale, mais comme rien ne bougeait encore autour d'elle, elle attendit encore.

Imperceptiblement, une silhouette se dessina dans l'obscurité. Plus cet être se rapprochait, et plus Sylvia fut en mesure de le distinguer. Le dragon qui s'avançait était d'une blancheur éclatante, comme si son corps était composé de la plus pure des lumières. Son regard mauve étincelant était empreint d'une grande sagesse. Ce fut à son regard que Sylvia reconnut l'être qu'elle avait déjà rencontré à deux reprises dans le plan astral. Ce n'était pas possible, il devait y avoir une erreur…

– Encore toi ? Comment cela se fait ?

– Bonsoir, petite Prêtresse. Si je suis ici, c'est parce que tu as fait appel à l'Un pour qu'un dragon devienne ton *ange gardien.*

– Et tu es venu m'annoncer que personne ne veut se dévouer ?

Malgré le ton désinvolte de sa voix, le grand dragon blanc y avait perçu sans mal le frémissement ténu qui rendait évidente l'appréhension de la jeune fille. Il ne lui avait fallu qu'une fraction de seconde pour en prendre conscience, même s'il n'en laissait rien percevoir.

– Pas du tout. En vérité, c'est moi qui ai décidé de répondre à ton appel.

Sylvia n'en croyait ni ses yeux ni ses oreilles, c'était trop beau pour être vrai !

– Ce n'est pourtant que la pure vérité, continua l'être draconique comme s'il avait été en mesure de lire les pensées de la magicienne. Je suis venu à toi de moi-même, sans la moindre contrainte. Car à partir de maintenant, c'est moi qui suis ton guide et protecteur. Bien que j'aurais dû le faire depuis longtemps, je crois qu'à présent le moment est venu de te révéler mon nom. Je m'appelle Sha'oren, je suis un grand dragon blanc, un de ceux que l'on nomme un dragon de Lumière. La Lumière de l'Esprit. Je vous salue, ô petite Prêtresse draconique, rajouta-t-il en inclinant la tête en signe de respect.

Sha'oren… un grand dragon blanc… pensa Sylvia.

Elle lui rendit respectueusement son salut en posant la main droite sur son front, puis sur le cœur, avant de décrire un gracieux geste semi-circulaire en inclinant la tête à son tour ; le *triple signe* qu'elle avait lu dans le livre de son ami. Une salutation ancestrale envers un dragon.

Jamais elle n'aurait cru qu'une entité aussi noble puisse être là, devant elle. Sylvia ne pouvait dissimuler son émotion plus longtemps. Elle qui se croyait trop insignifiante pour que l'Un daigne exaucer sa prière. Pourtant, elle devait bel et bien se rendre à l'évidence car non seulement un dragon avait accepté de veiller sur elle, mais il ne s'agissait pas de n'importe lequel : un être spirituellement élevé qui représentait à lui seul ce que la Draconia avait de plus pur et de plus noble.

Elle ressentait au plus profond d'elle-même un élan ému et spontané de gratitude envers Sha'oren et le Divin pour leur bonté. Une larme perla alors le long des cils de la jeune fille et tomba au sol. Le paysage changea autour d'eux aussitôt, comme une onde se propageant à la surface de l'eau. C'est alors que tout se brouilla autour d'eux.

Sylvia comprit qu'elle se trouvait à présent près du lac étrange au bord duquel elle avait rencontré Sha'oren pour la toute première fois. Elle était à nouveau sur la margelle de pierre qui surplombait le lac dans lequel se reflétait le paysage sous la lumière d'une douce nuit de printemps.

La lune émergeait à la cime des arbres majestueux dans une douce lumière bleutée.

Sha'oren vint la rejoindre, se coucha non loin de la jeune fille et la regarda droit dans les yeux. Elle sut alors qu'il avait quelque chose d'important à lui dire.

– Petite Prêtresse. Tes compagnons sont à présent réunis. Il n'y a plus de temps à perdre, sinon ce dernier risque de jouer contre vous. Vous devez vous hâter de retrouver les Trésors Sacrés au plus vite maintenant que tu sais où les trouver.

– Pourquoi tant d'empressement ? Ça fait déjà des siècles qu'ils sont restés cachés à la face du monde. On n'en est plus à quelques jours près, tout de même.

L'être draconique ne fit rien pour masquer un début d'agacement provoqué par tant de désinvolture. Il devait pourtant lui faire comprendre l'urgence de la situation.

– Afin de rétablir le véritable pouvoir du Cercle du Dragon Céleste, la Prêtresse devra révéler l'Épée Mystique de la Draconia, dit Sha'oren avec un accent prophétique dans la voix. Or l'avènement de cette arme magique ne peut avoir lieu qu'au moment où la *Porte du*

Ciel se sera refermée. Cet évènement céleste, tout aussi prodigieux que rare, aura lieu bientôt : le jour même de Litha, ce qui correspond au solstice d'été dans votre calendrier. Oui, il s'agit bien du vingt et un juin de cette année.

Interloquée, Sylvia fit le calcul dans sa tête par rapport à la date du jour.

– Mais, c'est dans six jours. Pourquoi tant de mystères ? Je n'y comprends plus rien à force !

– C'est pourtant simple ; si toi et tes amis voulez obtenir l'Épée qui a disparu depuis plusieurs siècles, vous devez d'abord entrer en possession des Trésors Sacrés qui reposent dans l'Antre de l'Initiation. Ça, vous le savez déjà. Alors vous devez aller à leur recherche au plus vite, car…

Sha'oren s'interrompit en constatant que Sylvia avait détourné son regard pour fixer la surface de l'eau. La jeune femme commençait à en avoir plus qu'assez d'être traitée comme un vulgaire pion sur un échiquier dont elle ne connaissait même pas les règles. Elle savait très bien ce qu'elle avait à faire, et Philippe endossait à merveille son rôle de professeur, même si cela lui donnait parfois un petit côté donneur de leçons un peu agaçant. Tout ce qu'elle aurait souhaité, c'était que l'on se préoccupe un peu plus des interrogations qui la tenaillaient et auxquelles Sha'oren n'avait jusqu'à présent apporté aucun semblant de réponse.

Bien sûr, cela n'avait pas échappé au dragon blanc qui prit entre ses griffes la sphère noire qu'il lâcha dans l'eau. Au contact de la surface, la boule devint blanche et retomba dans la patte du dragon noir qui veillait sur Sylvia depuis le versant ensoleillé de cette forêt mystérieuse.

Encore une fois, Sylvia n'avait rien perçu de ce changement. C'était comme si la sphère avait rebondi sur l'eau tandis que le paysage changeait autour d'elle. À présent, elle était dans la version diurne de ce monde parallèle. L'espace d'un instant, elle profita de la chaleur du soleil, mais cela ne suffit pas à apaiser la tension qui sourdait en elle.

– Je sais que tu te poses beaucoup de questions en ce moment, dit le dragon noir. Cependant, cela ne sert à rien de les garder pour toi.

– Ça vous étonne ? répliqua-t-elle énervée. Je n'arrête pas de recevoir ordres et conseils de toutes parts sans que je puisse avoir mon mot à dire !

Le dragon observa Sylvia sans éprouver la moindre gêne face à la colère de cette dernière. Il reprit la parole en gardant la même tranquillité.

– Tout d'abord, laisse-moi me présenter : je me nomme Shoren. Je suis un grand dragon noir, un dragon de l'ombre. L'Ombre de l'Esprit. Alors, maintenant que je suis là pour t'écouter, pose-moi les questions qui te brûlent les lèvres.

À ces mots, la jeune femme eut un instant de doute, surprise devant la coopération inattendue du dragon. L'être draconique allait-il éluder ses interrogations ? Au bout d'un instant de silence, elle décida de jouer le jeu.

– D'accord. En voyant nos vies antérieures dans le miroir de Thessa, j'ai bien vu que la *Porteuse de Lumière* d'autrefois avait une aura magique différente de la mienne, d'un mauve clair. Pourtant, Coralie m'avait dit avoir vu une couleur d'un violet sombre quand ça m'est arrivé. Pourquoi ?

– Parce que tu as un karma plus lourd à affronter et à purifier. Malheureusement, ce sont des choix effectués durant ta précédente incarnation qui ont alourdi de façon considérable ton karma. Faute de quoi, si je puis dire, tes épreuves seront très pénibles dans ton existence actuelle.

Sylvia n'était pas plus avancée qu'au départ. Sans compter qu'elle savait dorénavant que sa vie à venir ne serait pas de tout repos. Cependant, c'était déjà le cas depuis le début du mois. Comprenant que son compagnon n'en dirait pas d'avantage sur le sujet, elle décida donc d'en changer. Une autre question hantait assez son esprit pour qu'elle l'énonce à haute voix.

– Est-ce que Stéphane est la réincarnation de Benedict Carpzov ?

– Non.

On peut dire que c'est la réponse la plus directe et la plus brève que l'on m'ait jamais donnée !

Sylvia était à la fois soulagée par la réponse de Shoren, mais aussi perplexe et un peu désorientée, car si Carpzov ne s'était pas réincarné en Stéphane, il pourrait bien être n'importe qui dans son proche entourage.

Voire même un membre de son clan.

Après tout, elle ne les avait rencontrés que très récemment, et on ne pouvait pas dire qu'ils se connaissaient tous très bien. En tout cas, pas au point que s'instaure une confiance inébranlable.

– Et concernant le rêve manquant dont Thessa nous a parlé ?

Devant le regard interrogatif que lui jeta le dragon, Sylvia lui raconta la séance d'hydromancie et ce qu'elle avait révélé. L'être draconique regarda un instant son reflet blanc dans l'eau miroitante. Pendant un instant, Sylvia crut qu'il était plongé dans la contemplation de son étrange reflet, et qu'il n'allait rien lui dire, mais la réponse du dragon ne tarda pas.

– Tout ce que je puis te dire dans l'immédiat, c'est que tu ne dois pas céder à la peur et suivre ton intuition, quoi qu'il puisse arriver. Je crois que tu es sur la bonne voie. N'oublie pas ce que l'on t'a dit : Ce que tu cherches est déjà en ta possession et semble très bien ne pas être réel pour autant.

Shoren relâcha la boule blanche dans l'eau et Sylvia récupéra la sphère qui était redevenue noire dans le côté nuit de cet étrange monde à deux faces. Sha'oren avait disparu, et elle constata que son reflet diurne était tout aussi seul.

Eh bien... Avec tout ça, je ne suis pas plus avancée qu'au départ.

CHAPITRE 26

36 Quai des Orfèvres.

Frédéric ne chômait pas pour avancer son enquête ; avec d'autres agents, il avait tenu à vérifier par lui-même quelques-unes des pistes suivies depuis le premier meurtre. Durant ces derniers jours, le jeune homme avait passé plus de temps à répondre au téléphone qu'au cours de toute sa vie.

Si les victimes avaient pour points communs de s'intéresser à la sorcellerie et d'avoir été membres d'un même forum de discussion, le lieutenant avait établi qu'elles n'avaient pas non plus d'ennemi ou de conflit, que ce soit avec la famille, les collègues ou les amis. Ce qui ne facilitait guère la tâche quant au mobile d'assassinats aussi cruels. Il avait donc laissé de côté la piste des proches pour se concentrer sur leur intérêt pour l'occultisme, puisque cela semblait constituer le terrain de chasse de celui qui leur avait ôté la vie.

Un autre problème se posait aussi quant au choix des lieux où les victimes avaient été retrouvées, encerclées d'une étoile bizarre peinte avec du sang et des plantes séchées réduites en poudre. Qu'est-ce que tout ça pouvait bien vouloir dire ? Comment ces endroits avaient-ils été sélectionnés ?

Il avait confié cette tâche à Stéphane, mais celui-ci lui avait dit enquêter de son côté dans les méandres du milieu occulte de Paris. Il avait laissé son téléphone portable au bureau, ce qui le rendait impossible à joindre pour le moment.

Frédéric tourna et retourna l'objet dans sa main en soupirant. Il aurait été bien tenté de fouiller la mémoire de l'appareil pour en savoir plus sur Stéphane, mais le verrouillage l'en avait dissuadé. Du reste, il aurait eu besoin d'une commission rogatoire pour mettre l'engin sur écoute. Ainsi, le GPS aurait permis de le filer à distance, tandis que le microphone incorporé aurait relayé ses conversations.

Peine perdue ; Stéphane étant un flic féru de polars, il avait déjà dû envisager cette possibilité. C'était sans doute pour cela qu'il avait opté pour un modèle ancien de téléphone portable qui ne permettait aucune de ces idées d'espionnage informatisé. Le jeune homme était d'un naturel méfiant ; il ne voulait pas que qui que ce soit puisse lui coller aux basques, et il l'avait fait savoir sans équivoque.

Reposant le cellulaire de son collègue à côté d'une tasse de café fumant, Frédéric revint à ses pensées, se refusant de passer à quoi que ce soit d'autre tant que ses interrogations n'auraient pas trouvé le moindre semblant de réponse.

C'est alors que quelqu'un frappa à la porte. Frédéric releva la tête pour savoir qui venait lui rendre visite et esquissa un sourire en constatant qu'il s'agissait de Bertrand Questin, un spécialiste en police scientifique et un mordu notoire d'informatique.

– Alors, super-flic, tu n'as toujours aucun suspect avec ces affaires de meurtres à l'épée ? demanda-t-il.

– Non, à tel point que c'en est rageant ! On pourrait croire qu'il a pensé à tout, le salopard ! Il nous voit venir, Bertrand, il n'y a pas d'autres mots. Je suis de plus en plus convaincu que l'un de nous bosse pour lui.

Bertrand se figea. C'était rare que le lieutenant Laforrest émette aussi ouvertement ses soupçons à l'encontre de sa profession.

– T'es sérieux ?

Frédéric sembla se détendre un peu et observa Bertrand avant de lui répondre.

– Tous les flics ne sont pas des anges, et il faut bien reconnaître qu'il y a des brebis galeuses partout. J'ai dit ça plus sur un coup de tête qu'autre chose, mais avoue… Comment ne pas y penser ?

– Tu n'as pas tort, et si j'étais à ta place, j'aurais peut-être envisagé la même chose et choppé toute une série d'ulcères dont je me passe bien volontiers.

Le lieutenant ne put réprimer l'esquisse d'un sourire amusé. Puis, il soupira.

– Je repensais à ces filles. On ne sait pas où elles ont été assassinées. Le plus plausible serait que notre homme les ait suivies en attendant le moment propice pour les tuer.

– Bref, de l'impro la plus totale, selon toi ?

– On pourrait dire ça, mais alors qu'en est-il du lieu où il les a abandonnées ? Il n'a pas pu les choisir sur un plan avec des fléchettes, quand même !

Bertrand eut un sourire à cette idée, mais il s'abstint de s'esclaffer, ce dont Frédéric lui fut reconnaissant et plus encore quand son collègue finit par retrouver son sérieux.

– On dirait qu'ils ont une importance particulière pour notre bonhomme.

À ces mots, Frédéric réagit. Il avait lui-même soulevé cette hypothèse au moment où le corps de Karine Tarany avait été retrouvé, et Sylvia lui avait tenu des propos à peu près similaires très peu de temps après. Sans doute une piste à suivre de plus près qu'il ne l'avait prévu à l'origine.

– En supposant que chacun des points sur cette carte n'a pas été choisi au hasard, on peut présumer qu'il connaît assez bien les environs ; les rues, avenues, stations de bus, de métro, boîtes aux lettres… etc.

– Donc s'il connaît tout de ces quartiers, c'est qu'il a une bonne maîtrise de son environnement pour envisager tous les cas de figure possibles et inimaginables, comme par exemple un plan de fuite au cas où son plan foirerait quelque part, pour ne pas se faire cueillir comme un fruit mûr.

Frédéric semblait très satisfait de l'enchaînement qui avait lieu.

– Donc, si je suis un tueur qui n'a pas peur d'assassiner quelqu'un sans se faire prendre et d'en abandonner le cadavre en plein Paris, et que je connais bien les lieux par avance, c'est parce que… encouragea-t-il Bertrand à poursuivre son raisonnement.

– J'habite dans les environs ?

– Non, les points sont trop éloignés les uns des autres sur la carte pour que cela puisse correspondre à un schéma récurrent, entre un lieu de résidence et celui de travail. Moi, je pensais plutôt qu'il a dû faire des recherches, se documenter ou même…

Bertrand finit par comprendre où Frédéric voulait en venir.

– … se rendre sur place en repérage ! s'exclamèrent-ils de concert.

Sur ce, Frédéric sourit. Il se redressa sur sa chaise et reprit en main sa tasse dont le café avait tiédi. Après toutes ces incertitudes, ils avaient enfin une piste tangible.

– Bertrand, comme tu es le roi de l'informatique, tu vas examiner les vidéos de surveillance correspondant aux lieux de chaque crime.

On va tabler sur une recherche étendue à un mois avant que chacune des victimes n'ait été retrouvée. Quant à moi, je vais revoir toutes les dépositions à la loupe. Des fois que quelque chose ait pu nous échapper.

Son collègue était abasourdi au plus haut point.

– Fred, tu réalises que ça correspond à des centaines de milliers de kilomètres de bandes vidéo que tu me demandes de revoir ?

– Au peigne fin, voire même très fin. Utilise une loupe, non, mieux : un microscope.

– Ça va me prendre des années ! Peux-tu me dire au moins ce que je suis censé chercher ?

– Dans l'immédiat, j'avoue que je n'en sais rien. Tout ce que j'espère, c'est que notre tueur se soit fait filmer par des caméras de surveillance alors qu'il ne s'y attendait pas. Avec un peu de chance, on l'aura vu sur chacun des lieux où un corps a été trouvé.

– C'est un boulot qui va quand même prendre des siècles, en étant optimiste.

– Alors raison de plus pour t'y mettre tout de suite, et je voudrais voir un peu plus d'enthousiasme ici ! Tu peux mettre autant de gens que tu auras besoin pour t'aider, mais je veux des résultats concrètement exploitables très vite !

Sur ce, il administra une tape amicale sur l'épaule de Bertrand qui sortit du bureau la tête basse. Une voix d'outre-tombe se fit entendre du couloir :

– Avec un peu de chance, tu devrais avoir ça pour 2050.

Le lieutenant Laforrest s'adossa à la chaise de son bureau en poussant un soupir de soulagement.

Il ne restait plus qu'à savoir ce que pouvait bien mijoter Stéphane Flergafau, son supposé co-équipier. Ce faisant, il ne put s'empêcher de se remémorer le jour où il avait été affecté dans son équipe. Au final, c'était un garçon très secret qui n'avait jamais rien partagé de personnel. Frédéric n'étant pas non plus d'un caractère très démonstratif, cela ne l'avait alors pas dérangé plus que cela. Leurs relations professionnelles étaient basées que sur le boulot à accomplir, et ce même si les aptitudes prometteuses de Stéphane avaient fini par gagner petit à petit la confiance de son supérieur.

Il n'en restait pas moins qu'aujourd'hui, il ne savait rien de Stéphane Flergafau ; où il avait vécu, ce qu'il avait fait avant de devenir la plus jeune recrue jamais intégrée à la brigade criminelle, s'il avait de la famille, ou ce qu'il pouvait aimer en général, comme tout un chacun des autres flics avec qui il avait déjà été amené à travailler.

Au final, le lieutenant n'en ressentit qu'un arrière-goût amer. Des regrets de ne pas s'être intéressé plus tôt au passé de Stéphane, mais surtout une certaine rancœur vis-à-vis de tout ce que ce garçon avait pu lui cacher. Quand il l'aurait à nouveau en face de lui, le lieutenant aurait beaucoup de questions à lui poser. En espérant que ce dernier soit en mesure de lui fournir des réponses convaincantes.

Je t'aurai, pourriture, pensa Frédéric avec rage, sans savoir si cette pensée était destinée au criminel ou à son jeune partenaire.

Peut-être aux deux, en définitive.

CHAPITRE 27

Il faisait grand jour quand Stéphane Flergafau arriva sur les bords du lac où l'attendait son guide spirituel. Depuis le début de cette histoire, le jeune homme était de plus en plus désorienté, et il avait besoin de soutien et de conseils. Le soleil avait beau être caché dans les nuages cotonneux, c'était néanmoins un temps magnifique dans cette sphère du plan astral. Stéphane eut beau chercher, mais il ne vit aucune trace de son guide et ami. Pourtant, il savait que ce dernier était présent.

– Allez, sors de l'ombre, mon ami, j'ai besoin de ton aide. Viens à moi, Shoren.

Un gigantesque dragon noir surgit de l'obscurité d'entre les arbres de la forêt environnante et s'approcha de Stéphane. Ce dernier s'assit sur une margelle de pierre – celle-là même sur laquelle Sylvia était quelques heures auparavant – tandis que Shoren prenait place à sa gauche. Il regarda le jeune homme avec une certaine gravité.

– Je sais que tu as fait ce que je t'avais demandé en transmettant l'incantation codée fidèlement selon mes instructions. Mais j'aimerais savoir pourquoi tu l'as écrite en anglais. Tu peux m'expliquer pourquoi tu as fait ça ?

Ce dernier eut un petit rire bon enfant.

– Pour m'amuser avec eux, figure-toi. Ils ont une telle méfiance vis-à-vis de moi, c'est tout. Du reste, ça ne leur a sûrement pas fait de mal de se remuer un peu les méninges.

Il était encore amusé par sa petite farce linguistique. Cependant, Shoren savait que le jeune homme n'était pas là uniquement pour lui faire le rapport de sa mission. Il lui demanda donc quel était l'objet de sa venue, et ce dernier en fut surpris et aussi un peu contrarié.

– Je croyais que tu aurais compris. Tout ce que je veux, c'est savoir qui je suis.

– Ce que je comprends parfaitement, dit le grand dragon noir d'un ton compatissant. Toutefois, tu dois savoir qu'il n'est pas en mon pouvoir de te rendre la mémoire. Si des entités telles que nous ne pouvons le faire, ce n'est pas quelqu'un ayant passé un pacte avec les plus noires entités du bas astral qui y parviendra non plus. C'est en toi-même que tu sauras en fin de compte qui tu es.

En entendant ces mots, Stéphane comprit à quel point il s'était fait piéger et manipuler en beauté par Haliphas Rowanon qui s'était joué de lui, profitant de l'état de faiblesse dans lequel il était au moment tragique où leurs routes s'étaient croisées.

Shoren perçut sans mal le désarroi de son compagnon humain. Lui aussi regrettait que son protégé soit le jouet de quelqu'un d'aussi dangereux.

– Tu comprends, Shoren, si je ne suis pas fidèle à mon accord, Rowanon finira par détruire ce que j'ai de plus précieux au monde. Déjà qu'il ne me reste pas grand-chose... je ne veux pas perdre ça aussi.

– Sache que j'ai conscience de ta détresse. Tout comme je sais que tu ne pourras pas supporter plus longtemps cette situation et les ambiguïtés qu'elle engendre. Le moment est venu pour toi de faire un choix, et ce une bonne fois pour toutes. Tu vas devoir faire face à ton destin.

Sur ces mots, le dragon fit un léger mouvement de griffe dans la direction de Stéphane dont la chemise s'ouvrit comme sous l'effet d'un coup de vent. Le torse du jeune homme était constellé de cicatrices et de traces de brûlures effroyables.

– N'oublie pas que ton destin est lié depuis toujours au Cercle du Dragon Céleste, reprit Shoren. Ce qui est arrivé dans ta vie antérieure pourra te guider dans cette présente incarnation.

Une vague d'appréhension saisit alors le jeune policier.

– Comment savoir si je ne risque pas de me tromper ?

– Écoute ton cœur et ton intuition, ils seront les meilleurs guides qui soient. Celui qui te tient aujourd'hui sous sa domination n'a aucune idée de qui tu as pu être dans le passé, ni de ce que tu es devenu à présent. Bientôt, il dévoilera son vrai visage et toi aussi. L'heure de te révéler, à toi-même comme aux autres, va bientôt sonner.

Stéphane referma les boutons de sa chemise en se remémorant que c'était après avoir fait un cauchemar atrocement vivace vers la fin du mois dernier que ces marques étranges étaient apparues sur sa peau.

CHAPITRE 28

Mercredi 16 juin 2010,
Rue du Faubourg du Temple.

Il n'avait pas fallu beaucoup de temps à Coralie pour mettre Sylvia au courant de sa découverte concernant l'invocation farceuse. L'incantation, astucieusement codée, avait déjà été transmise aux autres.

Quand Sylvia lui avait demandé pourquoi on leur avait transmis une telle formule codée plutôt que de la donner telle quelle, son amie avait répondu que c'était peut-être une épreuve afin d'estimer s'ils étaient dignes ou non de recevoir l'information dont ils avaient besoin, mais peut-être aussi pour que ladite information ne puisse pas tomber entre les mains de personnes inconscientes et/ou malintentionnées.

Quoi qu'il en soit, la journée s'annonçait splendide pour la saison ; le soleil était radieux, une légère brise caressait la ville, et les promeneurs n'avaient jamais été aussi nombreux. Cela n'avait rien à voir avec les pluies et orages du début du mois.

Pourtant, personne dans le groupe n'aurait envisagé de passer la journée à paresser ou à flâner dans les parcs de la ville. Thessa s'était plongée dans des recherches sur la réincarnation, tandis que Philippe voulait profiter d'un peu de temps libre pour enrichir son prochain livre avec ses récentes découvertes, et que Frédéric s'était lancé à la recherche de Stéphane, dont la disparition venait d'être confirmée. Ce dernier était persuadé qu'il ne pouvait que constituer une menace et que c'était quelqu'un dont il fallait se méfier dorénavant.

En tout cas, il avait très clairement signifié à Sylvia qu'à l'avenir, elle devrait éviter de se retrouver seule avec lui. Il faudrait donc qu'elle soit accompagnée par quelqu'un pour la protéger. Certains furent même amusés de constater que le lieutenant Laforrest était passé du statut des récalcitrants à celui des plus engagés quant au sort de Sylvia. Une attitude sans doute issue de l'instinct protecteur lié à la Terre.

De son côté, même si elle avait été heureuse de la réussite de Coralie avec le code résolu, Sylvia n'en était pas moins soucieuse pour autant. Durant toute la journée où elle avait travaillé à *La Voie Initiatique*, elle n'avait cessé de songer à tout ce qui la tracassait. Ses interrogations sur le rôle que Stéphane avait à jouer dans cette histoire, sur ce qu'avait été sa vie antérieure s'il n'était pas la réincarnation de Benedict Carpzov… Tout cela commençait à s'embrouiller dans sa tête.

Pourquoi est-ce que tout doit être aussi compliqué ? Philippe a peut-être raison de vouloir m'impliquer d'avantage dans mon apprentissage, mais tout ça… c'est si nouveau pour moi.

Surtout, elle ne pouvait pas parler aux autres de ce qui la perturbait en réalité. Comment aurait-elle pu leur faire part des doutes qui avaient germé au plus profond de son cœur ? Saurait-elle trouver les mots pour leur dire qu'elle avait de plus en plus la certitude de ne pas être la *Porteuse de Lumière* ? Non, les autres ne seraient pas prêts à l'accepter… Ils l'avaient tous reconnue comme étant leur Prêtresse, surtout Coralie plus que quiconque. Sylvia était certaine qu'ils avaient tort, mais elle ne voulait pas non plus leur faire de la peine ou, pire, qu'ils la rejettent.

Paradoxalement, j'en suis arrivée au point où je regretterais de retourner à ma vie d'avant. Une vie morne, insignifiante, et si banale.

Il fallait bien reconnaître qu'en à peine deux semaines, son quotidien avait littéralement volé en éclat ; des visions quasi prémonitoires, la tentative de meurtre à laquelle elle avait échappé tout en sauvant deux personnes, la découverte de sa vie antérieure, et enfin les retrouvailles avec les personnes qu'elle aurait connues alors. Cela faisait beaucoup. Sans doute trop pour une personne rongée par le doute.

Ce qui l'affligeait aussi, c'était de n'avoir personne avec qui parler à cœur ouvert. Sha'oren était gentil, certes, mais il semblait plus intéressé à guider le clan que de se préoccuper d'elle ou de ses futiles états d'âme. Il n'était pas question d'en parler non plus à ses compagnons pour le moment. En vérité, Sylvia n'osait pas s'avouer combien elle se sentait seule face à ces idées-là.

– Si tu continues comme ça, cette boule va finir à la taille d'une bille.

Revenant à la réalité, Sylvia réalisa que Coralie l'avait ainsi arrachée à ses pensées maussades alors qu'elle était en train d'astiquer une sphère en pur cristal de roche, et que celle-ci brillait d'un éclat intense. L'étudiante prit un air penaud.

– Oh… Excuse-moi, j'avais un peu la tête ailleurs.

– *Un peu* ? reprit Coralie d'un ton moqueur.

Sylvia, rouge d'embarras, reposa la boule, qui venait d'avoir la surprise de sa vie, sur un support en cuivre ouvragé.

– Allez, t'en fais pas, on a bientôt fini nos heures pour aujourd'hui. Tu pourras en profiter pour te reposer un peu. J'ai comme dans l'idée que ça ne te ferait pas de mal. Tu m'as l'air d'être un peu pâlotte aujourd'hui.

Sylvia acquiesça d'un air las, même si ce n'était pas dû à la fatigue.

Sur ces entrefaites, la porte de la boutique s'ouvrit et un homme châtain clair avec un regard d'un bleu profond entra. Coralie supposa en le voyant qu'il devait s'agir du frère aîné de Thessa Drac, mais Sylvia avait surtout reconnu en lui l'employé qui travaillait à la bibliothèque Sainte-Geneviève. Cela lui semblait incroyable qu'il soit de la même famille que Thessa. À présent, elle comprenait pourquoi elle avait aussi ressenti le même genre de sensation qu'en présence de ses compagnons, mais à un degré moindre. Un peu comme quand elle avait croisé la sœur de Coralie. Elle n'avait éprouvé ça qu'avec des membres de la famille de ses amis. Le jeune homme semblait sympathique et souriant. Elle fut troublée une fois de plus par sa simple présence auprès d'elle.

– Bonjour ! Je ne sais pas si Thessa vous a parlé de moi. Je m'appelle Alexandre Drac, et je suis le grand frère de ma surdouée de petite sorcière.

Coralie contourna alors le comptoir de la caisse afin d'aller saluer le nouveau venu.

– Oui, Thessa nous a parlé de toi. D'ailleurs, elle nous avait dit que tu passerais chercher un livre qu'elle nous avait demandé de mettre de côté. Un livre sur la réincarnation, je crois.

Alexandre opina.

– Merci de l'avoir gardé sous le coude, c'est d'autant plus sympa qu'on ne le trouve plus aussi facilement, maintenant qu'il n'est plus édité. Sur le Net, il coûte la peau des yeux.

– C'est normal, quand on a de bons clients. Et puis, si les amis des amis n'aident pas leurs amis, qui va le faire ?

Alexandre rit à cette remarque qu'il trouva très pertinente. Puis, il se tourna vers Sylvia alors que Coralie était allée chercher le livre réservé dans l'arrière-boutique. Il fut troublé par la mélancolie que la jeune fille tentait tant bien que mal de dissimuler.

– Hey… Je me souviens de toi. On s'est vus à la bibliothèque, c'est ça ? On m'a même raconté que tu avais fait une magistrale chute en piqué du quatrième étage de la fac. J'ai eu une telle trouille en l'apprenant ! Tu aurais pu te tuer. Heureusement, je vois que tu n'as rien.

Il esquissa alors un sourire qui aurait pu être responsable à lui seul de la fonte de la calotte polaire.

Sylvia répondit par l'affirmative, heureuse qu'il se soit souvenu d'elle. Elle se sentit ridicule de réaliser que cette sollicitude l'avait faite rougir.

Alexandre eut une idée subite.

– Dis, il fait si beau dehors que ça serait dommage de rester cloîtrée toute la journée, tu ne crois pas ? Ça te dirait de venir faire un tour avec moi ?

La jeune fille était tentée, mais elle se tourna néanmoins vers Coralie qui lui adressa un clin d'œil entendu, puis vers Liliane qui lui fit signe qu'elle pouvait partir. Elle partit donc chercher ses affaires pendant qu'Alexandre réglait son achat à la caisse. Tous deux sortirent en bavardant sous les yeux réjouis de sa camarade de fac et collègue.

Après tout, c'est plutôt une bonne chose que Sylvia fréquente un peu d'autres personnes que nous, songea Coralie qui était rassurée de savoir son amie avec quelqu'un de confiance. Elle ne pouvait quand même veiller sur elle vingt-quatre heures sur vingt-quatre.

*

Les deux jeunes gens cheminaient d'un pas serein en direction de la place de la République. Alexandre ne disait rien et se contentait de profiter de la présence de la jeune fille à ses côtés. Elle fut consciente qu'en gardant le silence, il voulait qu'elle profite de l'instant présent tout autant que lui. Elle ne se sentait pas obligée d'entretenir une conversation stérile et superficielle. Cela lui convenait très bien ainsi et Sylvia lui en fut reconnaissante. Sans compter qu'Alexandre était sans doute la première personne à ne pas la considérer qu'au titre de *Porteuse de Lumière*, mais comme un être humain à part entière. Cela faisait toute la différence pour elle. Le jeune homme finit pourtant par rompre le silence.

– Dis-moi… Qu'est-ce qui ne va pas ? Tu me sembles assez soucieuse.

Sylvia fut étonnée qu'il ait pu percevoir son trouble. Même si elle tentait de garder bonne figure, elle avait envie de se laisser aller et de pouvoir enfin se confier à quelqu'un.

– C'est difficile d'en parler, tu sais.

D'un mouvement de la tête, il l'encouragea à poursuivre.

Sylvia sortit son pendentif de la poche de sa veste.

– Tu vois, c'est en voyant ceci que les autres m'ont reconnue *illico* comme étant la *Porteuse de Lumière*. Surtout Coralie et Philippe, mais je sais que quelque chose ne va pas. Les autres semblent posséder leur médaillon depuis toujours. J'aimerais savoir si ce fut le cas pour ta sœur.

– Oui, elle l'a depuis si longtemps que je ne sais plus à quand ça peut remonter. Maintenant qu'on en parle, je n'ai jamais su d'où il a pu sortir. Elle l'avait autour du cou, c'est tout ce dont je me souviens. Chaque fois que nos parents le rangeaient quelque part, même enfermé à clé, il finissait toujours par revenir entre les mains de Thessa. Au bout d'un moment, elle a fini par le garder avec elle, puisqu'il était devenu évident qu'on ne pourrait pas les séparer. Ce n'est pas le cas pour toi ?

– Non, je ne l'ai en ma possession que depuis une quinzaine de jours.

Alexandre fut quelque peu stupéfait de l'apprendre.

– Ça ne fait pas longtemps, en effet. Alors, comment tu l'as eu ? Même si tu l'avais égaré, tôt ou tard il aurait fini par te revenir. C'est qu'il a forcément dû se passer autre chose.

– C'est Stéphane Flergafau, le collègue du lieutenant Frédéric Laforrest, qui me l'a donné pendant que j'étais en observation à l'hôpital, après l'agression à la Sorbonne. Du coup, je me demande comment il se l'est procuré et même s'il m'est vraiment destiné... Ce dont je doute de plus en plus, tu sais.

– Alors ça t'a amenée à penser que tu n'es pas la *Porteuse de Lumière.*

– Oui. En fait, j'en suis de plus en plus certaine.

– Comment ça ? Qu'est-ce qui pourrait bien te le laisser croire ?

– Quand on a vu ce qui s'était passé dans le passé à travers le miroir aquatique de Thessa, j'ai bien compris que je n'avais pas le même genre de pouvoir que la Prêtresse de l'époque. En apprenant que cette vision du passé était incomplète, j'en suis venue à me dire qu'il nous manquait encore quelqu'un et que le clan n'était pas encore au complet.

– Les autres t'ont-ils écoutée ?

Sylvia se rembrunit quelque peu et enfonça les mains dans ses poches.

– Non. Pour eux, cette idée ne tient pas debout, et je raconte n'importe quoi. Après tout, je ne suis qu'une novice qui n'y connaît encore pas grand-chose niveau Magie.

– D'un côté, leur réaction est compréhensible ; il y a cinq Éléments magiques, et tous ont été réunis. Alors c'est difficile d'envisager qu'il puisse y en avoir un sixième. Mais, d'un autre côté, il ne faut pas sous-estimer l'importance de l'intuition, et je crois que tu as eu raison de leur en parler, même si ça n'a pas donné la réaction que tu escomptais.

Sylvia était heureuse des propos d'Alexandre. On aurait dit qu'il l'acceptait pour ce qu'elle était, avec naturel et spontanéité, sans qu'elle ne se sente obligée de tenir un rôle qui ne lui ressemblait guère. Elle se sentait bien en sa présence, c'était aussi simple que cela.

Tout en marchant, il se rapprocha un peu plus et lui passa un bras autour des épaules. Ce geste lui fut très agréable. L'autre soir, quand elle l'avait vu à la bibliothèque pour la toute première fois, Sylvia avait trouvé qu'Alexandre avait un regard particulièrement gentil et qu'il avait été très prévenant pour elle. Aujourd'hui, il semblait tout aussi charmant, mais il y avait quelque chose de différent. Quelque chose de plus.

Sans doute l'expression que prend un homme quand il commence à s'intéresser à une femme.

Cette pensée secrète n'était pas pour lui déplaire, bien au contraire. Elle piqua un fard aussitôt.

Durant les quelques kilomètres de leur promenade dans les rues animées de la capitale, ils parlèrent encore de nombreuses choses. En chemin, ils s'arrêtèrent pour commander des *frapuccinos* au caramel, s'amusant de voir à quel point ils aimaient tous les deux ce parfum. Alexandre commit l'erreur d'accompagner la jeune femme dans l'échoppe d'un bouquiniste, et il eut toutes le peines du monde à l'en extraire sans qu'elle ne finisse par acheter toute une pile de livres.

Cette sortie était exactement l'occasion qu'il fallait à Sylvia pour se détendre un peu, et relâcher la pression qui s'exerçait sur elle depuis peu, et surtout de raconter à Alexandre *grosso modo* tout ce qui lui était arrivé depuis le début de cette aventure. Il l'écoutait avec attention, sans l'interrompre, n'intervenant que pour poser quelques questions pour avoir un peu plus de détails. Il ne reprit la parole que pour exprimer à quel point il était content de se trouver mêlé à ces évènements et de pouvoir en quelque sorte être un témoin privilégié de la reconstitution du Cercle du Dragon Céleste.

Sylvia se rembrunit. Elle aurait voulu pouvoir partager l'enthousiasme du jeune homme, mais elle n'y parvenait pas. Tout ce qui lui était arrivé n'avait fait que chambouler sa vie à un point qu'elle ne l'aurait jamais imaginé… ni désiré. Elle s'arrêta et Alexandre vint en face d'elle.

– Ne dis pas ça, Alex. Toi et moi ne savons même pas jusqu'où cette histoire risque encore de nous conduire. J'ignorais qu'elle m'aurait menée jusqu'ici, dit-elle avec tristesse comme si elle regrettait déjà la tournure qu'avaient prise les évènements.

Il lui souleva délicatement le menton pour qu'elle le regarde dans les yeux. Son regard couleur azur était éclatant au point que Sylvia aurait pu y discerner l'éclat des étoiles en plein jour.

– Hey… Je ne peux pas te laisser dire une chose pareille, tu sais. Parce que s'il est vrai que j'ignore où cette voie finira par aboutir, moi je sais déjà par où elle passe.

– On peut savoir où ?

– À toi. Cette histoire m'a guidé jusqu'à toi. C'est pour l'instant la seule chose dont je sois sûr.

Il se pencha un peu vers la jeune fille et scella ses lèvres d'un baiser doux et bref. Puis, il la regarda en souriant d'un air malicieux.

– Tu as d'autres arguments ?

Sylvia fit signe un signe négatif de la tête, et Alexandre fut amusé par le sourire malicieux qu'elle arborait.

– Tu veux que je te réexplique, des fois que tu n'aies pas bien compris ?

La jeune fille hocha la tête, sa réponse ne laissant aucune place au doute. Alexandre eut un petit rire et embrassa à nouveau Sylvia en la prenant dans ses bras. Elle s'abandonna contre lui dans une enivrante étreinte.

Finalement, c'était une très belle journée.

CHAPITRE 29

36 Quai des Orfèvres.

Le lieutenant Laforrest regarda un bref instant le temps merveilleux qu'il faisait à Paris. Sauf que pour lui, on était loin de la journée idyllique à laquelle il aurait aimé avoir droit. Depuis qu'il avait appris que Stéphane avait une grande ressemblance avec Benedict Carpzov, dont il pourrait être la réincarnation cherchant encore à tuer la *Porteuse de Lumière*, il s'était mis à la recherche de son jeune collègue. Sans grand résultat d'ailleurs, vu que ce dernier semblait avoir réussi à disparaître du jour au lendemain, et qu'il restait à ce jour introuvable.

Frédéric était furieux et surtout frustré d'avoir ainsi placé sa confiance en quelqu'un qui pouvait représenter une menace non négligeable. À ce niveau, il était persuadé que le jeune homme était bel et bien la réincarnation de l'inquisiteur fanatique qui avait été à l'origine du massacre des siens en 1666 et qu'il devait être arrêté au plus vite. Quoi qu'il en soit, il ferait tout son possible pour l'empêcher de s'approcher de la Prêtresse. Il ne faillirait pas à cette mission.

D'ailleurs, il avait déjà pris des mesures immédiates en faisant suivre Sylvia par deux agents en civil. Jusqu'à présent, ils s'étaient faits discrets, personne ne les avait remarqués. La tentative de meurtre à laquelle ils avaient échappé à l'université avait au moins permis de convaincre la hiérarchie d'accepter d'organiser cette filature furtive.

Frédéric abandonna la contemplation du panorama printanier. Il sortit de son bureau pour rejoindre la pièce dans laquelle étaient entreposés les ordinateurs ainsi que tout le matériel informatique. Il s'installa derrière un écran et accéda aux fichiers contenant les informations personnelles de chaque agent de police dans tout le pays. Il attendit quelques secondes que les données s'affichent à l'écran. Quelque chose n'allait pas et Frédéric en avait la certitude… Certitude qui se mua soudain en stupeur. Si le dossier personnel de Stéphane figurait bien dans la base de données du Ministère de l'Intérieur, tous les renseignements avaient été effacés. Les documents étaient vierges. Pas la moindre photo, ni empreinte digitale. Même si un prélèvement d'empreintes était effectué, Frédéric Laforrest commençait à se douter que la recherche n'aboutirait à rien.

Ce dernier interpella Bertrand Questin qui venait le tenir informé sur l'avancement du visionnage des caméras de sécurité que le lieutenant lui avait demandé. Cette tâche était tellement longue et ardue que ce dernier aurait encore préféré voir l'intégrale de *La petite maison dans la prairie* doublé en coréen, et sous-titré en hébreux.

– Salut ! Tu peux venir voir un petit instant ? Je suis tombé sur un os en faisant des recherches sur cette bécane.

– Salut Fred ! Alors, tu essayes te tirer les vers du nez de cet ordinateur ? s'exclama-t-il d'un ton enjoué en se penchant vers l'écran que regardait Frédéric avant d'être figé par la stupeur. Tu cherches des infos sur un agent de ce service ? Bordel… Finalement t'étais sérieux en disant que notre type pouvait avoir un indic' chez nous.

– Eh ouais, on ne peut rien te cacher ! Mais là, j'ai un souci. Comment expliques-tu que le fichier de Stéphane soit introuvable ? Lui et son dossier ont disparu tous les deux sans crier gare.

– Non, tu déconnes !

– Parce que tu crois que j'ai l'air de plaisanter, là ?

Bertrand vit bien que non. Cependant, la disparition de ce dossier posait problème malgré tout. Était-ce quelqu'un de haut placé dans la hiérarchie qui aurait pu faire une chose pareille ?

– Il faut être un bon pirate informatique pour avoir non seulement accès à notre base de données, mais aussi pour effacer le dossier de l'un des nôtres. En tout cas, je doute que Stéphane puisse en avoir la capacité, il est nul à ce niveau.

– C'est vrai qu'il n'a jamais été très doué avec l'informatique.

Frédéric se rappelait que Stéphane et les ordinateurs, ça faisait deux. On aurait dit un cas d'incompatibilité totale avec les nouvelles technologies, sans doute la raison pour laquelle il gardait un téléphone portable antédiluvien, mais cela ne l'innocentait pas pour autant.

– Bertrand, il faut que tu me trouves le plus de renseignements possible sur Stéphane Flergafau. Oublie les fichiers internes, ça ne donnera rien.

– Oh non, tu pousses le bouchon un peu trop loin ! C'est l'heure de ma pause-café, se lamenta Bertrand. Sans compter que j'ai encore des kilomètres de vidéo à examiner. C'est un boulot de titan que tu m'as collé, espèce d'esclavagiste ! Même Hercule se serait barré en courant si…

– C'est très urgent ! trancha Frédéric. Je m'attendais à ce que le dossier personnel de Stéphane puisse avoir des lacunes ou, au pire, qu'il soit falsifié çà et là, mais pas à ce qu'il soit radié de nos ordinateurs. Alors je veux que tu fasses une recherche complète d'informations le plus discrètement possible.

Son collègue esquissa une grimace de dégoût. Ce que demandait son collègue risquait de prendre un temps incroyable. Soudain, il se rappela quelque chose.

– J'y pense ! Stéphane m'avait demandé de transmettre des mails à la webmistress du site *Mysterum.org*. J'en profiterai pour voir aussi s'il y a du nouveau.

– Ok, merci d'y avoir pensé. Laisse donc les fouines du labo s'occuper des vidéos. Je veux que tu fouilles dans tous les coins sur Stéphane. Je veux que tu me trouves son poids, numéro de sécurité sociale, différentes adresses, parents, animaux domestiques… etc. Mets-toi très vite au boulot parce que je veux ça pour avant-hier ! Allez hop, hop, hop !

Le ton autoritaire et sans réplique de Laforrest ne pouvait souffrir aucune remise en question ni même la moindre négociation. Sans compter que le fait de vouloir des informations pour un tel délai marquait de façon définitive l'urgence de la situation. Il allait plus que sûrement y passer quelques nuits blanches. Ressassant ces pensées pas vraiment enthousiastes, et après avoir fait le deuil de son café, Bertrand ressortit de la pièce pour se mettre au boulot.

*

Deux jeunes gens se dirigeaient vers le bureau de Laforrest, accompagnés par un des agents chargés de l'accueil à l'entrée de sa division. Frédéric vit que c'était nulle autre que Sylvia, accompagnée d'un homme qu'il ne connaissait pas. Frédéric remercia sa collègue qui s'en retourna à son poste. En voyant son ami, Sylvia s'empressa de faire les présentations.

– Salut ! Je voulais te présenter Alexandre Drac, le frère aîné de Thessa. Alex, voici Frédéric Laforrest. Au sein de notre groupe, c'est lui qui domine l'Élément de la Terre.

Alexandre et Frédéric se serrèrent la main.

– Ça ne me dit pas ce que vous venez faire ici. Au fait, Sylvia, est-ce que Stéphane aurait tenté d'entrer en contact avec toi ces derniers jours ?

– Non, je ne l'ai pas vu, et je ne veux pas le voir. Quant à nous, nous voulions te rendre une visite de courtoisie. Ça ne te dérange pas, j'espère ?

– C'est sympa de votre part, mais je n'ai pas beaucoup de temps pour discuter. En fait, je viens d'avoir la confirmation que notre affaire se complique de plus en plus chaque jour. Comme si le fait de mettre le tueur sous les verrous ne suffisait plus.

– Comment ça ? demanda Alexandre.

Même si en temps normal, Frédéric n'aurait jamais eu le droit de faire une chose pareille, il mit ses visiteurs au courant concernant la disparition du dossier personnel de Stéphane. Après tout, ils étaient les premiers concernés. Il devenait de plus en plus évident que Stéphane était impliqué d'une façon ou d'une autre dans ces meurtres et qu'il avait mis les voiles.

Sylvia était perplexe. Elle ne comprenait plus du tout l'attitude du jeune homme. Pourquoi avait-il ainsi disparu ? Que pouvait-il bien manigancer à présent ? Surtout, représentait-il une menace réelle envers elle-même et ses amis ? Elle eut un peu de mal à y croire, et ce même si les faits tendaient jusqu'alors à prouver le contraire.

Elle se rapprocha alors d'un panneau au mur sur lequel étaient exposés divers documents ayant un rapport avec l'affaire en cours, dont un grand plan de Paris où étaient indiqués par un point les lieux où les quatre victimes avaient été retrouvées.

Alexandre suivit le regard pensif de la jeune fille.

– Dites donc, fit-il remarquer, ce type bouge beaucoup d'un quartier à l'autre. Pourtant, j'ai comme l'impression qu'il ne sort pas d'un certain périmètre.

– C'est vrai, dit Frédéric en désignant chaque point sur la carte et en effectuant un geste circulaire. Le quai François Mitterrand, la basilique du Sacré-Cœur, l'avenue Jean Jaurès et le cimetière du Père Lachaise. J'ai l'impression qu'il est en train de délimiter un cercle parfait. Ça ne serait pas notre lien entre chacun de ces endroits ?

Sylvia restait dans ses pensées. Cette éventualité lui semblait fort peu probable.

– Si on commence par la toute première victime... Euh... Claudia Cheno, c'est bien ça ? Si on commence par là et qu'on suit plus le cheminement chronologique des évènements, la figure qu'on obtient n'aurait plus rien d'un cercle.

– Comment ça ? demanda Frédéric.

Alexandre aussi se demandait bien où Sylvia voulait en venir.

– Pourtant, c'est tout simple. Vous allez voir.

Sur ces propos, la jeune fille s'empara d'un épais feutre noir et d'une grande règle de bois sur un bureau. Elle revint près du plan, déboucha le feutre qu'elle pointa sur la basilique du Sacré-Cœur.

– Bon, résumons la situation. Cette série de meurtres a commencé par la découverte d'un premier corps sur le parvis de cet édifice religieux, non ?

Les deux hommes hochèrent la tête d'un même mouvement pour approuver ce que Sylvia venait de dire. Satisfaite d'avoir réussi à obtenir leur attention, Sylvia poursuivit ses explications.

– La seconde victime, Amélie Girard, était quant à elle au cimetière du Père Lachaise... à peu près ici. Ok ?

Nouveau signe d'approbation de Frédéric et d'Alexandre tandis que Sylvia reliait ces deux premiers points par un trait en s'aidant de la règle. Elle marqua la carte d'un autre point, et continua son exposé avec le support visuel offert par le plan.

– La victime numéro trois était Karine Tarany, la sœur aînée de Coralie, sur un quai non loin du musée du Louvre.

Un nouveau trait qui partait du cimetière fut alors tracé.

– Enfin, le dernier corps retrouvé à ce jour, celui d'Amanda Moreau, gisait dans le dix-neuvième arrondissement. Jusqu'ici, tout le monde a suivi ?

Sylvia relia alors le point proche du musée du Louvre à celui situé dans le nord-est de la capitale. Avec un petit soupir, elle rebouchа le feutre, se détourna du plan sur lequel elle venait de dessiner avant de faire face à ses deux compagnons pour qu'ils puissent voir le résultat final.

– Alors, maintenant, pensez-vous toujours que celui qui a commis ces meurtres suive nécessairement le tracé d'un cercle ?

Les lignes ainsi tracées avaient la forme inachevée d'un symbole qui leur était bien trop familier pour qu'ils ne le reconnaissent pas au premier coup d'œil.

– Oh ça alors ! ne put s'empêcher de s'exclamer Alexandre.

– Je connais ça, dit Frédéric. Ce ne serait pas un pentatruc ?

– Un pentagramme, firent Alexandre et Sylvia de concert.

– Penta... Oh et puis merde ! Je n'arrive pas à me faire rentrer ce foutu mot dans la tête, et je crois que je n'y arriverai sans doute jamais.

Les deux jeunes gens se regardèrent un instant, amusés de la difficulté linguistique que le lieutenant avait du mal à intégrer. Puis, Sylvia se tourna de nouveau vers l'étoile à cinq branches que le meurtrier semblait décidé à tracer dans les rues de la ville. Frédéric aurait bien voulu comprendre le fin mot de cette histoire.

– Où ce type peut-il vouloir en venir ?

– Je n'en sais rien, avoua Alexandre.

– Moi non plus, ajouta Sylvia d'un ton préoccupé, mais je suis au moins certaine d'une chose : il a presque fini son tracé. Il lui manque encore un point, rajouta-t-elle en désignant du doigt les deux traits manquants sur le pentagramme.

Frédéric se rembrunit en entendant ces mots. Cela ne lui plaisait pas.

– Si je te comprends bien, il lui faudrait tuer encore une autre innocente pour parachever son œuvre funeste ?

– J'en ai bien peur.

– Tout ça nous conduit où ? On ne sait même pas où il risque de frapper.

Alexandre prit le feutre des mains de Sylvia, ainsi que la règle, avant de s'approcher à son tour du plan de la ville. Il traça une ligne en partant du point figurant dans le dix-neuvième arrondissement.

– Peut-être pas sur l'endroit où il va tuer, mais là où il aurait toutes les chances de se rendre pour laisser un corps. À mon avis, on devrait être en mesure de localiser le prochain point. C'est-à-dire… à peu près dans ce coin-là, en tenant compte que la distance séparant les premiers points est à peu près identique.

Il dessina donc les deux traits complétant la figure et désigna la dernière pointe de l'étoile à cinq branches ainsi dessinée. L'extrémité du stylo marquait ce qui devait logiquement être l'endroit le plus plausible où le tueur se manifesterait.

Quelque part le long des quais de la Seine.

CHAPITRE 30

La Seine… Quel autre endroit que le cours d'eau serpentant à travers la ville pouvait le mieux représenter l'élément aquatique dans Paris ? pas les innombrables fontaines que comptait la capitale. Pour le prochain point, il ne fallait pas de structure artificielle, mais un cours d'eau naturel.

Haliphas Rowanon ne se faisait pas de souci outre mesure quant au choix du lieu, vu que le tracé du pentagramme l'avait conduit avec précision sur un des quais du fleuve sans qu'il ait à se donner le moindre mal.

Alors, il ferait tout ce qui serait en son pouvoir afin de défaire le Cercle du Dragon Céleste. D'autant plus que cette confrérie ésotérique était placée sous la protection des êtres draconiques, qui devaient être parmi les plus redoutables ennemis du mage noir et de l'organisation à laquelle il appartenait, aussi importante que puissante dans le monde entier et qui avait mis à sa disposition un serviteur démoniaque. Rowanon n'avait plus qu'à pratiquer, dans sa pièce servant de sanctuaire, les rituels d'évocation qui n'étaient connus que de lui-même afin d'obtenir la pleine coopération du démon qui le servait personnellement. Ainsi, il était en mesure de savoir si son plan continuait d'avancer comme il l'avait prévu et fut ravi de constater que tout se passait sans anicroche. D'ailleurs, les derniers ordres donnés avaient été exécutés sans le moindre problème, avec même une facilité déconcertante. Faire disparaître quelqu'un était devenu si simple de nos jours... Il ne put s'empêcher de jubiler en son for intérieur ; son plan était parfait.

Tout en se préparant, le magicien noir savait qu'il devait s'attendre à ce que les membres du clan se risquent à intervenir pour tenter de contrecarrer ses projets. Au lieu de le préoccuper, cette pensée le fit sourire. En faisant appel à son serviteur démoniaque, il avait eu conscience de prendre le risque d'être découvert par la *Porteuse de Lumière* et ses acolytes, mais cela ne l'inquiétait pas outre mesure. Quoi qu'ils puissent tenter, ils arriveraient trop tard et les évènements à venir ne pourraient être entravés par qui que ce soit.

Ces imbéciles ne sont que des jouets entre mes mains, se disait-il avec un sourire diabolique. *Ils n'ont pas encore réalisé que quoi qu'ils puissent tenter, ils ne parviendront pas à m'arrêter ainsi.*

Haliphas eut un sourire machiavélique à cette sombre pensée. Il scruta le reflet de son regard sur la lame de son épée, en se disant qu'ils n'étaient pas conscients que tout espoir serait vain.

Ils ignorent que je les ai déjà vaincus. Plus ils auront d'espoir en la justesse de leur cause, et plus leur défaite leur sera amère quand ils le réaliseront. Leur colère devant leur propre stupidité me donnera encore plus de puissance pour les anéantir.

CHAPITRE 31

Coralie avait téléphoné à Thessa pour lui proposer d'aller rejoindre Philippe dès qu'il aurait terminé une conférence dans une des librairies ésotériques que pouvait compter Paris.

Ils avaient convenu de se retrouver dans un café situé juste en face de la boutique où se trouvait l'écrivain. La douceur de cette fin d'après-midi leur avait donné envie d'un thé glacé rafraîchissant. Thessa, Philippe et Coralie décidèrent de s'installer à la terrasse arrière afin d'être un peu tranquilles. Il n'y avait pas beaucoup de monde, et ils se sentirent à l'aise.

Tandis que Philippe racontait à Coralie en quoi consisterait le nouveau livre qu'il était en train d'écrire, Thessa sortit de son sac un jeu de Tarot dont les cartes reprenaient la symbolique des cartes divinatoires avec les thèmes du néo-paganisme celtique. L'adolescente avait demandé à son frère de passer commande de ce set aux États-Unis via Internet. Elle venait tout juste de le recevoir, aussi elle n'avait pas pu résister à l'envie d'en contempler les lames au graphisme magnifique.

Bercée à la fois par la discussion de ses amis et le clapotis d'une fontaine avoisinante, Thessa glissa sans s'en rendre compte dans une semi-torpeur. Elle regardait à présent l'arcane de la Tour, l'un des pires et plus drastiques de tout le jeu, représentant le pivot philosophique de la nécessité du Mal comme aspect complémentaire du Bien. Une carte annonçant un changement aussi douloureux qu'inéluctable. Des puissances obscures étaient proches et risquaient de se manifester. Les conséquences en seraient sans nul doute catastrophiques.

Un destin en marche.

Vers les Ténèbres. Vers l'horreur.

Quelque chose de grave est sur le point de se produire, j'en ai la certitude.

Son regard glissa au niveau de la fontaine qui coulait calmement. Dans son esprit, elle ne pouvait s'empêcher de voir encore la carte et sa terrible signification. Plus aucun son ne se faisait entendre, hormis celui de l'eau, comme si le temps avait ralenti sa course. L'atténuation était telle qu'on aurait cru que le monde allait finir par s'arrêter pour de bon autour d'elle.

Philippe et Coralie avaient perçu le changement survenu en leur jeune amie. Ils la regardaient, se demandant ce qu'elle pouvait bien avoir ; elle tenait en main la carte de tarot divinatoire, le reste du jeu dans l'autre, et fixait la fontaine installée dans l'angle de la cour avec une angoisse palpable.

Un silence assourdissant régnait dans l'esprit de Thessa, qui était dans un état de tension extrême. Tous ses sens étaient exacerbés, et seules les gouttes d'eau se faisaient entendre. Quand l'une d'elles sembla tomber comme au ralenti dans le bassin, Thessa eut l'impression que les éclaboussures étaient restées en suspension avant de se rejoindre pour former trois masses à la surface plane de l'eau.

Curieux, mais on dirait des silhouettes que je connais.

Toutefois, elle n'aurait pas été en mesure de les reconnaître avec précision.

Les trois apparitions aquatiques prirent de plus en plus forme. On pouvait distinguer une femme accompagnée de trois hommes. Tous les trois donnaient l'impression de courir dans la même direction. Puis, un autre homme surgit devant les autres silhouettes avant que l'une d'elle porte ses mains à la poitrine et s'écroule, devant la silhouette féminine qui tomba à genoux. Elle semblait pleurer. Les formes finirent par se dissiper dans l'eau d'où elles étaient apparues. Les cartes que Thessa tenait lui échappèrent des mains à l'exception d'une.

Au moment précis où l'une des silhouettes composées d'eau était tombée, Thessa avait ressenti un violent coup dans tout son corps et trois images ne cessaient de se bousculer. La carte de la Tour, un éclair noir de la forme d'un dragon, et quelque chose qui lui évoquait les quais qui longeaient le fleuve alors qu'un hurlement résonnait dans le lointain. Une violente secousse l'ébranla. Être frappée par un éclair n'aurait sans doute pas été aussi brutal.

– Thessa ! Que t'arrive-t-il ? s'écria la voix d'un homme.

L'adolescente venait d'être agrippée d'une poigne ferme par les épaules.

Battant des paupières comme si elle venait de sortir d'un mauvais rêve, elle eut du mal à reprendre conscience. D'abord trouble, sa vue finit par revenir à la normale. Elle vit Philippe qui se tenait en face d'elle, visiblement très inquiet.

– Que… Que se passe-t-il ? balbutia-t-elle, encore sous le choc.

– Ce serait plutôt à nous de te demander ça, rajouta Coralie qui n'en menait pas large non plus. Tu étais en train de fixer ce plan d'eau quand tu as viré au pâle. Tu t'es mise à trembler, un peu comme des spasmes. Ensuite, tu as perdu connaissance. Tu ne te rappelles pas ce qui s'est passé ?

– Me rappeler quoi ? demanda-t-elle éperdue en portant la main à sa tempe qui tambourinait à tout rompre. Me rappeler quoi, bon sang ?!

– Tu as hurlé, dit Philippe. Ça a fichu la trouille à tout le monde. On a cru que tu avais une crise d'épilepsie ou un autre truc de ce genre.

Thessa garda la main à son front, en proie à une belle migraine, quand les images de sa vision revinrent à la charge. L'horreur la submergea.

– Oh non ! s'écria-t-elle affolée. J'ai eu la vision de quelqu'un qui va mourir !

– Mourir ? Mais comment ça ? demanda Philippe. Qu'est-ce qui te fait dire une chose pareille ?

– Parce que je l'ai vu grâce à mon pouvoir sur l'Eau. C'était atroce !

Toujours sous l'emprise de la peur provoquée par sa vision, Thessa regarda les deux cartes qu'elle avait encore en main : la Tour et le Chevalier de Coupe.

Sur cette dernière, on pouvait voir un fier jeune homme chevauchant une créature moitié cheval, moitié dauphin, dotée d'une crinière d'écume avec des vagues tout autour. Le chevalier tenait en main une magnifique coupe en argent.

En regardant un peu mieux le calice, on aurait dit qu'il débordait de sang.

Thessa blêmit, réalisant qu'elle savait qu'un homme était sur le point de mourir. Ses doutes s'étaient évanouis face à cette certitude atroce et inébranlable.

*

Thessa ne s'était pas interrogée longtemps afin de savoir pourquoi le Tarot lui avait fait penser à un meurtre imminent, mais elle avait la quasi-certitude que quelque chose de grave était sur le point de se produire, et qu'il fallait à tout prix l'empêcher. Sans compter que Sylvia aussi risquait d'être en danger.

Accompagnée par Coralie et Philippe, elle tenta de contacter Alexandre sur son téléphone portable, mais personne ne répondit malgré les messages qui s'accumulaient sur la boîte vocale de son injoignable correspondant.

Coralie savait que le jeune homme était parti en compagnie de sa camarade de fac, mais elle n'avait aucun moyen de la contacter. Alors, ils se précipitèrent au domicile de Thessa. Malheureusement, la domestique qui travaillait pour eux leur expliqua qu'elle avait bien vu Alexandre et Sylvia et que celui-ci était passé déposer quelque chose dans sa chambre avant de repartir tout de suite après, en compagnie de son amie.

En entrant dans la pièce, leur inquiétude grimpa encore d'un cran quand Thessa et ses deux amis ne découvrirent que le livre acheté à la boutique ainsi que le téléphone cellulaire qui était branché à son chargeur.

La brave femme n'en sachant pas plus, les trois amis se remirent en route. Ils allèrent voir le vigile dans l'espoir qu'il saurait où ces deux-là avaient pu aller.

– Effectivement, Mademoiselle Drac. Je sais peut-être quelque chose à propos de votre frère… Vous voulez savoir où il allait ?

Thessa et ses deux compagnons se rapprochèrent, impatients d'en savoir plus.

– Vous les avez vus quitter l'immeuble ?

Le vigile acquiesça. Il ne pouvait pas en être autrement, d'ailleurs.

– Sauriez-vous où ils ont bien pu se diriger ensuite ?

– Je les ai entendus discuter quand ils sont passés à côté de moi, comme quoi ils avaient parlé d'aller rendre une petite visite à un policier.

Coralie eut alors une intuition.

– Frédéric… Ils ont dû aller voir Frédéric Laforrest.

– C'est possible, rajouta Philippe. Autant se renseigner.

Coralie téléphona au numéro qui figurait sur la carte que Frédéric leur avait remise, à elle et à Sylvia. Tout ce qu'elle put apprendre en parlant avec un de ses collègues, c'était que Laforrest était parti en compagnie de deux autres personnes qui ne pouvaient être que Sylvia et Alexandre. Pour couronner le tout, le téléphone portable de Frédéric était injoignable. Ils devaient sûrement être dans un coin où le réseau ne passait pas. Il ne manquait plus que ça ! Comment les retrouver, à présent ?

*

Après avoir déterminé la prochaine zone où le tueur serait le plus susceptible de se montrer, Frédéric Laforrest voulut partir effectuer un repérage sur place. Bien qu'il ait refusé avec fermeté, Sylvia Laffargue avait tenu à l'accompagner et Alexandre Drac s'était proposé d'aider le lieutenant à protéger la Prêtresse en cas de danger. Frédéric avait fini par accepter, à contrecœur, qu'ils viennent avec lui. Les intuitions de la jeune fille pourraient être d'un grand secours, mais il continuait à trouver que c'était malgré tout une idée détestable.

Ils avaient passé plusieurs heures à arpenter les quais de la Seine, mais sans grand résultat. La nuit commençait déjà à tomber quand ils arrivèrent près du quai de la Râpée, avec l'édifice de la gare d'Austerlitz sur l'autre rive, non loin de l'étrange structure verte de la Cité de la mode et du design.

Ce qu'il y avait de curieux, c'était qu'avec la présence à quai de bateaux dotés de roues à aube, comme les célèbres embarcations naviguant sur le fleuve Mississipi aux U.S.A., l'endroit grouillait souvent de touristes et de promeneurs. Or, comme l'avait fait remarquer Frédéric, cela n'avait pas empêché le criminel de laisser ses victimes près de lieux parmi les plus touristiques de la ville sans se faire prendre pour autant. Cependant, depuis le coucher du soleil, il y avait déjà beaucoup moins de fréquentation et les quais étaient presque déserts.

Le ciel s'y était mis aussi ; il fut couvert de lourds nuages gris, annonçant une forte pluie imminente.

Sylvia frissonnait, un malaise sournois et pernicieux s'étant emparé d'elle, sans qu'elle puisse expliquer pourquoi. Elle était certaine d'au moins une chose : elle n'aimait pas du tout l'ambiance qui semblait s'être alourdie. Une menace planait dans l'air, comme s'il s'était considérablement épaissi.

Quelque chose était sur le point de se produire…

Au moment précis où elle s'exclamait qu'il ne manquerait plus qu'il se mette à pleuvoir pour couronner le tout, une grosse goutte d'eau vint s'écraser sur son nez et la pluie se mit à tomber. Frédéric et Alexandre furent pris d'un éclat de rire qui détendit un peu l'atmosphère. Tous trois coururent se mettre à l'abri sous le vaste pont Charles de Gaule. De là, ils se rendirent compte que l'averse leur occultait la vue d'un épais rideau aqueux. Le pont, au ventre lisse et blanc, leur offrait un abri.

Frédéric s'était approché de la rive du fleuve, observant pendant un instant les clapotis à la surface de l'eau. Il semblait réfléchir à quelque chose qui devait le tracasser. Depuis un petit moment déjà, il n'arrêtait pas de s'interroger sur le pourquoi des lieux indiqués par le pentagramme précédemment découvert. Une basilique, un cimetière, un musée, un immeuble d'habitation, et maintenant les quais de la Seine… Pourquoi le meurtrier se déplaçait-il à des endroits aussi éloignés et différents ? Uniquement dans le but de rester fidèle aux points d'un symbole ésotérique ? Cela ne pouvait pas être aussi simpliste que cela. Il devait y avoir forcément autre chose. Le lieutenant fit part de ses réflexions à ses deux compagnons.

Sylvia trouva l'idée pertinente, et admit qu'elle y pensait elle aussi, tout comme Frédéric qui semblait malgré tout avoir déjà une petite idée sur la question.

– Vous avez vu sur le plan que notre type se sert de la ville pour dessiner ce signe avec les corps des filles qu'il a tuées. Mais, s'il y a bien une chose que j'ai remarquée, c'est que la pointe est orientée vers le bas.

– Pas faux, admit Sylvia en repensant au geste qu'elle avait effectué pour signaler les deux traits manquants sur la carte de la ville.

Laforrest ne s'arrêta pas en si bon chemin et poursuivit son raisonnement.

– D'après les recherches que j'ai effectuées l'autre jour sur Internet, j'ai vu que le pentabidule dessiné de cette manière correspond à celui qu'utilisent aussi bien les satanistes que les illuminés adeptes de la magie noire.

– Alors pour toi, ces crimes seraient commis par quelqu'un appartenant à ce genre d'individus ? demanda Sylvia, un peu dubitative.

– Pourquoi pas ? répliqua Alexandre. Après tout, c'est une hypothèse qui se tient tout à fait. Pour commencer, le tueur nous a laissé sa première victime devant un édifice religieux. Or nous savons que les satanistes n'ont pas la chrétienté dans leur cœur. La seconde victime a été retrouvée en plein centre d'un cimetière. La profanation des tombes fait partie de leurs activités préférées, il me semble. Sans compter la mise en scène macabre et sordide de chaque meurtre, le mélange de plantes utilisées. Comme si cela ne suffisait pas, on a ce symbole occulte qui fait référence à la magie noire. Très franchement, je ne vois pas ce qu'il vous faut de plus ; tout indique de façon évidente que tout ceci ne peut qu'être l'œuvre de satanistes pratiquant des rites maléfiques.

Sylvia, pensive, ne semblait pas trop d'accord avec cette idée.

– Vous allez trouver que je m'amuse à couper les cheveux en quatre, mais j'ai tendance à me méfier des évidences ; elles ont tendance à nous induire en erreur.

Frédéric la regarda un bref instant, pensif, avant de reprendre la parole.

– Je trouve que tu te prends la tête pour pas grand-chose, mais ce qui m'énerve le plus, c'est que mon intuition me dit la même chose. Il y a quelque chose de bien plus puissant à l'œuvre derrière tout ça. L'hypothèse des satanistes saute trop aux yeux pour être crédible. On pourrait avoir tenté d'attirer notre attention sur eux pour nous empêcher de regarder ailleurs.

– Tu penses à une tentative de diversion pour ne pas trouver le vrai coupable ?

Frédéric approuva.

– On essaye peut-être de détourner notre attention, alors que la véritable clef de l'énigme réside à coup sûr dans le tracé du pentagramme, même si je ne sais pas encore très bien en quoi elle consiste pour le moment.

Sans un bruit, une ombre se détacha de l'obscurité et se faufila derrière les trois amis qui discutaient.

– Quelle ponctualité, dit une voix masculine derrière eux. Je suis impressionné. Je n'avais certes pas prévu d'horaire précis en cette circonstance, mais je suis néanmoins ravi de constater que vous ne m'avez pas trop fait attendre. C'est très bien ainsi.

Sylvia et Frédéric se crispèrent pour avoir reconnu aussitôt le nouveau venu, et se retournèrent d'un même mouvement pour voir qu'un homme, Haliphas Rowanon, revêtu d'une cape et d'une capuche noire masquant son visage, se tenait dans le dos d'un jeune homme. Ce dernier, blême et pétrifié, n'osait pas faire le moindre geste.

Laforrest voulut brandir son arme, mais il s'interrompit car il avait compris que le jeune homme était sous la menace de l'épée d'Haliphas qui esquissa un sourire en constatant que le policier avait très bien évalué la situation.

– Bravo, je vous félicite pour ce bel usage de votre intuition. Si vous faites le moindre geste, ce garçon sera mort avant même de toucher le sol. Me mettre au défi serait de l'aveuglement pur et simple. Alors, lieutenant, vous allez enlever le chargeur de votre arme bien gentiment et lancer tout ça loin de vous.

Frédéric fronça les sourcils, furieux, puis hésita l'espace d'une seconde avant de se résigner à obtempérer. Il lança son arme, désormais inoffensive, vers son opposant avant de glisser lentement sa main dans la poche de sa veste en cuir.

D'un mouvement d'une rapidité fulgurante, Haliphas mit la lame de son arme sous la gorge de son otage. Bien que tendu par la peur, son visage semblait familier à Sylvia qui eut du mal à se souvenir, mais le tueur resserrait l'étau autour de lui.

– Je suis peut-être masqué, lieutenant Laforrest, mais pas aveugle. Je sais que vous avez un autre revolver dans cette poche. Jetez-le dans le fleuve. Tout de suite !

Frédéric aurait préféré lui loger une balle entre les deux yeux ! D'un geste souple, il lança dans la Seine le pistolet qu'il venait tout juste de saisir. Il se demandait comment le tueur pouvait être au courant du fait qu'il portait toujours une arme de secours. Personne ne devait le savoir.

Comment pouvait-il savoir ? Pauvre buse, Stéphane était le seul à être au courant ! C'est lui qui a informé cet enfoiré !

Les traits de Sylvia passèrent de l'interrogation à la surprise. Elle venait de se souvenir.

– Nathan… C'est toi ?

Malgré sa peur, l'otage de Rowanon esquissa un sourire, rassuré malgré tout que la jeune fille ne l'ait pas oublié.

Sylvia voulut se précipiter vers lui mais les bras d'Alexandre l'enserrèrent aussitôt contre lui, l'empêchant d'aller plus loin. Elle était perdue entre joie et effroi.

– Mais lâche-moi ! C'est Nathan ! Mon ami d'enfance !

Le jeune homme eut du mal à la retenir car elle se démenait comme une furie pour lui échapper et voler au secours de celui qu'elle avait perdu de vue depuis si longtemps. Le frère de Thessa dut resserrer son étreinte.

– Je t'en prie, calme-toi ! Il n'y a rien que tu puisses faire. Tu as vu comme nous que si nous tentons quoi que ce soit, il sera tué. C'est ce que tu veux, peut-être ?

– Non, se résigna-t-elle à répondre d'une voix blanche.

Comprenant qu'elle s'était calmée, Alexandre relâcha la jeune femme qui, tremblante, vint se placer à côté de Frédéric.

– Alexandre a malheureusement raison. Il faut d'abord savoir ce qu'il veut, rajouta ce dernier avant de s'adresser au tueur. Maintenant que nous sommes désarmés, vous allez peut-être vous décider enfin à nous dire ce que vous voulez ?

– Pas encore. Mais quelle impatience ! On ne peut pas commencer tant que tout le monde n'est pas encore arrivé.

– *Tout le monde* ? répéta Sylvia. Vous attendez des complices ?

– Du tout, Mademoiselle Laffargue. Je n'aime pas travailler en groupe. Mais vous connaissez l'expression : « Plus on est de fous, plus on rit ». D'ailleurs, quand on en parle, voici que mes invités de dernière minute daignent enfin se joindre à nous. Ils ne sont pas en retard, comme je l'avais prévu.

À peine Haliphas Rowanon avait-il prononcé ces mots que trois personnes s'étaient précipitées auprès de Sylvia et de Frédéric. Il s'agissait ni plus ni moins que des autres membres du clan : Coralie Tarany, Philippe Helm, et Thessa Drac. Tous les trois étaient essoufflés d'avoir tant couru le long des quais.

– Quel soulagement ! On vous retrouve enfin, dit Coralie qui était à bout de souffle. Vous n'imaginez pas à quel point on s'inquiétait pour vous. Ça fait des heures que l'on vous cherche ! On commençait même à craindre que vous n'ayez des ennuis.

– En fait, dit Philippe, *ils ont* des ennuis…

Coralie se retourna et comprit pourquoi Thessa était devenue livide. En voyant le jeune homme en si mauvaise posture, tous les membres du clan n'avaient osé faire le moindre geste qui aurait pu mettre la vie de l'otage en danger.

– Eh bien, je vois que tout le monde est là, on va pouvoir continuer, dit Haliphas aussi posément que s'il avait reçu des amis à prendre un café.

– Alors dites-nous enfin ce que vous voulez, demanda Sylvia.

– Toutefois, j'espère que vous réalisez que nous sommes à six contre un. Vous aurez du mal à vous en sortir aussi facilement, rajouta Frédéric. Laissez repartir Nathan et rendez-vous sans faire d'histoires !

Haliphas eut un petit rire, puis il s'adressa aux personnes qui lui faisaient face, comme s'il n'avait pas entendu le lieutenant.

– Bien, bien, bien… Voici que j'ai devant moi le clan du Cercle du Dragon Céleste reconstitué après trois cents ans d'oubli dans les limbes du temps. Comprenez bien que ce n'est pas vous qui pourrez contrecarrer mes plans en aucune manière. Je peux vous assurer que vous n'êtes pas plus capables de m'arrêter que de protéger quelqu'un. Ce dont je vais vous donner la preuve aujourd'hui même. Vous voulez récupérer ce garçon sain et sauf, je suppose.

Certains approuvèrent, toujours sur leur garde.

Frédéric comprit le premier où Rowanon voulait en venir.

– Attendez ! Vous allez sûrement demander la vie de Sylvia en échange ! Elle vous a déjà mis par deux fois en échec.

– Je ne l'oublie pas… Oh ça non, marmonna Rowanon. C'est clair que je veux ma revanche sur elle.

– Alors vous voulez faire l'échange ? Une vie contre une autre ? demanda Coralie. Vous voulez que Sylvia se laisse tuer à la place de votre proie ?

– Non ! s'écria Philippe. C'est abject et Sylvia est trop précieuse pour nous tous ! NE LA LAISSEZ SURTOUT PAS FAIRE ÇA !

Tout en maintenant son otage, Rowanon pointa son arme vers l'écrivain québécois qui en frémit de stupeur.

– Toi, tu la fermes ! C'est à cette demoiselle de choisir.

Choisir de mourir ou voir quelqu'un d'autre être tué sous ses yeux. Tu parles d'un choix ! songea Alexandre avec rage.

Tous se tournèrent vers la Prêtresse, tétanisés par l'hébétude. Elle prit une profonde respiration et, résignée, fit quelques pas en avant, bien décidée à faire ce qui lui semblait juste.

Haliphas eut un sourire cruel ; ces idiots étaient si prévisibles.

– Puisque votre amie semble avoir pris sa décision, il vous faudra la respecter. Quant à toi, dit-il à son otage, tu ne m'as servi que d'appât. Tu ne me sers plus à rien dorénavant.

Haliphas relâcha Nathan, et le poussa en direction du petit groupe tandis que Sylvia continuait à avancer. Malgré la hâte de se retrouver, ils ne purent que marcher d'un pas prudent l'un vers l'autre. Au moment où ils allaient enfin se rejoindre, Haliphas prit son élan, lançant son glaive de toutes ses forces en direction de Sylvia.

Avant que quiconque ne puisse réagir, Nathan n'eut que le temps de s'interposer. Il fut empalé comme un papillon en plein vol et s'écroula devant Sylvia qui poussa un cri déchirant. Un éclair noir déchira alors le ciel. Ceux qui l'aperçurent crurent qu'il avait la forme d'un dragon jaillissant du ciel en furie.

Philippe se jeta auprès de Sylvia qui était tombée à genoux à côté du corps désormais sans vie de son ami, et la prit contre lui. Elle était entourée d'une aura violette encore plus sombre que lors de son agression à l'université, et dégageait une terrifiante énergie obscure. L'écrivain savait que son corps n'allait pas supporter très longtemps la terrible pression que les pouvoirs de Sylvia lui infligeaient, mais il fallait qu'elle en reprenne le contrôle sinon elle encourrait un grand danger et les conséquences pourraient être effroyables.

– Sylvia, contrôle-toi ! Tes sentiments négatifs lui donnent sa force ! Tu m'entends ? Il faut que tu reprennes le dessus. Je t'en supplie, essaie de te calmer.

Haliphas eut un sourire perfide.

– Maintenant, vous comprenez qu'il n'y a aucun espoir dans la voie que vous suivez. Quoi que vous décidiez de faire, vous allez d'abord connaître l'amertume du désespoir. Ensuite, vous mourrez.

Sur ces mots, il sortit une boule fumigène qu'il dégoupilla avant de la lancer dans la direction du petit groupe qui lui barrait le passage. Les bruits significatifs d'un moteur lancé à pleine vitesse et d'un crissement de pneus sur le macadam se firent entendre ensuite. Quand ils parvinrent à se dégager du nuage de fumée qui leur piquait les yeux, en toussant furieusement, ils réalisèrent qu'Haliphas en avait profité pour s'enfuir dans un véhicule garé peut-être garé tout à coté, prêt à prendre la voie d'accès toute proche. Sans compter, comme le pressentait le lieutenant, qu'il devait s'agir d'une voiture banale, sans doute volée. Rien à faire, leur homme était déjà loin maintenant. Ce qui en faisait un adversaire incontestablement redoutable.

Alexandre soutenait sa petite sœur qui était en état de choc. Philippe, quant à lui, portait Sylvia dans ses bras. Le trop brusque déploiement de ses forces magiques l'avait très vite épuisée. Son visage n'arborait plus le masque d'une fureur incontrôlable, et ses traits semblaient apaisés dans l'abandon, mais ils reflétaient aussi le désespoir. Une larme perla, puis roula le long de sa joue.

Le magicien québécois était très inquiet ; une fois encore, la Prêtresse avait été face à une situation extrême où son pouvoir avait pris le dessus, exacerbé par ses émotions torturées. Ce pouvoir était bien plus terrifiant que jamais. Philippe finit surtout par réaliser que si cette situation venait à se reproduire ne serait-ce qu'une fois encore, il se pourrait bien que Sylvia ne puisse plus rien contrôler. Cela risquerait alors de la détruire.

CHAPITRE 32

Vendredi 18 juin 2010,
Rue du Faubourg du Temple.

La pluie tomba sans discontinuer durant toute la journée. Sur la ville, mais aussi dans le cœur des membres du clan. Un innocent avait péri sous leurs yeux, et ils n'avaient rien pu faire pour l'empêcher. Cela les rongeait littéralement.

Sylvia avait été recueillie chez Coralie car elle ne voulait pas que son amie restât seule chez elle. À peine prévenus de la dramatique nouvelle, les parents de Nathan s'étaient empressés de venir à Paris. Sachant elle-même la peine causée par la perte d'un membre de sa famille, Coralie avait tenu à assister les parents dans leur chagrin. Si la peine de la famille était grande, celle Sylvia était sans doute incommensurable. L'enterrement aurait lieu dans la plus stricte intimité, sous une étroite surveillance des forces de l'ordre, mobilisées par Frédéric.

À présent, les membres du clan étaient réunis dans l'arrière-boutique du magasin. Tous étaient inquiets pour leur amie. Ils hésitaient entre leur envie d'être auprès d'elle et, en même temps, pensaient que Sylvia préférerait peut-être rester seule. Ils patientaient, se contentant de faire le guet à tour de rôle.

– Je n'arrive toujours pas à croire que… commença Philippe.

– … que ce garçon a été tué devant nous, poursuivi Thessa.

Il acquiesça tristement. Puis, Coralie soupira, trahissant sa détresse. Frédéric, quant à lui, ne démordait pas de l'absence de piste concernant la fuite du tueur en voiture.

– On a eu beau chercher, mais impossible de mettre le grappin sur cette enflure. Avec les quelques véhicules en stationnement non loin du pont, on ne s'attendait pas que l'un d'eux pourrait servir à son évasion. Des traces de roues montrent qu'il a filé vers l'ouest, en direction de Bercy, puis plus rien. Les caméras de surveillance n'ont pas permis de savoir où ce type a pu s'enfuir, après avoir fait encore une victime.

Frédéric soupira, exaspéré de ne pas obtenir plus de résultat avec son enquête. Il se tourna alors vers Coralie.

– Dis-nous… Comment va Sylvia ? Pas d'amélioration ?

– Non. Elle n'est pas sortie de sa chambre et ne veut voir personne. Ça dure depuis avant-hier. Ce qui m'inquiète le plus, c'est qu'elle refuse de manger quoi que ce soit. Si ça continue ainsi, je crains qu'elle ne tombe malade, et même qu'elle finisse par se laisser mourir.

– Tu sais, le garçon qui est mort, je me souviens qu'elle avait crié son nom. J'ai fait quelques recherches et j'ai découvert que Sylvia et lui avaient été dans la même classe depuis le primaire jusqu'au collège. J'ai aussi trouvé des photos que je lui donnerai quand elle ira un peu mieux. Imagine un peu ce qu'elle a vécu : elle a vu celui qui était un ami d'enfance se faire exterminer sous ses yeux, alors qu'ils venaient tout juste de se retrouver. Le destin est cruel avec notre amie.

Thessa et Philippe blêmirent sous le poids de cette révélation, et Coralie sentit son cœur s'écraser au fond d'elle-même.

– Oh non… Je ne savais pas. Alors que je prétends être son amie. Je comprends mieux à présent sa détresse.

Philippe ne pouvait non plus dissimuler sa rancœur.

– Pourquoi a-t-il fallu qu'une autre personne meure à cause de ce type ? Surtout que cette fois, il s'agissait de quelqu'un que Sylvia connaissait. Est-ce qu'il s'agit d'une simple coïncidence ou bien était-ce délibéré ?

Frédéric eut un petit rire amer.

– Une coïncidence. Vous savez ce que je pense des…

– Oui on sait, l'interrompit Coralie en lui posant une main amicale sur l'avant-bras. Je crois que même les manchots du fin fond de l'Antarctique savent ce que tu penses des coïncidences.

– Il n'empêche que c'est étrange que notre tueur s'en soit pris à quelqu'un de proche de notre amie. Sans doute pour se venger d'elle, puisqu'elle a failli contrecarrer ses plans à deux reprises.

– Vu sous cet angle, ça n'aurait rien d'étonnant, rajouta Thessa.

Coralie approuva et se tourna vers Frédéric.

– Vous n'avez rien trouvé qui puisse faire avancer l'enquête ?

– Si on omet la piste menant nulle part de la voiture ayant servi à la fuite du tueur depuis le pont, que dalle. Sinon, depuis quelques jours, j'ai demandé à l'unité de cybercriminalité d'examiner les bandes des caméras de surveillance des lieux où les victimes avaient été retrouvées. Le quai où Nathan est mort a été rajouté. Autant dire qu'ils n'ont pas apprécié la plaisanterie.

– Ça pourrait donner quelque chose ? demanda Philippe.

– De belles migraines à cause des centaines d'heures de vidéo à passer au crible, mais étant donné que ce tueur semble avoir à chaque fois une bonne connaissance des lieux, on était partis sur le fait qu'il soit sans doute venu au préalable en repérage.

– Ainsi, compléta Coralie, vous espérez qu'il aura été filmé sur toutes les scènes de crime pour affiner votre enquête. Ce n'est pas idiot ! Pourvu que ça marche…

Philippe était bluffé, jamais il n'aurait envisagé cette hypothèse. Elle était simple et pourrait s'avérer payante.

– Mais comme je vous l'ai dit, ajouta Frédéric, pour l'instant ça ne donne rien. Ça risque même de ne rien donner du tout.

Le lieutenant jeta un regard circulaire dans la pièce, remarquant enfin que quelque chose manquait.

– Où est passé ton frère, Thessa ? Il était encore avec nous il n'y a pas cinq secondes.

– Il a dû monter voir Sylvia. Peut-être veut-il tenter de mettre un terme à l'isolement dans lequel elle s'est enfermée. J'y serais bien allée moi-même, mais je crois qu'il vaut mieux le laisser essayer de lui parler. Elle finirait par se braquer pour de bon si on insiste trop.

– Je crois que tu as raison. Bon, rajouta le lieutenant en se levant, je vais devoir retourner au boulot. Ce tueur est en train de nous faire faire un max d'heures supp', mais je veux mettre la main sur cette ordure. Je vous confie la protection de notre amie en attendant. Vous me tiendrez au courant s'il y a du nouveau.

La plupart des gens présents acquiescèrent en regardant Frédéric partir. Coralie, quant à elle, rejoignit dans la boutique pour aider ses parents, en proie à un pic de fréquentation.

*

Sylvia était assise sur le rebord de la fenêtre. Le regard vide, elle fixait l'horizon sans vraiment le discerner. Au lieu du paysage, elle ne faisait que voir et revoir sans cesse le moment où Nathan s'était fait tuer devant elle.

Elle ne pouvait s'empêcher de repenser aussi au moment où il lui avait avoué ses sentiments. C'était après les vacances de printemps, quand ils étaient en 3ème. Il aurait dû être son premier amour. Malheureusement, les parents de Nathan avaient obtenu une promotion qui devait les conduire dans le sud de la France, séparant ainsi les deux jeunes gens qui avaient eu du mal à guérir de cet éloignement. C'était juste avant une toute autre tragédie.

En y repensant, elle sentit son cœur se serrer, et lui faire atrocement mal. Jusqu'alors, elle n'avait pas pleuré. Sa douleur était trop profonde. Si ses yeux étaient restés secs, son cœur en revanche avait versé des larmes de sang. D'abord sa famille, et maintenant c'était un ami d'enfance qu'elle aimait qui mourait. Pourquoi fallait-il que ceux qui lui étaient chers finissent par disparaître ainsi ? Elle n'en pouvait plus d'être séparée à jamais de ceux auxquels elle tenait. Pour elle, il était presque devenu plus pénible de vivre que de mourir.

Quelques coups discrets furent frappés à la porte avant que cette dernière ne s'ouvre pour laisser entrer Alexandre qui portait un plateau avec des sandwiches au saumon et au fromage frais, quelques crudités et un grand verre de thé glacé.

– Sylvia, tu vas continuer encore longtemps cette grève de la faim ? Je t'ai préparé un en-cas, dit-il en posant le plateau sur le lit. Autant te dire que tu as intérêt à manger quelque chose. Je reviendrai débarrasser dans à peu près une heure. Si tu n'y as pas touché, je te ferai manger de force, quitte à te ligoter s'il le faut.

– Va-t'en… murmura Sylvia d'une voix sans timbre, sans même le regarder.

Ce fut la goutte d'eau qui fit déborder le vase. Alexandre se dirigea vers elle et l'empoigna d'un geste vif aux épaules. Elle tomba sur le dos en tentant de le repousser. Il s'agenouilla à côté de la jeune fille et fit glisser ses mains jusqu'à ses poignets qu'il plaqua au sol pour qu'elle le regarde tandis qu'elle luttait pour se dégager et détourner son regard.

– Non, je ne m'en irai pas ! répliqua-t-il. Je ne peux pas te laisser !

– Alex ! Arrête… Relâche-moi !

– Tu veux peut-être que je te regarde tout abandonner sans rien dire ? Et bien non, je t'aime et je ne peux pas faire ça ! Tu vas finir par mourir si tu ne t'alimentes pas. Regarde… dit-il sur un ton désolé, tu ne peux même plus te défendre.

Les forces de Sylvia semblaient l'avoir abandonnée.

– Tu ne comprends donc rien ? Nathan est mort à cause de moi ! C'est comme si je l'avais tué moi-même ! Si j'étais morte à la fac, il serait encore vivant aujourd'hui !

– Non, tu te trompes. Rien de ce que nous aurions tenté n'aurait pu le sauver. Cesse de te culpabiliser. Il n'y a aucun accord possible avec les Ténèbres.

– Dire ça ne me consolera pas. C'est moi qui aurais dû mourir, et non lui ! Tout ça à cause d'un fichu clan et d'une Épée dont j'ignore tout ! Si des gens doivent mourir pour ça, je ne vois pas l'intérêt de continuer… Je ne peux plus… Je ne veux plus continuer ainsi… Je ne veux plus que ceux que j'aime soient sacrifiés !

– Sylvia, regarde-moi.

Comme elle faisait tout pour éviter de croiser son regard, Alexandre la maintint au sol d'une poigne ferme tout en la regardant droit dans les yeux.

– Sylvia, regarde-moi. Regarde-moi ! dit-il d'une voix forte.

– Non… Arrête ! Tu me fais mal… gémit-elle dans un sanglot.

– Regarde-moi et dis-moi que tu veux rendre sa mort inutile !

Sylvia se figea, les yeux écarquillés.

– Plus que nous tous réunis, tu sais pourquoi il a donné sa vie. Nous sommes tous aussi tristes que toi. Mais si tu abandonnes maintenant, si tu t'enfuis en laissant tout tomber, alors ton ami sera bel et bien mort pour rien. C'est ça que tu veux ? C'est bien ça ?

Une larme perla sur la joue de Sylvia. Alexandre la relâcha et elle se mit à pleurer, les mains posées sur son visage. Elle finit pourtant par s'apaiser un peu et elle se redressa, toujours à genoux sur le plancher. D'une main tremblante, elle essuya maladroitement ses larmes.

Alexandre lui passa la main d'un geste doux dans sa longue chevelure noire, puis sur sa joue. Il pencha son visage vers le sien et posa un baiser sur la commissure des lèvres.

– Pardonne-moi de t'avoir parlé aussi durement, lui chuchota-t-il au creux de l'oreille, mais je ne pouvais plus rester sans réagir. Ton ami n'aurait pas aimé te voir tout abandonner. Tu dois vivre, pour lui que tu aimais tant. N'oublie jamais qu'il n'est pas le seul à t'aimer.

– Non ? demanda-t-elle d'une petite voix.

Alexandre ne lui connaissait pas cette intonation, on aurait dit une enfant égarée. Il en fut troublé au plus profond de son être. L'espace d'un instant, il lutta contre les barrières mentales qu'il s'était imposées vis-à-vis d'elle avant de décider de les abattre et d'écouter son cœur. Il la prit alors contre lui, comme pour la protéger des horreurs qu'elle venait d'endurer.

– Non, répondit-il avant de l'embrasser.

D'abord tendre, leur baiser se fit plus ardent, balayant au loin les craintes et les peines qui avaient été celles de Sylvia quelques instants auparavant.

Alors que les mains du jeune homme enserraient encore plus Sylvia dans ses bras, l'une d'elles s'attarda sur la fermeture éclair de la robe qu'elle portait avant de commencer à la faire descendre un peu. Il interrompit son geste et plongea ses yeux bleus dans le regard de Sylvia qui semblait y voir la prière secrète qui vibrait au plus fond de son être : *Veux-tu ? En as-tu envie autant que moi ?*

Elle lui rendit son baiser en lui défaisant les premiers boutons de sa chemise. Elle se blottit tout contre la chaleur réconfortante qu'il dégageait et qui la grisa. Ils comprirent alors qu'ils se désiraient l'un l'autre de façon sincère et entière.

Enhardi par le parfum floral de pêche exhalé par la peau de la jeune fille, Alexandre fit glisser sa robe, dévoilant l'épiderme satiné qu'elle abritait. Il lui passa un bras derrière le dos, l'autre sous les genoux, puis il porta ensuite Sylvia dans ses bras jusqu'au lit où il la posa délicatement sur les draps. Après avoir achevé de se dévêtir. Il se glissa tout contre la jeune femme, et la peau de leurs corps fit enfin connaissance, leurs lèvres scellées par des baisers voluptueux.

Alors qu'Alexandre poursuivait l'exploration du corps de son amante par d'exquises caresses, elle ne put s'empêcher de songer à la fusion enivrante des quatre Éléments qui avait lieu en elle ; l'Air qu'elle respirait, le Feu de la passion qui dévorait son âme, l'Eau de la fine transpiration perlant sur sa peau ainsi que la Terre constituée par son corps offert. Une telle alchimie des sens rendait alors l'amour véritablement magique.

Enhardi par le désir, il s'aventura entre ses cuisses et la pénétra d'un coup de reins, lui arrachant un gémissement étouffé. Après avoir pris possession d'elle, il pivota pour s'allonger sur le dos, et saisit les hanches de sa compagne en la faisant passer à califourchon sur lui, accentuant ainsi l'intensité de leurs ébats. Tout deux dansèrent à l'unisson au rythme de la passion qui pulsait au plus profond d'eux. Elle s'était déjà donnée à d'autres hommes, mais c'était bien la première fois de qu'on lui faisait l'amour avec autant d'ardeur et de douceur.

Emportée par sa jouissance infinie, elle finit par se laisser retomber sur le torse de son amant, hors d'haleine, toujours rivé en elle. Alexandre la serra dans ses bras, et elle s'assoupit au bout de quelques instants. Il se dégagea alors de l'étreinte de Sylvia, et fit glisser les cheveux ébène de la jeune femme pour déposer de petits baisers au creux de son épaule, tout en lui caressant le dos, de la nuque à ses reins. Le contact de cette main douce et chaude la fit frémir de plaisir dans son sommeil.

Sylvia ne se rendit pas compte à quel moment Alexandre s'était rhabillé et avait quitté la chambre, mais elle n'était pas tout à fait réveillée. Néanmoins, elle avait senti que le jeune homme n'était plus à coté d'elle. Elle n'en percevait que le vide. À coté d'elle, mais surtout dans son cœur. À peine l'euphorie de la passion envolée, l'amertume qui la tenaillait revenait déjà à la charge. La culpabilité d'avoir survécu à cette nuit meurtrière sur les quais refaisait surface, bien décidée à lui mener la vie dure.

Une voix familière se fit alors entendre dans l'esprit de la jeune fille.

– *Détrompe-toi, car c'est ton ennemi qui a acculé ton ami à la mort.*

– Oh non Sha'oren, tu ne vas pas t'y mettre toi aussi…

– *Tu le sais, n'est-ce pas ? Alors cesse de culpabiliser, tu ne fais que t'entraver et te meurtrir. Relève-toi et fais face à ta douleur pour la purifier.*

De nouveau submergée par la peine, elle ferma les yeux, souhaitant que le grand dragon blanc lui fiche la paix. Elle finit par se rendormir, vaincue par la fatigue et la tristesse.

L'ivresse de l'amour qu'elle venait de partager semblait déjà appartenir à un lointain passé.

CHAPITRE 33

Tout n'était que noirceur autour de Sylvia. Les yeux clos, elle resta dans la pénombre réconfortante. Enfermée au plus profond de l'obscurité de son cœur, la jeune fille flottait dans une quiétude presque irréelle. Elle avait replié ses jambes contre sa poitrine et avait entouré ses genoux de ses bras. Autour d'elle et en elle, il n'y avait rien d'autre que le silence absolu accompagné du néant. Finalement, les ténèbres étaient plus apaisantes qu'elle ne l'aurait cru.

Quel silence… Pas un bruit et pas une seule lueur. Laissons faire les choses. C'est mieux comme ça. Mieux pour tout le monde. Oui, je crois que je vais rester. Au moins, je suis sûre que personne ne sera blessé ou même tué à cause de moi. Ainsi, je ne souffrirai plus jamais. Je me dégoûte de plus en plus, moi qui ne fais que mettre la vie des autres en danger.

– Parce que tu crois vraiment que c'est en stagnant dans un endroit pareil que tu parviendras à apaiser les blessures de ton cœur ? Non. Ce n'est qu'une illusion. Ouvre les yeux avant qu'il ne soit trop tard, sinon, tu n'auras plus jamais l'occasion de le faire.

Cette voix… Sylvia la connaissait, et pourtant, ce n'était pas possible.

Non, je dois rêver. Ça ne peut pas être lui. Lui aussi m'a quittée. Ils finissent tous par m'abandonner. Il vaut mieux rester seule. La solitude ne sait pas trahir. Elle ne fait pas souffrir.

La jeune fille rouvrit cependant les yeux et vit une lueur bleue pâle scintiller devant elle et prendre petit à petit la forme d'une silhouette humaine, la silhouette de quelqu'un qu'elle connaissait et qu'elle avait retrouvé : celle de Nathan. Elle voulut le rejoindre et le serrer dans ses bras, mais elle réalisa qu'elle ne pouvait faire le moindre geste. Tout son corps était ficelé par d'interminables fils d'acier qui jaillissaient de partout autour d'elle. Les liens étaient serrés et, par endroits, avaient entaillé la peau de la jeune fille qui voyait son sang couler goutte à goutte sur un sol d'un rouge carmin poisseux.

Nathan la regarda, avec une indicible détresse dans ses yeux.

– Si tu sors d'ici pour revenir dans le monde qui est le tien, tu sais que tu souffriras plus encore. Peut-être même que tu finiras par te détruite. Mais il y a d'autres liens dans ton cœur qui ne se brisent pas aussi facilement. Pense un peu à tes amis qui sont très inquiets pour toi. Vas-tu les abandonner ? Non, ça ne ressemble pas à la Sylvia que j'ai connue depuis si longtemps.

– Dis-moi comment continuer à vivre alors que tout le monde ne cesse de me quitter ? dit-elle, un sanglot dans la voix. Tu m'as tellement manqué.

L'apparition éthérée esquissa un sourire triste, puis tendit la main pour essuyer d'un geste doux une larme qui roulait sur la joue de Sylvia.

– Regarde-toi, tu es dans un triste état. C'est normal, avec tout ce que tu as déjà enduré. Moi aussi j'ai perdu quelqu'un que j'aimais, et je sais très bien ce que tu ressens. Je sais que tu sauras surmonter ton chagrin, parce que je t'ai toujours aimée et que je continue à croire en toi. Alors à ton tour, aie confiance en toi et en la lumière qui brille au fond de ton âme. Tu comprends, Sylvia ? Tu peux le faire. Je sais que tu en es capable.

Les larmes coulèrent de plus belle sur les joues de Sylvia. Elles lui brûlaient la peau comme le plus corrosif des acides.

– Ma toute douce, ne reste plus seule enfouie ici, dans le vide et l'obscurité. Tu ne fais que te blesser davantage, et tu n'avances plus. Tout ce que j'attends de toi, c'est que tu vives afin de protéger ce que tu as de plus cher.

– Je… Je n'ai jamais gardé qui que ce soit de précieux dans ma vie ! Je n'ai plus rien à présent ! Tu crois que je ne souffre pas assez de t'avoir perdu ? Je ne suis pas si forte que tu sembles le croire. Je regrette tant de ne pas t'avoir retrouvé plus tôt. Non seulement je n'ai pas réussi à te sauver… mais c'est moi qui ai signé ton arrêt de mort. C'est comme si je t'avais tué, et rien n'y personne ne pourra me convaincre du contraire. Même pas toi.

Nathan fit signe que non de la tête.

– Ce n'est pas vrai. Tu as encore beaucoup de gens qui t'aiment et t'apprécient autour de toi. Tu n'es pas une lâcheuse et encore moins de celles qui abandonnent. Alors, tu peux bien vouloir te cacher du restant du monde, mais tu ne veux certainement pas délaisser les tiens ; ceux qui ont choisi de se réunir autour de toi. Alors, reviens dans la Lumière pour protéger ceux que tu aimes : tes amis et ta famille.

Sylvia ne comprenait pas. Compte tenu du temps qui s'était écoulé depuis leur séparation, Nathan ne pouvait pas savoir que sa plus proche famille avait péri dans les flammes d'un incendie. Cela lui déchira le cœur de devoir lui annoncer cela.

L'image de Nathan s'estompait de plus en plus, sans que Sylvia ne puisse rien faire pour le retenir auprès d'elle. Pourtant, comme elle aurait désiré qu'ils puissent rester ensemble…

– Non ! s'écria-t-elle éperdue. Non, ne me quitte pas ! RESTE AVEC MOI !!

La voix de Nathan s'amenuisait, ne devenant qu'un murmure.

– Sache que je ne t'abandonnerai en aucun cas. Alors, ne te résigne pas toi non plus. N'oublie jamais, ma plus douce amie, que j'attends avec impatience le moment de nos retrouvailles lors de notre prochaine incarnation. Je t'attendrai toujours…

Puis, l'esprit du jeune homme disparut et Sylvia se retrouva à nouveau seule dans les ténèbres, dans cet assourdissant silence.

Suis-je vraiment seule ? Non, se dit-elle gagnée par une conscience nouvelle, *je ne suis pas seule. Il y a encore autour de moi des gens qui m'aiment, auxquels je tiens, et que je veux protéger.*

Elle repensait à Alexandre qui lui avait déclaré son amour, ainsi qu'à ses amis : Coralie et ses parents, Frédéric, Thessa et Philippe, mais aussi à Stéphane, où qu'il puisse être. La seule pensée des sentiments qu'elle avait pour eux fut comme une onde pure et apaisante en elle. Un baume bienfaisant sur son âme meurtrie. Ils étaient tous présents dans son cœur. Non, elle n'était plus seule depuis qu'elle les avait rencontrés.

Pendant un instant, elle se revit la toute première fois qu'elle avait mis les pieds à *La Voie Initiatique*. Cela l'avait amenée à comprendre qu'il s'agirait pour elle d'emprunter une voie qui lui était jusqu'alors inconnue. C'était le début, mais aujourd'hui, elle devait faire face au tout premier obstacle sur son chemin et un choix s'offrait à elle.

Le choix de continuer.

Le choix de faire marche arrière.

Encore que… Sylvia se demanda s'il était réellement possible de rebrousser chemin après en être passé à travers ce qu'elle avait déjà vécu. Elle ne s'en était pas rendue compte, mais à présent elle prenait conscience que son apprentissage de la Magie pouvait être comparée à une route en sens unique à laquelle il n'existerait ni détour, ni échappatoire. Alors, que faire d'autre, si ce n'est de continuer à avancer, encore et toujours ? Cela, elle l'avait choisi, certes. Pourtant, le fait d'avoir pris conscience de ce qu'avait pu être sa vie antérieure, sans compter avec les retrouvailles avec les gens qui partageaient ce même passé, avait rajouté une prédestination inimaginable dans la vie de Sylvia. Peut-être une façon de lui dire que quelque chose était resté inachevé dans sa précédente incarnation, et qu'il faudrait y remédier dans le présent.

Pour couronner le tout, il y avait ce tueur qui avait décidé de semer la terreur sur Paris. Lui aussi voulait obtenir quelque chose d'elle. Une ombre menaçante et insaisissable qui étendait une lourde menace sur elle, telle une épée de Damoclès (le symbolisme la fit sourire malgré elle) qui l'obligerait lui aussi à suivre son chemin dans la magie draconique, coûte que coûte.

Comme les circonstances se réduisaient désormais à cette seule issue, elle continuerait à apprendre et contrôler l'aptitude dont elle avait pris conscience en elle. Elle eut un petit rire amer, comme du verre brisé dans son cœur ; cet imbécile de Stéphane avait eu raison dès le départ à propos de ses pouvoirs. Après tout, cette magie avait quelque chose de très réconfortant. Comme la présence de ses nouveaux amis autour d'elle.

Une étoile blanche se mit alors à briller depuis la poitrine de la jeune fille. Ses larmes reflétaient cette lueur, et une douce et chaude lumière scintillante comme des myriades de diamants se propagea sur tout son corps, brisant au passage les liens qui la retenaient captive, tandis que ses blessures guérissaient à ce même contact. Elle sentait son cœur s'alléger, comme libéré d'un épouvantable fardeau.

Commençons par retrouver les Trésors Sacrés, de même que l'Épée Mystique. Tout est devenu clair et limpide dans mon esprit, je n'ai plus le moindre doute. Si j'ai fait tous ces efforts, c'est afin d'apprendre l'art de la Magie et de devenir une praticienne accomplie. Grâce à cette force, je pourrai protéger ceux que j'aime. Telle sera désormais ma voie.

Rien qu'en ayant ces pensées, la lumière devint plus intense et acheva de briser les liens qui meurtrissaient son âme et sa chair avant de faire fléchir jusqu'aux ténèbres avoisinantes.

*

Quand Alexandre sortit de la chambre de Sylvia, il songeait encore à ce qui s'était passé sur les quais de la Seine.

Ce garçon qui s'appelait Nathan était bien mort, conformément à la vision dont sa sœur lui avait parlé. Il soupira, sachant aussi qu'ils n'avaient plus beaucoup de temps devant eux et qu'ils devaient réagir. Toutefois, il était impossible de continuer sans Sylvia. Ils avaient besoin d'elle. Vu qu'elle était bel et bien la *Porteuse de Lumière*, son rôle serait déterminant pour retrouver l'Épée que lui et Thessa avaient vu en rêve. Il espérait que la jeune fille parvienne à surmonter son chagrin au plus vite.

Il avait été surtout impressionné par la puissance magique libérée par Sylvia cette nuit-là. Une force incommensurable d'ombre, de tristesse et de fureur enchevêtrées. Cela ne collait pas avec l'humeur habituelle de la Sylvia qu'il avait appris à connaître. Cette aura magique ne pouvait pas être la sienne, elle qui avait été si douce au creux de ses bras. Alexandre dut se faire violence pour se ressaisir et faire taire les sentiments contradictoires qui sourdaient en lui.

Le jeune homme rejoignit l'arrière-boutique dans laquelle Philippe était encore en compagnie de sa petite sœur.

– Comment va Sylvia ? demanda cette dernière au nouvel arrivant.

Au mouvement de tête qu'effectua Alexandre, tous comprirent qu'il n'y avait pas eu d'amélioration notoire.

– Malgré la tragédie qui s'est produite, intervint Philippe, il faut pourtant bien continuer. Sans compter que nous ne pouvons pas laisser ce fou furieux en liberté dans les rues de la ville.

Sur ces entrefaites, Coralie revint auprès de ses amis.

– Tu as raison, dit-elle. Ça n'a que trop duré. Ma sœur, l'ami d'enfance de Sylvia, ainsi que les autres victimes qu'il a faites ne pourront trouver le repos que lorsque leur assassin aura été mis hors d'état de nuire.

– Pour ça, nous devons nous rendre sans plus tarder dans l'Antre de l'Initiation pour récupérer les Trésors Sacrés. Oui, mes amis, le moment est enfin arrivé. Le seul ennui, c'est que nous devons tous nous y rendre en même temps, pas vrai ? rajouta Philippe. Les membres du clan doivent être tous présents, on ne peut rien faire tant que Sylvia n'aura pas surmonté sa peine. Alors…

Tous gardèrent le silence. Car à présent, leur sort ne dépendait plus que de l'attitude qu'aurait la Prêtresse vis-à-vis de ce qu'elle avait à accomplir.

Coralie leur proposa du thé et du café. Elle monta à l'étage au-dessus pour proposer à leur amie de les rejoindre. Elle redescendit à peine quelques secondes plus tard, électrisée.

– Venez tous. Vite ! Ne faites pas de bruit, il ne faut pas que Sylvia puisse nous entendre.

Quelque peu intrigués, tous se levèrent et atteignirent le premier étage aussi silencieusement que possible. Ils étaient dans le couloir quand Thessa demanda dans un murmure à Coralie pourquoi elle les avait fait monter.

– Chut… chuchota-t-elle. Écoutez tous…

Une voix se fit alors entendre, et ils purent percevoir des mots prononcés, inintelligibles, comme une mélopée.

Alexandre leva un sourcil interrogateur. Il regarda Philippe comme pour lui demander ce que pouvait vouloir dire ce charabia énigmatique. Toutefois, les autres avaient très bien reconnu ces mots. Ils étaient à la fois surpris et enthousiastes.

– Ça alors, murmura Thessa. Mais c'est…

– La toute première partie du R.M.B.P, mais n'est-ce pas… souffla Coralie.

– … le rituel dans sa version draconique ? Mais si, compléta Philippe.

– R.M.B.P ? Humm… Ça manque de voyelles. Pourquoi est-ce que je suis le seul à penser que vous parlez une autre langue ? demanda Alexandre. Pourriez-vous éclairer ma lanterne ?

– C'est le *Rituel Mineur de Bannissement du Pentagramme*, expliqua sa sœur cadette. *Grosso modo*, il est en lien avec la source divine, la Lumière Cosmique, et permet surtout de se purifier soi-même ainsi qu'un lieu en bannissant toutes les influences négatives. On peut dire que ça fait place nette d'un point de vue spirituel et énergétique. C'est un bon rituel de protection des magiciens.

Moins versé dans ce domaine que sa petite sœur, Alexandre resta quelque peu dubitatif à cette idée.

– Je peux savoir pourquoi ça vous met dans tous vos états que Sylvia fasse ça ?

– Parce qu'ainsi, elle marque sa volonté de ne pas baisser les bras et ne pas se laisser aller au désespoir, fit remarquer Coralie en souriant.

C'est une bonne chose, pensa Philippe. *Elle a pris la décision de se battre.*

Pendant les minutes qui suivirent, ils entendirent les différentes incantations s'élever dans les airs tandis qu'ils percevaient des flots d'une douce énergie bénéfique et protectrice se propager tout autour d'eux.

Après quelques instants, Sylvia sortit de la chambre et tomba nez-à-nez avec ses compagnons qui avaient tous retrouvé le sourire. Elle marqua un instant d'étonnement avant de baisser les yeux, un peu penaude. Quand elle releva la tête, tous purent voir une lueur de détermination farouche au fond de son regard.

– Pardon… à vous tous de vous avoir inquiétés ainsi. Je ne savais plus trop où j'en étais, mais ça va un peu mieux à présent. Alex, c'est moi qui suis désolée. Tu avais raison. Il faut que je fasse de mon mieux, pour tous ceux qui ont péri. Renoncer est un luxe qu'on ne peut plus se permettre dorénavant. Alors, on continuera tous ensemble, et on verra bien où ça nous conduira.

Le jeune homme posa une main douce sur l'épaule de Sylvia qui se pelotonna contre lui et huma le parfum de la peau de son cou, retrouvant dans sa chaleur l'émotion qu'ils avaient partagée auparavant. Elle eut un regard perdu au loin.

Nathan… On se connaissait depuis l'école primaire. On a fait les quatre cents coups tous les deux et personne n'avait été plus proche de moi. Tu t'es toujours inquiété pour moi et tu m'encourageais dans les moments difficiles. Tu pensais à moi. Merci de m'être revenu, même si ce n'était que pour un instant. Merci pour tout, je ne t'oublierai jamais.

La jeune fille fut arrachée à ses pensées par le regard perçant de Philippe. En un instant, elle vit qu'il avait compris ce à quoi elle songeait et que le moment de partir à la recherche des Trésors Sacrés était arrivé. Alors qu'elle acquiesça en essuyant une larme, le magicien québécois se tourna vers Thessa.

– Miss, appelons Frédéric pour qu'il nous rejoigne au plus tôt. Aussi, pourrais-tu mettre ta salle de pratique magique à notre disposition ?

– Aucun problème. On pourra partir dans le plan astral tous ensemble.

– Dans ce cas, je vais préparer un mélange de protection pour se protéger des attaques occultes durant ce rituel, dit Philippe.

– Ok, rajouta Coralie, on pourrait tous se retrouver chez notre benjamine préférée dans environ une heure. Ça vous va ?

Ils acquiescèrent et se séparèrent une fois le rendez-vous convenu.

CHAPITRE 34

36 Quai des Orfèvres.

Comme à l'accoutumée, le lieutenant Laforrest avait commencé par harceler Bertrand Questin sur l'avancement du visionnage des bandes vidéo. Bien qu'il ait cessé de s'en occuper lui-même, il dirigeait toujours l'évolution des opérations.

– Une chose est sûre, c'est que quand tu as une idée derrière la tête, on peut dire que tu ne l'as pas ailleurs. Ça fait de toi un bel emmerdeur par moments !

Frédéric s'assit sur un coin de son bureau, esquissant un sourire.

– *Par moments*, seulement ? Que veux-tu, tu devrais me connaître, depuis le temps qu'on bosse ensemble.

– Ne m'en parle pas ! Bon, retournons à nos moutons. J'imagine que si tu as demandé à me voir, ce n'est pas pour mon charme personnel.

– Sûrement pas ! s'esclaffa le lieutenant. Quand je t'ai appelé tout à l'heure, tu m'avais dit que tu aurais sans doute du nouveau à m'annoncer.

Bertrand acquiesça puis fit pivoter l'écran de son ordinateur portable pour que Frédéric puisse voir ce qui était affiché. Il y avait cinq fenêtres ouvertes, diffusant des images en accéléré.

– Depuis que tu m'as collé cette tâche de malade d'examiner les vidéos des caméras de surveillance près des lieux de chaque crime, l'impensable est arrivé.

– Ne me fais pas languir comme ça, Bertrand ! Accouche !

– Il ne faut pas me brusquer, tu le sais bien. Tu n'auras droit à ton dessert que lorsque tu auras terminé ta soupe d'abord.

Frédéric lui lança un regard noir.

– Arrête ton cirque et passe à l'essentiel !

Bertrand finit par capituler, trop soucieux de préserver ce qui pouvait rester de son espérance de vie.

– Ok ! C'est bien parce que ton air de psychopathe me fiche la trouille. Sur une semaine entière, on peut voir des centaines, voire même des milliers de gens, circuler sur chacun des points surveillés. Difficile dans ces conditions de trouver quelques personnes qui apparaissent sur tous les sites qui nous intéressent.

Frédéric soupira, craignant de savoir que cette idée se solderait par un échec. Exaspéré, il donna un coup de poing sur la table.

– J'aurais dû me douter que je te demandais l'impossible avec ça.

Bertrand eut un sourire jusqu'aux oreilles.

– N'oublie pas le vieux dicton : « Impossible n'est pas français. »

Le lieutenant faillit bel et bien tomber à la renverse. Son collègue poursuivit.

– J'ai mis cinq personnes sur le coup, une pour chaque quartier. Autant te dire tout de suite qu'ils n'ont rien fait de plus chiant de toute leur vie. En comparaison, patrouiller sur un trottoir désert, c'est le carnaval ! Quoi qu'il en soit, on a tout de suite compris que rien n'est à signaler sur les heures de jour. Si celui que tu cherches s'était bien manifesté, il aurait été plus facilement filmé en pleine journée.

– Mon petit doigt me dit à peu près la même chose que toi.

– Fichtre, il en a des trucs à te dire alors ! Te raconte-t-il aussi une histoire le soir avant de dormir ? rigola Questin.

Frédéric fit mine de vouloir s'emparer de son arme et Bertrand eut vite fait de revenir au sujet du moment.

– Tout doux, cow-boy ! En tout cas, on a prêté plus d'attention à ce qui pouvait se passer une fois la nuit tombée. L'un de mes hommes a isolé quelques individus qui semblaient correspondre à ce qu'on cherche. Puis, il en a transmis le signalement aux autres, histoire de voir si ces mariols auraient aussi fait une apparition sur les autres lieux des crimes… et bingo ! D'une douzaine, on est passé à cinq via les trois autres sites. Du coup, on a continué et des deux autres sites ont procédé aux dernières éliminations. Au final, il nous reste trois personnes qui se sont baladées sur toutes les scènes de crime.

Tout en s'expliquant, Bertrand fit quelques manipulations sur le clavier de l'ordinateur pour montrer trois visages différents. À y regarder de plus près, ils apparaissaient bien sur chaque site. Trop troublant pour n'être qu'une coïncidence.

– Par contre, les images sont très floues, fit remarquer Frédéric. On ne peut pas obtenir mieux que cette purée de pois cassés ?

– C'est le principal souci avec ces caméras. Elles n'ont pas été prévues pour le format HD. Ça va être coton de nettoyer tout ça pour avoir quelque chose d'à peu près potable. Désolé mon vieux, rajouta-t-il en donnant une tape compatissante sur l'épaule de Frédéric.

Malgré la qualité visuelle miteuse, ce dernier était éberlué de ce que Bertrand était parvenu à obtenir. Compte tenu de ce qu'il lui avait demandé, cela tenait presque de l'exploit. Il nota de récompenser ces hommes une fois l'affaire résolue.

– Sans vouloir vous lancer des fleurs, vous avez fait un sacré bon boulot ! Maintenant, il ne reste plus qu'à rehausser au mieux la qualité de ces images et fouiller dans les bases de données, histoire de vérifier si l'un de ces types ne serait pas déjà fiché chez nous.

Bertrand acquiesça. À croire que c'était tout à fait le genre d'ordres qu'il s'attendait à entendre et à devoir exécuter.

– Pour preuve que je te connais bien, l'affinage numérique des vidéos a déjà commencé à la section scientifique. Ça prendra sans doute du temps, mais les résultats nous parviendront dans quelques jours.

Frédéric aurait préféré accélérer la cadence, mais il savait surtout que son intuition avait été la bonne et que, grâce à cette piste, le filet commençait à se resserrer autour du tueur.

– J'ai reçu aussi un message du labo, rajouta Bertrand. C'est à propos de l'arme du crime. Le légiste avait trouvé quelques fragments métalliques sur trois des cinq victimes. Ils ont été analysés et comparés. Autant que tu saches qu'il s'agit bien de la même arme à chaque fois. L'alliage est identique.

Frédéric se rembrunit.

– On ne l'aurait pas deviné tout seul, rien que le *modus operandi* nous l'avait déjà appris.

– C'est clair que ça ne fait que confirmer une hypothèse dont nous nous doutions déjà, mais on en sait sans doute un peu plus sur l'arme elle-même. La lame semble avoir été forgée selon un alliage et un procédé particuliers. On ne fait plus rien comme ça de nous jours.

Ce qui laisse présager que cette lame a pu être façonnée à une époque assez particulière pour la rendre unique.

Intéressé par cette nouvelle piste, Frédéric suivit le raisonnement de son collègue.

– Avez-vous envoyé vos résultats à un expert en armes anciennes ?

– Tout à fait. D'après notre homme, l'épée impliquée dans tous ces meurtres aurait été forgée au XVIème siècle. Heureusement que l'on connaît aussi du monde à l'OCBC[4]. D'après le commissaire Antoine Marcas que j'ai contacté l'autre jour par téléphone, aucun artefact de cette nature n'a été volé ces derniers temps. Que ce soit dans les musées, les salles de ventes ou les collections privées. Pourtant, ça ne court pas les rues. Bref, on a fait chou blanc. En tout cas, notre collègue est sur le coup, et il nous a promis d'examiner les trafics d'antiquités afin de savoir s'il n'y aurait pas une piste à exploiter de ce côté-là. Crois-moi, ça va nous ôter une épine du pied.

Frédéric était perplexe. Il venait d'avoir une idée.

– Changeons un peu de perspective, si tu veux bien.

– Comment ça ?

– Supposons que notre tueur n'ait pas eu besoin de se procurer cette épée.

Bertrand comprit aussitôt où conduisait l'argumentation de son collègue.

– Inutile s'il l'a déjà en sa possession.

– Exact ! Dans ce cas, on peut supposer qu'il ait pu l'acquérir légalement, mais sans avoir la description précise de ce que nous cherchons, ça ne donnera rien. L'épée pouvait être aussi en possession du tueur depuis très longtemps. Dans le genre héritage familial qui remonte à des générations.

– Désolé de t'avoir donné de faux espoirs.

– Non, ne te reproche rien, rajouta Frédéric. Au contraire, on a appris quelque chose d'important grâce à ça. Si on trouve un suspect, on pourra se servir des fragments de lame retrouvés comme points de comparaison. C'est du beau boulot !

Bertrand salua son collègue, et repartit sur la fastidieuse tâche de l'identification des individus repérés sur les vidéos. Quant à

---

[4] Office central de lutte contre le trafic de biens culturels.

Laforrest, il continuait à faire défiler les photos de ces hommes que l'on voyait à peine. Tous lui étaient de parfaits étrangers.

La sonnerie du téléphone l'arracha à sa contemplation. Il répondit, un peu sèchement, dans l'espoir d'abréger la conversation. Quand il réalisa que c'était Coralie qui l'appelait, son expression changea du tout au tout. Après s'être excusé d'avoir été brusque, il prit note du rendez-vous chez Thessa.

Soudain, le lieutenant se figea devant une des photos. Entre deux ruelles, il avait distingué la silhouette d'un homme, discrètement dissimulée. Malgré tout, la caméra avoisinante avait réussi à fixer son visage. Le regard de la personne prise en photo à son insu n'était pas inconnu à Frédéric. L'espace d'un instant, il chercha à se remémorer où il avait déjà croisé cette personne, puisqu'il avait l'intime certitude de l'avoir déjà rencontré. Les yeux braqués sur l'écran, il raccrocha d'un geste machinal.

Alors toi, je suis sûr de t'avoir déjà vu quelque part. Reste encore à savoir où et quand.

C'est alors que le déclic se fit dans son esprit. Pourquoi n'y avait-il pas songé plus tôt ? Il avait déjà vu une telle lueur dans les yeux d'un de ses collègues.

Dans les yeux de Stéphane Flergafau.

CHAPITRE 35

Avenue Foch.

Réunis à nouveau dans l'appartement de la famille Drac, les membres du clan se rendirent dans la pièce où ils avaient pu entrevoir le passé grâce au miroir aquatique de Thessa. À présent, ils s'apprêtaient à explorer l'Antre de l'Initiation, quelque part dans le plan astral. Philippe leur avait expliqué que pour cela, il leur faudrait pratiquer une sortie hors du corps, nommée aussi projection astrale. Autant dire que Sylvia et Frédéric n'étaient pas rassurés à cette idée.

– Cela ne fait pas assez longtemps que je me suis mise à la Magie pour en être déjà arrivée à un tel stade, avait fait remarquer la Prêtresse. C'est encore trop tôt pour moi.

Il en était de même pour Laforrest qui ne voyait pas trop comment s'y prendre si tous deux ne maîtrisaient pas la sortie astrale. Thessa leur suggéra à tous de faire appel à leur être draconique protecteur afin de les guider à destination. Cette idée fut approuvée à l'unanimité, et avait au moins le mérite de mettre tout le monde d'accord sur la marche à suivre.

Afin de le familiariser un peu plus avec les rituels inhérents à la magie draconique, Philippe suggéra que le lieutenant pourrait pratiquer un rituel afin de purifier la pièce et de les protéger durant le travail occulte qui serait effectué. L'idée consistant dans un rituel assez simple : le tracé d'un cercle de protection.

Pas vraiment à l'aise avec cette idée, leur ami s'exécuta néanmoins, retrouvant par la même occasion des bribes de souvenirs issus de sa vie antérieure. Assez curieusement, alors qu'il avait toujours considéré les sciences occultes comme quelque chose de fantasque, Frédéric perçut quelque chose de familier dans ces pratiques.

Les cinq jeunes gens se couchèrent ensuite à même le sol, à l'intérieur du cercle, les pieds orientés vers le centre. Main dans la main, ils fermèrent les yeux et se préparèrent à entrer de plus en plus profondément dans un état méditatif.

*

Sylvia se retrouva à nouveau seule, au tout début de la nuit, sur le sentier qu'elle avait déjà emprunté lorsqu'elle avait rencontré Sha'oren pour la toute première fois. Au loin la pleine lune brillait, et la montagne était auréolée d'une lueur dorée et pulsative qui vibrait comme un appel impérieux.

Elle se mit en route vers cette lumière quand une silhouette gigantesque la survola, projetant une ombre démesurée sur le sol. Sylvia reconnut sans mal son compagnon le grand dragon blanc. Il volait en direction de la montagne et Sylvia se mit à courir pour le suivre. Quand elle arriva au pied de la montagne, la lueur qui lui avait servi de guide s'était concentrée en un seul point dans la roche, de la forme d'une petite plaque de pierre ronde et plate.

Encouragée par Sha'oren qui lui parlait par télépathie, Sylvia y apposa la paume de sa main. La terre se mit alors à trembler sourdement, tandis que la paroi rocheuse se transformait, prenant petit à petit la forme d'une grotte dont les contours évoquaient une monumentale gueule de dragon.

Au même moment où la grotte s'ouvrait devant Sylvia, une puissante lumière ambrée, qui semblait provenir tout droit du plus profond de la terre, surgit de l'ouverture et aveugla sur-le-champ la Prêtresse. Une fois que ses yeux furent acclimatés à cette lueur, Sylvia s'avança sur un plan incliné qui tournait en colimaçon. Tout en marchant, elle vit que l'air lui-même semblait teinté de cette magnifique couleur or. Le temps qu'elle mit à descendre lui sembla interminable. Pourtant, la jeune fille finit par aboutir dans une immense salle voûtée, taillée à même la roche. Sylvia n'aurait pas su dire exactement quelle pouvait être la hauteur approximative de ce vestibule. À présent, la présence des êtres draconiques y était de plus en plus forte.

En ramenant son regard devant elle, Sylvia constata que six portes massives, sans pour autant être dénuées d'une certaine élégance, se dressaient à quelques pas, sur le mur opposé. De gauche à droite, la première était de couleur dorée, la seconde verte, la troisième jaune, la quatrième bleue, la cinquième rouge, et la sixième porte semblait avoir été façonnée dans un limpide cristal de roche blanc. Fascinée par cette dernière porte, Sylvia voulut s'en approcher, mais quelqu'un l'en empêcha en posant une main sur son épaule. C'était Philippe.

Sylvia se retourna et vit que ses quatre amis étaient là eux aussi. Frédéric semblait surpris d'avoir réussi à venir lui aussi. Il promenait son regard aux alentours, comme s'il n'arrivait pas à croire ce qui lui arrivait. Ce qui ne manqua pas d'amuser Coralie et Thessa. Tous les cinq se tournèrent alors vers les portes.

L'heure de retrouver ces mystérieux Trésors Sacrés était enfin venue.

Les cinq compagnons firent face aux six portes artistiquement sculptées dans la paroi rocheuse, rendus silencieux par la solennité de ce moment unique.

Sylvia regarda ces accès et se demanda subrepticement pourquoi il pouvait bien en avoir six alors qu'on lui avait maintes fois répété que le groupe était censé n'être composé que de cinq personnes. Elle y vit là une probable confirmation qu'il leur manquait encore quelqu'un, car plus le temps passait et plus cela devenait une certitude à ses yeux.

Quant aux autres, ils admiraient la pièce offerte à leurs regards. Subjugués par la beauté simple et naturelle des lieux, ils remarquèrent que l'endroit n'avait pas besoin de torches pour être éclairé et que la lueur dorée qui avait guidé leurs pas émanait des cristaux de quartz et de citrine enchâssés dans le granit gris pâle.

– Nous y voilà enfin…Et maintenant, qu'est-ce qu'on fait ?

La pensée que Frédéric Laforrest venait de formuler à voix haute eut non seulement pour effet de rompre le silence grâce à l'écho qui se répercutait, mais aussi de prendre tous les autres au dépourvu. Ces derniers regardèrent le lieutenant, à la fois surpris et embarrassés.

Frédéric était abasourdi, réalisant que personne ne semblait avoir la moindre idée sur la suite des évènements.

– Ah c'est malin ! s'exclama-t-il. Aucun de vous ne connaît la marche à suivre en cette circonstance ? Ne me dites pas qu'on est venus se jeter littéralement *dans la gueule du dragon* sans même savoir en quoi consisterait la suite des réjouissances ?

– En fait, personne ne le sait de façon précise et ce depuis nos prédécesseurs du XVIIe siècle… voire bien avant, dit Philippe, un peu gêné. Même si j'ai reçu la plupart de mes informations sur la magie draconique lors de séances de méditation, les dragons ne m'ont jamais parlé des Trésors Sacrés, ni de ce qu'il faudrait faire pour les acquérir. C'est qu'ils peuvent être très cachottiers quand ça leur prend, ajouta-t-il en se grattant la tempe avec perplexité.

– Voilà qui fait avancer le *schmilblick*, rajouta Coralie en croisant les bras sur la poitrine. Mais ça ne nous dit toujours pas ce qu'on doit faire à partir de maintenant.

Éperdue, Sylvia se tourna de nouveau vers les portes, demandant mentalement à ce qu'on les guide dans leur quête. Aussitôt, une voix empreinte de sagesse se fit entendre, résonnant dans l'immense vestibule.

– Que cherchez-vous ? Que chacun d'entre vous annonce le but de sa venue en ces lieux.

Sylvia comprit aussitôt ce qu'elle avait à faire. Elle s'avança d'un pas, posa la main droite sur son cœur, et prononça d'une voix profonde l'incantation que Stéphane leur avait transmise.

– Oyez, tous les dragons de la Draconia et de l'Un,

« Je suis une magicienne à la recherche de la magie des dragons.

« Pure de cœur, je suis en quête de connaissance et de sagesse.

« Ouvrez-moi le chemin vers le Trésor Sacré qui me revient.

« Je vous salue, ô dragons anciens et éternels,

« Et attends votre bénédiction et vos conseils.

« Draconis ! Draconis ! Draconis !

Sur ces mots, elle effectua le *triple signe* d'un geste élégant.

Après un bref instant, la porte dorée qui était la première à gauche s'illumina d'une lueur pulsative, selon un rythme doux et régulier. La Prêtresse comprit qu'elle devait la franchir et s'en approcha, mais sans pour autant le faire tout de suite.

Ses compagnons effectuèrent la même chose que leur amie, chacun leur tour : Frédéric Laforrest fut guidé jusqu'à la porte verte ; Philippe Helm vers la jaune ; Thessa Drac se dirigea sans surprise vers la bleutée ; Coralie Tarany eut à franchir la rouge.

Sylvia eut un dernier regard sur celle qui était à droite : celle de cristal. Pourquoi cette dernière existait-elle si les autres semblaient correspondre aux cinq forces élémentaires du clan ? Elle se demandait surtout qui parmi eux serait digne d'ouvrir et de franchir cet accès magnifique.

Juste avant de pousser l'immense porte à double battant, et se demanda ce qu'il pourrait bien y avoir derrière. En fin de compte, elle finirait bien par le savoir. Il fallait plutôt qu'elle se concentre plutôt sur ce qu'elle avait à faire dans l'immédiat, à savoir retrouver les Trésors Sacrés.

De la main, Sylvia n'eut pas à pousser beaucoup pour que le panneau s'ouvre sans le moindre bruit. Elle prit alors une profonde inspiration avant d'entrer dans la pièce. D'un geste commun, chacun fit de même.

Au même moment, chacun d'eux eut un mouvement de surprise face à la première chose qu'ils virent : Frédéric se trouva dans une pièce avec un mur composé de feuillages inextricables devant lui ; Philippe ne vit qu'un épais banc de nuages blancs portés par une brise légère ; Thessa faisait face à un rempart d'eau sombre ; et Coralie eut affaire à un rideau de flammes rougeoyantes.

Ce que vit Sylvia la sidéra au plus haut point. De toute sa vie, elle ne n'aurait jamais imaginé vivre un jour un tel affrontement. La jeune fille avait devant elle quelqu'un qui n'était autre qu'elle-même, et qui marchait vers elle d'un pas hésitant.

*

Sylvia Laffargue s'avança, son étrange double fit de même. Elle marcha vers cette personne qui lui ressemblait comme deux gouttes d'eau jusqu'à ce que toutes deux soient nez à nez. Ce n'est qu'en levant la main et alors qu'elles se touchaient du bout des doigts que Sylvia finit par réaliser l'ampleur du grotesque de la situation. Celle qu'elle avait prise pour une improbable jumelle n'était que son propre reflet dans un énorme et magnifique miroir noir. Elle alors eut un rire gêné, se moquant d'elle-même.

En l'examinant de façon plus globale, elle vit que ce miroir devait être très ancien, mais elle n'en avait jamais vu non plus d'aussi beau et mystérieux. Il était rond, d'au moins trois mètres de diamètre, encerclé par un magnifique contour argenté, avec des motifs celtiques et des signes étranges ouvragés dans le métal. Le miroir en lui-même était composé d'une fine poudre d'obsidienne noire. Une pierre que la jeune fille savait être tout indiquée pour la voyance et la révélation de la vérité.

Sylvia reconnut, disposées à égale distance les unes des autres, les répliques des quatre pendentifs détenus par ses amis : une fluorine jaune avec un éclat d'améthyste pour l'Air, une opale de feu avec un éclat d'émeraude pour le Feu, une aigue-marine avec un éclat de calcite orange pour l'Eau et une agate mousse avec un éclat de jaspe brun pour la Terre. Par contre, il n'y avait qu'un disque argenté au sommet du miroir, alors que la jeune fille se serait davantage attendue à voir la copie de son propre médaillon. Cette singularité ne fit qu'attiser sa curiosité.

Dès qu'elle constata la présence symbolique des cinq Éléments, de fins filets dorés se répartirent depuis les cinq bijoux pour se matérialiser en lignes traversant la surface du miroir afin de former un impressionnant pentagramme sur toute la surface noire étincelante.

La Prêtresse eut à peine le temps de se demander pourquoi on l'avait guidée jusqu'à cet étrange artefact, ou même s'il s'agissait d'un des Trésors Sacrés qu'elle devait retrouver, que la même voix qui l'avait accueillie avec ses compagnons se manifesta à nouveau, vibrante de mystère et impérieuse.

– Te voici en présence d'un miroir magique, jeune Prêtresse.

Sylvia faillit demander si c'était le même que dans *Blanche-Neige et les sept nains*, mais elle s'abstint de ce genre de commentaire, un peu déplacé en la circonstance.

– Non, il n'a rien à voir avec les contes qui ont bercé ton enfance, reprit la voix qui avait lu dans les pensées de la jeune fille (qui trouva cela pénible). En revanche, c'est un outil de voyance beaucoup plus puissant que celui employé par ton amie qui manipule les forces de l'Élément aquatique. Il peut aussi bien te montrer ce qui a été, ce qui est, mais aussi ce qui sera. Si tu le désires, il pourra même te montrer ce que peuvent renfermer les Archives Akâshiques.

Sylvia en resta bouche bée, au point qu'elle eut du mal à réunir ses pensées.

– C'est un miroir extraordinaire, j'en conviens, mais ce n'est pas ce qui me préoccupe le plus en ce moment. En fait, je voudrais savoir comment faire pour accéder aux Trésors Sacrés que mes amis et moi sommes venus chercher ici.

– En ce qui te concerne, tu n'auras rien d'autre à faire que d'observer ce que te montrera le miroir. En franchissant la porte qui leur a été désignée, tes amis devront franchir une épreuve qui va les mettre devant les ténèbres de leur cœur. Tu y as fait face en acceptant d'assumer tes responsabilités au sein du clan et de venir jusqu'ici malgré la douleur occasionnée par la perte d'un être cher. Nous considérons que tu as passé ton test en purifiant ton cœur des ténèbres qui l'avaient envahi. Toutefois, il n'en est pas de même pour tes compagnons. Ils devront faire face à des évènements qu'ils croyaient avoir surmontés et qui sont restés malgré tout gravés au plus profond de leur subconscient. Les noirceurs de leur âme vont remonter à la surface, et il se peut même que certains parmi eux se laissent submerger… à jamais.

Sylvia crut qu'elle allait manquer d'air.

– Mais alors, que va-t-il leur arriver ? Qu'est-ce qui les attend derrière les portes qu'ils ont traversées ? s'écria-t-elle dans un élan de panique.

– Rien de plus que ce qui a déjà germé au plus profond de leur cœur, dit la voix d'un ton égal.

Ces derniers mots ne firent rien pour apaiser l'inquiétude de Sylvia, bien au contraire. Elle voulut se précipiter vers la porte dorée pour revenir dans le vestibule et venir en aide à ses amis, mais cette dernière se referma devant elle. C'en était fait, elle était enfermée dans cette pièce sans pouvoir rien faire d'autre que de regarder le sort qui attendait ses amis à travers le miroir noir. Elle eut beau pousser de toutes ses forces, la lourde porte ne bougea pas d'un millimètre, et le bruit des coups de poing désespérés fut étouffé aussitôt.

La rage au cœur, des larmes amères sillonnèrent ses joues. Elle se laissa choir au sol, désemparée. Quoi qu'elle fasse, elle resterait éloignée de ses amis. Ce manque de compassion l'écœurait au plus haut point, mais s'entêter ne mènerait nulle part. À contrecœur, Sylvia retourna devant le miroir et s'assit en tailleur sur un épais tapis pourpre étendu au sol. Elle regarda la surface ténébreuse et miroitante où elle ne tarda pas à voir le pentagramme s'estomper petit à petit pour laisser la place à une image floue et nébuleuse. Celle-ci se divisa en quatre images qui se firent de plus en plus précises et distinctes.

Elle put alors voir ses amis faire le même geste au même moment : lever la main en direction de ce qui leur faisait obstacle. Frédéric prit une feuille entre ses doigts ; Philippe caressa la surface ouatée des nuages ; Thessa promena le doigt le long du mur d'eau ;

Coralie approcha la main assez près du feu sans le toucher. Leurs épreuves allaient pouvoir commencer.

*

Frédéric était sous le choc. Il vit devant lui une personne qu'il ne se serait jamais attendu à revoir un jour, et encore moins dans un endroit pareil.

– Qu'est-ce que tu as, Fred ? Tu ne vas pas bien ? On dirait que tu viens de voir un fantôme, dit-il d'un ton narquois. Ressaisis-toi, ce n'est que moi.

– Ludovic. Ce… ce n'est pas possible… Comment se fait-il que tu sois ici ?

Le jeune garçon qui venait de traverser le feuillage était mort voilà plus de treize ans auparavant. Pourtant il était bel et bien là, souriant, tel qu'il était jadis.

– Si tu réagis ainsi, c'est que tu n'as pas oublié ce qui est arrivé dans le passé, dans cette forêt obscure. Ce fameux jour où tu m'as laissé mourir.

En un clin d'œil, Frédéric Laforrest se souvint de ce jour tragique où lui et Ludovic, son meilleur ami au lycée, étaient partis explorer la forêt du Kienberg, en Alsace. Il se rappelait de tout, comme si c'était hier. La douceur de l'air, le soleil filtrant à travers les feuillages denses de cette belle journée d'été… Mais il se remémora surtout la chute malencontreuse dans un ravin, et comment il avait tenté de retenir son ami qui avait malgré tout fini par tomber dans un torrent en contrebas.

Frédéric avait mis des années à s'en remettre.

– Oui, *mon ami*. Ce jour où tu m'as laissé tomber. Littéralement. Et si je suis là aujourd'hui, c'est bien pour te rappeler que tu n'avais déjà pas pu me sauver à l'époque. Pas plus que tu n'as pu empêcher la mort de ces quatre filles, ou celle de ce jeune homme qui a été tué sous tes yeux. Tu aurais pu le sauver lui aussi, mais tu n'as rien fait ! Comme pour moi ! Tu me fais pitié, tu sais. Maintenant tu oses encore te croire capable de veiller sur la *Porteuse de Lumière* malgré tous ces lamentables échecs ? Laisse-moi rire ! Rends-toi à l'évidence, tu ne peux protéger personne !

Blême, Frédéric fut pris d'irrépressibles frissons.

Malgré toutes ces années, Ludovic semblait bien décidé à faire culpabiliser celui qui avait jadis été son camarade de classe. Sur ce, il sortit un revolver de son blouson et mit en joue le lieutenant. Sans ciller, il lui tira dans le bras droit. Poussant un cri, ce dernier s'effondra au sol et porta la main à sa blessure. Le contact du sang chaud et poisseux se combina à la douleur, faisant réaliser pleinement à Frédéric la réalité de la situation. Il ne comprenait pas pourquoi son ami cherchait ainsi à le tuer.

– Pourquoi as-tu fait ça ? Pour te venger ? Toi qui étais mon ami ! J'ai tenté de te sauver, mais je n'avais pas assez de force ! Rappelle-toi que c'est toi qui m'as supplié de te lâcher pour éviter que je ne tombe moi aussi ! Mais j'ai refusé, et c'est au moment où j'étais sur le point de te faire remonter que la roche a fini par céder. C'est parce qu'une des pierres m'avait entaillé la main que j'ai lâché la tienne !

– Silence ! Alors que je te considérais comme un frère, tu m'as trahi ! C'est à cause de toi si je suis mort ! Tu m'as laissé mourir, espèce de lâche ! Maintenant, c'est à ton tour de périr. Tranquillise-toi, je ferai tout pour que ta mort soit aussi lente et douloureuse que le fut la mienne.

Il ouvrit le feu à nouveau sur Frédéric, l'atteignant cette fois-ci au genou gauche.

Philippe avait étendu la main pour effleurer la masse cotonneuse des nuages. Ils se dissipèrent progressivement. Deux personnes, un homme et une femme, venaient d'apparaître devant l'écrivain qui ne put dissimuler sa surprise, car c'étaient ses parents qui se tenaient en face de lui.

– Mais, qu'est-ce que vous faites ici tous les deux ? Vous ne devriez pas être là.

Tous deux arboraient un sourire serein. Ils n'avaient pas l'air perdu le moins du monde et restaient silencieux. C'est ce qui eut pour effet d'augmenter la méfiance de Philippe devant l'absurde de la situation.

– Si seulement nous avions eu un fils normal, dit la mère de Philippe avec dégoût, tout aurait été pour le mieux. Mais non, il a fallu que tu deviennes un *sorcier*. Tu as jeté la honte sur nous.

– Aussitôt que nous avons découvert ça, nous avons pensé à te conduire chez un prêtre pour te faire exorciser, rajouta le père de Philippe. C'est tout ce que tu méritais, ni plus ni moins.

Philippe ne put s'empêcher d'accuser le coup. Lui qui avait toujours cru que ses parents l'avaient soutenu et encouragé dans sa passion des sciences occultes.

– Pourquoi me dites-vous ça alors que vous aviez toujours été là pour moi ? Pendant toutes ces années où vous ne m'avez en rien reproché mes choix. Pourquoi me dire tout ça maintenant ? Je ne comprends pas ce revirement.

– Parce que nous voulons corriger notre erreur d'avoir laissé la vie sauve à une créature indigne de vivre, répondirent-ils d'une même voix. Car nous te voyons tel que tu es réellement : un monstre, quelqu'un d'anormal et de malsain.

– Comment ça, *corriger votre erreur* ? Que comptez-vous faire ?

Les parents esquissèrent un sourire triste.

– Sache, mon fils, que ça nous fera plus de mal qu'à toi.

Sur ces mots, tous deux élevèrent la main gauche devant eux. Des étincelles bleutées apparurent entre leurs doigts avant de former une boule d'énergie qu'ils projetèrent en même temps sur Philippe qui parvint à esquiver la première. Mais la seconde l'atteignit de plein fouet sur le côté, ce qui le projeta au sol, le souffle court.

Comment était-ce possible ? Pourquoi ses parents étaient-ils ici ? Ils ne connaissaient pas de telles pratiques magiques.

La douleur n'a rien d'un rêve pourtant. Non, c'était tout simplement impossible. Pourquoi mes parents seraient-ils ici pour m'attaquer ?

Thessa avait tendu la main pour effleurer du bout du doigt la fine surface de l'eau. C'était bien la première fois de sa vie qu'elle voyait une étendue aqueuse verticale, et elle avait tout d'abord pensé à une illusion d'optique, mais la sensation de fraîcheur ressentie au contact de cette eau mit un terme aux doutes que pouvait avoir la toute jeune fille qui put alors voir trois silhouettes prendre forme petit-à-petit.

Tel un rideau fantasmagorique, la paroi aquatique s'ouvrit pour faire apparaître trois adolescentes que la magicienne finit par reconnaître : Sophie, Léa et Mélanie, ses trois meilleures amies et camarades au lycée. Que faisaient-elles ici ?

Elles n'étaient pas comme d'habitude. Jusqu'à présent, elles arboraient toujours un sourire radieux, et les retrouver pour discuter avant le début des cours était souvent un bonheur. Alors que là, leurs visages étaient fermés, affichant du mépris.

Comme Thessa était la plus jeune étudiante de l'établissement, les autres l'avaient de suite mise à l'écart ou la considéraient avec le même attrait peu engageant d'une curiosité de foire. Pourtant, ces trois filles âgées de quinze ans l'avaient de suite adoptée dans leur cercle amical. Les voir avec cette mine renfermée, dans ce lieu, avait tout pour inquiéter la jeune fille.

– Tiens, tiens, tiens, s'esclaffa Sophie d'un ton sarcastique. N'est-ce pas cette prétentieuse, la petite surdouée de service ?

– Oui, répondit Léa sur le même ton hautain et moqueur. Celle qui joue toujours la Mademoiselle-je-sais-mieux-que-tout-le-monde devant les profs, tout ça parce qu'elle est déjà au lycée à son âge. Non mais vraiment, on croit rêver ! Quelle crâneuse !

– Moi, enchaîna Mélanie, je vous parie tout ce que vous voulez que c'est papa et maman qui ont forcé la main du dirlo pour qu'elle soit acceptée au bahut.

– C'est clair, cette gamine horripilante n'aurait pas pu intégrer le lycée autrement que par la force du pognon, commenta Léa.

Les trois filles se mirent à ricaner en montrant Thessa du doigt, comme l'avaient déjà fait tant de personnes avant elles ; et cela la fit souffrir bien plus encore que par le passé, étant donné que cela venait de filles qu'elle considérait comme ses amies. Elle recula et porta la main à sa poitrine, écrasée par une onde puissante de négativité, lourde et d'une extrême densité.

– Ouais c'est vrai, dit Mélanie. Je n'ai jamais supporté tes petits airs supérieurs. Tu te crois tout permis tout ça parce que tes parents sont diplomates. Alors qu'en vérité, tu n'es qu'une sale gamine pleurnicheuse et mythomane de première. On ne t'a jamais supportée ! Si on faisait bonne figure devant toi, c'était par intérêt, puisqu'on s'est servies de toi pour les interros.

Thessa ne pouvait en entendre d'avantage.

Non, mes amies… Je pensais que vous ne seriez pas comme les autres qui avaient abusé de moi. Avais-je tort à propos de vous ? Non, je ne dois pas me laisser submerger par les mots des ténèbres !

Elle porta la main à sa tête et chancela malgré tout sous le poids d'une douleur intense causée par cette attaque mentale des plus sournoises.

Quand le rideau de flammes s'estompa, Coralie ne put réprimer sa surprise en voyant la personne qui venait de faire son apparition ; il s'agissait de sa sœur. Coralie était si effarée qu'elle en eut la voix coupée. Pourtant, c'était bel et bien Karine, sa sœur aînée, qui se tenait devant elle, telle qu'elle était quelque temps avant de rencontrer l'auteur de sa mort. Pourtant, ça ne pouvait pas être possible…

Karine avait la même chevelure rousse que Coralie, mais son regard était curieusement voilé. La jeune femme avait la main posée nonchalamment sur la hanche et regardait sa petite sœur avec dans le regard un mélange de tristesse, de rancœur et de colère. Coralie se souvint de son sourire en partant… Quel contraste avec sa physionomie actuelle !

– Ça te sidère de me voir ici, n'est-ce pas ?

– Karine ? Mais c'est impossible, tu es…

– Je suis morte, je le sais très bien. À ton avis, à qui la faute ? La tienne, si tu veux tout savoir. Depuis que tu es venue au monde, il n'y en a jamais eu que pour toi ! Surtout après que nos parents t'aient emmenée chez cette voyante qui avait prédit que tu serais parmi ceux qui reconstitueraient le Cercle du Dragon Céleste. Je te déteste ! Tu m'as volé ma vie ! Celle que j'aurais dû avoir si tu n'avais pas été là !

De rage, Karine se précipita sur Coralie, la fit basculer au sol et lui agrippa le cou pour l'étrangler. La jeune fille tenta de se défaire des mains de sa sœur, en vain. Elle commençait déjà à suffoquer. Pourquoi faisait-elle ça ?

Des larmes brûlantes vinrent rouler sur les joues de Coralie qui rouvrit les yeux, et vit que sa sœur pleurait amèrement malgré la colère qui la rongeait.

– Durant toutes ces années, nos parents n'ont fait que me coller toutes les responsabilités sur le dos ! Oh, je me souviens très bien de leur rengaine : « Tu dois montrer l'exemple, c'est toi l'aînée… Il faut que tu sois forte, et que tu te montres raisonnable… Et patati et patata ! » Personne ne s'est préoccupé de me demander mon avis sur quoi que ce soit ! Il fallait toujours que je te surveille ! Du coup, j'ai dû renoncer à tous mes rêves ! Je parie que tu n'as jamais su que je voulais devenir archéologue. Même pas ! Il fallait que je sois là pour toi, alors j'ai dû abandonner ce rêve qui me tenait tant à cœur !

À demi inconsciente, Coralie comprit que sa sœur était en train de lui dire tout ce qu'elle avait refoulé au plus profond d'elle-même, tout comme si elle avait renfermé ses véritables sentiments depuis toutes ces années.

Elle ressentit la même incompréhension qui avait saisi ses compagnons aux prises avec des gens qu'ils aimaient. La question qui la tenaillait était la même : pourquoi ? Pourquoi sa grande sœur qu'elle aimait tant voulait-elle la tuer ?

– Pourquoi est-ce toi qui as été désignée pour accompagner la Prêtresse ? On n'est pas si différentes l'une de l'autre, finalement. Nous sommes toutes les deux nées sous un signe régi par le Feu. C'est moi qui aurais dû être choisie !

Sur ces mots, Karine resserra encore ses mains autour du cou de sa victime qui n'avait plus la force de lutter, et qui n'avait surtout pas la volonté d'affronter sa propre sœur.

*

Sylvia était effarée par ce qu'elle voyait dans le miroir. Elle s'était rapprochée, et aurait voulu de toute son âme en traverser la surface plane afin de rejoindre ses amis. De là où elle se trouvait, les sentiments de les avoir abandonné se mêlaient à l'impuissance qui était à présent la sienne.

– Petite Prêtresse, reprit la voix, tu ne dois pas leur venir en aide. Si tu interviens, vous ne pourrez pas accéder aux Trésors Sacrés.

– Je refuse de rester ici sans rien faire, en regardant mes amis souffrir sous mes yeux ! Non, c'est impossible ! Si je ne fais rien, ils risquent de mourir !

– C'est leur combat, l'épreuve qu'ils doivent traverser chacun de leur coté. Considère cela un peu comme un passage au feu pour voir si la lame est bonne. Ils devront s'en sortir seuls. Je t'interdis formellement d'intervenir à quel niveau que ce soit.

Sylvia ne l'entendait pas de cette oreille, et elle posa ses mains sur le miroir. Puisqu'elle ne pouvait pas intervenir sur l'issue de cette étrange épreuve, elle ferait tout son possible pour soutenir ses compagnons. C'est ainsi que la jeune fille se concentra du mieux qu'elle pu et leur adressa des pensées encourageantes. Elle voulait leur parler par le biais de leur esprit.

– Frédéric, Philippe, Thessa, Coralie, entendez ma voix… Entendez ma voix, mes amis ! ÉCOUTEZ-MOI !!

Au même moment, ces derniers perçurent l'appel de Sylvia. Ils avaient tous entendu ses mots, et se figèrent, se demandant ce que la jeune femme pouvait avoir à leur dire.

– Écoutez-moi, mes amis. Ne vous laissez pas dominer par la peur. Que votre volonté soit forte, et réfléchissez. Ceux qui vous font face sont-ils des personnes que vous connaissez et qui comptent pour vous ?

Sans plus chercher à comprendre pourquoi il pouvait entendre la voix de Sylvia aussi distinctement, alors qu'elle était dans une autre pièce, Frédéric voulut lui répondre, en espérant qu'elle l'entendrait.

– Ludovic était mon meilleur copain depuis notre plus tendre enfance ! Je ne compte plus les bons souvenirs qu'on a partagés ensemble. Il a été pour moi le frère que je n'ai jamais eu. C'était mon plus cher ami !

– Ce sont mes parents que j'aime du fond du cœur, dit Philippe. Ils m'ont toujours soutenu et encouragé à suivre la voie que j'ai choisie sans chercher à interférer. Que ce soit pour moi ou ma sœur, nos parents nous ont toujours soutenus. Alors je sais que plus tard, c'est nous qui serons là pour eux.

– Depuis longtemps, murmura Thessa, j'ai souffert de ne pas avoir d'amis avec qui parler. Les autres me mettaient à part du fait de mon âge ou parce qu'ils me jugeaient toujours trop sérieuse, mais ces trois filles m'ont acceptée pour ce que je suis. Elles sont très vite devenues des amies qui comptent beaucoup pour moi.

– C'est ma sœur… souffla Coralie. Elle a dû renoncer à ses rêves pour veiller sur moi. On était très proches et on s'aimait énormément.

– À présent réfléchissez et interrogez votre cœur, reprit Sylvia. Croyez-vous que les êtres les plus chers à vos yeux vous feraient du mal ? Est-ce qu'ils souhaiteraient délibérément votre souffrance, vous blesser, ou même vous tuer ? Réfléchissez bien à ça, car quelque chose me dit qu'en répondant à ces questions, vous serez en mesure de traverser cette épreuve.

Frédéric se releva tant bien que mal, malgré ses blessures, et regarda celui qui était devant lui. D'un côté, il ne comprenait pas trop en quoi le fait de se retrouver face à quelqu'un de décédé et qui voulait sa mort pouvait représenter une épreuve. Cependant, il choisit de faire confiance à sa jeune amie, même si le pourquoi de la chose lui semblait absurde au premier abord.

Il ferma les yeux en concentrant ses pensées sur la personne qui lui faisait face.

Non, ce n'est pas Ludovic. Il n'aurait jamais fait une chose pareille. On était comme les doigts de la main et on se protégeait mutuellement.

– Imposteur ! Tu n'es pas mon meilleur ami !

Laforrest était résolu à ne pas se laisser abattre aussi facilement, mais il devait commencer par se protéger. En tendant les mains devant lui, les paumes orientées vers son opposant, il se concentra pour voir un bouclier dans son esprit qui le mettrait à l'abri de toute attaque. Quand Ludovic fit de nouveau usage de son arme, le tir fut dévié par un champ de protection intense.

Tout autour du corps de Frédéric venait d'apparaître une aura verte, de même que le symbole de la Terre sur son front.

🜃

– Qui que tu sois, je ne te pardonnerai jamais d'avoir usurpé l'identité de mon ami et d'avoir trahi sa mémoire ! Par la toute puissance de la Terre-Mère, je t'empêcherai d'agir plus longtemps !

Sur ces mots, il leva l'index de la main droite et traça le pentagramme d'invocation des forces de la Terre qui apparut, de la même couleur émeraude, dans les airs. Puis il rassembla toutes ses forces dans ses mains qu'il plongea au centre de la figure ésotérique en prononçant d'une voix forte le Très Grand Nom Divin rattaché à la Terre. Nom qu'il avait lu dans le livre de Philippe et dont il se rappelait le mieux. Une puissante lueur verte, chargée des forces élémentaires terrestres, jaillit alors et fut expédiée en direction du faux Ludovic qui ne put esquiver cette onde de force.

– Mensonges… murmura Philippe. Illusions… Ces gens-là ne sont pas mes parents. Par le souffle vivifiant de l'Air, je vous enverrai là où vous ne pourrez plus nuire à personne ! dit-il d'une voix ferme et décidée.

De la même façon que l'avait fait Frédéric, Philippe déploya son pouvoir dans une aura jaune, avec le symbole de l'Air brillant à son front.

🜁

Traçant le pentagramme d'invocation de l'Air, une forte énergie élémentaire du Vent, ressemblant à une puissante bourrasque, fut déversée en direction de ceux qui lui faisaient face.

Quant à Thessa, elle concentra son pouvoir sur l'Eau de la même façon que ses deux amis ; elle fut entourée d'une aura bleue tandis que le symbole de l'Eau brillait sur son front du même bleu océanique.

▽

– Disparaissez, langues de vipères illusoires ! s'écria Thessa. Retournez dans les abysses sépulcraux ! Par le pouvoir de l'Élément Aquatique, je noierai vos mensonges perfides sous les eaux limpides de la vérité !

Effectuant d'un geste gracieux le pentagramme d'invocation de l'Eau et tendant ses mains au centre de ce symbole lumineux, une onde violente fut libérée et submergea les apparitions hurlantes qui avaient usurpé l'identité des amies de la jeune fille.

Coralie suffoquait, mais elle avait compris que celle qui cherchait à la tuer ne pouvait pas être Karine, sa sœur qu'elle aimait tant. Rassemblant ses forces, la jeune fille parvint à repousser son ennemie au loin avec ses pieds. Elle se redressa tant bien que mal sur les genoux, le souffle court.

Folle de rage, Coralie fut gagnée par l'aura rouge incandescente caractéristique de sa maîtrise sur l'Élément igné, tandis que le symbole du Feu brillait sur son front.

△

– Je ne sais pas qui tu es, mais je suis sûre que tu n'es pas ma sœur, et que tu vas regretter d'avoir voulu jouer avec le feu ! Karine ne se serait jamais conduite comme ça avec moi. Par la chaleur purificatrice des flammes, je réduirai en cendres les chimères obscures de cette macabre illusion !

Coralie fit comme ses trois autres amis ; elle traça dans les airs le pentagramme d'invocation du Feu. En criant le Très Grand Nom Divin rattaché à cet Élément, elle libéra toute la rage des flammes dans un impressionnant brasier rouge et or à l'incandescence dévastatrice.

*

Au moment précis où les forces élémentaires déployées atteignirent leur cible, il se produisit un évènement curieux. Sous la puissance de la Terre, celui qui se faisait passer pour le meilleur ami d'enfance de Frédéric se transforma progressivement. Très vite, il ne resta plus qu'un grand bloc de cristal vert qui rayonnait de la force élémentaire terrestre. Le symbole de cet Élément était gravé à la surface dans les tons or. Frédéric était un peu surpris. C'était donc ça, le Trésor Sacré qu'il avait réussi à trouver ? Normalement, il aurait dû avoir une forme précise, et non celle-ci. Décidément, ça ne tenait pas debout. Il tendit alors la main en direction de cette apparition inattendue.

Philippe fit face à un autre cristal flottant en lévitation devant lui, la pierre était d'un jaune vif et translucide, comme la pierre au centre de son pendentif, et détenait en lui les forces de l'Air. Le triangle représentant l'Air était comme gravé à même le cristal.

Thessa n'avait plus devant elle qu'un imposant cristal aussi bleu que l'océan et dans lequel elle pouvait voir l'Eau tourbillonner, bleue et blanche d'écume.

Coralie posa la main sur la gigantesque opale de feu d'un rouge flamboyant qui était apparue devant elle. D'un mouvement léger, elle effleura le symbole du Feu délicatement gravé sur la surface lisse.

Dès que les quatre amis eurent fait ce même geste de façon quasiment synchronisée, ils se retrouvèrent enveloppés par une aveuglante lumière qui fit disparaître au même instant les blessures infligées durant cette épreuve.

Quand ils rouvrirent les yeux, ce fut pour réaliser qu'ils étaient à nouveau réunis dans une pièce étrange renfermant un gigantesque miroir noir, devant lequel se trouvait Sylvia. Cette dernière eut du mal à contenir son soulagement de voir ses amis apparaître devant elle sains et saufs. Elle était encore sous le coup de l'émotion, des larmes aux yeux, mais elle souriait.

– Mes amis, si vous saviez à quel point je suis rassurée que vous vous en soyez tirés. J'étais si inquiète pour vous !

Après un instant de surprise, les quatre amis se demandèrent comment ils étaient arrivés jusque là et surtout où avait bien pu passer les cristaux qu'ils avaient fini par trouver, car ces derniers avaient disparu.

Sylvia eut un petit rire espiègle, et fit un léger geste avec son index pour inviter ses compagnons à regarder au-dessus d'eux. Dès qu'ils levèrent la tête, ils purent voir quatre objets qui semblaient avoir été délicatement façonnés dans les cristaux qui leur étaient apparus.

Les quatre compagnons n'eurent aucun mal à s'emparer du Trésor Sacré qui leur revenait ; Frédéric prit un superbe pentacle en agate mousse artistiquement sculpté ; Philippe s'empara d'une longue dague constituée de la même fluorine jaune que son médaillon ; Thessa, quant à elle, eut entre ses mains une coupe en aigue-marine d'un bleu cristallin semblable à l'eau écumante des océans ; et Coralie détenait à présent une baguette d'opale de feu rouge surmontée d'une pierre en forme d'œuf. Chaque outil comportait une série de cinq symboles avec des inscriptions codées dans les couleurs suivantes : marron pour le Pentacle de la Terre, mauve pour la Dague de l'Air, orange pour la Coupe de l'Eau, et verte pour la Baguette du Feu.

Philippe reconnut là les inscriptions qu'il avait lui-même notées dans son livre, dans le chapitre traitant des outils employés dans l'exercice de la magie draconique. Il était gagné par l'enthousiasme. Non seulement parce qu'ils avaient réussi à trouver les Trésors Sacrés, mais parce que l'écrivain avait eu la confirmation qu'il était dans le vrai.

Toutefois, Sylvia ne pouvait pas dissimuler sa surprise.

– Comment avez-vous fait pour employer tous les quatre la même technique magique ? Vous avez tous invoqué la puissance de votre Élément respectif. Vous vous étiez donné le mot ?

– Alors tu nous as vus ? demanda Coralie. Ça explique pourquoi tu as pu savoir ce qui nous arrivait. Je me demandais aussi…

– C'est curieux que tu nous demandes ça, dit Philippe, car ce que je devais faire m'a soudainement paru très clair. Sans que je ne sache pourquoi.

– Pour moi non plus, rajouta Frédéric, mais c'était comme un ordre impérieux et irrépressible, alors j'ai juste agi…

– Peut-être un fragment de souvenir des pouvoirs issus de nos vies passées, compléta Coralie.

Sylvia entendit alors de nouveau la voix qui lui avait parlé auparavant. Un peu nerveuse, elle s'attendait à des reproches, vu qu'elle avait ouvertement intercédé en faveur de ses amis. Elle se tourna vers le miroir sans que les autres n'y prêtent la moindre attention. Il lui semblait que personne d'autre qu'elle ne pouvait entendre cette voix profonde.

– Petite Prêtresse… Tu as fait preuve d'une grande détermination à ne pas abandonner tes amis. Malgré ce que j'ai pu te dire, ton cœur n'a pas pu délaisser ceux que tu aimes. En retour de cette manifestation d'une telle force d'âme, je te révélerai la vérité à propos d'une question, mais une seule. Alors, choisis-la bien.

– D'accord. En fait, il y a une chose que je voudrais savoir dans l'immédiat : l'identité de ma vie antérieure, en 1666.

– Ta quête de savoir est légitime. Alors pose ta main sur la surface du miroir. Non seulement il répondra à ta question, mais il te remettra aussi le Trésor Sacré qui te revient de droit.

Réprimant un frisson, Sylvia posa sa main droite sur le miroir et ferma néanmoins les yeux. Le visage d'un homme apparut dans l'esprit de la jeune fille qui eut du mal à réprimer un sursaut d'étonnement et d'effroi. Elle fut saisie d'horreur, car elle avait reconnu le visage de l'homme dont l'image venait d'apparaître.

La violence de cette révélation fut telle qu'elle en tomba à genoux, glacée d'effroi.

Non, c'était impossible !

Sylvia Laffargue ne pouvait pas être la réincarnation de Benedict Carpzov !

Troisième Partie

Lumière & Ténèbres, compagnes d'éternité

CHAPITRE 36

Sylvia était encore sous le choc de cette révélation aussi aberrante qu'inattendue. Elle serait la réincarnation de l'inquisiteur Benedict Carpzov… Cela ne pouvait pas être vrai ! Même si la Divine Providence ne mentait jamais, ce secret avait tout de même beaucoup de mal à passer. Comment cela pouvait-il être possible ? Dans ces conditions, elle comprenait enfin pourquoi Shoren lui avait dit que Stéphane Flergafau ne pouvait pas avoir été Benedict Carpzov au XVIIe siècle.

Normal, puisque c'est moi, finit-elle par se dire avec effroi.

De même, elle saisissait mieux à présent les propos du grand dragon noir quand il lui avait dit que son karma serait plus lourd compte tenu que ce dernier avait été aggravé lors de sa précédente vie terrestre. Les idées qui lui étaient venues bien avant son tout premier rêve à la bibliothèque Sainte-Geneviève prirent alors un jour nouveau ; comme si le terrible Inquisiteur s'était exprimé à travers elle. Sylvia en eut le souffle coupé. Au bord de la nausée, elle avait oublié que c'était son esprit qui encaissait la violence du choc de cette révélation, et non son corps physique qui était étendu auprès de ses amis, à Paris.

Blême et le souffle court, la jeune fille se tourna vers les autres, qui continuaient à discuter de leur côté. Ils avaient l'air de bien s'amuser tous les quatre, bien loin des tourments qui s'étaient emparés d'elle. À les observer, et à les regarder rire, Sylvia se détendit un peu. Seulement un peu ; elle était encore trop troublée pour le moment.

Elle décida de ne pas leur dévoiler tout de suite ce qu'elle venait d'apprendre, tant qu'elle ne saurait pas les implications que cela pourrait engendrer par rapport à sa présente existence. Il fallait se rendre à l'évidence ; elle n'avait pas encore tout à fait digéré une nouvelle aussi ahurissante, et elle avait un certain mal à l'accepter. Sans compter qu'elle craignait que ses amis se détournent d'elle ou qu'ils la rejettent en raison de cette vie passée dont elle-même ignorait tout.

Pourtant, d'où vient cette certitude que je suis malgré tout des leurs ? Ça n'a absolument aucun sens. Je suis censée être leur pire cauchemar, d'autant plus que c'était déjà le cas dans nos vies antérieures.

Elle porta enfin son regard sur l'objet qu'elle tenait entre ses mains, et auquel elle n'avait pas accordé la moindre attention. Pourtant, cela aurait semblé difficile, étant donné la singularité et la beauté du Trésor Sacré qui venait d'apparaître à travers le miroir noir.

Il s'agissait d'une sphère en cristal d'une pure couleur violette, sans la moindre imperfection, et dont les nuances allaient du plus sombre sur les bords pour devenir plus lumineux au cœur même de la pierre. Comme si une lumière vive avait été emprisonnée à l'intérieur. Large d'environ sept centimètres, la jeune fille crut que la pierre pèserait un poids certain, pourtant elle tenait la pierre au creux de ses mains. Ce cristal tenait en lévitation, entouré d'une lueur violette et pulsative comme un doux battement de cœur. Cette luminosité était à la fois chaude et réconfortante, ce qui contribua à apaiser quelque peu le cœur tourmenté de Sylvia.

Sans trop pouvoir expliquer pourquoi, elle fut fascinée par ce cristal qui lui était inconnu. Elle n'avait jamais vu auparavant quelque chose de semblable, et elle ne pouvait plus en détacher son regard. Curieusement, elle eut même la certitude que ce cristal extraordinaire renfermait en lui quelques-unes des questions qu'elle se posait et qui étaient encore sans réponse.

La Prêtresse s'assit à nouveau sur l'épais tapis, tenant le cristal avec un luxe de précaution entre ses mains et, à ce moment-là, ses amis vinrent la rejoindre. Sylvia releva la tête et les regarda s'avancer vers elle tandis qu'elle s'efforçait d'afficher un sourire aussi naturel que possible, compte tenu de la révélation qui venait de lui tomber dessus. Difficile, compte tenu que son âme venait tout juste d'être meurtrie à vif.

Ils parlaient tous en même temps. L'enthousiasme d'avoir franchi avec succès cette étape avait effacé les tourments qu'ils avaient affrontés. Ils étaient intenables. Une vraie volière ! Tous voulaient montrer avec fierté à leur Prêtresse et amie le Trésor Sacré qu'ils avaient réussi à obtenir. Cette épreuve avait réussi à consolider encore plus les liens qui s'étaient tissés entre eux.

Pour Coralie, il ne faisait plus le moindre doute qu'ils devaient surmonter une parcelle de leur propre obscurité s'ils voulaient être à même de révéler la pleine puissance qui sommeillait au plus profond d'eux-mêmes.

Thessa acquiesça et Philippe rajouta que les Trésors Sacrés n'auraient pu être façonnés que par leurs propres forces. Comme une utilisation inconsidérée d'une telle puissance magique aurait eu des conséquences graves si elle avait été utilisée inconsidérément, les êtres draconiques avaient dû provoquer des évènements qui les avaient ainsi poussés à déployer toute la puissance de leur Élément respectif. L'épreuve qu'ils avaient eue à subir venait alors de prendre tout son sens.

Sur ce, chacun voulut montrer son item à la Prêtresse et Frédéric confia le pentacle d'agate mousse à Sylvia qui contempla non seulement la sobre beauté de l'artefact, mais aussi le vert profond de la pierre qui n'était pas sans lui rappeler la végétation verdoyante.

Comme Thessa voulait ensuite lui montrer la coupe qu'elle détenait, Sylvia tendit le pentacle à Coralie pour qu'elle puisse le voir aussi, mais cette dernière le lâcha presque aussitôt en poussant un cri de surprise.

– La vache ! Mais ça pèse un âne mort, ce truc !

Tous les autres la regardèrent avec étonnement, mais ils furent encore plus surpris de voir que le pentacle s'était enfoncé dans le sol, comme s'il avait pesé près d'une tonne. Il avait atterri à quelques centimètres des pieds de la jeune fille rousse qui était tétanisée. Elle réalisait la chance qu'elle avait eue de ne pas avoir été blessée. Frédéric reprit pourtant le pentacle en main comme si de rien n'était.

– Je ne comprends pas, il a un poids normal. Enfin, pour moi, il n'est pas lourd.

– Pour moi non plus, rajouta Sylvia.

– Moi, je vous jure que c'est si lourd que j'ai failli suivre le mouvement, répliqua Coralie. Reprends-le, Fred, parce que moi, je ne veux plus y toucher.

– Effectivement… c'est particulier, dit Thessa. Essayons avec ma coupe.

Elle la donna à Sylvia qui prit le temps de l'admirer. Mis à part qu'elle était façonnée dans une magnifique aigue-marine, il n'y avait rien de spécial. D'une forme semi-sphérique, le calice était doté d'un pied artistiquement poli et qui ressemblait aux courbes des vagues. Elle contempla la jonction entre le pied et la base, semblable à l'écume de l'océan. Cet item était magnifique.

Puis Sylvia voulut donner la coupe à Coralie qui refusa net, ne voulant pas se faire avoir deux fois de suite. Du coup, c'est Philippe qui prit la coupe, mais au moment précis où il eut l'objet entre les mains, ce dernier prit la consistance de l'eau et coula entre les doigts de l'écrivain stupéfait qui ne put la retenir, avant de reprendre sa forme initiale par terre.

Thessa, que cet incident avait laissée perplexe, ramassa le calice bleuté.

– Étrange… Pourquoi ça s'est produit avec Philippe, alors qu'il ne s'est rien passé avec Sylvia ? Pourquoi ça n'a pas fait pareil avec le pentacle ?

– Oui, la coupe s'est liquéfiée alors que le pentacle a simplement failli m'écraser les pieds, fit remarquer Coralie, encore un brin contrariée.

– Je n'en sais rien, répliqua Frédéric, mais c'est bizarre. Je propose que Philippe prête son couteau à Sylvia et on…

– C'est une dague magique et non un simple couteau, fit remarquer Philippe.

– Peu importe. Donne-le lui, et on verra ce qui se passera.

Après un haussement d'épaules, Philippe s'exécuta. La jeune femme, sceptique, prit la lame dans sa main, et constata que l'arme était d'une légèreté pour le moins inattendue.

– C'est incroyable de voir quelque chose être aussi léger. Normalement, vu que c'est taillé dans la fluorine, cette dague aurait dû peser plus lourd, non ?

– Tu as raison. Pourtant elle est aussi légère qu'une plume, dit Philippe en souriant. Elle est maniable et c'est très agréable de l'avoir en main.

À ces mots, Coralie demanda à voir aussi la dague jaune.

– Il y aura moins de danger avec ça qu'avec le pentacle qui a failli m'é… EH !!

Elle n'avait même pas fini sa phrase en s'emparant de la dague que celle-ci s'était littéralement envolée ! Coralie était suspendue en se cramponnant de toutes ses forces à l'item magique, et elle était presque au niveau du plafond. Les autres se levèrent d'un bond, les yeux en l'air, tous stupéfiés par le décollage brutal de leur amie.

– Ah non alors ! C'est la deuxième fois qu'il m'arrive un coup tordu ! Est-ce que quelqu'un aurait le mode d'emploi pour me faire redescendre ?!

– Je ne vois qu'une seule solution, dit Sylvia, mais tu risques de ne pas aimer.

– Dis toujours, on verra.

Le lieutenant semblait avoir la même idée que son amie.

– Lâche tout ! s'écria-t-il. Je te rattraperai au vol !

– Non mais ça ne va pas ? Ça ne m'plaît pas du tout, cette idée !

– Je l'avais bien dit… marmonna Sylvia en haussant les épaules.

– Lâche tout ! répéta Frédéric. De toute façon, tu n'as pas le choix !

Que cela lui plaise ou non, les possibilités d'agir se réduisaient à cette seule et unique option. Prenant une profonde inspiration, elle ne lâcha la dague qu'après s'être assuré que Frédéric était bien en dessous d'elle et qu'il ne la laisserait pas tomber. Ce dernier rattrapa la jeune fille dans ses bras et s'écroulèrent au sol. Inquiets, les autres se précipitèrent vers eux. Heureusement, ils n'avaient rien. Au moment précis où Coralie avait lâché la dague, celle-ci vint se ficher dans le sol, à quelques centimètres de la jeune fille qui sursauta, s'agrippant de plus belle au cou de Frédéric, les yeux écarquillés de frayeur.

Philippe récupéra la Dague de l'Air, plongé dans une grande perplexité.

– Comment se fait-il que ces outils réagissent ainsi ?

– Je crois avoir compris, répondit Thessa. Ce sont des objets magiques qui ont été façonnés par la force de chacun d'entre nous. De ce fait, ils sont devenus très personnels, et seul leur propriétaire légitime peut les toucher et les utiliser.

La compréhension se fit jour aussi pour Coralie.

– Dans ce cas, c'est normal que le pentacle de Frédéric s'alourdisse comme une pierre, que la coupe de Thessa se change en eau, et que la dague de Philippe ait décollé quand quelqu'un d'autre tente de s'en emparer. Il faut croire que leurs réactions sont liées à l'Élément qui les gouverne. Je me demande ce qui se passerait avec ma baguette. Quelqu'un veut essayer ? dit-elle sur un ton innocent en la leur tendant.

– NON !! répondirent les autres d'un seul élan.

– Il ne vaut mieux pas, dit Thessa un peu embarrassée. Vu que ton pouvoir est lié au Feu, il y a fort à parier que ta baguette s'embrasera, se changera en lave ou quelque chose du même genre. Autant ne pas jouer avec le feu ! Mais, attendez une petite minute… Si personne d'autre ne peut toucher nos Trésors Sacrés respectifs, comment se fait-il que Sylvia puisse les manipuler comme si de rien n'était ? Il ne lui est rien arrivé.

Tous regardèrent la jeune fille avec stupeur, et cette dernière eut l'impression d'être dévisagée avec la même curiosité que celle des touristes asiatiques face aux antiquités du Louvre.

– Alors là, je crois que Thessa a posé la meilleure question de la journée, observa Philippe. À mon avis, on pourrait voir ça ainsi : étant donné qu'elle est la *Porteuse de Lumière* et qu'elle est amenée à maîtriser les pouvoirs du Feu, de l'Air, de l'Eau et de la Terre, c'est quelque chose de tout à fait normal. Il n'y a qu'elle qui puisse le faire. Sylvia, c'est une preuve indiscutable de ton appartenance à notre confrérie.

Sylvia ne voyait pas en quoi le fait de pouvoir tenir ces objets en main pouvait susciter une telle réaction, qu'elle estimait un tantinet exagérée, mais elle se rappela soudain ce qui s'était produit quand elle avait allumé une chandelle rien qu'en soufflant dessus. Coralie lui avait alors expliqué que ça tenait surtout du fait de son pouvoir, lié à l'Akâsha, et qui lui permettrait de contrôler les autres Éléments. Les doutes l'assaillirent de nouveau. Comment se faisait-il qu'elle puisse toucher ces objets sans le moindre mal ? Après tout, n'était-elle pas la réincarnation du pire ennemi que le clan du Cercle du Dragon Céleste n'ait jamais eu ?

Une douce aura mauve et pulsative se mit à rayonner derrière Sylvia. Les compagnons de la Prêtresse lui demandèrent ce qui était à l'origine d'une telle luminosité.

Le cristal ! Sylvia l'avait presque oublié pendant ce moment de perplexité. Elle se retourna pour se saisir de la pierre et la montrer à ses amis qui furent stupéfaits de voir quelque chose de semblable. Curieusement, c'était Coralie qui était la plus éberluée ; elle avait les yeux écarquillés et avait du mal à parler distinctement.

– Ça… Ça alors. C'est… incroyable… Je n'aurais jamais cru que je reverrai de toute ma vie une améthyste aussi pure.

Néanmoins, malgré la beauté de la pierre, Frédéric était un peu dubitatif.

– Qu'est-ce que cette forme peut avoir de spécial ? Ce n'est qu'une sphère d'améthyste. Cette variété n'est pas si rare que ça.

– C'est vrai, sauf que nous sommes en présence d'un cristal unique en son genre, continua Coralie, prise d'un sentiment euphorique inattendu. Et si je le sais, c'est parce que je l'avais déjà vu auparavant. Avant même que nos chemins ne se croisent un jour. C'était l'hiver dernier… en début février. Il neigeait…

– De quoi est-ce que tu veux parler ? demanda Philippe avant de comprendre. Est-ce que serait quelque chose lié de près ou de loin à notre vie antérieure ?

– Je n'en sais rien, mais j'aimerais bien comprendre aussi. Allez Coralie, explique-nous tout ça… comme si on avait six ans, rajouta Sylvia avant de réprimer un fou rire en regardant Frédéric qui lui adressa un petit rictus moqueur.

– Ok, je vais essayer de vous résumer ça. J'avais déjà raconté à Sylvia comment je m'étais intéressée à la Magie avec ma sœur Karine. Or, un jour où la neige tombait sur Paris, j'ai fait un rêve incroyable dans lequel j'arrivais à cette grotte extraordinaire. La toute première des six portes que j'ai été invitée à franchir m'a fait aboutir dans une bibliothèque la plus inouïe que je n'aie jamais vue ! Au centre des rayons couverts d'innombrables livres magnifiques, il y avait un espace en forme de cercle à l'intérieur duquel trônait cette même sphère cristalline, en suspension au-dessus d'une colonne noire sur laquelle était dessiné en blanc un pentagramme enchâssé dans un cercle.

– C'était cette même pierre ? interrogea Thessa.

– J'en suis persuadée, opina-t-elle. On pourrait même la comparer à une espèce d'ordinateur cosmique qui renfermerait en lui la sagesse immémoriale. Sylvia, ce que les êtres draconiques t'ont transmis n'est autre qu'une *Bibliothèque de Lumière* qui offre surtout un accès aux fameuses Archives Akâshiques. Situées dans le plan astral, ces archives répertorient tout ce qui fut, tout ce qui est, ainsi que tout ce qui sera de par notre monde. Une légende raconte qu'il se ferait connaître tous les deux mille ans pour aider l'évolution de la conscience humaine, tout en élevant son taux vibratoire.

Pourquoi les dragons ont-ils osé me confier quelque chose de si précieux ? soupira Sylvia. *Alors qu'ils connaissaient mon passé ? Et qu'en était-il de leur prétendue sagesse infinie quand ils ont décidé de me confier une pareille merveille ?*

CHAPITRE 37

Rue des Innocents.

S'il y avait quelque chose de sûr, c'était que le cœur de Stéphane Flergafau n'était pas empli de sagesse infinie. Tout ce qui lui importait consistait à retrouver la mémoire qu'il avait perdue. À tout prix. Il n'avait pas hésité à se salir les mains pour tenter d'y parvenir. En vain jusqu'à présent.

La nuit avait fini par tomber sur la ville, mais il ressentait pleinement les ténèbres nocturnes s'immiscer dans son esprit. Installé depuis quelques heures dans un coin de la terrasse d'un café, non loin de la fontaine des Innocents, il regardait distraitement le bâtiment d'en face, celui où vivait la *Porteuse de Lumière.* Il savait qu'elle était absente, mais guettait néanmoins son retour, dans l'espoir de pouvoir enfin lui parler à nouveau.

Pendant ce temps, il réfléchissait aux décisions récentes qu'il avait prises. Il ne voulait pas non plus renoncer à ses objectifs premiers, tout comme il tenait aussi à reprendre ce que Haliphas Rowanon lui avait volé et qui lui était extrêmement précieux. La fameuse garantie avec laquelle il ne cessait de lui rebattre les oreilles, à savoir un médaillon qui aurait appartenu à la mère du jeune homme et qui lui permettrait peut-être de savoir qui était la jeune fille qu'il voyait constamment en rêve. Il n'avait jamais su qui elle était car il ne faisait que l'entrapercevoir dans les flammes, et sa voix lui paraissait trop distante pour qu'il puisse la reconnaître. Il ne pouvait oublier les mots qu'elle lui adressait à chaque fois en une suppliante prière : « Je t'en supplie, viens en aide au Cercle du Dragon Céleste. Aide-les à retrouver la Lumière qui a été perdue jadis afin de faire éclater la vérité, et briser les liens qui retiennent l'Épée Sacrée. Toi seul peux agir, et les sauver de la mort qui les guette. »

Cela faisait quelques semaines qu'il faisait ce rêve étrange, et cela avait fait naître en lui des doutes sur ce que Haliphas Rowanon lui ordonnait de faire. Aujourd'hui, il ne pouvait plus les nier, et il était bien décidé à suivre l'élan de sa conscience. Il verrait bien où cela le conduirait.

Quand Haliphas Rowanon l'avait aidé à infiltrer les rangs de la police judiciaire, sa principale mission était non seulement de tenir les autorités à distance des activités de son commanditaire, mais aussi de profiter du réseau mis à sa disposition pour détourner toutes sortes d'informations relatives à son passé, mais sans succès probant. Du moins, tel était le plan initial. Car quand il fit la connaissance du lieutenant Laforrest, la jeune recrue qu'il était, fut influencée par le charisme émanant de son collègue. Sans même s'en rendre compte, le jeune homme s'était laissé embarquer dans chacune des enquêtes qu'ils eurent à traiter, lui donnant une certaine soif de justice. Au bout d'un laps de temps, il s'était même surpris à vouloir mettre les projets de Rowanon en échec, et qu'il soit enfin puni pour ses crimes.

Les incertitudes n'avaient alors fait que croître en secret à partir de cette période. Puis, il avait croisé Sylvia la nuit où Karine Tarany avait été tuée sous ses yeux. Il avait alors de plus en plus de mal à supporter les ordres de celui qui avait fait main basse sur son esprit. Surtout que son cœur se tournait spontanément vers Sylvia et ses compagnons. Sans même savoir pourquoi, il n'eut plus qu'une idée en tête : venir en aide à cette fille. C'était devenu très important pour lui et même presque plus encore que de retrouver la mémoire. Depuis lors, son esprit était tourmenté et entaillé d'incertitudes. Sa précédente discussion avec le grand dragon noir avait fini par avoir en quelque sorte l'effet d'un déclencheur, lui permettant d'y voir plus clair sur ce qu'il devait faire dorénavant.

C'était tout décidé ; Haliphas pourrait se trouver un nouveau pantin pour obéir à ses ordres car Stéphane avait décidé de partir en quête de ses souvenirs tout seul. Pour cela, il devait découvrir comment Haliphas s'y serait pris pour lui rendre la mémoire. Il avait donc pris ses distances pour ne pas être gêné par qui que ce soit. Rien qu'en évoquant cette simple pensée, le jeune homme se remémora les propos que son guide esprit lui avait tenus dans la zone draconique : « Toutefois, tu dois savoir qu'il n'est pas en mon pouvoir de te rendre la mémoire. Si des entités telles que nous ne pouvons le faire, ce n'est pas quelqu'un ayant passé un pacte avec les plus noires entités du bas astral qui y parviendra non plus. C'est en toi-même que tu sauras en fin de compte qui tu es. »

Qui je suis ? Voilà bien une question à laquelle je ne peux apporter la moindre réponse. À croire que je n'existe pas, en fin de compte.

Curieusement, les souvenirs de Stéphane ne remontaient pas plus loin que ces quelques dernières années. En réalité, il n'aurait même pas su dire précisément à partir de quel moment ni même comment il en était arrivé là. Tout ce dont il parvenait à se souvenir, c'était qu'il faisait nuit noire et qu'un bâtiment était en flammes. Le jeune garçon qu'il était gisait étendu sur le dos dans l'herbe tandis que la chaleur dégagée par le brasier lui brûlait la peau. Son corps endolori refusait de bouger. En tournant légèrement la tête sur le côté, il avait vu la silhouette d'une autre personne inconsciente non loin de lui. Quand l'édifice en feu avait fini par s'écrouler, une silhouette s'était penchée au-dessus de lui. Un homme qu'il ne connaissait pas et qui l'avait regardé avec étonnement. Puis, tout avait sombré dans les ténèbres.

Il avait repris connaissance dans une chambre médicalisée, et deux hommes se tenaient près de lui. L'un d'eux était Haliphas Rowanon, celui-là même qu'il avait vu près du feu, tandis qu'il ignorait encore qui pouvait être l'autre personne à ses côtés. En y repensant, malgré l'état comateux dans lequel il était alors, Stéphane aurait juré que Haliphas avait peur de l'autre homme. Ce dernier avait la classe ouvertement affichée des gens importants, de l'arrogance aussi, mais surtout une indicible cruauté perfide dans le regard. En tout cas, si cette autre personne avait été présente à son réveil, peut-être qu'elle pourrait aussi l'aider dans la quête de son passé.

C'était ainsi qu'il avait entrepris des recherches sur cet homme mystérieux que même Haliphas Rowanon avait l'air de craindre et de respecter à la fois. Pourtant, il ne s'était pas attendu le moins du monde à faire des découvertes aussi ahurissantes à son propos. Stéphane ne pouvait plus garder ça secret plus longtemps, il lui fallait absolument en parler à quelqu'un, mais à qui ?

Sa première pensée fut pour Sylvia Laffargue. En tant que Prêtresse du clan, elle devait savoir coûte que coûte ce que les serviteurs des Ténèbres étaient en train de manigancer, mais le jeune homme se savait aussi être l'objet de sa méfiance, et celle de ses compagnons. Ce qui l'obligeait à attendre qu'elle soit seule pour espérer pouvoir lui parler. L'ennui, c'est qu'elle avait été mise sous surveillance. Par ses amis, mais aussi par les agents en civil qui avaient été chargés de la suivre où qu'elle aille.

Ce fut à ce moment précis que Sylvia se montra de l'autre côté de la rue. La jeune fille portait un paquet dans un sac, et semblait assez pressée de rentrer chez elle. Elle n'avait pas vu les deux hommes qui la suivaient non loin de là, dans une voiture banalisée. Pourtant, Stéphane savait qu'ils étaient là et qu'il faudrait bien inventer un stratagème pour se débarrasser, d'une façon ou d'une autre, de ces deux pots de colle.

Il sourit alors que son regard longea la façade de l'immeuble, et vit que la solution venait de se présenter d'elle-même.

*

Une fois revenue dans son appartement, Sylvia se rendit dans le salon et dégagea un guéridon de tout ce qui était dessus. Puis elle sortit du sac qu'elle portait un paquet enveloppé soigneusement avec une couverture. Elle déballa le tout pour révéler l'améthyste qu'elle avait rapportée avec elle de l'Antre de l'Initiation grâce au pouvoir de matérialisation de Frédéric. Avec un petit sourire, elle se dit que lui-même devait encore se demander comment il avait réussi à faire cela. Tous les membres du clan avaient pu être en mesure de conserver leur item magique dans le monde réel, sur le plan physique de la matière.

Elle disposa le cristal sur le guéridon, grâce à un support adapté qu'elle était allée emprunter à la boutique sur le trajet du retour. Elle installa le tout près du fauteuil du salon, afin de toujours l'avoir à côté d'elle. Non sans surprise, la sphère cristalline reposait toujours en suspension, quelques centimètres au-dessus de son support. Dire que Sylvia s'était attendue à ce que ce phénomène ne soit possible que dans l'astral, elle s'était bel et bien trompée. L'améthyste continuait même à émettre une douce lueur, au rythme d'une pulsation constante.

Elle s'assit un instant et plongea à nouveau son regard dans les profondeurs lavande de cette pierre qui semblait détenir des propriétés tant thérapeutiques que spirituelles. Parmi les livres qu'elle avait repoussés du guéridon figurait un titre sur la lithothérapie et les vertus des pierres. En le feuilletant, elle trouva tout un passage concernant l'améthyste qu'elle commença à lire.

« Ainsi, l'améthyste, surnommée la pierre des évêques, *symbolise la fusion avec le divin ainsi que la piété, l'humilité et la sagesse spirituelle. Elle facilite les prises de conscience, et apporte la guérison spirituelle, tout comme elle transforme le négatif en positif, le Mal en Bien.*

Ce cristal favorise la concentration et la méditation, apportant ainsi la sérénité et la paix de l'esprit. Il développe aussi la sagesse et l'humilité tout en augmentant l'intuition. Par son rayonnement, cette pierre insuffle une vision plus large de la vie. L'améthyste agit surtout en protecteur tout en neutralisant l'énergie négative grâce à sa faculté de purifier et de rehausser le taux vibratoire des lieux, protégeant contre les attaques psychiques. Si ce cristal est utilisé sur un plan supérieur, il ouvre la porte vers une autre réalité, voire aux mystérieuses Archives Akâshiques. »

Sylvia était subjuguée d'apprendre que ce cristal pouvait détenir autant de facultés extraordinaires, sans compter que son origine hors du commun rajoutait à sa puissance et sa rareté. Ce n'était que maintenant qu'elle parvenait à mieux apprécier et comprendre toute l'importance d'un tel cadeau remis par les êtres draconiques.

Elle éteignit la lampe près d'elle, laissant la pièce éclairée par la seule aura lumineuse du cristal. Cet éclat était irrésistible et la Prêtresse laissa son regard se perdre au cœur des inclusions chatoyantes du minéral.

Fermant ensuite les yeux, elle revit défiler des images de son enfance, avec ses parents et son frère. Un bref sourire nostalgique se profila sur les lèvres de Sylvia tandis qu'elle revivait les plus beaux moments de sa vie en compagnie de sa famille. Il était vrai qu'elle et Sylvain, son frère, se ressemblaient beaucoup. La jeune fille se remémora ainsi le jour où toute la famille avait fêté le huitième anniversaire des deux enfants. Ils avaient soufflé les bougies du gâteau en même temps avant d'ouvrir leurs cadeaux sous les yeux réjouis de leurs parents. Comme ils avaient été heureux tous les quatre.

Puis elle repensa à Nathan. Avec une émotion indicible, elle revoyait l'éclat de son sourire, la douceur de sa simple présence. Un jour où il pleuvait à verse, elle s'était réfugiée avec Nathan sous l'abri à vélos du collège. Le cœur battant à tout rompre, ils avaient échangé leur tout premier baiser. Une autre période de sa vie où elle avait été très heureuse.

Brusquement, le ciel s'était assombri. Sous les yeux horrifiés de la jeune fille, Sylvain et ses parents disparurent dans un rideau de flammes, tandis que Nathan s'écroula sous une averse diluvienne, blessé à mort par l'épée qui l'avait empalé.

Réprimant un cri, Sylvia se réveilla en sursaut. Elle ne s'était pas aperçue qu'elle s'était assoupie. Il lui fallut quelques instants pour remettre de l'ordre dans ses idées et chasser les visions atroces de ce cauchemar. Son souffle reprit alors un rythme régulier. Elle finit par se calmer, mais une sensation de picotement au niveau de la nuque la ramena pour de bon au moment présent, pas encore tout à fait apaisée. Elle passa la main dans ses longs cheveux avant de se masser le cou. Elle avait la certitude que quelqu'un était là, dans cette pièce, et l'observait. En jetant un regard circulaire autour d'elle, elle finit par apercevoir la silhouette d'un homme tout près d'elle.

– Qui est là ? Montrez-vous !

– Du calme, ce n'est que moi, répondit une voix que Sylvia fut surprise de reconnaître, parce qu'elle ne s'attendait guère à la réentendre de sitôt, et encore moins chez elle.

L'intrus fit quelques pas en avant et apparut dans la lueur de la sphère d'améthyste, ce qui confirma l'identité à la jeune fille.

– Ça alors… Stéphane ? Mais comment se fait-il que tu aies réussi à entrer ici malgré le digicode ? En plus, ma porte est verrouillée. Je l'ai constaté en rentrant tout à l'heure.

– Pour faire simple, disons que j'ai profité de l'échafaudage des travaux en cours sur ton immeuble afin de pouvoir monter jusqu'ici en douce. Sylvia, il faut que je te parle. C'est très important, crois-moi.

– Que pourrais-tu bien avoir à me dire ? se renfrogna-t-elle.

– Beaucoup de choses et, pour être franc, je ne sais pas trop par où débuter.

– Tu n'as qu'à commencer par le b.a.-ba : me dire qui tu es en réalité, et ce que tu peux bien me vouloir en fin de compte.

– Mon nom est Stéphane Flergafau, mais il faut que tu saches que ce n'est pas mon véritable nom et qu'il ne m'a été donné que récemment par quelqu'un d'autre. Une personne qui m'est étrangère. Tout ce que je sais, c'est qu'il n'est pas de ma famille et encore moins un ami.

– Ah bon ? Dans ce cas, c'est quoi ton vrai nom ?

– Je n'en sais rien.

– Tu es né quand et où ?

– Aucune idée.

– Est-ce que tu as de la famille ?

– Qui sait, dit-il en haussant nonchalamment les épaules.

Sylvia commençait à perdre patience.

– Non mais tu te fous de moi ou quoi ?

– Du tout. La vérité est que je ne sais rien du tout sur ma famille ou sur moi.

– Comment ça, tu as choppé la maladie d'Alzheimer ?

– Pas vraiment, soupira-t-il avec lassitude en s'asseyant sur un pouf en face de Sylvia. Disons plutôt que je suis amnésique. C'est le terme qui convient le mieux par rapport à mon cas. Ce que j'ai à te dire est très important et très délicat aussi à aborder, alors j'apprécierais que tu m'écoutes sans m'interrompre, s'il te plaît.

La jeune fille ne broncha pas et acquiesça avant de le laisser poursuivre.

– Ça a commencé il y a quelques années, je ne saurais même pas te dire la date exacte, quand je me suis réveillé dans une chambre d'hôpital. Je ne me rappelais plus de rien, je nageais dans le flou le plus total. Pourtant, il y avait deux hommes inconnus à mon chevet à ce moment-là et l'un deux m'a pris sous son aile. Il m'a dit qu'il serait en mesure de me rendre la mémoire si j'acceptais de travailler pour lui. Désireux de retrouver mon identité, je me suis désespérément raccroché à cette seule promesse, et j'ai accepté sans poser de question. Rien d'autre n'était alors plus important à mes yeux. C'est ainsi que je suis devenu son homme de main. Il m'a enseigné des techniques de combat comme les arts martiaux ainsi que l'usage des armes blanches, mais surtout, il m'a initié aux bases de la magie noire. Au fil du temps, j'étais devenu un assez doué et je me suis tourné vers d'autres pratiques occultes pour rehausser mon niveau avec les ouvrages de Papus, P.V. Piobb, Franz Bardon, ou de Donald Michael Kraig. Durant ma quête de connaissances occultes, j'ai fait la connaissance de Philippe Helm dont j'avais découvert le livre sur la magie draconique. À force de discussions sur Internet, il m'a offert son amitié.

Malgré tout, Sylvia ne put s'empêcher de faire une remarque.

– Est-ce que tu as été examiné par des médecins pour contrer ton amnésie ?

– Oui, je suis allé consulter des spécialistes. D'après eux, je souffrirais d'une forme d'amnésie psychogène, si je me souviens bien du terme qu'ils ont employé. Cette forme d'amnésie se rapporte souvent à l'identité, à l'histoire et à la vie affective, et se manifeste sur les événements ayant eu lieu avant l'accident qui a occasionné cette perte de mémoire. Les toubibs m'ont bien précisé qu'il était très rare que l'amnésie d'une personne soit totale comme c'est le cas pour moi. De plus, avec le temps, on aurait dû assister à une récupération progressive des souvenirs, que ce soit ceux d'avant ou d'après le traumatisme à l'origine de l'amnésie. Or, des années après, ce n'est toujours pas le cas. Quand je suis entré dans la police, j'ai profité de certaines enquêtes pour fouiller les fichiers de personnes disparues.

– Des fois que l'un des cas finirait par correspondre à ta description, c'est ça l'idée ?

– Tout à fait… mais j'ai fait chou blanc avec cette piste, malgré le nombre de personnes portées disparues depuis quelques années. Ce qui pourrait signifier au final que ma disparition n'a peut-être jamais été signalée et qu'on ne me recherche pas tant que cela. Je ne suis personne finalement.

Sylvia approuva en silence ce que son visiteur venait de dire. Elle repensa qu'elle-même avait souffert de troubles de la mémoire à la suite du choc provoqué par la mort de sa famille. La récupération avait été rapide mais partielle. Elle avait encore du mal à se rappeler en détail le visage de ses parents. Quelque part, elle pouvait donc comprendre ce que Stéphane semblait endurer, sans pour autant savoir pourquoi elle se sentait aujourd'hui en phase avec lui.

– Donc, poursuivit ce dernier, ils n'ont rien pu faire pour m'aider. Comme mon employeur m'avait promis qu'il pouvait être en mesure de me rendre mes souvenirs, ça me suffisait amplement et je ne suis pas allé chercher plus loin.

– Qui est ce fameux employeur qui te garde ainsi sous sa botte ?

– Qui me *gardait*, rectifia Stéphane mal à l'aise, car je ne travaille plus pour lui. En plus, tu l'as déjà rencontré… à deux reprises. Il s'est fait connaître en tuant cinq personnes dans toute la ville depuis ces dernières semaines.

Sylvia eut un haut-le-cœur et un brusque mouvement de recul, manquant de tomber à la renverse.

– QUOI ?! Tu es en train de m'expliquer sans avoir l'air d'y toucher que tu es l'homme de main de ce monstre, qui a non seulement tué la sœur de Coralie et mon ami d'enfance, mais qui a aussi mis fin aux jours de ces trois filles ? Et tu viens me dire ça comme si de rien n'était ? COMME SI DE RIEN N'ETAIT ?!

La colère de Sylvia avait atteint son point culminant. Stéphane, qui s'était préparé à cette réaction, se releva. Il la prit vivement par les épaules et la regarda droit dans les yeux, bien décidé à mettre les choses au point une bonne fois pour toutes.

– Il le fallait ! Je n'avais pas le choix ! Même si je n'ai pris part à aucun de ces assassinats, je les ai pourtant cautionnés en ne faisant rien pour les empêcher. L'emprise que cet homme avait sur moi était devenue très forte avec le temps. Pourtant, c'est en te rencontrant que j'ai pu m'affranchir de sa domination. Tu ne comprends donc pas que c'est toi qui as tout changé en moi ? Car plus que de vouloir retrouver mon passé, c'est toi que j'ai choisie. C'est toi ! Ne comprends-tu donc pas tout ce que ça implique ? Ne comprends-tu donc pas ce que ça risque de nous coûter à présent ?

Sylvia eut le souffle coupé à ces mots. Elle comprit alors qu'il était sincère, même si une partie d'elle-même avait encore du mal à y croire.

– Mais… si je comprends bien, tu as trahi ton commanditaire pour me venir en aide ? Tu réalises que tu as pris des risques considérables ? J'ai vu de mes propres yeux de quoi ce type est capable. Il ne reculera devant rien pour nous détruire !

Soulagé que la jeune fille se soit calmée, Stéphane approuva d'un air grave.

– Oui et pourtant, ma décision est irrévocable. Je dois être avec toi, même si ça implique que je doive collaborer aussi avec les autres membres de ton clan. Il y en a qui ne m'aiment pas.

– Stéphane, il faut que tu nous dises qui est ce type. Puisque tu sais qui il est, va voir Frédéric et raconte-lui tout. Si tu balances ce criminel, il pourra peut-être t'aider.

– Non mais tu rigoles ! Le connaissant, il me flinguerait sur place en apprenant ce que je t'ai dit. Et même avec la meilleure volonté du monde, je ne peux pas jeter cette ordure aux collègues, dit-il avec regret.

– Comment ça ? Précise. Tu ne *peux* pas ou tu ne *veux* pas ?

– Je ne peux pas ! Dès que j'essaye de parler de lui à quelqu'un d'autre, je suis comme bloqué dans mon élan. Même si je le croisais dans la rue, je serais dans l'incapacité totale de te le désigner par quelque moyen que ce soit. Chaque fois que j'essaye, une violente douleur se manifeste, comme si mon corps allait être déchiqueté. Si je tente d'aller contre ça, la souffrance n'en est que plus atroce encore. On dirait qu'il a pris des dispositions occultes vis-à-vis de moi pour se protéger. Il a fichtrement bien assuré ses arrières, ce salaud ! Il se fait appeler *Haliphas Rowanon.* C'est un pseudo, tu penses bien. C'est la seule chose que je puisse dire sans que je ne sois sur le point de souffrir le martyre.

– Bizarre, ça… Il doit être quand même balèze s'il a pu te jeter un sort si puissant pour t'empêcher de faire des révélations à son sujet. Tout ceci le rend encore plus dangereux ! Dans ce cas, je peux au moins connaître les raisons de ton revirement ? Cela me semble quand même un peu trop soudain pour être honnête.

– Comme je viens de te le dire, tu y es pour beaucoup. Ce sont surtout les conseils de mon guide draconique qui m'ont permis d'y voir plus clair. Tu te rappelles que je t'ai dit avoir établi le contact avec Philippe Helm à la suite de la lecture de son livre, n'est-ce pas ?

Sylvia acquiesça, curieuse de connaître la suite.

– En lisant cet ouvrage, c'était un peu comme si j'avais enfin trouvé ma voie. Par le biais de la Magie, j'espérais que les êtres draconiques pourraient m'aider à retrouver mes souvenirs. Curieusement, alors que j'avais débuté avec la magie noire, j'ai compris que j'étais en vérité de plus en plus attiré vers les aspects lumineux de l'occultisme. Or, la magie des dragons en est un très bon exemple. Je me suis donc appliqué à pratiquer la Draconia, et je suis même entré en contact avec un puissant dragon noir qui s'appelle Shoren.

Sylvia réalisa que ce nom ne lui était pas inconnu. N'était-ce pas celui qu'elle avait déjà vu dans la zone draconique, dans le plan astral ?

Stéphane poursuivit ses explications, ce qui contraignit la jeune femme à restée concentrée sur ce qu'il disait

– Ce dernier a très vite compris ma situation, mais il m'a bien expliqué que je m'étais trompé en aliénant ma liberté par un serment qui m'a enchaîné à un tel individu. Je me suis alors posé la question de savoir comment il aurait pu me rendre la mémoire. Tu sais, c'est peut-être un tacticien machiavélique et un tueur hors pair, mais il faut bien savoir que son niveau en Magie est assez en deçà du mien. C'est paradoxal, non ?

– Comment ça ?

– D'après ce que j'avais pu observer, c'est surtout un pro de la divination, mais il ne maîtrise pas de techniques magiques très puissantes. C'est même à se demander comment il a pu m'envoûter pour entraver ma mémoire, vu que ce n'est absolument pas son domaine. Je me suis donc demandé d'où Haliphas pouvait bien tenir cette puissance maléfique dont il fait si largement usage. Alors, je me suis rappelé du type qui accompagnait Rowanon quand je me suis réveillé à l'hosto. Je ne savais pas son nom jusqu'au jour où j'ai vu sa photo sur la couverture d'un magazine sur les plus grosses fortunes du pays.

– Alors, de qui s'agit-il ?

– De Pierre Péladeau.

– Quoi ? Pierre Péladeau, le grand manitou des groupes financiers ?

– Tu le connais ?

– Pas personnellement, mais j'ai entendu parler de lui surtout dans les médias. Il paraît que c'est un homme d'affaires influent. D'ailleurs, il est très apprécié aussi des milieux politiques de même que par le gouvernement actuel. Il y a aussi des rumeurs le concernant qui disent surtout que c'est quelqu'un de très malsain, limite dangereux. Ceux qui sont en travers de sa route ne feraient pas de vieux os.

– Pas mal. Je vois que tu connais son dossier de presse. Je savais bien qu'il dégageait une aura néfaste quand je l'ai vu. Pour que même Rowanon semble le respecter et le craindre à la fois… C'est pour ça que j'ai demandé à mon guide esprit de me trouver des renseignements au sujet de ce type, et il m'a confié son dossier qui vient des Archives Akâshiques. Autant que tu saches que nous avons toutes les raisons du monde de nous méfier autant de Pierre Péladeau que de Rowanon.

– Pourquoi ça ?

– Parce que monsieur Péladeau est le président, ou si tu préfères le Grand Maître, de la Loge Noire de France. Donc, Rowanon ne peut être qu'un des quatre-vingt-dix-huit autres membres de cette sinistre confrérie.

– Quoi ? Tu peux répéter ? Ça ne fait pas un peu… jeux de rôle ?

– Tu m'as bien entendu. Je ne te demande pas de me croire sur parole, mais c'est le mieux que je puisse faire pour le moment. Quant à toi, tu devras transmettre ce que je t'ai dit à tes amis. Surtout, protège bien ceci, dit-il en posant doucement la main sur le cristal. La Loge Noire ne doit jamais savoir que tu l'as. Ce serait une catastrophe s'ils mettaient la main dessus, et tu m'accorderas qu'on n'a pas besoin de ça en ce moment.

Sylvia remarqua avec étonnement qu'il ne lui arrivait rien et se demanda pourquoi. Puis, Stéphane ralluma la lumière car la luminosité du cristal lui faisait mal aux yeux. Il parcourut la pièce du regard.

– Eh… C'est sympa chez toi. Pourquoi n'y a-t-il pas de photos de ta famille ? T'es en froid avec tes vieux ? rajouta-t-il en souriant.

Sylvia, replia ses jambes contre sa poitrine, et resserra les bras autour de ses genoux. Les mots de Stéphane lui laminèrent le cœur. *Être en froid*… Compte tenu de la façon dont les siens avaient péri.

– Je n'en ai plus, dit-elle d'une voix étouffée. Tout a disparu dans l'incendie de ma maison. Ma famille ainsi que tout ce qu'on avait. Il ne me reste absolument rien d'autres que des souvenirs.

Stéphane baissa la tête, conscient d'avoir commis une gaffe. En matière de maladresse, sur une échelle graduée de un à dix, il atteignit douze. Voire treize, s'il avait été superstitieux.

– Pardon. Je suis désolé d'avoir remué de mauvais souvenirs. Mais dis-toi que toi au moins, tu as la chance d'en avoir, contrairement à moi qui n'en ai plus du tout. Au final, je me demande ce qui est le mieux ; avoir perdu ceux qu'on aime et qu'il n'en reste que leur mémoire… ou bien vivre seul, sans même avoir un seul souvenir à revisiter au cœur de la nuit.

– Ce n'est pas grave. De toute façon, tu ne pouvais pas savoir. De toute façon, même si le drame a eu lieu il y a quelques années, j'en souffre toujours.

Elle regarda à nouveau devant elle, mais Stéphane s'était déjà éclipsé, la laissant plus seule que jamais.

Pendant quelques instants, elle observa le panorama par la fenêtre en se posant une multitude de questions. Surtout, elle réalisa que le moment était venu d'organiser une réunion avec les autres membres du clan. Il ne restait plus qu'à savoir comment ils allaient accepter tout ce qu'elle venait d'apprendre.

CHAPITRE 38

Samedi 19 juin 2010,
Université Sorbonne Nouvelle.

Sylvia n'aurait pas su dire exactement quel avait été le pire moment qu'elle ait passé depuis la mort de Nathan. Était-ce le jour où il avait sacrifié sa vie pour la protéger ou bien avant qu'elle ne s'enferme dans les ténèbres du désespoir ? En fait, tout ça n'était pas grand-chose, comparé au moment où elle était retournée à Paris 3. Pourtant, il fallait bien qu'elle y revienne et elle ne savait pas si elle serait en mesure de surmonter cela. Sa peine était encore trop profonde.

Comme l'avait fait remarquer Coralie, ce ne seraient pas ces fichus examens qui se feraient oublier ainsi, mais Sylvia ne parvenait pas à réfléchir à tout autre chose. En vérité, ses pensées et ses émotions se télescopaient dans son esprit dans un tumultueux maelström qui ne lui laissait aucun répit.

La visite que Stéphane lui avait rendue la veille n'avait rien arrangé, bien au contraire ; il semblait que la menace planant sur elle et ses compagnons soit bien plus dangereuse qu'il n'avait paru jusqu'alors. D'après les dires de Stéphane, une Loge Noire en aurait après eux et convoiterait l'Épée Sacrée. Dès que possible, elle en parlerait à Coralie. Peut-être qu'elle en saurait un peu plus sur le sujet, car il lui fallait bien reconnaître son ignorance. Quoi qu'il en soit, le danger prenait une ampleur telle qu'il en devenait presque tangible.

Bien sûr, les étudiants étaient tous au courant qu'un autre meurtre avait eu lieu sur les quais de la Seine et ils ne discutaient que de ça entre eux, se passant des articles qui en parlaient. Ils émirent même différents scénarios qui expliquaient les raisons d'un tel meurtre, mais ils étaient si fantaisistes qu'aucun d'entre eux ne s'était approché un tant soit peu de la vérité. Du coup, Sylvia préféra faire bande à part et éviter les gens qui venaient lui annoncer la nouvelle comme si c'était la première fois qu'elle l'entendait. Elle avait même envoyé promener un peu sèchement un étudiant de sa classe qui avait eu la mauvaise idée de courir vers elle en lui s'esclaffant : « Eh ! T'es pas au courant ? Un mec s'est fait butter par le psychopathe à l'épée. Moi qui croyais qu'il ne s'intéressait qu'aux meufs. Il est p't'être devenu homo ! »

Elle envoya donc paître cet abruti notoire sans autre forme de procès et eut un petit rire amer à cette idée… *Tu n'es pas au courant ? Si, précisément, je suis au courant, espèce d'imbécile… Parce que tu ne sais pas que j'étais là quand il est mort. Tu ne sais pas que c'était mon ami d'enfance et qu'il a été tué à cause de moi, pour me protéger.*

Durant les cours qui eurent lieu toute la matinée, Sylvia n'aurait pas pu prétendre avoir été le modèle même de la concentration auprès de ses enseignants, et certains s'en étaient bien rendu compte. Leur professeur de gaélique ancien avait même retenu la jeune fille après le cours pour lui demander avec inquiétude si tout allait bien. Coralie, quant à elle, avait bien compris l'origine des tourments de son amie et garda le secret, regrettant de ne pas pouvoir lui être d'un plus grand secours.

Coralie profita de la pause-déjeuner pour rejoindre la dans un coin tranquille des jardins du Musée du Moyen-âge et s'asseoir à côté d'elle. Elle avait bien vu que son amie n'avait rien pris pour déjeuner et, partagea ses sandwiches avec elle. Même si elles gardaient le silence, Sylvia comprit sans que la parole ne soit nécessaire que son amie tenait à lui manifester simplement son soutien et elle en fut très touchée.

– Merci Coralie. Merci pour tout.

La jeune fille en fut étonnée.

– De quoi te crois-tu obligée de me remercier ? Ce n'est pas nécessaire.

– Il le fallait néanmoins. Pour être honnête, ça fait un petit moment que je voulais le faire. Voilà l'occasion ou jamais. Depuis le tout début de cette histoire incroyable, tu as toujours été à mes côtés. Alors que tu venais de perdre ta sœur, tu as pourtant tout fait pour me venir en aide et veiller sur moi, sur l'étrangère que je suis. Tu sais, je me sens coupable de t'avoir privée de la possibilité de faire ton deuil. C'est tellement atroce ce qui s'est passé. Je n'imaginais pas que ça puisse un jour nous arriver. Et pourtant…

Elle ne put finir sa phrase, la voix étouffée par un sanglot. Coralie posa une main douce sur l'épaule de son amie.

– Écoute-moi, Sylvia. Tu n'as rien à te reprocher. En vérité, ce serait plutôt à moi de te demander pardon. Après tout, tu as été embarquée bien malgré toi dans un monde qui n'était pas le tien et à propos duquel tu dois apprendre le plus possible en un minimum de temps. Tu dois faire face à une pression énorme, j'en suis tout à fait consciente. En fait, je pense que n'importe qui dans cette situation aurait agi de la même façon que toi, voire même avec moins de cran et de courage que toi. Ce n'est pas donné à tout le monde d'avoir ta force d'âme.

Sylvia serra les poings, au bord des larmes.

– Oui, mais… Au début, je n'arrêtais pas de me demander pourquoi je devais subir toutes ces épreuves. Qu'est-ce que j'avais bien pu faire pour mériter ça ? J'ai réagi de façon stupide et égoïste, sans même avoir réalisé toute l'importance que ça pouvait avoir. Ce qui m'énervait le plus, c'était ce sentiment que tout le monde avait déjà décidé pour moi, sans que je puisse avoir quoi que ce soit à dire. D'être entraînée par le courant, sans la moindre possibilité d'en réchapper. Je n'aurais pas imaginé que cette histoire puisse avoir des conséquences si tragiques, et si tristes.

– Je sais. Moi non plus je ne m'attendais pas à ce que les évènements puissent prendre une telle tournure. C'est pour ça qu'il faut que nous fassions de notre mieux, en souvenir de ceux qui nous ont soutenus et qui sont partis. Pour qu'ils ne soient pas morts en vain, tu ne crois pas ?

Sylvia eut un faible sourire et acquiesça malgré tout. Elle repensa au jour où Alexandre lui avait tenu des propos similaires… et à ce qui s'était passé entre eux par la suite. Elle espérait que Coralie ne s'était pas rendue compte du rougissement soudain de ses pommettes, mais elle en revint vite au sujet de leur conversation. L'amour attendrait un peu.

– Tu as raison. On ne peut plus se permettre de rebrousser chemin à présent. Il faut qu'on aille jusqu'au bout et qu'on fasse de notre mieux, comme tu l'as dit.

– Ouais. Mais, dans l'immédiat, il faudrait plutôt qu'on pense à retourner à la fac. Notre prochain cours est celui des sciences humaines, avec Carello. Et il va sûrement nous demander des nouvelles du devoir qu'il nous avait donné à faire sur la chasse aux sorcières.

– Dire que j'ai presque failli l'oublier, ce fichu devoir ! Heureusement que j'avais pu le finir assez vite à la bibliothèque. Allez viens, sinon on va finir par être en retard.

Les deux jeunes filles se relevèrent et prirent en courant la route menant à l'université.

– D'autant plus que Carello est très pointilleux avec le timing, et gare à ceux qui sont pris en flagrant délit !

Elles coururent de plus belle tandis que Sylvia songeait à ce devoir sur l'histoire de la sorcellerie. C'était en le préparant que toute cette histoire avait commencé.

À la bibliothèque Sainte-Geneviève.

Dorénavant, elle ne pourrait jamais plus oublier cet endroit.

*

Les deux jeunes filles eurent la bonne idée d'arriver juste à temps. Une excellente chose compte tenu du fait que Thomas Carello adorait s'en prendre en priorité aux retardataires, immanquablement pris à partie s'ils se faisaient prendre.

Les étudiants étaient installés sur l'ensemble des travées de la salle de cours, et personne n'osait discuter à voix basse. Au moment où Thomas demanda si quelqu'un serait d'accord pour faire la lecture de son devoir, toutes les têtes devant lui se baissèrent d'un seul mouvement. Il n'y eut aucun volontaire. D'un regard lent et méthodique, il fit le tour de la salle où régnait un silence quasi sépulcral. La plupart des étudiants s'étaient mis à griffonner sur leur bloc-notes et les têtes restèrent obstinément baissées. Le moindre geste aurait tôt fait d'attirer l'attention du prédateur professoral.

Au final, ce fut un dénommé Marc-André qui fut volontaire, désigné d'office, pour le plus grand soulagement de ses condisciples. Il n'avait pas fait son travail avec beaucoup d'application et le professeur s'amusa à relever des propos confondants, provoquant ainsi l'hilarité de l'assistance. En effet, les approximations historiques voisinaient avec d'étonnantes erreurs. Par exemple, le jeune garçon tendait à prouver qu'au Moyen-âge, les sorcières européennes faisaient offrande de maïs et de pommes de terre aux divinités païennes. Or personne n'ignorait, à part peut-être Marc-André, que ces légumes ne furent introduits en Europe qu'après la découverte de l'Amérique par Christophe Colomb et que les premiers plants de pomme de terre ne furent importés du Pérou qu'au XVIIe siècle. Thomas Carello ne manqua pas de sauter sur l'occasion.

– Voyons, si je te comprends bien… D'après ton devoir, les adeptes de la sorcellerie disposaient déjà de légumes qui ne sont arrivés sur le continent que bien des siècles plus tard. Comment ont-elles fait, dis-moi ? Il aurait fallu qu'elles fassent des vols long courrier transatlantiques avec leur balai pour se les procurer, tu ne crois pas ?

Une vague de rires s'empara de l'assistance tandis que l'étudiant, le visage cramoisi de honte, regardait Carello en silence. Ce dernier, qui semblait bien s'amuser, reprit la parole pour mettre fin à son supplice.

– Tu ne devrais pas prendre les informations historiques des livres anglo-saxons sur la sorcellerie pour argent comptant. La faiblesse intellectuelle qui en découle est plus qu'évidente quand on lit ce genre d'ouvrages. Retourne à ta place, tu me réécriras tout ça. Veille à l'avenir de puiser tes informations dans des sources plus fiables. On s'est bien compris, jeune homme ?

Ce dernier acquiesça, le rouge aux joues, tandis qu'il venait se rasseoir sous les moqueries vaseuses de ses voisins. Ils cessèrent néanmoins en constatant que Carello était à nouveau en quête d'un volontaire. Le silence retomba alors comme une chape de plomb.

Pendant ce temps, Sylvia décida d'utiliser un simple cahier de notes pour faire part à Coralie des informations qu'elle avait à lui transmettre. Écrire sur ce support serait beaucoup plus discret que de se parler, surtout sous le nez du professeur. Du reste, ce n'était pas le moment de se faire remarquer car ce dernier cherchait toujours une nouvelle proie à se mettre sous la dent.

– *Il faut qu'on organise une réunion ce soir à la boutique de tes parents.*

– *Je veux bien prévenir les autres… Mais en quoi c'est si urgent ?*

– *Il y a du nouveau, des informations très importantes à transmettre.*

– *Je profiterai du prochain intercours pour prévenir nos amis.*

– *Parfait. Tu sais où sont Frédéric et Philippe ?*

– Philippe m'a dit qu'il passerait voir Fred à son boulot. Il aurait une idée concernant ce mystérieux pentagramme que le tueur trace dans toute la ville. Peut-être qu'ils auront aussi quelque chose à nous apprendre ce soir.

Soudain, Sylvia eut la bonne idée de refermer le cahier d'un seul coup et de le cacher sur ses genoux, à l'abri des regards, car Thomas venait d'accéder à leur niveau et les regardait toutes les deux. Elles baissèrent le nez, avec le sentiment d'avoir été prises sur le fait, comme deux gamines d'école primaire.

– Alors Mesdemoiselles Laffargue et Tarany, on est si occupées à s'échanger des petits mots qu'on ne prête même plus attention à ce qui se passe en cours ? demanda-t-il d'un ton badin. Puisque vous tenez tant que ça à faire profiter les autres de vos écrits, je vous invite toutes les deux à nous lire votre devoir devant toute la salle. C'est vous qui allez commencer, Coralie. Allez hop, au tableau avec votre chef-d'œuvre de littérature !

Sylvia regarda son amie descendre jusqu'au bureau du professeur, accompagné par Thomas. Coralie était morte de trac. Elle qui ne voulait pas être en retard précisément pour tenter d'éviter d'avoir à lire son devoir devant tous les autres, c'était raté. Toutefois, la jeune fille avait mieux préparé son sujet. Son devoir était plus précis que celui de son camarade qui avait décidé de se faire oublier pour de bon.

L'enseignant fut ravi par un tel exposé. Il en fut même pour ses frais en réalisant que l'étudiante avait très bien compris la période troublée de l'Inquisition, mais qu'elle avait aussi mis en relief des éléments intéressants sur la période du XVIème et du XVIIème siècle, notamment en Allemagne et en Suisse.

Tandis que Coralie répondait aux quelques questions qui lui étaient posées par Carello et quelques-uns de ses camarades, Sylvia jouait machinalement avec son crayon à papier. Bien que la plupart des gens semblaient préférer les critériums jetables en plastiques, elle ne pouvait se résoudre à renoncer aux crayons en bois. Elle le tenait debout du bout du doigt, sur la pointe.

De nouveau perdue dans ses pensées, la jeune fille se demandait comment elle allait pouvoir aborder les différents sujets dont elle souhaitait parler avec ses compagnons. Surtout, elle se demandait si elle aurait le courage de leur révéler ce qu'avait été sa vie antérieure. Elle commençait à bien les connaître, et certains pourraient très mal réagir.

Ce qui la tracassait tout autant, c'était de savoir qu'Haliphas Rowanon pouvait être affilié à une Loge Noire. Elle en avait vaguement entendu parler, mais elle aurait aimé en savoir davantage sur cette confrérie étrange. Il restait à espérer que Coralie, Philippe ou Thessa pourraient la renseigner.

D'autre part, elle n'arrêtait pas de se poser la question de savoir en quoi consisterait l'événement qui devait avoir lieu le 21 juin prochain, ce que Sha'oren avait désigné comme étant le moment où la *Porte du Ciel* se refermerait. Il fallait en parler le plus vite possible avec les autres. Le temps jouait vraiment contre eux, compte tenu que cet évènement marquerait aussi l'apparition de l'Épée, et qu'elle ignorait ce qu'elle aurait à faire quand le moment sera venu.

Elle ne se rendit pas compte que tout en réfléchissant, elle avait relevé la main très lentement et que le crayon était resté tout droit sur le pupitre. Le regard fixe, elle regardait d'un air lointain le crayon qui pivotait lentement sur lui-même.

Elle ne s'était pas non plus aperçue que quelqu'un l'observait dans l'ombre.

CHAPITRE 39

36 Quai des Orfèvres.

À peu près au même instant, le commissaire Dominique Berger était en pleine discussion dans son bureau avec Laforrest.

– Je ne peux plus te laisser sur cette affaire. Je voudrais nommer quelqu'un d'autre pour prendre le relais et te confier une enquête où on a besoin d'un bon élément comme toi.

Cette nouvelle eut pour Frédéric un impact moindre comparé à celui d'un train à grande vitesse.

– Quoi ? Mais, il me faut encore un peu plus de temps !

– Pourquoi faire ? Ça fait maintenant plusieurs semaines que tu bosses là-dessus et tu n'as même pas encore l'ombre d'un suspect en vue. Tout bien considéré, il n'y a pas de quoi se vanter.

Frédéric n'était pas décidé à lâcher prise aussi facilement.

– Vous ne pouvez pas me retirer cette affaire.

Dominique se redressa un peu et se rassit bien au fond de son fauteuil. Il regarda le lieutenant, étonné que celui-ci puisse faire ce genre de remarque.

– Qu'est-ce que tu as de tangible ? La jeune sœur d'une des victimes est agressée sous tes yeux, en plein milieu de la fac de la Sorbonne. Non seulement tu ne parviens pas à mettre le grappin sur le criminel, mais en plus il a réussi à s'enfuir après avoir décapité un de nos collègues. Ce n'est guère prometteur dans ce genre d'affaire.

– Vous ne pouvez pas m'enlever cette enquête. On approche du but, je le sens.

– Dois-je te rappeler qu'on n'obtient pas de commission rogatoire pour ce qui relève de l'instinct olfactif, et qu'on peut encore moins retenir ça comme preuve ? Et puis, il y a aussi ce type qui a été assassiné devant toi sur les quais de la Seine. Une fois de plus, notre homme a réussi à te filer entre les doigts sans que tu ne puisses rien faire pour l'empêcher de tuer quelqu'un. Ça va devenir une épidémie. Faut-il craindre une contagion ?

À ces mots, Frédéric se figea. Il avait compris le sous-entendu exprimé par cette question sibylline.

Ainsi, des ordres seraient venus carrément du Ministère de l'Intérieur concernant cette affaire ? D'abord le dossier de Stéphane qui disparaît et maintenant, voilà qu'on veut me mettre sur la touche. Bizarre tout ça.

L'interphone sonna et une voix féminine se fit entendre.

– Le grand chef vous demande immédiatement dans son bureau.

– Ok, j'arrive.

Dominique, qui estimait que la conversation était close, se mit debout et enfila sa veste. Frédéric se leva aussi.

– Tous les éléments qu'on a apportés jusqu'à présent ont été confirmés ou non ?

Le commissaire Berger s'agaça de la ténacité légendaire de Frédéric. En temps normal, il aimait cette qualité chez son subordonné, mais pas aujourd'hui. Le faire lâcher prise relèverait de l'exploit.

– Tu dois te mettre dans le crâne une bonne fois pour toutes que la presse et l'opinion publique nous collent la pression tous les jours avec cette affaire. Sans compter que place Beauvau, ils n'en mènent pas large non plus. Alors ils veulent des résultats pour rassurer le bon peuple. Eux, aussi bien que moi, ne voient pas très bien le rapport entre le décès du jeune homme sur les quais de la Seine et les quatre autres victimes qui étaient des filles âgées entre vingt et trente ans.

– Ben voyons ! Qu'est-ce qu'ils vont dire d'autre ?

– Moi, c'est ce qu'ils ont dit qui m'intéresse.

Les deux hommes sortirent du bureau du commissaire, ce dernier se rendait vers l'escalier principal du bâtiment, celui-là même qui avaient été empruntés par des générations de policiers et de malfrats. Frédéric était décidé à revenir à la charge.

– Bon, récapitulons ce qu'on sait déjà. Hormis notre collègue qui a été tué à la fac, toutes les victimes s'intéressaient de près ou de loin aux sciences occultes. La mise en scène des meurtres ainsi que la substance rougeâtre qui a été retrouvée sur les lieux nous prouve que celui qui a fait ça appartient aussi à ce milieu.

– Ça n'intéresserait que les commères de provinces ou encore les ados fanas de séries télé. Et puis rappelle-toi que ce jeune homme, Nathan, n'a pas été tué dans les mêmes conditions. Pas de gribouillage au sol cette fois.

– Il n'en a pas vraiment eu le temps, voilà tout ! En plus, le labo vient de confirmer que c'était bien la même arme qui a été utilisée dans ces meurtres. Et là, il est à craindre que ce criminel ne cherche à s'en prendre encore à d'autres personnes.

– Que veux-tu, la vie est pleine de coïncidences.

– Je ne crois pas aux coïncidences et si on tient compte de ce que je vous ai dit, ça ne peut pas en être une.

– Ce n'est qu'un ramassis d'hypothèses qui ne tiendra jamais la route face à un magistrat. Le lien entre les victimes et le tueur n'a pas été prouvé, que je sache !

– Pourtant, il a été prouvé que Karine Tarany avait pris rendez-vous avec quelqu'un par Internet le soir où elle a été tuée, que les trois autres filles fréquentaient aussi le même site, de même que Nathan. C'est sûrement via *Mystérium.org* que le tueur a dû les sélectionner. Je me demande aussi pourquoi en haut lieu, on semble vouloir tout faire pour que je sois débarqué de cette affaire !

– Alors là, tu pousses le bouchon un peu trop loin !

– Dans ce cas-là, expliquez-moi comment il est possible que le dossier personnel de quelqu'un de chez nous puisse avoir disparu du jour au lendemain de nos fichiers informatiques ? Ce sont des données protégées. Seul quelqu'un de haut placé dans la hiérarchie aurait pu y avoir accès. Il y a quelque chose d'énorme derrière tout ça.

Ils étaient arrivés au palier inférieur, mais Frédéric faisait preuve d'une ténacité hors du commun.

– Croyez-moi, je suis sûr que ça vaut la peine d'approfondir.

Le commissaire savait qu'il n'allait plus pouvoir tergiverser bien longtemps.

– Bon… Le mieux que tu puisses faire, c'est de prendre deux jours de congé. Tu te mets au vert, tu fais le vide, et si tu peux me prouver que cette affaire n'est pas au point mort, je te permettrai *peut-être* de continuer. À ta place, je commencerais à plancher sur les dossiers que j'ai fait mettre sur ton bureau. Ça devrait t'occuper un moment.

Frédéric finit par s'écarter et les le commissaire pu se rendre à la réunion pour laquelle il avait été convoqué. Il poussa un profond soupir pour tenter de se détendre les nerfs et retourna d'un pas vif vers son bureau. Non pas pour se mettre à travailler sur la nouvelle enquête que son chef lui donnait, mais pour lui prouver qu'il était bel et bien sur le point d'arrêter le tueur à l'épée une fois pour toutes.

*

Frédéric avait repoussé dans un coin les dossiers que Dominique avait mis en évidence. Tout en feuilletant d'un air distrait le livre que Coralie lui avait prêté, il se demandait quelle pouvait être la piste qu'il n'avait pas encore explorée quand le téléphone sonna. Passablement contrarié, le lieutenant décrocha et une voix lui expliqua que quelqu'un demandait à le voir. Il répliqua qu'il ne voulait surtout pas être dérangé, mais un fort accent québécois lui demanda s'il avait tout de même un peu de temps à lui accorder. Il comprit que son visiteur n'était autre que Philippe. Ce dernier vint le rejoindre dans son bureau. En entrant dans la pièce, il fut surpris de voir que son ami était de mauvaise humeur.

– Il va falloir accélérer le mouvement car je risque bien de perdre cette enquête.

– Sérieux, t'es sur le point de te faire chrisser dehors ? Eh bien dans ce cas, je crois que j'arrive au bon moment.

– Comment ça ? Tu aurais une idée qui pourrait nous faire avancer ?

– J'ai fait quelques recoupements entre les différents meurtres qui ont eu lieu et ce que j'ai découvert en faisant des recherches avant de venir à Paris. Fred, je pense avoir découvert la signification des points où les victimes ont été retrouvées, mais je manque d'informations concernant ces personnes. Tu veux bien m'aider ?

– Si ça peut aboutir à l'arrestation de ce fou furieux, tu peux me demander n'importe quoi. Assieds-toi, je t'en prie.

Le siège était encombré de dossiers et de paperasse. Frédéric fut gêné, mais Philippe ne s'en offusqua pas pour autant. Il libéra la place quand il remarqua l'ouvrage que son ami était en train de feuilleter.

– Ah ça alors ! Sans le savoir, tu as ouvert ce livre à la bonne page.

– Ah oui ? Comment ça ?

L'écrivain montra à son ami un schéma sur la page de gauche.

– Ce dont je voulais te parler concerne précisément l'illustration que tu vois. En fait, je ne pense pas que les victimes aient été choisies au hasard, et les lieux où elles ont été retrouvées non plus. Tu te rappelles ce que Sylvia avait dit ? Qu'elle avait la certitude que ces lieux auraient une signification particulière pour le tueur, mais qu'il restait encore à la trouver ? Ça y est, je crois avoir trouvé le lien entre ces personnes.

Le lieutenant acquiesça, impatient de savoir de quoi il retournait.

– Avant de poursuivre les explications, j'ai besoin d'une information concernant les cinq victimes. Simplement pour avoir la confirmation de ce dont je veux te parler.

– Comment ça, des cinq victimes ? Il n'y en a eu que quatre jusqu'ici.

– Non, je considère que la mort de Nathan a été tout aussi planifiée que les quatre autres, même si ça ne saute pas aux yeux à première vue.

– D'accord, et de quelles informations as-tu besoin ?

– Leur date de naissance, afin de déterminer leur signe astrologique.

– Leur signe... Tu n'es pas sérieux ? demanda-t-il incrédule.

– Oh que si. Tu vas comprendre.

Encore un peu surpris, il haussa les épaules et fouilla néanmoins dans ses dossiers pour trouver les renseignements demandés.

– Voilà, j'ai trouvé les dates de naissance de tout le monde. Les voici, rajouta-t-il en tendant à Philippe un papier sur lequel les dates étaient écrites à côté des noms.

– T'es ben fin. Bon, par ordre chronologique, Claudia Cheno était de la Vierge.

– Amusant, compte tenu de l'endroit où son corps a été retrouvé, ne put s'empêcher d'ironiser Frédéric.

– Pantoute, ça n'a rien à voir avec la religion. Bon, continuons... Amélie Girard était du signe du Verseau. Karine Tarany, quant à elle, était native du Bélier. Amanda Moreau était née sous le signe de la Balance et Nathan était Cancer.

Frédéric se demandait où Philippe voulait en venir avec ces signes du zodiaque. Pour lui, l'astrologie était surtout affaire d'arnaqueurs qui sévissaient allègrement dans les magazines féminins ou des programmes télé ineptes, et cela n'avait rien à voir avec l'enquête. Philippe comprit cela en regardant son ami.

– Il faut que tu saches que tout ce qui a été créé dans l'Univers l'a été grâce aux Éléments que sont l'Air, le Feu, l'Eau et la Terre. Or, ceux-ci dominent même les signes du Zodiaque. Le Cercle du Dragon Céleste en est même la preuve. Regarde. Comme je suis un natif du Verseau moi aussi, mon Élément dominant est l'Air. Or, mes pouvoirs sont liés au Vent. Ensuite on a Coralie qui est née sous le signe du Lion et qui manipule l'Élément du Feu. Thessa, qui est née sous le signe des Poissons, est sous l'influence évidente de l'Eau. Quant à toi, Frédéric, je ne serais pas étonné que tu sois né sous le signe du Taureau.

– Effectivement, fit-il étonné. Comment le sais-tu ?

– Ton Élément est celui de la Terre. Comme chaque Élément régit trois des signes du zodiaque, j'avais une chance sur trois de tomber juste. Et puis surtout, j'ai vu Coralie écrire la date d'anniversaire de tout le monde sur un calendrier affiché dans l'arrière-boutique.

Frédéric rougit, un peu gêné, et Philippe eut un petit rire amusé.

– Je comprends mieux comment tu as pu savoir ça. C'est formidable, tu m'as appris que le zodiaque était influencé par les quatre Éléments, mais ça ne me dit toujours pas le lien entre les victimes et les lieux où elles ont été découvertes assassinées, fit Frédéric en s'impatientant quelque peu.

– Bien au contraire, car je crois que c'est même la clef principale qui nous permettra de comprendre tout ce mystère. J'ai voulu ensuite appliquer les Éléments de chaque victime sur les points du pentagramme, en fonction de l'endroit où elles reposaient. C'est là que j'ai fait une découverte incroyable. Ce sont surtout le premier meurtre et celui de Nathan qui m'ont mis sur la piste. Claudia Cheno, sous l'influence de la Terre, gisait près de la Basilique du Sacré Cœur. Plus intéressant encore, cette église se trouve sur la Butte Montmartre, qui n'est ni plus ni moins que la plus haute colline de la ville. Un parfait symbole de la Terre dont l'emplacement correspond précisément au pentagramme.

Frédéric sursauta et commençait à comprendre où son ami voulait en venir.

– Pour ce qui est de Karine Tarany, continua Philippe, je n'ai pas vraiment pu faire le lien entre les lieux et l'Élément du Feu. Malgré mes recherches sur le sujet, je n'ai rien trouvé, mais continuons. Amanda Moreau, était sous la dominance de l'Air et elle se trouvait sur le toit d'un immeuble, en contact avec le ciel. Puis, ce fut le tour de Nathan qui est mort non loin de l'Élément qui avait marqué sa vie : l'Eau.

Puis Philippe attrapa l'exemplaire de son livre, toujours ouvert à la page que Frédéric avait trouvée sans vraiment la chercher et il lui montra un schéma.

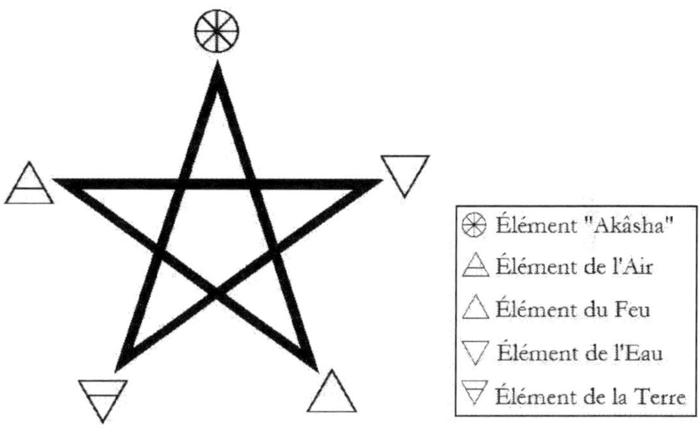

– Chacune des victimes marque un point du pentagramme en rapport même avec un des cinq Éléments, et ils correspondent en tous points avec celui que notre tueur à l'épée essaye de reconstituer dans la ville.

– Tu as sans doute raison, sauf qu'il y a un détail qui ne colle pas avec le reste : quand on regarde le plan, le pentabidule a sa pointe principale inversée, vers le bas.

– Erreur, car cette figure respecte les points cardinaux et non la carte elle-même. Ce qui veut dire que si tu remets la carte selon les Éléments, tout se remettra en place. Oriente la pointe du cimetière du Père Lachaise vers le haut et tu comprendras.

Le lieutenant fit pivoter la carte comme Philippe lui avait dit, et se rendit compte que la figure correspondait en tout points avec le schéma du livre.

CHAPITRE 40

Rue du Faubourg du Temple.

Le rendez-vous fut donc donné à *La Voie Initiatique* peu de temps après la fermeture. Les cinq compagnons, que Philippe appelait affectueusement *sa gang*, élurent de nouveau domicile dans l'arrière-boutique afin de profiter de la grande table au centre de la pièce.

Personne ne sut qui de Sylvia ou de Frédéric était à l'origine de cette réunion, mais il semblait évident qu'elle était devenue urgente. Il était même amusant de constater qu'elle avait été souhaitée par deux duos bien distincts qui avaient besoin de faire part de leurs découvertes aux autres. Autrement dit, Sylvia et Coralie d'un côté, Philippe et Frédéric de l'autre. Seule Thessa donnait l'impression d'avoir loupé plusieurs épisodes d'une passionnante série télévisée. Quant à savoir qui allait commencer, il était normal pour le lieutenant que l'honneur soit d'abord accordé à ces demoiselles. Philippe et Thessa ne purent réprimer un sourire amusé tandis que Coralie était étonnée, voire flattée, de découvrir que les hommes galants n'étaient pas encore une espèce en voie d'extinction.

Ce fut donc Sylvia qui commença à raconter ce qu'elle savait. Elle leur parla de la visite que Stéphane Flergafau lui avait faite la veille. Comme elle devait s'y attendre, Frédéric était tout simplement furieux que ce dernier ait eu le culot de parler à la Prêtresse en faisant fi de la surveillance dont elle était l'objet. Il se garda d'évoquer ses pensées à haute voix, mais les collègues chargés de suivre la jeune fille allaient se faire souffler dans les bronches, quelque chose de phénoménal. Sylvia remarqua néanmoins la contrariété du policier.

– De toute façon, dit-elle, je peux vous confirmer de source sûre que ce type n'est pas la réincarnation de l'abominable Carpzov du passé.

– Comment peux-tu être aussi catégorique ? demanda Philippe.

– J'ai eu cette information par une source draconique digne de confiance quand nous avons récupéré les Trésors Sacrés. C'est tout.

L'écrivain n'insista pas d'avantage. Il se demandait, comme tous les autres, qui pourrait bien être la nouvelle incarnation terrestre de Carpzov. L'autre pilule qui eut beaucoup de mal à passer : le fait que Stéphane puisse avoir été l'homme de main de l'assassin qui avait juré leur perte. C'était bien compréhensible en fin de compte.

Frédéric réalisa que ses soupçons envers le jeune homme étaient bel et bien fondés, et Sylvia eut un mal fou à leur faire comprendre que ce dernier avait souffert d'être tiraillé entre son employeur et le Cercle du Dragon Céleste, qu'il avait décidé en fin de compte de leur venir en aide, faisant ainsi une croix sur l'espoir qu'il avait eu de retrouver la mémoire. Si elle avait réussi à comprendre toute la portée d'une telle décision, les autres ne semblaient pas l'entendre de cette oreille. Les convaincre serait pour le moins laborieux.

– Tu crois qu'il va nous aider bien gentiment alors qu'il doit se foutre de nous au moment même où nous parlons ? répliqua Frédéric. Mais Sylvia, tu es beaucoup trop naïve !

– Peut-être, mais c'est pourtant un risque qu'il va falloir courir, compte tenu des circonstances. Si Stéphane est venu me parler l'autre nuit, c'était pour m'expliquer qu'il n'avait pas eu le choix. Tout ce qu'il voulait, c'était retrouver la mémoire. Rowanon a abusé de la situation pour l'enrôler de force et mettre des bâtons dans les roues de la police. À présent, il est au courant de ses motivations précises, et il s'est juré de tout faire pour l'empêcher de parvenir à ses fins, quitte à renoncer à son passé. Alors je crois que ce qu'il a à nous dire est assez important pour que nous y accordions un tant soit peu d'attention.

Frédéric campait sur ses positions et Sylvia comprit qu'essayer de lui faire entendre raison reviendrait à peu près à tenter d'arrêter la course folle d'un poids lourd lancé sans freins dans une descente verglacée.

– Je comprends mieux pourquoi il voulait nous orienter vers les monuments de la cité. Depuis le début, il voulait brouiller les pistes. Le salopard !

– Je crois malgré tout qu'il est sincère. En nous fréquentant, il a compris qu'il s'était leurré, et il a trahi celui qui faisait pression sur lui. Il m'a dit que c'était son guide draconique qui l'avait aidé à mieux comprendre ce qu'il avait à faire.

Cette remarque interpella Philippe.

– Attends un peu ! Tu as bien dit que Stéphane est accompagné d'un dragon ? Est-ce qu'il t'en a dit plus à ce propos ? Après tout, il aurait très bien pu raconter des menteries après avoir lu mon bouquin.

– Non, je ne crois pas. Stéphane m'a expliqué que c'était un grand dragon noir du nom de Shoren. Or, il se trouve que j'avais déjà vu ce dragon dans l'astral, et que je l'ai revu dans mes rêves la nuit dernière. Il m'a confirmé en tout point l'histoire de Stéphane, ainsi que la sincérité de son repentir.

Frédéric Laforrest ne savait plus où il en était, et Philippe appuya son visage dans le creux de sa main, l'air perplexe.

– Alors, dans ce cas, Stéphane ne peut pas être quelqu'un de mauvais. Sans quoi, un dragon n'aurait jamais accepté de communiquer avec lui et encore moins de lui venir en aide. Dis-moi Sylvia, il est seulement venu pour mettre les choses au point sur sa situation, ou bien avait-il autre chose à te dire ?

La jeune fille acquiesça.

– Effectivement. Il voulait surtout nous mettre en garde. D'après lui, Haliphas Rowanon, son commanditaire, serait affilié à la Loge Noire de France, et celle-ci en aurait après nous.

Cette révélation eut l'effet d'une bombe pour Philippe, Thessa et Coralie. Seuls Sylvia et Frédéric ne semblaient pas trop informés sur le sujet. Philippe était préoccupé.

– Avant de venir en France, mon guide draconique m'avait un peu parlé des Loges Noires qui sont disséminées dans le monde entier, dit-il avec gravité à ses amis. Mais je ne me serais pas douté un seul instant que cette sinistre confrérie puisse être impliquée dans notre affaire, et ça change beaucoup de choses en ce qui nous concerne. Pour en revenir à ces communautés, on n'a pas beaucoup de documentation à leur propos. Elles veulent rester les plus discrètes possibles afin de ne pas attirer l'attention du public et des curieux sur leurs dégradantes activités maléfiques. Peu de livres en parlent et, pour qu'ils ne soient pas pris au sérieux, ces écrits sont très souvent discrédités. Pourtant, ils sont instructifs, même s'il faut bien admettre que leurs auteurs cultivent la parano à outrance.

– Ce Haliphas Rowanon ferait partie de la Loge Noire qui sévit en France ? demanda Thessa.

– Oui, répondit Sylvia. Stéphane m'avait expliqué que quand il s'était réveillé sans le moindre souvenir de son passé, il y avait deux hommes inconnus à son chevet. Le premier était Haliphas Rowanon, tandis qu'il ignorait le nom de l'autre jusqu'à ce qu'il finisse par voir sa photo dans la presse. Accrochez-vous, les enfants, car cet homme est Pierre Péladeau et, cerise sur le gâteau, il se trouve que ce type serait ni plus ni moins que le Grand Maître de la Loge Noire de France.

Thessa, Coralie et Frédéric furent estomaqués par cette révélation à laquelle ils ne se seraient jamais attendus.

– J'espère qu'avec ce que je vais vous expliquer sur les Loges Noires, vous allez un peu mieux comprendre à qui nous avons à faire, dit Philippe. Car ce ne sont pas des plaisantins, et encore moins des amateurs dans le domaine occulte.

L'écrivain se concentra un instant, prit une inspiration et commença ses explications.

– En général, les membres des Loges Noires terrifient même les cercles maléfiques, des moins connus jusqu'aux plus prestigieux. Il y a quatre-vingt-dix-neuf membres, en comptant le Grand Maître, son Secrétaire qui est aussi son plus fidèle bras droit, ainsi que les vingt-et-un juges qui sont chargés des opérations magiques d'envergure, comme les envoûtements ou les exécutions. Il y a aussi un centième membre plus secret encore et plus dangereux à lui seul que toute la Loge réunie.

– De qui peut-il s'agir ? demanda Thessa.

– C'est un démon. Le démon de haut niveau qui règne sur la Loge. En fait, ce genre d'organisation ne compte que des gros capitalistes qui ont amassé une fortune considérable par le biais de méthodes occultes. Ils sont capables d'accomplir leurs desseins criminels sans pour autant éveiller le moindre soupçon. Une vie ne représente rien aux yeux de tels individus, sauf si elle peut servir leurs intérêts. La seule chose que ces gens-là craignent, c'est que la connaissance magique soit diffusée dans le monde. Car elle ferait non seulement surgir une société qui entraverait leurs propres manières d'agir, mais les Loges Noires encourraient surtout le risque non négligeable d'être repérées et dénoncées par des praticiens réalisant un travail magique bénéfique. Parmi les pouvoirs dont ils disposent, il y a la faculté d'endormir quelqu'un et de le réveiller, rendre quelqu'un malade ou le soigner ainsi que de soumettre les gens à leur influence la plus totale. Les embolies, les congestions cérébrales, les soudaines crises cardiaques fatales sont des petits jeux très appréciés par les frères noirs du monde entier. C'est grâce à un pacte lié avec le roi des démons que les Loges Noires disposent de telles capacités magiques qu'ils n'auraient pas autrement. Seuls les membres dirigeants de chaque Loge ont de véritables pouvoirs occultes. Ils sont cruels et très dangereux.

– Une minute ! s'exclama Sylvia. Stéphane m'a bien spécifié que Rowanon travaillait toujours en solo, qu'il avait même vu le Grand Maître qu'une seule fois, au moment de son réveil et aussi que Rowanon n'est pas un pro en Magie.

– Dans ce cas, dit Coralie, il doit tenir ses acquis d'un serviteur démoniaque que la Loge lui a attribué. J'ai entendu dire que chaque membre de cette Loge se voyait confier un démon pour le servir et exécuter les basses besognes.

– S'il est vrai que ce Rowanon agit en solitaire, il doit tout de même avoir le soutien de la Loge Noire, répliqua Frédéric. Je me demandais comment Stéphane avait pu se retrouver dans la police à son âge, et surtout comment son dossier a pu disparaître de nos archives. Philippe, est-ce que tu sais si des membres de ces sinistres confréries peuvent faire partie des institutions gouvernementales de ce pays ?

– Pour la France, je n'en sais rien, mais il ne serait pas étonnant qu'il y en ait au sein même de l'administration de ce pays. Ces types sont infiltrés au plus haut niveau, vous savez.

– Ça expliquerait tout… Je comprends un peu mieux, maintenant.

– Mais je me demande bien ce que ces gens-là veulent, dit Thessa.

– Je crois que c'est évident. Ils veulent s'emparer de l'Épée, dit Sylvia.

– Pourtant, je ne vois pas comment ils pourraient, répliqua Coralie. Je sais que cette arme magique recèle toute la puissance des êtres draconiques. Elle représente un pouvoir de la Lumière tel que les frères noirs ne pourraient même pas la toucher. Il y aurait incompatibilité.

– Dans ce cas, il ne leur resterait plus qu'à tenter de pervertir son pouvoir. Amusant, car cela nous amène directement à ce dont Frédéric et moi voulions vous parler, dit Philippe en déployant un plan de Paris sur la table. Approchez-vous.

Tous se rassemblèrent autour du document, et Sylvia reconnut la carte sur laquelle elle avait dessiné les traits du pentagramme. C'était quelques heures à peine avant que Nathan ne soit tué. À ce moment-là, elle était alors loin de s'en douter.

Frédéric prit le relais en montrant les points de la figure.

– Chaque crime que ce monstre a commis avait un double sens. Ce n'est qu'aujourd'hui que nous l'avons compris. Vous rappelez-vous les ingrédients qui constituaient le mélange avec lequel le tueur traçait les figures occultes au sol ? Euphorbium, cyprès, absinthe, racine de mandragore et sang-de-dragon.

– J'avais dit que c'était une formule très précise pour une malédiction, pour jeter un mauvais sort sur un lieu ou sur quelqu'un, rajouta Philippe.

– Je m'en souviens bien, acquiesça Coralie. Je commence même à comprendre où vous voulez en venir. Philippe continue, je te prie.

– Ok. En vérifiant la date de naissance ainsi que le signe du zodiaque de ces cinq personnes, j'ai pu confirmer que ces dernières n'ont pas été choisies au hasard, mais en plus que leur corps a été déposé au point du pentagramme qui correspond à leur Élément natif. La Butte Montmartre pour la Terre, un cimetière pour l'Akâsha, le toit d'un immeuble pour l'Air, les quais de la Seine pour l'Eau.

– Quand on regarde la carte de la ville normalement, on voit que le dessin a une pointe vers le bas, continua Frédéric. Ce qui m'avait fait penser que des satanistes auraient pu avoir été dans le coup. Par contre, si on se fie à la disposition des Éléments, avec la pointe de l'Akâsha orientée à l'est, ce qu'on voit ne signifie plus du tout la même chose, dit Frédéric en réorientant le plan dans le bon sens.

– Un instant, fit remarquer Thessa. Il n'y a que l'Eau, l'Air, la Terre et le Feu qui régissent les douze signes du zodiaque. Comment Rowanon a-t-il pu choisir une victime qui correspondrait à l'Akâsha ?

Philippe souriait. De toute évidence, il s'attendait à cette question.

– Des quatre Éléments, il y en a un qui se rapproche le plus de l'Esprit, du cinquième Élément occidental : c'est l'Air. Le point correspondant sur la carte a été bien choisi, vu qu'il s'agit d'un cimetière. En tout cas, avec la mort de Nathan sur le point correspondant à l'Eau, notre tueur a presque refermé son piège occulte.

– Comment ça ? demanda Sylvia. Nathan n'avait pas le profil des autres victimes. Même s'il a été tué par Rowanon.

– Détrompe-toi, car je suis prêt à parier ce que tu voudras que le tueur avait tout planifié dès le départ, et que la mort de ton ami d'enfance n'était pas improvisée. Souviens-toi qu'à ce moment précis, tu es soudain entrée en transe, dominée par la puissance négative de ton pouvoir. Et bien c'est ça qu'il voulait : corrompre les capacités de notre clan. Le pire, c'est que ça a bien failli marcher cette nuit-là.

– Qu'est-ce qui te fait dire ça ?

– Il suffit de regarder la carte et tu le comprendras toi-même, dit Frédéric en regardant Sylvia. Tu sais que les points de cette figure sont équidistants.

– Oui, approuva la jeune fille en traçant le contour du pentagramme du bout du doigt. Mais le pentagramme suit un tracé précis. Je ne vois pas en quoi cela porterait préjudice au pouvoir de notre groupe.

– Pourtant si ; la mort de Nathan nous a tous affectés, même si on ne le connaissait pas. Si tu regardes bien, tu remarqueras tout de suite qui est la véritable cible de ce maléfice funeste.

Elle pointa le doigt sur le centre et devint livide en réalisant l'endroit où la cible de Rowanon se situait sur la carte.

Au niveau de la place de la République, rue du Faubourg du Temple. À l'endroit précis où se trouvait la boutique.

C'étaient eux qui étaient visés depuis le départ.

– Le centre de cette figure indique l'endroit où nous sommes !

– La vache ! s'exclama Coralie. L'espèce d'enflure savait où nous frapper avant même que nous ne nous rassemblions ! Il s'amuse avec nous ou quoi ?

– Cela n'a rien de bien extraordinaire s'il se fait servir par un démon, fit remarquer Thessa. En tout cas, les points de ce pentagramme ont été clairement définis pour nous envoyer les ondes néfastes émises par cette malédiction. Haliphas Rowanon ne veut pas nous tuer, c'est évident…

– Sinon, il l'aurait fait depuis longtemps, poursuivit Philippe. L'autre jour, il a bien failli réussir son coup. La puissance obscure de Sylvia était alors énorme. D'autant plus que ce n'était pas la première fois. S'il parvient encore une fois à faire basculer la force magique de Sylvia du côté des Ténèbres, l'Épée suivra aussi et il pourra s'en emparer. La puissance draconique appartiendra alors à la Loge Noire de France. Inutile de vous dire à quel point cette idée me révulse.

– À ce propos, dit Frédéric, savez-vous en quoi consiste le rituel qui permettrait à Sylvia de trouver cette arme ? Tout ça me semble bien mystérieux.

– C'est une bonne question. La vérité, c'est que je n'en ai pas la moindre idée. Je me souviens avoir vu que notre clan avait tout consigné en détail dans un grimoire, que j'ai pu apercevoir dans mes rêves liés à nos vies antérieures. Mais comme il a été perdu à jamais, on ne saura sans doute jamais tout le détail de ce qu'il contenait. Dommage… Ça nous aurait bien aidés.

– D'autant plus que cette information n'est destinée qu'à la *Porteuse de Lumière*, dit Coralie en se tournant vers Sylvia. Tu n'en sais pas plus de ton coté ?

Sylvia s'était assise sur un coffre et elle était pâle comme un linge. Elle tremblait convulsivement, en proie à un désarroi profond.

– Quand Philippe m'avait suggéré de pratiquer le rituel qui me permettrait d'appeler mon dragon gardien, j'ai revu le grand dragon blanc qui m'était déjà apparu à deux reprises. Il s'appelle Sha'oren et je me souviens très bien de ce qu'il m'avait dit à propos de l'Épée. D'après lui, afin de rétablir le véritable pouvoir du Cercle du Dragon Céleste, la personne dépositaire du pouvoir de la Lumière devrait révéler l'Épée mystique de la Draconia. Or l'avènement de cette arme magique ne pourra avoir lieu qu'au moment où la *Porte du Ciel* se refermera. Il m'a dit que cet évènement aura lieu le jour du solstice d'été.

– Qui sera le 21 juin… mais c'est après-demain ! s'exclama Coralie.

– C'est quoi cette histoire de *Porte du Ciel* ? demanda Frédéric. Quelque chose d'ordre géographique ou de spirituel ?

Sylvia, se releva. Ce faisant, elle renversa une boîte et son contenu se répandit par terre. En s'agenouillant pour tout ramasser, elle prit un objet dans sa main et l'observa avec surprise. C'était une paire de lunette en carton avec des verres en film de plastique noir. Coralie les reconnut de suite.

– Ah, c'est ce qu'on a prévu d'offrir aux clients pour voir l'éclipse. Elle ne sera que partielle sur Paris, mais c'est quand même un évènement à ne pas rater.

Sylvia eut subitement une étrange intuition. Thessa s'en rendit compte.

– Qu'est-ce que tu as ? On dirait que tu viens d'avoir une révélation.

– Mieux, une épiphanie. Fred, je crois que cette *Porte du Ciel* n'est ni géographique, ni spirituelle… mais astronomique. C'est une éclipse solaire.

CHAPITRE 41

Depuis son dernier meurtre, Haliphas Rowanon n'avait pas perdu de temps. Tout de suite après que Nathan eût touché le sol, il était parti de Paris pour rejoindre sa résidence secondaire, héritée par sa famille depuis des générations. Un ancien château datant du XVe siècle, inconnu de tous, qui était au fin fond de la province. Grâce à son appartenance à la Loge Noire française, il avait réussi à réunir les capitaux afin de restaurer cette demeure tout en la dotant du confort moderne.

Il s'était rendu sur place afin de tout préparer pour le jour où la *Porteuse de Lumière* serait amenée en ces lieux. Il avait tout prévu pour qu'elle soit son invitée d'honneur, et espérait surtout que les travaux dans les sous-sols seraient enfin terminés. Il y avait là une pièce tout à fait spéciale qu'il tenait absolument à faire visiter à la jeune fille ainsi qu'à ses amis. Car pour lui, il était inconcevable que ces derniers ne soient pas de la fête. Alors il s'arrangerait pour les amener tous jusqu'à lui.

Après s'être assuré que tout serait fin prêt pour le 21 juin, il rentra à Paris. Il y occupait une profession honorable à laquelle il devait tout de même consacrer un peu de son temps.

Il ne restait à présent plus que deux jours avant que l'éclipse solaire n'ait lieu, et Haliphas était conscient des terribles enjeux qui pourraient en résulter. C'était pour cela qu'il avait fait le trajet ce jour-là jusque dans un somptueux hôtel particulier habilement dissimulé des regards, dans une ville cossue de la banlieue parisienne.

Il avait reçu le matin même dans sa boîte aux lettres une enveloppe de vélin couleur ivoire, sans adresse de l'expéditeur. C'était toutefois inutile, car il savait de qui il s'agissait. La lettre, du même papier que l'enveloppe, lui donnait rendez-vous ce jour-là avec le Grand Maître de la Loge Noire de France. Pierre Péladeau devait commencer à s'impatienter. C'était sans doute pour lui demander des comptes quant à l'avancement de son projet qu'il l'avait sommé de venir dans les plus brefs délais.

Haliphas était soucieux. Il se demandait si le Grand Maître n'allait pas anticiper l'exécution de ses projets. Si jamais une telle idée lui prenait, il perdrait ainsi une occasion inestimable de mettre la main sur l'Épée Mystique tant convoitée.

Dans l'immédiat, il prit un virage qui le conduisit au magnifique portail de la propriété qui servait de lieu de rencontre de la loge *Eternam Tenebrae*. Il donna son nom à l'interphone et les lourdes portes métalliques ouvragées s'ouvrirent dans un léger grincement. Puis, il vint se garer dans la vaste cour entourée d'arbres majestueux. Pierre Péladeau se tenait au bas du perron. Visiblement, il l'attendait.

Profitant de cette belle journée, le Grand Maître proposa à son invité de se promener dans le parc de la propriété. Les deux hommes marchèrent côte à côte quand Pierre Péladeau prit la parole, assez préoccupé.

– Alors, Frère Rowanon, est-ce que je pourrais savoir où vous en êtes dans votre plan pour récupérer l'Épée Magique du Dragon Céleste ?

– Bien sûr. Jusqu'ici, tout se passe comme prévu. D'ici peu, la Prêtresse tombera entre mes mains et l'Épée viendra au monde comme cela a été écrit dans les étoiles. Elle sera alors enfin à nous, aux Ténèbres.

– Vous voulez plutôt dire que l'Épée *apparaîtra*, non ?

– Il n'y a pas d'erreur dans la formulation de ma phrase. Au cours de mes diverses recherches dans de très vieux documents, j'ai retrouvé le journal tenu par Benedict Carpzov jusqu'à sa mort en 1666. Il explique entre autres ce qu'il s'est passé la dernière fois que les magiciens draconiques ont tenté de faire apparaître leur Épée et comment il a essayé, en vain, de s'en emparer déjà à l'époque. Ayant été témoin de cet évènement, il a bien expliqué que quelque chose semblait incomplet dans la cérémonie parce que cette dernière avait failli, et que la *Porteuse de Lumière* de l'époque avait péri dans d'effroyables souffrances. Heureusement, la grande horloge cosmique fait bien les choses puisque quinze jours après cette éclipse solaire, c'est durant l'éclipse de lune que la nouvelle Prêtresse fut désignée. Carpzov les avait capturés, elle et les plus puissants praticiens de leur clan, pour leur faire avouer leurs secrets. Il voulait aussi s'emparer des Trésors Sacrés, mais ils avaient déjà disparu, et ne semblent plus jamais avoir réapparu sur la surface du globe.

– Comme les magiciens refusèrent de coopérer, ils furent torturés et brûlés vifs, poursuivit Pierre Péladeau. Comme quoi, ce Carpzov n'a abouti à rien en fin de compte.

– Détrompez-vous, Maître. Je réussirai là où il avait échoué. Et ceci grâce au soutien inestimable que vous m'avez apporté jusqu'ici.

– Qu'est-ce qui vous permet de croire que ceux appartenant au Cercle du Dragon Céleste ne vont pas finir par se douter de quelque chose ?

De toute évidence, le Grand Maître avait toujours de sérieux doutes sur les chances de succès du plan de Frère Rowanon, et ce dernier en avait conscience.

– C'est le but de la manœuvre, figurez-vous. Tôt ou tard, ils finiront par découvrir les implications des meurtres et de ce pentagramme de malédiction tracé dans la ville. Si ce n'est pas déjà fait. Quand ils sauront, les ténèbres qui les cernent feront leur effet et lorsqu'ils auront réalisé leur échec face à moi, leur rancœur donnera encore plus de force à l'obscurité qui sommeille en eux. Alors, le pouvoir du clan sera consumé par les Ténèbres et l'Épée en sera imprégnée aussi. Il n'y a que comme ça que nous réussirons à nous en emparer.

– Vous croyez qu'ils vont marcher dans votre combine uniquement à cause de ça ? Pour être franc, j'en doute.

– En fait, ce n'est là que la première moitié de mon plan.

– Qu'en est-il de la seconde moitié ?

– Elle suit aussi son cours. De ce côté là, tout dépendra des sentiments de la Prêtresse. Mais je sais qu'elle sera le principal élément déclencheur d'une réaction en chaîne, qui fera en sorte que l'Épée finira entre nos mains.

Rowanon parlait d'un ton serein, avec un sourire satisfait. De toute évidence, il avait confiance en son plan. Jusqu'ici, il fallait reconnaître que celui-ci ne n'avait pas de fausse note.

– J'ai un atout majeur dans ma manche et je suis prêt à parier que personne ne l'aura vue venir au moment de jouer cette carte.

– C'est tout ce que j'espère pour vous. Vous savez aussi bien que moi que c'est dans notre intérêt que vous ne nous fassiez pas faux bond. Dois-je vous rappeler ce qui s'est passé l'an dernier ?

Rowanon s'arrêta net, pris d'une angoisse rien que d'y songer. Non, il n'avait pas oublié ce qui était arrivé cette belle soirée d'été. D'ailleurs, il ne l'oublierait jamais.

Le Grand Maître lui demanda d'une voix tranquille.

– Frère Rowanon, réexpliquez-moi ce qui arrive tous les 21 juin dans notre loge. Vous savez que c'est bien le jour de l'année qui compte le plus pour nous.

– Oui. Alors que les frères de lumière et les adeptes de la magie positive célèbrent le solstice d'été et la journée la plus longue de l'année, nous nous réunissons tous de par le monde pour procéder au sacrifice de l'un d'entre nous au démon supérieur de notre Loge. Tous les ans a lieu le tirage au sort fatal qui désignera celui qui sera condamné à mourir.

Le Grand Maître approuva et poursuivit :

– Assurément. Nous devons tous être présents cette nuit-là. C'est impératif. À chacun de s'organiser comme il veut pour être disponible. Personne n'a encore échappé à cette coutume ancestrale, pas même moi malgré mes trente ans d'appartenance à la Loge. Du moins jusqu'à l'an dernier. Car c'est bel et bien *votre* numéro qui aurait dû être tiré au sort. Rowanon, c'est vous qui auriez dû être sacrifié au démon.

Rowanon pouvait revoir la scène comme si c'était hier.

Dans la grande salle réservée aux réunions, lui et les autres frères noirs avaient pris place sur des sièges où était noté leur numéro d'appartenance. Tous faisaient face à l'estrade réservée au Grand Maître et au Secrétaire.

L'instant était solennel et l'appréhension étreignait chacun des frères noirs présents. Une sourde terreur régnait dans l'atmosphère rendue presque palpable. Car même un membre qui n'avait été admis que l'année précédente courait le risque de voir son numéro sortir du lot. La victime au démon était alors remplacée par l'arrivée d'un nouveau membre qui devenait ainsi le bénéficiaire de l'être démoniaque de son prédécesseur. Chacun ne prenait conscience de ce jour-là qu'au moment où ce fatidique tirage au sort planait au-dessus de leur tête.

Après une brève allocution de Pierre Péladeau, le frère numéro un de la Loge, le Secrétaire demanda que lui soit remis le rapport annuel de chaque membre. Ce document, essentiel à l'organisation, devait être rédigé sous un code secret et faisait état du travail qui avait été accompli avec la collaboration de son serviteur démoniaque. L'importance de ce rapport tenait dans le fait qu'il permettait de déterminer si les conditions de l'alliance entre la Loge Noire et les puissances maléfiques étaient bien respectées.

Le Secrétaire avait ouvert un tiroir d'une luxueuse commode et en avait sorti une boîte en bois qui renfermait des petites enveloppes, chacune contenant le numéro de chacun des membres de la Loge.

C'était ainsi que le candidat à la mort serait tiré au sort.

Le Secrétaire s'occupa ensuite de chercher et d'installer sur une table un tambour conçu pour le faire tourner sur son axe à l'aide d'une petite poignée. Il ouvrit le tambour afin d'y mettre toutes les enveloppes. Puis, il fit entrer dans la pièce une adolescente aux yeux bandés. C'était la fille du jardinier travaillant dans la propriété du Grand Maître. N'étant pas elle-même de la Loge, elle faisait office de médium, et n'avait pas conscience de la gravité de l'instant auquel elle prenait part.

Après que le Secrétaire eut fait tourner le tambour dix tours à gauche et dix tours à droite, il l'ouvrit et guida la main de la jeune fille à l'intérieur pour qu'elle prenne une enveloppe. Celle-ci fut déposée aux yeux de tous en attendant que le médium soit raccompagné et rémunéré pour ce simple geste qui allait signifier la mort de quelqu'un le soir même.

Ce soir-là, le 21 juin 2009, une soudaine panne de courant sema le trouble durant quelques instants. Rowanon avait écrit son rapport précédent en insistant pour que seul le Grand Maître puisse le lire. C'était le contenu de ce texte, donnant les grandes lignes du plan pour s'emparer de l'Épée Mystique de la Draconia, qui l'avait poussé pour la toute première fois à subtiliser le numéro qui venait d'être tiré au sort pour le remplacer par celui d'un autre membre, profitant de la diversion occasionnée par l'absence de lumière. Personne ne s'était rendu compte de rien.

Ce fut donc le numéro trente-cinq, Frère Alahyas, dont le sort fut scellé. Ce type était un lâche dont il était plus utile de se débarrasser par la même occasion. Le Grand Maître, n'aimant pas les faibles de ce genre, en profita alors pour faire d'une pierre deux coups. En regardant le numéro qui avait été tiré au sort à l'origine, le treize, celui de Frère Rowanon.

La soirée suivit son cours normalement. Après que tout le monde fût parti, Pierre Péladeau se rendit dans son sanctuaire afin de faire appel au puissant démon qui régnait sur la Loge *Eternam Tenebrae.*

L'entité maléfique savait ce que le Grand Maître avait fait, et il était furieux. Terrorisé, Péladeau lui expliqua la raison de son geste, et ce ne fut que la perspective d'obtenir l'Épée magique qui parvint à le calmer. Si cette arme sacrée était rapportée avant la prochaine réunion au soir du 21 juin, alors le démon laisserait de côté le fait qu'il y avait eu tricherie avec le tirage au sort. Sinon, il prendrait la vie de Frère Rowanon ainsi que celle du Grand Maître pour rétablir le bon ordre des choses.

L'ultimatum sépulcral était impossible à ignorer.

La voix de Péladeau ramena Haliphas au moment présent.

– J'espère que vous réalisez les risques que j'ai pu encourir ce soir-là en provoquant cette panne. N'oubliez pas qu'on ne triche pas avec le destin. C'est pourtant ce que j'ai fait en votre faveur.

– Soyez certain que j'en suis conscient. Cependant, vous ne pouvez pas nier que nous sommes sur le point de faire quelque chose qui restera gravé à tout jamais dans les annales de notre Loge et que celles disséminées dans le monde nous envieront.

– Peut-être. Mais si vous échouez, c'est nous qui serons servis en pâture au démon. Alors vous comprendrez pourquoi je suis aussi inquiet par rapport à votre plan. Qu'en est-il de votre homme de main... C'est bien Stéphane qu'il s'appelle ? Vous êtes sûr que c'est quelqu'un de fiable ?

Rowanon eut un petit sourire en coin.

– Je ne me fais pas de souci. Il me sera utile jusqu'à la fin.

– Vous seriez pourtant étonné d'apprendre qu'il a pris contact avec la *Porteuse de Lumière* hier soir. Il faut s'attendre à ce qu'il lui ait déjà tout balancé à votre sujet.

– Alors là, aucun risque ! J'ai fait ce qu'il fallait pour assurer mes arrières avec lui. J'ai pris grand soin de me protéger en scellant son esprit, et il ne pourra rien révéler sur moi.

Le Grand Maître regarda Haliphas avec surprise.

– Vous avez fait appel à un envoûtement particulièrement puissant, car même les vingt-et-un Juges de notre ordre auraient eu du mal à exécuter une magie d'un niveau aussi élevé. Je ne vous aurais jamais cru capable d'une telle chose.

– En vérité, il ne s'agit pas réellement de magie. Même un praticien expérimenté comme Philippe Helm aurait toutes les peines à en annuler les effets. Les amis de Sylvia n'ont aucune chance de parvenir à le libérer de l'emprise que j'ai sur lui.

Haliphas Rowanon jubilait, ravi de pouvoir surprendre le Grand Maître.

– J'ai tué un ami d'enfance de Sylvia sous ses yeux pour troubler son cœur. Le prochain coup risque de faire encore plus mal. Car plus elle sera accablée, et dominée par les Ténèbres, et plus elle sera en notre pouvoir. Les choses sérieuses vont pouvoir enfin commencer.

CHAPITRE 42

Rue des Innocents.

Sylvia venait à peine de rentrer de la réunion avec ses amis qu'elle décida de prendre un bain relaxant avec un mélange spécial composé d'herbes et d'huiles essentielles. Plongée dans un monde de pensées des plus diverses, elle se sécha avec soin et revêtit un ample tee-shirt de nuit. Puis, elle se prépara une tisane avant de retourner dans le salon pour écouter de musique douce avant d'aller se coucher. Dead Can Dance passa alors en boucle.

Malgré l'ambiance sereine qui régnait autour d'elle, la jeune fille frissonna, en proie à un étrange mal être. Tout en sirotant à petites gorgées une tisane au tilleul à la camomille et aux fleurs d'oranger, elle resongeait à tout ce qui lui était arrivé depuis le moment où elle avait eu des visions dans la bibliothèque.

Installée sur le canapé, elle ferma les yeux. Si seulement elle pouvait comprendre l'origine des doutes qui la tourmentaient ainsi… Tant de questions restaient encore sans réponses. Elle aurait aimé pouvoir comprendre pourquoi elle avait le sentiment d'appartenir malgré tout au Cercle du Dragon Céleste alors qu'elle en avait été la pire ennemie durant sa vie antérieure. Si elle n'était pas la réincarnation de la *Porteuse de Lumière*, elle ne risquait pas non plus de mériter ce titre à l'heure actuelle. Sans compter qu'elle ne savait toujours pas en quoi consisterait l'apparition de l'Épée alors qu'il leur restait si peu de temps.

Je suis complètement perdue… Si seulement je savais ce que j'ai à faire. Ô vous, les sages et puissants dragons, puissiez-vous m'aider à trouver enfin la voie qui est la mienne. Aidez-moi à me libérer de mes tourments et à savoir qui je suis en réalité.

Le bruit sourd du mécanisme d'une horloge résonna alors dans sa tête. La fatigue finit pourtant par prendre le dessus et Sylvia sombra dans un profond sommeil.

*

Ce rêve était pour le moins étrange, car Sylvia marchait à nouveau sur le sentier forestier bordé de petites pierres blanches qu'elle avait déjà foulé auparavant. Toutefois, l'ambiance était différente. Ce ne fut qu'à ce moment-là qu'elle comprit qu'elle avait fait une sortie astrale intempestive, et qu'elle n'allait pas tarder à revoir son ami le grand dragon blanc.

Les arbres avaient revêtu leur parure automnale, alors qu'on était encore au plus fort du printemps. Il faisait frais et le climat n'était pas des plus radieux. Bien au contraire ; le ciel délavé était gris et maussade, chargé de nuages lourds et sombres, comme si une averse était sur le point de tomber. Il n'y avait pas le moindre souffle de vent et la jeune fille éprouva une sensation du froid typique d'une triste journée de novembre. Quel surprenant contraste avec l'ambiance printanière pleine de vie qui régnait d'ordinaire ici…

C'était bel et bien le silence inquiétant qui la troublait le plus. Il en était presque assourdissant. D'autant plus qu'elle se sentait seule ; il n'y avait pas âme qui vive, ni aucune trace d'un quelconque animal sauvage autour d'elle. Pas un seul oiseau ne volait dans le ciel ni le moindre signe de vie ne se faisait entendre. Il n'y avait rien du tout. Pour un peu, elle aurait cru avoir débarqué au beau milieu d'un paysage statique, un peu comme si l'horloge du temps avait interrompu sa course. Le malaise et la mélancolie de Sylvia ne firent que grimper d'un cran. Elle continua malgré tout à avancer, comme si un appel résonnait dans son esprit désorienté.

Elle eut soudain la certitude que la raison de sa présence lui serait révélée dans cette forêt. Le plus étrange, c'était qu'elle était bien consciente qu'il n'y avait aucune présence autour d'elle. Pourtant, elle aurait juré qu'il y avait bel et bien une entité qui la sommait d'avancer car l'appel continuait à résonner de plus en plus fort dans sa tête.

On me demande d'aller par là, se dit-elle en traversant un bosquet.

Elle finit par arriver dans la clairière où elle était déjà venue, mais elle était seule. Le soleil refusait toujours de transpercer les nuages, et il faisait toujours aussi sombre. Là non plus, il n'y avait personne.

La Prêtresse vint alors s'asseoir sur une des larges pierres plates au bord du lac. Elle attendit que son guide esprit vienne la rejoindre. Toujours perdue dans ses pensées, elle retrouva dans sa poche la petite pierre blanche sphérique que les dragons lui avaient laissée. Après l'avoir contemplée quelques instants, la jeune fille étendit le bras au-dessus de l'eau et lâcha la boule. En un clin d'œil, la nuit l'entoura et l'obscurité se fit presque totale du fait de la présence des nuages. C'est à ce moment-là que Sha'oren fit son apparition aux côtés de la magicienne draconique et vint s'installer non loin d'elle.

Avec la proximité du grand dragon blanc, elle ressentit une chaleur apaisante et réconfortante s'épanouir en elle pour la toute première fois depuis son arrivée dans cette forêt. Cela lui mit un peu de baume au cœur.

– Sha'oren, mon ami, dis-moi pourquoi tout a changé ici. Lors de ma dernière visite, c'était différent, plus beau et plus vivant que maintenant. On croirait qu'on est passé du jour au lendemain du plus lumineux des printemps au plus triste des automnes. Même toi, j'ai l'impression de te voir moins bien. Tu me sembles flou.

– Détrompe-toi, mon amie, car ce n'est pas ton environnement qui est différent. C'est toi qui n'es plus la même.

– Comment ça ? Je ne comprends pas…

– Pour résumer, disons que c'est ta fréquence vibratoire énergétique qui a diminué. Vois-tu, les vibrations de cette dimension astrale sont plus denses qu'avant et la lumière divine est du coup bien moins perceptible. Tout ça parce que le degré de raffinement spirituel en ces lieux est plus bas, et ce dernier vibre en analogie avec toi. Il te suffirait de relever ton taux vibratoire pour que tu puisses retrouver le décor auquel tu étais habituée. Nous sommes pourtant toujours au même endroit, mais à un niveau plus bas du plan astral. Ce sont les pensées négatives et tristes que tu as nourries ces derniers temps qui sont à l'origine de ce changement. Cependant, il est heureux que les vertus magiques purificatrices du rituel protecteur que tu mets en pratique chaque jour aient limité les dégâts, rajouta Sha'oren.

– Alors, ce sont mes pensées qui déterminent mon propre taux vibratoire ? J'ignorais ça…

– Précisément. Mais il y a d'autres choses qui peuvent l'influencer, tout comme les émotions ou même les lectures. Sylvia, je vais t'apprendre quelque chose à propos du rêve que tu as fait dans la bibliothèque. Comme tu t'en es toi-même aperçue, ce dernier ne rime à rien au su de qui tu as été dans ta précédente incarnation terrestre.

– Attends, tu es en train de me dire que ce sont les livres que j'ai lus qui m'auraient incitée à faire ce rêve étrange ? Ce n'était que le fruit de mon imagination ?

– Oui et non. En vérité, le fait d'avoir lu toutes ces informations historiques sur la *Chasse aux sorcières* t'a fait entrevoir un fragment de ta vie antérieure, mais sous un autre point de vue que le tien : celui de la dernière victime de Carzpov.

La jeune fille poussa un profond soupir puis regarda dans le lointain.

– Dis-moi, mon ami, comment puis-je espérer contrer les sinistres projets de la Loge Noire ?

– Personne ne t'a demandé de te mesurer à eux.

Cette remarque inattendue plongea Sylvia dans une profonde incompréhension.

– Quoi ? Comment peux-tu me dire quelque chose d'aussi absurde ? C'est pourtant évident, non ? Nous représentons la magie blanche, alors ceux qui pratiquent la magie noire sont donc nos adversaires désignés. Ce sont eux qui veulent nous nuire, ne l'oublie pas.

– Sylvia, il faut que tu comprennes bien que la véritable Magie n'est ni noire ni blanche. Soit elle est orientée vers la Lumière, soit elle en est dépourvue. Pour un praticien des arts occultes, il n'y a pas de bien ou de mal, et il n'y a pas de moralité non plus. Attention, s'empressa de rajouter le grand dragon blanc en voyant l'expression stupéfaite de la Prêtresse, cela ne veut pas dire qu'il est *immoral.* Il est simplement *amoral.* Il est passé à un niveau de compréhension supérieur à cela. En d'autres termes, un authentique magicien comprend les Lois Universelles et accepte les responsabilités liées au karma. Il sera ainsi plus sage que d'autres qui enfreignent allègrement ces mêmes règles quand ça leur chante.

– Dans ce cas, qu'en est-il des Ténèbres ? Je voudrais comprendre… En quoi nous sert la Magie si ce n'est pour lutter contre le mal partout où il se présente ?

– Il n'y a pas de combat. Car affronter un adversaire, c'est lui donner de la force de façon inconsidérée. Mon amie, sache que ce que vous appelez le *mal* n'est autre que le *bien négatif.* C'est le compagnon d'éternité du *bien positif.* On peut très bien utiliser le bien négatif avec sagesse, toujours dans le respect des Lois Universelles et sans faire de tort à qui que ce soit. Or, les Loges Noires ont détourné les énergies universelles du bien négatif pour leurs crimes odieux. *Grosso modo*, là où il y a la Lumière, il y a aussi les Ténèbres. Les Ténèbres appellent la Lumière. Les deux forment un tout unique selon un subtil équilibre dans lequel l'un ne peut exister sans l'autre. Pour schématiser cela, il y a le symbole du Yin et du Yang.

Sur ces mots, Sha'oren fit un délicat geste pour dessiner ladite figure devant lui et son amie.

– Il y a toujours une parcelle d'Obscurité dans la Lumière et, réciproquement, une étincelle parvient toujours à briller dans les ténèbres. Il en est de même pour le compagnon draconique du détenteur de la Lumière dans le Cercle du Dragon Céleste. Cette tâche est souvent confiée aux grands dragons : les blancs qui représentent l'aspect lumineux de l'Un, et les noirs qui veillent sur les aspects sombres de l'Un. Pour contrebalancer la Lumière, l'Ombre est nécessaire, tout comme la vérité ne peut exister sans le mensonge. Les deux polarités ont autant droit l'une que l'autre d'exister. Ne l'oublie jamais car c'est très important. Il faut donc apprendre à maintenir un certain équilibre entre ces forces, dans le respect des Lois Universelles qui nous gouvernent.

– Dans l'immédiat, ça ne m'aide pas à y voir plus clair sur ce que j'ai à faire. Je ne sais toujours pas comment en quoi va consister l'apparition de l'Épée Mystique de la Draconia. Tu ne m'as jamais rien expliqué à ce propos. Dis-moi ce que je suis censée faire à présent.

– Je n'ai rien à te dire de plus, dit-il d'un ton sans réplique. Tu sais déjà tout ce que tu as besoin de savoir pour mener à bien ton objectif. Aie donc un peu plus confiance en toi.

Sylvia était éperdue.

– Alors comment saurai-je si je ne fais pas erreur ? Tu sais aussi bien que moi à quel point les conséquences pourraient être graves !

Sha'oren plongea son regard dans celui de la jeune fille qui fut touchée par la bonté et la sagesse de son ami. Elle ne pouvait rien lui cacher de ses craintes, et il avait le pouvoir de sonder jusqu'au plus profond de son âme. Il lui parla avec compassion et douceur.

– Tu sais que je peux lire en ton cœur comme dans un livre ouvert. Tu ne dois pas avoir peur, mais suivre ton intuition. C'est le meilleur guide que tu puisses avoir. Quand le moment sera venu, tu sauras quoi faire.

Sylvia prit alors son pendentif au creux de sa main tout en se remémorant cette phrase dont elle ne comprenait toujours pas le sens : *Ce que tu cherches est déjà en ta possession et semble très bien ne pas être réel pour autant.*

Donc, si elle tenait compte du fait que c'était Stéphane Flergafau qui lui avait remis ce bijou, cela voulait peut-être dire que ce n'était peut-être pas à elle que ce dernier était destiné, mais bel et bien à une autre personne. Cela confirmait de plus en plus qu'il y avait quelqu'un d'autre impliqué dans le Cercle du Dragon Céleste. De qui pouvait-il s'agir ? Une idée lui vint subrepticement en tête.

– Sha'oren, si je suis censée être la réincarnation de Benedict Carpzov, est-il possible que la *Porteuse de Lumière* de 1666 se soit aussi réincarnée de nos jours ?

Le grand dragon blanc acquiesça.

– Oui, cette âme est elle aussi revenue à la vie, comme tous ceux qui furent jadis impliqués dans cette tragédie. Malheureusement, et je devine ta question avant même qu'elle ne franchisse tes lèvres, je ne puis te révéler l'identité de sa présente incarnation. En revanche, je peux te dire que tu l'as déjà croisée. Oui, Sylvia… Elle fait partie de tes connaissances, en dehors du clan. D'une vie à l'autre, on dirait que vos karmas semblent inextricablement liés. Vous vous êtes souvent croisés au cours de vos vies antérieures respectives. C'est surtout le cas entre deux personnes aimantes. Il est donc tout à fait normal que vous vous soyez retrouvés dans cette vie, à cette époque. C'est tout ce que la Divine Providence m'a autorisé à te transmettre à ce propos. Je sens que tu voudrais en savoir plus, mais le moment n'est pas encore venu pour ça.

La jeune fille observa tour à tour le cristal lumineux du pendentif et le majestueux Être Draconique qui se tenait tout près d'elle. Si tous les éléments dont elle avait besoin étaient réellement d'ores et déjà en sa possession, elle se les imaginait un peu comme les pièces éparses d'un puzzle dont il fallait reconstituer l'image. Il ne manquait plus à présent que l'évènement qui déclencherait le rassemblement de toutes ces informations. Cet instant n'allait plus tarder.

*

Quand Sylvia se réveilla de cette étrange expérience dans la zone draconique, elle se redressa et attendit quelques instants pour reprendre ses esprits. Ainsi, l'altération des lieux où elle retrouvait Sha'oren était liée à sa régression spirituelle récente. Elle avait été surprise d'apprendre que la *Porteuse de Lumière* décédée le 31 octobre 1666 était aussi revenue à la vie et que, d'une façon ou d'une autre, son destin et celui de cette mystérieuse personne étaient encore liés, quelles que soient leurs incarnations. Quel dommage que le grand dragon blanc n'ait pas pu lui en dire plus ! Elle avait pour le moment bien d'autres choses à penser, même si elle reconnaissait qu'elle aurait bien aimé savoir sous quelle identité vivait la personne qui avait été la Prêtresse au XVIIe siècle.

Elle regarda l'heure affichée sur la pendule du téléviseur : trois heures du matin. Ce ne serait pas cette nuit qu'elle bénéficierait du sommeil apaisant dont elle aurait pourtant eu besoin après une telle journée. Comme quoi, il y avait des jours avec et des jours sans. Celui-là devait être particulièrement sans.

La jeune fille se pelotonna dans le canapé. Elle alluma la télévision pour se distraire un peu, en attendant que l'envie de dormir daigne enfin se manifester à nouveau. Après un zapping des programmes nocturnes ne présentant que des rediffusions d'émissions destinées à célébrer la médiocrité auprès de la masse populaire, elle finit par s'intéresser à une série d'animation en 3D sur les beautés du système solaire. Regardant d'abord cette émission d'un air distrait, l'intérêt de Sylvia s'éveilla pour de bon en comprenant que le thème abordé concernait aussi bien les éclipses solaires que lunaires. Voilà qui devenait plus passionnant et qui pourrait lui apporter quelques réponses à ses questions dans la foulée.

Sans pour autant entrer dans les détails de ce programme, Sylvia découvrit à quel point il était difficile de synchroniser les cycles de la Lune et du Soleil. Le site de Stonehenge en était même un des plus anciens exemples connus de calendrier. Grâce aux axes compliqués de ce temple séculaire, les prêtres étaient en mesure de prédire à quels moments les éclipses auraient lieu. Une façon très judicieuse de combiner les deux calendriers.

D'ordinaire, le cône d'ombre provoqué par la nouvelle lune passait tout juste au-dessus ou en dessous de la Terre à cause de l'orbite inclinée de notre satellite. Donc, tous les mois, ce cône passait le plus souvent au ras de la planète. Deux fois dans l'année, l'orbite de la Lune permettait un alignement parfait des trois astres pour aboutir à une éclipse solaire car l'ombre de la Lune se projetait sur la Terre. La zone d'ombre où l'éclipse était totale ne faisait alors que deux cents kilomètres. Il fallait donc beaucoup de chance pour être au bon endroit au bon moment. Puis, deux semaines avant ou après cet alignement, il y aurait une éclipse lunaire du fait de la très importante zone d'ombre provoquée par notre planète. La Lune plongerait donc dans cette zone d'ombre et tous ceux se trouvant sur la moitié nuit de la planète pourraient alors voir l'éclipse lunaire.

En apprenant ça, Sylvia réalisa quelque chose d'important ; si le 31 octobre 1666 avait été marqué par une éclipse lunaire pour désigner une nouvelle *Porteuse de Lumière*, alors une éclipse solaire devait avoir eu lieu avant. Ainsi, avec un peu de chance, elle pourrait savoir comment s'était passée la dernière cérémonie d'invocation de l'Épée. Puisque Sha'oren ne voulait rien lui dire, elle l'apprendrait par elle-même.

Ragaillardie par cette idée, elle se releva d'un bond et éteignit le téléviseur avant de s'installer devant son ordinateur. Elle se connecta à Internet, et réussit après quelques recherches à trouver des informations sur les éclipses solaires en France. Par chance, il y avait même un tableau indiquant non seulement les dates, mais aussi le genre d'éclipses qui y avait eues et qui seraient prévues à l'avenir. Délaissant les éclipses solaires partielles ou annulaires, elle s'intéressa surtout aux éclipses totales et découvrit qu'une avait eu lieu le 15 octobre 1666. C'était sûrement ce jour-là que le rituel avait dû être accompli.

Maintenant qu'elle savait quel jour avait eu lieu la toute dernière tentative pour invoquer l'Épée magique, elle voulait voir par elle-même ce qui s'était passé. Oui, mais comment s'y prendre ? Son regard glissa sur la sphère d'améthyste couverte d'une étoffe de velours noir et elle réalisa que la solution était tout juste devant elle.

La jeune fille traça un cercle magique et effectua le Rituel du R.M.B.P. pour établir un périmètre de sécurité contre les énergies négatives. Au centre de ce cercle ne figurait pas l'autel, mais la boule de cristal mauve, qui était une bibliothèque de lumière offrant surtout un accès aux fameuses Archives Akâshiques, dont Coralie lui avait parlé. Ainsi, elle serait peut-être en mesure de savoir comment les praticiens draconiques s'y étaient pris pour faire apparaître cette mystérieuse arme.

Elle prit donc place devant la pierre magnifique et se concentra en plongeant son regard dans les inclusions du cristal pour entrer progressivement en symbiose avec lui, accédant ainsi à un profond état méditatif. Puis, les minutes passèrent.

*

Quand Sylvia rouvrit les yeux, elle était assise sur un sol harmonieusement carrelé de marbre, au beau milieu d'une gigantesque bibliothèque dont les murs étaient constitués d'impressionnantes étagères chargées de livres reliés en cuir. Cet incroyable édifice était constitué de grandes pièces hautes et voûtées. Des lampes à huile dégageant une douce fragrance apportaient l'éclairage nécessaire. Sylvia aimait déjà cet endroit. Elle se releva, frappée par la solennité des lieux.

Il ne lui restait plus qu'à trouver l'information dont elle avait besoin… mais comment faire ? Les Archives Akâshiques étaient immenses et représentaient ni plus ni moins tout ce qui s'était passé depuis des temps immémoriaux ; ainsi que l'existence entière de chaque personne, sa vie et ses pensées les plus intimes qui resteraient à jamais archivées en ces lieux hors de l'espace et du temps. Ce qui voulait dire qu'il lui faudrait sûrement trois siècles pour trouver ce qu'elle était venue chercher. Tâche rendue d'autant plus complexe qu'il n'y avait pas le moindre repère. Même Dédale se serait cassé les dents pour imaginer un labyrinthe plus complexe que celui-ci.

La Prêtresse ferma les yeux, prit une profonde inspiration et se concentra pour savoir comment s'y prendre pour voir ce qui s'était passé lors de l'éclipse solaire du 15 octobre 1666 avec le Cercle du Dragon Céleste. Elle souhaitait simplement qu'on la guide. Elle ressentit alors une douce chaleur devant elle.

En rouvrant les yeux, elle put voir une petite sphère lumineuse argentée et évanescente en suspension dans l'air. Pendant un bref instant, elle changea et sa forme évoqua celle d'un dragon, qui adressa à Sylvia un clin d'œil complice avant de reprendre son apparence sphérique qui décrivit quelques cercles autour de la jeune fille et se dirigea à vive allure dans les couloirs. Sylvia se mit à courir pour ne pas la perdre de vue, reconnaissante pour l'aide qui lui était ainsi apportée.

Durant sa course, elle emprunta rapidement divers couloirs. Tandis que les étagères se succédaient les unes aux autres, elle put entrapercevoir d'autres entités qui consultaient aussi les Archives. Malheureusement, la sphère qui filait droit devant elle ne lui laissa pas l'occasion de voir ces êtres de plus près.

Après une cavalcade de plusieurs minutes, Sylvia finit par arriver, haletante, dans une allée sur laquelle il y avait un panneau de marbre finement sculpté qui indiquait : **France • Octobre 1666**.

Sylvia s'arrêta pour reprendre son souffle et regarda la sphère voleter parmi les étagères jusqu'à ce qu'un volumineux livre relié de cuir noir s'illuminât de la même lumière que la sphère. Le livre, attiré par le mystérieux guide ailé, finit par arriver de lui-même entre les mains de la Prêtresse. La sphère se volatilisa alors, laissant Sylvia seule dans la pièce.

Chose étrange, l'ouvrage s'ouvrit, comme si un vent violent en avait fait tourner les pages parcheminées jusqu'à ce qu'il finisse par rester ouvert. Au moment où elle commença à lire, les mots se brouillèrent. Une lueur dorée et mauve se forma tout juste au-dessus des pages, et le regard de Sylvia fut captivé par les circonvolutions de ces lumières. Petit à petit, une image se dessina ; le disque solaire qui était progressivement occulté par la Lune. La jeune fille voyait la scène comme si elle était regardée du dessus.

Il y avait cinq personnes vêtues des mêmes capes blanches brodées que Sylvia avait déjà vues dans son rêve. Quatre de ces gens se tenaient en cercle autour de la cinquième, une femme blonde aux yeux mauves que Sylvia ne connaissait pas. Sans doute la *Porteuse de Lumière* dont la mort avait provoqué la désignation d'une nouvelle Prêtresse quinze jours après.

L'endroit était au cœur d'une clairière nichée dans une luxuriante forêt, sur un genre de plate-forme naturelle constituée de trois blocs de grès, dissimulée à l'abri des regards indiscrets par de magnifiques résineux.

Cachée par l'ombre de la lune, la lumière du soleil avait cédé la place à l'obscurité de la nuit. Le ciel dégagé permettait une parfaite visibilité de l'éclipse solaire qui était arrivée à sa totalité. Les étoiles brillaient de façon incroyable pour une heure aussi avancée de la journée.

Les quatre praticiens formant le cercle semblaient orientés en fonction de leur Élément respectif. Du moins, c'était ce qu'avait cru comprendre Sylvia en voyant chacun d'entre eux dessiner un pentagramme d'invocation devant eux avec les Trésors Sacrés : pentagramme jaune pour l'Air, rouge pour le Feu, bleu pour l'Eau et vert pour la Terre. Quatre rayons d'énergies élémentales frappèrent simultanément la *Porteuse de Lumière* au niveau de l'abdomen.

Tout semblait bien se passer et pourtant, sans trop savoir pourquoi, Sylvia ressentait un malaise incertain, diffus. Quelque chose n'allait pas dans les vibrations énergétiques ambiantes. C'était devenu incontestable. Elle regardait la scène, impuissante, car elle savait que cette femme allait mourir sous ses yeux.

Un évènement pour le moins inattendu survint alors. Le corps de la Prêtresse, nimbé d'une aura irréelle, s'éleva au-dessus du sol tandis que la lueur virait progressivement au mauve le plus pâle. Cette dernière commença même à changer de forme et pris l'apparence de la poignée et de la garde d'une Épée, qui semblait sortir du ventre même de la jeune femme.

Ça alors ! L'Épée était donc cachée dans le corps de la Porteuse de Lumière *! Mais alors, elle serait en moi à présent ?*

Elle vit que la jeune femme tentait d'aider l'Épée à sortir en plaçant ses mains autour de la poignée sans la toucher et de les remonter loin devant elle. Petit à petit, l'arme magique apparaissait de plus en plus. Les vibrations énergétiques étaient de plus en plus fortes, Sylvia le sentait très bien. L'oppressante sensation de malaise qu'elle percevait s'était aussi accrue. Un malheur allait survenir. Il fallait que quelqu'un l'arrête ! Cette femme allait y laisser la vie !

L'Épée prenait petit à petit une matérialité tangible et l'aura lumineuse ne se limitait plus qu'au niveau de la jonction entre la lame et le corps de cette femme, qui souffrait de plus en plus. À divers endroits de son corps, des traces de blessures apparurent et s'élargirent à vue d'œil sur différentes parties de son corps.

Surgissant de nulle part, un homme survint dans le cercle. Il arracha l'Épée du corps de la *Porteuse de Lumière* pour la brandir.

Benedict Carpzov !

Les vibrations énergétiques de l'arme sacrée étaient trop puissantes, et infligèrent d'intenses brûlures aux mains de l'Inquisiteur. Il hurla de douleur avant de relâcher l'Épée qui se volatilisa aussitôt.

Voilà la véritable origine des cicatrices sur mes mains, pensa Sylvia.

Fou de rage et de douleur, Carpzov se tourna vers la Prêtresse pour observer la suite des évènements. Les blessures de cette dernière s'élargissaient inexorablement sous les yeux des praticiens autour d'elle. Son corps semblait sur le point d'être mis en pièces par des forces incommensurables.

Sylvia ne pouvait pas détourner son regard et pourtant, elle savait ce qui allait se produire car elle le ressentait jusqu'au plus profond de son être. Malgré l'horreur qu'elle savait inéluctable, Sylvia ne pouvait faire autrement que d'en être le témoin impuissant. Un hurlement d'effroi retentit au moment précis où le corps de la Prêtresse fut démembré, dans un maelström d'une atrocité inimaginable de sang et de chairs déchiquetées.

*

Le cri s'était répercuté jusque dans la tête de Sylvia, qui reprit ses esprits en sursaut.

Couverte de sueurs froides qu'elle tenta d'éponger du revers de sa main tremblante. La jeune fille eut du mal à reprendre son souffle. Pendant un instant, elle se demanda qui de la Prêtresse qu'elle avait vue mourir ou d'elle-même avait pu crier ainsi. Il lui fallut quelques minutes pour réaliser qu'elle était revenue chez elle. Dehors, la douce clarté du lever du jour était apaisante et sereine. Sauf pour Sylvia.

Elle se releva, un peu courbaturée par la pause adoptée pour sa séance de méditation. Elle se dirigea vers la cuisine, se versa un verre de jus de raisin, et le porta à ses lèvres.

Elle était encore bouleversée par ce qu'elle avait vu à travers les Archives Akâshiques. Les images se percutaient sans arrêt dans son esprit. Sylvia se remémora l'émission télévisée qu'elle avait vue. Les éclipses, qu'elles soient lunaires ou solaires, étaient surtout le parfait alignement entre la Terre, la Lune et le Soleil. La Lune et le Soleil ? Ces deux astres représentaient à eux seuls les ambivalences Ombre/Lumière ou les aspects féminins/masculins de l'Un. L'image du Yin et du Yang se profila de façon floue dans l'esprit de la jeune fille.

La cérémonie de l'époque avait échoué, c'était certain, mais Sylvia ne se serait jamais attendue à ce que le corps de la Prêtresse puisse être le réceptacle de l'Épée.

Cette fois-ci, l'arme va donc surgir à travers moi, se dit-elle en posant une main sur son ventre. *Et surtout, je risque d'en mourir aussi. Car si la cérémonie se répète de la même façon et qu'elle échoue, que le rite n'est pas accompli correctement, cela entraînera de façon inévitable la mort de la Prêtresse. Une mort atroce qui plus est. Je ne veux pas mourir… En tout cas pas maintenant et pas comme ça…*

Terrifiée, Sylvia lâcha sans s'en rendre compte son verre qui se brisa sur le carrelage dans un bruit lugubre. Le jus de fruit se répandit comme une coulée de sang tandis que Sylvia revoyait en esprit l'instant où la Prêtresse du passé avait péri.

Quelle que soit l'époque, son parcours serait accompagné d'une mort atroce.

CHAPITRE 43

Dimanche 20 juin 2010,
Rue des Innocents.

Une fois encore, Stéphane avait utilisé l'astuce de l'échafaudage pour s'introduire chez Sylvia. Il était assez tard dans la matinée, mais il ne pouvait plus se permettre de perdre de temps ; l'éclipse était prévue pour le lendemain vers onze heures et demie. La course contre le temps avait commencé.

Curieusement, tous les volets étaient fermés, hormis ceux de la chambre. Il s'était faufilé jusque dans le salon, espérant que Sylvia s'y trouverait.

Le jeune homme avançait dans l'obscurité. La méfiance s'était emparée de lui car il lui semblait être observé par une présence autre que celle de la *Porteuse de Lumière.* Il se tourna vers le fauteuil dans lequel Sylvia était assise la dernière fois qu'il lui avait parlé. Il y avait bien quelqu'un d'installé là. La silhouette tendit la main vers la lampe posée sur le guéridon à proximité. Lorsque la lumière fut, Stéphane eut un mouvement de surprise en réalisant que c'était Coralie qui était là, le fixant d'un regard empreint d'un amusement évident.

– Alors, on s'attendait à voir quelqu'un d'autre peut-être ?

– On peut dire ça, reconnut Stéphane sur la défensive. Où est passée Sylvia ?

– Elle s'est absentée pour une bonne partie de la matinée. Elle est partie très tôt et ne rentrera peut-être pas avant cette après-midi.

– Où est-elle partie ? Je dois impérativement la voir.

– Tout ce que je peux te dire, c'est qu'elle s'est rendue sur les lieux où sa famille a péri voilà maintenant cinq ans. C'est la date anniversaire de la tragédie aujourd'hui. Elle tenait absolument à y aller seule, en pèlerinage.

– Ok… je comprends très bien. Dans ce cas, je n'ai plus rien à faire ici.

Sur ces mots, il se tourna vers la porte de la chambre pour repartir par où il était entré, mais Philippe en barrait l'accès.

Regardant vers la porte d'entrée de l'appartement, il ne fut pas surpris de voir que Frédéric était présent lui aussi. Stéphane refit face à Coralie qui semblait toute contente qu'il ne puisse plus quitter les lieux.

– Comme tu peux le voir, je ne suis pas venue seule. Cette fois, c'est avec nous que tu vas parler. Il est temps de nous dire tout ce que tu sais.

– Sylvia vous a donc raconté la petite conversation que nous avons eue tous les deux.

– Exact, dit Philippe. Cependant, il y a beaucoup de zones d'ombres te concernant. D'un côté, tu collabores avec celui qui veut notre perte et, d'un autre, tu prétends avoir lâché ton commanditaire pour venir nous aider. C'est étrange…

– D'autant plus que tu semblais vouloir détourner l'attention de la police avec cette fausse piste des monuments parisiens comme fil conducteur, rajouta Frédéric.

Comme Stéphane gardait le silence, Coralie se releva et se dirigea vers lui.

– Tu te souviens de ce que tu nous avais dit au café l'autre jour ? Qu'il fallait que tu y voies plus clair. C'était ça que tu voulais dire ? Est-ce que tu envisageais déjà de te défaire de l'emprise de ce Rowanon ?

– J'ai déjà expliqué tout ce que je savais à Sylvia. Ce type m'a plus que sûrement lancé un sort qui m'empêche de révéler quoi que ce soit à son sujet. Philippe, ça fait quinze ans que tu pratiques la Magie. Je t'en prie, peux-tu m'aider à m'en libérer une bonne fois pour toutes ?

– Je n'en sais rien, avoua-t-il avec regret.

– Je m'en doutais… soupira Stéphane. Si vous ne pouvez rien faire pour moi, je ne vois pas très bien ce que je pourrais faire pour vous. Ciao !

Le jeune homme fit brusquement volte-face pour passer, malgré Philippe qui était dans le passage. Il fallait à tout prix qu'il sorte d'ici et retrouve Sylvia, mais l'écrivain voulut le retenir en l'agrippant par sa chemise en jean. Les boutons pression cédèrent laissant entrevoir quelques-unes des cicatrices qui lui marbraient le torse.

– Qu'est-ce que c'est que ça ?! s'exclama Coralie, alarmée. Des séances de torture sont offertes en cadeau de bienvenue dans les Loges Noires ?

Frédéric, Coralie et Philippe furent abasourdis quand Stéphane ouvrit complètement sa chemise et virent les marques atroces qu'il portait.

– Non, ces blessures ne m'ont pas été infligées par Rowanon ou la Loge. À vrai dire, je ne sais pas trop comment elles sont apparues. En me réveillant un matin, voilà plus d'une quinzaine de jours à présent, elles étaient là. C'est tout ce dont je me souvienne.

– C'est pourtant étrange, fit remarquer Frédéric. Je n'avais jamais entendu parler de traces de blessures qui puissent apparaître comme ça, et aucun risque que Stéphane se les soit infligées tout seul.

Coralie eut alors un flash dans lequel elle revoyait Sylvia et les brûlures de ses mains. Marques qui étaient survenues à la suite de son rêve étrange à la bibliothèque Sainte-Geneviève… vingt jours auparavant.

Le mien a même été particulièrement marquant, avait dit Sylvia.

Des bribes des propos que Philippe avait tenus lors de leur discussion au Jardin du Luxembourg lui revinrent en mémoire : *Nous avons tous rêvé de la même chose, c'est vrai, mais chacun d'entre nous n'a dû voir qu'une partie du rêve. Je pense qu'en les mettant tous bout à bout, on finirait par savoir ce qui s'est réellement passé durant cette nuit tragique du 31 octobre 1666.*

Non… Ça ne pouvait pas être ça. Alors Sylvia avait raison.

– En fait si, Frédéric, dit Coralie d'une voix blanche. Nous connaissons tous quelqu'un à qui une chose pareille est arrivée. Certes, ce n'était pas à un tel degré, mais souvenez-vous des marques de Sylvia, sur ses mains.

– Oui c'est vrai, murmura Philippe. Je me rappelle aussi que Thessa nous avait expliqué qu'il y avait eu une brèche dans le rêve que nous avions tenté de remettre bout à bout. Même que Sylvia supposait qu'un rêve, et par conséquent qu'un membre du clan pouvait être encore manquant, mais c'est peu probable puisqu'il n'y a que cinq Éléments et non six.

– Maintenant que tu le dis, ça me revient, fit remarquer Frédéric. Elle avait même émis l'hypothèse que cette séquence fantôme aurait pu montrer le moment où nous avions été violemment interrogés, puis torturés dans notre vie antérieure, avant d'être brûlés vifs.

– Les marques que tu as, Stéphane, ressemblent plus aux séquelles d'une mise à la question qu'autre chose, poursuivit Philippe. Dis-moi, n'as-tu jamais fait de rêve étrange qui t'aurait semblé effroyablement réel ?

Le jeune homme acquiesça tout en refermant sa chemise.

– Une nuit, j'ai été réveillé en sursaut par un cauchemar d'une horreur abominable où moi-même et quatre autres personnes étions tourmentés. Ça semblait venir d'assez loin dans le passé car rien ne ressemblait de près où de loin à mes souvenirs, aussi limités qu'ils soient. Comme je n'ai jamais compris ce que ça signifiait, alors je n'y ai plus repensé ensuite. Vous croyez que c'est important ?

Coralie et Frédéric étaient en proie au doute. Se pouvait-il que Stéphane puisse être aussi un membre du Cercle du Dragon Céleste ? Sylvia avait-elle vu juste quant à la possibilité d'une sixième personne ? Pourtant, ça ne rimait à rien, en raison de l'analogie aux cinq Éléments du pentagramme. Non, il y avait forcément une erreur quelque part.

Tout le monde avait fini par prendre place dans le salon. Stéphane semblait avoir renoncé à vouloir prendre la tangente car il avait l'intuition que ces personnes pourraient peut-être l'aider à y voir plus clair dans ces nuées d'incertitudes. Même Philippe, qui s'était assis dans le fauteuil, était plongé dans une intense réflexion.

Stéphane se tourna vers lui.

– Dis, tu ne crois vraiment pas que tu pourrais m'aider à lever le sortilège que Rowanon m'a jeté ?

Le magicien fit signe que non de la tête, d'un air sincèrement désolé.

– Non. Rowanon nous a montré qu'il avait plusieurs longueurs d'avance sur nous. Le meurtre de Nathan en a été la preuve la plus flagrante. Alors il doit savoir aussi que mes capacités magiques ne peuvent pas venir à bout d'un sort pareil. Il faudrait ruser pour passer outre ce genre de…

C'est alors qu'une idée lumineuse vint à l'esprit du magicien québécois.

– Par contre, ce que Rowanon ne sait pas, c'est que j'ai plus d'une corde à mon arc. Il y a quelques années, un ami de mon père m'a invité à un grand congrès sur l'hypnose à Montréal. J'avais été initié aux bases de l'hypnothérapie par un maître du genre. On pourrait tenter le coup, hypnotiser Stéphane. Après tout, si on ne peut surmonter un obstacle, autant essayer de le contourner.

Si Coralie trouvait que cette idée avait un certain mérite, Frédéric et Stéphane ne purent dissimuler leur scepticisme. Pour la première fois depuis longtemps, ils étaient à nouveau d'accord.

– Tu es sûr que ça peut marcher ? demanda Frédéric.

– Absolument, car c'est quelque chose qu'il m'arrive encore de pratiquer. J'ai même hypnotisé ma voisine de palier pas plus tard que le mois dernier. C'est une vieille femme complètement claustrophobe. À un point que vous ne pouvez même pas imaginer. Elle aurait été capable de faire de la claustrophobie au milieu du cosmos ! Après avoir analysé la situation avec les Tarots, j'en ai conclu que ça pouvait venir d'un traumatisme survenu quand elle était petite. Je l'ai hypnotisée pour la ramener à ses plus anciens souvenirs d'enfance. Bingo ! Je suis tombé en plein dans le mille !

– Qu'est-ce qui lui était arrivé ? demanda Stéphane, curieux.

– Elle m'a dit qu'à l'âge de six ans, ses frères et sœurs s'amusaient à l'enfermer pendant des heures dans les placards durant les parties de cache-cache. Je me suis dit que j'avais trouvé l'origine de sa phobie, mais la vieille était toujours aussi claustro. Alors, quand elle est revenue me voir, je me suis dit que le traumatisme remontait peut-être d'encore plus loin que ça. On a retenté l'expérience, et quand je lui ai demandé en quelle année on était, elle m'a répondu : 1876.

– 1876 ?! s'exclamèrent les deux autres.

– Ouais ! poursuivit Philippe en souriant. Alors moi, en entendant ça, j'ai failli lui dire : « C'est ça, et moi je suis Jacques Cartier ! » Mais bon, continuons. Là, elle me raconte que son oncle était croque-mort et que son cousin s'amusait à la boucler dans les cercueils pour lui flanquer la trouille. Je pense qu'elle ne m'a pas raconté de menterie, car après cette séance, elle n'a plus jamais été claustrophobe. (Philippe se tourna vers son ami.) Alors, Stéphane, es-tu prêt à tenter l'expérience ? On pourrait peut-être savoir ce qui est arrivé dans ton passé et te ramener à ta vie antérieure par la même occasion.

– Ben… pas vraiment, figure-toi. J'avoue que j'ai un peu peur de ce qu'on pourrait découvrir sur moi, que ce soit dans cette vie ou dans la précédente.

– En tout cas, ça ne pourra pas être pire que de ne rien savoir. Tu ne crois pas ? ajouta Coralie d'un ton encourageant.

Stéphane la regarda, réfléchit un peu, et accepta alors l'idée.

En quelques instants, tout fut prêt. Coralie avait trouvé une chandelle blanche que Philippe avait badigeonnée d'huile de bois de santal. Il s'était installé à la table basse du salon et Stéphane était assis en tailleur en face de lui. La chandelle était entre eux et projetait une lueur irréelle. Un bâtonnet d'encens aux fragrances subtiles se consumait à côté.

Afin de décupler les facultés psychiques de Stéphane, Philippe Helm fit appel à la sphère d'améthyste donnée à Sylvia par les dragons. Cette pierre merveilleuse aiderait ainsi le jeune lieutenant à renouer avec sa vie antérieure.

Quant à Frédéric Laforrest et Coralie Tarany, ils s'étaient assis côte à côte sur le canapé et observaient les deux hommes en silence. Jetant un coup d'œil oblique au lieutenant près d'elle, l'étudiante songea qu'en d'autres circonstances, elle se serrait volontiers blottie dans ses bras. Ce dernier lui rendit son regard, un peu surpris de ses sentir observé.

Philippe prit une profonde inspiration avant de commencer la séance. Il s'adressa à Stéphane d'une voix basse, en séparant bien chacune de ses phrases.

– Pour commencer, j'aimerais que tu regardes la flamme de cette bougie, et que tu la fixes dans ton esprit. Maintenant, tu vas imaginer la scène suivante : tu es en train de descendre un escalier. Tu es de plus en plus détendu à chaque nouvelle marche. Au fur et à mesure que tu descends, répète-toi que tu t'enfonces de plus en plus profondément dans un état d'hypnose. Au bas de cet escalier, tu distingueras une porte. Au moment où tu la franchiras, un souvenir te reviendra, peu importe lequel. Comme nous sommes un peu pressés par le temps, tu ne seras pas spectateur de ce que tu verras, mais tu seras véritablement dans l'action. Tu nous diras alors tout ce que tu seras en mesure de voir.

Au bout de quelques instants, le jeune policier ferma les yeux pour mieux visualiser la scène. Sa respiration se fit plus calme, et régulière, tandis que les traits de son visage s'apaisèrent.

– Ça y est, j'ai franchi la porte, murmura Stéphane.

Curieusement, sa voix prit une intonation différente.

– En quelle année sommes-nous ? demanda Philippe.
– 1666.
– Dis-nous quel jour nous sommes. Le sais-tu ?
– Oui… Nous sommes le 31 octobre 1666.
– Maudite marde ! Ça s'peut pas…

Coralie et Frédéric réagirent aussi, ils n'en croyaient pas leurs oreilles. Philippe leur fit signe de garder le silence.

– Raconte-nous, poursuivit ce dernier. Qu'est-ce que tu vois ?

Ce que voyait Stéphane avait semé la confusion dans son esprit. Tout ce qu'il distinguait lui semblait étranger et familier à la fois. Il revoyait un fragment de sa vie antérieure. Il se voyait marchant à pas vifs sur un plancher.

– Je… suis chez moi. Je viens de revêtir une cape de velours vert, ornée de broderies. J'avance dans un couloir et je pénètre dans une chambre. Ma chambre.

La pièce, assez petite et modeste, ne contenait qu'un lit, un meuble avec une coiffeuse sur laquelle se trouvait un miroir, tandis que des bouquets de plantes étaient pendus aux poutres du plafond. Stéphane pouvait même en percevoir les subtils effluves odorants.

– Qui es-tu ? demanda Philippe.
– Je ne sais pas. Il y a un miroir sur la coiffeuse.
– Approche-toi. Es-tu en mesure de me dire comment tu t'appelles ?

Stéphane, qui faisait face au reflet de sa vie antérieure, fut sous le choc en découvrant le visage d'une jeune fille aux longs cheveux noirs, dont le regard mauve pailleté d'or lui était tellement familier dans cette présente incarnation. Stupéfait, il vit son portrait étouffer un cri dans ses mains, sans même réaliser qu'il venait lui-même d'exécuter ce geste.

Non seulement il fut choqué de découvrir qu'il avait été une femme, mais surtout qu'elle ressemblait à Sylvia Laffargue comme deux gouttes d'eau.

– Ça y est, je me vois, dit Stéphane en retrouvant l'usage de sa voix.
– Quel est ton nom ?
– Mélisende … Mélisende Villecroix.

Coralie prit Philippe par le bras, voyant qu'il était abasourdi.

– J'ai fait des recherches il y a quelques mois pour savoir qui on avait pu être dans nos vies antérieures, lui murmura-t-il sans pouvoir maîtriser le trouble qui l'étreignait. Mélisende Villecroix a bel et bien existé. Elle a été la toute dernière *Porteuse de Lumière*, brûlée vive en 1666.

– Ça veut dire que Stéphane en est la réincarnation, murmura Frédéric. C'est lui qui a été la Prêtresse. Mais alors, qui Sylvia a-t-elle pu avoir été dans sa vie antérieure ? Jusqu'à présent, on a toujours cru que ce serait elle.

– Et moi la première, dit Coralie avant de se mordre la lèvre. Après tout, c'est Stéphane qui avait donné le pendentif à Sylvia. Dire que ça nous avait échappé, et personne ne s'est interrogé pour savoir d'où il pouvait le tenir !

– Je me souviens pas depuis quand je l'ai, murmura ce dernier. Et puis l'amnésie n'a rien arrangé par la suite.

Coralie avait principalement fait cette déduction à cause de ce même pendentif, similaire aux quatre autres, portés par le clan. Philippe aussi avait suivi le même raisonnement, mais la vérité était que ce bijou avait appartenu à Stéphane durant des années, et qu'il ne pouvait qu'en être le propriétaire légitime.

Interrompant le silence pesant qui venait de prendre place, le téléphone portable du lieutenant sonna. Il répondit de suite. La conversation ne dura pas longtemps.

– Allons tout de suite au commissariat. Un de mes collègues aurait du nouveau à propos d'Haliphas Rowanon. Apparemment, il aurait du lourd, du très lourd.

CHAPITRE 44

Cimetière municipal de Charpont.

Sylvia Laffargue faisait face au mausolée familial dans lequel avaient été enterrés les membres de sa famille depuis plusieurs générations, les trois derniers noms étant ceux de ses parents ainsi que celui de son frère. Après l'incendie qui avait provoqué leur perte, il ne restait plus grand-chose de leurs corps calcinés, et furent incinérés. Sylvia approuvait cette décision, estimant qu'il valait mieux laisser cette planète aux vivants. Mais aujourd'hui, dans ce petit cimetière de province, elle se sentait plus seule au monde que jamais. Le meurtre de son ami d'enfance avait ravivé de profondes blessures. Elle avait le cœur serré par l'émotion. Une larme roula sur sa joue au moment où elle accrocha une brassée de fleurs aux portes du monument funéraire.

Elle sentit ensuite une main se poser sur son épaule et se retourna. C'était Jean-Luc, le petit frère de sa mère. Il avait été désigné pour s'occuper de sa jeune nièce jusqu'à sa majorité. Depuis son départ pour étudier à Paris, il avait gardé le contact avec sa nièce via les quelques e-mails qu'ils s'échangeaient de façon plus ou moins régulière, en fonction des dates de révisions et des partiels.

Jean-Luc posa son regard sur le mausolée, et il se rembrunit un peu.

– Tu ne rates pas le rendez-vous, à ce que je vois. Quelle tristesse… Dire que ça fait déjà cinq ans à présent.

Sylvia acquiesça. Les souvenirs remontaient doucement à la surface.

– C'était un incendie épouvantable, continua son oncle, perdu dans ses souvenirs. On n'aurait jamais pu imaginer qu'un simple accident dans les conduites de gaz aurait pu provoquer une telle tragédie. Les pompiers ont eu toutes les peines du monde à en venir à bout. Tu n'imagines pas à quel point tu as eu de la chance d'en réchapper, tu sais. Quand je pense qu'on n'a jamais retrouvé le corps de ton frère… Il a dû être complètement réduit en cendres, cette nuit-là. Au moins, on a évité la douleur d'enterrer un cercueil vide, comme cela arrive parfois.

Cette révélation surprit et choqua Sylvia.

– Quoi ? Tu es en train de me dire que Sylvain n'est pas inhumé avec le reste de notre famille ?

– Pardonne-moi, mais je pensais que tu le savais. Personne ne te l'a dit, depuis toutes ces années ? Les pompiers n'ont retrouvé que les dépouilles de ta mère et de ton père dans les vestiges de la maison, mais ils n'ont jamais retrouvé celui de mon neveu. C'est tout de même étrange qu'ils ne t'aient rien dit.

– C'est surtout étrange que *toi*, tu ne m'aies rien dit, rajouta Sylvia sur un ton de reproche à peine voilé. Mais au final, ça ne change rien au fait qu'ils soient morts tous les trois voilà maintenant cinq ans, me laissant seule au monde.

– C'est vrai, tu as raison. Pardonne-moi, mais je n'ai jamais eu le courage de te le dire. Comment t'annoncer une chose pareille après ce qui t'est arrivé ? De toute façon, qu'est-ce que ça change après ces années ?

Sylvia eut un sourire navré.

– Qu'est-ce que ça change, en effet… Ça ne les ramènerait pas pour autant auprès de moi, même si je le souhaite très fort depuis tout ce temps.

Jean-Luc posa une main compatissante sur l'épaule de sa nièce. Tous deux contemplèrent à nouveau le mausolée.

– Dis, pour une fois que tu reviens dans la région, on pourrait prendre le temps de déjeuner ensemble ? Ça ferait plaisir à ta tante, puisqu'elle n'a pas beaucoup l'occasion de te voir.

– Merci, c'est très gentil, mais je dois retourner sur Paris au plus vite. Il faut que je rejoigne des amis qui doivent m'attendre à l'heure qu'il est.

Et puis je ne me vois pas lui dire que demain, je mourrai sans doute déchiquetée en tentant un rituel dangereux duquel j'ignore encore tout.

Son oncle sembla percevoir le malaise émanant de sa nièce, et préféra ne pas insister plus que ça. Mieux valait ne pas essayer de la retenir. Dès qu'elle pourrait, la jeune femme reviendrait leur rendre visite.

– Alors je ne te retiens pas, dit Jean-Luc en serrant Sylvia en une chaleureuse accolade. En espérant que tu n'attendras pas l'année prochaine. Tu sais, on apprécie toujours que tu nous rendes une petit visite.

– J'essayerai, mais je ne peux rien te promettre dans l'immédiat. La période des examens ne va plus tarder, et je suis à la bourre dans le planning des révisions. Je ne poursuis pas des études universitaires pour les rater, tu le sais bien.

En partant pour rejoindre le taxi qui stationnait non loin de là, la jeune fille eut un dernier coup d'œil pour le mausolée que sa tante et son oncle entretenaient avec soin.

Bientôt, c'est moi qui viendrai les rejoindre ici, se dit-elle en posant la main sur son ventre.

Elle retourna donc à la gare de la ville la plus proche pour se rendre à la capitale, ignorant qu'elle allait d'elle-même au devant de son destin.

À Paris, le lieutenant Laforrest avait réuni Stéphane ainsi que les membres du clan dans son bureau pour apprendre ce que son collègue Bertrand Questin avait pu trouver de si important. Pendant ce temps, Coralie avait tenté de joindre son amie sur son portable.

– C'est bon, j'ai prévenu Sylvia. Pour le moment, elle est dans le train qui revient sur la gare Montparnasse. Elle prendra ensuite un taxi pour nous rejoindre ici.

– Parfait, murmura Frédéric. Maintenant, on t'écoute, Bertrand.

– Pour commencer, dit ce dernier, j'ai discuté en ligne avec la webmistress du site *Mysterum.org*. Comme le dossier d'inscription exige que l'on donne son nom, son prénom et ses coordonnées, il n'a pas été difficile de retrouver le pseudonyme qu'employaient les victimes. Par conséquent, il ne m'a fallu que quelques nuits blanches pour fouiller dans les archives du site, à la section des annonces.

– Et tu as trouvé quelque chose d'intéressant ?

– Tu ne crois pas si bien dire puisque les premières victimes avaient répondu à des annonces, et communiqué par messagerie privée avec le *Haliphas Rowanon* dont vous m'aviez parlé.

– Mais alors, dit Thessa, vous avez pu trouver la véritable identité de ce type via son dossier d'inscription, n'est-ce pas ?

– Ben, au départ il avait utilisé une fausse identité, et comme ces sites ne sont pas très regardants sur l'authenticité des informations, son dossier était quand même passé comme une lettre à la poste. En plus, il a utilisé un nom qui figure pas moins de six fois dans l'annuaire, sans compter ceux en liste rouge.

Les autres marquèrent leur désappointement. Encore un cul-de-sac.

– Donc, tes recherches n'ont rien donné de probant, dit Frédéric.

– Oh que si ! s'exclama Bertrand, tout joyeux à l'idée de leur annoncer la meilleure nouvelle de la journée. C'est toujours utile d'avoir un féru d'informatique dans son équipe. Grâce à la connexion Internet enregistrée sur le dossier de Rowanon sur le site *Mysterum.org* et aux divers recoupements faits via l'IP de son ordinateur, j'ai pu retrouver le fournisseur d'accès et donc, l'identité de ce type. Sa seule erreur est d'avoir toujours utilisé son ordinateur personnel, ce qui l'a rendu un peu plus facile à tracer. Il s'agit d'un professeur à la Sorbonne. Un certain Thomas Carello.

La réaction des autres fut immédiate car ils étaient tous stupéfaits. On aurait dit qu'ils avaient été frappés par la foudre.

Coralie blêmit.

– Oh non ! *Haliphas Rowanon* n'est autre que Thomas Carello ? Notre prof !

– Qu'on envoie une voiture pour me ramener cet individu illico presto, aboya Frédéric. Je crois qu'on va avoir plein de choses à se raconter lui et moi. Il va avoir intérêt à me parler d'autre chose que de la coupe du monde de foot !

– Une voiture est proche du quartier où il réside, rapporta un autre agent. Ils seront sur place très vite.

Le voyage du retour s'était passé sans anicroche, et Sylvia venait de quitter la gare Montparnasse au moment de prendre en main son téléphone portable. Elle appela Frédéric Laforrest pour le prévenir qu'elle n'allait plus tarder.

– Ok, répondit ce dernier avec un ton impérieux. Tu ne laisses personne t'arrêter et tu viens ici rapidement. On a du nouveau et c'est très grave.

Il raccrocha aussitôt et Sylvia perçut la nervosité de son ami. Peut-être avait-il appris quelque chose d'important. En tout cas, il semblait préoccupé et elle se demandait bien pourquoi. Il avait raccroché sans rien lui expliquer, mais ça l'inquiétait.

Elle se dirigea vers la station de taxis la plus proche, avisant la première voiture qui se présentait. Elle fut amusée de la reconnaître puisqu'elle avait été la seule vraie star des quatre films *Taxi*. La jeune fille s'apprêtait à monter à l'arrière quand une voix masculine familière la héla.

– Salut poupée, vous marinez chez vos harengs ?

Sylvia se retourna pour voir qu'une autre voiture était arrivée à sa hauteur. C'était Alexandre Drac qui s'amusait à l'apostropher ainsi. Accoudé à la fenêtre, il portait des lunettes de soleil et mimait le Don Juan d'opérette de façon assez comique. Sylvia ne put se retenir de rire.

– Non mais, ça te prend souvent ?

Il lui adressa un sourire espiègle, ravi d'avoir amusé son amie.

– Toujours dès qu'il s'agit de te faire rire un peu. Tu me semblais un peu trop morose et le sourire te va quand même mieux. Tu veux que je te dépose quelque part ? Ce serait idiot de prendre un taxi alors que tu as un chauffeur particulier.

Très particulier, même, songea la jeune fille qui accepta l'offre. Elle fit le tour de la voiture et monta à côté d'Alexandre.

– Merci. Peux-tu me conduire au 36 Quai des Orfèvres ? Frédéric m'a demandé de passer le plus vite possible.

Alexandre se pencha pour embrasser Sylvia tendrement avant de faire glisser de légers baisers au creux de son cou.

– Tes désirs sont des ordres, chuchota-t-il d'un ton coquin. À moins qu'on ne prenne un chemin de traverse, histoire de… jouer au docteur.

Sylvia reconnut que cette idée n'était pas pour lui déplaire, mais la voix qu'elle avait perçue quand le lieutenant l'avait appelée lui revint en mémoire. Délicatement, elle repoussa à regret le jeune homme.

– Non, il faut vraiment que j'y aille.

Alexandre haussa les épaules, visiblement déçu. Il soupira.

– Ok, j'aurais essayé. Allez, en route pour le bureau de notre ami flic !

Puis, ils démarrèrent sous le nez du chauffeur de taxi qui était encore médusé de s'être fait chiper ainsi une cliente.

Passé le choc de la révélation, Frédéric Laforrest réfléchit à tout ce qui s'était passé. Il pensait surtout au moment où il était venu annoncer le décès de Karine Tarany à sa sœur. Ils étaient sortis de l'amphithéâtre et ils avaient été attaqués peu de temps après. À la lumière des nouveaux éléments, il lui semblait maintenant évident que le tueur ne pouvait avoir été que déjà présent sur les lieux. Le lieutenant fulminait, comment avait-il pu ignorer quelque chose d'aussi flagrant ?

Quant à Stéphane, il était plongé dans une grande perplexité, réalisant que son commanditaire lui avait caché son intention de s'en prendre à Coralie. Heureusement que Sylvia avait eu une vision, sans quoi personne n'aurait jamais pu intervenir à temps. Même pas lui, bien qu'il fût sur place pour surveiller Sylvia.

– Je me souviens qu'il avait suspendu le cours très peu de temps après votre départ, ajouta-t-il. Cela lui avait laissé tout le temps qu'il lui fallait pour vous rattraper, voire même vous devancer puisqu'il connaît très bien les lieux.

– Stéphane, peux-tu nous confirmer que Thomas Carello est bien celui qui te gardait sous sa botte et qui a tué tous ces gens ?

Au moment où ce dernier voulut faire oui en hochant la tête, il fut pris d'une terrible douleur au niveau des tempes. Il se prit la tête entre les mains, en proie à une souffrance qui ne cessa qu'au moment où il renonça à répondre. Pour Frédéric, cette réaction fut la confirmation à laquelle il s'attendait, et ça ne le réjouissait pas pour autant.

– Ce n'est pas ce type que j'avais vu à la boutique quand Philippe y était venu la toute première fois ? demanda Thessa. Je me souviens qu'il m'avait bousculée.

– Oui, c'est vrai qu'il était là, approuva Coralie. C'était le jour où la quatrième victime avait été découverte. Je me rappelle qu'il avait acheté un livre et qu'il avait un peu discuté avec Sylvia avant de repartir.

– Puisqu'on parle de la boutique, Amanda Moreau était là aussi, ajouta Frédéric. Son relevé de compte indique qu'elle avait effectué un achat par carte bancaire ce même jour. À partir de là, on peut donc supposer que Carello l'a suivie à distance avant d'avoir l'occasion de la tuer et de déplacer son corps là où vous l'avez trouvé.

Le téléphone du lieutenant se mit à sonner et ce dernier répondit aussitôt.

C'était la patrouille qui venait tout juste de débarquer au domicile de Carello.

– Mauvaise nouvelle : notre homme nous a filé entre les pattes. On ignore où il peut être, mais nous nous lançons à sa recherche.

Frédéric eut à peine le temps de raccrocher que le téléphone s'était déjà remis à sonner. Il lança un regard mauvais au téléphone comme si cela aurait suffi à le faire taire. Excédé, il finit par décrocher et le ton de sa voix ne laissait pas de doute quant au fait qu'il ne voulait être dérangé sous aucun prétexte.

– À moins qu'il ne s'agisse d'une urgence, je ne suis ici pour personne !

– Lieutenant, on vous demande d'intervenir tout de suite, répondit néanmoins un agent. On a un accident de voiture qui a eu lieu non loin d'ici. Il a impliqué une camionnette qui s'est encastrée dans un véhicule et…

Frédéric, agacé, interrompit net son interlocuteur.

– Alors là, il faut faire appel aux gars du service central des accidents de la direction de la police urbaine de proximité ! Je n'ai pas à y fourrer mon nez, en plus ce n'est pas du ressort de la crim'.

– En temps normal, c'est le cas. Seulement, on a deux meurtres sur place et non des accidentés.

– Comment ça ?

– On pense aussi qu'une autre personne était avec eux, mais elle a disparu. On a retrouvé son sac et rien n'a été volé. Il y a encore son argent, ses papiers ainsi que tous ses effets personnels.

En entendant ça, Laforrest sentit son cœur se figer et dégringoler ; il craignait d'avoir la confirmation au mauvais pressentiment qui venait de s'emparer de lui.

Sylvia.

– Minute ! La voiture en question n'est pas une 406 gris métallisé immatriculée 999 LCF 75 ?

– Comment vous le savez ?

– On arrive !

*

Une fois sur les lieux du carambolage, entre le boulevard Raspail et la rue Chomel, seuls les lieutenants Laforrest et Flergafau purent franchir les lignes de sécurité. Le reste du groupe avait dû se contenter de rester derrière et d'attendre le retour des deux hommes.

Frédéric se dirigea d'un pas ferme vers la voiture gris métallisé dont l'avant gauche avait été embouti par une camionnette de livraison. Il remarqua de suite que cet accident n'était en rien dû au hasard, puisque l'habitacle était intact. Tout avait été calculé et prémédité. Pour lui, il était évident qu'ils ne trouveraient aucun indice utile dans la camionnette qui avait dû être volée.

Jacques Lartigue, l'agent ayant signalé la collision par téléphone, se tourna vers les deux nouveaux arrivants.

– Alors, que s'est-il passé ? demanda Frédéric.

– Rien de plus que ce que vous voyez. La camionnette a déboulé depuis la rue Chomel, et grillé le feu rouge avant de percuter le véhicule qui n'avait pas la moindre chance de l'éviter. Toutefois, l'accident en lui-même est assez minime, je dirais. Que de la tôle froissée. Ça aurait pu être pire.

– Vous avez parlé de deux corps quand vous m'avez appelé.

– Exact. Deux hommes ont été tués par balles. Une dans la tête pour chacun. Curieuse façon de soigner les migraines. Plus important encore : ils étaient de la maison.

– Quoi ? s'exclama Stéphane.

Frédéric s'était rembruni, appréhendant de savoir qui étaient ces hommes. L'immatriculation de leur véhicule était déjà un indice en soit. À présent, il savait qu'il était sur le point de voir ses pires soupçons être attestés.

Lartigue conduisit les deux hommes jusqu'aux civières où les deux policiers tués avaient été déposés. Ce faisant, il continua ses explications.

– D'après les rares témoins de la scène, la voiture grise semblait suivre un autre véhicule noir. Ce dernier s'est arrêté et la voiture qui suivait a ralenti. C'est alors que l'accident a eu lieu. Tout de suite après la collision, un homme est sorti de la camionnette, un revolver au poing. Il a abattu les deux agents sans même leur laisser le temps de réagir. Comme vous pouvez le voir, il n'y est pas allé par quatre chemins. Les gens qui ont assisté à la scène pensaient que c'était un tournage de film ou une caméra cachée. Du coup, personne d'autre n'était intervenu. Le type est ensuite monté dans la voiture noire qui a démarré sur les chapeaux de roues.

Laforrest avait déjà soulevé les bâches qui recouvraient les deux corps et il reconnut les agents de son unité.

– Frédéric, pourquoi ces deux hommes ont été impliqués là-dedans ?

– Tout simplement parce que je les avais chargés d'une mission. Ils étaient là pour suivre Sylvia à distance. C'est pour ça que je n'avais pas émis d'objection à ce qu'elle aille seule sur la tombe de ses parents. Tu penses bien que je n'allais pas la laisser sans protection.

– Ça n'empêche pas qu'ils se soient fait abattre.

– On a retrouvé ceci sur le siège arrière, dit l'agent qui les accompagnait. C'est pour ça qu'on a pensé qu'une troisième personne était avec eux.

Il tendit au lieutenant deux pochettes plastifiées. La première contenait un sac que Stéphane reconnut tout de suite comme étant celui de Sylvia. Son téléphone portable s'y trouvait encore, ce qui rendrait vain tout traçage à l'aide du GPS. L'autre sac contenait une bouteille d'eau minérale presque terminée.

– Qu'est-ce que ça signifie ? demanda Stéphane. Sylvia ne pouvait pas deviner qu'elle était suivie par la police. Même si je le savais, je ne lui ai jamais dit. Pourquoi serait-elle montée avec eux ? Ça n'a aucun sens !

Frédéric était songeur.

– Quoi qu'il arrive, elle devait prendre un taxi, et ça m'étonnerait que ces deux hommes se soient amusés à foutre en l'air leur mission uniquement pour jouer les bons samaritains. Quelque chose ne va pas. Il faut aller à la station de taxis de la gare Montparnasse pour en savoir plus.

Le lieutenant huma le contenu de la bouteille et fit la grimace.

– Sans savoir pourquoi, je suis prêt à parier que ça ne contenait pas que de l'eau. A-t-on au moins le signalement du type qui a tué nos agents ?

En posant cette question, Frédéric jeta un regard à ses compagnons. Il n'y avait aucun doute pour eux qu'il ne pouvait s'agir que d'Haliphas Rowanon, mais il fallait en avoir la confirmation et surtout une preuve irréfutable.

– Plusieurs personnes ont bien vu notre homme, et un artiste est avec eux pour tenter d'établir un portrait-robot. Quant à la voiture noire dans laquelle il a disparu, c'est un 4x4 Mercedes. On fait une recherche sur le numéro d'immatriculation.

Le même genre de véhicule qui a été vu au moment où le corps de Karine Tarany a été déposé près du Louvre, se souvint Frédéric.

Lartigue poursuivit alors d'une voix laconique :

– Il s'agit bien de ce véhicule : un 4x4 noir enregistré au nom de Thomas Carello.

Laforrest et Flergafau informèrent les autres durant le trajet vers la gare Montparnasse. Leur inquiétude avait grimpé d'un cran. Une fois arrivés sur place, il ne leur fallut que quelques instants, en partant de l'heure d'arrivée du train dans lequel était Sylvia, pour retrouver le chauffeur de taxi que la jeune femme avait failli emprunter. Frédéric lui montra une photo et le chauffeur la reconnut de suite.

– Ah ouais ! J'me souviens très bien d'elle. 'Faut dire que mignonne comme elle est, on ne l'oublie pas de sitôt !

– Dites-moi quelque chose de plus intéressant, comme par exemple l'endroit où vous l'avez déposée, demanda Stéphane.

Le type eut une moue stupéfaite.

– Mais je ne l'ai emmenée nulle part ! C'est un autre type qui l'a embarquée sous mon nez. Un jeune merdeux m'a volé une cliente ! C'est pas illégal ce genre de truc ?

– Comment ça ? s'exclama Frédéric. Racontez-moi tout !

– Ben, la fille de la photo allait monter quand une Mercedes noire a déboulé d'on ne sait où. Il y avait un type au volant qui lui a proposé de la conduire. Elle a accepté et elle est montée avec lui. Il lui a même roulé un patin magistral avant de partir. C'est tout c'que j'sais, moi !

Quelque chose ne collait pas avec ce qu'ils savaient et les deux policiers venaient de le comprendre. Stéphane l'exprima à voix haute.

– Attendez une minute. Vous venez de dire que le type qui a emmené votre cliente est jeune. Or nous savons que le propriétaire du 4x4 noir est âgé de la quarantaine bien tassée.

Et puis il s'imaginait mal Sylvia se laissant embrasser sans broncher par un quadragénaire, aussi séduisant soit-il.

– Décrivez-le nous, demanda Frédéric.

– Ben, d'après c'que j'me souviens, il semblait avoir vingt-cinq, vingt-six ans. Cheveux châtain clair, yeux bleus. Plutôt beau gosse d'ailleurs.

Frédéric et Stéphane se regardèrent, tous deux ne connaissant qu'une personne répondant à ce signalement : Alexandre Drac.

Ils revinrent à leur voiture dans laquelle Coralie, Philippe et Thessa attendaient les deux policiers. Ils récapitulèrent les éléments qu'ils avaient.

– Donc, on sait que c'est Alexandre qui a pris Sylvia à la sortie de la gare, murmura Coralie avec soulagement, pas de quoi s'inquiéter en fin de compte.

Elle avait dit ça d'un ton désinvolte, mais quelque chose l'inquiétait quand même et Thessa pensait la même chose. Si le grand frère cette dernière avait raccompagné Sylvia, pourquoi aurait-elle laissé ses affaires sur une scène de crime ?

– Que diable Alexandre fichait-il dans la voiture de Carello ? demanda Frédéric. Et surtout, comment savait-il que Sylvia serait à la gare Montparnasse à ce moment précis ?

– Je crois que tu as posé les plus importantes questions de la journée, poursuivit Stéphane. Il faut croire qu'on n'est pas les seuls à avoir eu l'idée de pister Sylvia via le GPS de son téléphone. Maintenant, ce qui est sûr, c'est qu'après avoir abattu les deux agents chargés de la suivre, Carello est monté aussi dans cette voiture.

Frédéric blêmit, mais pas autant que Thessa et Coralie.

– Tu veux dire que c'est lui qu'Alexandre aurait attendu ?

Stéphane hocha la tête, peiné.

– C'est bien ce que je crains. Pour résumer ce que nous savons, Alexandre récupère Sylvia pour la jeter tout droit dans les bras de Thomas Carello, qui n'est autre que le meurtrier après qui on court depuis des semaines.

– Alors elle est à sa merci au moment même où nous parlons ! C'est pour ça qu'il a laissé les effets personnels de Sylvia dans la voiture de nos collègues, pour nous dire que c'est lui qui la détient.

Si elle n'est pas déjà morte, songea Stéphane, partagé entre inquiétude et rage.

Plus encore, il fulminait d'avoir ignoré que son commanditaire avait infiltré un second homme de main dans l'entourage de Sylvia. Un individu au-dessus de tout soupçon : le propre frère de Thessa.

*

L'après-midi était déjà bien entamée quand le véhicule que conduisait Thomas Carello s'engagea sur l'autoroute en direction de l'est de la France. Il esquissa un sourire en constatant la fluidité du trafic routier. Si cela continuait de la sorte tout au long du trajet, il espérait même arriver à destination avant qu'il ne soit trop tard dans la nuit. Il conduisait prudemment pour ne pas attirer l'attention ni être flashé au radar.

L'espace d'un instant, il observa la jeune femme qui semblait dormir à côté de lui. Il tendit la main pour caresser d'un geste doux la joue de la belle endormie. Si Thomas Carello n'y était pas allé aussi fort avec le somnifère qu'elle avait bu sans le savoir, on aurait pu croire que Sylvia Laffargue dormait paisiblement et non qu'elle venait d'être enlevée par un tueur aussi dangereux. La touchante vulnérabilité de sa captive ne fit qu'accroître le sourire perfide de son ravisseur.

La Porteuse de Lumière *est enfin à ma merci,* pensa-t-il. *Je sais que ses compagnons feront tout ce qui est en leur pouvoir pour la retrouver, et qu'ils y parviendront. Toutes les pièces du puzzle seront alors en place. Sans compter que mon meilleur atout aura parfaitement joué le rôle que je lui avais réservé. Tout se passe jusqu'à présent à la perfection.*

Poursuivant sa route, Thomas songeait déjà avec un amusement certain à la réaction qu'auraient les autres praticiens du Cercle du Dragon Céleste en apprenant qu'ils avaient parmi eux la personne qui ferait en sorte que l'Épée Mystique de la Draconia bascule dans les Ténèbres et appartienne à la Loge Noire de France. Il imaginait déjà les retombées prestigieuses et les récompenses qui lui seraient alors attribuées pour ce succès à nul autre pareil. Tant qu'à y être, il se surprit même à rêver de devenir le nouveau Grand Maître, et de supplanter Péladeau.

CHAPITRE 45

La dispute avait éclaté dans l'ascenseur, avant même d'entrer dans l'appartement qu'occupait Thomas. Les deux policiers n'arrivaient pas à accorder leurs violons quant à la suite des évènements. Le fait que Stéphane ait été gardé dans l'ignorance de la suite des plans de son employeur n'avait en rien amélioré la mauvaise humeur de son collègue.

– On sait que c'est lui qui a enlevé Sylvia ! vociféra Frédéric. On en a la preuve ! Il ne nous reste plus qu'à lancer les flics du pays à ses trousses, et on retrouvera Sylvia du même coup !

Stéphane, visiblement, ne partageait pas ce point de vue. Sans compter qu'il s'interrogeait encore sur le rôle joué par Alexandre dans ce rapt. Sans compter qu'il y avait au moins une chose sur laquelle il restait catégorique.

– Je sais surtout qu'il préférera la supprimer et se suicider plutôt que de se faire coffrer ! Si on le serre de trop près, ça finira par un bain de sang. Et ça, tu le sais mieux que moi.

– C'est vrai, rajouta Philippe. S'il ne peut parvenir à ses fins, il n'hésitera pas à mettre la vie de notre amie en danger. On a tous vu de quoi ce type est capable.

Frédéric se tut. Seule la perspective que la jeune femme soit tuée l'empêcha de mettre les forces de police à la poursuite de Carello. Qu'ils le veuillent ou non, c'était bel et bien lui qui tenait le clan en son pouvoir, et cette idée le faisait enrager.

Coralie posa sa main sur son avant-bras et il vit l'inquiétude tapie dans les yeux de la jeune fille.

– Il vaut mieux que nous la retrouvions par nous-mêmes.

– Si seulement nous savions par où commencer, murmura Philippe.

– Nous trouverons sûrement des indices au domicile de Carello, répliqua Frédéric. À la base, c'est même pour ça que nous sommes là.

– Pas faux, remarqua Thessa. Même si ça me semble un peu trop prévisible.

– Je n'allais pas souvent chez lui, ajouta Stéphane, mais je me souviens que Rowanon faisait des recherches sur les éclipses solaires ainsi que sur l'est de la France. Il y avait tout un tas de documents dans son bureau, des cartes géographiques ainsi que des photos. De mon côté, j'avais surtout pour mission de vous surveiller tout en tenant la police à l'écart.

Ils parvinrent à pénétrer dans l'immeuble, puis se dirigèrent vers l'appartement où résidait l'enseignant tueur en série. Un premier problème fit alors jour pour le groupe.

– Sans commission rogatoire, comment peut-on espérer entrer là-dedans ? demanda Stéphane. Si on pénètre les lieux par effraction, tout ce qu'on pourrait trouver deviendrait irrecevable en cas de procès. Ça me ficherait bien la haine !

– Merde ! Tu as raison, rajouta Frédéric qui était toujours prompt à suivre les procédures.

Coralie se figea soudain, à l'écoute.

– Minute… Vous n'entendez donc rien ? J'ai l'impression que quelqu'un est en danger derrière cette porte.

– Au secours… Aidez-moi… Quelqu'un veut me tuer, souffla Thessa dans sa main.

– Ah oui, tu as raison ! On ne fait qu'intervenir dans ce cas.

Aussitôt, Frédéric défonça la porte d'un coup de pied, ce qui ne manquait jamais d'épater son jeune collègue. Arme au poing, les deux policiers pénétrèrent dans l'appartement en premier, et ne firent signe aux autres d'entrer qu'après avoir confirmé qu'aucun danger ne les guettait.

Un arbre généalogique trônait sur la cheminée du salon et le groupe put voir que Benedict Carpzov en faisait non seulement partie, mais que son nom avait été mis en valeur sur le document. Carello avait donc un lien de parenté avec l'inquisiteur. Stéphane remarqua même que l'arrière-grand-mère du professeur était sa descendante directe et que c'était sur la tombe de cette dernière qu'avait été retrouvée le corps d'Amélie Girard au cimetière du Père Lachaise.

Un hommage morbide, sans doute, songea Philippe.

Lorsqu'ils s'introduisirent dans le bureau, ils découvrirent que le propriétaire des lieux avait pris les devants, s'attendant plus que sûrement à une visite de leur part. Le disque dur de l'ordinateur avait été arraché et il se trouvait dans la poubelle métallique aux pieds du bureau d'acajou, détruit par le feu en même temps que tous les documents qui auraient pu aider à savoir où se rendrait Carello.

Furieux, le lieutenant se laissa tomber dans le fauteuil avant de laisser son regard parcourir l'élégant bureau. Il trouvait curieux qu'un enseignant puisse avoir un train de vie aussi luxueux. Cela ne pouvait plus relever de la simple coïncidence, si on tenait compte de son appartenance à la Loge Noire de France. C'est à ce moment-là que Frédéric aperçut quelque chose qui ne cadrait pas avec le profil du tueur : un exemplaire du livre *Les Mystères de la Draconia* trônant en évidence sur le meuble. Même Stéphane trouva cela pour le moins étrange. Tous se rapprochèrent pour voir ce qu'il en était. Philippe prit le livre pour le feuilleter et finit par découvrir un DVD enregistrable dissimulé à l'intérieur.

Sûrement un message à notre intention, se dit Coralie. *J'ignore pourquoi, mais je sens que personne ne va en apprécier le contenu.*

Stéphane saisit le disque et se dirigea vers le téléviseur non loin de là. Il enclencha le lecteur DVD et y introduisit le disque. Une image ne tarda pas à s'afficher à l'écran, et tous purent voir qu'il s'agissait de Thomas qui s'était filmé quelques heures auparavant, installé à ce même bureau. Sa voix se fit ensuite entendre.

– Bonjour à vous, chers membres du Cercle du Dragon Céleste. Je savais bien que vous finiriez par me rendre une petite visite surprise un de ces jours. La moindre des politesses aurait été de vous accueillir en personne, mais j'ai rendez-vous programmé de longue date ailleurs. À l'heure où vous visionnerez ce disque je serai même déjà loin de Paris. Je suppose que vous êtes tous ici présents pour prendre connaissance de ce message. Tous ? Non. En fait, il manque votre Prêtresse, la *Porteuse de Lumière*. Normal, rajouta-t-il en souriant, puisque cette jeune fille est en ma compagnie. Rassurez-vous, elle va très bien… Pour l'instant, car il ne lui arrivera rien tant que les flics garderont leurs distances par rapport à moi.

– C'est bien ce que je pensais, marmonna rageusement Stéphane.

– Vous comprenez en effet que j'ai besoin d'elle vivante. Morte, elle ne me servirait à rien. Par contre, gardez bien à l'esprit que je n'hésiterai pas à revoir mes plans si les circonstances ne m'en laissent plus le choix.

Philippe ne put dissimuler son agacement et Frédéric non plus.

– Est-ce qu'il va enfin se décider à nous dire ce qu'il veut ?

Comme pour répondre à la question du policier, Thomas Carello continua son message vidéo.

– Sachez tous que demain aura lieu l'éclipse solaire durant laquelle votre Épée Sacrée fera son apparition. L'ennui, c'est que cela n'a pas grand sens sans les quatre compagnons de la *Porteuse de Lumière*. Vous êtes donc tous les bienvenus en vue de cette cérémonie magique si importante.

C'est curieux, songea Thessa, *je sens venir un « mais »*.

Une intuition qui se confirma à l'instant même.

– Mais je ne peux pas non plus me permettre de vous donner toutes les indications pour nous rejoindre et risquer la mauvaise surprise que la police m'accueille à destination. Alors, vous allez devoir faire appel à vos talents personnels pour localiser l'endroit où j'emporte votre précieuse amie. N'oubliez pas, si jamais les flics tentent quoi que ce soit pour m'arrêter, je le saurai, et je peux vous assurer que je ferai le nécessaire. Croyez bien qu'alors Sylvia ne fera pas de vieux os.

Sur ces mots, l'enregistrement prit fin, pour la plus grande perplexité des membres du clan. Ils se regardèrent un instant en silence. De toute évidence, Carello ne leur laissait pas d'autre choix que d'obéir. Le problème n'en demeurait pas moins qu'ils ne savaient pas où chercher et que les heures continuaient à tourner inexorablement, multipliant les chances de Carello de prendre une avance considérable sur eux.

Le regard perdu au loin, Philippe pestait ; jusqu'à présent, tout laissait croire que les évènements avaient tourné en faveur de leur adversaire. Sylvia était à sa merci, ils se dirigeaient on ne savait où, ils ignoraient même en quoi consisterait la cérémonie magique qui devait avoir lieu au plus fort de l'éclipse solaire. Pour couronner le tout, le temps filait entre leurs doigts plus vite que du sable !

Il se tourna et regarda un instant Frédéric et Stéphane qui fouillaient le bureau à la recherche d'indices encore exploitables, tandis que Coralie et Thessa s'étaient penchées au-dessus d'une grande carte de France sur une table à côté du bureau. Les filles consultaient un épais ouvrage tout en manipulant un pendule au-dessus de l'est de la France. Même si la radiesthésie pouvait être efficace, elle prendrait beaucoup trop de temps, ce qui ne fit qu'augmenter la rancœur de Philippe de plusieurs crans. Si seulement Carello avait pu être pisté à distance ! Il aurait été plus simple d'en retrouver la trace. Il fallait reconnaître qu'il s'était montré prudent jusqu'à présent. Il avait abandonné le téléphone portable de Sylvia dans la voiture des flics qu'il avait tués pour montrer qu'il détenait la jeune femme, mais aussi pour s'assurer qu'on ne puisse pas en suivre la trace. De même, il avait détruit son propre appareil en même temps que d'autres documents chez lui. Les policiers l'avaient retrouvé en miettes.

Subitement, l'écrivain québécois repensa à sa sœur aînée et à son mari qui s'étaient acheté une voiture équipée d'un système permettant de retrouver les véhicules volés. Le concessionnaire leur avait même assuré que leur véhicule pourrait être détecté avec une précision de trois mètres, à une distance pouvant atteindre pas moins de cinquante kilomètres. Ladite voiture avait disparu pas même deux mois après. Il avait suffi de signaler le vol à la police ainsi qu'à l'organisme du détecteur en donnant leur code personnel. Il n'avait alors fallu que quelques heures à la police pour retrouver la voiture ainsi que les voleurs, encore stupéfiés d'avoir été cueillis comme des fruits mûrs.

Si seulement je pouvais me rappeler le nom de ce système. Si seulement je pouvais espérer qu'un tel système puisse aussi exister en France.

Sortant de ses pensées, il se dirigea vers Stéphane et Frédéric.

– Dites-moi, est-ce qu'il existe chez vous un système permettant à la police de repérer les voitures qui en sont équipées ? Je crois que son nom est *LoJack*.

– *LoJack* ? dit Stéphane avec perplexité. Non, jamais entendu parler…

– Moi oui, répliqua Frédéric. On l'appelle autrement ici, mais je vois très bien de quoi tu veux parler.

Philippe commençait à reprendre espoir. Il s'adressa ensuite à Stéphane.

– Est-ce que tu sais où Carello range ses papiers personnels ?

– Oui, dans ce tiroir, mais il est fermé à clé. Laissez-moi faire.

Sur ces mots, il sortit un passe-partout et parvint après quelques instants à ouvrir la serrure du tiroir sans difficulté. Les trois hommes en sortirent différents dossiers plus ou moins volumineux avant de trouver la brochure dans laquelle figurait le numéro de code du 4x4 noir de Thomas. Philippe ne put réprimer un cri de joie qui attira l'attention des filles. Quant à Frédéric, il ouvrit des yeux arrondis par la stupéfaction car il avait compris à quel point cette découverte pouvait être vitale pour sauver Sylvia des griffes de son ravisseur.

*

Ayant décidé d'opter pour la prudence, le lieutenant Laforrest trouva les coordonnées du service de repérage – qui s'appelait *Traqueur* en France – et leur transmit toutes les informations du véhicule. À force de persuasion, il parvint même à ne pas attirer l'attention de ses collègues sur sa requête. Ce qui provoqua l'admiration de Stéphane Flergafau devant autant de ténacité.

Les deux policiers, accompagnés par Philippe, Coralie et Thessa embarquèrent promptement dans un véhicule banalisé équipé du système *Traqueur*, puis ils se mirent en route dès que le signal fut repéré.

Frédéric conduisait vite, sachant pertinemment que leur cible avait pris bien trop d'avance pour espérer les rattraper en cours de route. Jetant un coup d'œil furtif à ses compagnons, il comprit qu'ils n'en menaient pas large eux non plus, inquiets du sort qui pourrait être réservé à leur amie. Du reste, le parcours leur donnerait aussi l'occasion d'évoquer certains points encore obscurs de toute cette histoire.

Leur premier d'entre eux concernait le rôle ambigu joué par Alexandre. Sa sœur cadette eut un mal fou à envisager qu'il puisse avoir conduit Sylvia à un meurtrier. Pour Coralie et Philippe, ça n'avait pas de sens non plus, mais les faits démontraient pourtant le contraire.

Ensuite, Frédéric appela son collègue Bertrand Questin pour lui demander d'effectuer des recherches sur Alexandre Drac, ses activités, la liste de ses appels, ses contacts informatiques, bref la totale. Sans non plus lui assurer d'avoir des résultats dans l'heure, le policier promit de tenir le lieutenant informé de la progression constante de ses découvertes.

Carello s'était joué d'eux en leur collant non pas un mais deux hommes de main dans les pattes. Ce faisant, il s'était arrangé pour que les soupçons pèsent davantage sur Stéphane, laissant ainsi le champ libre à Alexandre. La seule chose qui demeurait encore un mystère, c'était les motivations du jeune homme à agir ainsi. Pour quelle raison avait-il trahi celle qu'il aimait ?

Le soleil était déjà sur le point de disparaître derrière l'horizon quand ils s'engagèrent sur le périphérique est. Assis à côté de son collègue, Stéphane regardait l'astre solaire, réalisant que le lendemain aurait lieu en fin de matinée l'évènement céleste qui allait sceller le destin de tous.

Dire que ce mois de juin était l'un des plus frais qu'il n'ait jamais connu… Entre les pluies et les nuages qui avaient encombré le ciel, l'astre solaire ne se montrait enfin que pour disparaître dans un éclat presque moqueur.

Pendant un instant, Stéphane se surprit à souhaiter que le soleil ne se lève pas le lendemain.

*

C'est à peu près au même moment que Carello arriva dans sa résidence secondaire, dans l'est de la France, qui avait été pendant des siècles la propriété de ses ancêtres. Nichée au plus profond de la forêt, elle était dissimulée au regard du monde extérieur, et nul ne devait à ce jour se rappeler son existence.

Il franchit le portail mécanisé qui se referma derrière lui, puis s'engagea dans l'allée montante sinueuse jusqu'à rejoindre l'arrière du bâtiment. Ce manoir, datant du XVème siècle, avait été restauré avec soin, et Carello était ravi d'avoir pu y conduire son invitée sans encombre.

En sortant du véhicule, le professeur regarda un petit instant le sentier qui partait de la cour arrière qui se perdait dans la forêt environnante. C'était par ce chemin sinueux qu'il comptait emmener la *Porteuse de Lumière* jusqu'au lieu prévu pour le rituel durant lequel l'Épée Mystique ferait enfin son apparition.

Il fit le tour de la voiture, et ouvrit la portière côté passager. Sylvia était toujours endormie. En cours de route, elle avait repris connaissance, mais elle n'avait même pas eu le temps de reprendre ses esprits, ni de comprendre la situation dans laquelle elle était tombée, qu'une simple projection d'un puissant gaz soporifique l'avait renvoyée aussi sec au pays des songes.

Il détacha la ceinture de sécurité, et prit Sylvia à bras-le-corps pour la porter sur son épaule. Ce faisant, il resongea à l'extraordinaire résistance qu'elle avait manifestée quand il avait été sur le point de la tuer à l'université. Une chance pour lui que sa torpeur actuelle ne lui permettait plus de se défendre ainsi. Carello s'étonna du contraste entre ce jour-là et la façon dont elle était aujourd'hui à sa merci.

L'enseignant se dirigea vers une porte au bas d'un escalier conduisant au sous-sol. Après avoir cherché dans l'une des poches de sa veste, il s'empara d'un épais trousseau de clés et trouva celle dont il avait besoin. La lourde porte n'opposa aucune résistance, et s'ouvrit dans un feulement à peine audible.

Le professeur s'engagea dans un long couloir sur lequel donnaient quelques portes toutes aussi massives que la précédente, mais ce fut vers celle du fond que Carello emporta Sylvia avec un sourire sardonique. Car d'ici peu, le narcotique cesserait de faire effet, et la jeune fille se réveillerait dans le seul endroit où elle n'aurait jamais imaginé se retrouver un jour.

À part peut-être dans ses pires cauchemars.

*

La nuit était déjà tombée tandis que Frédéric et ses amis continuaient à suivre le signal. Ils avaient dépassé la ville de Chaumont depuis déjà une petite demi-heure, mais ils furent contraints de faire le plein en route.

Coralie avait découvert en consultant des cartes routières que Carello avait pris la direction de Mulhouse avant de s'aventurer dans les montagnes. Ce qui expliquait pourquoi il avait pris un véhicule tout-terrain.

Laforrest, quant à lui, redouta que les communications ne puissant pas passer dans ces endroits reculés, mais il fut rassuré que le système *Traqueur* n'en soit pas affecté, le signal étant relayé par satellite, ils pourraient continuer à les suivre.

Thessa sortit de son sac un livre qu'elle avait pris dans la bibliothèque de l'enseignant. Il avait pour sujet les hauts-lieux énergétiques de l'est de la France : les Vosges, la Forêt Noire, mais surtout l'Alsace, la région dans laquelle Carello avait conduit Sylvia. Frédéric demanda pourquoi aller dans cet endroit en particulier.

– Justement, dit l'adolescente, j'ai emmené ce bouquin pour le comparer avec la carte sur laquelle est tracé le parcours de l'éclipse de demain. Il faut croire qu'il y a différentes raisons à ça. Je vous expliquerai ça dans la voiture. On est encore loin d'avoir rattrapé Carello.

Ils se remirent donc en chasse, sachant qu'il leur restait encore pas mal de route pour rejoindre le ravisseur et son otage. Ils devaient aussi préparer un plan afin de récupérer leur amie saine et sauve, sans oublier de coffrer le tueur en série : Carello.

– Alors, fit Stéphane à Thessa. Explique-nous ce que tu as pu découvrir sur les spécificités de la région alsacienne pour que Carello décide d'y filer ventre à terre.

– D'après les diverses recherches que j'ai pu faire durant le parcours, j'ai trouvé pas moins de trois bonnes raisons d'aller si loin de la capitale. *Primo*, l'Alsace est en plein dans la zone où l'éclipse pourra être vue dans son intégralité. Alors qu'à Paris, elle ne le sera qu'à quatre-vingt-cinq pour cent de sa totalité et ça ne va pas du tout pour le rituel.

Tous écoutaient l'adolescente, avides d'entendre la suite.

– *Secundo*, le satellite nous indique que le véhicule qu'on recherche a stoppé sa route non loin du mont Sainte-Odile, dans la montagne du Kienberg. C'est un lieu peu fréquenté, et très peu connu des randonneurs. Pourtant, je me suis dit qu'il devait y avoir une raison pour aller dans un lieu si désert, et pas uniquement pour ne pas être importuné par d'éventuels gêneurs.

– Tu penses à une raison plus mystique ? demanda Coralie.

– Précisément. Si on en croit ce livre, le 4x4 de Carello s'est arrêté près du sommet, sur le côté sud. Or, il y a non loin de là une espèce de plate-forme, nichée dans la forêt, située à l'ouest, et qui est constituée de trois blocs en grès plats. À cet endroit, des radiesthésistes auraient mesuré des taux énergétiques d'une puissance phénoménale. En pratiquant un rituel magique, comme celui visant à faire apparaître l'Épée Mystique de la Draconia, les magiciens pourraient être en mesure d'entrer en harmonie aussi bien avec les forces cosmiques positives qu'avec celles telluriques négatives. Je parle des ondes célestes et terrestres. Bref, un lieu où elles sont les plus puissantes de la région, voire même du pays.

Philippe comprenait mieux pourquoi leur adversaire avait choisi un lieu pareil. En y réfléchissant bien, c'était même le meilleur choix pour mettre toutes les chances de voir le rituel magique d'invocation de l'Épée réussir. Cette plate-forme dans les montagnes permettrait de décupler de façon formidable les énergies qui pourraient y être déployées.

– Tu nous avais parlé de trois motifs, rajouta Stéphane. À moins que je ne sache plus compter, il nous en manque un.

Thessa baissa la tête, gênée. Elle avait espéré ne pas avoir à expliquer quel aurait pu être ce troisième point. Regardant dans le rétroviseur, elle lança un appel au secours à Frédéric qui se remémora tout à coup le rêve qu'il avait fait un peu avant qu'Amanda Moreau ne soit retrouvée gisant sur le toit d'un immeuble. Dans une succession de flashs, il vit à nouveau les lieux où, dans sa vie antérieure, il avait aidé à célébrer le tout dernier rite du Cercle du Dragon Céleste, ainsi que ceux où il était allé de nombreuses fois avec son oncle quand il était enfant. Là, il comprit que les deux endroits ne faisaient qu'un.

Alors que les autres attendaient toujours que Thessa finisse d'expliquer ses découvertes, à la surprise générale, ce fut le lieutenant qui prit la parole.

– Je crois que ce que Thessa cherche à nous dire, c'est que c'est aussi sur cette même plate-forme en grès de la montagne du Kienberg que nous avons péri au XVIIe siècle. En d'autres termes, nous retournons là où tout a commencé.

Le portable de Frédéric se mit à sonner. Un appel de Bertrand. Pendant que son collègue conduisait, ce fut Stéphane qui prit la communication. Le policier resté à Paris avait déjà collecté quelques informations à leur transmettre, concernant Alexandre Drac. L'expression de Stéphane se figea de stupeur.

CHAPITRE 46

La première chose que Sylvia fut en mesure de ressentir fut le contact froid et dur du siège métallique sur lequel elle était installée. La seconde, celui provoqué par les sangles de cuir qui lui entravaient les poignets, les épaules ainsi que les chevilles. Son esprit fonctionnait comme au ralenti et il lui fallut plusieurs minutes pour que cette sensation s'estompe enfin. Un son étrange avait fini par la sortir de sa torpeur.

Plic.

Un bruit agaçant à la longue ; on aurait dit des gouttes d'eau tombant à intervalle régulier non loin d'ici.

Plic.

Elle tenta de se remémorer les derniers évènements qui lui étaient arrivés, de les imbriquer les uns avec les autres pour y voir plus clair. Malgré la confusion qui régnait encore dans son esprit, elle se rappelait qu'elle devait prendre un taxi, l'appel de Frédéric, mais aussi que c'était Alexandre qui lui avait proposé de la conduire. Il y avait une bouteille d'eau devant elle, près de la boîte à gants. Comme elle avait soif, elle l'avait bue presqu'en entier. Puis, plus rien. Black out complet.

C'est sans doute à ce moment-là que j'ai dû m'endormir, songea-t-elle. *M'endormir ? J'ai sombré comme une masse, oui ! Comment ai-je pu me retrouver ici ? D'ailleurs, où suis-je tombée ? Et où est passé Alexandre ?*

Clignant des paupières, elle fut aveuglée un petit instant par les éclairages de la pièce, sans même pouvoir se protéger les yeux. Elle découvrit alors la nature même de l'endroit où elle était maintenant retenue captive. Sa vue avait fini par s'acclimater et était revenue petit à petit à la normale. Le décor qui l'entourait devint moins flou, lui permettant de comprendre enfin où elle était.

Une salle de torture médiévale.

Les murs de pierre étaient à l'état brut, gris et dénués de toute ornementation. Des appliques murales apportaient l'éclairage nécessaire pour voir tous les instruments de torture qui avaient été conservés en ces lieux. Dans cet effroyable bric-à-brac, elle pouvait distinguer des outils tels qu'un fauteuil hérissé d'une multitude de pointes, des cages métalliques suspendues au plafond et dotées du même genre de rivets contendants, ainsi qu'une statue massive à silhouette humaine que Sylvia reconnut comme étant une authentique Vierge de Nuremberg.

Tout à fait le genre d'endroit où le Diable en personne aurait pu suivre un stage de perfectionnement au sadisme, songea Sylvia.

Plic, plic.

Toujours ce bruit répétitif horripilant.

La jeune femme était assise de façon à voir aussi l'imposante cheminée dans l'angle de la pièce. Un feu brûlait dans l'âtre, et quelqu'un remuait les braises rougeoyantes. L'homme qui tournait ainsi le dos à Sylvia portait d'amples vêtements noirs. Même de dos, elle l'aurait reconnu sans peine.

La Prêtresse avait eu du mal à croire ce qu'elle avait vu à Paris, dans un demi-sommeil, un peu avant de perdre connaissance. Que son enseignant Thomas Carello, pour qui elle avait toujours eu de la sympathie et du respect, était en réalité Haliphas Rowanon. Le meurtrier responsable de la mort de tant d'innocents, mais aussi celle de la sœur de Coralie et de son ami d'enfance. Elle ne pouvait éprouver que de la haine à l'état pur pour lui. Si elle avait pu détenir la faculté de tuer les gens à distance, elle l'aurait volontiers employée pour assouvir la soif de vengeance qui venait de l'étreindre à l'instant.

– Vous, murmura-t-elle, la rage au cœur. Pourquoi avez-vous froidement tué tous ces gens ?

Thomas Carello se retourna vers elle avec nonchalance.

– Ne faites pas l'imbécile, Sylvia, vous savez très bien ce que je veux.

– Je préfère encore mourir que de vous aider à obtenir l'Épée Mystique.

– Soyez sans crainte à ce propos, vous mourrez. D'une façon ou d'une autre, tout semble vous conduire à ce seul destin. Ma chère, vous savez aussi bien que moi comment s'était achevée la dernière tentative de matérialisation de cette item magique. La Prêtresse avait été mutilée à mort. Est-ce que je me trompe ?

Sylvia était abasourdie. Comment avait-il pu savoir cela ? Avait-il eu accès aux Archives Akâshiques ? L'enseignant nota la réaction de la jeune fille et poursuivit néanmoins sur sa lancée, comme si tout ceci faisait simplement partie d'un cours pour le moins… particulier.

– Si je vous ai conduite ici, c'est afin de vous aider à retrouver la mémoire. Vous me révélerez alors tout ce que les dragons ont pu vous apprendre sur cette Épée sacrée.

– Mais ils ne m'ont strictement rien dit ! Je sais juste que le rituel devrait avoir lieu pendant l'éclipse solaire de demain, mais c'est tout !

L'enseignant parut un peu déçu face à une dénégation aussi véhémente.

– C'est regrettable pour vous qu'ils n'aient pas été plus loquaces, mais j'ai bon espoir que l'ambiance de cette pièce nous aidera à y remédier. Je l'ai fait réaménager rien que pour vous. Vous aimez ? Ces lieux m'ont même fortement inspiré pour rédiger mon cours de l'autre jour. Par contre, la théorie n'ayant rien de très amusant, passons à un peu plus de pratique.

Sur ces mots, Carello retira des braises un tisonnier rougi par le feu.

La jeune fille ne put réprimer un hoquet d'horreur. Cette fois, c'était sûr qu'il allait mettre en application le *Manuel du parfait tortionnaire moyenâgeux en 10 leçons faciles.*

Carello s'était tourné vers sa captive avec le tisonnier chauffé au rouge. Il s'avançait lentement, bien décidé à le lui appliquer sur la peau. Elle eut beau s'agiter, mais les liens ne bougèrent pas d'un millimètre.

– Non mais, vous êtes dingue ! s'exclama-t-elle.

– Je préfère dire que je suis déterminé à parvenir à mes fins, dit Carello d'un ton tranquille.

Il tenait toujours le tisonnier incandescent et l'avait rapproché du visage de Sylvia, qui pouvait ressentir la chaleur ardente dégagée et aussi entendre le sifflement dû au contact de l'air. Une onde de terreur glacée la paralysa.

– Puisque je vous ai dit tout ce que les dragons m'ont révélé à propos de l'Épée, c'est-à-dire : rien ! Me torturer ne vous mènera nulle part !

Rowanon empoigna les cheveux de sa captive qu'il tira en arrière pour lui faire relever la tête. Ses lèvres étaient si proches de celles de son bourreau qu'elle sentait son souffle rauque sur sa peau. Le fer rougi s'approchait de plus en plus du visage de Sylvia qui ne pouvait échapper à son emprise. Carello en revanche, semblait d'un calme absolu.

– Je n'en suis pas si sûr… Dites-moi, Sylvia, est-ce que vous avez peur ?

– Bien sûr que j'ai peur !

– Est-ce que vous me détestez pour avoir tué ces gens ?

Subitement, elle repensa aux personnes qui avaient péri de la main de cet individu, et l'entendre en parler comme si de rien n'était n'avait fait que décupler la haine qui lui rongeait le cœur. Elle revoyait le visage de Karine et de Nathan, ce qui ne fit qu'accentuer encore plus sa douleur.

– Non, mais je vous hais, espèce d'ordure !

L'enseignant fixa sa prisonnière dans les yeux, apparemment ravi de cette réponse. Il esquissa un petit sourire satisfait, ce qui fit encore grimper d'un cran la rage de Sylvia. Contre toute attente, il plaqua ses lèvres sur la bouche de sa captive. Il la relâcha alors, puis s'en retourna rapporter le pique-feu dans les braises de la cheminée derrière lui.

– Voilà qui est parfait, ma chère, mais je peux vous promettre que ce n'est que le début. D'ici peu, votre haine envers moi sera totale, et j'aurai enfin atteint mon but. D'ailleurs, vous ne savez même pas la moitié du pourquoi de mes actes.

La jeune femme, encore écœurée que ce type abject ait osé l'embrasser, ne voulait plus le laisser mener la danse.

– Détrompez-vous ! On a bien compris l'objectif du pentagramme tracé dans Paris, et la malédiction qui nous était destinée. Mais ça n'a rien donné puisque l'on a contrebalancé ses effets négatifs pas plus tard qu'hier soir.

Carello fut pris d'un éclat de rire, ce qui étonna Sylvia.

– Non mais quel scoop ! Je comptais là-dessus, figurez-vous. Le pouvoir maléfique de ce pentagramme en lui-même ? Il n'en avait aucun, puisque son tracé n'a jamais été finalisé. Pour cela, il aurait fallu que je laisse un second cadavre devant la Basilique du Sacré Cœur. Et pourtant, il aura eu l'effet escompté malgré tout.

Sylvia crut qu'elle allait manquer d'air.

– Ça veut dire que ceux que vous avez tués pour former ce piège magique sont morts pour rien ? Comment peut-on être aussi monstrueux ?

Des larmes perlèrent aux paupières de la jeune fille qui ne pouvait plus contrôler la tempête chaotique intérieure de ses émotions, entre rage, désespoir et chagrin. Thomas Carello s'en était très bien rendu compte, et riait de plus belle.

*

Les membres du Cercle du Dragon Céleste n'étaient plus qu'à un kilomètre de l'endroit où le 4x4 noir était stationné. Pourtant, les cinq compagnons avaient préféré tenter une approche plus discrète des lieux.

– On y est presque, dit Philippe tout en conduisant.

Il manœuvra alors la voiture pour s'arrêter au bord de la route. Comme leur véhicule aurait attiré l'attention, les membres du clan voulaient mettre toutes les chances de leur côté en finissant le reste du trajet à pied, à travers la forêt. Ils arrivèrent bientôt en vue du manoir de Carello. Tous observaient le bâtiment de loin, à l'abri, derrière les buissons environnants.

– Tiens, fit Frédéric, j'aurais dû me douter de quelque chose dans ce genre-là. Notre homme n'aurait jamais fait un tel périple sans disposer d'un pied-à-terre où il pourrait s'amuser à l'abri des regards indiscrets.

– Stéphane, demanda Coralie, tu savais que Carello avait une résidence secondaire ici ?

– Non, je l'ignorais. Ça devait sûrement faire partie de son plan. En plus, le portail est grand ouvert. Une invitation pour vous faire tomber tout droit dans un piège. Offre que vous allez pourtant devoir décliner.

– Mais, murmura Thessa, Sylvia est retenue captive là-dedans !

– Je suis bien d'accord, et ce serait du suicide si vous vous jetiez tous dans la gueule du loup. Rowanon aura gagné si vous vous faites prendre. Je parie même qu'il a tout prévu dans ce sens et qu'il doit être prêt à vous recevoir avec les honneurs.

– Que suggères-tu, alors ? demanda Philippe. Il faut croire que tu n'es pas plus venu que nous dans cette région auparavant. As-tu seulement un plan d'attaque ?

– En quelque sorte, car moi aussi j'ai plus d'une corde à mon arc. Cette fois, c'est à mon tour d'intervenir.

Sur ces mots, Stéphane déposa au sol un sac à dos qu'il avait récupéré dans le coffre de la voiture. Il commença à enlever son pull sous lequel il portait un épais justaucorps noir. Il enfila des gants en cuir de la même couleur. Une parfaite tenue de camouflage. Quand il ouvrit sa sacoche, il en éclaira le contenu avec une petite lampe de poche qu'il tenait entre ses dents. Frédéric reconnut là tout l'armement digne d'un professionnel. Les autres furent sidérés de voir toutes les armes blanches que le jeune homme avait pu emporter.

– D'où est-ce que tu as sorti tout ça ? demanda Coralie.

– De l'appart' de Rowanon, tout de suite après avoir visionné le message. C'est toujours là que je planque mon matos quand je ne m'en sers pas. Je vous ai dit que ce type m'avait formé au maniement des armes, à quelques techniques de combat, mais aussi aux ruses d'infiltration et de camouflage. Comme ma mémoire est effacée, on peut dire qu'il y a amplement de la place pour y mettre n'importe quoi d'autre.

Tout en parlant à voix basse, le jeune homme sélectionnait quelques couteaux à lancer ainsi qu'un trousseau de clés spéciales qui lui permettraient d'entrer où il voudrait.

Il referma son sac, et le confia à Philippe.

Stéphane semblait particulièrement déterminé.

– À présent, écoutez-moi bien. Il est inutile que vous preniez le risque de vous faire prendre au piège par Rowanon. Je parie qu'il n'est pas tout seul, et que des hommes de la Loge Noire doivent surveiller les lieux, prêts à vous tomber dessus. Alors, c'est moi qui vais entrer là-dedans pour retrouver Sylvia. Il s'attendra à vous voir, mais pas moi. En plus, je passerai plus facilement inaperçu en étant seul.

– Je continue à dire que c'est n'importe quoi ! s'exclama Frédéric. Tu risques d'y rester ! Moi aussi j'ai été entraîné pour ce genre de situation. Que tu le veuilles ou non, je viens avec toi.

– Non ! Ce n'est pas le moment de diviser nos forces. Je préfère que tu restes avec les autres pour les protéger au cas où ça tournerait mal. Pendant que j'irai récupérer Sylvia, vous vous rendrez sur la plate-forme dont on a parlé dans la voiture. Il faudra aussi que vous trouviez le rituel concernant l'Épée Mystique. On vous rejoindra là-bas avant l'aube.

– Si on en croit la carte qui est dans le livre, ce n'est pas très loin, murmura Coralie. On devrait pouvoir y arriver en passant à travers la forêt, en contournant la propriété. Stéphane, nous n'avons pas d'autre choix que de te faire confiance. Alors ramène-nous Sylvia saine et sauve… Arrange-toi pour revenir vivant, toi aussi.

Le jeune homme acquiesça, un peu surpris par l'inquiétude de la jeune fille rousse qui lui avait voué tant d'animosité auparavant. Il fallait vraiment que la situation soit désespérée pour qu'elle lui manifeste ainsi un tant soit peu de mansuétude.

Après avoir regardé un instant le reste du groupe disparaître à travers la dense végétation forestière, Stéphane entreprit d'effectuer le tour de la propriété. Il avait profité de la proximité des arbres avec le manoir pour s'en approcher le plus discrètement possible. Longeant les murs en silence, le jeune homme eut vite fait d'arriver à l'arrière du bâtiment.

Garé dans l'allée, se trouvait le 4x4 Mercedes noir qu'ils avaient pisté depuis Paris. Stéphane lança un coup d'œil aux fenêtres au-dessus de lui et constata qu'aucune des pièces n'était allumée. Il en arriva à la conclusion que Sylvia ne devait pas être retenue dans un des étages supérieurs, mais bel et bien au sous-sol. Il remarqua alors la porte qui y conduisait. L'obscurité presque totale convenait très bien au jeune homme qui pouvait ainsi se mouvoir sans trop se faire remarquer.

Cependant, il ne parvenait pas à se défaire d'une sensation étrange qui l'avait saisi quelques instants auparavant.

La sensation d'être observé.

Arrivé en haut des marches qui menaient à la cave, il se redressa, indifférent au fait que quelqu'un puisse le voir. Cela n'avait du reste plus aucune importance, puisqu'il avait entendu un bruit de pas derrière lui, et pouvait sentir à présent la gueule métallique froide d'un revolver contre sa nuque.

Il s'était laissé surprendre.

Levant les mains d'un geste lent, il se demandait comment il allait pouvoir s'en tirer sans rameuter d'autres types qui devaient être de faction non loin de là.

Avant que son opposant n'ait le temps d'en finir avec lui, Stéphane eut soudain une vision très nette de ce qu'il devait faire.

D'un geste d'une rapidité et d'une précision fulgurantes, il dévia le bras armé de sa trajectoire, assena un violent coup de coude dans l'abdomen de son opposant, et le fit passer par-dessus son épaule pour l'envoyer voler au bas des marches. Il s'écroula comme une masse, assommé par l'impact. Stéphane tendit l'oreille, aux aguets, craignant que le vacarme provoqué n'ait donné l'alerte, mais rien ne se produisit.

Après avoir poussé un soupir de soulagement, il se rendit à son tour en bas des marches. Il bâillonna le type qu'il avait envoyé bouler, et lui attacha les poignets avec les menottes qu'il avait trouvées en fouillant ses poches. Le jeune homme n'avait pas de temps à perdre.

Il s'accroupit devant la serrure de la porte et s'empara de son trousseau de clés spéciales. La serrure était ancienne, certes, mais il savait qu'il devait avoir quelque chose d'approchant et qui lui permettrait d'entrer. Il ne lui fallut que quelques instants pour ouvrir la porte. La lumière était éteinte et le jeune homme comptait bien sur la pénombre pour passer inaperçu.

En entrant, il avait distingué diverses portes et n'avait alors pas su vers laquelle se diriger. Il avisa la première porte sur sa droite pour y enfermer son opposant. Après s'être assuré que la porte était bien verrouillée, il se mit à longer le couloir obscur à pas de loup. Du fait de la pénombre environnante, il pouvait voir un peu de lumière sous la porte tout au fond. Le seul problème était constitué par les autres derrière lesquelles d'autres hommes pourraient être prêts à lui barrer la route à tout moment. Elles semblaient éteintes et non occupées.

Tout à coup, Stéphane se figea, son corps fut pris d'une douleur atroce à l'épaule droite. Une violente brûlure qui l'obligea à se mordre la lèvre inférieure presqu'au sang pour réprimer un cri qui aurait à coup sûr révélé sa présence. Au même instant, il avait entendu un hurlement déchirant dont l'écho s'était propagé dans le couloir.

C'était la voix de Sylvia !

Stéphane comprit qu'il lui était arrivé quelque chose. Cette douleur qu'il avait ressentie alors que personne ne l'avait touché... Comment cela avait-il pu être possible ? Toutefois, le moment n'était pas à la réflexion. Rowanon avait osé s'en prendre à la jeune fille. Il devait se dépêcher avant qu'elle ne soit blessée davantage.

Il s'avança d'un pas souple et silencieux le long du couloir quand il entraperçut une silhouette se profiler devant lui. Un autre homme de main appartenant à la Loge Noire. Encore un obstacle entre lui et la jeune fille.

L'individu tendit alors son poing dans sa direction. Stéphane aperçut un point lumineux rouge sur sa poitrine. Un viseur laser ! Il n'eut que le temps de se jeter à terre avant le coup de feu, au bruit étouffé par un silencieux. La balle avait néanmoins sifflé très près de la tête de Stéphane qui s'empara aussitôt d'un de ses couteaux. Il le lança d'un geste vif en direction de son assaillant qui s'écroula aussitôt, le corps secoué de spasmes nerveux avant de s'immobiliser pour de bon.

Stéphane se releva, un peu décontenancé, et s'approcha de l'homme qui gisait là.

– Bon, inutile de jouer la comédie. Ça ne prend pas avec moi. Tu m'entends ? Ce n'est pas grand-chose, j'ai visé l'épaule.

Il s'agenouilla, et posa la main sur le cou du type pour vérifier son pouls. Stupéfait, il réalisa que le bout de ses doigts avait rencontré le froid de la lame d'acier profondément enfoncée dans la gorge. Son adversaire avait été tué net.

Oups, se dit Stéphane. *Haliphas Rowanon avait raison de dire que je n'ai jamais été doué au lancer de couteau. Il va vraiment falloir que je m'entraîne mieux que ça à l'avenir…*

Se relevant, il se dirigea vers la porte derrière laquelle il savait que Sylvia était retenue prisonnière. Il était sur le point d'ouvrir la porte. Il poussa sans précipitation le battant qui céda dans un léger grincement. Puis il jeta un bref coup d'œil pour évaluer la situation, et vit qu'il s'agissait ni plus ni moins que d'une chambre de torture parfaitement restaurée.

Sidérant, on se croirait dans une scène du film Sleepy Hollow.

Au centre de celle-ci, il aperçut Sylvia, bâillonnée, qui était étroitement sanglée à un fauteuil métallique. Un second siège identique était disposé en face et, entre les deux, il y avait une table basse. À première vue, le ravisseur de la jeune fille n'était pas dans la pièce, alors Stéphane se décida à entrer.

Il s'engagea à l'intérieur quand il vit l'expression paniquée de la jeune femme, mais il ne comprit que trop tard la signification de ce regard. Un coup s'abattit brutalement sur sa nuque et il bascula au sol. Avant de perdre connaissance, il vit Carello qui s'était dissimulé derrière la porte. Le tueur semblait même navré que la capture de Stéphane puisse avoir été si facile.

– Mon pauvre ami. Je ne suis pas fier de toi. C'est une leçon que tu n'as jamais apprise : il faut toujours vérifier si quelqu'un n'est pas planqué dans un coin en entrant dans une pièce. En plus de ça tu m'as fait attendre, et je n'aime pas beaucoup ça.

L'enseignant avait bien entendu un bruit de chute en provenance du couloir. Il avait alors regardé dans cette direction, sans perdre pour autant son impassibilité, faisant même remarquer à sa prisonnière qu'il fallait s'attendre à recevoir de la visite d'un instant à l'autre.

La Prêtresse avait alors songé à ses compagnons. À la joie qu'elle avait ressentie en apprenant qu'ils étaient venus à son secours succéda une appréhension indicible ; ils allaient tomber droit dans le piège tendu par ce fou furieux !

Carello était revenu près de la cheminée, et s'était à nouveau emparé du tisonnier qui était encore plus incandescent. Il revint vers Sylvia dont il dégagea l'épaule du tissu qui la recouvrait.

– Je crois que le moment est venu de faire savoir à vos amis que je suis prêt à tout pour parvenir à mes fins, même si cela m'oblige à faire ça !

Sur ces mots, il avait appliqué le fer rougi contre sa prisonnière qui avait hurlé, tandis qu'elle entendait sa peau grésiller sous la chaleur incandescente. Des larmes amères avaient roulé sur les joues de la jeune fille. Bien que le tisonnier n'ait été appliqué que quelques secondes, cela avait suffi pour provoquer une brûlure effroyable dont le feu se faisait encore sentir au plus profond de sa chair meurtrie. Elle avait dû lutter pour ne pas sombrer dans l'inconscience.

Carello avait toisé un instant sa captive avec une lueur de victoire démentielle dans le regard. Puis, il s'était tourné pour ranger le tisonnier avec les autres outils exposés près de la cheminée. Il n'en aurait plus besoin désormais, car il savait très bien que le message avait été transmis à tous les membres du clan. Il savait aussi que tous étaient plus ou moins reliés psychiquement entre eux. Par conséquent, faire du mal à l'un revenait à blesser tous les autres.

Tandis que Carello attrapait Stéphane à bras-le-corps pour le ligoter à son tour au deuxième siège, Sylvia ne put dissimuler sa surprise. Elle pensait que ce seraient ses amis qui auraient tenté de la sauver et non lui. Comment était-il parvenu jusqu'ici ? Qu'était-il advenu de ses amis ?

CHAPITRE 47

Le petit groupe constitué par les trois membres restant du clan avait réussi à contourner la propriété de Carello, avançant le plus silencieusement possible à travers la végétation avoisinante. Par chance, ils n'avaient pas été suivis, et personne ne semblait avoir remarqué leur présence. Ce qui avait surtout joué en leur faveur, c'était que le lieutenant Laforrest était souvent venu en vadrouille dans le coin durant son enfance, à l'époque où ses parents envoyaient leur fils chez son oncle pour les vacances d'été. Par conséquent, il avait eu l'habitude dès son plus jeune âge de s'aventurer seul dans les sous-bois voisins.

À la faveur du ciel dégagé, ils avaient avancé très lentement. La nuit de la nouvelle lune n'avait en rien arrangé les choses, et recourir à des lampes torches leur aurait fait prendre le risque inconsidéré de se faire repérer. Les quatre compères mirent donc plus de temps à parvenir au lieu indiqué par la carte comme étant celui où leurs destins seraient scellés.

– Alors ça y est ? demanda Coralie. Nous sommes arrivés ?

– Oui, répondit Frédéric. Dire que j'étais venu jouer ici quand j'étais enfant…

Pendant instant, la jeune fille tenta de s'imaginer à quoi pouvait ressembler le lieutenant petit garçon, et réprima l'envie de sourire à cette idée. Le moment ne s'y prêtait guère.

Frédéric jeta un coup d'œil à l'adolescente qu'il portait sur son dos. Thessa était beaucoup trop épuisée pour continuer et Frédéric avait proposé de la porter. Son souffle régulier sur la nuque avait eu un effet apaisant pour le policier qui n'avait cessé jusqu'alors de s'inquiéter pour Sylvia, mais aussi pour Stéphane qui risquait plus que sûrement sa vie pour sauver leur amie des griffes d'un tueur aussi pervers que retors.

Eux aussi savaient que Sylvia avait été brûlée à l'épaule par son ravisseur. Tandis qu'ils avançaient à travers la forêt, ils avaient tous pu ressentir la même douleur. Thessa avait eu plus de mal à s'en remettre, et sa fatigue avait fini par prendre le dessus. Les trois autres étaient de plus en plus inquiets.

Les amis s'installèrent à l'orée des bois, après s'être assurés que le périmètre était sécurisé tout autour de la plate-forme. Frédéric déposa Thessa, toujours endormie, au pied d'un chêne avant de la couvrir d'une couverture. Cela ne lui était encore jamais arrivé d'avoir une petite sœur avec qui se chamailler, sur qui veiller. L'arrivée de l'adolescente avait d'une certaine façon contribué à y remédier, et il se surprit à bien aimer ce rôle.

– Dis, demanda Coralie, comment va-t-on faire pour savoir en quoi consiste la cérémonie magique ? On n'a aucune piste pour commencer à chercher.

– Je n'en sais fichtrement rien. J'avais pensé que tu aurais eu une idée sur la question. De tous, c'est moi qui ai le moins de connaissances en Magie. Thessa pourrait nous renseigner, mais la pauvrette est complètement éreintée. Regarde-la.

Le lieutenant Laforrest passa une main douce sur les mèches blondes de la jeune fille assoupie.

– C'est vrai, laissons-la se remettre de ses émotions. Il ne faut pas oublier qu'elle n'est encore qu'une enfant. Si on procède par élimination, le seul à espérer pouvoir nous renseigner là-dessus, c'est notre écrivain de service. Mais… Où est-il passé, celui-là ?

Il venait de constater que Philippe avait disparu.

*

En voyant Stéphane inconscient, Sylvia fut plongée dans un abîme de perplexité. Comment Carello avait pu deviner que ce serait son ancien homme de main qui viendrait à son secours ?

Toutefois, Thomas Carello semblait vouloir répondre à ces interrogations sans même que la jeune femme n'eût à prononcer le moindre mot. Il s'apprêta à libérer la Prêtresse de son bâillon.

– Je vous enlève ça. Si jamais vous criez, je vous arrache les yeux d'un seul geste. Maintenant, vous savez que je ne bluffe jamais.

J'imagine que vous voulez savoir comment j'ai su que Stéphane allait venir, pas vrai ? Voyons, c'était cousu de fil blanc que mon petit protégé tenterait de vous sauver ! Je savais même qu'il retournerait sa veste et tenterait de vous rejoindre. Pour tout dire, j'ai tout fait pour qu'il en soit ainsi.

– En tout cas, vous n'y êtes pas allé de main morte avec lui.

L'enseignant tapota la tête de Stéphane avec bonhomie.

– Ne vous inquiétez pas pour ça, il a la tête dure. Il va se réveiller tout de suite. Depuis le temps que j'attendais ce face-à-face, avouez qu'il serait dommage qu'il ne soit pas en état d'y prendre part.

Sur ces mots, le professeur prit une petite fiole, l'ouvrit, et la passa près du nez du jeune policier qui reprit ses esprits aussitôt. Un fort mal de tête pulsait dans sa boîte crânienne, et il lui fallut un peu de temps pour comprendre qu'il s'était fait avoir.

– Ravi que tu sois enfin des nôtres, cher ami. Pour être sincère, je t'espérais plus tôt que ça. Mais comme tu es là, on va enfin pouvoir entrer dans le vif du sujet.

Il prit ensuite un autre siège pour venir s'asseoir devant ses deux invités. Il semblait perdu dans ses pensées, sans trop savoir par où commencer.

– J'imagine que vous avez tous les deux beaucoup de questions à me poser, et je serai disposé à y répondre. Avant l'éclipse de demain, nous avons toute la soirée pour discuter tranquillement.

Les deux captifs se regardèrent un instant. Un seul et même sujet les préoccupait tout autant : Alexandre Drac.

– J'ignorais que vous aviez un deuxième homme de main sous le coude, lança Stéphane Flergafau. Racontez-nous tout sur le frère aîné de Thessa. Comment l'avez-vous embrigadé ?

L'enseignant claqua des mains, ravi que ce sujet soit abordé.

– Sachez tout d'abord que ce cher garçon s'est porté volontaire pour vous neutraliser, ma belle, dit-il en fixant Sylvia qui hoqueta de stupeur.

Stéphane ne put dissimuler sa surprise.

– Quoi ? s'exclama-t-il.

– Pour que vous compreniez mieux de quoi il retourne, il va falloir remonter un peu dans le passé. Comme vous le savez, Thessa possède un pouvoir très poussé sur l'Eau. Par contre, elle ignorait que son frère bien aimé avait lui aussi des dispositions pour la voyance dans l'eau. Pour l'hydromancie, si vous préférez, même si c'était à un niveau moindre. Quoi qu'il en soit, il a tout de suite compris que le Cercle du Dragon Céleste serait reconstitué cette année, et que Thessa en ferait partie. Ce qui ne lui posait aucun problème. Par contre, il a vu autre chose, de plus noir, et de plus menaçant dans cette renaissance. Une obscurité qui émanait de vous, Sylvia. De la *Porteuse de Lumière*. Paradoxal, non ? Quand il a perçu cette menace qui planerait sur les autres membres du groupe, et donc de sa petite sœur chérie, il n'a pas pu l'accepter.

– Attendez une minute ! s'exclama Sylvia. Comment se fait-il que vous sachiez tout ça ?

Stéphane trouva la question pertinente, impatient lui aussi d'en savoir plus.

– Comment l'ai-je découvert ? Il me l'a dit en personne. Bien sûr, la première fois, c'était involontaire. Je dois bien reconnaître que ce fut l'une des plus belles aubaines de toute ma vie !

Sylvia et Stéphane ne comprirent pas ce que cela voulait dire.

Carello but une gorgée d'eau et reposa son verre sur la table basse avant de reprendre là où il en était resté.

– Je suis plus connu pour mon métier d'enseignant à l'université de la Sorbonne. Un boulot intéressant, mais somme toute pas assez excitant pour un homme comme moi. Mon petit hobby réside en la maîtrise de l'hypnose. C'est un domaine dans lequel j'excelle au point d'organiser des séminaires sur le sujet de temps à autre. Durant l'un d'eux dans un hôtel de la ville, j'ai fait la connaissance de Thessa et de son frère. Alexandre a été le plus facile des deux à hypnotiser. Il m'avait confié avoir de gros soucis d'insomnie ces derniers temps, et il espérait que l'hypnothérapie permettrait d'y remédier. Naturellement, j'ai eu vent que ces deux personnes pourraient m'aider dans un tout autre domaine. Ce qui m'a donné un excellent prétexte pour les revoir. J'ai eu un indic' des plus formidables sur ce coup-là.

– Votre démon personnel, j'imagine ? se risqua Sylvia.

Thomas en fut quelque peu surpris.

– Alors comme ça, vous êtes au courant ? Sincèrement, vous m'épatez !

– Oui, on sait aussi que vous faites partie de la Loge Noire.

Pour le coup, Thomas Carello en resta interdit.

– Mais vous êtes pleins de ressources ! Je n'imaginais pas que vous l'auriez découvert aussi vite. À moins que tu ne les aies pas un peu aidés ? rajouta-t-il en regardant Stéphane comme s'il réprimandait un gamin surpris à chaparder des bonbons.

– Oui, c'est lui qui nous l'a dit, murmura Sylvia. Pour le reste, c'est Philippe Helm qui nous a tout expliqué.

– Philippe… Dire que je l'avais oublié celui-là. Bien sûr. Ce n'est pas si surprenant en fin de compte, mais reprenons. J'ai donc eu une petite discussion avec mon démon familier quand il m'a dit que j'avais entre les mains la personne qui m'aiderait dans mes plans pour saborder le Cercle du Dragon Céleste de l'intérieur, sans éveiller le moindre soupçon.

– En vous servant d'Alexandre ? s'étonna Sylvia. Pourquoi lui et non Thessa ?

– Quelque chose de puissant m'empêchait d'accéder aux recoins secrets de son esprit. Le psychisme de cette enfant était mieux protégé que celui de son frère. Je me suis rendu compte très vite qu'elle n'était pas réceptive.

Sans doute grâce à son dragon protecteur, songea Sylvia qui se souvenait avoir lu qu'il avait pour tâche de protéger le magicien sur lequel il veillait contre toute menace, qu'elle soit psychique ou encore de l'astral.

– C'est pourquoi je me suis davantage intéressé au grand frère, et tout porte à croire que j'ai eu raison. Dès le départ, il a été une source inépuisable d'informations. Grâce à lui, j'ai pu identifier par avance chacun des membres du clan avant même que vous ne commenciez à vous réunir. Ce qui m'a permis d'avoir une certaine avance par rapport à vous. Il m'a même servi d'intermédiaire pour accéder aux fameuses Archives Akâshiques. L'inquiétude pour la sécurité de sa sœur m'a facilité les choses et il n'a pas été difficile de le convaincre que la nouvelle *Porteuse de Lumière* n'apporterait que chaos et désastre si ses pouvoirs venaient à s'éveiller. Comme quoi, quelqu'un qui a peur est toujours plus utile que quelqu'un qui meurt.

– Concrètement, quel a été son rôle auprès de vous ? demanda Stéphane.

– Je l'ai chargé d'effectuer des recherches pour moi. Notamment sur les lieux qui serviraient pour tisser mon piège occulte dans les rues de Paris. Il faisait toutes sortes de repérages possibles. Si ça peut vous consoler quelque peu, Alexandre n'a jamais pris part à aucun des assassinats. Il n'était même pas au courant de mes projets. Le fait de lui expliquer que cela pourrait neutraliser la personne mettant Thessa en danger lui suffisait.

– Pourtant, il était là quand vous avez tué Nathan l'autre nuit, dit Sylvia.

Carello ne chercha même pas à dissimuler sa contrariété.

– Je ne m'attendais pas à ce qu'il soit avec vous, c'est un fait.

– Et là, impossible de lui cacher plus longtemps vos desseins meurtriers.

– Une erreur aux conséquences des plus intéressantes. Certes, le fait de me savoir responsable de ces meurtres avait un peu refroidi son enthousiasme à m'aider. J'ai eu toutes les peines du monde pour qu'il reste de mon côté. Encore une fois, la peur a été un élément plus que déterminant dans la balance.

Sylvia, éperdue, ne parvenait toujours pas à comprendre ni à accepter ce que son enseignant essayait de lui faire réaliser.

Non, cela n'était pas possible. Alexandre l'aurait trahie ? Il lui aurait menti ? Malgré tout ce qui s'était passé entre eux ?

Les souvenirs revinrent à la surface sans même qu'elle eût besoin de se concentrer dessus. Son visage souriant qui faisait briller le bleu de ses yeux. L'instant de passion qu'ils avaient partagé. La chaleur de son souffle, la douceur de sa peau, le poids de son corps sur le sien. Non, Alexandre ne pouvait pas avoir choisi sciemment de la trahir.

Pourtant…

Le jeune employé de la bibliothèque qui s'était montré si prévenant avec elle quand elle avait fait ce terrible cauchemar qui avait scellé son destin n'était autre qu'Alexandre. C'était bien lui qui était venu la trouver en arrivant à la gare Montparnasse, sinon, comment aurait-il pu savoir qu'elle s'y trouverait ?

Comment ai-je pu être si stupide ! se martela-t-elle, au bord de la nausée.

Thomas Carello se pencha vers la jeune fille qui leva vers lui un regard glacé, plein d'une haine compacte. Il lui adressa un petit sourire compatissant.

– Ne soyez donc pas si dure avec vous-même. Il n'y a rien de plus facile à manipuler qu'un cœur… et encore plus un cœur aimant. Ça a été un jeu d'enfant de vous duper, même s'il y a eu un petit quelque chose auquel je ne m'étais pas attendu.

Sylvia ne voulait plus en entendre d'avantage, mais Stéphane inclina la tête non sans parvenir à dissimuler sa curiosité.

– Ma chère, pour une raison que j'ignore, il semblerait que vous exercez un pouvoir puissant sur votre entourage, et dont vous n'avez pas conscience, puisqu'il opère à votre insu. Vous avez l'art et la manière de vous faire aimer des gens qui sont autour de vous. Oui… Pensez ne serait-ce qu'un instant à vos amis qui sont sans aucun doute à votre recherche à l'heure qu'il est. Ils vous sont devenus très loyaux en peu de temps. Il faut croire que vous avez jeté ce sort aussi à ce pauvre Alexandre.

Carello commença à se déplacer autour de ses deux prisonniers, tout en continuant à leur parler de la façon la plus décontractée qui soit.

– Je lui avais demandé de vous récupérer à votre retour sur Paris pour qu'il vous conduise directement à moi. L'ennui, c'est qu'il a changé d'avis en cours de route, ce qui m'a obligé à modifier mes plans vous concernant tous les deux. Comme il n'avait plus l'intention de vous livrer, j'ai dû prendre des risques inconsidérés pour vous récupérer coûte que coûte avant qu'il ne se décide à tout vous raconter sur moi. Si je m'étais protégé vis-à-vis de Stéphane, je n'avais pris aucune disposition du même genre concernant Alexandre. Ma seule erreur avait été de croire que son envie de protéger sa sœur cadette serait suffisante pour vous nuire. Vous rendez-vous compte de l'ironie du sort ? Alors qu'il avait juré votre perte, c'est vous qui l'avez finalement conduit à la sienne. Ce n'est pas très gentil à vous.

Sylvia frémit en tentant de visualiser le moment où elle était montée dans le véhicule noir conduit par Alexandre. Elle pouvait presque s'imaginer le jeune homme refusant de remettre son otage à Carello. Une vive appréhension la saisit.

– Pourquoi en parlez-vous au passé ? Qu'avez-vous fait de lui ?

Thomas Carello, qui se sentait plus que jamais à l'aise avec son identité de Haliphas Rowanon, tourna vers Sylvia un visage qui démontrait que la suite de l'histoire aurait dû être plus facile à envisager, compte tenu des évènements.

– Je suis assez surpris que vous me demandiez cela. Alexandre m'a été très utile, il ne faut pas le nier. Par contre, il a perdu toute valeur à mes yeux après vous avoir fait le coup de la romance. Son boulot était de vous piéger. Au lieu de ça, il est tombé amoureux de vous, et a bien failli ficher en l'air un plan minutieusement élaboré. Ça ne se fait pas, voyons.

Sur ces mots, Rowanon se dirigea vers la haute statue métallique qui trônait à la place d'honneur de cet attirail infernal.

La Vierge de Nuremberg.

Plic… plic…

Les sens en alerte, Sylvia finit par comprendre que ce bruit obsédant qui lui martyrisait douloureusement les tympans provenait de cette direction.

La massive statue devait bien mesurer près d'un mètre de largeur pour deux de haut sur son socle. Épouvantable sarcophage d'acier surgi des anciens temps où l'Inquisition régnait d'une poigne quasi-totalitaire sur les âmes. Les deux portes, dotées de larges poignées, enserraient leur malheureuse proie à l'intérieur sans aucun espoir de sortie ni de survie.

Rowanon s'aperçut que Sylvia et Stéphane l'avaient suivi du regard. Il s'arrêta pour se placer à côté de la statue.

– Vous aimez ma toute dernière trouvaille ? J'espère bien, car j'ai eu toutes les peines du monde à me la procurer. Depuis le bombardement américain sur Nuremberg en 1944, on les croyait toutes détruites. Très rares sont celles qui ont pu y réchapper. Celle que vous voyez n'a été découverte que récemment. L'ennui, c'est qu'elle était en très mauvais état. Sa restauration aura pris près d'une année entière. Aussi, je suis fier de pouvoir vous la montrer dans toute sa splendeur originelle.

Quelque chose de singulier attira l'attention de Sylvia au niveau du visage de la statue de fer. Si l'on faisait abstraction de son utilisation morbide, les traits donnés à cet appareil étaient délicats et presque empreints d'une certaine beauté.

À travers la lucarne du visage, des yeux la fixaient. Deux yeux bleus grands ouverts, qui semblaient fixer le néant. Des rigoles écarlates encadraient ce regard terrifié.

Haliphas Rowanon poursuivit son exposé, impassible.

– Chère amie, Alexandre vous a fait boire un somnifère qui n'avait pour fonction que de faciliter votre transfert. Seulement, au moment de la livraison, il m'a téléphoné pour me dire qu'il ne vous donnerait plus à moi, et qu'au lieu de ça, il irait voir la police pour tout leur raconter. Je n'ai eu aucun mal à le localiser, mais vous n'étiez pas seuls, lui et vous. Il a fallu que je me débarrasse des deux flics que Laforrest avait mobilisés pour la protection de cette demoiselle. Une fois cette petite formalité accomplie, j'ai aussi disposé d'Alexandre.

Malgré tout ce qu'il avait pu faire pour lui nuire, Sylvia ne put réprimer une once d'anxiété concernant le sort qui avait été réservé au jeune homme.

– Avant d'amener Sylvia en ces murs, je devais m'assurer du bon fonctionnement de cette jolie dame de fer. Par conséquent, il me fallait la mettre à l'essai. C'est ce à quoi ce cher garçon m'a servi, en fin de compte.

D'un geste vif, Rowanon ouvrit alors les battants des deux portes qui s'écartèrent dans un feulement métallique, laissant entrevoir le malheureux qui avait été empalé au sein de la statue meurtrière. Le corps d'Alexandre Drac avait été poignardé simultanément par la vingtaine de pointes affilées qui émergeaient de l'intérieur des parois. Saigné à blanc, son visage cyanosé reflétait une terreur et une douleur indicibles.

Sylvia eut toutes les peines du monde à ne pas hurler à pleins poumons. Quant à Stéphane, il fut saisi par une effroyable odeur de sang et de métal qui lui donna la nausée.

Rowanon contempla le cadavre placidement, comme pour s'assurer de son décès. Puis, il actionna un levier au bas de la statue. Une trappe s'ouvrit, et ce qui restait du frère de Thessa disparut alors dans un cours d'eau en contrebas.

– Ce sont les égouts qui passent en-dessous de cette pièce, expliqua Rowanon tout en refermant les cloisons de la statue. Le corps de votre pauvre ami va nourrir les rats qui pullulent là-dedans. Bon, maintenant que le premier sujet a été élucidé, nous allons passer à la chose la plus importante de cette réunion : toi, mon cher Stéphane. Tu m'as été très utile, et tu vas l'être encore plus à présent.

Sylvia fut prise de dégoût et de colère envers Carello. Que pouvait-il avoir prévu concernant le jeune homme ? Surtout après ce qu'il avait fait d'Alexandre.

L'enseignant croisa ses mains derrière le dos et s'avança vers les deux jeunes gens qui se demandaient ce que ce monstre pouvait avoir en tête.

– Comme je vous l'ai déjà dit, quelqu'un qui a peur est toujours plus utile que quand il meurt. Cela s'est appliqué pour toi aussi mon cher Stéphane. C'est maintenant que tu vas révéler pleinement ton potentiel à celle qui est assise à tes côtés.

CHAPITRE 48

Rowanon se dirigea vers une étagère voisine, et en revint avec un coffret en bois sculpté entre les mains. Il semblait être de la même taille qu'une boîte à chaussures.

– Vois-tu, Stéphane, je ne suis même pas surpris que tu aies cherché à me trahir en venant ici délivrer ma prisonnière. Comment ai-je pu en être aussi sûr, me demanderez-vous ? Parce que je savais que quelque chose en toi te pousserait à agir de la sorte. Un lien très puissant qui te lie à cette fille et que ton amnésie ne t'aurait pas fait oublier pour autant. Comme je ne suis pas si méchant que ça, je vais t'aider à retrouver la mémoire en t'expliquant… non, en vous expliquant la nature de ce lien.

Sylvia fut alors prise d'une hésitation car il lui semblait avoir reconnu ce coffret, mais elle ne se souvenait plus où ni quand elle l'avait vu pour la dernière fois. Elle sentait que la cadence des battements de son cœur allait *crescendo*, et Stéphane était aussi attentif qu'elle à la suite des évènements.

Enfin, ils allaient savoir.

Carello avait déposé le coffret sur la table basse, devant les deux captifs, avant de se rasseoir face à eux.

– Pour que vous puissiez comprendre ce que je vais vous raconter, accompagnez-moi environs cinq années en arrière. En juin 2005 pour être exact. Cette année-là, un couple avait compromis une opération de grande envergure pour la Loge Noire dont je fais partie. Il fut donc décidé que ces empêcheurs de tourner en rond seraient définitivement mis hors d'état de nuire. C'est moi qui fut chargé du contrat. Afin de ne pas rater mon coup, j'avais envoyé mon démon serviteur provoquer un violent incendie de la maison dans laquelle vivaient ces gens. Comme il avait trafiqué la conduite de gaz, le feu avait pris très vite dans toute la maison, prenant au piège ses occupants dans une fournaise infernale.

Stéphane écoutait et il semblait que quelque chose était en train de se réveiller au plus profond de son esprit. Un souvenir était en train de chercher à ressurgir. Quant à Sylvia, elle crut comprendre ce dont Carello était en train de parler.

– Personne n'aurait dû s'en échapper, continua ce dernier. Alors, vous n'imaginez pas ma stupéfaction de voir deux silhouettes traverser les flammes, et sortir du brasier. Ce n'était pas le couple que je devais tuer, mais deux adolescents. Une brusque explosion survint. Ils furent catapultés dans les airs avant de finir sur la pelouse. Le garçon, à ma grande surprise, n'était pas mort. Il s'était redressé péniblement sur les genoux et s'était traîné tant bien que mal vers l'autre personne qui était une fille d'à peu près le même âge. Il n'est pas allé loin, pourtant. Il est retombé inconscient à côté d'elle. Les équipes de secours étaient sur le point d'arriver, j'ai embarqué le garçon dans le but de le former à devenir aussi nouvelle recrue de notre confrérie.

Pendant que Carello discutait, Sylvia et Stéphane furent en mesure de visualiser dans leur esprit la scène en détails.

Sylvia se souvenait très bien de la chaleur ardente qui l'avait réveillée brutalement, des cris de ses parents qui lui ordonnaient de sortir coûte que coûte, la maison qui était la proie des flammes. Elle fut à nouveau envahie par la même terreur qu'autrefois en réentendant le craquement abominable quand une partie des fondations s'étaient écroulées sur ses parents. En revanche, impossible de se souvenir avec exactitude de la façon dont elle était sortie indemne de la maison.

Non, ce n'est pas possible... Ça ne peut pas s'être passé comme ça !

Stéphane réalisa que la clef de sa mémoire enfuie était derrière le rideau de flammes incessant dans ses rêves. Sans savoir pourquoi, il savait que lui aussi avait dû être impliqué dans cette catastrophe. Revoyant en surimpression les songes étranges qu'il avait faits depuis, il réalisait enfin que la mystérieuse jeune fille n'était autre que Sylvia, et non l'esprit de la *Porteuse de Lumière* comme il l'avait cru. Au moment précis où toutes ces images s'embrouillaient dans sa tête, une violente douleur explosa dans sa tête en lui vrillant les tempes.

Thomas Carello, pensif, observa les deux jeunes gens.

– À ce que je vois, vous n'avez toujours pas recollé les morceaux vous-mêmes. Il faut croire que le choc a été très violent. Alors je vais vous mettre sur la voie avec quelque chose de plus concret. Quelque chose de plus tangible.

L'enseignant ouvrit alors le coffret et en exposa le contenu à Sylvia et Stéphane. Il s'agissait de quelques vestiges tirés des décombres de la maison : quelques photos à moitié calcinées et un bijou, un pendentif en argent artistiquement ouvragé.

Sylvia reconnut ces photos, et sentit son cœur se serrer d'émotion en revoyant pour la première fois depuis les cinq dernières années le visage de son père et de sa mère et aussi de son frère.

C'est alors qu'elle comprit.

Elle comprit et une vague de rage d'une infinie douleur la submergea. Elle ne put alors retenir des larmes amères qui roulèrent sur ses joues et elle releva alors son visage vers le jeune homme en face d'elle.

Comment avait-elle pu ne pas le reconnaître ? Son frère et elle se ressemblaient beaucoup, comme deux gouttes d'eau. Même chevelure noire, mêmes traits du visage, et seule la couleur de leurs yeux étaient inversée ; ceux de son frère jumeau étaient dorés, piquetés de violet.

Tandis que le jeune homme lui jetait un regard, sans comprendre, Sylvia détailla ce dernier d'un œil nouveau. Comme si on lui avait ôté un filtre opacifiant qui avait jusque là renfermé ses plus précieux souvenirs.

– Mais bien sûr… C'est tellement évident quand on y réfléchit bien. Éclaircissement des cheveux dont on peut deviner la vraie nuance sombre aux racines. Pour les yeux, de simples lentilles de contact colorées. Visage modifié par une légère chirurgie plastique, sans doute exécutée tout de suite après l'incendie. J'ai vraiment été aveugle et stupide ! J'aurais pourtant dû deviner qui tu es. J'aurais dû te reconnaître ! Pourquoi je n'ai pas pu ? Est-ce le souvenir de ta mort qui m'a aveuglée à ce point ?! Dis-le moi…

Ce constat ne la laissa que plus amère encore. Il avait été là, tout près d'elle, en ces instants. Elle qui le croyait mort dans l'effroyable incendie qui l'avait privée de sa famille. Elle ne l'avait pas reconnu. Elle n'avait pas compris qui il était en réalité.

Stéphane ne savait pas d'où lui venait cette émotion, mais il se sentit soudain en phase avec ce que Sylvia pouvait ressentir. Lui aussi se demandait pourquoi il se souvenait de Sylvia, et d'où pouvait provenir ce sentiment d'être très proche d'elle.

Carello se rapprocha du jeune homme, et lui ouvrit le pendentif pour lui en montrer l'intérieur. Il contenait deux petites photos. Sur la première, on voyait une femme et un homme heureux avec deux bébés dans les bras. Tandis que sur la deuxième posaient deux adolescents : Sylvia et le visage d'un jeune homme qui lui était familier, puisqu'il s'agissait... du sien, à quelque détails près. Sans doute les conséquences de la chirurgie esthétique que Sylvia avait émise un peu plus tôt. Il ne se souvenait même plus des soins qu'il avait subis avant son réveil dans une chambre médicalisée.

– Sache, Stéphane, que ce bijou appartenait à la mère de Sylvia, dit Carello. Je crois qu'il est temps de te rendre ta véritable identité, Sylvain Laffargue. Ces gens ont été vos parents à tous les deux. Ce lien qui t'unit à Sylvia n'est autre que celui du sang, celui-là même qui coule dans vos veines puisque vous êtes nés jumeaux.

À ces mots, le jeune homme crut recevoir un coup d'une violence inimaginable. Il savait que Stéphane Flergafau n'était qu'un nom d'emprunt, mais il ne se serait jamais attendu à être apparenté avec Sylvia, qui pleurait de plus belle à l'évocation de ce nom surgi d'outre tombe.

– Oui, Sylvain Laffargue est ton vrai nom. Toi, le frère jumeau de la *Porteuse de Lumière*. Je ne savais pas alors que Sylvia serait amenée à revenir à la tête du Cercle du Dragon Céleste. Je la croyais morte. C'est mon démon qui m'en a informé quelques mois plus tard, alors que j'avais commencé à former ma toute nouvelle recrue. J'ai alors compris que tu pourrais m'être utile pour récupérer l'Épée Mystique. Pendant le temps qui a suivi, j'ai minutieusement préparé mon plan. Un plan pour vous manipuler tous, vous plonger dans les ténèbres, et que je puisse récupérer l'arme sacrée. En héritant de cet endroit au décès de mon père dans un banal accident de la route, j'ai retrouvé le journal tenu par mon ancêtre : Benedict Carpzov. Il y avait écrit tout ce qu'il savait sur votre clan dans les moindres détails. D'ailleurs, découvrir mon apparenté avec une si prestigieuse lignée m'a empli d'une fierté indicible. Par la suite, préparer des cours sur l'Inquisition a ainsi pris un autre sens. Ironie du sort, n'est-ce pas ? Alors que je rêvais de reprendre le flambeau de mon illustre aïeul contre les hérésies pataugeant dans la bêtise, mes cours se devaient d'être empreints d'un humanisme sirupeux pour ne pas révéler ce que j'ai le plus en horreur !

La démence s'était à nouveau emparée de lui, encore pire qu'au moment où il avait brûlé Sylvia au fer rouge.

Elle ne pouvait plus parler. Sa gorge était serrée par l'émotion, mais le jeune homme en face d'elle comptait bien tirer tout ça au clair.

– Si je vous suis bien, Rowanon, vous m'avez manipulé pendant toutes ces années en sachant ma véritable identité ? Et tout ça dans quel but ?

– Pour bouleverser le cœur de la *Porteuse de Lumière*. Pour la faire basculer dans les Ténèbres et ainsi obtenir l'Épée. C'est aussi simple que ça. Je me suis même amusé à cacher ton vrai nom dans celui que j'avais créé pour toi. *Flergafau* n'est qu'une anagramme de *Laffargue*.

Le jeune homme ne pouvait en supporter d'avantage.

– Comment avez-vous pu ? Comment avez-vous pu aller aussi loin ?

– La belle affaire ! Je ne suis pas allé jusqu'au bout du plan. Il y a encore quelque chose que je dois faire. À savoir récupérer vos amis qui doivent s'être rendus sur l'aire prévue pour l'éclipse solaire de demain. Oui, je sais qu'ils sont là-bas. C'est là que je pourrai enfin finir ce que mon illustre ancêtre avait commencé, et l'Épée Mystique sera enfin à la Loge Noire !

– La ferme, murmura Sylvia, la tête penchée en avant.

– Nous aurons entre nos mains la puissance occulte ancestrale des dragons !

– Fermez-la !

Sylvain regardait sa sœur et vit une aura d'un violet sombre l'entourer. L'air autour d'elle se chargeait petit à petit d'une énergie négative considérable.

– NOUS SERONS ALORS INVINCIBLES !! rugit Carello dans son délire.

– SILENCE !!

Une onde de force d'une puissance inouïe vint percuter Rowanon de plein fouet, l'expédiant au fond de la pièce. L'enseignant percuta le mur et se releva péniblement. Il s'était fait avoir par cette réaction à laquelle il ne s'était pas attendu. Il s'empara alors de son épée, et menaça de tuer Sylvain.

– Alors ça, ce n'était pas très gentil, mademoiselle Laffargue. Si vous tentez encore une petite fantaisie de ce genre, le frangin en fera les frais ! J'imagine que ça ne vous plairait pas qu'il subisse aussi l'étreinte funeste de ma Vierge de Nuremberg.

Dans l'état actuel, Sylvia n'était plus en mesure d'entendre quoi que ce soit. Sylvain comprit qu'elle avait replongé dans le même état de déchaînement que dans la salle de projection de la Sorbonne ; son pouvoir avait une nouvelle fois pris le dessus, et sa puissance était devenue incommensurable.

Voyant que la jeune femme avait perdu le contrôle, Carello brandit son épée pour anéantir Sylvain, quand une douleur fulgurante lui traversa son autre main. Il relâcha son arme et vit la cause de sa souffrance : une fine lame d'acier lui avait transpercé la paume de part en part.

Abasourdi, Sylvain reconnut un de ses couteaux à lancer. Qui avait bien pu faire ça ? Il se tourna en direction de la porte et vit Philippe, hors d'haleine, tenant le sac à dos qu'il lui avait confié un peu avant.

Tout autour d'eux, les énergies libérées par la Prêtresse ne cessaient de croître et une violente bourrasque s'était levée dans la pièce. Philippe neutralisa Carello en l'attachant avec une corde solide. Puis, il libéra Sylvain qui se précipita vers sa sœur. Au moment où il la détacha, il la prit dans ses bras, et tenta de la ramener à la raison. Il berça la jeune fille tout contre lui, encore secoué de réaliser qu'elle était sa sœur. Tout en chuchotant dans son oreille, il tentait de maîtriser tant bien que mal la douloureuse émotion qui faisait trembler sa voix. Dans l'immédiat, elle devait se calmer et reprendre ses esprits.

– Tout va bien, Sylvia… Tout va bien maintenant, petite sœur. Ça y est, on s'est enfin retrouvés. Calme-toi, je t'en prie. Maintenant que je sais enfin qui je suis, je n'ai pas l'intention de te perdre à nouveau.

Le ton de sa voix finit par apaiser la jeune femme. Philippe fut alors le seul à voir qu'une aura mauve entourant Sylvain avait réussi à diminuer celle, plus sombre, de sa sœur.

– Ne restons pas ici et allons retrouver les autres.

Hochant docilement la tête, Sylvia se releva avec l'aide de son frère. Il la soutint encore quelques instants après avoir rejoint Philippe, qui les accompagna vers la sortie.

C'était déjà l'aube et la course contre le soleil venait de s'accélérer.

En cette journée la plus longue de l'année, ils réalisèrent à quel point le temps leur était compté.

CHAPITRE 49

Lundi 21 juin 2010.

Le soleil était déjà levé parmi peu de nuages, et il n'y avait plus d'homme de la Loge Noire pour les empêcher de rejoindre leurs amis.

Durant le trajet à travers les bois, Philippe Helm s'était demandé quelle pouvait bien être l'origine de l'aura qui avait entouré Sylvain. Cela le rendait d'autant plus perplexe qu'il était sûr de l'avoir déjà vue auparavant, mais sans pouvoir se rappeler ni où ni dans quelles circonstances. Ils avançaient tous en silence, chacun trop plongé dans ses pensées pour songer à les partager avec qui que ce soit. Même Sylvia et Sylvain ne se parlaient pas, étrangement à distance l'un de l'autre, comme s'ils n'avaient pas réussi à digérer leurs retrouvailles ainsi que la vérité sur les liens du sang qui les unissaient depuis toujours.

Thomas Carello suivait le pas tant bien que mal, retenu par Philippe. Ayant lu le journal de son aïeul Benedict Carpzov, il était à espérer que ce type aurait des renseignements qui pourraient aider les membres du clan à y voir un peu plus clair sur la cérémonie rituelle à tenir. Les trois amis se prirent à souhaiter que les autres aient pu trouver une solution de leur côté. Le petit groupe ne mit d'ailleurs pas très longtemps à rejoindre les lieux qui semblaient désignés pour l'apparition de l'Épée sacrée.

Dès leur arrivée, passé le soulagement de voir tout le monde revenir sain et sauf, Frédéric entreprit de soigner les blessés, à commencer par la brûlure à l'épaule droite de la Prêtresse. La cicatrice ne fut pas facile à nettoyer, mais les notions de secourisme du lieutenant furent amplement suffisantes. La jeune fille savait qu'elle garderait sûrement la marque de cette blessure pendant de très longues années. Puis, à la surprise générale, Philippe suggéra de s'occuper aussi de la main blessée de Carello. Ce à quoi Frédéric refusa d'abord farouchement. Il ne voyait pas pourquoi il ferait quoi que ce soit pour ce fou furieux criminel qui n'avait eu aucune pitié envers ses victimes. Cependant, seule l'idée de se montrer aussi cruel que son adversaire le fit changer d'avis. Et encore ; Sylvain et Coralie auraient plutôt été partants pour abréger ses souffrances.

Une fois cela fait, tous se rassemblèrent pour se tenir informés des évènements de la nuit. Les jumeaux Laffargue commencèrent par expliquer en détails le rôle qu'avait joué Alexandre Drac. Non seulement la complicité qu'il avait accepté d'endosser afin de protéger sa petite sœur, mais aussi qu'il avait finalement refusé de livrer Sylvia à un tel psychopathe.

Sylvain expliqua à ses amis la teneur de l'appel qui avait été adressé à Frédéric durant le trajet. Bertrand Questin avait fini d'augmenter la résolution des images extraites des caméras de surveillance. C'était le visage d'Alexandre Drac qui y était apparu sur toutes les scènes de crime. La liste des appels du jeune homme avait tout autant contribué à le confondre. Plusieurs appels émanant du téléphone portable de Thomas Carello y figuraient. Bien sûr, Thessa eut énormément de chagrin. Gênés, Sylvain et Sylvia abrégèrent le récit de la mise à mort du jeune homme, sans entrer non plus dans les détails sordides de la Vierge de Nuremberg qui lui avait ôté la vie.

Par la suite, Sylvia plomba l'ambiance pour de bon en informant ses amis d'un évènement imminent qui pourrait avoir des conséquences tout aussi funestes.

– Ainsi, au moment de l'éclipse, tu mourras ? demanda Thessa.

– Oui, approuva Sylvia, car l'Épée Mystique de la Draconia ne peut naître qu'aujourd'hui et en un point énergétique lié à la fois aux vibrations cosmiques célestes qu'à celles telluriques émanant de la terre. Si le rituel n'est pas accompli correctement, cela provoque la mort de son réceptacle. Autrement dit, moi.

Pour les membres du clan, cet aveu provoqua la consternation et le désarroi ; aucun parmi eux n'arrivait à croire que cela puisse être vrai. Ils ne venaient de retrouver leur amie que pour apprendre qu'elle allait plus que sûrement périr sans qu'ils ne puissent rien faire pour l'empêcher.

Sylvia relata ensuite son incursion dans les Archives Akâshiques ainsi que ce qu'elle avait pu voir de la toute dernière tentative de matérialisation de l'arme magique. Carello répliqua qu'il savait déjà tout ça depuis belle lurette, grâce au journal de son aïeul. Ce à quoi Laforrest rétorqua que comme Carpzov n'avait pas réussi à mettre la main sur l'Épée, il n'y avait pas de quoi pavoiser. Depuis, le professeur avait préféré se retrancher derrière un mutisme outré.

La Prêtresse raconta ensuite à ses amis ce qui avait suivi son retour à Paris ainsi que l'enlèvement orchestré par Thomas et accompli avec la complicité d'Alexandre Drac. Puis, comment elle s'était retrouvée dans cette chambre des tortures où son ravisseur avait tenté de lui faire avouer la marche à suivre pour faire apparaître l'Épée Mystique, ainsi que l'arrivée de l'ex-homme de main du tueur. Les autres expliquèrent qu'ils avaient eux aussi perçu la douleur de la brûlure.

– D'ailleurs, c'est bien ce qui a failli trahir ma présence, dit Sylvain en portant la main à son épaule. C'était comme si j'avais été blessé au lieu de Sylvia.

À ce moment-là, le jeune homme prit le relais en expliquant comment les membres du clan avaient appris la disparition de leur amie et ce qui les avait aidés à la retrouver. Sylvia fut particulièrement surprise d'apprendre que c'était Philippe qui avait suggéré l'idée salvatrice qui avait permis de retrouver le véhicule de l'enseignant. Gêné, il se tourna vers Carello qui fulminait. Apparemment, il n'avait pas prévu de se faire piéger par une astuce technologique aussi simple.

Frédéric suivit le regard du Québécois avec un petit sourire narquois.

Ce type était tellement plongé dans ses délires mystiques du Moyen-âge qu'il en avait fini par oublier dans quel siècle il vivait en réalité.

Le policier se ré-intéressa au récit de son collègue qui poursuivait son récit, arrivant au moment où il avait neutralisé les deux hommes envoyés par la Loge Noire. Bien entendu, Coralie réagit avec véhémence quand elle apprit que l'un d'eux avait été mis hors d'état de nuire de façon définitive.

– Tu te rends compte que tu as tué ce type ! s'écria-t-elle, outrée.

Sylvain baissa la tête, déconfit.

– Et je suis contente que tu l'aies fait, ajouta-t-elle en souriant. De toute façon, tu n'as rien à te reprocher puisque tu étais dans une situation de légitime défense.

Sylvain eut un petit sourire reconnaissant malgré tout. Après tout, ce n'était pas tous les jours qu'il se voyait accordé un tant soit peu de compassion de la part de cette jeune femme.

Philippe prit alors le relai en racontant qu'après avoir laissé le jeune homme tenter de récupérer Sylvia. Il avait longuement réfléchi, ne pouvant pas se résoudre à laisser son ami affronter le tueur tout seul. Alors, il avait fait demi-tour en emportant le sac qui lui avait été confié. Il n'avait eu aucun mal à retrouver Sylvain et la *Porteuse de Lumière* aux prises avec Carello, jusqu'au moment où il s'était emparé d'un des couteaux effilés et l'avait lancé à travers la main de l'assassin au moment précis où il allait tuer le jeune homme.

– Et tu avais déjà fait ça avant ? demanda Sylvain. Parce que tu as réussi un magnifique lancer. Direct dans la main ! Même moi, je n'aurais pas pu réussir un coup d'une telle précision.

Philippe fut plongé dans l'embarras.

– En vérité, j'avais visé la tête de ce type.

Ce fut le choc pour tout le monde, surtout pour le jeune policier qui saisit son ami par le col.

– Non mais tu réalises que t'as failli me tuer ?

– Relax, au final, tout le monde est vivant.

Bien sûr, Thessa, Frédéric et Coralie furent ébahis d'apprendre la véritable identité de celui qu'ils ne connaissaient jusqu'ici que sous le nom de *Stéphane Flergafau*, et qui était en réalité Sylvain Laffargue, le frère jumeau de Sylvia. Frédéric eut des doutes, mais la jeune femme avait bien reconnu les photos réunies par Carello. Surtout, elle releva la manche de son bras gauche et montra à ses amis la tâche de naissance qu'elle avait sur l'avant-bras et qui représentait un croissant de lune. D'après elle, son frère disposait de la même marque, mais au bras droit. Sylvain constata qu'elle avait raison ; cette marque était exactement à l'endroit indiqué, près du coude. Tous purent constater que ces marques étaient en tous points les mêmes.

– Par contre, fit Sylvia en détachant son pendentif en jade blanc, il faut que je te rende ceci, Sylvain. Après tout, ce n'est pas à moi qu'il revient, mais à toi.

Le jeune homme regarda tour à tour Philippe, Coralie et Frédéric avec interrogation. Il prit alors le bijou dans sa main, en attendant que Sylvia poursuive.

– Ce médaillon ne m'a jamais été destiné. Il vaut mieux que je te le rende.

Puis, rassemblant tout le courage dont elle pouvait encore disposer, Sylvia trouva la force de révéler à ses amis quel avait été son nom dans sa vie antérieure.

– Grâce aux êtres draconiques, j'ai appris qui j'ai réellement été dans ma vie antérieure et… au XVIIe siècle, on m'appelait… Benedict Carpzov. Pardonnez-moi, dit-elle en éclatant en sanglots. Je le savais depuis qu'on a récupéré les Trésors Sacrés, mais je n'avais jamais réussi à vous le dire. J'ai eu trop peur !

La voix de la jeune fille s'étouffa et elle se mit à pleurer en dissimulant son visage entre ses mains, des mèches sombres glissèrent sur ses épaules.

Pour ses amis, le choc fut rude. L'un des pires ennemis de leur ordre s'était réincarné parmi eux sans même qu'ils ne le réalisent. Même Thomas Carello n'en revenait pas. Lui qui s'était imaginé que son plan était sans faille, il venait d'avoir la preuve qu'une information aussi essentielle lui avait échappé. Personne n'aurait pu imaginer que cette jeune femme puisse avoir été un des inquisiteurs les plus méthodiques et les plus fanatisés de l'époque des bûchers dans sa précédente incarnation.

Ce fut surtout Frédéric qui eut le plus de mal à y croire.

– Ce n'est pas possible ! Il y a forcément une erreur !

– Tu as déjà oublié la séance d'hypnose de ton jeune collègue ? demanda Coralie avec ironie. Quelque part, ce caprice du destin n'est pas aussi surprenant que ça.

Devant la mine interrogative de Sylvia et de Thessa, Coralie raconta la visite du frère amnésique ainsi que les résultats qui avaient été obtenus par la régression hypnotique vers la vie passée de celui que l'on appelait encore Stéphane, et surtout que sa vie antérieure avait été celle de Mélisende Villecroix, la *Porteuse de Lumière* qui avait péri sur le bûcher la nuit du 31 octobre 1666.

Sylvia eut un petit rire amer et se tourna vers Thomas Carello qui semblait avoir été statufié sur place, stupéfait par cette révélation à laquelle il ne se serait jamais attendu.

– Comme quoi, vous aviez sans le savoir la réincarnation de la véritable *Porteuse de Lumière* sous la main pendant toutes ces années. Il est même amusant de voir que mon frère et moi sommes devenus les réceptacles de deux âmes vouées à une confrontation séculaire. Je ne suis pas la personne que vous cherchiez et pourtant, aussi insensé que cela puisse paraître, je sais que j'ai un rôle à jouer au sein du clan, avec mes amis. J'ai eu maintes fois l'occasion de le vérifier puisque je suis destinée à donner corps à l'Épée Mystique en ce jour funeste.

Thessa tentait aussi de mettre un peu d'ordre parmi toutes ces informations qui leur tombaient dessus sans discontinuer.

– Autrefois, leurs âmes ont été celle de la Prêtresse et de l'Inquisiteur qui l'avait mise à mort. Aujourd'hui, ces deux âmes se sont réincarnées en tant que frère et sœur ? Sans doute pour tenter de recoller les morceaux dans cette nouvelle vie.

– L'ennui, c'est qu'ils se sont à nouveau trouvés en situation de confrontation, poursuivit Coralie, vu que Sylvain avait été manipulé par Carello.

– Sans compter qu'ils ont changé aussi de sexe d'une incarnation à l'autre, rajouta Frédéric.

Apparemment, c'était ce détail que leur ami avait le plus de mal à intégrer. Après tout, ses réactions étaient encore assez terre-à-terre dès qu'il était question de notions mystiques. Sylvia fut prise d'un brusque fou rire en réalisant la gêne de son ami et Philippe ne put s'empêcher d'en rajouter une seconde couche.

– Effectivement, le changement de sexe est assez courant dans la réincarnation. Même si ça peut sembler surprenant quand on n'en a pas l'habitude. Frédéric, crois-tu sincèrement que parce que tu es un homme aujourd'hui ça a toujours été le cas ? Tu peux très bien avoir été Jeanne dans une vie et puis devenir Jean dans la suivante.

Le rouge aux joues, Frédéric eut un regard gêné qui provoqua l'hilarité générale au sein du petit groupe.

En utilisant des lunettes de protection adaptées, Philippe constata que l'éclipse solaire avait déjà commencé et il vit à sa montre qu'il ne leur restait que quelques instants à peine pour tenter d'élucider le mystère de l'Épée Mystique.

Comme le frère et la sœur accusaient une grande fatigue ; Sylvia ayant abusé de sa puissance magique dans la cave, et Sylvain à cause des longues heures de veille qu'il avait accumulées, le reste du groupe décida alors de les laisser se reposer un peu.

Quant aux autres, ils garderaient Carello sous étroite surveillance tout en discutant sur la suite des évènements.

Malgré les violentes émotions de la veille, la jeune femme sombra dans les limbes d'un profond sommeil.

*

La première chose que vit Sylvia en rouvrant les yeux fut la lumière du Soleil filtrée à travers le feuillage des arbres voisins. Elle se redressa et s'assit dans les herbes hautes, réalisant qu'elle était une nouvelle fois revenue dans un étrange paysage qui lui était à présent familier ; sur les rives de ce lac qui reflétait aussi bien le jour que la nuit. Tout n'était que silence autour d'elle, hormis le léger clapotis de l'eau contre la rive.

Me voici revenue à cet endroit si particulier, songea-t-elle, *mais je suis seule à présent. Ni Sha'oren ni Shoren ne seront là pour m'aider.*

Elle fouilla dans la poche de son pantalon dans laquelle elle retrouva la pierre ronde que les dragons lui avaient offerte. D'un geste, elle la libéra à la surface de l'eau miroitante et le paysage bascula dans l'obscurité, et que la boule passait du blanc au noir.

Du jour à la nuit.

Sylvia relâcha une nouvelle fois la boule. Tout revint à la lumière du soleil.

De la nuit au jour.

De l'obscurité à la lumière.

Elle laissa à nouveau la pierre retomber dans l'eau, et se retrouva dans le paysage nocturne. Elle prit la pierre noire dans sa main, et en fixa les reflets miroitants en réfléchissant.

Ces deux endroits sont les mêmes… Pourtant, ils ne font qu'un en réalité. Les deux pierres sont les mêmes. Elles ne font qu'un, elles aussi. De même, l'Akâsha dispose de deux inclinaisons : l'une est lumineuse autant que l'autre obscure. Je sens que j'approche du but. Cependant, il manque encore quelque chose… Mais quoi ?

Portés par le souffle du vent, les mots que lui avait prononcés le Grand Dragon Blanc lui revinrent en mémoire : « Ce que tu cherches est déjà en ta possession et semble très bien ne pas être réel pour autant. »

La jeune fille repensa alors au pendentif que Sylvain lui avait donné quand elle était à l'hôpital, après que Carello eût tenté de la tuer. Pendant tout ce temps, elle avait cru que cet objet lui était destiné. À présent, elle savait qui était son propriétaire légitime. Alors, quelle était la place qu'elle devait occuper dans le Cercle ? En y réfléchissant bien, elle avait pu se rendre dans l'Antre de l'Initiation. Elle en avait rapporté la sphère d'améthyste, et se souvint qu'elle avait pu toucher les Trésors Sacrés. Sans oublier l'aide qu'avaient pu lui apporter les dragons depuis le tout début de cette folle aventure.

Une émotion violente étreignit le cœur de Sylvia, qui serra convulsivement la pierre noire au creux de sa main, la confusion était à son comble dans son esprit tourmenté. Était-elle destinée à redevenir l'ennemie du clan qui l'avait accueillie ? Irait-elle jusqu'à se retourner contre ses amis et son propre frère qu'elle venait tout juste de retrouver ? Non, cela lui semblait fort peu probable… Alors pourquoi son pouvoir était-il indubitablement orienté vers les Ténèbres ? Serait-ce les mêmes qu'Alexandre Drac avait entrevues, et qu'il craignait au point de vouloir qu'on la mette hors d'état de nuire ? Il fallait qu'elle sache ses véritables liens avec la confrérie.

Une larme tomba alors sur le poing serré de Sylvia, provoquant une lueur blanche au contact de sa peau. Cette lumière se propagea sur tout le dos de sa main, répandant sur son passage une onde apaisante d'une douce chaleur. La jeune femme la regarda avec stupeur se dissiper petit à petit, laissant apparaître un bijou d'argent ornant sa main gauche.

Il était composé d'un bracelet orné d'une série de caractères évoquant le script draconique tel qu'il était mentionné dans *Les Mystères de la Draconia* de Philippe Helm. À ce bracelet était reliée l'ornementation qui était devenue familière à Sylvia par deux chaînettes argentées. À la différence près que la pierre centrale était d'un noir profond, un peu comme le miroir qui lui avait révélé sa vie antérieure : de l'obsidienne. Dans l'œil du dragon d'argent scintillait un éclat de jade blanc. Cinq autres liens reliaient la partie centrale du bijou aux doigts de la jeune fille, jusqu'aux bagues serties de pierres polies qu'elle avait à chacun de ses doigts ; une fluorine jaune au petit doigt, une agate mousse à l'annulaire, une opale de feu rougeoyante au majeur, une aigue-marine bleutée à l'index et une améthyste au pouce. Dans ces cinq pierres, elle reconnut la symbolique des Éléments. Tout comme elle avait compris que la pièce centrale de ce bijou était le contraire exact du pendentif qu'elle avait eu en sa possession jusque-là.

Le lien se fit entre les pièces éparses du puzzle qui se réimbriquèrent comme par magie, offrant à la jeune femme la vision précise de ce qu'elle venait de comprendre, ne laissant plus aucun doute dans son esprit.

Au même instant, une ombre menaçante surgit devant la jeune femme. Elle écarquilla des yeux épouvantés devant l'homme qui venait de la rejoindre. Intrusion impossible en ces lieux : Haliphas Rowanon !

Elle eut un mouvement de recul qui la déstabilisa, et elle retomba sur le dos. La silhouette massive de l'enseignant était juchée au-dessus d'elle, tel un rapace prêt à fondre sur sa proie. D'une poigne ferme, il la saisit à la gorge pour la maintenir plaquée au sol. Elle hurla de terreur. C'est alors que Rowanon eut un sourire cruel quand son autre main plongeait, telle une lame acérée, à travers l'abdomen souple de la jeune femme dont les hurlements redoublèrent tandis qu'il fouillait dans ses chairs d'où s'échappaient des flots ininterrompus de sang. Folle de douleur et de terreur, la Prêtresse se sentit au bord de l'abysse. Poussant un cri de victoire, Rowanon ressortit sa main poisseuse d'un sang encore chaud du ventre de Sylvia, enserrant une épée étincelante qu'il commença à faire sortir du corps inerte de sa victime. Cette dernière cligna des paupières pour entrapercevoir l'arme se matérialiser. C'est alors que son corps fut pris de spasmes avant d'être démembré au moment où Rowanon brandissait l'arme au-dessus de lui.

*

Sylvia se mit à hurler alors que des mains puissantes lui enserraient les épaules. Elle eut toutes les peines du monde à reprendre le contrôle d'elle-même, en proie à une panique totale. Une voix douce et chaude parvint alors à son esprit tourmenté : « Calme-toi, tout va bien. Tout va bien. »

Elle rouvrit les yeux et cligna des paupières alors qu'un rai de lumière tombait sur son visage. Cela l'aida à reprendre contact avec la réalité. Elle se trouvait allongée, dos à un chêne imposant. La silhouette d'un homme était bien près d'elle en contre-jour, mais elle n'y perçut rien de menaçant à son encontre, n'y voyant que le sourire inquiet de son ami d'outre-Atlantique. Philippe Helm avait recouvert la jeune femme de son manteau. Son odeur avait quelque chose d'apaisant.

Un profond soupir de soulagement lui vint du fond du cœur tandis qu'elle repoussait les traces de l'affolant cauchemar qu'elle venait de faire. Elle qui souhaitait se reposer en fut pour ses frais ; son corps était complètement endolori. Elle s'étira.

Ses amis, réunis autour d'elle, semblaient inquiets. Pourtant, le moment n'était pas à l'attendrissement. Il fallait qu'elle leur parle de ce qu'elle venait d'apprendre. Autant dire que l'information eut du mal à passer pour certains.

– Quoi ? D'après toi, le cinquième Élément du pentagramme ne serait pas représenté par une personne, mais par deux ? s'étonna Philippe.

– Sans l'ombre d'un doute, répliqua Sylvia d'une voix ferme. Il a fallu que je retourne une nouvelle fois sur les rives du lac dont je vous ai déjà parlé pour que tout devienne enfin limpide dans mon esprit. Ce n'est pas pour rien si Sylvain et moi sommes jumeaux. En plus, nous sommes natifs du signe des Gémeaux. Un signe à double face.

– Ainsi, le véritable pouvoir du Cercle du Dragon Céleste ne résiderait pas dans la *Porteuse de Lumière*, mais dans la double symbolique de l'Akâsha, murmura Thessa.

– Donc, nous ne devrions pas être cinq… mais six ? s'interrogea Frédéric.

– Je persiste à dire que ça ne tient pas debout, comme raisonnement ! Le pentagramme est composé de cinq Éléments, et chacun dispose en effet d'une polarité positive aussi bien que négative. Il y a forcément quelque chose que tu as compris de travers, Sylvia.

De toute évidence, Philippe avait toujours du mal à intégrer ce que sa jeune amie essayait d'expliquer.

– Je ne conteste pas ça, ajouta-t-elle, mais je persiste à croire que nous ne sommes vraiment au complet que depuis que Stéphane… euh, depuis que Sylvain nous a rejoints. Ce n'est pas la première fois que je tente de vous expliquer cette hypothèse. Sans grand succès, puisque vous n'aviez jamais voulu l'envisager, même encore aujourd'hui.

Coralie soupira. La dernière chose dont ils avaient besoin était bien de se lancer dans une querelle symbolique stérile. D'autant plus que c'était bel et bien une question de vie ou de mort. L'enjeu n'était donc pas à prendre à la légère.

La portion de soleil dissimulée par la nouvelle lune augmentait de plus en plus. En même temps, l'intensité de la lumière diminuait tout autour d'eux. La nuit était sur le point de tomber en plein jour. Il ne leur restait plus beaucoup de temps. Tous le savaient, mais Sylvia décida de tenter le tout pour le tout. Après tout, ils avaient l'air d'oublier que c'était bien sa vie qui était en jeu, et non la leur.

– Regardez ceci, dit-elle à ses amis en leur montrant le bijou qui ornait à présent sa main gauche. C'est en le voyant que je me suis dit que la réponse que nous cherchions ne devait être plus très loin. Or, la confirmation est venue en repensant au pentagramme qui avait été tracé par dans Paris.

Les autres, perplexes, écoutaient avec attention. Pour une meilleure compréhension, Sylvia schématisa ses propos dans la terre à l'aide d'un bâton.

– Si la figure mystique comporte cinq points, on peut aussi voir qu'il y en a un sixième… au centre. La forme de l'objet qui est apparu sur ma main m'a surtout mis la puce à l'oreille.

– Oui, pourquoi ce n'est pas un pendentif ? demanda Coralie.

Tous montrèrent leur collier respectif. Au moment précis où les cinq pendentifs furent mis en présence du bijou détenu par la Prêtresse, tous se mirent à pulser une vibration à peine perceptible, accompagnée d'un léger scintillement au cœur de chaque sphère minérale. L'œil des dragons semblaient même étinceler eux aussi.

– Ça alors ! s'exclama Thessa. Ils n'avaient jamais fait ça auparavant.

– Même pas quand nous étions réunis au jardin du Luxembourg l'autre jour, rajouta Coralie. Comment ça se fait ?

– On dirait qu'ils se reconnaissent tous les uns, les autres, murmura Philippe, stupéfait par cet évènement inattendu.

Sylvia surpassa assez vite sa surprise en comprenant que tous venaient d'avoir une confirmation avérée de sa théorie.

– En le voyant, je me suis dit que ma place n'était peut-être pas parmi les autres membres du clan sur le cercle, mais *dedans*. Regardez bien la chaîne de votre médaillon. Une fois refermée, elle forme une boucle. Un cercle dont le bijou fait partie.

Sylvain commençait à comprendre où sa sœur voulait en venir. Chacun rattacha son pendentif autour de son cou, ce qui mit fin au phénomène lumineux et vibratoire.

– Cela me rappelle aussi les tracés des pentagrammes d'invocation et de bannissement tels que je les avais vus dans des livres de Haute Magie. Pour l'invocation, chacun des Éléments n'avait qu'un seul tracé, sauf l'Akâsha qui en a deux : l'un *actif* et l'autre *passif*, la Lumière et l'Ombre de l'Esprit.

Philippe sortit de sa mauvaise humeur. Comment avait-il pu oublier ça, lui qui étudiait spécifiquement cet aspect de la Magie depuis des années ?

– La Lumière et l'Ombre de l'Esprit, prononça-t-il.

Sylvia avait déjà entendu ces mots, quand les deux grands dragons s'étaient présentés à elle dans le plan astral. Elle revit alors le symbole de l'équilibre éternel entre ces deux forces qui avait été symbolisé avec le *yin* et le *yang*.

La jeune femme regarda alors ces amis droit dans les yeux, chacun leur tour, et un éclair de compréhension passa soudain entre eux sans que la parole ne leur soit d'une quelconque utilité. Si Sylvain était le véritable *Porteur de Lumière*, alors Sylvia, sa sœur jumelle, ne pouvait être que la dépositaire de l'Obscurité. Du bien négatif. Surtout, de par sa nature féminine, c'était à travers son corps que se matérialiserait l'Épée mystérieuse.

– Hey ! Ça ne vous ennuierait pas de me tenir informé de ce qu'il se passe ici ? s'exclama Carellò. J'exige de comprendre à quoi peuvent bien rimer vos fichues messes basses !

Le lieutenant se tourna alors vers lui, agacé par tant de raffut.

– En effet, ça nous ennuie ! Alors, la ferme ! Je vous conseille d'user, et même d'abuser, de votre droit à garder le silence.

Frédéric attrapa le tueur par le col de sa tunique pour l'obliger à se relever. Puis, il le fit rejoindre l'orée de la forêt avant de le faire asseoir contre un arbre où il l'attacha à l'aide d'une corde, non loin de l'endroit où les affaires étaient réunies.

– Vous allez rester ici bien sagement en attendant que nous ayons fini avec cette histoire de rituel et d'Épée. Ensuite, j'aurai l'immense bonheur de vous lire vos droits avant de vous inviter à rencontrer personnellement le Procureur de la République qui vous offrira de très, très longs congés scolaires au frais. Maintenant, on reste bien sage.

– Vous n'avez aucune chance de mener ce rite à bien. Ça fait des centaines d'années qu'il a été perdu par votre confrérie, dit Carello avec un accent de sadisme dans la voix. Tout ce que Sylvia réussira à faire, c'est mourir. Tout comme la dernière à avoir tenté d'effectuer cette matérialisation avant elle. Mon ancêtre avait tout décrit dans son journal, et je peux vous dire que ce n'a pas été joli à voir. Une vision d'horreur qui aurait rendu végétarien n'importe quel carnivore endurci.

Le policier ne se laissa pas impressionner pour autant.

– De deux choses l'une… La première, je vous ai dit de la boucler. Quant à la seconde, c'est que nous ferons tout notre possible pour réussir. Je ne laisserai pas Sylvia mourir. C'est vous qui avez échoué dans vos plans, aussi machiavéliques qu'ils puissent avoir été.

Rowanon eut un sourire narquois.

– C'est foutu ! Elle crèvera, et vous le savez !

Frédéric ne répondit pas et fit demi-tour pour rejoindre ses compagnons. En son for intérieur, il était rongé par le doute et la peur de voir son amie échouer.

Sylvia, j'espère sincèrement que tu sais ce que tu fais…

CHAPITRE 50

Dans le ciel, l'obscurité prenait de plus en plus d'ampleur et les étoiles commençaient à poindre. Le spectacle était pour le moins paradoxal en cette heure déjà avancée de la journée. Le croissant solaire indiquait que l'heure fatidique n'allait plus tarder à sonner.

La *Porte du Ciel* continuait inéluctablement à se refermer.

Sylvain réussit à bluffer tout le monde quand il revint avec son sac à dos qui était dans la voiture dans laquelle lui et ses amis étaient arrivés. Ce sac contenait les Trésors Sacrés qu'ils avaient apportés. Après tout, fit remarquer le jeune homme, si les membres du clan étaient partis les récupérer dans l'Antre de l'Initiation, c'était bien pour cette occasion exceptionnelle.

Chaque item fut ainsi repris par son propriétaire légitime ; la Dague de l'Air par Philippe Helm, la Baguette du Feu par Coralie Tarany, la Coupe de l'Eau par Thessa Drac et le Pentacle de la Terre par Frédéric Laforrest.

Pendant ce temps, Sylvia était plongée dans la lecture du livre *Les Mystères de la Draconia.* Vu la concentration que reflétait son visage, elle semblait avoir fait une découverte importante. Après tout, ce livre l'avait déjà aidée en maintes occasions depuis le début de cette aventure, alors il pourrait encore le faire. Pour la première fois, elle avait décidé de prendre elle-même son destin en main, et non plus de voir qui que ce soit choisir pour elle ce qu'il conviendrait ou non de faire.

– Venez voir ! s'écria-t-elle. Je crois avoir compris ce que nous pourrions réaliser. Ce n'est pas spécifiquement pour ce que nous cherchons à accomplir, mais comme ce rituel est la base fondamentale de toute pratique magique, alors ça ne pourrait que nous aider, non ?

Sylvain ainsi que les autres membres du clan se rassemblèrent alors autour de leur amie, curieux de savoir ce qu'elle avait pu trouver.

– Regardez un peu ce rituel ; *L'Invocation des quatre rois draconiques* pourrait sans doute nous aider. Chacun d'entre vous va faire appel à la puissance de son protecteur ailé pour renforcer vos propres énergies.

Son frère approuva, trouvant que cette idée se tenait parfaitement.

– Quant à moi, j'invoquerai la force draconique.

– C'est ça, et je le ferai en même temps que toi, puisque nous sommes censés représenter les deux facettes de l'Esprit.

– Il nous suffira de tracer les pentagrammes d'invocation avec les items magiques qui nous ont été transmis par les dragons, poursuivit Thessa. Comme on l'a fait durant l'épreuve que nous avions subie dans l'Antre de l'Initiation. Sylvain dessinera la version *active* de cette figure, et Sylvia la *passive.*

Cette dernière expliqua alors brièvement à Sylvain ce qu'il aurait à faire, ce dernier n'ayant pas été présent lors de cette épreuve. Déjà assez familier avec les différents rituels exposés dans le livre de Philippe, il n'eut aucun mal à en comprendre le principe. De son côté, même Frédéric ne semblait pas perdu dans toutes ces explications de magie pratique.

– Si je vous comprends bien, dit-il, nous allons former un pentagramme, et Sylvia se tiendra au milieu afin de canaliser les énergies qui seront ainsi déployées. Ça me semble une bonne idée, mais comment allons-nous orienter cette figure ? J'imagine que ça ne doit pas se faire n'importe comment.

Le lieutenant était tellement pris dans ses pensées qu'il ne releva même pas la mine abasourdie de ses compagnons qui semblaient avoir entendu quelque chose d'ahurissant. Philippe mit même un peu de temps à comprendre la question.

– Oh… Excuse-moi. Alors là, c'est Carello qui nous donne la réponse sans même avoir cherché à nous aider. Je me souviens que sur son plan, la pointe du pentagramme associée à l'Esprit était orientée à l'est. Or, il se trouve que c'est le point cardinal d'où provient le Pouvoir, vu que c'est là aussi que le Soleil et la Lune se lèvent. Les deux principaux éléments qui vont contribuer à recréer la *Porte du Ciel.*

– Le cercle ! s'exclama Sylvain. On a oublié de tracer un cercle magique ! C'est pourtant primordial dans toutes les pratiques occultes de cette envergure !

Les membres du groupe ne purent contenir leur stupeur. Comment avaient-ils pu omettre cela ?

– Une telle négligence risquerait d'avoir de terribles répercussions ! rajouta Coralie.

Pires que celles qui m'attendent déjà ? se demanda Sylvia.

– Pas de panique, révéla Philippe qui était resté calme. Nous figurons déjà dans un cercle magique sans même que vous en ayez conscience.

– Mais lequel ? interrogea Thessa.

Le magicien québécois leva les yeux au ciel.

– Un cercle immense et puissant. Il a été projeté par la communion des deux astres, à savoir l'ombre de la Lune projetée sur notre planète par l'éclipse. Il se trouve que nous sommes à présent en son centre. Le parfait alignement des forces telluriques de la planète et des puissances cosmiques du ciel. Mais je crois encore que le plus incroyable reste à venir.

Sylvia prit alors place au centre de la plate-forme en grès. Grâce à une boussole, son frère jumeau parvint à localiser l'est, et se mit face à la jeune fille. Ensuite, ce fut au tour de Thessa de se placer sur la gauche, suivie par Coralie, Frédéric, et enfin, Philippe. Ils se disposèrent autour de Sylvia, à égale distance les uns des autres afin de respecter l'emplacement de chacun des cinq Éléments sur le pentagramme qu'ils formaient.

Au-dessus d'eux, la *Porte du Ciel* achevait de se refermer, et tous comprirent pourquoi Philippe disait que ce serait exceptionnel. Parce qu'au moment précis où l'éclipse fut totale au-dessus d'eux, un arc-en-ciel fit son apparition. Non pas en partant du sol pour décrire un arc de cercle dans le ciel, mais en marquant un cercle complet autour du soleil masqué par la lune. Phénomène hautement impossible dans un ciel nocturne, mais tous purent le voir devenir réalité, là, sous leurs yeux émerveillés. Voilà pourquoi cette éclipse était annoncée comme différente par rapport aux autres. Le fait que celle-ci survienne le jour même du solstice d'été, un jour de forte puissance magique, y était sans nul doute pour quelque chose.

Le moment était enfin venu.

Sylvia sentit son estomac se nouer d'anxiété en sachant qu'elle vivait vraisemblablement les derniers instants de sa vie. Même aux mains de Rowanon, elle n'avait pas ressenti une telle angoisse de voir son existence se déliter. Elle croisa le regard de son frère qui perçut son trouble. Or, le moment était mal venu de douter à présent. Il était bien trop tard pour retourner en arrière, et il faudrait aller jusqu'au bout.

Coralie Tarany prit une grande inspiration. Puis elle brandit la Baguette du Feu vers le ciel en invoquant d'une voix forte la présence de Fafnyr, le grand roi des dragons ignés, ainsi que la toute puissance du Feu. Elle traça en face d'elle le pentagramme d'invocation de cet Élément. Il apparut dans les airs, d'un rouge pur et vibrant, tandis que la silhouette de la jeune fille était gagnée par une aura de la même nuance, et que le symbole du Feu brillait à son front.

△

La baguette brillait, et l'air se chargea aussitôt d'une onde de force vive et flamboyante qui fit tout le tour du groupe en suivant le mouvement des aiguilles d'une montre.

Philippe Helm procéda de la même façon, utilisant la Dague de l'Air pour invoquer Saïrys, le grand roi des dragons des vents, ainsi que la toute puissance de l'Air. Traçant quant à lui le pentagramme correspondant à l'Élément Air, il fut gagné par une aura jaune vif et le symbole de l'Air se dessina :

🜁

Sa dague luisait de la même intensité. La chaleur déployée par les énergies du Feu fut apaisée par une brise légère et fraîche qui traça par-dessus la ligne de feu un autre cercle de lueur jaune dont jaillissaient quelques plumes éparses et des papillons au milieu des nuages.

Ce fut ensuite au tour de Thessa Drac de faire appel à Naëlyan, le grand roi des dragons aquatiques, et elle utilisa la Coupe de l'Eau afin d'invoquer aussi la puissante déferlante de cet Élément. Le corps auréolé d'une lueur bleutée, le symbole de l'Eau apparut sur son visage :

▽

Le calice brillait en harmonie avec les forces magiques de l'adolescente. Aux deux premiers Éléments vint s'additionner celui de l'Eau en une douce énergie vivifiante qui fit le tour du cercle, toujours selon le même mouvement que les deux précédents, laissant jaillir l'eau pure dans son sillage.

Équipé du Pentacle de la Terre, Frédéric Laforrest invoqua d'une voix forte Graël, le grand roi des dragons terrestres, ainsi que la puissance de la Terre-Mère. Après qu'il ait à son tour dessiné le pentagramme d'invocation, une aura verte l'entoura et le pictogramme de la Terre se mit à briller sur son front :

🜃

Une ondée verte repassa à coté des trois précédents Éléments, en une trace d'un vert intense de laquelle sourdaient de puissantes racines et des cristaux. Les forces déployées se mirent alors progressivement en équilibre, leur puissance allant *crescendo*. Le cercle magique était presque complet.

Afin de boucler le tracé de l'étoile à cinq branches entre tous les membres du clan, les jumeaux Laffargue entonnèrent d'une même voix l'appel à la puissance de la Draconia. La conjugaison de leurs pouvoirs fit apparaître leur aura magique respective : violet foncé pour Sylvia et mauve léger pour Sylvain, ainsi que le symbole de l'Esprit sur leur front :

Deux sillages lumineux se manifestèrent de part et d'autre du cercle, l'un mauve et l'autre violette, chacune partant dans un sens différent pour se croiser en cours de route, semant des étincelles dans leur sillage. Au moment où les deux lueurs se rencontrèrent après avoir marqué un tour complet, le cercle brillait d'un blanc nacré, et cinq lignes partirent de chacun des membres du clan pour esquisser un stupéfiant pentagramme les reliant tous les uns aux autres.

En cette heure magique, les ondes d'énergies tenaient en un équilibre subtil et délicat. Elles se croisaient et s'entrecroisaient pour se concentrer dans le corps de Sylvia qui avait de plus en plus de mal à maintenir son niveau de concentration. Ce qui n'était pas non plus aisé pour ses compagnons, étant donné qu'une bourrasque tournoyante s'était levée à l'intérieur du cercle. Un vent d'une grande puissance qui semblait être sur le point de déséquilibrer tout le monde.

– Tenez bon, vous tous ! s'écria Philippe. Il ne faut pas relâcher notre concentration et maintenir le lien à tout prix !

La Prêtresse ressentait en elle deux courants énergétiques puissants se manifester. L'un semblait surgir des profondeurs de la terre et, le second descendait directement du ciel étoilé où l'on pouvait encore distinguer le stupéfiant arc-en-ciel. Ces deux forces tourbillonnaient et se concentraient au niveau de l'abdomen de la jeune femme en une onde de chaleur de plus en plus intense. Le vent ne fit qu'augmenter sa force, à tel point que Sylvia eut l'impression qu'elle se trouvait au beau milieu d'une colonne magique réunissant le ciel et la terre, et que son corps en était devenu le point de rencontre. Ce dernier se fit plus léger, un peu comme si elle avait été soulevée de quelques centimètres au-dessus du sol. Cette sensation était effrayante et grisante à la fois. Maintenue ainsi, les forces continuèrent à s'accumuler en elle à une vitesse exponentielle.

– Ça alors, chuchota Coralie.

– Nom d'un chien… Je n'arrive pas à y croire, murmura Frédéric.

– Et pourtant, on voit tous la même chose, rajouta Thessa, émerveillée.

Les cinq personnes autour de Sylvia avaient de la peine à croire ce qui était en train de se passer sous leurs yeux ébahis.

Les yeux fermés, leur amie s'était abandonnée aux puissances qui gravitaient autour d'elle. Son corps flottait à quelques centimètres du sol. La tête rejetée en arrière et les bras écartés, on aurait cru qu'elle avait été suspendue en l'air par les puissantes énergies environnantes. Le plus ahurissant, c'était qu'une brume étrange était apparue autour des hanches de la jeune femme. L'espace d'un instant, on aurait dit qu'à cet endroit précis, son corps avait perdu sa matérialité pour devenir plus éthéré. Au beau milieu de ce voile surgit alors une sphère étincelante d'une pure couleur dorée. Elle semblait sommeiller au plus profond du corps de la Prêtresse.

Il devenait de plus en plus difficile pour le clan de maintenir leur concentration. Les puissances à l'œuvre risquaient d'un moment à l'autre d'être hors de contrôle. Serrant les dents, et le corps tendu à l'extrême, ils firent tout leur possible pour soutenir leur amie en maintenant leur unité. Ils se demandaient néanmoins ce que pouvait être cette boule couleur or.

– Ce… ce ne serait pas la matérialisation de la puissante force draconique ? demanda Frédéric. Je croyais qu'il s'agissait d'une épée. On s'est peut-être trompé à un carrefour.

– Je vais vous montrer de quoi il retourne ! s'écria une voix masculine toute proche.

Avant qu'ils ne puissent réagir, une ombre d'une rapidité fulgurante s'était précipitée à l'intérieur du cercle, en direction de la Prêtresse.

Haliphas Rowanon.

– Merde ! s'exclama Frédéric. On l'avait complètement oublié, celui-là !

– Comment a-t-il réussi à se libérer ? demanda Thessa.

– Tabarnak ! rugit Philippe. On ne doit surtout pas bouger ! Il faut maintenir le cercle coûte que coûte ! Sinon, le déséquilibre énergétique tuera Sylvia !

Carello se tenait devant le corps en lévitation de Sylvia. Une lueur de démence brilla dans son regard alors qu'il voyait dans cette boule de lumière dorée la toute puissance occulte des dragons enfin à sa portée. Sans la moindre hésitation, il plongea sa main dans la lueur extraordinaire qu'il retira ensuite d'un mouvement brusque, arrachant des cris d'effroi parmi les compagnons de Sylvia. Collés à la main de Rowanon, des filaments liquides d'or commencèrent à prendre forme au fur et à mesure que ce dernier ressortait son poing, enserrant à présent la garde d'une épée, du corps de la Prêtresse. Plus il tirait sur ces filaments, et plus la forme se précisait, arrachant à Sylvia un gémissement de douleur. Pris d'un brusque fou rire, il brandit l'arme argentée étincelante dans les airs.

– Oui ! Je l'ai enfin ! L'Épée Mystique est à moi ! À MOI !

La jeune femme semblait affaiblie, mais pas inconsciente pour autant.

– Oh que non, murmura-t-elle d'une voix atone.

Éberlué, Rowanon réalisa que la jeune femme avait rouvert les yeux. Elle lui lança un regard voilé qui le stupéfia au plus haut point car il ne l'avait plus vu depuis longtemps. Toutefois, il n'y avait aucune haine, ni aucune noirceur en elle. D'un geste lent, elle mit ses mains à plat autour de la lame qui lui entailla la peau. Quelques gouttes de sang perlèrent. Au moment précis elles entrèrent en contact avec le métal de l'arme, un brusque voile noir vint engloutir la conscience de Rowanon et de Sylvia.

Tous deux perdirent connaissance et s'écroulèrent au sol, rompant ainsi le fragile équilibre des énergies magiques qui se dispersèrent aussitôt en une rafale phénoménale qui projeta aussitôt les autres membres du clan à terre.

CHAPITRE 51

Sylvia semblait seule dans un monde d'une obscurité compacte et quasi insondable. Pendant un instant, elle ne réalisa pas qu'elle venait de basculer dans le plan astral, ni même à quel niveau elle pouvait se trouver. Il lui fallut un petit moment pour remettre de l'ordre dans ses idées.

Seule l'Épée émettait une douce luminescence dorée aux alentours, ce qui n'était malheureusement pas suffisant pour rassurer la jeune fille.

Elle regarda tout autour d'elle. Toutefois, il n'y avait aucun édifice naturel ou architectural qui aurait pu lui fournir un repère quelconque pour lui révéler l'endroit où elle se trouvait. Par ailleurs, elle ressentait une pression au niveau de la poitrine. Quelque chose de pesant, comme si une main invisible et vigoureuse la tenait d'une poigne ferme. Une peur indicible s'empara d'elle.

Deux certitudes se percutèrent au même moment dans son esprit aux aguets. La première était qu'il valait mieux pour elle qu'elle quitte cet endroit étrange au plus vite, au risque de mettre sa vie en danger. La seconde, plus vivace, la mit en garde contre une créature qui la surveillait, et qui s'avançait inexorablement.

Oui, mais d'où ? On n'y voit que dalle dans cette obscurité !

Autant jouer le tout pour le tout. Malgré l'appréhension qui l'avait saisie jusqu'à la moelle des os, la lueur or émise par l'Épée magique lui mit un peu de baume au cœur. Elle prit une ample respiration pour tenter d'apaiser son affolement et lança alors d'une voix qu'elle voulait la plus sûre possible :

– Sortez de votre cachette et montrez-vous ! Jouer plus longtemps à cache-cache ne nous mènera nulle part.

La Prêtresse se retourna et vit la silhouette qui sortait de l'obscurité. Celle d'un homme qui se tenait non loin d'elle en vérité : Haliphas Rowanon. Il semblait désorienté, et un peu sonné. Lui non plus ne paraissait pas savoir où ils avaient été ainsi transportés.

– Qu'est-ce que tu as fait ? murmura-t-il. Comment m'as-tu conduit jusqu'ici ?

La jeune femme fronça les sourcils d'incompréhension.

– Encore faudrait-il que je sache précisément où est cet *ici*. Je n'ai pas la moindre idée de l'endroit où nous sommes, j'ignore comment on y est arrivés, et encore plus comment en repartir.

Sylvia percevait la présence d'une tierce personne. L'aura magique qui s'en dégageait ne présageait rien de bon. Au contraire, elle suintait la malveillance, la peur, la haine et... la mort. Le plus terrifiant dans cette aura résidait en son omniprésence tout autour de la jeune femme et de l'enseignant. Elle semblait venir non point d'une personne qui aurait été à leurs côtés, mais de chaque parcelle de ténèbres aux alentours.

Complètement flippant ! pensa-t-elle.

Sans pour autant quitter des yeux Rowanon, elle ne pouvait se permettre d'abaisser sa garde sous aucun prétexte. Haliphas ou cette autre entité maléfique auraient pu profiter du moindre signe de faiblesse pour fondre sur elle. Cependant, quelque chose dans le comportement du tueur ne manqua pas de la surprendre. Il ne tentait rien pour lui prendre son arme. Il regardait aussi autour de lui, comme s'il pouvait percevoir la même chose qu'elle. C'est alors qu'elle comprit : il a peur.

Ce qui ne fit rien pour apaiser la tension qui crépitait dans l'esprit de Sylvia. C'était même tout le contraire.

Si quelqu'un comme Rowanon appréhende ce qui pourrait lui arriver, alors c'est que je devrais m'inquiéter encore davantage.

Ce dernier fit un nouveau tour sur lui-même en scrutant la noirceur environnante. Faisant à nouveau face à l'étudiante, il se détendit un tout petit peu.

– En fait, je crois savoir qui nous a catapultés ici. Nous sommes à un niveau très bas de l'astral qui est si lourd du point de vue énergétique et vibratoire que même l'air ambiant en est presque palpable.

– Il ne reste plus qu'à savoir qui nous a fait venir ici. Parce que je ne crois pas que ça puisse être un coup de mon dragon protecteur.

– Alors là, aucun risque que ce soit lui. Je sais à qui nous sommes redevables de cette petite excursion si près de l'enfer.

Sylvia craignit d'entendre la réponse.

– Qui ça ? demanda-t-elle néanmoins.

– Mon démon. L'être maléfique que la Loge Noire m'avait offert comme serviteur.

Sylvia fut prise d'un frisson qui affecta un peu le pouvoir de l'Épée magique dont la lueur vacilla l'espace de quelques secondes, le temps que la jeune fille se calme.

– Dans ce cas, il pourrait peut-être nous ramener ?

Rowanon secoua la tête en un signe de dénégation qui consterna la jeune fille.

– J'ai plutôt l'impression qu'il ne voudra jamais nous venir en aide… Pas même à moi puisque là, j'ai tout lieu de croire que ce démon sert un autre maître à partir de maintenant.

Une voix gutturale et cassée résonna d'une façon sinistre dans les airs. Un courant d'air glacial aux relents méphitiques se fit sentir autour des deux captifs.

– Cher Rowanon, toujours aussi perspicace dans tes déductions ! Pourtant, ça ne t'a pas facilité la tâche contre une simple enfant. Tu as sous-estimé son pouvoir. En fait… aucun de nous n'avait envisagé l'éventualité que ses ondes magiques soient en réalité aussi proches des nôtres, à la Loge Noire.

– C'est vrai qu'on ne l'avait pas vu venir. Pourtant, les cartes du Tarot ne m'avaient donné qu'un maigre indice.

Comme Sylvia ne comprenait pas de quoi il retournait, Rowanon lui raconta la séance de divination qu'il avait effectuée le soir même où il avait tenté de la tuer à l'université.

– Quand j'ai retourné une dernière carte pour tenter d'en savoir plus sur la source de vos pouvoirs, Sylvia, c'est la version du mage noir que j'avais en main, au lieu du mage blanc à laquelle je m'attendais en l'occurrence. Sur le moment, je n'ai pas compris ce que ça voulait dire, mais maintenant oui.

– Rien de plus normal en somme, puisqu'en vérité je ne suis pas la *Porteuse de Lumière*. Ce n'est donc pas la source de ma force magique. Personne n'aurait pu prévoir une chose pareille. Pas même les membres de votre confrérie.

– Ce qui démontre bien l'échec de Rowanon dans son plan ! railla la créature des ténèbres qui ne s'était toujours pas montrée. Or mon Maître a l'échec en horreur !

Son maître ? s'interrogea Sylvia. *De qui peut-il bien s'agir ? Rowanon étant avec moi, ça m'étonnerait qu'il soit question de lui.*

Le tueur avait suivi le même raisonnement. Il savait pertinemment que seul le Grand Maître de la Loge était au courant de ses projets.

– La preuve que non ! tonna la voix démoniaque qui avait lu dans leurs pensées. Ce n'est pas ce couard de Péladeau qui aurait pu me faire obéir à lui. Je parle de quelqu'un qui dispose de la plus haute autorité sur moi – Sylvia ne put s'empêcher de frémir à cette seule idée. Je veux parler bien sûr du démon qui règne sur la Loge Noire de ce pays.

– J'aurais dû m'en douter, murmura Rowanon.

– Sache que notre Maître n'est pas content de toi. Mais alors pas du tout ! Aussi, j'ai été envoyé ici afin de m'assurer que tu ne le décevras plus jamais.

– Un instant ! s'écria Rowanon, paniqué. J'avais comme délai le 21 juin au soir ! Je peux encore accomplir ma mission ! Laissez-moi finir ce que j'ai commencé !

– Telle est la volonté de mon Maître… qui est aussi le tien.

Au même instant, le sol prit une consistance étrange : il devint aussi visqueux et mou que des sables mouvants. Après quelques secondes, Sylvia reconnut la masse noirâtre qui avait bien failli engloutir Frédéric quelques jours auparavant. Cette fois, cette matière immonde était déployée contre Rowanon.

L'enseignant était déjà pris aux hanches par cette boue infâme, mais Sylvia ne s'en rendit pas compte car elle était elle-même protégée par une sphère énergétique violet-sombre. De façon spontanée, et sans même en avoir conscience, ses forces magiques avaient pris le dessus afin d'assurer sa protection.

– Telle est donc ta puissance, murmura le démon. Tu comprendras que tu en sais trop désormais. Je ne peux plus vous laisser en vie tous les deux.

L'enseignant était englué jusqu'aux épaules, le piège progressant à vue d'œil.

– Votre flamme va s'éteindre à jamais, dit-elle à Rowanon.

– Qu'est-ce qui vous prend de dire ça ?

En la regardant, il comprit qu'il n'avait plus Sylvia devant lui, mais qu'elle était devenue momentanément l'incarnation physique du pouvoir qui sourdait en elle. Son regard énigmatique était le signe visible qu'elle était entrée en transe.

La boue continua inexorablement sa lente progression le long du corps de Rowanon qui ne pouvait plus s'en échapper.

– Les Ténèbres que vous invoquiez vont finir par vous engloutir, reprit Sylvia.

L'enseignant eut beau hurler, les ténèbres suintantes qui l'enserraient en formant une spirale remontaient encore et toujours.

Sylvia sortit de sa torpeur au moment où il ne restait plus qu'un amas qui avait entièrement recouvert Rowanon. Doté d'une vie propre, l'étau de boue noire continuait de se resserrer. Soudain, le tout fut pris d'une ultime et violente convulsion qui réduisit en miettes le corps emprisonné en son sein. Un hurlement d'agonie à demi étouffé résonna aux alentours et son horreur ne quitterait plus jamais la jeune femme.

Maintenant qu'il a eu Rowanon, c'est moi que ce démon va tuer.

Comme pour confirmer sa pensée, la voix démoniaque résonna de nouveau.

– Inutile de te cacher derrière ton bouclier, petite chose. Sous peu, il finira par se briser, et tu seras à ma merci… Ou devrais-je dire à notre merci.

La boue immonde aux relents putrides semblait obéir à la moindre volonté de la créature démoniaque. Après avoir réglé le sort de l'enseignant, celle-ci refluait tout autour de Sylvia en ondulations pansues. Il suffirait d'un rien pour que la protection magique entourant Sylvia en soit entièrement recouverte et ne finisse par se rompre. Elle avait compris cela en un rien de temps. La défense qui l'entourait ne ferait que repousser une inéluctable et pénible façon de mourir. Il fallait changer de tactique pour espérer s'en sortir. Mais que faire ?

La matière noirâtre continuait de s'agiter en soubresauts irréguliers. Petit à petit, des protubérances firent leur apparition tout autour de la bulle protectrice. Elles grandirent très vite pour atteindre chacune près de deux mètres de hauteur. Leurs traits se découpèrent, d'abord en de grossières ébauches, avant de s'affiner même si chaque forme gardait un profil d'armoire à glace bodybuildée.

Au rythme des pulsations secouant cette matière immonde, une armée d'êtres démoniaques aux yeux d'un rouge incandescent fit alors son apparition devant Sylvia. Quand les soldats nés de la magie du démon seraient finalisés, ils se jetteraient immanquablement sur la jeune fille éperdue.

Le démon fut pris d'un fou rire à glacer le sang.

– Comme tu es armée, il serait plus juste que tes petits amis en aient autant. Tu n'es pas d'accord avec moi ?

Au bout du bras de chacun des soldats apparut un long sabre à lame courbe.

– Et bien voilà, rajouta-t-il avec satisfaction, comme ça je trouve que c'est beaucoup plus équitable !

Malgré le tremblement de ses mains, elle tenta d'assurer au mieux la prise d'une épée qui ne pourrait jamais la sauver.

Sylvia fut alors prise d'effroi. Depuis quand pouvait-on parler d'équité à cent contre un ?

*

Les êtres maléfiques surgis des abysses obscurs continuaient de se regrouper autour de Sylvia, qui était toujours entourée du champ de protection érigé par sa magie. Mais combien de temps pourrait-il encore tenir ? Déjà, elle s'épuisait et percevait que sa consistance commençait à se déliter. Il ne lui restait plus que quelques secondes à peine.

Ses assaillants étaient prêts à bondir, l'arme au poing, excités par la peur qu'ils pressentaient chez la jeune fille, fusse-t-elle armée de sa seule Épée.

Ce serait un bain de sang.

La voix douce et apaisante de Sha'oren résonna soudain dans l'esprit de la jeune fille qui tremblait des pieds à la tête, tétanisée, en proie à une peur panique.

– Surtout n'ai pas peur, murmura-t-il. Même si je ne peux pas venir te secourir, ma force est avec toi plus que jamais.

Sylvia comprit soudain que chaque soldat en face d'elle n'était qu'une émanation des pouvoirs du démon qui était resté dissimulé dans les ténèbres environnantes. Pourquoi se cacher ainsi ? Elle ferma les yeux et tenta de faire le vide dans son esprit en se concentrant uniquement sur l'être qu'elle devait trouver. Le seul qu'elle devait abattre.

Au bout de quelques secondes, une image devint de moins en moins floue dans son esprit et la jeune fille fut bientôt en mesure de distinguer une silhouette qui se détachait nettement parmi la foule innombrable des êtres démoniaques qui l'encerclaient.

La jeune fille eut un bref sourire.

Ça y est… J'te tiens, pourriture.

Tandis que ses adversaires commençaient à se ruer sur elle en hurlant, Sylvia fit quelque chose qui stupéfia aussi bien le démon que Sha'oren, en rompant d'elle-même la sphère magique qui la protégeait.

Désormais privée de toute défense, la Prêtresse brandit pour la toute première fois l'Épée Mystique devant elle en signe de défi. Sous l'influx de sa concentration, l'aura dorée de l'arme s'était encore accrue, témoignant de l'accumulation des forces magiques qui avait eu lieu. C'est alors que Sylvia rouvrit les yeux et prononça d'une voix profonde une incantation qui semblait lui avoir été dictée par l'Esprit Divin en personne : « PURIFICATIO DRACONIS !! »

Sans qu'aucun ne puisse se replier, les soldats faisant face à Sylvia furent réduits en poussière par un puissant rai de lumière émanant de la lame ensorcelée par la Prêtresse. Combiné à celui de l'item sacré, le pouvoir de Sylvia était devenu colossal.

Elle empoigna l'arme magique à deux mains et fit appel à toutes les forces qui lui restaient pour décrire un cercle tout autour d'elle. Ce qui eut pour résultat d'anéantir en un clin d'œil la puissante armée maléfique. En l'espace de quelques secondes, il n'en resta plus qu'un qui avait survécu à cet assaut inimaginable. Même le grand dragon blanc n'avait jamais rien vu de semblable. De l'armée et du démon qui l'avait engendrée, il ne restait plus que des cendres éparses qui se dispersèrent au loin dans un souffle.

Haletante, Sylvia dissipa le rayon de lumière et abaissa un peu son Épée pour faire face au démon qui avait été ainsi mis à jour. Elle eut un sursaut d'effroi à cette vue, et pour cause : l'être hideux qui faisait face à Sylvia semblait sorti d'un des pires films d'épouvante qui puissent exister. Pourtant, elle en avait vu des pas mal, avec ses copines de lycée.

– Tu sais ce qu'il te reste à faire, n'est-ce pas ? murmura Sha'oren.

La jeune fille acquiesça. Elle releva son Épée d'un geste vif pour planter la lame profondément dans le sol. Une onde magique dorée se propagea alors jusqu'au démon, qui vola en éclats sous la puissance d'une telle concentration magique.

Fatiguée par une utilisation de ses pouvoirs à un niveau dont elle n'avait pas l'habitude, Sylvia se laissa retomber par terre, et lâcha son Épée alors que le sol se mettait à trembler violemment. En portant un regard circulaire tout autour d'elle, Sylvia vit avec effroi le terrain commencer à se fissurer. Tout était sur le point de s'écrouler !

Ainsi, elle a réussi à tuer le démon alors que la possibilité de détecter sa présence était infime. La puissance de cette fille est terrifiante, murmura une voix. *Ses incroyables pouvoirs sont encore plus forts que ceux détenus par la Loge tout entière. Je la veux à tout prix !*

Sylvia tenta de retourner auprès de ses amis en réintégrant son enveloppe charnelle, mai sans succès.

Elle était bloquée ici, sans espoir d'en réchapper.

Au même instant, une voix lourde résonna dans l'air : « Oui, tu as détruit un de mes plus fidèles serviteurs. Mais toi, qui va te sauver ? Tu ne peux plus t'échapper, et tu mourras toi aussi. »

Le sol se lézardait de plus en plus, et déjà, de grosses plaques se détachaient dans un fracas retentissant avant de disparaître, englouties dans les ténèbres et les flammes d'un lac de lave en fusion quelques dizaines de mètres en contrebas. Il fallait au plus vite qu'elle quitte ces lieux, mais elle ne parvenait toujours pas à réintégrer son corps !

Hésitants, Philippe, Coralie, Thessa, Frédéric et Sylvain s'étaient relevés tant bien que mal pour se rapprocher de Sylvia et de Carello, étendus au centre de l'aire rituelle. Tous deux avaient perdu conscience simultanément, à l'instant précis où Carello avait tenté d'arracher l'Épée magique des mains de la Prêtresse, et ils ne s'étaient toujours pas relevés.

Aucun des membres du clan n'avait conscience de ce qui était en train de se jouer pour leur jeune amie.

Philippe se pencha sur l'enseignant afin de vérifier son pouls. L'espace d'un instant, des images confuses parvinrent à son esprit. Philippe put voir Rowanon en compagnie de Sylvia dans un lieu obscur. Puis le professeur disparut, enseveli par une masse noirâtre et écœurante. Cette même boue visqueuse qui avait mis fin à ses jours.

D'un signe de la tête, il fit comprendre aux autres qu'il n'y avait plus rien à faire.

Frédéric, quant à lui, s'était agenouillé auprès de Sylvia. Il l'attira à lui et devint blême. L'Épée Mystique fut enlevée des mains de la jeune fille et se dématérialisa dans la seconde.

– Oh non… SYLVIA !! Ne nous fais pas ce coup-là ! Pas toi !

Sylvain se figea d'horreur et crut que son cœur venait de s'arrêter de battre pour de bon.

Avec une inquiétude qui avait atteint son paroxysme, les autres encerclèrent le corps inanimé que le lieutenant tenait dans ses bras. Il la coucha sur le dos afin de pratiquer un vigoureux massage cardiaque ainsi que la respiration artificielle. Il posa sa bouche sur les lèvres de la jeune fille, lui pinça les narines, et envoya de l'air dans ses poumons.

Non, il n'est pas encore trop tard. On peut la ramener. Sylvia, respire !

La situation était critique pour la jeune fille. Tout autour d'elle, le sol se craquelait pour disparaître dans l'abîme rougeoyant. La surface sur laquelle elle se trouvait ne faisait déjà plus qu'une quinzaine de mètres de circonférence. Toutefois, la Prêtresse ne parvenait pas à retourner dans son corps physique.

Pourquoi ne pouvait-elle pas revenir auprès de ses amis ?

L'impensable parvint alors à son esprit effaré, et finit tout-à-coup par réaliser ce à quoi elle ne s'était pas attendue.

C'est peut-être parce que je suis morte, se dit-elle avec effroi.

La voix terrible et retentissante se manifesta de nouveau, d'un ton ironique : « Je te l'avais dit. Il n'y a aucune échappatoire, pauvre petite. Si tu y consens, je peux te sauver et te ramener à la vie. Pour cela, il suffit simplement que tu acceptes de ton plein gré de te mettre à mon service. »

La voix se fit plus encourageante.

– Allez Sylvia, tu n'as qu'un seul mot à dire et, grâce à mes pouvoirs, tu deviendras une magicienne puissante, redoutable, et respectée de tous.

– JAMAIS !! Je préfère encore mourir que de rejoindre les légions du Très-Bas. Vous avez perdu ! Jamais je ne céderai face aux Ténèbres.

– Ne sois pas aussi stupide et buttée ! Dis oui tout de suite, et viens prendre la place de Frère Rowanon au sein de la Loge à mes côtés ! Ensemble, nous ferons triompher l'Obscurité sur cette planète. À toi de choisir : rejoins-nous ou péris !

– Alors je mourrai, rajouta-t-elle avec une lueur farouche et déterminée dans le regard.

– Elle ne réagit toujours pas ! s'affola Coralie au bord des larmes. Ç'en est fini ! Ce n'est pas possible ! Tu n'as pas le droit de nous quitter comme ça !

Malgré les efforts de son ami, Sylvia n'avait toujours pas repris connaissance, et le temps qui passait jouait en leur défaveur. Frédéric releva la tête pour reprendre son souffle, et regarda le visage inerte de sa jeune amie. Non, il ferait tout ce qui était en son pouvoir pour la sauver. Il s'était promis en son âme et conscience qu'il ne la laisserait pas mourir.

Sylvain prit doucement la main de la Prêtresse entre les siennes et lui parla tout bas, sans pouvoir maîtriser un tressaillement dans la voix : « Petite sœur, ne me fais pas ça, hein ? Tu n'as pas le droit de partir ainsi alors qu'on vient tout juste de se retrouver. Il y a encore tant de choses que j'ai à redécouvrir… Sylvia, reviens avec nous. Je sais que tu m'entends. REVIENS-MOI !! »

La surface du sol qui s'étiolait inéluctablement et tremblait au point que Sylvia comprit que celui-ci n'allait plus tarder à basculer à son tour pour sombrer dans l'océan de feu.

Soudain, une colonne de lumière mauve surgit du ciel pour descendre jusqu'à elle. Au même moment, elle put entendre une voix familière qui l'appelait, la suppliant de revenir.

Sylvain… Mon frère…

Peu après, cette colonne fut rejointe par une seconde de couleur jaune qui apportait la voix de Philippe : « En arrivant en France, je n'aurais jamais imaginé rencontrer des praticiens aussi prometteurs qui deviendraient de si précieux amis. Alors ne nous abandonne pas, Sylvia. »

Une autre colonne de lumière surgit presque aussitôt, et sa chaude couleur rouge transmit la voix de Coralie : « Toi que je considère comme ma propre sœur, je t'en supplie… Reviens-nous. Ne nous abandonne pas. »

Ces trois lueurs furent rejointes immédiatement après par une quatrième, bleutée, avec la voix de Thessa : « Peu importe qui tu as été dans ta vie antérieure. C'est ce que tu es devenue aujourd'hui qui compte. N'aie jamais honte de ce que tu es, reste fidèle à toi-même avant tout. Reviens auprès de nous… On a tous besoin de toi. »

Émue jusqu'au plus profond de son cœur, Sylvia vit une cinquième lumière, verte, se joindre aux précédentes. Cette fois-ci, la jeune fille put entendre Frédéric s'adresser à elle : « Toutes ces vies que je n'ai pu ni protéger, ni sauver… Mais ça s'arrêtera ici, avec toi. Sylvia, je te jure que je ne te laisserai pas mourir ! »

Un craquement formidable se répercuta, et le sol acheva de se fissurer. Le pan de roche sur lequel se trouvait la Prêtresse bascula et sombra, emportant la jeune fille loin de la lumière qui ressemblait à un arc-en-ciel. Elle tomba la tête la première en direction de la lave bouillonnante. Sylvia tendit alors la main vers le ciel en s'écriant de toutes ses forces : « MES AMIS, RAMENEZ-MOI ! » À la même seconde, les cinq voix fusionnèrent en une seule pour crier simultanément : « Reviens avec nous… dans la Lumière ! »

Le corps éthérique de Sylvia s'illumina alors d'une aura violet sombre et sa couleur fusionna avec les cinq autres pour former une sphère d'une intense lumière blanche. Un gigantesque et magnifique dragon blanc, qui semblait être constitué du plus pur des cristaux, surgit alors de cette sphère étincelante en déployant ses ailes pour prendre son vol vers les cieux.

Les cinq amis étaient presque aussi pâles et immobiles que le corps sans vie de Sylvia autour duquel ils étaient encerclés. Ils avaient tenté le tout pour le tout. Malheureusement, leur amie ne s'était pas ranimée. Tandis que Coralie et Thessa étaient en larmes, ni Frédéric ni Philippe ne parvinrent à dissimuler leur désarroi. Ils avaient échoué.

Sylvain tenait toujours la main de sa sœur jumelle quand il tressaillit.

C'était… C'était impossible…

Se trompait-il ? Il comprit vite que non.

– Sylvia ! J'ai senti sa main bouger.

Au même instant, Frédéric posa les doigts sur la gorge de son amie et constata que le pouls reprenait petit-à-petit un rythme régulier. Coralie entendit même un soupir faible s'échapper de ses lèvres entrouvertes.

Chacun laissa libre cours à sa joie. Sylvain serrait tout doucement sa sœur contre lui. Thessa pleurait à chaudes larmes, de soulagement cette fois. Coralie, qui n'en menait pas large, s'était jetée dans les bras de Frédéric qui en fut un peu surpris. Ce qui ne l'empêcha pas de la serrer contre lui en souriant.

Philippe sourit, heureux, et releva la tête pour voir que la lueur du Soleil avait fait son retour au moment même où leur amie revenait à la vie. La lumière du jour le plus long de l'année allait pouvoir disperser les ténèbres de la nuit, pour la seconde fois en cette journée… magique.

Tous les espoirs sont à nouveau permis, se dit-il en souriant, *car la* Porte du Ciel *vient enfin de se rouvrir.*

ÉPILOGUE

Vendredi 25 juin 2010,
Paris, bibliothèque Sainte-Geneviève.

Comme d'habitude, la bibliothèque était presque comble en cette fin d'après-midi quand Sylvia Laffargue arriva à la fin de ses cours.

Après que l'employée à l'accueil eût validé sa carte d'adhérente et lui eût remis un petit papier portant le numéro de la place qui lui était attribuée, elle se dirigea vers une des tables où étaient déjà installées d'autres personnes. Elle brancha son ordinateur portable, sortit ses notes et réalisa à quel point rien n'avait changé autour d'elle durant ces quinze derniers jours.

À la vérité, un seul élément était nouveau au décor, en la personne d'une employée nommée au poste qu'occupait Alexandre Drac à la bibliothèque. Ce qui rendit l'absence du garçon plus pénible. Le cœur de Sylvia mettrait du temps à cicatriser malgré tout ce qui avait pu se passer.

La jeune fille et ses camarades passaient le plus clair de leur temps à travailler par eux-mêmes en attendant que l'Académie daigne leur envoyer un remplaçant depuis la mort de Carello.

Non, rien n'avait changé pour les autres.

Il en était tout autrement pour elle.

Elle ne serait plus jamais la même après tout ce qu'elle avait vécu durant un laps de temps aussi bref. Sans pour autant être devenue différente des autres étudiants autour d'elle, elle perçut néanmoins qu'elle était passée à un autre stade de compréhension par rapport à eux. Sans parvenir pour autant à se l'expliquer, elle se sentait un peu plus… consciente. Non seulement de ce qui se passait autour d'elle, mais aussi en elle. Trop de choses s'étaient produites pour qu'elle s'en sorte indemne. En l'espace de quelques jours, elle avait vu un ami très cher se faire tuer sous ses yeux, puis le dernier descendant d'un inquisiteur fou furieux la torturer et la manipuler au plus profond d'elle-même pour parvenir à ses fins, sans compter les tentatives de meurtre auxquelles elle avait réchappé. Alors oui, on pouvait dire qu'elle ne s'en sortait pas trop mal, compte tenu du fait que de tels traumatismes à répétition auraient suffi à envoyer plus d'un en dépression pour une période indéterminée.

Plus important que tout, elle avait retrouvé Sylvain, son frère jumeau, qu'elle avait cru mort durant cinq ans. Autant de temps durant lequel il avait vécu, dénué de souvenirs de sa vie passée, sous le joug de celui qui avait tué leurs parents. Désormais, elle l'aiderait à retrouver la mémoire de leur passé commun, et cette idée lui plaisait déjà au plus haut point.

Tout avait commencé ici même, dans des circonstances analogues à ce jour-là, et elle ne pourrait jamais l'oublier. Cependant, il fallait tourner la page afin de regarder à nouveau vers l'avenir.

Sylvia observa durant quelques secondes une étudiante rousse aux cheveux courts qui discutait à voix basse avec un autre garçon. Coralie Tarany. Avec elle, Sylvia avait fait ses tout premiers pas sur le sentier de la Voie Magique. Si elle avait déjà appris beaucoup de choses en peu de temps, elle savait que ce qu'il lui restait encore à découvrir était sans commune mesure avec ses connaissances actuelles. Ce qui la désorientait quelque peu. Heureusement qu'il y avait ses amis, les membres du Cercle du Dragon Céleste, pour l'épauler et la guider sur le chemin qui s'ouvrait ainsi devant elle. C'était plutôt rassurant.

Après avoir étudié quelques heures, Sylvia regarda sa montre, et constata que le moment de repartir était venu. Elle rangea ses affaires avant de rejoindre Coralie à la sortie du bâtiment. Elles avaient rendez-vous avec leurs compagnons pas très loin de l'université, rue Gay-Lussac, dans un café dont le nom évoquait un clin d'œil au groupe qu'ils formaient dorénavant.

Dehors, le soleil semblait avoir décidé de rattraper le temps perdu par rapport aux derniers jours, trop frais pour la saison, en inondant le pays d'une franche luminosité. Déjà, les gens s'étaient rué sur tout ce qui pouvait être frais ; boissons, glaces variées, et autres granités bourrés de colorants et de produits de synthèse. Les fontaines de la ville faisaient office de pataugeoires pour la plus grande joie des enfants, et plus un seul centimètre carré d'ombre des parcs et jardins ne restait inoccupé.

Les passants déambulaient comme à leur habitude, en confondant vitesse et précipitation, ne prêtant la moindre attention aux deux jeunes filles qui se dirigeaient d'un pas tranquille vers le café dans lequel leurs amis les attendaient déjà.

Elles longèrent en cours de route un kiosque à journaux dans les étals duquel les quotidiens faisaient les gros titres avec l'affaire des meurtres parisiens. Sylvia acheta un exemplaire du *Parisien*, et le plia en deux avant de le caler sous son bras. Un article à la une intéresserait sans doute leurs amis.

*

Ce jour-là, le québécois du clan retournait à Montréal. Tout le monde avait tenu à l'accompagner jusqu'à l'aéroport. Sylvain avait loué un monospace pour emmener tout ce petit groupe sans encombre jusqu'au Terminal 1. Le jeune homme conduisait avec sa sœur sur le siège du passager en compagnie de Philippe. Coralie, Frédéric, et Thessa étaient joyeusement entassés sur la banquette arrière du véhicule. L'écrivain était en train de lire le journal que Sylvia avait apporté tout en faisant des commentaires à voix haute.

– Apparemment, cette affaire continue à faire couler de l'encre. D'après ce que je lis, Thomas Carello a été reconnu comme étant l'unique coupable des différents meurtres qui ont eu lieu dans Paris ainsi que de l'enlèvement de Sylvia. Ce sont surtout les contacts par téléphone et via Internet qui ont prouvé sa culpabilité et ce même s'il a pris la peine de brûler des documents chez lui.

– En tout cas, je ne vous dis pas les heures supp' qu'on a dû effectuer, répliqua Laforrest. Depuis qu'on a contacté les autorités au manoir de Carello, on n'a pas arrêté de courir dans tous les sens. Quand je pense que même son 4x4 était un véritable nid à preuves en tous genres. On y a retrouvé pêle-mêle des traces de sang appartenant à quatre des victimes, mais aussi les empreintes de Sylvia, ainsi que celles de notre homme. Tout ça mis bout-à-bout constituait un chapelet de preuves matérielles en béton. Le plus satisfaisant, c'est de savoir que ce criminel ne pourra plus nuire à qui que ce soit.

– Personne n'a trouvé sa mort suspecte ? demanda Thessa.

– Non. Selon le légiste de l'Institut médico-légal, il aurait été victime d'une rupture d'anévrisme. C'est brutal, certes, mais pas mystérieux pour autant. Mes supérieurs ont conclu que Sylvia était parvenue à échapper à son ravisseur et qu'il aurait tenté de la rattraper dans la forêt avant de s'écrouler, mort. Sylvain et moi avons eu toutes les peines du monde à garder les forces de l'ordre à distance par rapport à nous. Il n'empêche que beaucoup de questions restent sans réponses, et cela risque de durer encore un petit moment. Il va sans doute falloir se faire oublier encore quelque temps avant que l'affaire ne finisse par se tasser pour de bon.

– À mon avis, répliqua Sylvain, il y a fort à parier que la Loge Noire parviendra à enterrer l'affaire, tout en prenant bien soin de charger au maximum Rowanon, et de faire disparaître sa propre implication dans la foulée.

– C'est également ce que je crois, dit Philippe qui était perdu dans ses pensées. En fait, la seule autre chose qui soit arrivée le lendemain de l'éclipse, c'est qu'on a retrouvé le cadavre de Pierre Péladeau dans sa propriété. Suicide. D'après les médias, il aurait fait du bouche-à-bouche avec un flingue, mais quelque chose me dit qu'on l'a sans doute un peu aidé.

Il eut un regard pour ses amis qui comprirent sa pensée. Le démon de la Loge avait dû guider les actes de l'influent homme d'affaire. Ce suicide, ajouté à la résolution des meurtres en série sur Paris, avait fait le bonheur des journalistes qui s'activaient avec une frénésie décuplée autour de ces deux affaires. Cela devait les changer des scandales footballistiques d'une équipe de France en pleine déconfiture ou des mouvements sociaux liés à la politique du régime des retraites.

– Encore heureux que la presse ne puisse pas établir un lien entre la mort de Carello et celle, plus médiatisée il faut l'avouer, du Grand Maître de la Loge Noire.

– De toute façon, poursuivit Sylvain, le secret est un impératif. On peut leur faire confiance au moins là-dessus.

Assise près de la fenêtre, Sylvia regardait distraitement le paysage défiler au-dehors, le front en contact avec la surface rafraîchissante de la vitre. Elle écoutait ses amis discuter et esquissait un dessin sur une page de son bloc-notes dont elle se servait pour ses cours. Intrigué, son frère regarda ce qu'elle faisait. Sur la page, elle avait dessiné le symbole du yin et du yang. Une version un peu différente qui lui était venue comme ça, suivant l'inspiration du moment :

– Qu'est-ce que c'est ? demanda Thessa qui cherchait à voir ça elle aussi.

Sylvia fit alors passer le dessin à l'arrière, pour ses amis.

– Je crois que c'est ce que les êtres draconiques ont voulu nous faire comprendre par *le véritable pouvoir* du Cercle du Dragon Céleste. L'Obscurité et la Lumière ne font qu'un, et les grands dragons ont pour tâche d'épauler les deux dépositaires du cinquième Élément : l'Akâsha… ou l'Esprit. Maintenant, je comprends mieux pourquoi Sha'oren, un grand dragon blanc, veille sur moi. Tout simplement parce que je suis celle qui représente l'Ombre de l'Esprit.

– Si Shoren, un grand dragon noir, m'accompagne, poursuivit Sylvain, c'est parce que je suis le *Porteur de Lumière*. Ils sont là pour contrebalancer nos pouvoirs respectifs, et les réunir en un tout unique et harmonieux.

– C'est vrai que ça se tient comme raisonnement, ajouta Philippe. Alors, si Sylvain est reconnu comme étant officiellement le *Porteur de Lumière*, quelle peut être la dénomination de Sylvia ? Elle fait tout de même partie du club.

– J'y ai pas mal réfléchi depuis que j'ai vu ce symbole durant le rituel, et je crois que les dragons m'ont soufflé la réponse. On peut dire que je suis la *Gardienne d'Obscurité*. Aussi, je propose qu'il devienne notre emblème distinctif à partir d'aujourd'hui.

– Moi, ça me plaît beaucoup comme idée, rajouta Coralie avec enthousiasme. Ce sera un peu comme un blason, non ?

Une idée qui reçut l'approbation générale.

– Il n'empêche, soupira Sylvia, j'aurais bien aimé comprendre comment Rowanon pouvait en savoir plus que nous sur la magie draconique. Je veux bien croire que son aïeul ait noté deux ou trois choses pertinentes sur son journal, mais quand même pas à ce point-là.

Sur ces mots, Philippe esquissa un petit sourire en coin.

– Tu vois, c'est assez marrant que tu en parles, parce qu'avec Coralie et Thessa, on s'était posé exactement les mêmes questions en traversant les bois, l'autre nuit. Et je n'ai pu entrapercevoir qu'une seule possibilité : celle que Rowanon n'ait pas seulement récupéré le journal d'un inquisiteur fanatique, mais qu'il ait réussi à mettre le grappin sur un document infiniment plus complet que ça... et TADAAA !!

Joignant le geste à la parole, il extirpa de son sac à dos une pochette plastifiée à l'intérieur de laquelle se trouvait un épais ouvrage relié de cuir. L'aspect jauni des feuilles parcheminées démontrait que l'ouvrage devait être assez ancien, datant peut-être de plusieurs centaines d'années.

Frédéric faillit faire une embardée et expédier tout le monde dans le décor rien qu'en voyant l'objet en question. Ce qui n'empêcha pas le québécois d'agripper le livre pour le défendre bec et ongles, comme si sa vie en dépendait.

– Rowanon avait aussi en sa possession quelque chose que je n'espérais plus retrouver un jour : le grimoire réalisé par notre clan, et qui avait disparu depuis les évènements survenus dans notre vie antérieure.

– Non mais... Tu te rends compte que c'est une dissimulation de preuves ? s'étrangla le lieutenant Laforrest. Je pourrais te flanquer en taule à cause de ça, au lieu de te raccompagner bien gentiment à l'aéroport !

– Et tu n'en feras rien, parce qu'on aurait du mal à expliquer comment ce truc-là est entré en notre possession. Du reste, tes collègues ne sauraient pas quoi en faire, et puis on en a plus besoin que quiconque. Rendez-vous compte que ce livre réunit tous les secrets magiques liés à notre clan, à la magie des dragons ! Tout notre héritage, jusqu'à présent perdu. Alors je ne compte m'en séparer pour rien au monde. Dès que je rentre au pays, le décryptage pourra commencer, et je vous enverrai une copie numérique. Qui sait, ça pourrait donner une bonne base pour un second bouquin.

Frédéric s'interrompit alors qu'il était sur le point de lui assener une réplique bien sentie, avant de comprendre que son ami avait raison.

Désormais sûr que les deux policiers ne tenteraient plus rien afin de lui confisquer le précieux grimoire, ils roulèrent un peu en silence.

– Encore une chose, dit Frédéric, je me demande pourquoi l'Épée Mystique de la Draconia a disparu lorsque Sylvia a repris conscience. On a eu beau fouiller les alentours, on ne l'a pas retrouvée pour autant. Elle ne s'est pas volatilisée dans les airs, tout de même !

– Ce n'est pas vraiment ça, dit Sylvia. J'ai comme l'intuition que cette arme est un peu comme le sont les Trésors Sacrés, mais à un degré différent malgré tout, et que c'est l'union de nos énergies magiques, à mon frère et moi, qui pourra provoquer à nouveau la matérialisation de cette arme.

– Je crois comprendre, dit Philippe. Comme tu n'avais plus besoin d'elle au moment de reprendre conscience, il ne devenait plus nécessaire qu'elle reste *là*.

– Où est-elle passée à présent ? demanda Coralie.

– À mon avis, elle est tout simplement retournée là d'où elle est venue. Autrement dit, dans le plan astral. C'est à travers le corps de la *Gardienne d'Obscurité* qu'elle peut se concrétiser sur le plan dans lequel nous vivons. Je crois qu'elle y restera jusqu'à la prochaine fois où nous pourrions avoir besoin d'elle.

Frédéric eut un petit haussement d'épaules.

– Après tout, ce n'est pas plus mal. Ça nous évitera d'avoir à la transporter partout où nous allons. Non seulement c'est illégal, mais cette chose-là ne passe pas inaperçue de nos jours !

*

Une fois arrivés à l'aéroport Roissy-Charles-de-Gaule, les membres du Cercle comprirent que le moment des adieux était arrivé. Chacun le ressentait, mais personne n'osa l'exprimer à voix haute. Peut-être par crainte que ce ne soit vraiment la fin de leur confrérie et qu'ils n'aient été rassemblés en fin de compte que pour se séparer à nouveau, une fois que tout serait rentré dans l'ordre. La déception de chacun était perceptible.

– Hey ! s'exclama Philippe. Vous en faites de ces figures. Ce n'est quand même pas comme si je repartais pour toujours. On se reverra, je vous le promets.

– Tu le jures ? demanda Thessa qui ne pouvait plus dissimuler sa peine.

– Bien sûr que je reviendrai. De votre côté, rien ne vous empêche de venir me rendre visite de temps à autres au Québec.

– Cela tombe bien, dit Sylvia un peu rassérénée, j'ai toujours voulu me rendre à Montréal. Ça me donnera une bonne raison de plus pour y aller.

– Moi aussi, rajouta Coralie, je viendrai te rendre visite. Et puis Sylvain pourra nous donner ton adresse Internet. Comme ça, on pourra toujours s'envoyer des mails ou encore discuter tous ensemble en ligne en attendant de se revoir. Avec le décalage horaire, ça pourrait être marrant.

Frédéric approuva d'un signe de tête, ainsi que Thessa. Il devenait de plus en plus évident que le Cercle du Dragon Céleste n'était pas appelé à ainsi ne plus se voir.

Philippe sentit son cœur se serrer. Il avait de la peine à quitter ces Français qui étaient devenus si importants pour lui et il était heureux d'avoir pu retrouver ceux avec qui il avait déjà été amis au cours de sa vie antérieure… et Dieu seul sait encore depuis combien d'autres incarnations terrestres auparavant. Rien qu'à cette pensée, il eut un léger vertige et se dit que ce serait une bonne question qu'il poserait dès son retour à Saïrys, son compagnon draconique.

– Vous savez, je ne crois pas que l'on nous ait fait se retrouver si c'est pour se séparer aussi vite. On va se revoir. J'en suis persuadé. Tout comme je suis certain que nos destins sont toujours liés les uns aux autres. Alors ne soyez pas tristes. Je voudrais emporter avec moi le souvenir de vous souriants.

– En parlant de ça justement, dit Coralie en farfouillant dans son sac à dos, j'ai apporté l'appareil photo numérique de mes parents. On va faire une photo de groupe et tout le monde en aura un exemplaire.

L'idée fit l'approbation générale. Ils prirent donc place sur les marches d'un escalier non loin de là et se firent prendre en photo par un touriste qui prenait le même vol que l'écrivain. Tout le monde put voir l'aperçu du résultat directement via l'écran de l'appareil photo. De gauche à droite, on pouvait voir Frédéric côte à côte avec Coralie, Philippe avait chatouillé le dos de Thessa qui était écroulée de rire, tandis que les jumeaux Laffargue étaient ensemble. Ils arboraient tous un joyeux sourire, et c'était tout ce que voulait leur ami québécois.

Ce dernier rendit l'appareil à Coralie et dit d'un ton taquin :

– Ce qui m'a le plus marqué durant ce périple avec vous, c'est non seulement de vous avoir tous retrouvés, mais aussi d'avoir assisté à un évènement hors du commun. Personne n'aurait cru voir ça, j'en suis persuadé.

– Si tu fais référence à la cérémonie magique avec l'Épée, rajouta Frédéric, je suis on ne peut plus d'accord avec toi. Ce n'est pas quelque chose qu'on voit tous les jours. Moi-même je n'y aurais pas cru si je n'avais pas vu ça de mes propres yeux.

– Ce n'est pas ce dont je voulais parler, fit l'écrivain avec un sourire moqueur, mais de quelque chose de plus rare encore.

Il eut du mal à réprimer un fou rire en regardant Frédéric qui n'avait toujours pas compris de quoi il retournait. Son expression fit sourire les autres qui avaient fini par deviner à quoi Philippe était en train de penser.

Sylvia décida de voler au secours de son ami lieutenant.

– Je crois qu'il veut parler du moment où tu as enfin réussi à dire le mot *pentagramme* sans t'emmêler les pinceaux.

– Ah ok ! Ce mot-là : pentatarte ?

L'enthousiasme du groupe disparut aussi vite que s'il avait été emporté par le vent.

– Misère... murmura Thessa. Ce n'est pas encore ça. Il va falloir lui donner des cours plus qu'intensif.

– Je le crois aussi, rajouta Sylvain. Tu veux te dévouer ?

– Nan ! répliqua l'adolescente avec une moue amusante.

Philippe se gratta le menton, un peu perplexe.

– Je me demande si Frédéric n'arriverait pas à prononcer ce mot qu'au moment où c'est son côté magicien qui prend le dessus. En tout cas, j'avais raison de dire que c'était un évènement rarissime, ajouta-t-il en riant. On aurait dû le filmer pour la postérité, tiens !

Les autres furent gagnés aussi par l'hilarité générale, même Frédéric, bien qu'il ait fait mine de vouloir étrangler son ami.

Au même instant, comme pour les rappeler à la réalité, une annonce vocale impersonnelle invita les passagers du prochain vol pour Montréal à se présenter sur à la porte d'embarquement. Ils se regardèrent sans dire un mot, le silence ne les empêchait pas pour autant de se comprendre que le moment était venu pour Philippe de repartir dans sa contrée natale.

Sylvia tendit alors la main gauche devant elle, paume vers le sol, et tous purent voir le bijou qu'elle portait. D'un geste léger, Sylvain posa sa main sur celle de sa sœur, imité par Philippe, Frédéric, Coralie et Thessa. Ils restèrent ainsi quelques secondes avant de se séparer, comme si ce simple geste symbolisait l'union de leurs cœurs et de leurs âmes. C'était sans doute assez cliché comme idée, mais elle leur était venue de façon si spontanée qu'elle n'en semblait que plus juste à leurs yeux.

Tandis qu'ils regardaient leur ami s'éloigner, non sans qu'il ne leur adresse un dernier signe de la main, les membres restants du clan eurent la certitude qu'ils se reverraient tous à nouveau. Après tout, une amitié de plusieurs siècles ne pouvait pas se briser ainsi.

Ils se dirigèrent vers un point du terminal à partir duquel ils pouvaient entrevoir les pistes de décollage. L'appareil dans lequel se trouvait Philippe se dirigeait déjà vers celle qui lui avait été attribuée. Petit à petit, l'avion prit inexorablement de la vitesse et finit par s'arracher du sol.

Sylvia et ses amis regardèrent la scène, et la jeune fille ne put réprimer une exclamation de surprise. Mais elle n'avait pas d'hallucination car ses amis voyaient exactement la même chose qu'elle. Dans le ciel, les quelques nuages gravitant à l'horizon évoquaient des silhouettes qu'il était difficile de confondre avec quoi que ce soit d'autre. Il y avait comme six êtres draconiques majestueux qui semblaient accompagner l'appareil en une extraordinaire garde d'honneur. Le petit groupe resté à terre s'amusa ainsi à essayer de reconnaître Saïrys, Fafnyr, Naëlyan, Graël ainsi que Sha'oren et Shoren. Ils observèrent cette étrange équipée disparaître à travers les nuages.

« Méditez : "Se séparer, c'est dire bonjour à autre chose." Une fin cache déjà un commencement qui se prépare. »

Dominique Glocheux

REMERCIEMENTS

Voilà, la dernière page est tournée et ce livre est enfin parvenu jusqu'à vous. Si seulement vous pouviez deviner à quel point j'en suis émue ; parce que ce roman a hanté ma vie depuis maintenant dix ans. Maintes fois réécrit, il m'a apporté tant de joies, et à peu près autant d'incertitudes, à la limite parfois de l'abandon.

Puisque c'est toujours dans les joies comme dans les peines que l'on peut compter sur ses amies, je tiens à les remercier du fond du cœur : Laetitia Primard, Sonia Krissane, Evelyne Van de Camp, et Joana Vazeilles. Merci à vous de m'avoir transmis aussi bien votre soutien et sans qui ce livre n'aurait jamais été.

Comme il est encore plus difficile de trouver des personnes qui sachent vous montrer franchement les faiblesses d'un manuscrit, ce qui est pourtant primordial à son évolution, merci à ces rares personnes qui l'auront fait, à savoir Eric Giacometti et Westley Diguet.

Ce qui m'amène à exprimer ma reconnaissance et ma gratitude aux Éditions Valentina pour avoir contribué plus que quiconque à la renaissance de ce roman. Quitte à l'avoir étudié de A à Z en passant par la moindre virgule, Valentina aura été le seul éditeur parmi tous ceux prospectés à m'avoir communiqué les points à revoir du récit avant même d'envisager de le publier. Avec vous, l'aventure ne fait que commencer.

Enfin, ma plus vive gratitude à ma Lectrice-N°1, à savoir ma mère Liliane François qui assure les ultimes relectures, corrections et autres rectifications aux manuscrits que je lui ai montrés. N'allez pas croire qu'elle me materne ; elle est impitoyable *(rires)* !

M@giquement,
~Lise-Marie Lecompte
lecompte.lise-marie.over-blog.com

Musiques écoutées au cours de l'écriture :

La série *Vision of Escaflowne*, Yokko Kanno & Hajime Mizoguchi.

Le film *Escaflowne*, Yokko Kanno & Hajime Mizoguchi.

La série *Ayashi no Ceres*, Ryou Sakai.

La série *Fullmetal Alchemist Brotherhood*, Akira Senju.

L'album *The Space Between Us*, Craig Armstrong.

Ainsi que les titres suivants :

Dead Can Dance : *Musica Eternal*, *Devorzhum*, *Summoning of the Muse*.

Era : *Sombre Day*.

End of Orgy : *Corps Miel*.

Enya : *Tempus vernum*, *No Holly For Miss Quinn*, *Cursum Perficio*, *Pax Deorum*.

Maaya Sakamoto : *Gravity*.

Retrouvez un extrait de

SELENA ROSA

DE WESTLEY DIGUET

Je m'appelle Selena Rosa et je suis le fruit défendu de l'amour d'une sorcière et d'un vampire. La vie m'a réservé beaucoup de surprises. Le décès prématuré de ma mère, la découverte de mes origines et la vérité sur ma vie.

Le monde n'appartient pas aux humains, il appartient à ces créatures surnaturelles dont on ignore l'existence jusqu'à ce qu'on les rencontre. Ils sont nombreux, vampires et sorcières, à vivre cachés parmi nous, n'espérant qu'une chose : ne jamais être découverts.

Mais je dois absolument retrouver mon père, ce vampire qui a quitté ma mère peu de temps avant ma naissance, et pour cela, je dois accepter mon héritage… tout mon héritage.

Rien n'est pourtant simple car je me retrouve immergée dans une guerre intestine. Le peuple vampirique est plongé dans un tumultueux combat au terme duquel une seule reine pourra gouverner. Je vais devoir faire un choix et prendre part à cette bataille.

C'est mon Destin. Ce sont mes Mémoires – dans leur intégralité.

WESTLEY DIGUET
Selena Rosa
LA NAISSANCE D'UNE DIVINITÉ

Ce fut un choc lorsque le tissu laissa enfin apparaître le visage de ma mère. Ses boucles brunes, puis son front d'une pâleur étonnante, ses yeux clos, son nez fin et délicat, et enfin ses lèvres, charnues, dont j'avais hérité.

M'approchant encore, j'observai son visage. C'était un fait ! Ma mère était morte ce soir.

La douleur semblait s'être murée en moi, incapable de sortir. Aucune larme ne s'échappa, aucun cri, pas un sanglot. Rien. Je voulais sentir une dernière fois le contact avec la peau de ma mère. Ainsi, je dirigeai ma main droite vers son front. Au dernier moment, je stoppai ma course, incapable d'entrer en contact avec elle.

Ne pouvant me résoudre à la toucher, je posai ma main sur ses boucles, désireuse de retrouver la sensation que j'avais toujours connue. La douceur de ses cheveux allait me manquer terriblement.

J'eus alors un haut-le-cœur à la pensée qu'elle m'avait quittée. Elle m'avait pourtant promis de ne jamais, ô grand jamais, m'abandonner. Et là, elle reposait nue sur la table glaciale. Je déposai alors un tendre baiser sur son front, et laissai échapper un souffle lorsque je sentis l'étrange froideur de sa peau cadavérique.

Il était impossible qu'elle soit morte, je ne pouvais l'accepter. Incapable de verser une larme, je levai la tête vers le médecin légiste qui s'était posté de l'autre côté de la pièce pour me laisser un moment d'intimité. Interceptant mon appel silencieux, il vint rapidement en face de moi et attendit.

Une nouvelle fois, je lui fis un signe de tête pour lui signifier que j'avais fini.

Je certifiai alors qu'il s'agissait bel et bien de Laura Moya née le 10 février 1969 à Oviedo.

Après avoir signé les formulaires nécessaires à la reconnaissance, je fis appel au Sergent Sergio, toujours assis dans le couloir de la Morgue.

Lorsqu'il arriva je lui demandai :

— Alors ? Que dois-je faire maintenant, Pablo ?

Je l'avais appelé par son prénom, chose que je n'avais pas faite depuis l'âge de onze ans, depuis une brève histoire qui m'avait amenée à le haïr.

Il remarqua ce soudain changement et me dit d'une voix douce :

— Ta mère n'avait aucune famille à part ton père et toi. Une fois que nous aurons pu le joindre, il s'occupera de tout cela, ne t'en fais pas.

Il fit une pause, avala difficilement et reprit :

— Encore une fois, sache, Selena, que je tenais beaucoup à ta mère. Elle a toujours été une bonne amie, bien qu'elle ait toujours été très mystérieuse, c'est ce qui avait charmé tous les garçons jusqu'à ce qu'elle rencontre ton père.

Il marqua alors un temps. Derrière ses lunettes carrées je pus voir une larme perler au coin de son œil droit. Il avait de la peine. Pourquoi pleurait-il alors que je semblais en être incapable ? Quelque chose clochait chez moi.

Des bruits de pas retentirent dans le couloir, me tirant de mes pensées, et Alejandro entra dans la salle d'autopsie. Il jeta un rapide coup d'œil en direction de ma mère, eut un mouvement de recul, puis se tourna vers moi. Son visage était blafard, il se précipita, pendant que Pablo Sergio s'écartait. Alejandro me prit dans ses bras, tandis que les miens restèrent le long de mon corps. J'étais vide. Je ne pensais à rien. Sa présence contre moi me fit pourtant du bien. Je sentais les pulsations de son cœur contre ma poitrine et une goutte couler de son visage jusqu'à ma nuque. Il pleurait. Il avait toujours aimé ma mère, même s'il détestait mon père. Ce que je n'avais jamais compris d'ailleurs. Sûrement une « histoire d'hommes ».

Lorsqu'il me relâcha, je vis dans ses yeux une rougeur qu'il tenta de me dissimuler. Mais il n'y parvint pas. J'étais plutôt rapide et perspicace. J'avais vu ! Il était malheureux, malheureux pour moi. Alors que de mon côté je ne savais pas où j'en étais.

— Comment te sens-tu, Selena ? me demanda-t-il de sa voix tendre.

— Je ne sais pas, Al. Je ne ressens pas grand-chose. Je n'arrive pas à y croire. C'est impossible, ça ne peut pas être elle, là, sur cette table !

Je montrai de ma main droite le corps pudiquement masqué de ma mère.

Je commençai à divaguer. Il prit ma main et chuchota :

— Calme-toi, mon cœur, je suis là, je ne t'abandonnerai pas, je te le promets.

Il venait de prononcer cette promesse, celle qu'avait trahie ma mère, sans le savoir. Je ne pouvais pas le blâmer, mais cela me fit du mal.

Je le lâchai et me dirigeai une nouvelle fois vers ma mère. Je le savais derrière moi. Je n'étais pas seule. Le drap n'avait pas encore recouvert son visage. Je voulais la toucher une dernière fois. Passer outre l'horreur qui me prenait à la gorge lorsque je sentais son corps sans vie. Passer outre la température glacée de sa peau qui me parvenait, étrangement, par vagues successives.

Je voulais la toucher une dernière fois. Je me penchai sur son front et déposai un doux baiser, presque un frôlement.

Puis, tout devint sombre et flou autour de moi. D'abord les couleurs perdirent leur intensité et leur luminosité, les néons de la salle semblèrent grésiller puis s'éteindre, mon corps se mit à trembler avec une rare violence et il s'affaissa sous mon poids. Je pus sentir les bras musclés d'Alejandro me rattraper avant que je ne perde connaissance…

Lorsque je rouvris les yeux, il faisait noir, je n'étais plus dans ses bras, mais plutôt sur un nuage, mou et frais. Une légère brise semblait fouetter mon visage. Ma peau était recouverte de mes seuls sous-vêtements.

Le Paradis. Je suis partie rejoindre ma mère.

Ce fut ma toute première pensée.

Un bruit de klaxon au loin me tira soudain de cette délicieuse chimère. Le voile sur mes yeux disparut et ma chambre m'apparut. Le nuage n'était en fait que le matelas moelleux de mon grand lit à baldaquin. À mes côtés dormait Alejandro qui apparemment ne m'avait pas quittée. Seuls ses vêtements étaient différents de ceux qu'il portait quand il m'avait rejointe à la morgue.

Alors tout se remit en place dans ma tête. Le Sergent, la morgue, ma mère couchée sur cette table, son corps froid et dur, Alejandro, et mon étourdissement.

Je remuai légèrement dans mon lit, tirant mon petit ami de son sommeil. Il semblait alerte.

Je ne dis mot, attendant qu'il parle le premier. Mais comprenant qu'il n'ouvrirait pas la bouche je me décidai :

— Combien de temps ai-je dormi ?

Tout en gesticulant afin de se mettre en tailleur devant moi, il me répondit :

— Presque deux jours. Mais tout va bien, le médecin a dit que tu devais te remettre du choc que tu as subi. Rien de plus normal. Tu vas bien ? Comment te sens-tu ? As-tu mal quelque part ?

Sa gentillesse et son inquiétude eurent le don de m'agacer. Je voulais lui demander de partir, mais je sentais que cela le blesserait. Et je ne voulais pas lui faire de mal. Alors je ne dis rien. Espérant que cela le calmerait, je me blottis contre lui. Nous roulâmes alors sur le grand lit et dans ses bras, en silence, je remis toutes les informations dans l'ordre.

Lorsque j'y vis enfin plus clair et que la douleur dans mon cœur fut légèrement apaisée, je me levai et lui demandai de m'accompagner dans la cuisine afin que je nourrisse cet estomac vide depuis deux jours. Il me sourit et accepta.

Dans la cuisine, je ne trouvai pas le désordre auquel je m'étais attendue. J'y trouvai en fait mon père, faisant la vaisselle, dans un silence de mort.

Il sembla entendre nos pas, car il se retourna prestement vers nous.

— Oh, ma Selena ! Comment te sens-tu, chérie ?

Il m'étreignait déjà. Ses yeux étaient rougis par des heures passées à pleurer.

Nous nous installâmes dans le salon et parlâmes longuement.

Alejandro resta à mes côtés, veillant au moindre signe de défaillance de ma part.

La journée se passa ainsi : chacun dans un fauteuil du salon. Parler, attendre, pleurer. Personne n'osait briser ce moment que nous étions en train de vivre.

Pour ma part j'utilisai ce temps pour repenser à ma mère. Je me remémorai nos meilleurs moments et en profitai pour préparer le discours qu'il me revenait de prononcer le lendemain matin lors de la cérémonie funéraire.

Mon père, Adrian, passa son temps à sécher ses larmes. Avant ce terrible moment je ne m'étais pas rendu compte à quel point leur amour était fort.

Alejandro aida du mieux possible notre famille en deuil. Il fit le ménage et les repas, cherchant à nous faciliter la vie, du moins, pour un temps. Il était lui aussi en deuil. Laura avait aussi été une mère pour lui.

Orphelin, il n'avait jamais connu l'amour maternel avant que nous entrions dans sa vie, à l'école. Depuis il faisait un peu partie de la famille. Il avait été mon copain, mon ami, puis mon amoureux et enfin l'homme à qui je m'étais offerte un jour, totalement.

Cette nuit-là, personne ne dormit vraiment dans la grande villa familiale. Mon père, qui était habitué à ce qu'Alejandro et moi-même dormions ensemble, ne dit rien lorsqu'il nous vît tous les deux dans mon lit, en allant se coucher.

Chacun de nous était conscient que nous nous apprêtions à vivre le lendemain, un des jours les plus affreux de notre vie.

La nuit fut courte. Le soleil se leva rapidement, alors même que nous venions tout juste de fermer les yeux.

Toute la maison s'éveilla et, dans le silence, chaque membre de la famille revêtit ses habits du dimanche, puis nous partîmes, en direction du cimetière du village. Cela allait être le dernier moment où je serais accompagnée de ma mère et de mon père.

Le trajet se fit sans bruit, aucun de nous ne désirait parler, et encore moins échanger. Mon père conduisait calmement, luttant contre la douleur. Alejandro et moi étions à l'arrière, ma tête posée contre son épaule.

Dans ma tête, j'entendis résonner la marche funèbre de Chopin et les mots de ma mère qui étaient encore gravés dans ma mémoire. Dans mon sac à main, j'avais la mélodie que nous devions passer et mon discours. Mon père m'avait laissé choisir la musique, ainsi que le soin de prononcer les derniers mots en l'honneur de ma très regrettée maman.

Mon cœur battait à tout rompre. Mes deux mains étaient emprisonnées au creux de celles de mon ami, de mon amour.

La voiture ralentit sa course, mon cœur, lui, accéléra la sienne. Le moment arrivait... celui où je devrais définitivement dire adieu à ma mère. Je ne parvenais toujours pas à l'admettre.

En une demi-heure, nous avions préparé la cérémonie avec le responsable des pompes funèbres. Pour moi venait le moment d'accueillir nos amis et notre famille, du moins la famille du côté de mon père, car ma mère avait perdu ses deux parents. Mes grands-parents paternels l'avaient alors accueillie à bras ouverts, tout comme mes parents l'avaient fait avec Alejandro, si bien que ma grand-mère paternelle pleurait ma mère autant qu'elle aurait pleuré son propre fils.

Tout le monde arriva enfin, et le cercueil fit son entrée sur la triste et émouvante chanson « Amazing Grace ». Tout le monde se leva lorsque le Sergent Sergio, Alejandro, Max le cousin de mon père et Edouardo, un ami de la famille, portèrent le cercueil de ma mère au centre de l'assemblée. Ils l'installèrent de façon à ce qu'il repose au-dessus de ce qui serait sa dernière demeure, l'emplacement au centre de la terre.

La chanson retentit avec plus de passion encore. Je m'accrochais désormais au bras d'Alejandro qui m'avait rejointe. Face à tous nos amis, le prêtre priait pour ma mère, pour sa nouvelle vie. Je savais que ce serait bientôt à mon tour de me lever et d'affronter ce terrible moment. Je devais accepter le fait qu'elle soit partie et ne reviendrait jamais plus. Le prêtre m'invita à le rejoindre. Il me fallut un court instant pour me lever. Il me manquait une grande bouffée d'air qui ne venait pas. Le visage de ma maman me revint alors en mémoire, ses traits, son sourire. Et ce fut comme si elle m'avait dit : « Lève-toi, ma fille, je suis avec toi, mon amour. »

Je me levai alors, tous les regards fixés sur moi, mes doigts toujours entremêlés à ceux de ma moitié. Lorsqu'ils lui échappèrent, il ne tenta pas de les retenir. Arrivée devant Monseigneur Aringosa, je m'agenouillai tandis qu'il prononçait sa bénédiction.

Et là, à cet instant précis, ma tension se relâcha d'un coup, et tout ce que j'avais retenu depuis notre départ explosa, mes larmes inondèrent mes yeux puis mes joues, y brûlant la peau au passage de ces perles du désespoir. Je pleurai là, en silence, attendant qu'il m'invite à me relever. Sa main posée sur mon crâne, les larmes s'écoulèrent en un flot ininterrompu. Je pleurai ma mère, cette femme que j'avais perdue à jamais. Sentant sa main se retirer, je me levai. Je ne cherchai pas à dissimuler les larmes sur mes joues, j'affichai mon chagrin aux yeux de tous pour la première fois depuis cette dramatique soirée.

Je me plaçai face à nos amis et notre famille réunis. Ma mère, dans son écrin pour l'éternité, nous séparait. Il y avait eux d'un côté, et ma mère et moi de l'autre. Une toute dernière fois.

Je commençai alors mon discours, les yeux fixés sur la photo de Laura Moya.

— Nous avons tous connu Laura. Une fille, une épouse, une amie, une mère… Elle a toujours été aimante et douce. Jamais elle ne nous a fait défaut. Pour cela, je lui serai éternellement reconnaissante… Il y a quelques jours, on nous a annoncé qu'elle nous avait quittés, il m'a fallu du temps pour comprendre que jamais elle ne reviendrait. Jamais elle ne sourirait à nouveau, jamais plus elle ne me prendrait dans ses bras. Jamais ! Je ne sais pas encore comment je pourrai vivre sans elle, je ne connais pas cette façon d'exister. J'ai un père fabuleux, mais j'ai besoin de cette femme merveilleuse. Elle est toute ma vie. Je suis elle, comme elle est moi. Enfin était…

Ma voix se brisa soudain.

J'avais besoin d'un instant.

— Je t'aime tellement maman, où que tu sois, tu restes en moi. Pour l'Éternité. Vous savez comme moi qu'elle n'était pas fervente croyante, et pourtant elle savait qu'elle avait droit à une autre vie après celle-là. Je le crois aussi. Et j'espère plus que tout au monde pouvoir la retrouver lorsque mon heure sera venue. Un jour, chacun de nous ira la rejoindre, mais en attendant ce moment, il nous faut garder en notre cœur cette femme formidable.

Mes grands-parents me regardaient, au premier rang. Ma grand-mère pleurait, obligeant mon grand-père à tenir sa femme d'une main ferme, de peur qu'elle ne défaille. Il avait lui aussi les yeux rouges. Je pouvais même voir une larme couler sur sa joue.

— Elle a donné à tous ceux qu'elle a côtoyés un amour démesuré, et pour cela nous ne pourrons jamais assez la remercier. Dieu vient de la rappeler en son sein. Elle vit désormais parmi les Anges, veillant sur chacun de nous. N'oubliez jamais Laura Moya. Ma mère. Je t'aime de toute mon âme Maman.

Découvrez la suite dans

SELENA ROSA

Imprimé par Lulu.com
En Angleterre
Achevé d'imprimer en
Janvier 2014
EAN 9782366390766
Dépôt légal : Janvier 2014

12639716R00270

Printed in Poland
by Amazon Fulfillment
Poland Sp. z o.o., Wrocław